教育部人文社會科學重點研究基地
復旦大學中國古代文學研究中心 叢刊

唐詩三體家法彙注彙評

下

黄霖 陳維昭 周興陸 主編

陳斐 輯著

鳳凰出版社

唐詩三體家法卷五

四　實

周弼曰：謂四句皆景物而實。開元、大曆多此體，華麗典重之間有雍容寬厚之態，此其妙也。稍變然後入於虛，間以情思。故此體當為衆體之首。昧者為之，則堆積窒塞，寡於意味矣。

早春游望①[一]

杜審言②

獨有宦遊人③，偏驚物候新④。雲霞出海曙，梅柳渡江春⑤。淑氣催黄鳥，晴光轉緑蘋⑥。忽聞歌古[二]調，歸思欲[三]沾巾⑦。

【考證】

此詩見《全唐詩》卷六二(P. 733—734)，題下校"一作韋應物詩"；又見卷一九五(P. 2010)，屬韋應物，題首多"和晉陵陸丞"五字，題下校"一作杜審言詩"。圓校"《復齋漫録》以為韋蘇州詩"。此詩《文苑英華》卷二四一、《(咸淳)臨安志》卷二二作杜；宋本、明本《杜審言集》亦載。但《能改齋漫録》卷一一“記詩”《韋應物逸詩》云此詩“韋集逸去,余家有顧陶所編《唐詩》有之”。《詩人玉屑》卷一五、《苕溪漁隱叢話·後集》卷九亦有類似記載。馬茂元《唐詩選》(P. 41)、傅璇琮《唐代詩人叢考·杜審言考》(P. 29)、徐定祥《杜審言詩注》(P. 14)、佟培基《全唐詩重出誤收考》(P. 44)等據風格和詩人履歷推斷,認為當是杜詩。

【注評】

①**【補注】**游望,放眼觀望。楊炯《送李庶子致仕還洛》:“原野烟氛匝,關河游望賒。”一本題首多“和晉陵陸丞”五字。傅璇琮《唐代詩人叢考·杜審言考》(P. 29)云,據《新唐書·地理志五》,晉陵、江陰都是毗陵郡的屬縣。此詩當是永昌元年(689)前後,杜審言在江陰縣任縣丞、縣尉一類官職時,與同郡僚友任晉陵縣丞的陸某唱和之作。

②**【圓至】**子美之祖,襄陽人,咸亨元年杜簡易榜進士。**【增注】**字必簡,襄陽人。擢進士,為隰城尉,又天官侍郎,累遷洛陽丞,坐事貶嘉州司户參軍。武后時授著作[四]佐郎,遷膳部員外,神龍初坐交通張易之流峰州,入為國子監主簿,修文館直學士,卒大學士。生子閑,閑生甫。

【補注】金濤聲撰《中國文學家大辭典·唐五代卷》(P. 255—256)“杜審言”條云,審言(645? —708),字必簡,行五。祖籍襄陽(今屬湖北),遷居鞏縣(今屬河南)。杜甫祖父。咸亨元年登進士第,授隰城尉。累轉洛陽丞。聖曆元年,貶為吉州司户參軍。因與州僚不和,被誣構下獄,其子杜并刺殺仇家,冤獲雪,免官還洛陽。武后召見,甚加歎異,授著作佐郎,俄遷膳部員外郎。神龍元年,因附阿張易之,流峰州。二年召還,授國子監主簿,加修文館直學士。景龍二年卒,年六十餘。審言少與李嶠、崔融、蘇味道齊名,為“文章四友”,世號“崔李蘇杜”。善五言詩,工書翰。恃才傲物,頗為時輩所嫉。其詩屬對謹嚴,于五律格式之成熟有所貢獻。原有文集十卷,早佚。今人徐定祥有《杜審言詩注》(上海古籍出版社 1982 年版)。

③**【圓至】**王吉曰:“長卿久宦游,不遂而困。”

【補注】宦游,舊謂外出求官或做官。《史記·司馬相如列傳》:“(相如)

素與臨邛令王吉相善,吉曰:'長卿久宦游不遂,而來過我。'"

④【圓至】本集題云《和晉陵丞早春游望》,此二句蓋晉陵游望之景。

【補注】物候,動植物隨季節氣候變化而變化的周期現象。泛指時令。《初學記》卷三引梁簡文帝《晚春賦》:"嗟時序之迴斡,歎物候之推移。"

⑤【補注】陳伯海主編《唐詩彙評》(P. 114—115):《詩境淺説·甲編》:"春光自江南而北,用'渡'字尤精確。"《唐律消夏録》卷一:"'出海''渡江',便想到故鄉矣。岑嘉州詩'春風觸處到,憶得故園時'即是此意,但此二句深厚不覺耳。"

⑥【增注】黄鳥,黄鶯,一名倉庚,齊人謂之摶黍。○蘋,《爾雅》:"萍之大者。"【何焯】《月令》:"季春萍始生。"言物候相催之速也。

【補注】淑氣,温和之氣。陸機《悲哉行》:"蕙草饒淑氣,時鳥多好音。"黄鳥,有兩説。《爾雅·釋鳥》:"皇,黄鳥。"郭璞注:"俗呼黄離留,亦名摶黍。"黄離留,即黄鶯。郝懿行義疏:"按此即今之黄雀,其形如雀而黄,故名黄鳥。又名摶黍,非黄離留也。"則將黄鳥解為黄雀。這裏應指黄鶯,因其鳴聲響亮,與"催"字呼應更緊。晴光,晴朗的日光。蘋,水生草本植物,夏秋開小白花。參見卷一李群玉《南莊春晚》注②。馬茂元《唐詩選》(P. 42)言"晴光"句從江淹"東風轉緑蘋"(《詠美人春遊》)化出。意謂在春陽照射下,蘋草的緑色愈來而愈鮮豔。陳伯海主編《唐詩彙評》(P. 115):《唐詩摘鈔》卷一"五言律":朱之荆:"'物候新',暗點'早春'。喝起中二聯,在一'驚'字。中二聯寫'早春',中四字皆'驚'也。"

⑦【磧砂】敏曰:昔人有謂此詩次聯是早春,於義為賦;三聯是早春景物,於義為興者。范德機辨之而又謂:伯弜所定"四實",為失之疏。愚則以為皆非也。總在起句得力,胸前眼前先有無數觸景興懷處,所以睹物候而驚心,轉而算到宦遊之故。一如次聯、三聯之景物,雖千言萬言説不能盡。故劈頭先下二語云"獨有宦遊人,偏驚物候新",下便坦然接出"獨有""偏驚"之物候云云。起語意在筆先,中二聯具文見意,不言驚而可驚在其中矣。結語挽到和陸丞相意,而以"歸思"應"宦遊"句,"欲沾巾"應"偏驚"句也。"四實"之分與賦、興之别皆可勿議。

【補注】古調,古代的樂調,亦喻指高雅脱俗的詩文、言論。這裏應是對晉陵陸丞原唱之詩的美稱。歸思,回歸的念頭。沾巾,沾濕手巾。形容落淚之多。陳伯海主編《唐詩彙評》(P. 115):《近體秋陽》卷一"五言·初唐":"'忽聞'字下得突綻,使末句精神透出。此詩起結老成警潔,中閒調高思麗。"《唐詩成法》卷一"五言律":"中四句合寫'物候'二字,顛倒變化,可學其法。'物候新',居家者不覺,獨宦遊人偏要驚心。三、四寫物候到處皆新,五、六寫物候新得迅速,具文見意,不言'驚',而'驚'在語中。結和陸丞,以'歸思'應'宦遊',以'欲沾巾'應'偏驚',首句本領。"

【校勘】

[一] 何校題首增"和晉陵陸丞"五字,磧砂校"李于鱗《選》題作《和晉陵陸丞相》"。

[二] 圓校"古,一作苦"。

[三] 欲 何校"已"。

[四] 著作 底本作"箸作",據正統本、大系本改。

遊少林寺①

沈佺期②

長歌遊寶地,徙倚對珠林③。雁塔風霜[一]古④,龍池歲月深⑤。紺園澄夕霽⑥,碧殿下秋陰⑦。歸路煙霞晚,山蟬處處吟⑧。

【考證】

此詩見《全唐詩》卷九六(P. 1037)。

【注評】

① **【圓至】**寺在河南嵩山。**【增注】**《傳燈録》:"達磨禪師寓止嵩山少林,

面壁九年。”即此。

【補注】少林寺,在今河南嵩山少室山北麓,五乳峰下。始建于北魏太和十九年。孝昌三年印度僧人菩提達摩在此首創禪宗,故佛學史稱達摩為初祖、少林寺為祖庭。唐初,少林寺和尚佐唐太宗開國有功,從此僧衆常習拳術,禪宗與少林拳負有盛名,廣為流傳。現存建築有山門、方丈室、達摩亭、白衣殿、地藏殿、毗盧閣等。

② **【圓至】**相州内黄人,上元二年鄭益榜進士。**【增注】**字雲卿,相州内黄人。及進士第,由協律郎累除給事中考功郎,受賕劾,未究,會張易之敗,長流驩州,稍遷台州録事參軍,入計得召見,拜起居郎兼修文館直學士。侍宴,帝詔學士等舞《回波》,為弄詞悦帝,賜牙緋,尋歷中書舍人、太子詹事,開元初卒。

【補注】金濤聲撰《中國文學家大辭典・唐五代卷》(P. 392)“沈佺期”條云,佺期(? —713?),字雲卿,行三,相州内黄(今屬河南)人。上元二年登進士第,授協律郎。聖曆中,預修《三教珠英》。久視元年,已在通事舍人任。大足元年,《三教珠英》成,遷考功員外郎。長安二年遷給事中。被劾入獄,未究被釋。神龍元年因諂附張易之,流放驩州。二年,北歸。稍遷台州録事參軍。後召為起居郎,兼修文館直學士。歷中書舍人、太子少詹事。開元初卒。佺期善屬文,與宋之問齊名,時人稱為“沈宋”。其詩多應制之作,詩風靡麗,而流放驩州期間不乏情真意切之什。律體謹嚴精密,如錦繡成文,對五律、七律體制之定型頗有影響。原有文集十卷,已散佚。今人連波、查洪德有《沈佺期詩集校注》(中州古籍出版社 1991 年版),陶敏、易淑瓊有《沈佺期宋之問集校注》(中華書局 2001 年版)。

③ **【圓至】**佛經:“黄金七寶為地,摩尼珠為林。”《楚詞》:“步徙倚而遥思。”注曰[二]:“徙倚,遷移、倚立也。”**【增注】**寶地、珠林,并佛寺通稱。

④ **【圓至】**佛書:“西域有比丘,見群雁飛,乃曰:‘可充我食。’雁即墮地。佛曰:‘此雁王也,不可食。’乃立雁塔。”

【補注】雁塔,《大唐西域記・摩揭陁國下》:“有比丘經行,忽見群雁飛翔,戲言曰:‘今日衆僧中食不充,摩訶薩埵宜知是時。’言聲未絶,一雁退飛，當其僧前，投身自殞。比丘見已，具白衆僧，聞者悲感，咸相謂曰：'如來設法，導誘隨機，我等守愚，遵行漸教……此雁垂誡，誠爲明導，宜旌厚德，傳記終古。'於是建窣堵波，式昭遺烈，以彼死雁，瘞其下焉。"後因指佛塔。

⑤【**增注**】龍池，杜詩："掖垣邇躍龍。"注："《洛陽圖經》有躍龍池。"又《長安志》："玄宗潛邸興慶宫躍龍門外小池，景龍中彌亘數頃，常見黄龍。"

【**補注**】陶敏、易淑瓊《沈佺期宋之問集校注》(P. 217)："龍池：指寺中池。《釋氏六帖》卷二三引《弘道經》：'阿耨達龍王諸佛及僧在無熱池半月供養，化諸宫殿，設大法會。'"

⑥【**圓至**】謂園葉紺碧，夕陽照之，如水色之澄。

【**補注**】陶敏、易淑瓊《沈佺期宋之問集校注》(P. 217)："紺園：猶紺宇，指佛寺。紺，青中帶紅色。"庾信《奉和法筵應詔詩》："千柱蓮花塔，由旬紫紺園。"

⑦【**增注**】晉鸞殿縹碧為瓦。【**何焯**】五、六不但字法之妙，能使"風霜"一連精神有倍。

⑧【**何焯**】"山蟬"從"秋"字轉出，"煙霞"又應"紺""碧"。

【校勘】

［一］風霜　全唐詩校"一作丹青"。

［二］曰　底本脱，據詩説本、正統本、明應本補。

晚至華陰[①]

皇甫曾[②]

臘盡促歸心，行人及華陰[③]。雲霞僊掌出[④]，松柏古祠深[⑤]。野渡冰生岸[⑥]，寒川燒隔林[⑦]。温泉看[一]漸近[二]，宫樹晚沉沉[⑧]。

【考證】

此詩見《全唐詩》卷二一〇(P. 2182)。

【注評】

①**【圓至】**華陰縣,在華州東六十五里。**【增注】**《漢書》:華陰縣[三],秦名寧秦,漢為華陰縣,屬京兆。大華山,在南唐華州華陰郡[四],屬關内道,今屬陝西東路。

【補注】華陰,縣名。西漢高帝八年改寧秦縣置,屬京兆尹。治所在今陝西華陰市東南五里。以在太華山之陰,故名。東漢改屬弘農郡。北魏屬華山郡,太和十一年移治今大荔縣,孝昌二年復還舊治。隋大業五年移治今華陰市,屬京兆郡。唐屬華州,垂拱元年改仙掌縣,神龍元年復名華陰縣。上元二年改為太陰縣,寶應元年復改華陰縣。

②**【圓至】**字孝常,丹陽人,天寶十二載楊衆榜進士。**【增注】**字孝常,潤州丹陽人。天寶中與兄冉踵登進士,歷侍御史監察,坐事貶,徙舒州司馬[五]、陽翟令。與兄齊名,當時比張氏景陽、孟陽云。

【補注】賈晉華撰《中國文學家大辭典・唐五代卷》(P. 588)"皇甫曾"條云,曾(? —785),字孝常,行十六,潤州丹陽(今屬江蘇)人,郡望安定(今甘肅涇川)。曾登天寶十二載進士第,安史亂時避地吴越。廣德至大曆初,在京任殿中侍御史。大曆六、七年間因事貶舒州司馬。卸任閒居丹陽,九年春遊湖州,與皎然、顔真卿等聯唱,後結集為《吴興集》十卷。約大曆末任陽翟令。貞元元年卒。工詩,與兄冉齊名,時人比之為張載、張協。高仲武稱其詩"體制清潔,華不勝文"(《中興間氣集》卷下)。《直齋書録解題》著録《皇甫曾集》一卷。《全唐詩》卷二一〇編其詩為一卷。

③**【增注】**隋詔:古稱臘,接也,取新舊交接,可以十二月為臘。今相傳冬至後第三戌為臘。**【何焯】**破"晚"字,隱蔚。

【補注】臘盡,猶言歲終。參見卷二劉言史《過春秋峽》注④。行人,出行的人。

④**【圓至】**王涯《太華仙掌辨》云:"西岳太華之首峰,有五崖,自下遠望,

偶為掌形。"【何焯】明。

【補注】仙掌,指華山東峰仙人掌峰。《文選》卷二張衡《西京賦》:"綴以二華,巨靈贔屓,高掌遠蹠,以流河曲,厥跡猶存。"薛綜注:"華,山名也。巨靈,河神也。巨,大也。古語云:此本一山,當河水過之而曲行,河之神以手擘開其上,足蹋離其下,中分為二,以通河流。手足之跡,于今尚在。"

⑤【圓至】玄宗《太華銘》云:"壇場廟宇,何代不修?一禱三祠,無歲而缺。"【何焯】暗。

【補注】古祠,指巨靈祠,在華山脚下,為漢武帝始建。《西岳華山志》:"《遁甲開山圖》云:巨靈,得玄元之道,與元氣一時而生,混沌之師九元祖也。漢武帝觀仙掌於縣内,特立巨靈神祠焉。"

⑥【何焯】寒。

【補注】野渡,荒落之處或村野的渡口。韋應物《滁州西澗》:"春潮帶雨晚來急,野渡無人舟自横。"

⑦【增注】燒,失照切,爇也,又野火。【何焯】燠。○高處但見仙掌,低處亦白者冰,赤者燒,差可辨耳。二連摠是晚景,"冰生岸""燒隔林",則心益促而路反艱也。○中二連皆貼"晚"字,一高一下,又有層次。

【補注】寒川,寒天的平川。燒,shào,泛指野火。戎昱《塞上曲》:"胡風略地燒連山,碎葉孤城未下關。"又指彩霞。司空曙《送李嘉祐正字括圖書兼往揚州覲省》:"晚燒平蕪外,朝陽疊浪東。"皆通。

⑧【圓至】温泉宫,見前注。【增注】沉沉,深也。

【補注】温泉,即温泉宫,又名華清宫。在今西安臨潼區東南驪山北麓。參見卷一杜常《華清宫》注①。宫樹,帝王宫苑中的樹木。王維《奉和聖制御春明樓臨右相園亭賦樂賢詩應制》:"小苑接侯家,飛甍映宫樹。"沉沉,又作沈沈,茂盛貌。《文選》卷三○謝朓《始出尚書省》:"衰柳尚沈沈,凝露方泥泥。"李善注:"沈沈,茂盛也。"《唐詩摘鈔》卷一"五言律":"起聯總冒。近家之喜,紙上躍然。"

【校勘】

［一］看　全唐詩校"一作程"。

［二］近　全唐詩校"一作遠"。

［三］縣　底本、正統本作"晉"，據大系本改。

［四］郡　底本作"群"，據正統本、大系本改。

［五］司馬　底本作"司長"，據正統本、大系本改。

經廢寶慶[一]寺①

司空曙

黃葉前朝寺，無僧寒[二]殿開。池晴龜出曝，松暝[三]鶴飛回②。古砌[四]碑橫草，陰廊畫雜苔③。禪宮亦消[五]歇，塵世轉堪哀④。

【考證】

此詩見《全唐詩》卷二九二(P. 3312)，題作《過慶寶寺》(一作耿湋詩，題作《廢寶光寺》)；又見卷二六八(P. 2993)，屬耿湋，題作《廢慶寶寺》(一作司空曙詩)。此詩《極玄集》署司空曙，題作《經廢寶光寺》；同書收耿湋詩。《唐百家詩選》卷八、《衆妙集》、《錦繡萬花谷・後集》卷二八(無題)、《古今事文類聚・前集》卷三五皆作司空曙。《瀛奎律髓》卷四七、《唐詩紀事》卷三〇、《唐音・正音》卷三(署司空文明)亦作司空曙，題作《經廢寶慶寺》。宋臨安府本《唐司空文明詩集》卷上亦收録。《文苑英華》卷二三五署耿緯，題作《廢慶寶寺》，同卷收司空曙詩；但南宋陳思本耿集未收。《極玄集》成編時間距二人生活時代最近，且同書收有耿湋詩，當不會誤收，應依其定為司空曙詩。

【注評】

①【**補注**】文航生《司空曙詩集校注》(P. 39)云，此詩"當作於司空曙大

曆年間尚在長安之時。寶慶寺:古寺名。位於今西安市東。原在隋唐長安外郭城安仁坊。隋文帝仁壽(六〇一—六〇四年)年間建。隋文帝與唐中宗曾親臨該寺。五代時殿宇毀於兵火,惟塔存。明景泰二年(一四五一年)移建該寺與塔於今址”。

②【何焯】僧無。

③【何焯】殿壞。

【補注】畫,指壁畫。

④【何焯】此假廢寺以寓天寶亂後兩都禾黍、萬姓蟲沙。觸目可悲,不徒作也。文明大曆才子,當論其世。〇一派荒涼。

【補注】轉,文航生《司空曙詩集校注》(P. 40)釋為“反而;反倒”,誤。此聯上下句之間句意没有轉折,而是遞進關係,意謂:“出世”的寺廟都破敗了,塵世之可悲就更不用説了。轉,更加,愈。杜甫《送李校書二十六韻》:“小來習性懶,晚節慵轉劇。”

【校勘】

[一] 裴校“寶慶,一作寶炎,一作寶光”。

[二] 寒 全唐詩校“一作閒”。

[三] 瞑 明應本、正統本作“瞑”,全唐詩作“暮(一作瞑)”。

[四] 砌 全唐詩作“井(一作砌)”。

[五] 消 全唐詩校“一作衰”。

次北固山下①[一]

王 灣②

客路青山外,行舟綠水前[二]。潮平兩岸濶,風正一帆懸③。海日生殘夜,江春入舊年④。鄉書何處達,歸鴈洛陽邊⑤[三]。

【考證】

此詩見《全唐詩》卷一一五(P.1170)。

【注評】

①【增注】北固山,在潤州北一里,迴嶺下[四]臨長江,山勢從此來險固。【磧砂】鎮江府治北。

【補注】北固山,在今江蘇鎮江市東北。參見卷二皇甫冉《酬張繼》注②。

②【圓至】開元元年常無名榜進士。【增注】登先天進士第,開元初為滎陽[五]主簿。馬懷素欲校正群籍,灣在選中,各部撰次。後爲洛陽尉。

【補注】吴企明撰《中國文學家大辭典·唐五代卷》(P.52)"王灣"條云,灣(生卒年不詳),洛陽(今屬河南)人。景雲三年進士及第。開元初,任滎陽主簿。五年,馬懷素奏請校理群書編録四部書目,召王灣參預其事。懷素卒,元行冲總其事,王灣與王仲丘專司集部。九年,《群書四録》二百卷成,王灣出為洛陽尉。十七年,曾任朝官,後不知所終。王灣詞翰早著,早年往來吴、楚間,故有描寫江南秀麗景色之作。《全唐詩》卷一一五存詩十首。

③【補注】陳增傑《唐人律詩箋注集評》(P.81):"潮平,潮水漲到最高水位。風正,風順。順風,故船帆高掛。"黄白山:"平猶滿也。凡潮落則岸邊之地盡見,故覺其狹;潮滿則岸邊之地為水所没,故覺岸闊。"(《載酒園詩話》卷一《疑誤》)

④【補注】陳增傑《唐人律詩箋注集評》(P.81):"上句説,黑夜還未終盡,旭日已經昇映江面,寫江上旭日出得早。下句説,舊年還未過完,江南已是春意盎然,寫江南春色來得快。海,指江。吴昌祺云:'冬月立春,故曰舊年。'(《删訂唐詩解》卷十八)農曆立春多在前一年冬月,故説'春入舊年'。兩句寫江上日早,江南春早,本亦平常之景,'妙在是北人初到江南,處處從生眼看出新意'(顧安語);構思上又巧加組裁,用語倒换以出(正説則是:殘夜出日,舊年見春),特為奇警,足見爐鑄之功。"

⑤【增注】漢武帝射上林得雁,足有繫帛書。【磧砂】謙曰:按《英靈集》起語云"南國多新意,東行伺早天",末聯云"從來觀氣象,惟向此中偏",與此處不同。張燕公居相府,手題"海日生殘夜,江春入舊年"二句於政事堂,遍示能文,令為楷式。今細玩之,三、四洵工而易擬,五、六則澹而難求也。【何焯】開元改紀,重見太平。五、六氣象非常,落句正言更不假寄書也。

【補注】陳增傑《唐人律詩箋注集評》(P. 81):《唐詩解》卷三七:此"因風氣之異而起故園之思也","欲因歸雁而附以書"。

【校勘】

[一] 圓校"《英靈集》題作《江南意》"。

[二] 客路……水前 圓校"《英靈集》作'南國多新意,東行伺早天'"。

[三] 全唐詩校"《河岳英靈集》題作《江南意》。詩云:南國多新意,東行伺早天。潮平兩岸失,風正數帆懸。海日生殘夜,江春入舊年。從來觀氣象,惟向此中偏"。

[四] 下 底本作"卜",據正統本、大系本改。

[五] 滎陽 底本、正統本、大系本作"榮陽",據史實改。

岳陽晚景①

張 均②

晚景寒鴉集,秋風旅[一]鴈歸。水光浮日去[二],霞彩映江飛。洲白蘆花吐,園紅柿葉稀。長沙卑暑[三]地③,九月未成衣④。

【考證】

此詩見《全唐詩》卷九〇(P. 985),題下校"一作父說詩";又見卷三八四(P. 4326),屬張籍,題中"岳陽"作"岳州"。此詩在歷代傳刻過程中重出至張籍、張説、張均、張謂四人。本書何校署"張説",并云:"此篇是燕公詩,因編子均《奉和山城》之後而譌。"《唐詩紀事》卷二三、《記纂淵海・天文部》卷二"霞"條等同作張均。佟培基《全唐詩重出誤收考》(P. 58—59)云,《四部叢刊》影印明嘉靖丁酉(1537)刻《張説之文集》收在卷八。南唐張洎編張籍《木鐸集》已録,題下注云:"此詩舊選皆云張正言作。"正言即張謂。《唐詩紀事》卷二五云,張謂天寶二年登進士第,奉使長沙。《全唐文》卷三七五載有其《長沙土風碑銘》,同時他還作有《同王徵君湘中有懷》詩,此詩"長沙卑濕地,九月未成衣",與張謂在長沙所作詩文語氣極相似,故此詩有可能是張謂作。徐禮節、余恕誠《張籍集繫年校注》(P. 929—930)認為:"四人都曾履岳陽,皆有作此詩之可能。按:據詩風看,似非張籍詩。"待考。

【注評】

①**【增注】**岳陽,岳州郡名。州居天岳山之陽,秦晉屬長沙郡,宋[四]巴陵郡,隋唐岳州巴陵郡,屬江南道,今屬湖北道。

【補注】岳陽,縣名,南朝梁置,為岳陽郡治,治所在今湖南汨羅市東北長樂鎮。隋廢入湘陰縣,唐屬岳州。

②**【圓至】**説之子,開元四年進士。**【增注】**丞相燕公説之子,説其先自范陽徙河南,更為洛陽人。均自太子通事舍人累遷主爵郎中、中書舍人,後襲燕國公,累遷兵部侍郎,以累貶蘇、饒二州刺史,復為兵部侍郎及尚書,坐弟垍[五]貶建安太守,還授大理卿。禄山盜國,為偽尚書令,肅宗以説有舊,詔免罪流合浦,建中初贈太子少傅。

【補注】吴企明撰《中國文學家大辭典・唐五代卷》(P. 416—417)"張均"條云,均(生卒年不詳),原籍河東(今山西永濟),其父説徙居河南洛陽,遂為洛陽人。開元四年,進士及第,歷仕太原府司録、勸農判官、太子通事舍人,十三年任吏部員外郎,歷左司員外郎、主爵郎中。十七年任中書舍人。説死,均襲封燕國公,除户部侍郎,轉兵部。二十六年坐事貶饒州刺史,移蘇州刺史。以太子左庶子徵,天寶初復為户部侍郎,再遷兵部侍郎,九載遷刑部尚書,轉大理卿,十三載貶為建安太守。自以才望當為宰輔,因李林甫、楊國忠所抑，意常鬱鬱。安史亂起，張均受偽職為中書令，至德二載論罪當處死，經房琯等人營救，免死，長流合浦郡。張均能文善詩。父説貶岳州，均隨侍，與趙冬曦、尹懋同唱和。《新唐書·藝文志》著録《張均集》二十卷。《全唐詩》卷九〇存其詩七首。

③【圓至】岳陽，漢屬長沙。《十三洲志》曰："西自湘江，至東萊萬里，故曰長沙。"

【補注】徐禮節、余恕誠《張籍集繫年校注》(P. 930)：長沙，郡名，即潭州，治所在今長沙市。《舊唐書·地理志三》：武德四年置潭州，"天寶元年，改為長沙郡。乾元元年，復為潭州"。又秦、漢時期曾置長沙郡或國，轄今湖南省大部分地區，包括岳陽。卑暑，一作卑濕，地勢低下炎熱或潮濕。《史記·屈原賈生列傳》："賈生既辭往行，聞長沙卑濕，自以壽不得長。"

④【圓至】《詩》："九月授衣。"

【校勘】

［一］風旅　何校"聲海"："歸猶集也，海雁方至耳。改一'旅'字，便是雁回矣。"

［二］去　全唐詩作"出"。

［三］暑　磧砂本、高本、四庫本作"濕"，何校"暑"："改一'濕'字，便與末句不屬。"

［四］宋　底本、正統本作"采"，據大系本改。

［五］垍　底本作"均"字，大系本脱，據正統本改。

晚發五溪①

岑　參

客厭巴南地，鄉鄰[一]劒北[二]天②。江村片雨外③，野寺夕陽邊。

芋葉藏山徑，蘆花間[三]渚田。舟行未可住，乘月且須牽④。

【考證】

此詩見《全唐詩》卷二〇〇(P. 2091)，題中"溪"作"渡"。

【注評】

①【圓至】蜀先主於五溪立黔安郡，今紹慶府也。五溪者，西溪、辰溪、巫溪、武溪、沅溪也。【增注】荆湖山谷間有五溪，酉長。一云：楚滅巴，巴子兄弟五人流入五溪，各為一溪之長。今屬常德武陵。秦司馬錯定黔中，據城以扼五溪，謂雄溪、樠溪、酉溪、沅溪、辰溪。又云：在辰州、武陵之間，壺顯山後，即漢馬援所征處。【何焯】五溪當在嘉州，注誤。

【補注】陳鐵民、侯忠義《岑參集校注》(P. 407)：五渡溪，在眉州青神縣(今屬四川)東。《欽定大清一統志》卷三〇九"眉州"："五渡山在青神縣東十里，《水經注》：山下繞流屈曲，渡處凡五。"五渡溪在嘉州之北，疑為大曆二年(767)詩人赴嘉州刺史任途中作。

②【增注】巴南三[四]巴：中巴、巴西、巴東也。歸州、夔州、魚復、雲安并屬巴東，綿州屬巴西，巴南指巴以南也。〇劍北，唐劍南道梁州，自劍而南分益州，劍北則自劍南以北也。【何焯】破"五溪"，渾含"晚發"，萬鈞之力。〇"厭"字直貫注"未可住"。

【補注】巴，古族名、國名，其族主要分佈在今川東、重慶、鄂西一帶。周初被封為子國，稱巴子國。春秋時與楚、鄧等國交往頻繁。對鄂西、重慶、川東的開發有過重大貢獻。周慎靚王五年併於秦，以其地為巴郡。參見《華陽國志・巴志》。巴南，泛指今四川、重慶南部一帶。陳鐵民、侯忠義《岑參集校注》(P. 407)："客：作者自稱……劍北：指劍門以北之地。"

③【補注】廖立《岑嘉州詩箋注》(P. 490)：片雨，庾信《遊山詩》："澗底百重花，山根一片雨。"

④【何焯】收出"發"字。

【補注】陳鐵民、侯忠義《岑參集校注》(P. 407):"牽:指拉縴。"

【校勘】

［一］鄰　何校"憐"。

［二］劍北　磧砂本作"鴈北"。

［三］間　全唐詩作"雜(一作間)"。

［四］三　底本作"二",據正統本、大系本改。

仲夏江陰官舍寄裴明府①

李嘉祐[一]

萬室邊江次②,孤城對海安③。朝霞晴作雨④,濕氣晚生寒。苔色侵衣桁⑤,潮痕上井欄⑥。題詩招茂宰⑦,思爾欲辭官⑧。

【考證】

此詩見《全唐詩》卷二〇六(P. 2155)。

【注評】

①【增注】江陰,吴季札所封,延陵故地。秦漢屬會稽吴郡,梁置江陰郡及縣,唐江陰縣隸常州晉陵郡,屬江南道,南唐及宋江陰軍,今屬浙西道。明府,杜詩:"明府豈辭滿。"注:"郡所居曰府,明者嚴明之稱。"

【補注】仲夏,夏季的第二個月,即農曆五月。因處夏季之中,故稱。仲,中,中間、居中的。《尚書・堯典》:"日永星火,以正仲夏。"《逸周書・周月》:"凡四時成歲,歲有春、夏、秋、冬,各有孟、仲、季,以名十有二月。"江陰,縣名。南朝梁太平三年置,為江陰郡治。治所即今江蘇江陰市。隋大業初屬毗陵郡。唐屬常州。官舍,官吏的住宅。白居易《代書詩一百韻寄微之》："官舍黄茅屋，人家苦竹籬。"明府，縣令。參見卷一雍陶《和孫明府懷舊山》注①。裴明府，待考。儲仲君《李嘉祐詩疑年》(P. 145)云，此詩為寶應、廣德中(762—764)，嘉祐任江陰縣令時作。

②【補注】萬室，猶萬家。《孟子・告子下》："孟子曰：'子之道，貉道也。萬室之國，一人陶，則可乎？'"趙岐注："萬家之國，使一人陶瓦器則可乎？"邊，接近、臨近。《穀梁傳・定公十二年》："何危爾？邊乎齊也。"范甯注："邊，謂相接。"《史記・高祖本紀》："齊邊楚，權輕。"裴駰集解引文穎曰："邊，近也。"次，軍隊駐扎。《易・師》："左次，無咎。"這裏引申為排列。《漢語大詞典》第5卷(P. 917)釋"江次"為"江邊"，書證首列此詩，誤。

③【補注】儲仲君《李嘉祐詩疑年》(P. 145)云：據《新唐書・地理志五》，揚州廣陵郡有海陵縣，"景龍二年析置海安縣，開元十年省"。海安縣故址與江陰隔江相對。裴明府，或即當時海陵縣令。"對海安"與"邊江次"相對，亦可能是指"孤城"面對着大海，有天然的屏障，非常安全；當然，也有可能是雙關。

④【補注】朝霞，初昇太陽照映的雲彩。《楚辭・遠遊》："餐六氣而飲沆瀣兮，漱正陽而含朝霞。"王逸注："朝霞者，日始欲出赤黄氣也。"

⑤【圓至】謂梅蒸。【增注】衣桁，衣架也。杜詩[二]："翡翠鳴衣桁。"

【補注】《唐音評注・正音》卷三：張震："苔色：非真謂巖苔之色也，謂梅氣蒸為苔色也。"梅氣，梅雨季節的濕氣。衣桁，猶衣架，掛衣服的横木。桁，樑上或門框、窗框等上的横木。

⑥【增注】井欄，魏明帝九龍殿前為玉井綺欄。

【補注】潮痕，潮退後留下的痕迹。朱鄴《扶桑賦》："山晴而瑞氣初動，海晚而潮痕乍濕。"井欄，水井的圍欄。

⑦【圓至】謝元暉詩："茂宰深遐眷。"蓋卓茂為密令，有聲，故詩人用以比宰邑者。【增注】茂宰，杜工部《趙明府》詩："茂宰得林新。"謝玄暉《和伏曼容》詩："茂宰深遐眷[三]。"其時曼容為武昌太守，蓋太守亦稱茂宰。又李白《贈義興宰》詩："天子思茂宰。"則縣官亦稱茂宰也。

【補注】《後漢書・卓茂傳》："茂，元帝時學於長安，事博士江生，習《詩》

《禮》及歷筭，究極師法，稱為通儒。性寬仁恭愛，鄉黨故舊，雖行能與茂不同，而皆愛慕欣欣焉……後以儒術舉為侍郎，給事黄門，遷密令。勞心諄諄，視密人如子，舉善而教，口無惡言，吏人親愛而不忍欺之……數年，教化大行，道不拾遺。”

⑧【**增注**】晉陶潛為彭澤令，郡遣督郵至。吏白應束帶見之，潛歎曰：“吾不能為五斗[四]米折腰事鄉里小兒。”乃解印辭官歸。

【校勘】

［一］李嘉祐　磧砂本脱。

［二］詩　底本、正統本、大系本脱，據文意補。

［三］眷　底本作“卷”，據正統本、大系本改。

［四］斗　底本作“來”，據正統本、大系本改。

山　行

殷　遥①

寂歷青山曉②[一]，山行趣不稀。野花成[二]子落，江燕引雛飛③。暗草薰苔徑[三]，晴楊拂[四]石磯④。俗人猶語此，余亦轉忘歸⑤。

【考證】

此詩見《全唐詩》卷一一四(P. 1163)，題首多“春晚”二字，題下校“一無‘春晚’二字”。

【注評】

①【**圓至**】潤州人，開元中為參軍。【**增注**】潤州句容人，天寶間終忠王府倉曹參軍。

【補注】吴企明撰《中國文學家大辭典・唐五代卷》(P. 651)"殷遥"條云,遥(生卒年不詳),行四。潤州句容(今江蘇句容)人。開元中,為忠王府倉曹參軍,後為校書郎(儲光羲《新豐作貽殷四校書》)。約卒于天寶初年。遥志趣高疏,心慕禪寂。工詩,與王維、儲光羲友善,遥卒,二人皆有詩哭之。殷璠彙次其詩入《丹陽集》,評曰:"遥詩閑雅,善用聲。"(《吟窗雜録》卷二六《歷代吟譜》)《(光緒)丹陽縣志》著録《殷遥集》。《全唐詩》卷一一四存詩五首,其中《送友人下第歸省》《送杜士瞻楚州覲省》二詩為劉得仁、李嘉祐詩誤入。

②【補注】寂歷,猶寂静。劉禹錫《龍陽縣歌》:"沙平草緑見吏稀,寂歷斜陽照縣鼓。"

③【補注】陳伯海主編《唐詩彙評》(P. 249):《唐詩鏡》卷二八:"三、四景色淺淺自成。"

④【增注】水激石曰磯。

【補注】石磯,水邊突出的巨大岩石。張旭《桃花溪》:"隱隱飛橋隔野烟,石磯西畔問漁船。"

⑤【何焯】一折,開宕有餘味。

【補注】《唐賢三昧集彙評》(P. 148):黄培芳:"體物工細,不失風人之致。"

【校勘】

[一] 曉　全唐詩作"晚"。

[二] 成　全唐詩校"一作垂"。

[三] 徑　全唐詩校"一作渚"。

[四] 拂　全唐詩作"掃(一作拂)"。

送陸明府之盱眙①[一]

崔　峒②

陶令之官去③，離[二]愁慘别魂④。白煙連[三]海戍⑤，紅葉近[四]淮村⑥。遠[五]浪摇山郭，平蕪到縣門⑦。政成堪吏隱，免負[六]府公恩⑧。

【考證】

此詩見《全唐詩》卷二九四(P. 3345)。

【注評】

①**【增注】**盱[七]音吁，眙音怡，春秋吴善道地，漢為縣，晉魏置郡，陳北譙州，唐為縣，屬淮南道泗州，即宋招信軍，今屬淮東道。

【補注】明府，縣令。參見卷一雍陶《和孫明府懷舊山》注①。陸明府，待考。之，往，至。《詩經·鄘風·載馳》："百爾所思，不如我所之。"盱眙，縣名。西漢改盱台縣置，屬臨淮郡，為都尉治。治所在今江蘇盱眙縣東北二十五里盱眙山麓。《説文解字·目部》："盱，張目也"；"眙，直視也"。《欽定大清一統志》卷九四"泗州"：盱眙故城"城居山上，可以眺遠，故名"。東漢復改為盱台縣。三國廢。西晉復置盱眙縣，為臨淮郡治。東晉義熙七年移今盱眙縣東北五里都梁山東北麓，為盱眙郡治。隋屬江都郡。唐武德四年為西楚州治。後屬楚州。武德八年移今治盱眙縣。光宅初改為建中縣，後復名盱眙縣。建中二年改屬泗州。

②**【圓至】**大曆才子，嘗為右補闕。**【增注】**登進士第，為拾遺、集賢學士，後終州刺史，或云終元武令，《文藝傳》云終右補闕。"大曆十才子"一人之數。

【補注】賈晉華撰《中國文學家大辭典·唐五代卷》(P. 705)"崔峒"條云，峒(生卒年不詳)，行八，恒州井陘(今屬河北)人。安史之亂中避地江南。大曆初登進士第,從事恒州,入為拾遺、集賢學士。與錢起、盧綸等文詠唱和,游于附馬郭曖之門。大曆末、建中初曾奉使江淮訪圖書,建中中遷左補闕。貞元初貶潞州功曹參軍,未幾卒。峒有詩名,與錢起、盧綸、吉中孚、韓翃、司空曙等並稱"大曆十才子"。高仲武云其"文彩炳然,意思方雅"(《中興間氣集》卷下)《新唐書·藝文志》著録《崔峒詩》一卷。《全唐詩》卷二九四編其詩為一卷。

③【增注】陶令,以淵明比陸明府也。

【補注】陶令,指晉陶淵明。因其曾任彭澤令,故稱。之官,上任,前往任所。《漢紀·成帝紀》:"秋七月,有星孛于東井。時谷永爲北地太守,方之官。"

④【補注】慘,憂愁,悲慘。《詩經·陳風·月出》:"月出照兮,佼人燎兮,舒夭紹兮,勞心慘兮。"陸德明釋文:"慘,七感反,憂也。"這裏用為使動。

⑤【增注】戍,守邊也。【何焯】多事。

【補注】白煙,聯繫此詩整體寧静、祥和的意境(尾聯"堪"字由此生發)看,當指平安火,非戰時報警之烽火。唐代每三十里置一堠,每日初夜舉烽火報無事,謂之平安火。姚合《窮邊詞二首》之二:"沿邊千里渾無事,唯見平安火入城。"《資治通鑑》唐肅宗至德元載:"及暮,平安火不至,上始懼。"胡三省注:"《六典》:'唐鎮戍烽候所至,大率相去三十里。'每日初夜,放煙一炬,謂之'平安火'。時守兵已潰,無人復舉火。"海戍,海邊或江邊的城堡、營壘。大湖或大河亦可謂海。盱眙位于洪澤湖南岸,且距黄海不遠。

⑥【何焯】杪秋。〇三、四陸之所以去幕下而不豫色也。

【補注】淮,淮水。參見卷四李端《宿淮浦寄司空曙》注①。盱眙地處淮水下游。

⑦【補注】山郭,山城。平蕪,草木叢生的平曠原野。江淹《去故鄉賦》:"窮陰匝海,平蕪帶天。"縣門,縣衙之門。王建《田家行》:"回家衣食無厚薄,不見縣門身即樂。"中二聯設想陸明府赴任途中所見,一路寫來,取景由大漸小、由遠至近,最後聚焦于任所。"遠浪"句寫未到山城,先在水路見其倒影,"摇"字下得妙!"平蕪"句暗示此地民風淳樸,訟事稀少,直唤尾聯。

⑧【圓至】《汝南先賢傳》:鄭欽吏隱於蟻陂之陽。【增注】漢梅福為南昌尉,棄妻子更姓名,為吴市門卒,皆隱於吏者也。【何焯】盱眙之役,殆由使府檄授,非陸願也。故以"吏隱"安之,僶俛政成,無若"陶令"亟亟解綬。發端兩字不是泛然浪使。

【補注】吏隱,謂不以利禄縈心,雖居官而猶如隱者。白居易《江州司馬廳記》:"江州左匡廬,右江、湖,土高氣清,富有佳境……苟有志於吏隱者,捨此官何求焉?"府公,六朝時王府僚屬稱其主為府公;唐、五代時,官府幕僚沿舊習,稱節度使、觀察使為府公。劉禹錫《送王司馬之陜州》:"府公既有朝中舊,司馬應容酒後狂。"這裏指任命陸明府官職的上級。

【校勘】

[一] 盱眙　底本、正統本作"盱眙",元刊本作"盱眙",明應本作"肝眙",據磧砂本、高本、四庫本、全唐詩改。

[二] 離　全唐詩作"窮"。

[三] 連　全唐詩作"横"。

[四] 近　全唐詩作"下(一作近)"。

[五] 遠　全唐詩作"澹"。

[六] 負　全唐詩校"一作就"。

[七] 盱　底本、正統本作"盱",據大系本改。

南溪[一]書齋①[二]

楊　發②

茅屋住[三]來久③,山深不置門[四]。草生垂井口,花落擁籬根[五]。入院將雛鳥,攀蘿抱子猿④。曾逢[六]異人説,風景似桃源⑤。

【考證】

此詩見《全唐詩》卷五一七(P.5904),題中"齋"作"院";又見卷三一〇(P.3499),屬于鵠,題中"溪南"作"南谿"。佟培基《全唐詩重出誤收考》(P.280)謂,此詩《文苑英華》卷三一七作楊,但接于鵠詩後。待考。

【注評】

①【增注】唐劍南道戎州南溪郡有南溪縣。又簡州有南溪,在壽昌寺,側有小桃源。

②【圓至】字至之,太和四年進士。【增注】字至之,楊收之兄。收世居馮翊。發登進士,及中拔萃,累官左司郎中,又為都官郎中,改太常少卿,為蘇州刺史,徙福建觀察使,貶婺州刺史。

【補注】吴在慶撰《中國文學家大辭典·唐五代卷》(P.350)"楊發"條云,發(生卒年不詳),字至之,同州馮翊(今陜西大荔)人,隨父遺直客居蘇州(今屬江蘇)。大和四年登進士第,又以書判拔萃,釋褐校書郎、湖南觀察推官,又辟為西蜀從事。入為監察御史,轉侍御史,累遷禮部郎中。大中三年,改左司郎中。宣宗追加順、憲二宗尊號,議改造廟主,署新謚,發獻議以為不可,改太常少卿,出為蘇州刺史,其治頗為人所稱許。徙福建觀察使,又以能政聞。大中十二年,檢校右散騎常侍,移授嶺南東道節度使。以治嚴招怨,遂致軍亂,為亂兵所囚,貶婺州刺史,卒于任。發工詩,辛文房稱其為"當時聲韻之偉者"。《全唐詩》卷五一七存詩十三首,《全唐詩補編·續補遺》卷六又補一首。

③【補注】住來,指自入住以來。來,往往用在動詞、形容詞之後,組成一個指示時間的詞組,作用相當于一個時間名詞,表示"……時""……後"或"……以來""……以後"。白居易《琵琶引》:"去來江口守空船,繞船月明江水寒。"

④【增注】蘿,莪也。《爾雅》云:"兔絲。"《詩》疏:"在草曰兔絲,在木曰松蘿。"

【補注】將,攜帶。蘿,指松蘿,或云女蘿。蔓生植物。色青灰,緣松柏或其他喬木而生，亦間有寄生石上者，枝體下垂如絲狀。

⑤【增注】《異人前定録》：袁[七]孝叔遇異人，得書，云："每受一命，即開一幅。"累仕皆驗。○桃源，在常德府。晉太元中，武陵人捕魚緣溪，忽逢桃花夾岸，漁人異之。行盡水源，得一山，有小口，舍舟入，豁然開朗，屋舍儼然，有良田、美池[八]、桑竹之屬。男女衣着，悉如外人，見漁人驚問，設酒食云："先世避秦亂來此。"留數日，漁人辭去，向[九]路，處處[十]誌之。詣太守説，太守遣人隨往，路迷不得入。任安貧《武陵記》：漁人姓黄，名道真，太守係劉歆。【何焯】收"溪南"。○中四句兼"久"與"深"二層意："曾逢異人説"，"久"也；"風景似桃源"，"深"也。○"曾逢異人"正見俗塵不到，獨與猿鳥為侶也。○格淺而饒野趣。

【補注】異人，不尋常的人。這裏指神人、方士。郭璞《江賦》："納隱淪之列真，挺異人乎精魄。"陳伯海主編《唐詩彙評》(P. 1556)：《唐詩矩・五言律詩三集・中唐》："尾聯見意格……若信口説，手筆便庸；今乃託言'曾逢異人'云云，真似此人曾在桃源處來，風景得之目擊。此人道，似千真萬真，更無一毫不似，使觀者皆為之心怡神往，豈非極奇極巧之筆乎？"

【校勘】

［一］南溪　元刊本、正統本、明應本、磧砂本、高本、四庫本、全唐詩作"溪南"。

［二］何校"《衆妙集》作《南溪》"。

［三］住　四庫本作"往"。

［四］不置門　元刊本、正統本、磧砂本、高本、四庫本作"不閉門"，明應本作"人閉門"，何校"第二《英華》作不置門，更有味"。

［五］落擁　全唐詩作"發接(一作擁)"。何校"第四作花發接籬根"。

［六］逢　磧砂本作"聞"。

［七］袁　底本、大系本作"表"，據正統本改。

［八］池　底本、正統本、大系本作"地"，據《陶淵明集校箋》(P. 402)改。

［九］向　底本、正統本作“尚”，據大系本改。

［十］處　底本、正統本、大系本作“人”，據《陶淵明集校箋》（P. 403）改。

泊楊子[一]岸①

祖　詠②[二]

纔入維楊[三]郡，鄉關[四]此[五]路[六]遥③。林藏[七]初霽[八]雨，風退欲歸潮④。江火明沙岸，雲帆礙浦橋⑤。客衣今日[九]薄，寒氣[十]近[十一]來饒⑥。

【考證】

此詩見《全唐詩》卷一三一（P. 1335），題作《泊揚子津（一作岸）》。

【注評】

①**【圓至】**楊子橋，去楊州城十五里。

【補注】楊子，即楊子江，也寫作揚子江，楊通揚。長江在今儀徵、揚州一帶的古稱，因楊子津而得名。在今江蘇揚州邗江南有楊子橋，古時在長江北岸，由此南渡京口，為江濱要津。現距江已遠，僅通運河。

②**【圓至】**開元十三年杜綰榜進士[十二]。

【補注】吴企明撰《中國文學家大辭典・唐五代卷》（P. 598）“祖詠”條云，詠（生卒年不詳），行三。洛陽（今屬河南）人。開元十二年登進士第。其《長樂驛留别盧象裴總》詩云：“謫宦我難任。”似入仕而遭貶謫者。然曾任何官，已不可考。後移家汝墳間，以農耕、漁樵自終。王翰任仙州長史、汝州别駕時，與當地名士聚飲，祖詠常在座，與之唱酬。與王維、儲光羲、盧象等友善，互有贈答。頗有文名，其詩多寫山水景物，為盛唐田園山水詩派代表作家之一。殷璠評其詩“剪刻省静,用思尤苦,氣雖不高,調頗凌俗”(《河岳英靈集》卷下)。《新唐書・藝文志》著録其集一卷。《全唐詩》卷一三一編其詩為一卷。

③【增注】以淮水維繞,曰維楊。

【補注】維楊,即維揚,揚州的别稱。参見卷一張喬《寄維揚故人》注①和卷四姚合《送崔約下第歸揚州》注①。鄉關,猶故鄉。陳伯海主編《唐詩彙評》(P. 377):《唐詩矩・五言律詩二集・盛唐》:“此路去鄉關已遠,然猶‘纔入維揚郡’,則前途尚莫知紀極。回顧鄉關,真是日望日遠,無限悲酸,俱在言外。”

④【何焯】藏“寒”字,恰轉到“泊”字。

【補注】此聯上句謂雨霽天晴,林葉未乾,不時有密集的水滴飄落,好像又有雨過,不言風而已暗含風勢;下句順勢直接寫風,謂潮水即將回落,仿佛是被風吹退的。體物之細,煉字之工,令人歎服!

⑤【何焯】如畫[十三]。○中四句細寫不得不泊。

【補注】江火,江船上的燈火。孟浩然《陪盧明府泛舟回作》:“鷁舟隨雁泊,江火共星羅。”浦,可泊船的水湾。陳伯海主編《唐詩彙評》(P. 377):《近體秋陽》卷二“五言・盛唐”:“‘明’‘礙’兩皆練(煉)字。‘明’字人人解得,亦人人道得;‘礙’字尤人人解得,却人人道不得。”

⑥【何焯】落句以歸思之迫反收“泊”字,妙在發端“纔入”字、“遥”字便已見,更不容於淹泊也。

【補注】饒,濃,多。

【校勘】

[一] 楊子　正統本、磧砂本、高本、四庫本作“揚子”,何校“楊子”。

[二] 祖詠　底本、元刊本、正統本、明應本作“祖永”,據磧砂本、高本、四庫本、全唐詩改。

[三] 維楊　四庫本作“淮揚”,磧砂本、高本、全唐詩作“維揚”。

[四] 關　全唐詩校“一作山”。

［五］此　正統本、明應本作“北”。

［六］路　全唐詩校“一作地”。

［七］藏　全唐詩校“一作殘”。

［八］霽　全唐詩作“過(一作霽)”。

［九］日　何校“正”,全唐詩校“一作正”。

［十］氣　全唐詩校“一作夜”。

［十一］近　何校“昨”,全唐詩校“一作昨”。

［十二］大系本據《文藝傳》補云:“洛陽人,開元十二年進士。少有文名,與王維為吟侶。”

［十三］此條瀘州本脱。

新秋寄樂天①

劉禹錫

月露發光彩,此時方見秋②。夜涼金氣應,天静[一]火星流③。蟲[二]響偏依井,螢飛直過樓④。相知盡白首,清景復追遊⑤。

【考證】

此詩見《全唐詩》卷三五八(P. 4037),題中“寄”前有“對月”二字。

【注評】

①**【補注】**樂天,白居易字。參見卷四白居易《尋郭道士不遇》注②。劉、白二人聲氣相投,多有唱酬。陶敏、陶紅雨《劉禹錫全集編年校注》(P. 708)云,據劉、白二集編次,此詩為劉禹錫開成三年(838)秋任太子賓客分司東都(洛陽)時作。

②**【何焯】**“新”字。

【補注】月露，月光下的露滴。杜甫《貽華陽柳少府》："火雲洗月露，絶壁上朝暾。"

③【圓至】《詩》："七月流火。"《爾雅》注曰："大火，心星也。"

【補注】陶敏、陶紅雨《劉禹錫全集編年校注》(P. 708)："金氣，秋氣，古人以五行配四時，秋為金。"火星，星名，指大火，即心宿二。《詩經・豳風・七月》"七月流火"孔穎達疏："於七月之中，有西流者，是火之星也，知是將寒之漸。"夏曆五月的黄昏，火星在中天，七月的黄昏，火星的位置由中天逐漸西降，故曰"流"。常將此看作秋天來臨的徵兆。庾信《和張侍中述懷詩》："夷則火星流，天根秋水涸。"

④【何焯】的是"新秋"語。

⑤【圓至】意[三]謂彼已皆老，復事追遊乎？言不復也。【磧砂】言未必能復也。敏曰：宋玉情多，悲生秋氣，自古騷人逸士於秋未有感慨漠然者也。夢得仕途多舛，風前月下，憶事懷人，豈得已乎？【何焯】落句暗使"秋興"事。○"復追遊"，言當以[四]日達夜。

【校勘】

［一］静　磧砂本、何校作"净"。

［二］蟲　全唐詩作"蛩"。

［三］意　底本作"恳"，據詩説本、正統本、明應本改。

［四］以　底本、瀘州本皆為方框，臺灣"國家圖書館"藏何焯批校原本此條批語在地脚，頁面有殘缺，涉及文字恰為此字及上文"遊"字，據復旦大學圖書館藏范敏抄録本補。

秋日送客至潛水驛①

候吏立沙際②，田家連竹溪。楓林社日鼓③，茅屋午時雞。雀[一]

噪晚禾地,蝶飛秋草畦。驛樓宮[二]樹[三]近④,疲馬再三嘶。

【考證】

此詩見《全唐詩》卷三五七(P. 4018)。

【注評】

①【增注】潛水驛,在杭州於潛縣北,與吴興接境。

【補注】陶敏、陶紅雨《劉禹錫全集編年校注》(P. 176):此詩為禹錫元和中任朗州司馬時作。潛水驛,《(嘉靖)常德府志》卷二"地里志·山川":"潛水,府東北一十五里,溯源九溪,下合江。"驛當在其地。胡曾《早發潛水驛謁郎中員外》正曰:"青野霧銷凝晉洞,碧山煙散避秦溪……已是大仙憐後進,不應來向武陵迷。"

②【補注】陶敏、陶紅雨《劉禹錫全集編年校注》(P. 176):候吏,驛舍迎候的小吏。王維《送康太守》:"候吏趨蘆洲。"

③【增注】《月令》:"擇元日,命民社。謂勾龍后土皆平水土之神,故祀以為社。"今春秋二祭,以立春、立秋五戊[四]日為社。

【補注】社日,古時祭祀土神的日子,一般在立春、立秋後第五個戊日。參見卷一張演《社日》注①。

④【增注】宮樹,指吴故都地。

【補注】陶敏、陶紅雨《劉禹錫全集編年校注》(P. 177):"宮,疑當作'官'。官樹,謂官道之樹。"

【校勘】

[一] 雀　全唐詩作"鵲"。

[二] 宮　何校"官":"宮,疑作官。"磧砂本作"官"。

[三] 樹　全唐詩校"一作榭"。

[四] 戊　底本作"戌",據正統本、大系本改。

得日觀東房①

李　質②

曾入桃源[一]路，桃源[二]信少雙③。洞霞飄素練，壁蘚[三]畫[四]陰窗④。古木疑[五]撐月，危峯欲墮江。自吟空向寂，誰與[六]倒秋缸⑤。

【考證】

此詩見《全唐詩》卷五六三(P. 6535)，題中"得"作"宿"，題末多"詩"字。

【注評】

①**【增注】**在洪州武寧縣。

【補注】日觀，待考。按字面解，當為觀日出之所。從此詩首聯推斷，或在今湖南常德武陵區桃花源内。東房，東邊的廂房。

②**【圓至】**字公幹。**【增注】**襄陽人。又詳見後五言《得日觀東房[七]》詩[八]。

【補注】吴在慶撰《中國文學家大辭典・唐五代卷》(P. 292)"李質"條云，質(生卒年不詳)，字公幹，襄陽(今屬湖北)人。大中十二年，應舉無成，遂往衡陽省親。途經江西，適值兵亂，遂捨舟由武寧而返。後擢進士第。乾符五六年間，出任洪州刺史、江西觀察使。《全唐詩》卷五六三存詩一首。

③**【補注】**桃源，即桃花源。傳説在武陵。參見卷二陳羽《伏翼西洞送人》注②和劉長卿《過鄭山人所居》注③。信，確實。少雙，罕見媲美者。

④**【補注】**素練，白色絹帛。常用以喻雲、水、瀑布等。杜甫《不離西閣二首》之二："江雲飄素練，石壁斷空青。"陰窗，北窗。

⑤**【圓至】**《唐詩紀事》云：質，襄陽人。應舉無成，往謁。至豫章遇寇，倉皇去，得日觀東房，攜一壺上樓，朗吟曰云云。如有人曰："土[九]主尚書在此。"質後登第，果鎮[十]豫章。

【補注】空,徒然。倒秋缸,猶言斟秋釀。此聯歎没有知音把酒相賞。杜甫《春日憶李白》:"何時一尊酒,重與細論文。"

【校勘】

[一] 桃源　全唐詩作"桃溪"。

[二] 桃源　全唐詩作"仙源"。

[三] 壁薜　全唐詩作"薜壁"。

[四] 畫　高本作"晝"。

[五] 疑　全唐詩作"愁(一作疑)"。

[六] 與　全唐詩作"共"。

[七] 房　底本、正統本作"方",據上文改。

[八] 又詳……房詩　大系本作"大中中廉察豫章"。

[九] 土　明應本作"士"。

[十] 果鎮　底本作"果領",明應本作"東鎮",據詩説本、正統本改。

北固晚眺①[一]

竇　常

水國芒種後,梅天風雨凉②。露蠶開晚簇③[二],江燕語[三]危檣④。山址[四]北來固,潮頭西去長⑤。年年此登眺,人事幾銷亡。

【考證】

此詩見《全唐詩》卷二七一(P. 3032)。

【注評】

①【補注】北固,山名。在今江蘇鎮江市東北。參見卷二皇甫冉《酬張

繼》注②。從詩末"年年此登眺"一句推測，此詩或為常在鹽鐵轉運府任職時所作。

②【增注】江海所在曰水國，又曰澤國。〇芒種，五月節。〇《風土記》："夏至前、芒種後雨為黄梅雨。"

【補注】水國，猶水鄉。芒種，二十四節氣之一，一般都在每年公曆六月六日前後。《逸周書・時訓》："芒種之日，螳螂生。"《説郛》卷四〇下録《嬾真子録》："所謂芒種五月節者，謂麥至是而始可收，稻過是而不可種也。"梅天，黄梅天氣。參見卷四白居易《送客之湖南》注⑤。

③【圓至】露蠶，謂露養於外。自淮以西，其俗皆然。每至晚晴，連屋開箔，望之如雪。簇，蠶箔也。【全唐詩】蠶露於外，淮西皆然。

【補注】露蠶，户外飼育的蠶。簇，供蠶吐絲作繭的用具，多用莊稼稈紮成。王建《簇蠶辭》："新婦拜簇願繭稠，女灑桃漿男打鼓。"

④【補注】危檣，高的桅杆。陰鏗《渡青草湖詩》："行舟逗遠樹，度鳥息危檣。"

⑤【補注】北固山有南、中、北三峰。北峰三面臨江，形勢險要，故詩謂"北來固"。潮頭，潮水的浪峰。

【校勘】

[一] 眺　磧砂本作"晴"。

[二] 簇　何校"蔟，《説文》'行蠶蓐'，宋本《聯珠集》作蔟"。

[三] 語　何批、全唐詩作"繞"。

[四] 址　全唐詩作"趾"。

送朱可久[一]歸越中①

賈　島

石頭城下泊②，北固暝[二]鍾初③。汀鷺衝潮[三]起④，船窗過月[四]

虛⑤。吴山侵越衆⑥，隋[五]柳入唐疎⑦。日欲供[六]調膳⑧，辟來何府書⑨。

【考證】

此詩見《全唐詩》卷五七二(P. 6632—6633)。

【注評】

①**【增注】**朱可久，即朱慶餘。越，夏少康封小子於會稽，號於越。漢屬江都國，唐越州會稽郡，屬江南道，今屬浙東道。

【補注】可久，指朱慶餘，唐代詩人，名可久，以字行，越州人。生平參見卷五朱慶餘《湖中閑夜》注①。齊文榜《賈島集校注》(P. 113)云，此詩為寶曆二年(826)朱慶餘及第後，賈島送其歸鄉省親之作，張籍、姚合并有送詩。越中，這裏指越州，治所在今浙江紹興市。

②**【圓至】**《建康實録》:"石頭城九里，即今清涼寺。"**【增注】**石頭城，孫權築，一[七]云周寶筑。

【補注】石頭城，故址在今南京清涼山。參見卷三劉禹錫《西塞山》注④。

③**【補注】**北固，山名。在今江蘇鎮江市東北。參見卷二皇甫冉《酬張繼》注②。齊文榜《賈島集校注》(P. 114):《元和郡縣圖志》卷二五"江南道一·潤州·丹徒縣":"北固山，在縣北一里，下臨長江，其勢險固，因以為名。"暝鍾，暮鐘。

④**【補注】**汀，水邊平地，小洲。鷺，鳥類的一科。嘴直而尖，頸長，飛翔時縮着頸。白鷺、蒼鷺較為常見。參見卷四雍陶《崔少府池鷺》注①。

⑤**【補注】**齊文榜《賈島集校注》(P. 114):《瀛奎律髓彙評》卷二四"送別類":方回:"汀上之鷺，潮衝之而見其起。舟中之窗，月過之而見其虛。可謂善言吴中泊舟之趣。"

⑥**【增注】**吴山，指建康、蘇、潤等處。

【補注】齊文榜《賈島集校注》(P. 114)："吴越兩地毗鄰，山脈逶迤多相連屬，故云。"

⑦**【補注】**隋柳，指隋堤柳。隋煬帝開通濟渠，在河岸所植的柳樹。《隋書·煬帝紀》："(大業元年三月)辛亥，發河南諸郡男女百餘萬，開通濟渠，自西苑引穀、洛水達于河，自板渚引河通于淮。"又《隋煬帝開河記》："龍舟既成，泛江沿淮而下。至大梁，又别加修飾，砌以七寶金玉之類。于是吴越間取民間女年十五六歲者五百人，謂之殿脚女。至于龍舟御楫，即每船用彩纜十條，每條用殿脚女十人，嫩羊十口，令殿脚女與羊相間而行，牽之。時恐盛暑，翰林學士虞世基獻計，請用垂柳栽于汴渠兩堤上。一則樹根四散，鞠護河堤；二乃牽船之人，獲其陰凉；三則牽舟之羊食其葉。上大喜，詔民間有柳一株，賞一縑，百姓競獻之。又令親種，帝自種一株，群臣次第種，方及百姓。時有謡言曰：'天子先栽，然後百姓栽。'栽畢，帝御筆寫賜垂楊柳姓楊，曰楊柳也。"

⑧**【圓至】**調膳，謂養親也。

【補注】調膳，司厨，烹調。這裏指奉親養老。

⑨**【圓至】**薛登疏曰："漢取士，必觀其行，閭里推舉，然後府寺辟。"**【磧砂】**辟，聘召也。**【何焯】**落句言罷舉歸養則高，若屈迹藩幕則可惜也。本韓子《送董邵南序》之旨。司倉寧淪於一尉，而水部不應李師道之辟，居韓門者，其立志何如哉！

【補注】辟，這裏指徵召、薦舉的辟書。齊文榜《賈島集校注》(P. 113)："府，此指有任免官吏職權的官署。"阮籍《詣蔣公奏記辭辟命》："開府之日，人人自以為掾屬。辟書始下，而下走為首。"此聯謂可久將被徵召為官，欲日日在家奉親養老不可得也。

【校勘】

［一］朱　元刊本、正統本、明應本、磧砂本、高本、四庫本脱，何校"可久"前增"朱"字："朱慶餘名可久，去'朱'字似僧名矣。"

［二］暝　元刊本作"瞑"。

［三］衝潮　全唐詩作“潮衝(一作衝潮)”。

［四］過月　全唐詩作“月過(一作過月)”。

［五］隋　底本作“隋”,據元刊本、正統本、明應本、磧砂本、高本、四庫本、全唐詩改。

［六］供　全唐詩作“躬”。

［七］一　底本作“二”,據正統本、大系本改。

新安江行①

章八元②［一］

江源南出永③［二］,野飯［三］暫維綃④［四］。古戍懸魚網,空林露鳥巢⑤。雪晴山脊現,沙淺浪痕交⑥。自笑無媒者,逢人作解嘲⑦。

【考證】

此詩見《全唐詩》卷二八一(P. 3192)。

【注評】

①**【圓至】**徽州,隋改為新安郡。**【何焯】**新安恐不自隋始更。考之《通典》,吴孫權分丹楊立新都郡,晉平吴改曰新安,隋平陳置歙州。煬帝初州廢,置新安郡。唐為歙州,或為新安郡。

【補注】新安江,又名歙港、徽港。指今錢塘江幹流自安徽歙縣浦口至浙江建德市梅城鎮一段。以古郡為名。《明史・地理志一・南京》:“歙……西北有黄山,亦曰黟山,新安江出焉,東南流為歙浦。又東曰新安江,至浙江建德縣,與東陽江合為浙江上源。”按新安郡,西晉太康元年改吴新都郡置,屬揚州。治所在始新縣(今浙江淳安縣西北新安江北岸,現已没入千島湖)。隋開皇九年廢。

②【圓至】睦州人，大曆六年進士。學詩於嚴維。【增注】睦州人，登大曆進士第。嘗於郵亭偶題，蓋激楚之音也。會稽嚴維到驛，問曰："爾能從我學詩乎？"曰："能。"少頃遂發，八元已辭家。維賢之，遂親指諭數年，充賦擢第。

【補注】賈晉華撰《中國文學家大辭典·唐五代卷》(P. 724)"章八元"條云，八元(生卒年不詳)，行十八，睦州桐廬(今屬浙江)人。從嚴維學詩。大曆六年登進士第，復應制舉，未第。十一、二年間歸睦州，與劉長卿唱和。大曆、建中之際居長安，與嚴維、清江唱和。貞元中調句容主簿，遷協律郎，卒。八元有詩名，號章才子。《新唐書·藝文志》著録《章八元詩》一卷。《全唐詩》卷二八一存詩六首。

③【圓至】浙江源出徽州。【增注】《詩》："江之永矣。"注："永，長也。"

【補注】江，指浙江，即今錢塘江。源出安徽省休寧縣西南六股尖，向東北流到浙江省海鹽縣澉浦鎮至餘姚市西三閘連線處入杭州灣。全長605公里。《水經·漸江水注》："浙江又東北流至錢塘縣。"此句謂浙江從南流來，源遠流長。

④【圓至】《海賦》："維長綃。"李善注："綃，帆綱[五]也。"

【補注】野飯，猶野餐。維，繫，拴縛。《管子·白心》："天或維之，地或載之。"綃，船上挂帆的木柱。《文選》卷一二木華《海賦》："維長綃，挂帆席。"李善注："綃，今之帆綱也，以長木爲之，所以挂帆也。"維綃，猶言繫纜。

⑤【補注】古戍，古老的城堡、營壘，多已荒廢。空林，冬天木葉多脱，故稱。

⑥【補注】山脊，山的高處像獸類脊骨似的隆起部分。《爾雅·釋山》："山脊，岡。"郭璞注："謂山長脊。"邢昺疏："孫炎云：'長山之脊也，言高山之長脊名岡。'"浪痕，岸邊沙灘上波浪衝擊留下的痕迹。

⑦【圓至】楊雄事，不遇，人嘲之，雄作《解嘲賦》。【增注】《周禮》注："媒之言謀也，謀合異類，使和成也。"

【補注】無媒者，指没有引薦入仕之人。比喻進身無路。解嘲，因被人嘲笑而自作解釋。用揚雄事，參見卷六羊士諤《林館避暑》注⑥。

【校勘】

［一］章八元　磧砂本作“章人元”。

［二］出永　裴校“出永，一作去永”，全唐詩作“去（一作出）永”。

［三］飯　全唐詩作“渡”。

［四］綃　底本、元刊本、正統本、明應本作“褙”，磧砂本作“褙”，據高本、四庫本改，何校“當作梢，誤引《海賦》”。圓至注此字同誤，徑改。

［五］綱　詩説本、正統本、明應本作“網”。

三月五日泛長沙東湖[①]

張又新[②]

上巳餘風景[③]，芳辰集遠坰[④]。湖光迷翡翠[⑤]，草色醉蜻蜓。鳥弄桐花日，魚翻穀雨萍[⑥]。從今留勝會，誰看畫蘭亭[⑦]。

【考證】

此詩見《全唐詩》卷四七九（P. 5452），題中“泛”前有“陪大夫”三字，題下校“一作李群玉詩”；又見卷三六八（P. 4148），屬崔護，題中“泛”前有“陪裴大夫”四字；又見卷五六九（P. 6595），屬李群玉，題中“泛”前有“陪裴大夫”四字，題下校“一作張又新詩”。三處首聯下，皆多“綵舟浮泛蕩，繡轂下娉婷。棲樹迴葱蒨，笙歌轉杳冥”二聯，文字略有差異。佟培基《全唐詩重出誤收考》（P. 314）云，此詩《古今歲時雜詠》卷四三又作吕温。各本所載詩題中俱有“長沙東湖”，則必作于長沙無疑。宋書棚本《李群玉詩集》多有長沙與裴大夫游宴之作，除此詩外，如《長沙陪裴大夫登北樓》《長沙九日登東樓觀舞》等。此裴大夫應為裴休，會昌四年（844）任湖南觀察使。《新唐書・藝文志》著録李群玉詩集，云：“裴休觀察湖南，厚延致之。”故此詩當為李群玉作。

【注評】

①**【增注】**東湖,在潭州長沙界。

【補注】長沙,郡名,即潭州,治所在今長沙市。參見卷五張均《岳陽晚景》注③。東湖,《永樂大典》卷二二六二"湖・東湖"引《長沙府志》:"湖在長沙府湘陰縣東,又名澄鮮湖。闊可五里。受撥水江水,入縣江。春夏水漲成湖。通前湖爲放生池。"戴叔倫有《暮春遊長沙東湖贈辛兗州巢父二首》。

②**【圓至】**深州陸澤人,薦之子,元和九年進士第一人。**【增注】**字孔昭,工部侍郎薦之子。元和中及進士高第,歷左右補闕,附李逢吉,罷汀州刺史。又附李訓,訓死,復坐貶,終左司郎中。

【補注】吴汝煜撰《中國文學家大辭典・唐五代卷》(P. 404—405)"張又新"條云,又新(生卒年不詳),字孔昭,深州陸澤(今河北深縣西)人。工部侍郎張薦子。初為京兆解頭,元和九年進士及第為狀頭,十二年舉博學宏詞科為敕頭,時號張三頭。應辟為淮南節度使從事。後歷左、右補闕。穆宗長慶中,以兇險敢言,為宰相李逢吉所重用,合謀排擠朝士之不附李逢吉者。敬宗即位,張又新構陷賈餗,使之出為常州刺史。又構陷李紳,使之貶端州司馬。寶曆二年,遷祠部員外郎。與李續之、劉棲楚等人朋黨相結,時號"八關十六子"。同年十一月,李逢吉出為山南東道節度使,表張又新為行軍司馬。大和元年四月,貶汀州刺史。五年為主客郎中。李訓用事,復擢為尚書郎(《新唐書》本傳作刑部郎中)。李訓敗,坐貶。開成間,為溫州刺史。會昌二年至四年,在江州刺史任。于潯陽縣築斷洪堤,以窒水害。又曾任申州刺史,未知在何時。終左司郎中。工文辭,擅七絶,多遊覽登臨之作。早年與李賀、李漢、趙嘏等交往、唱酬。性嗜茶,曾嘗天下煎茶之水,品第其名次,凡二十等,作《煎茶水記》一卷以記之,《新唐書・藝文志》等著録。《全唐詩》卷四七九存詩十七首。其中《郡齋三月下旬作》等三首歸屬難定。《全唐詩補編・續補遺》卷五補二首,《續拾》卷二七補四首。

③**【圓至】**《風俗通》曰:"巳,祉也。"**【增注】**《漢[一]・禮儀[二]志》:"三月上巳,宮人并禊,飲水上,謂滌邪疾。已去,祈介祉也。"魏以後但用三日,不

復用巳。【磧砂】"餘"字切五日，蓋三月三為上巳。

【補注】上巳，節日名。漢以前以農曆三月上旬巳日為"上巳"；魏、晉以後，定為三月三日，不必取巳日。《後漢書·禮儀志上·祓禊》："是月上巳，官民皆絜於東流水上，曰洗濯祓除去宿垢疢爲大絜。"《宋書·禮志二》引《韓詩》："鄭國之俗，三月上巳，之溱、洧兩水之上，招魂續魄。秉蘭草，拂不祥。"但也有仍取巳日者。

④【圓至】《爾雅》："林外謂之坰。"

【補注】芳辰，美好的時光。多指春季。沈約《反舌賦》："對芳辰於此月，屬今余之遵暮。"坰，jiōng，遠郊，野外。《詩經·魯頌·駉》："駉駉牡馬，在坰之野。"毛公傳："坰，遠野也。邑外曰郊，郊外曰野，野外曰林，林外曰坰。"

⑤【增注】翡，赤羽雀。翠，青羽雀。其羽可為飾。

【補注】翡翠，鳥名。嘴長而直，生活在水邊，吃魚蝦之類。羽毛有藍、緑、赤、棕等色，可做裝飾品。《逸周書·王會》："倉吾翡翠，翡翠者所以取羽。"《楚辭·招魂》："翡翠珠被，爛齊光些。"王逸注："雄曰翡，雌曰翠。"洪興祖補注："翡，赤羽雀。翠，青羽雀。《異物志》云：'翠鳥形如燕，赤而雄曰翡，青而雌曰翠。'"

⑥【增注】清明後十五日斗指辰為穀雨。○《月令》："季春萍始生。"或云："柳絮化為萍。"

【補注】桐花，桐樹的花。白居易《桐花》："春令有常候，清明桐始發。何此巴峽中，桐花開十月？"桐樹喜陽，有梧桐、油桐、泡桐等種。古代詩文中多指梧桐。《桐譜·所宜》："桐，陽木也，多生於崇岡峻嶽、巉巖盤石之間，茂拔顯敞高暖之地。"穀雨，二十四節氣之一。在公曆四月十九、二十或二十一日。參見卷一薛能《老圃堂》注③。

⑦【圓至】《畫記》有《蘭亭修禊圖》。按，本集此篇乃長律，蓋伯弜擷而為此。既非警句，不知何以取也？【增注】晉永和九年三月三日，王羲之與孫統等會於山陰之蘭亭，修禊事也。【磧砂】謙曰：且就原選，存此以參看本集，亦甚見推敲之益。

【補注】勝會,猶盛會。誰看,看誰。蘭亭,在浙江紹興市西南之蘭渚山上。東晉永和九年王羲之、謝安等同遊于此。羲之作《蘭亭集序》,略云:"暮春之初,會於會稽山陰之蘭亭,修禊事也。群賢畢至,少長咸集……引以為流觴曲水,列坐其次。雖無絲竹管弦之盛,一觴一詠,亦足以暢敘幽情。"此事後來成為畫家樂于表現之畫題。《蘭亭續考》卷二引李心傳記云:"王右丞所畫《蘭亭圖》,祐陵標題,仍書何延之所作記于後。"李頻《府試觀蘭亭圖》:"往會人何處,遺蹤事可觀……筆想吟中駐,杯疑飲後乾。"今傳者有明文徵明《蘭亭修禊》卷(北京故宮博物院藏)、清樊沂《蘭亭修禊圖》卷(美國黄君實舊藏)等。

【校勘】

[一] 大系本"漢"後有"書"字。

[二] 儀　底本、正統本作"仪",大系本作"役",據文意改。

送人入蜀①

李　遠

蜀客本多愁,今君[一]是勝遊②。碧藏雲外樹,紅露[二]驛邊樓。杜宇[三]呼名語③,巴江學[四]字流④。不知煙雨夜,何處夢刀州⑤。

【考證】

此詩見《全唐詩》卷五一九(P. 5931)。

【注評】

①**【增注】**蜀自蠶叢、拍濩、魚鳧稱王,至杜宇稱望帝。

【補注】蜀,古族名、國名,分佈在今四川西部。後泛指今四川一帶。參見卷二熊孺登《湘江夜泛》注③。

②【何焯】發端擺脱妙。

【補注】勝遊，快意的遊覽。劉禹錫《奉和裴侍中將赴漢南留别座上諸公》："管弦席上留高韻，山水途中入勝遊。"

③【圓至】《博物志》："杜宇啼苦，則自呼名曰謝豹。"【增注】《成都記》："杜宇亦曰杜主，稱望帝。以位禪開明，死，魂化為鳥，名杜鵑，亦曰子規。"

【補注】杜宇，又名子規、杜鵑。相傳為古蜀王杜宇之魂所化。春末夏初，常晝夜啼鳴，其聲哀切，似"不如歸去"，故又名催歸。參見卷一李涉《竹枝詞》注④。

④【圓至】《巴州志》："字江者，以水屈曲成巴字，故曰字江(【高士奇】亦曰巴江)。"

【補注】巴江，流經今四川東部、重慶古巴子國一帶的河流，所指不一。這裏應指今四川合川至重慶間之嘉陵江。《華陽國志・巴志》："漢世郡治江州巴水北……後都護李嚴更城大城，周迴十六里，欲穿城後山，自汶江通水入巴江，使城為州。"《方輿勝覽》卷六〇"夔州路・重慶府・山川"：巴江"在巴縣，水折三回如'巴'字"。

⑤【增注】晉王濬為廣漢太守，夜夢懸三刀於卧屋梁，須臾更益一刀，意甚惡之。主簿李毅拜賀曰："三刀為州字，又益一者，明府其臨益州乎?"果遷益州刺史，後再刺。【何焯】"杜宇"一連正將他人愁處翻出。"勝"字，落句"煙雨"亦帶愁意，以吉夢收足"勝"意。〇下六句淺深次第，方是"入蜀"。

【補注】夢刀州，用王濬典，祝願友人即將在所往之蜀地獲得升遷。

【校勘】

［一］今君　全唐詩作"君今"。

［二］露　何批"壓"，全唐詩校"一作壓"。

［三］杜宇　全唐詩作"杜魄"。

［四］學　全唐詩作"作(一作學)"。

七里灘①[一]

許　渾

天晚日沉沉，孤舟繫柳陰。江村平見寺，山郭遠聞砧。樹密猿聲響，波澄鴈影深。榮華暫時事，誰識子陵心②。

【考證】

此詩見《全唐詩》卷五二八(P. 6044)，題首多"晚泊"二字。

【注評】

①**【圓至】**在嚴州。俗云："有風七里，無風七十里。"

【補注】羅時進《丁卯集箋證》(P. 58—59)云，此詩乃許渾元和七年(812)游越時作。七里灘，在今浙江桐廬縣嚴陵山西。

②**【圓至】**嚴子陵釣臺在灘側。**【增注】**子陵本姓莊，以漢明帝諱，改姓嚴，名光，子陵其字也。少與光武同學，及[二]光武即位，乃變姓名，披羊裘，釣澤中。**【何焯】**破題暗寓身際衰季，故擬追子陵之遯操，不爭暫時歡華也。五、六乃深潛高舉之意。

【校勘】

［一］何校題前增"晚泊"二字。

［二］及　底本作"反"，據正統本、大系本改。

孤山寺①

張　祜[一]

樓臺聳碧岑，一徑入湖心②。不雨山長[二]潤，無雲水自陰③。斷橋荒蘚合[三],空院落花深④。猶[四]憶西窗夜[五],鍾聲出北[六]林⑤。

【考證】

此詩見《全唐詩》卷五一〇(P. 5818—5819),題首多"題杭州"三字。

【注評】

①**【圓至】**在錢塘舊治四里,獨一山。**【高士奇】**在錢塘,以其獨峙湖中,故名。

【補注】孤山,位于西湖里湖與外湖之間,為湖中最大的島嶼。因孤峙湖中,故名。又因多梅,亦稱梅嶼。係西湖西北葛嶺餘脈。東北、西南分别連着白堤與西泠橋。尹占華《張祜詩集校注》(P. 117):《(咸淳)臨安志》卷二三"山川二":"孤山,在西湖中稍西,一嶼聳立,旁無聯附,為湖山勝絶處。"孤山寺,元稹《永福寺石壁法華經記》:"永福寺,一名孤山寺,在杭州錢塘湖心孤山上。"《(咸淳)臨安志》卷七九"寺觀五":"廣化院,在北山。舊在孤山……(陳文帝天嘉元年有天竺僧持辟支佛頷骨舍利至杭,遂於孤山建永福寺,立塔。)"

②**【補注】**尹占華《張祜詩集校注》(P. 117):岑,此指孤山。一徑,指白沙堤,後人簡稱白堤。

③**【磧砂】**敏曰:此聯若走馬看花,但覺豁目而已。殊不知孤山在西湖之上,山因臨湖常潤,非關雨;湖却傍山常陰,不為雲也。此非描畫所及,細玩之,令人入勝。

【補注】陳增傑《唐人律詩箋注集評》(P. 829—830):張祜《登杭州龍興寺三門樓》:"偏宜竹翠山長潤,早見梅花地少寒。"《删補唐詩選脉箋釋會通評林·五言律詩·晚唐》:周珽:"孤山屹峙湖心,尤為此湖最上景。珽幸生長其郡,常讀書寺中,登臨嘯望,無分晴雨朝昏,泓澄掩映,葱翠迴合。每吟'不雨山長潤,無雲水自陰',始信非熟炙其景説不出也。"

④**【磧砂】**敏曰:"合"字從"斷"字生來,"深"字從"空"字見得,極自然又

幽細。

⑤【何焯】一句不可移掇。

【補注】尹占華《張祜詩集校注》(P. 118):《唐詩成法》卷五“五言律”:“一、二寺,三、四山水,五、六時景,七、八言前曾宿此也。三承‘碧岑’,四承‘湖心’。山在湖中故長潤,水圍山下故自陰。‘斷橋’承‘一徑’,‘空院’承‘樓臺’,‘合’字從‘斷’字來,‘深’字從‘空’字見。‘猶憶’緊接六,言昔日曾於此院西窗月夜聽北林鐘聲,今日來遊,猶記憶也。足令後人閣筆。”

【校勘】

[一] 張祜　底本、元刊本、正統本、明應本、磧砂本、高本作“張祐”,據何校、四庫本、全唐詩改。

[二] 長　磧砂本作“常”。

[三] 合　全唐詩作“澀”。

[四] 猶　全唐詩校“一作獨”。

[五] 夜　全唐詩作“月(一作夜)”。

[六] 出北　全唐詩作“在北(一作到此)”。

惠山寺①

舊宅人何在②,空門客[一]自過。泉聲到池盡③,山[二]色上樓多④。小洞穿[三]斜竹,重堦夾細[四]莎⑤。殷勤望[五]城市,雲外[六]暮鍾和⑥。

【考證】

此詩見《全唐詩》卷五一〇(P. 5821),題首多“題”字,題下校“一作常州無錫縣惠山寺”。

【注評】

①**【圓至】**在無錫縣西七里。

【補注】惠山寺，在今江蘇無錫市西五里惠山第一峰之白石塢。尹占華《張祜詩集校注》(P. 134—135)：《太平寰宇記》卷九二“江南東道四・常州・無錫縣”：“惠山寺在縣東七里，一名九隴山，長有泉，梁大同二年三月置寺。張又新《煎茶水記》云陸鴻漸言無錫縣惠山寺石泉水第二。”《(嘉慶)重修一統志》卷八七“常州府二”：“惠山寺，在無錫縣西五里惠山第一峰之白石塢。劉宋司徒長史湛茂之別墅，名歷山草堂。景平初為僧寮，曰華山精舍。梁大同中改法雲禪院，唐會昌中廢。嗣後屢有廢興。”

②**【磧砂】**寺蓋陸慧曉宅。**【何焯】**起句謂寺即宋湛茂之歷山草堂。

③**【圓至】**惠山泉，天下第二水[七]。

【補注】尹占華《張祜詩集校注》(P. 135)：《輿地紀勝》卷六“两浙西路・常州・景物下”：“曲水亭……陸羽云：梁大同中，有青蓮花育於寺，因改為惠山寺。前有曲水亭，其水九曲，中有方池，一名千葉蓮花，一名浣沼。其上有大同殿，梁大同六年置。”

④**【磧砂】**謙曰：“盡”字必著“到”字，“上”字方見“多”字，次句尤覺天然有餘味。

⑤**【增注】**《本草》：“莎草，一名侯莎，一名蒿，生田野間。”

【補注】莎，即莎草，多年生草本植物。多生于潮濕地區或河邊沙地。莖直立，三棱形。葉細長，深緑色，質硬有光澤。夏季開穗狀小花，赤褐色。地下有細長的匍匐莖，並有褐色膨大塊莖。塊莖稱香附子，可供藥用。

⑥**【磧砂】**謙曰：昔人談詩，謂中二聯賦景物者，有大小，有遠近。如此，次聯所謂大也、遠也，三聯所謂小也、近也。其前後位置雖各變化，總要大處、遠處分得出小處、近處，小處、近處合得上大處、遠處耳。即如三聯説小洞穿生斜竹，重階夾長細莎，吾不知其心頭眼下如何有此一副閑曠靈光，直冥搜到此也。結句一自嘲，一自淡，與起聯緊合，偏自澹然無迹。此君五言天分最優，人工亦細。

【補注】殷勤，急切。曹操《請追增郭嘉封邑表》：“誠賢君殷勤于清良，聖祖敦篤于明勳也。"這裏兼有頻繁義。《後漢書・陳蕃傳》:"天之於漢,悢悢無已,故殷勤示變,以悟陛下。"

【校勘】

［一］客　正統本、明應本作"各"。

［二］山　全唐詩校"一作月"。

［三］穿　全唐詩作"生(一作穿)"。

［四］細　全唐詩校"一作瘦"。

［五］望　全唐詩校"一作入"。

［六］外　全唐詩作"水"。

［七］水　磧砂本、高本引用時校改為"泉"。

登蒲澗寺後二巖①

李群玉

五仙騎五羊,何代降兹鄉②。澗有堯時[一]韭③,山餘禹日糧④。樓臺籠海色,草樹發[二]天香。浩笑煙波[三]裏,浮溟興甚長⑤。

【考證】

此詩見《全唐詩》卷五六九(P. 6587),為《登蒲澗寺後二巖三首》之一。

【注評】

①【圓至】《南越志》:"菖蒲澗,在熙安縣東北。咸安中,姚成甫於澗側遇丈人,曰:'此菖蒲,安期生所種。'"

【補注】蒲澗寺,在今廣州北白雲山麓。晉時廣州盛傳秦代方士鄭安期曾在白雲山蒲澗采食菖蒲,于七月二十四日成仙。此後,登山采菖蒲、以澗水沐浴漸成風俗。唐代建寺。寶曆二年,法性寺(今光孝寺)僧欽造兼任住持。宋淳化元年重建。紹聖四年蘇軾南貶過此,書寫"殯蒲"二字並賦詩。民國前已廢。林兆祥《唐宋詠粵詩選注》(P. 95):"二巖:一為滴水巖,水滴成池,蒲澗百尺飛流,九曲而下;二為鄭巖,相傳為安期生采藥墜落飛升處。"

② **【圓至】**《寰宇記》:"高固為楚相,有五仙人騎五色羊,持穀穗遺州人,因呼為五羊城。"

【補注】茲鄉,指廣州,又名五羊城。

③ **【圓至】**廣州蒲澗寺產菖蒲十六節。《呂氏春秋》曰:"菖蒲,亦名堯韭。"《典術》曰:"堯時天降精於庭為[四]韭,感百陰為菖蒲。"

④ **【圓至】**《南越志》:"大禹取藤根為糧,飢年人食之,名禹餘糧。"

【補注】禹餘糧,有三義。一指禹糧石,為一種褐鐵礦礦石。性微寒,味甘澀,有澀腸、止血功能。相傳夏禹治水時棄其餘糧于江中,化為此石,故名。見《太平御覽》卷九八八。二指麥門冬。《爾雅·釋草》"蘠冬"邢昺疏:"麥門冬,秦名羊韭,齊名愛韭,楚名馬韭,越名羊蓍,一名禹葭,一名禹餘糧。"三指蒒草。《博物志》卷三:"海上有草焉,名蒒。其實食之如大麥,七月稔熟,名曰自然穀,或曰禹餘糧。"

⑤ **【磧砂】**謙曰:結應"五仙",緊合中二聯,所謂先說小、近,後說大、遠也。

【補注】浩笑,大笑。浮溟,乘船漂浮在海上。溟,海。《文選》卷二九張協《雜詩十首》之十:"雲根臨八極,雨足灑四溟。"劉良注:"四溟,謂四海也。"

【校勘】

[一] 時　全唐詩作"年"。

[二] 發　全唐詩校"一作美"。

[三] 浩笑煙波　全唐詩作"浩(一作吟)嘯(一作笑)波(一作秋)光(一作煙波)"。

［四］為　底本作“道”，據詩説本、正統本、明應本改。

送僧還南海①［一］

李　洞

春往海南［二］邊，秋聞半夜［三］蟬。鯨吞［四］洗鉢水②，犀觸點燈船③。島嶼分諸國，星河共一天④。長安［五］却回日，松偃舊房前⑤。

【考證】

此詩見《全唐詩》卷七二一（P. 8271），題作《送雲卿上人游安南》（一作《送僧遊南海》）。

【注評】

①**【增注】**廣州南海郡，唐屬嶺南道，今屬廣東道。

【補注】古時南海之名，所指因時而異。秦置南海郡，所臨海疆即今南海。這裏應泛指今東南亞一帶及其海域。

②**【圓至】**崔豹《古今注》：“鯨魚大者長千里，小者長數千丈。”**【增注】**鉢，盂屬，“西國有佛鉢”是也。

【補注】鉢，僧人食具。底平，口略小，形圓稍扁。

③**【圓至】**《交州記》：“犀牛毛如豕，頸如馬，鼻上、頭［六］上、額上各一角。”**【增注】**犀行江海，水為之開。

④**【磧砂】**敏曰：此篇中二聯如“洗鉢”“點燈”，“分”字、“共”字賦景之内，微具言情之法，則實中帶虚，又不可印定“四實”二字在眼。一抹送人之意。

⑤**【圓至】**玄奘往西域，房前有松，其枝西偃。忽一日枝東偃，弟子曰：“師歸矣。”果然。

【補注】偃,傾覆。張喬《尋桃源》:“水垂青靄斷,松偃緑蘿低。”《獨異志》卷上:“唐初有僧玄奘,往西域取經,一去十七年。始去之日,於齊州靈巖寺院,有松一本立於庭。奘以手摩其枝曰:‘吾西去求佛教,汝可西長;若歸,即此枝東向,使吾門人弟子知之。’及去,年年西指,約長數丈。一年,忽東向指,門人弟子曰:‘教主歸矣!’乃西迎之。奘果還歸,得佛經六百部。至今衆謂之摩頂松。”陳伯海主編《唐詩彙評》(P. 2983):《删補唐詩選脉箋釋會通評林·五言律詩·晚唐》:周珽:“首聯見南行途遠。次聯見上人道法所到,輒多奇幻景物。三聯,《金鍼詩格》云:如‘島嶼分諸國,星河共一天’,言明君理化一統也。末以日後歸來之景作結,自多遠韻。”

【校勘】

[一] 還南海　何校“遊安南”。

[二] 海南　四庫本作“南海”。

[三] 夜　何校“路”,全唐詩校“一作路”。

[四] 吞　全唐詩校“一作吹,又作噴”。

[五] 長安　全唐詩作“長安(一作空)”。

[六] 頭　底本作“須”,正統本作“頤”,據詩説本、明應本改。

鄠北李生舍①

圭峯秋後夜②[一],亂葉落寒虚③[二]。四五百竿竹,二三千卷書。雲深猿盗[三]栗,雨霽螗沾[四]蔬④。只隔門前水⑤,如同萬里餘。

【考證】

此詩見《全唐詩》卷七二一(P. 8272),題作《鄠(一作鄠)郊山舍題趙處士林亭》。

【注評】

① **【增注】**鄠,音扈。唐京兆府有鄠縣,《漢書》屬扶風縣,即古扈國。

【補注】鄠縣,西漢置,屬右扶風。治所在今陝西户縣北二里。三國魏屬扶風郡。晉屬始平郡。北魏太平真君七年改屬京兆郡。隋大業十年遷治今户縣。唐屬京兆府。生,先生的省稱。指有才學的人。亦為讀書人的通稱。《管子・君臣上》:"是以爲人君者,坐萬物之原,而官諸生之職者也。"尹知章注:"生,謂知學之士也。"《史記・儒林列傳》:"言《禮》自魯高堂生。"司馬貞索隱:"云'生'者,自漢已來儒者皆號'生',亦'先生'省字呼之耳。"李生,待考。舍,房屋,居室。《禮記・曲禮上》:"將適舍,求毋固。"孔穎達疏:"舍,主人家也。"

② **【圓至】【全唐詩】**圭峰,在終南山。

【補注】圭峰,又名尖山。在今陝西户縣東南。山峰突出如圭。還有紫閣、大頂、凌雲、羅漢等峰,均突兀峻拔。峰旁有高冠峪,為澧河水源之一。高冠瀑布飛流直下,蔚為壯觀。圭峰北麓有草堂寺,"草堂煙霧"為"關中八景"之一。

③ **【補注】**虚,墟的古字。山丘。《詩經・鄘風・定之方中》:"升彼虚矣,以望楚矣。"《説文解字・丘部》:"虚,大丘也。昆侖丘謂之昆侖虚。"段玉裁注:"虚者,今之墟字,猶'昆侖'今之'崐崘'字也。虚本謂大丘。"

④ **【補注】**螘,同蟻。螞蟻。《本草綱目》卷四〇:"能知雨候,春出冬蟄。"

⑤ **【何焯】**收"鄠北"。

【校勘】

[一] 夜　全唐詩作"疊(一作矗,又作夜)"。

[二] 虚　磧砂本、全唐詩作"墟"。

[三] 盜　全唐詩作"拾(一作盜)"。

[四] 螘沾　全唐詩作"蟻緣(一作沾)"。

塞　上①

司空圖

萬里隋[一]城在②，三邊虜[二]氣衰③。沙填孤障角④，燒斷故關碑⑤。馬色經寒慘，鵰聲帶晚悲⑥[三]。將軍正閑暇，留客換歌辭⑦。

【考證】

此詩見《全唐詩》卷六三二(P. 7243)。

【注評】

①**【增注】**《古今注》："塞者，所以擁塞夷狄也。又西北曰塞，東南曰邊。"

【補注】塞上，邊境地區，亦泛指北方長城内外。《淮南子・人間訓》："近塞上之人有善術者，馬無故亡而入胡。"

②**【圓至】**隋大業三年筑長城。

【補注】馬茂元《唐詩選》(P. 792)：萬里隋城，《元和郡縣圖志》卷一四"河東道三・嵐州・合河縣"："隋長城，起縣北四十里，東經幽州，延袤千餘里，開皇十(此字衍文)六年因古迹修築。""按：古長城至隋時多已毀壞，隋自開國以後，多次加以修築。計自隋文帝開皇元年(581)至煬帝大業四年(608)共修過五次，其中大業三年(607)一次的修築，東起紫河，西至榆林，發動民夫多至一百餘萬。唐時的長城，基本上是隋代的建築，故稱。"

③**【增注】**《漢書》："武帝開廣三邊。"

【補注】三邊，指東、西、北邊陲。《後漢書・楊震傳》："羌虜鈔掠，三邊震擾。"《資治通鑑》漢安帝延光二年引此語，胡三省注云："三邊，東、西、北也。"亦泛指邊境、邊疆。虜，古時對北方外族或南人對北方人的蔑稱。《漢紀・武帝紀》："虜還走上山，陵追擊之。"

④【圓至】《蒼頡篇》:"障,小城。"

【補注】障,古代邊境險要處用于戍守的小城。《史記·酷吏列傳》:"復曰:'居一障閒?'山自度辯窮且下吏,曰:'能。'"張守節正義:"障謂塞上要險之處别築城,置吏士守之,以扞寇盜也。"

⑤【磧砂】燒,去聲。

⑥【磧砂】敏曰:"慘"字如見寒威凛烈,"悲"字如聞夜氣淒清,所謂對《北風圖》而使人欲寒者似之。

⑦【何焯】落句收足虜衰。

【補注】馬茂元《唐詩選》(P. 792):"言樂曲更番疊奏。唐時流行新曲,按曲譜填詞歌唱,稱為'曲子詞'。"

【校勘】

[一] 隋　底本作"陏",據元刊本、正統本、明應本、磧砂本、高本、四庫本、全唐詩改。

[二] 虜　高本作"鹵",何校"虜"。

[三] 悲　圓校"本集作飢",全唐詩校"一作飢"。

寄永嘉崔道融①

旅寓雖難定,乘閑是[一]勝遊②。碧雲蕭寺霽,紅樹謝村秋③。戍鼓和潮暗④,船窗[二]照島幽。詩家多滯此⑤,風景似相留。

【考證】

此詩見《全唐詩》卷六三二(P. 7243)。

【注評】

①【增注】永嘉,温州郡稱。春秋屬越,秦屬閩中,漢置永寧縣,晉立永

嘉郡，隋改括州，唐温州永嘉郡，屬江南道，宋為瑞安府，今屬浙東道温州路。

【補注】永嘉，縣名。隋開皇九年改永寧縣置，屬處州，治所即今浙江温州市。唐高宗上元二年為温州治。崔道融，荆州（今湖北江陵）人，嶺南節度副使崔表子。避唐末戰亂，與母遷至永嘉隱居，自號東甌散人。昭宗時，出任永嘉縣令。後避亂入閩，以右補闕召，未赴任而卒于閩中。生平參見吴在慶撰《中國文學家大辭典・唐五代卷》（P. 712—713）"崔道融"條。祖保泉、陶禮天《司空表聖詩文集箋校》（P. 23—24）：《直齋書録解題》卷一九："《東浮集》九卷，唐荆南崔道融撰，自稱'東甌散人乾寧乙卯（895）永嘉山齋編成'，蓋避地於此。"按此詩題云"寄永嘉崔道融"，寄詩或是乾寧間事，時圖寓華陰。《唐五代文學編年史・晚唐卷》（P. 691）曰："本年（廣明元年，880）崔道融約已東徙，寓居於永嘉……詩蓋為本年秋所寄。"時圖在長安。

② **【補注】**旅寓，旅居。勝遊，快意的遊覽。

③ **【圓至】**梁姓蕭，每寺大書蕭字[三]，故曰蕭寺。《杜陽編》云："蕭子雲書。"謝靈運嘗守永嘉，今石帆鄉有謝公嶺。**【增注】**謝村，或云在積谷山下。

【補注】蕭寺，《唐國史補》卷中："梁武帝造寺，令蕭子雲飛白大書'蕭'字，至今一'蕭'字存焉。"後因稱佛寺為蕭寺。

④ **【補注】**戍鼓，邊防駐軍的鼓聲。劉孝綽《夕逗繁昌浦詩》："隔山聞戍鼓，傍浦喧棹謳。"

⑤ **【補注】**詩家，猶詩人。詩人謝靈運、顔延之、孟浩然、張諲等皆曾任官或旅居永嘉。

【校勘】

［一］是　高本、四庫本作"足"。

［二］窗　何校、全唐詩作"燈"。

［三］字　底本、正統本、明應本作"寺"，據詩説本改。

泊靈溪館①

鄭　巢②

孤吟[一]踈雨絶[二]，荒館亂峯前。曉鷺棲危石③，秋萍滿敗船。溜從華頂[三]落④，樹與赤城連⑤。已有求閑意，相期在暮年⑥。

【考證】

此詩見《全唐詩》卷五〇四(P. 5734)。

【注評】

①**【圓至】**《天台賦》："過靈溪而一濯。"李善曰："溪名也。"

【補注】靈溪，始豐溪支流。在今浙江天台縣西北。《欽定大清一統志》卷二二九"台州府一"："在(天台)縣西北十五里。源出百丈岩，東流至鳳凰山側入始豐溪。"館，即驛館，驛站的客舍。

②**【圓至】**與姚合同時舉。

【補注】吴汝煜撰《中國文學家大辭典·唐五代卷》(P. 525)"鄭巢"條云，巢(生卒年不詳)，錢塘(今杭州)人。大和八、九年間，姚合為杭州刺史，鄭巢獻所作詩文，日遊門館，屢陪登覽宴集，甚為姚合賞識。性疏野，多與兩浙名僧往還酬酢。大中時曾應進士舉，然終生未入仕。工詩，長于五律，多送别題詠之作。辛文房以為"體效格法，能伏膺無斁，句意且清新"(《唐才子傳》卷八)。《全唐詩》卷五〇四編其詩為一卷。

③**【補注】**危石，高大的岩石。《莊子·田子方》："嘗與汝登高山，履危石，臨百仞之淵，若能射乎？"

④**【圓至】**華頂峰，在天台縣東北三十里。

【補注】溜，水流，瀑布。方干《題報恩寺上方》："巖溜噴空晴似雨，林蘿礙日夏多寒。"華頂，天台山主峰。在今浙江天台縣東北二十八里。《讀史方輿紀要》卷八九"浙江一·山川險要":"絶頂東望滄海,俗稱望海尖。少晴多晦,夏猶積雪,自下望之若蓮花之萼,亭亭獨秀,因名。"

⑤**【增注】**赤城山,在縣北六里,名燒山,石壁如霞赤。

【補注】赤城,即赤城山,號天台南門。參見卷四賈島《酬慈恩文郁上人》注③。

⑥**【補注】**陳伯海主編《唐詩彙評》(P. 2279):《删補唐詩選脉箋釋會通評林·五言律詩·晚唐》:周珽:"前四句詠溪館之荒凉,見客情之凄楚。後四句即館前山水之勝,起老年求閒之思。蓋鷺水鳥而棲危石,見處不得所,寓意在鷺;船載物而為萍滿,見由敗所致,寓意在船;句雖屬對,而作想不可不知。末果有意求閒,何必暮年?觀其《楚城秋夕》一詩,想欲閒而有不可得者。"

【校勘】

[一] 吟　磧砂本作"雲"。

[二] 絶　全唐詩校"一作外"。

[三] 頂　磧砂本作"嶺"。

甘露寺①

孫　魴②

寒暄皆有景,孤絶畫難形③。地拱千尋嶮④,天垂四面青⑤。晝燈籠鴈塔,夜磬徹漁汀⑥。最愛僧房好,波光滿户庭⑦。

【考證】

此詩見《全唐詩》卷七四三(P. 8454)。

【注評】

①**【圓至】**《圖經》云：李德裕所建，甘露降，遂以名寺。**【增注】**在潤州城東角土山上，臨大江。又云在北固山。

【補注】甘露寺，在今江蘇鎮江市北一里北固山上。《(元豐)九域志》卷五"两浙路"："甘露降於此，因以爲名。"相傳始建于三國東吴甘露元年，後廢。唐代李德裕守鎮江時重建。後屢毁屢建。寺臨大江，風光雄偉，北望揚州，歷歷在目。

②**【圓至】**南昌人，父畫工。**【增注】**南昌人。唐末鄭谷避亂歸宜春，魴往依焉，頗為誘掖，後有能詩名，終於南唐。其父畫工也，王徹為中書舍人，草魴誥詞云："李陵橋上不吟取次之詩，顧凱筆頭豈畫尋常之物。"魴終身恨之。

【補注】吴在慶撰《中國文學家大辭典・唐五代卷》(P. 232)"孫魴"條云，魴(生卒年不詳)，字伯魚，南昌(今屬江西)人，一作樂安(今屬江西)人。家貧好學。唐末，詩人鄭谷避亂歸宜春，魴從之學詩，盡得其詩歌體法。後吴王楊行密據有江淮，魴遂往依之，曾任郡從事。南唐烈祖時，累遷至宗正郎，卒。魴與沈彬、李建勳、齊己等人為詩友，有詩名。《宋史・藝文志》著録《孫魴詩集》三卷、《孫魴詩》五卷，恐係重出。《全唐詩》卷七四三存詩七首，《全唐詩補遺五》補二十八首，《全唐詩補編・續拾》卷四三又補一首。

③**【補注】**寒暄，猶冬夏。徐陵《又為梁貞陽侯答王太尉書》："自皇家禍亂，亟積寒暄，九州萬國之人、蟠木流沙之地，莫不行號卧泣，想望休平。"暄，炎熱。孤絶，既指甘露寺所處北固山高峰突起、絶壁聳立，又謂其景色之勝，獨特奇絶、無與倫比。按，北固山有南、中、北三峰。北峰三面臨江，形勢險要，故云"孤絶"。參見卷二皇甫冉《酬張繼》注②。

④**【圓至】**四尺為仞，倍仞為尋[一]。**【何焯】**"孤絶"。

【補注】拱，拱手，兩手相合以示敬意。引申為隆起或彎曲成弧形。尋，古代長度單位，一般為八尺。嶮，同險，險要、險阻。

⑤**【補注】**此聯呼應首聯，具體描繪甘露寺所處形勢，筆力雄健，境界開闊。一"拱"一"垂"，方向相反，似相配合，一從正面着筆，一從側面襯托，山

之"孤絶"宛在目前。

⑥【何焯】起"波光"。

【補注】雁塔,佛塔。參見卷五沈佺期《遊少林寺》注④。磬,寺院中召集衆僧用的雲板形鳴器或誦經用的鉢形打擊樂器。汀,水邊平地,小洲。"徹"字既有"到達"義,又有"窮盡、周遍"義,下得好!"夜磬"句謂投宿寺中,萬籟俱寂,時聞清磬一聲,舉首遠眺,惟見遠處漁火點點,餘音彷彿就在漁火間跳蕩。既將磬聲之清越正面寫出,又將北固之"孤絶"暗中託出,蓋處高則聲傳得遠。同時,夜中而知遠處為"漁汀",必因"漁火"推想矣,如此,則尾聯"波光"不為唐突。古人下筆無妄,一至于此乎!

⑦【何焯】收足"孤絶"。

【補注】户庭,門庭。

【校勘】

[一] 此條底本、詩説本脱,據正統本、明應本補。其中"仞"字,正統本、明應本作"仭",據大系本改。

江　行

李咸用①

瀟湘無事後②,征棹復嘔啞③。高岫留殘[一]照,歸鴻背落霞④。魚[二]依[三]沙岸[四]草,蝶[五]寄湫流槎⑤。共説干戈苦,汀洲減釣家⑥。

【考證】

此詩見《全唐詩》卷六四五(P. 7394)。

【注評】

①【圓至】隴西人,有《披沙集》。【增注】隴西人,仕至推官。楊誠齋為

作詩序云唐末人。詩卷名《披沙集》。

【補注】吴在慶撰《中國文學家大辭典·唐五代卷》(P. 297—298)"李咸用"條云,咸用(生卒年不詳),族望隴西(今隴山以西地區)。習儒業,久不第,嘗應辟為推官。因唐末亂離,仕途不達,遂寓居廬山等地。工詩,尤擅樂府、律詩,多憂亂失意之詞。與釋修睦、來鵬等有交誼,時有唱酬。《直齋書録解題》著録其《披沙集》六卷,今存于《唐人五十家小集》。《全唐詩》卷六四四至六四六編其詩為三卷。

②**【圓至】**瀟水出道,湘水出全,會於永州。

【補注】瀟湘,湘水與瀟水的並稱。多代指今湖南地區。參見卷一柳宗元《酬曹侍御過象縣見寄》注④。無事,指戰事平息。

③**【補注】**征棹,指遠行的船。庾信《應令詩》:"浦喧征棹發,亭空送客還。"征,遠行;棹,船槳。嘔啞,象聲詞。這裏形容船槳劃動的聲音。

④**【何焯】**第三謂唐室尚存,第四庶幾有還定安集之望也。

【補注】岫,xiù,峰巒。

⑤**【增注】**洑流,洄流曰洑。洄,逆也。**【何焯】**五、六是説無人追敘以前多事也,暗用魚依藻、夢化蝶。○中二連即首尾四句意也。深於比興,而於江行又極穩細,所以為唐人。

【補注】《詩經·小雅·魚藻》:"魚在在藻,依于其蒲。"鄭玄箋:"魚之依水草,猶人之依明王也。明王之時,魚何所處乎?處於藻,既得其性……此時人物皆得其所。"洑流,回漩的水流。何遜《渡連圻詩二首》之一:"洑流自洄糾,激瀨視奔騰。"槎,chá,木筏。此聯殆謂:魚依岸草,數衆而得所,知乏釣之者矣;槎在回流,蝶寄以為家,其久棄不用乎?皆與尾聯暗中呼應。

⑥**【補注】**干戈,干和戈是古代常用武器,因以指戰爭。《史記·儒林列傳》:"然尚有干戈,平定四海,亦未暇遑庠序之事也。"汀洲,水中小洲。釣家,漁家,以捕魚為業的人家。

【校勘】

[一] 殘　全唐詩作"斜"。

［二］魚　正統本作“漁”。

［三］依　全唐詩作“殘(一作依)”。

［四］岸　元刊本、高本、四庫本作“鴈”,何校“岸”。

［五］蝶　高本作“葉”,何校“蝶”:“葉,集本作蝶。”

春日野望①

李　中②

野外登臨望③,蒼蒼煙景昏④。暖風醫病草⑤,甘雨洗荒村⑥。雲散天邊影［一］,潮回島上痕。故人不可見,倚杖役吟魂⑦。

【考證】

此詩見《全唐詩》卷七四七(P. 8500),題末多“懷故人”三字。

【注評】

①**【補注】**野望,在野外遠望。杜甫《野望》:“跨馬出郊時極目,不堪人事日蕭條。”

②**【圓至】**唐末為新淦令,有《碧雲集》。

【補注】吴在慶撰《中國文學家大辭典·唐五代卷》(P. 264)“李中”條云,中(生卒年不詳),字有中,九江(今屬江西)人,郡望隴西(今隴山以西地區)。南唐時,與劉鈞共學于廬山國學。元宗時,仕于下蔡。交泰二年,以雙親老病,表請歸家侍奉。後主時,任吉水縣尉。宋乾德二年,罷吉水縣尉。後歷任晉陵、新喻縣令。宋開寶五年,又轉淦陽縣令。工詩,與沈彬、左偃善,多有唱酬。孟賓于稱其詩“緣情入妙,麗則可知”,可與賈島、方干相比肩(《碧雲集序》)。辛文房亦稱其佳句為“驚人泣鬼之語”(《唐才子傳》卷一〇)。所作詩甚多。開寶六年,嘗集五七言兼六言詩二百篇為《碧雲集》。《郡齋讀書志》著録其詩二卷。《全唐詩》卷七四七至七五〇編其詩為四卷。

③【補注】陳伯海主編《唐詩彙評》(P. 3019):《瀛奎律髓彙評》卷一〇“春日類”:許印芳:“下三字凑合,不成句法。”

④【補注】蒼蒼,迷茫貌。江淹《傷愛子賦》:“霧籠籠而帶樹,月蒼蒼而架林。”

⑤【磧砂】險句。

⑥【補注】甘雨,適時好雨。《詩經·小雅·甫田》:“以祈甘雨,以介我稷黍,以穀我士女。”孔穎達疏:“甘雨者,以長物則爲甘,害物則爲苦。”荒村,偏僻荒凉、人煙稀少的村落。陳伯海主編《唐詩彙評》(P. 3019):《瀛奎律髓彙評》卷一〇“春日類”:方回:“第三句新異,第四句淡而有味。”

⑦【補注】故人,舊交,老友。倚杖,拄着手杖。役,役使,差遣。陶淵明《歸去來兮辭并序》:“既自以心爲形役,奚惆悵而獨悲?”吟魂,詩情,詩思。李咸用《雪》:“高樓四望吟魂斂,却憶明皇月殿歸。”

【校勘】

[一]影　全唐詩作“野(一作影)”。

勝果寺①

僧處默②

路自中峯上,盤回出薜蘿③。到江吴地盡,隔岸越山多④。古木叢青靄⑤,遥天浸白波⑥。下方城郭近,鍾磬雜笙歌⑦。

【考證】

此詩見《全唐詩》卷八四九(P. 9613—9614),屬處默,題中“勝”作“聖”。

【注評】

①【圓至】在杭州。【增注】《圖經》載,在舊治後,勝字亦作聖。

【補注】勝果寺,又稱聖果寺。在今杭州南鳳凰山上,下瞰錢塘江,"盡得江山之勝概"(《西湖遊覽志》卷七"南山勝蹟"引僧圓法師詩序)。隋開皇二年創建。唐無著文喜禪師復興佛法,始稱聖果寺。

②【圓至】越州人,一作睦州人。【增注】與羅隱同時人。

【補注】陳尚君撰《中國文學家大辭典·唐五代卷》(P. 141)"處默"條云,處默(生卒年不詳),唐末詩僧。約為金華(今屬浙江)人。約生于文宗時。幼出家于蘭溪某寺,與安國寺僧貫休為鄰,常作詩酬答。後曾遊杭州、潤州等處,又在廬山、九華山居住,後入長安,住慈恩寺。與羅隱、鄭谷等為詩友。約卒于唐末梁初,裴説有詩哭之。《崇文總目》《宋史·藝文志》著録其詩集一卷。《全唐詩》卷八四九存詩八首。

③【增注】薜荔,香草。《説文》:"似蒲而小。"【何焯】先著"出薜蘿"三字,從幽蔚中忽現出一片奇曠來,頓挫得妙。

【補注】自,介詞,由,從。《孟子·公孫丑下》:"自天子達於庶人,非直爲觀美也,然後盡於人心。"薜蘿,薜荔和女蘿。兩者皆野生植物,常攀緣于山野林木或屋壁之上。《楚辭·九歌·山鬼》:"若有人兮山之阿,被薜荔兮帶女羅。"王逸注:"女羅,兔絲也。言山鬼仿佛若人,見於山之阿,被薜荔之衣,以兔絲爲帶也。"《武林梵志》(P. 29)云:勝果寺"向有'江山勝概'額,蔣公暉題,并書榜云:'入深松徑開名剎,上盡雲峰見大江。'山形翔舞如鳳,江潮泙湃,松徑盤紆,澗淙潺灂,真偉觀也"。

④【增注】吴地,蘇州為吴泰伯之墟。○越山,指會稽。

【補注】陳增傑《唐人律詩箋注集評》(P. 1043—1045):"江,指浙江,即錢塘江。言聖果寺俯臨的大江,乃吴、越之分界。"《吴越春秋·勾踐入臣外傳》:"越王勾踐五年五月,與大夫種、范蠡入臣於吴。群臣皆送至浙江之上,臨水祖道。"《史記·越王句踐世家》:"楚威王興兵而伐之,大敗越,殺王無彊,盡取故吴地至浙江。"均證浙江為吴、越分界。此聯"洵稱名句。不僅寫景親切,氣象闊大,而且別寓理趣。上云到江地盡,若已止境,下説隔岸山多,又見勝景無窮,接得自然縹緲。與王維《終南别業》詩'行到水窮處,坐看雲起時'同工,'無一語及禪'(唐汝詢語)而自有妙悟"。《西河合集·詩話》卷三:"唐釋處默《聖果寺》詩:'到江吴地盡,隔岸越山多。'本是佳句,以寺在吴山南曲,俯江面越,故實録也。"《歷代詩話》卷五三《界堠》評此聯云:"薛逢《送杭州牧》詩:'吴江水色連堤闊,越俗春聲隔岸還。'杜牧《知睦州(今嚴州)》詩:'溪山侵越角,封壤盡吴根。'薩天錫《送人之浙東》詩:'出江吴水盡,絶岸楚山稠。'同一機軸也。"

⑤**【何焯】**"山"。

【補注】青靄,指雲氣。王昌齡《東溪玩月》:"谷静秋泉響,巖深青靄殘。"

⑥**【何焯】**"江"。〇寺占高處,故中四句皆寫遠景。"下方"二字反應"上"字,在近處收,正見不離囂氛、坐窮寥廓,真居勝絶也。

【補注】白波,白色波浪。《莊子·外物》:"白波若山,海水震蕩。"陳伯海主編《唐詩彙評》(P. 3129—3130):《删補唐詩選脉箋釋會通評林·五言律詩·晚唐》:唐汝詢:"三、四尚存盛唐風骨。五、六'叢''浸'二字有力。"

⑦**【何焯】**中四句層次回環,第七恰落到"城郭"作結。

【補注】城郭,城牆。城指内城的牆,郭指外城的牆。因代指城市。《史記·萬石張叔列傳》:"城郭倉庫空虚,民多流亡。"下方,猶言下界、塵世。姚合《題山寺》:"雲開上界近,泉落下方遲。"鍾磬,佛家法器,僧人念經禮佛或吃齋集衆時常用。磬,雲板形鳴器或鉢形打擊樂器。笙歌,吹笙唱歌,因泛指奏樂唱歌。此聯謂勝果寺靠近城郭,寺院敲鐘擊磬、誦經念佛之聲和市井奏樂唱歌、宴飲享樂之聲混雜,讚美寺院之形勝恰好契合佛法不離世間而又超出世間的宗旨。

静林寺①

僧靈一②

静林溪路[一]遠,蕭帝有遺[二]蹤③。水擊羅浮磬,山鳴于闐鍾④。

燈傳三世[三]火⑤，樹老五[四]株松⑥。無數[五]煙霞色，空聞昔卧龍⑦。

【考證】

此詩見《全唐詩》卷八〇九（P. 9124），屬靈一，題中"寺"作"精舍"，題下校注"寺即梁武帝未達時所居。寺中有鐘磬，皆古物，時時有聲，在安吉州。〇精舍，一作寺"。

【注評】

①**【圓至】**在安吉州，梁武曾遊。**【增注】**在襄陽。《釋氏通鑒[六]》載：梁晉安王表奏造靈泉寺，周改静林，隋改景雲，唐仍舊號。

【補注】静林寺，在今浙江德清縣西。《（道光）武康縣志》卷一一"建置志五・寺觀"："静林寺，在縣西三里孟宅堡之西。梁大同四年建寺，為沈約故宅。武帝微時常止憩焉。後捨為寺。唐咸通六年，齊偘禪師因舊基更造。寺瞰溪流，特為勝絶，今淪入溪。"

②**【圓至】**《間氣集》云大曆中人。**【增注】**越中雲門寺律師，持律甚嚴，以清高為世所推。能詩，劉長卿、嚴維、郎士元、皇甫冉皆以詩相往來。

【補注】陳尚君撰《中國文學家大辭典・唐五代卷》（P. 402—403）"靈一"條云，靈一（727—762），時人多稱之為一公。俗姓吴，廣陵（今江蘇揚州）人。九歲于揚州出家，十三歲削髮，從律僧法慎學《四分律》。初住會稽南懸溜寺，後歷住揚州慶雲寺、杭州餘杭宜豐寺。禪誦之餘，喜為詩歌，與朱放、張繼、皇甫冉、皇甫曾、張南史、嚴維、劉長卿、陸羽等為詩友，更唱迭和，盛于一時。寶應元年十月，卒于杭州龍興寺，年三十六。獨孤及稱其詩"思入無間，興含飛動。潘、阮之遺韻，江、謝之闕文，公能綴之"（《唐故揚州慶雲寺律師一公塔銘并序》）。高仲武《中興間氣集》選其詩四首，謂其"能刻意精妙"（卷下）。《直齋書録解題》著録《靈一集》一卷。《全唐詩》卷八〇八編其詩為一卷。

③**【補注】**溪路，溪谷邊的路。蕭帝，指南朝梁開國皇帝蕭衍（464—

549)，未達時曾居静林寺。佛教神不滅論者。衍字叔達，謚武帝。稱帝後宣佈佛教為國教，本人亦多次捨身佛寺，由百官大臣用錢贖回。在他倡導下，佛教盛行，僅首都建安就有佛寺五百餘所，僧尼十餘萬人。《梁書・武帝本紀下》稱其“製《涅盤》《大品》《净名》《三慧》諸經義記，復數百卷”。遺蹤，猶遺迹。《宋書・傅亮傳》：“鑽光燈而散袠，温聖哲之遺蹤。”

④【圓至】羅浮，山名。于闐，國名。二物未詳，豈寺所有耶？【何焯】越中靈嘉寺有于闐國鐘，詳竇庠胄卿詩，在《聯珠集》中。○《間氣集》載此詩題云《静林寺即武帝未遇時隱居之所有鐘磬皆古物時時有聲》。詩中“水擊”“山鳴”之語，蓋點化時自作聲也。注家未之旁覽耳。

【補注】羅浮，山名。在今廣東省東江北岸。風景優美，為粤中遊覽勝地。晉葛洪曾在此山修道，道教稱為第七洞天。于闐，亦作于寘。古西域國名，在今新疆和田一帶。《史記・大宛列傳》：“（大宛）東北則烏孫，東則扜罙、于寘。”《漢書・西域傳上》：“于闐國，王治西城，去長安九千六百七十里…… 多玉石。”此聯殆謂寺中多來自各地的寶物，有羅浮産的磬、于闐造的鐘；當其鳴響時，餘音在山崖水竇間迴響，與風水之聲相和鳴。

⑤【圓至】三世，去、來、今也。謂燈長明。

【補注】傳燈，佛家以燈能破除迷暗，故以之喻佛法的傳承。三世，佛家以過去、現在、未來為三世。《顔氏家訓・歸心》：“三世之事，信而有徵。”王利器集解引趙曦明曰：“三世，過去、未來、現在也。”

⑥【圓至】始皇避雨五松下，封為五大夫。此以比蕭帝曾遊。

【補注】五株松，秦始皇二十八年封禪泰山，風雨暴至，避于樹下，因此樹護駕有功，按秦官爵封為五大夫。事見《史記・秦始皇本紀》。後世有人不明“五大夫”為秦官，而附會為五株松。《漢官儀》卷下謂始皇所封的是松樹。

⑦【補注】煙霞，泛指山水、山林。蕭統《錦帶書十二月啓・夾鐘二月》：“敬想足下，優游泉石，放曠烟霞。”卧龍，喻傑出人材尚在隱居或尚未嶄露頭角。古代多以龍喻指皇帝或才俊之士。這裏指梁武帝未達時曾居此。

【校勘】

［一］溪路　全唐詩校“一作精舍”。

［二］遺　高本作“過”，何批“遺”：“‘遺’字死，‘過’字方與‘遠’字相應。”

［三］世　全唐詩校“一作際”。

［四］五　全唐詩作“萬(一作五)”。

［五］數　全唐詩校“一作復”。

［六］通鑒　底本、正統本、大系本作“通監”，據上文所引該著書名改。

已前共三十四首

秋夜同梁鍠文宴①

錢　起

客到衡門[一]下②，杯[二]香蕙草[三]時③。好風能自至，明月不須期④。秋水[四]翻荷影⑤[五]，清霜[六]脆柳枝⑥[七]。微官是何物，許日[八]廢吟[九]詩⑦[十]。

【考證】

此詩見《全唐詩》卷二三七(P. 2625—2626)，題中“夜同”作“夕與”。

【注評】

①【補注】梁鍠(生卒年里不詳)，豪放倜儻，半生落魄，四十歲尚無禄位。嘗從軍，為掌書記，因與軍帥不和，拂衣而歸。天寶初，曾為執戟。與李頎、岑參、錢起友善，擅長五言律詩，其詩妍豔，當時頗負盛名。生平參見吴企明撰《中國文學家大辭典・唐五代卷》(P. 732)“梁鍠”條。王定璋《錢起詩集校注》(P. 108)云，此詩殆為錢起天寶十一、十二載(725、726)在長安

時作,其時岑參、李頎等人皆在長安。

②【圓至】《詩》注:“衡門,横木為門。”

【補注】衡門,横木為門,指簡陋的房屋。《漢書・韋玄成傳》:“聖王貴以禮讓爲國,宜優養玄成,勿枉其志,使得自安衡門之下。”顔師古注:“衡門,謂横一木於門上,貧者之所居也。”亦借指隱者所居。

③【增注】蕙草,《離騷》注引《本草》云:“蕙,薰草。麻葉方莖,赤華黑實,即零陵香也。”

④【補注】陶淵明《與子儼等疏》:“五六月中,北窗下卧,遇涼風暫至,自謂是羲皇上人。”李白《襄陽歌》:“清風朗月不用一錢買,玉山自倒非人推。”

⑤【圓至】謂荷葉倒映水中,惟見葉背,故曰翻。

⑥【何焯】五、六見“去日苦多”,呼起末句。

⑦【補注】許,豈許,豈可。

【校勘】

［一］衡門　全唐詩校“一作閒林”。

［二］杯　全唐詩作“林(一作秋)”。

［三］蕙草　全唐詩校“一作芳蕙”。

［四］水　全唐詩作“日(一作水,又作月)”。

［五］影　磧砂本作“葉”。

［六］清霜　全唐詩作“晴光(一作霜)”。

［七］枝　全唐詩校“一作絲”。

［八］日　正統本、明應本作“可”。

［九］吟　磧砂本、何校作“言”,何校:“改‘吟’字便不似文宴。”

［十］微官……吟詩　全唐詩作“留歡美清夜,寧覺曉鐘遲(一作微官是底物,許日廢言詩)”。

望秦川[①]

李　頎

秦川朝望迥，日出正東峯[②]。遠近山河净，逶迤城闕重[③]。秋聲萬户竹[④]，寒色五陵松[⑤]。客有歸歟嘆[⑥]，凄其霜露濃[⑦]。

【考證】

此詩見《全唐詩》卷一三四(P. 1361)。

【注評】

①【圓至】《三秦記》："長安正南秦嶺根[一]水流為秦川。"【增注】秦川，即唐京兆府興平縣地，地去長安城西八十五里。

【補注】羅琴、胡嗣坤《李頎及其詩歌研究·李頎詩集校注》(P. 149)：秦川，渭水南北兩岸(今陝西、甘肅一帶)，沃野千里，屬春秋時秦國故地，故稱秦川。劉寶和《李頎詩評注》(P. 249)：《長安志》卷一"分野"："周自武王克商都酆鎬，則雍州為王畿，及秦孝公作為咸陽，築冀闕、徙都之，故謂之秦川，亦曰關中地。"《後漢書·郡國志五·漢陽郡》"隴(州)刺史治"李賢等注："郭仲産《秦川記》曰：'隴山東西百八十里。登山巔，東望秦川四五百里，極目泯然。山東人行役升此而瞻顧者，莫不悲思。'"頎詩似祖此意。

②【補注】迥，遥遠。劉寶和《李頎詩評注》(P. 249)："上點題，下正言朝字。"頎故鄉潁陽在東，"由西東望，尤易動故園之思。日出正東峰：寫景亦點時。蓋白露節前日出東方稍北，寒露節後日出東方稍南，唯秋分節前後，日出正東方。詩又言及霜露濃，則時當秋分以後，八九月之交也"。

③【增注】逶迤，曲折貌。

【補注】净，明净，暗帶秋意。羅琴、胡嗣坤《李頎及其詩歌研究·李頎詩集校注》(P. 149)：逶迤，曲折連續貌。王粲《登樓賦》："路逶迤而修迥兮。"城闕,城門兩邊的望樓。《詩經·鄭風·子衿》:"挑兮達兮,在城闕兮。"孔穎達疏:"謂城之上别有高闕,非宫闕也。"

④【**圓至**】《史記》:"渭川千畝竹,其人與萬户侯等。"【**何焯**】"萬户竹",生新,用"千畝",即死對也。

⑤【**增注**】五陵,高帝長陵,惠帝安陵,景帝陽陵,武帝茂陵,昭帝平陵。《西都賦》:"北眺五陵。"

【**補注**】五陵,指西漢五個皇帝的陵園。劉寶和《李頎詩評注》(P. 249):《七緯·禮緯·禮含文嘉》:"天子墳高三仞,樹以松。諸侯半之,樹以柏。"

⑥【**圓至**】孔子曰:"歸歟,歸歟!"

⑦【**補注**】凄其,凄然。劉寶和《李頎詩評注》(P. 249):《禮記·祭義》:"霜露既降,君子履之必有凄愴之心,非其寒之謂也。"鄭玄注:"非其寒之謂,謂凄愴及怵惕皆為感時念親也。"

【校勘】

[一] 根　底本作"限",據詩説本、正統本、明應本改。

池　上①

白居易

嫋嫋[一]凉風動,凄凄寒露零②。蘭衰花始白,荷破葉猶青。獨立棲沙鶴,雙飛照水螢③。若為寥落境,仍值酒初醒④。

【考證】

此詩見《全唐詩》卷四四八(P. 5052)。

【注評】

①【**補注**】朱金城《白居易集箋校》(P. 1776)云,此詩為大和五年(831)

白居易在洛陽任河南尹時作。

②【**補注**】嫋嫋，吹拂貌。《楚辭・九歌・湘夫人》："嫋嫋兮秋風，洞庭波兮木葉下。"凄凄，水下滴貌，水流貌。《楚辭・九章・悲回風》："涕泣交而凄凄兮，思不眠以至曙。"王逸注："凄凄，流貌。"

③【**磧砂**】"獨"字因"沙"字用，"雙"字因"照"字用，此用字之細也。【**何焯**】發端二語便是酒醒情味，中四語乃"寥落"也。〇六句"寥落"。〇螢影在水，似雙飛也。

④【**補注**】若為，怎能，怎堪。王維《送楊少府貶郴州》："明到衡山與洞庭，若為秋月聽猿聲。"

【校勘】

［一］嫋嫋　全唐詩作"褭褭"。

西陵夜居①

吴　融

寒潮落遠汀②，暝色入柴扃③。漏永沉沉静④，燈孤的的青⑤［一］。林風移宿鳥⑥，池雨定流螢⑦。盡夕［二］成愁絶，啼蛩［三］莫近庭⑧。

【考證】

此詩見《全唐詩》卷六八四(P. 7855—7856)。

【注評】

①【**增注**】西陵，在越州蕭山縣西，吴越王錢鏐改名西興。吴融，越人。【**補注**】西陵，即西陵渡，在今杭州蕭山西北十里西興鎮。參見卷四李紳《欲到西陵寄王行》注①。

②【何焯】“西陵”起。

【補注】汀,水邊平地,小洲。

③【何焯】見。○從初暝逐層細寫,奔注“盡夕”二字。第二所謂“暝色赴春愁”也。

【補注】暝色,暮色,夜色。謝靈運《石壁精舍還湖中作詩》:“林壑斂暝色,雲霞收夕霏。”柴扃,猶柴門。扃,本義為從外關閉門户的門閂,後借指門户。

④【增注】漏,成周以百刻分晝夜,漢哀帝改百二十刻,梁武帝改一百八十刻,增減疏繆。自唐至今百刻,一遵古制。【何焯】聞。

【補注】漏,古代利用滴水多寡來計量時間的一種儀器,即漏壺;這裏指滴漏之聲。沉沉,形容寂静無聲。

⑤【何焯】見。

【補注】的的,光亮、鮮明貌。徐陵《與齊尚書僕射楊遵彦書》:“至于鐺鐺曉漏,的的宵烽。”

⑥【何焯】聞。

【補注】宿鳥,歸巢棲息的鳥。

⑦【磧砂】敏曰:上篇三聯一動一静,景物頗為入細。此聯静中見動,動中見静,心眼悠閒而且“移”字、“定”字獨能傳出。【何焯】見。○腹連動静回互,句凡三折。

【補注】流螢,飛行無定的螢。

⑧【增注】啼蜚,蟬屬。【何焯】聞。

【補注】盡夕,終夜,整夜。愁絶,愁到極點。蜚,本指寒蜚,也稱寒蟬。啼蜚,這裏泛指鳴蟲。

【校勘】

［一］青　全唐詩作“清”。

［二］夕　磧砂本作“日”,全唐詩作“夜”。

［三］蜚　全唐詩作“蛩(一作蜚)”。

旅游傷春①

李昌符②[一]

酒醒鄉關遠,迢迢聽漏終③。曙分林影外④,春盡雨聲中。鳥倦[二]江村路,花殘野岸風⑤。十年成底事,羸馬厭[三]西東⑥。

【考證】

此詩見《全唐詩》卷六〇一(P. 6949)。

【注評】

①【補注】傷春,因感觸春色而憂傷苦悶。

②【圓至】字巖夢,咸通四年及第。【增注】字巖夢,登咸通四年進士第,歷尚書郎。〇又按《唐書》:僖宗光啓三年六月己酉,鳳翔節度使李昌符反,庚戌犯大安門,不克,奔於隴州,七月伏誅。

【補注】吴在慶撰《中國文學家大辭典・唐五代卷》(P. 289)"李昌符"條云,昌符(生卒年里不詳),《唐詩紀事》謂其字巖夢,蓋混光啓時據鳳翔叛之李昌符為一人,非。《唐才子傳》卷八謂其字若夢,恐亦據《紀事》而訛。昌符屢舉進士不第,乃思出奇制勝,作《婢僕》詩五十首以行卷于公卿之間。詩篇皆中婢僕之諱,浹旬盛傳于京師,遂于咸通四年登進士第。累遷膳部員外郎、郎中。後御史劾其為人輕薄,為文有傷風教,且多妨政務,以玆謫官。昌符有詩名,與鄭谷、許棠等齊名,為"咸通十哲"之一。其《婢僕》詩雖不無"可鄙笑者,然曲盡形容,頗見才致"(《藝苑卮言》卷八)。《直齋書録解題》著録其集一卷。《全唐詩》卷六〇一編其詩為一卷。

③【補注】鄉關,猶故鄉。迢迢,時間久長貌。戴叔倫《雨》:"歷歷愁心亂,迢迢獨夜長。"漏,古代利用滴水多寡來計量時間的一種儀器,即漏壺。陳伯海主編《唐詩彙評》(P. 2689):《瀛奎律髓彙評》卷二九"旅況類":紀昀:

“起句藏過夢歸一層，用筆超妙。”

④【補注】馬茂元《唐詩選》(P. 774)解此句云：“林影是黑沉沉的，透過樹林，看見了天邊的曙色，故曰‘分’。”

⑤【補注】野岸，野外水流的涯岸。何遜《慈姥磯詩》：“野岸平沙合，連山近霧浮。”

⑥【增注】底事，杜詩：“花飛有底急？”注：“謂有甚底事也。”【磧砂】敏曰：大凡出外之人，最怕暫醉初醒，無數愁腸重新提起，天光之陰霽，時序之推遷，靡不刺心。飛鳥之差池，落花之零亂，皆為觸目矣。歎此數年訖無就緒，則傷感之情真滿口說不出也。

【補注】底事，何事。《大唐新語・酷忍》：“天子富有四海，立皇后有何不可，關汝諸人底事，而生異議！”羸馬，瘦馬。羸，衰病、瘦弱、困憊。《國語・魯語上》：“饑饉荐降，民羸幾卒。”韋昭注：“羸，病也。”西東，泛指四方，無定向。《史記・屈原賈生列傳》：“怵迫之徒兮，或趨西東。”裴駰集解引孟康曰：“怵，爲利所誘怵也；迫，迫貧賤，東西趨利也。”陳伯海主編《唐詩彙評》(P. 2689)：《删補唐詩選脉箋釋會通評林・五言律詩・晚唐》：周珽：“傷春之思，由夜及曉，由林影、雨聲，想到鳥倦、花殘。蓋人情醉中忘情，醒則懷土，倦遊之心併起。此詩盡羈客真境，沉細純正。”

【校勘】

［一］李昌符　底本作“李昌苻”，據元刊本、正統本、明應本、磧砂本、高本、四庫本、全唐詩改。

［二］倦　全唐詩作“思(一作倦)”。

［三］厭　全唐詩作“倦”。

春　山①

僧貫休②

重疊[一]太古色，濛濛花雨時③。好山[二]行恐盡，流水語相隨。

黑壤生紅术④[三]，黃猿領白兒。因思石橋日⑤[四]，曾與道[五]人期⑥。

【考證】

此詩見《全唐詩》卷八二九(P. 9338)，屬貫休，題末多“行”字。

【注評】

①**【補注】**《天台集》卷下題作《春日行天台山》。按，天台山，在今浙江天台縣北。《(嘉定)赤城志》卷二一“山水門三・山”：“按陶宏景《真誥》：‘高一萬八千丈，周回八百里，山有八重，四面如一。’《十道志》謂之頂對三辰。或曰當牛、女之分，上應台宿，故曰天台。一曰大小台以石橋大小得名。”《元和郡縣圖志》卷二六“江南道二・台州・唐興縣”：天台山“在縣北一十里”。胡大浚《貫休歌詩繫年箋注》(P. 353)云，據詩意，當作于咸通八年(867)貫休遊天台時。

②**【圓至】**字德隱，婺州蘭溪人。**【增注】**字德隱，婺州蘭溪和安寺賜紫，禪月大師，詩號《禪月集》。曹松、許棠、方干同時人。

【補注】賈晉華撰《中國文學家大辭典・唐五代卷》(P. 609—610)“貫休”條云，休(832—912)，字德隱，俗姓姜氏，婺州蘭溪(今屬浙江)人。七歲出家蘭溪和安寺。二十歲受具足戒，移住婺州五泄山寺，修禪十年。咸通初往洪州遊學，四、五年間居鍾陵山中。其後漫遊江西、吴越。乾符初返居婺州，廣明、中和之際避黄巢軍，暫居常州及杭州新城。中和四年返婺州主戒壇。乾寧元年往錢塘謁錢鏐，為其所禮遇。尋遊黟歙，二年往江陵依成汭，居龍興寺。天復二年得罪成汭，流放黔州。冬，潛逃南嶽隱居。三年秋入蜀，為王建所重，賜號禪月大師，為建龍華院居之。梁乾化二年十二月卒，年八十一。休十五六歲即擅詩名，後廣交詩友，與陳陶、方干、李頻、許棠、張為、曹松、吴融、王貞白、韋莊、羅隱、羅鄴、齊己等皆有交往、唱酬。又工書善畫，所畫十六羅漢甚奇妙，為世所寶。吴融稱：“上人之作，多以理勝。復能創新意，其語往往得景物於混茫自然之際，然其旨歸，必合於道。”

(《禪月集序》)孫光憲稱其詩“骨氣混成,境意卓異”(《白蓮集序》)。《郡齋讀書志》著録其《禪月集》三十卷,今存二十五卷。

③【補注】陳增傑《唐人律詩箋注集評》(P. 1051—1052):“重疊,指重疊的山峰……太古色,言山色幽蒼,還同遠古時一樣。宋唐庚《醉眠》詩有‘山静似太古’句,或從此出。花雨,花季所降的雨。”《五代詩善鳴集》:“只開手五字,寫盡天下名山色相,真異筆也。”

④【增注】黑壤,《禹貢》:兖州,“厥土黑墳”。又潼川府渠州黑壤山,其壤皆黑。○术,按《本草》止稱蒼、白二種,不言紅术。

【補注】术,多年生草本。有白术、蒼术等數種。根莖可入藥,傳説食之可以延年益壽。參見卷三皮日休《元達上人種藥》注⑥。胡大浚《貫休歌詩繫年箋注》(P. 353—354):《(雍正)浙江通志》卷一〇五“物産五・台州府”:“紅术:《赤城志》:‘白者葉大,有毛,甘而少膏,赤者反是。’貫休詩:‘黑壤生紅术。’指天台也。杜光庭《空明洞》詩:‘芝朮迎風香馥馥。’指黄巖也。”

⑤【圓至】石橋,在天台縣北[六]五十里。

【補注】石橋,即石橋山,在今浙江天台縣北。《太平寰宇記》卷九八“江南東道十・台州・天台縣”引《啓蒙記》注:“天台山去天不遠,路經油溪,水深險清泠。前有石橋,路徑不盈尺,長數十丈,下臨絶澗,唯忘其身,然後能濟……上有瓊樓、玉闕、天堂、碧林、醴泉,仙物畢具也。”胡大浚《貫休歌詩繫年箋注》(P. 354):《(嘉定)赤城志》卷二一“山水門三・山”:“石橋,在縣北五十里。即五百應真之境,相傳為方廣寺。有石樑架兩崖間,龍形龜背,廣不盈咫,其上雙澗合流,泄為瀑布,西流出剡中。梁既峭危,且多莓苔,甚滑,下臨絶澗,過者目眩心悸。”孫綽《遊天台山賦》:“跨穹隆之懸磴,臨萬丈之絶冥。”謂此。

⑥【補注】道人,道士、和尚等修道之高人、逸士。天台山為佛教勝地,故云。期,邀約、約定。此聯暗用張良圯上遇黄石公并受書事,參見《史記・留侯世家》。

【校勘】

［一］重疊　磧砂本作“重重”。

［二］山　全唐詩作“峯(一作山)”。

［三］术　全唐詩作“黍(一作术)”。

［四］日　磧砂本、高本、四庫本作“路”,全唐詩作“月”。

［五］道　全唐詩作“故(一作道)”。

［六］北　底本、詩説本、正統本、明應本作“百”,據《(嘉定)赤城志》(P. 228)改。

已前共六首

送懷州吴别駕①

岑　參

灞[一]上柳枝黄②,壚頭酒正香③。春流飲去馬,暮雨濕行裝④。驛路通函谷⑤,州城接太行⑥。覃懷人總喜⑦,别駕得王祥⑧。

【考證】

此詩見《全唐詩》卷二〇〇(P. 2079)。

【注評】

①**【增注】**唐河北道懷州河内郡,古冀州覃懷地,今屬河東南路。《通典》曰:“從刺史行部,别乘一乘傳車,故謂别駕。隋改長史司馬,唐治中,今總管有之。”

【補注】懷州,北魏天安二年置,治所在野王縣(今河南沁陽市)。太和十八年廢。東魏天平初復置。隋開皇十六年治所野王縣改名河内縣。大業初改懷州為河内郡。唐武德二年復為懷州，治柏崖城(今河南濟源市西南)。四年還治河内縣。天寶元年改為河内郡。乾元元年復為懷州。轄境相當今河南焦作、沁陽、武陟、獲嘉、修武、博愛等市縣地。陳鐵民、侯忠義《岑參集校注》(P. 338)：別駕，官名，州刺史之佐吏。吴別駕，待考。《新唐書・百官志四下》："上元二年，諸州復置別駕，以諸王子為之……景雲二年，始參用庶姓……(天寶)八載，諸郡廢別駕，下郡置長史一員。上元二年，諸州復置別駕。德宗時，復省。"天寶元年改州為郡，至德二載復舊。此曰"州"，又曰"別駕"，當作于開元年間(713—741)或廣德元年至永泰元年(763—765)岑參居長安任職時。

②【圓至】古人折柳送别。王仁裕《開元遺事》曰："長安東灞[二]陵有橋，於此送别。"

【補注】《三輔黄圖》卷六"橋"："灞橋，在長安東，跨水作橋。漢人送客至此橋，折柳贈別。"灞上，也作"霸上""霸頭"，因地處灞水西高原上而得名，在今西安東北白鹿原北首。漢文帝築陵葬此，又稱霸陵。

③【圓至】司馬相如使文君當壚。【增注】壚，謂纍土以居酒甕。四邊隆起，其一面高，形如鍛壚[三]，故名。

④【增注】行裝，漢曹参為齊王相，及聞丞相蕭何薨，告舍人曰："趣治行裝，吾且入相。"【磧砂】謙曰：灞水橋邊，旗亭壚畔，依依楊柳之下，馬飲春流，匆匆行李而去，濕濛暮雨。不但筆底如畫，直覺"銷魂"一賦所不及。【何焯】本是留其雨過乃行，却第三生出"飲馬"句，更自曲折生動。

⑤【圓至】函谷關有二：自陝州至靈寶縣南十里，秦函谷也；自靈寶三[四]百餘里，至河南府新安縣東一里，漢函谷也，武帝為楊僕移於此。

【補注】函谷關，戰國秦置，在今河南靈寶市東北三十里。西漢元鼎三年徙函谷關于新安，以故關為弘農縣。《元和郡縣圖志》卷六"陝州・靈寶縣"引《西征記》曰："函谷關城，路在谷中，深險如函，故以為名。其中劣通，東西十五里，絶岸壁立，崖上柏林蔭谷中，殆不見日。關去長安四百里，日入則閉，雞鳴則開，秦法也。東自崤山，西至潼津，通名函谷，號曰天險。"驛路，驛道、大道。《宋書・劉劭傳》："臣又以爲鄖城是賊驛路要戍。"

⑥【圓至】太行山起懷州河内縣，北至幽州，凡亘十州，有八陘，一在縣界。【磧砂】謙曰：此言入懷之所經有函谷，到州之所屬有太行也，就景作轉耳。

【補注】陳鐵民、侯忠義《岑參集校注》(P. 338)："太行：山名，起自河南省濟源市，綿延于河南西北部、山西東部及河北西部。"

⑦【圓至】《書》："覃懷底績。"【增注】覃懷，《禹貢》注："近河[五]地名。"【磧砂】覃懷，即懷州地也。

【補注】陳鐵民、侯忠義《岑參集校注》(P. 338)：《元和郡縣圖志》卷一六"河北道一・懷州"："《禹貢》冀州之域，覃懷之地。"總，都。

⑧【圓至】晉吕處有佩刀，相者以為必登三公，虔語别駕王祥曰："卿有公輔之量，以相與。"【磧砂】謙曰：即寓祝頌期許之意，合送意也。【何焯】只説别者之喜，却已暗藏送者之悲半面。

【補注】陳鐵民、侯忠義《岑參集校注》(P. 338)：王祥，字休徵，晉人。事繼母有孝行，"徐州刺史吕虔檄為别駕……委以州事。于時寇盜充斥，祥率勵兵士，頻討破之，州界清静，政化大行，時人歌之曰：'海沂之康，實賴王祥；邦國不空，别駕之功。'"(《晉書・王祥傳》)

【校勘】

[一] 灞 何校"霸"。

[二] 灞 何校"霸"。

[三] 其一……鍛壚 底本、正統本、大系本作"其二向立形如假壚"。《漢書》(P. 2531—2532)"文君當盧"顔師古曰："賣酒之處累土爲盧以居酒瓮，四邊隆起，其一面高，形如鍛盧，故名盧耳。"據改。

[四] 三 底本作"二"，據詩説本、正統本、明應本改。

[五] 河 底本作"何"，據正統本、大系本改。

高官谷[一]贈[二]鄭鄠①

谷口來相訪②，空齋不見君。澗花然暮雨，潭樹暖春雲③。門徑稀人迹，簷峯下鹿群④。衣裳與枕席，山靄碧氛氲⑤[三]。

【考證】

此詩見《全唐詩》卷二〇〇(P. 2088)，題作《高冠(一作官)谷口招(一作贈)鄭鄠》。

【注評】

①**【補注】**鄭鄠，待考。高官谷，當作"高冠(亦作觀)谷"。陳鐵民、侯忠義《岑參集校注》(P. 84)云，岑參曾在其中隱居，谷在今陝西户縣東南三十里。《(嘉慶)長安縣志》卷一三"山川志上"："終南山自鄠縣東南圭峰入縣西南界……東為高冠谷，高冠谷水出焉。谷口有鐵鎖橋，為長安、鄠縣分界。"此詩似天寶五載(746)春岑參因釋褐右内率府兵曹參軍、離開高冠谷後，偶回訪故人鄭鄠之作，作年當稍晚于《初授官題高冠草堂》。

②**【圓至】**鄭子真隱谷口，此借以比鄭鄠。**【何焯】**"來"字虛言，應來見訪也。

【補注】《法言・問神》："谷口鄭子真，不屈其志，而耕乎巖石之下，名振于京師。"《漢書・王貢兩龔鮑傳》："其後谷口有鄭子真，蜀有嚴君平，皆修身自保，非其服弗服，非其食弗食。成帝時，元舅大將軍王鳳以禮聘子真，子真遂不詘而終。"

③**【增注】**《孟子》："若火之始燃。"杜詩："山青花欲燃。"**【何焯】**三、四暗寓風雨思朋友之意。

【補注】陳鐵民、侯忠義《岑參集校注》(P. 84、85、53)：澗，指高冠谷水。

《長安志》卷一五“縣五・鄠”:“高觀(冠)谷水,在縣東南三十里。闊三步,深一尺。其底並碎砂石。”潭,指高冠潭,在高冠谷口。《(嘉慶)長安縣志》卷一三“山川志上”:“豐水出南山豐谷……又北高冠谷水,自西南來注之。水出南山,高冠谷内有石潭,名高冠潭。”又《類編長安志》卷九“勝遊・雜題附”:“高觀潭……谷口瀑布千丈,落深潭,人望之心驚股慄,不敢逼視,謂之煎油潭。”杜甫《春日憶李白》:“渭北春天樹,江東日暮雲。”

④【**補注**】陳鐵民、侯忠義《岑參集校注》(P. 85):“檐峰:指如房檐般向外延伸的山峰。”

⑤【**補注**】陳鐵民、侯忠義《岑參集校注》(P. 85):“山靄:山間雲氣……氛氳:雲氣瀰漫的樣子。”

【校勘】

[一] 高官谷　底本、元刊本、正統本、明應本、磧砂本、高本作“高宫谷”,據四庫本改。何校在“谷”後增“口”字。

[二] 贈　何校“招”:“作‘贈’便與‘不見君’三字不協。”

[三] 氛氳　磧砂本作“氤氳”。

山居即事①

王　維

寂寞掩柴扉,蒼茫對夕[一]暉②。鶴巢松樹遍[二],人訪蓽門稀③。緑竹含新粉④,紅蓮落故衣。渡頭燈[三]火起,處處採菱歸⑤。

【考證】

此詩見《全唐詩》卷一二六(P. 1277)。

【注評】

①**【補注】**山居,居住于山中。即事,就當前的事物、情景而寫作。陳鐵民《王維集校注》(P. 451):此詩為王維天寶三載至十五載(744—756)陷賊前常居于輞川時作。

②**【補注】**陳鐵民《王維集校注》(P. 451):庾信《擬詠懷詩二十七首》之十七:"日晚荒城上,蒼茫餘落暉。"

③**【圓至】**杜預曰:"蓽門,柴門也。"

④**【補注】**陳鐵民《王維集校注》(P. 451):"新生竹的表皮上有一層白色粉末。"

⑤**【磧砂】**敏曰:吾亡友馮西渟讀書一目數行,少年出語驚其父老,於古文詩歌自具天才慧眼。嘗與余談詩,有創見,王、李、鍾、譚皆不屑由其門徑,受其籬落。曰:"文要直看,詩要横看。横看去,時手、唐賢迥然立辨也。"嘗心服其語而用此横看之法,果然不爽。即如此詩,若以文理求之,亦可開人訾議,何也? 柴扉既掩,夕暉獨對,似乎? "人訪蓽門"句固屬贅詞,而"緑竹""紅蓮"亦疑雜凑,况渡頭采菱,門外之景又何煩詠入耶? 噫!此即今人之所以為詩而以看文之法看詩者也。抑知此詩八句却是"人訪蓽門稀"為主腦,故即事以賦之曰:寂寞掩扉之日,斜暉欲墜之時,蒼茫對此,惟見鶴巢自穩,人迹罕到,"穩"字正從"稀"字生出,此二句亦正説"寂寞掩柴扉"也。感時物之變,緑竹猶含新粉,紅蓮自落故衣,長日幽居,絶無塵擾,雖亦寂寞中景物,隱然有樂此幽居之意在言外矣。至於"處處采菱",覺有人忙我閑之致,所以知其歸者正在燈火起于渡頭也,應對"夕暉"句作結耳。西渟横看之論,前人未發,洵是金針。今憶而記之,并以告之天下後世。非為亡友標榜,實為此道傳訣也。**【何焯】**第三句反襯無人。五、六言不惟竟日,春秋代謝恒如是也。結句應"夕"字,歸人渡喧,愈見蓽門寂寂也。

【校勘】

[一] 夕　全唐詩作"落"。

［二］遍　磧砂本作“穩”。

［三］燈　全唐詩作“煙”。

題薦福寺衡岳禪師房①

韓　翃

春城乞食還②，高論此中閑。僧臘堦前樹［一］，禪心江上山③。踈簾看雪捲，深户映花關④。晚送門人去［二］，鍾聲杳［三］靄間⑤。

【考證】

此詩見《全唐詩》卷二四四（P. 2743），題中“禪師”作“暕（一作禪）師”。

【注評】

①**【增注】**饒州有薦福寺。又《傳燈録》：京兆大薦福寺。南岳衡山，在衡州衡山縣西，位直離宮，曰南岳。

【補注】衡岳，位于湖南中部，參見卷四賈島《酬慈恩文郁上人》注⑥。薦福寺，在今西安市南。《長安志》卷七“唐京城一”：大薦福寺，“隋煬帝在藩舊宅。武德中賜尚書左僕射蕭瑀為西園……後官市為英王宅。文明元年，高宗崩後百日，立為大獻福寺，度僧二百人以實之。天授元年改為薦福寺……自神龍以後，翻譯佛經，並於此寺”。寺原在小雁塔以北開化坊，唐末因遭兵禍，遷安仁坊塔院，即小雁塔所在地。

②**【增注】**《善見論》：“梵語分衛，此云乞食。”《金剛經》注：“乞食有數種方便：一則與施食［四］者種福，破其慳吝心；一則示能忍辱，令不殖貨産。”

【補注】乞食，乞討食物。梵文 Pindacarika 或巴利文 Pindapata 的意譯，音譯“分衛”。比丘賴以資身活命的方式，亦為“十二頭陀行”之一，可破除憍慢心，培養謙卑之德。

③【補注】僧臘，僧尼受戒後的年歲。禪心，清静寂定的心境。

④【補注】户，單扇門，泛指門户。

⑤【補注】門人，弟子。《禮記·檀弓下》："子思哭於廟，門人至。"鄭玄注："門人，弟子也。"杳靄，雲霧縹緲貌。陳伯海主編《唐詩彙評》(P. 1322)：《删補唐詩選脉箋釋會通評林·五言律詩·中唐上》：周珽："象外之趣，色外之豔，讀之使人神遠。非深于佛理，誰能道隻語？"

【校勘】

［一］樹　全唐詩校"一作草"。

［二］去　全唐詩作"出(一作去)"。

［三］杳　全唐詩校"一作暝"。

［四］食　底本作"倉"，據正統本、大系本改。

送史澤之長沙

司空曙[一]

謝朓[二]懷西府①，单車觸火雲②。野蕉依[三]戍客③，廟竹映湘君④。夢渚巴山斷⑤，長沙楚路[四]分。一盃從别後，風月不相聞⑥。

【考證】

此詩見《全唐詩》卷二九三(P. 3331)。

【注評】

①【圓至】《齊書》曰："謝朓為隋王文學，在荆州。世祖敕還都，道中[五]為詩，以寄西府。"【增注】謝朓，字玄暉，宋人，居太平州城東青山。

【補注】史澤，待考。文航生《司空曙詩集校注》(P. 252)云："西府：指南朝齊代荆州隨王府。謝朓曾擔任隨王蕭子隆的文學從事,深為隨王賞愛。後遭長史王秀之嫉恨,因事還歸金陵。謝朓於歸途中作詩《暫使下都夜發新林至京邑贈西府同僚》,抒寫自己的感受。因荆州在金陵之西,故稱隨王府為'西府',此代指史澤原來供職的官署。喻指史澤懷戀分别的舊時同僚。"

②【圓至】漢張綱[六]為廣陵刺史,單車之職。【增注】單車,古者傳車,若今之驛,其後又單置馬,謂之驛騎。〇杜詩:"火雲揮汗[七]日。"

【補注】單車,謂駕一輛車,形容輕車簡從。《史記・魏公子列傳》:"今單車來代之,何如哉?"火雲,紅雲,多指炎夏。

③【圓至】長沙多蕉,可為布。劉言史《長沙謡》云:"夷女采山蕉,緝紗浸江水。"

④【圓至】《博物志》:"洞庭山,帝二女居之,涕下揮竹,竹盡斑。"

【補注】文航生《司空曙詩集校注》(P. 253)云:"湘君:湘水神。歷來有多種解釋:堯之二女,即舜妃;湘水本有的水神;天帝女;湘水男神;舜正妃娥皇。此指堯之二女,即舜妃。劉向《列女傳・有虞二妃》:'舜陟方死於蒼梧,號曰重華。二妃死於江湘間,俗謂之湘君。'本句既言'廟竹',又言'湘君',則其'廟'當指供奉湘水神的'湘妃廟',即位於洞庭湖君山上的湘山祠。"

⑤【增注】夢渚,即雲夢澤,在岳州。《水經》云:"雲在江之南,夢在江之北,雲極卑,夢稍高於雲,故曰渚。"〇唐岳州本巴州。又巴山,在荆州。

【補注】夢渚,即雲夢澤,古澤藪名。本在今湖北江陵以東,江漢之間。晉以後的學者將其範圍説到大江以南、漢水以北,把洞庭湖也包括在內。參見卷三李頻《湘中送友人》注⑤。

⑥【補注】文航生《司空曙詩集校注》(P. 254):《唐詩矩・五言律詩三集・中唐》:"四與'湘娥倚暮花'同妙。七、八言從此别後,縱有好風涼月,兩地不復相聞,能不為我盡此一杯乎?讀此覺'勸君更盡一杯酒,西出陽關無故人'語成直率矣。千古留彼遺此,為之一歎。"

【校勘】

［一］司空曙　底本作“司空署”，明應本作“司空曙”，據元刊本、正統本、磧砂本、高本、四庫本、全唐詩改。

［二］謝朓　底本、元刊本、正統本、明應本、磧砂本作“謝眺”，據高本、四庫本、全唐詩改。注文徑改。

［三］依　磧砂本作“衣”。

［四］路　何校“客”。

［五］中　底本作“取”，據詩説本、正統本、明應本改。

［六］張綱　底本作“張罝”，據詩説本、正統本、明應本改。

［七］汗　底本作“汙”，據正統本、大系本改。

送裴侍御歸上都①

張　謂②

楚地勞行役，秦城罷鼓鼙③。舟移洞庭岸，路入［一］武陵溪④。江月隨人影，山花趁［二］馬蹄⑤。離魂將别夢，先爾［三］到關西⑥。

【考證】

此詩見《全唐詩》卷一九七（P. 2017）。

【注評】

①**【增注】**周御史掌萬民之治，以其在殿柱之間，亦謂之柱下史。秦改侍御史，漢侍御史受公卿奏事，舉劾按章。唐有臺院、殿院、察院等御史，今御史位中丞下。唐京都初曰京城，肅宗元年曰上都。

【補注】侍御，御史臺臺、殿、察三院長官侍御史、殿中侍御史、監察御史的簡稱。參見卷一柳宗元《酬曹侍御過象縣見寄》注①。繆鉞、張志烈主編

《唐詩精華》(P. 291):"裴侍御:疑為裴虯。《浯溪觀唐賢題名》:'裴虯字深源,大曆四年為著作郎,兼侍御史、道州刺史。'張謂大曆二、三年間在潭州刺史任上(見傅璇琮《唐代詩人叢考·張謂考》),兩人極可能有往來。"上都,指長安。參見卷一僧法振《逢友人之上都》注①。

②【圓至】天寶二年進士,大曆中為禮部侍郎。【增注】登天寶二年進士第,奉使長沙。大曆間為禮部侍郎,連典七年、八年、九年貢舉。

【補注】吴企明撰《中國文學家大辭典·唐五代卷》(P. 438—439)"張謂"條云,謂(? —778?),字正言,行十四,河内(今河南沁陽)人。早年讀書嵩山,博覽群籍。天寶二年進士及第。十三、四載,入安西四鎮節度副大使封常清幕。乾元元年秋,為尚書郎,出使夏口,與故友李白相遇。永泰初,在淮南田神功幕任軍職(元結《别崔曼序》)。大曆二、三年任潭州刺史,與詩人元結有交往,受其稱許。後入朝為太子左庶子(常衮《授張謂太子左庶子制》),六年冬,任禮部侍郎(常衮《授張謂禮部侍郎制》),典七、八、九年貢舉(《唐語林》卷八、《登科記考·别録上》),時人稱其"妙選彦才"。十二年,懷素作《自叙帖》稱其尚在人世。謂早有詩名,殷璠編《河岳英靈集》選其詩六首。辛文房稱其詩"格度嚴密,語致精深,多擊節之音"(《唐才子傳》卷四)。《宋史·藝文志》著録其詩集一卷。《全唐詩》卷一九七編其詩為一卷。今人陳文華有《張謂詩注》(上海古籍出版社 1997 年版)。

③【增注】秦城,指長安,秦累世都之,西漢及唐并都此。○鼙,騎上鼓。此詩所謂"罷鼓鼙",以張謂之時考之,當是肅宗收復京師之後。

【補注】楚地,指古楚國所轄之地。主要為今湖南、湖北一帶。《戰國策·楚策一》:"楚地西有黔中巫郡,東有夏州海陽,南有洞庭蒼梧,北有汾陘之塞郇陽,地方五千里。"勞,疲勞,勞苦。《易·繫辭上》:"子曰:'勞而不伐。'"孔穎達疏:"雖謙退疲勞而不自伐其善也。"行役,舊指因服兵役、勞役或公務而出外跋涉。鼓鼙,古代軍中常用的樂器,指大鼓和小鼓。後亦借指征戰。劉長卿《送李判官之潤州行營》:"萬里辭家事鼓鼙,金陵驛路楚雲西。"

④【增注】《長沙志》:洞庭在岳州巴陵縣西。○武陵溪在武陵縣西,亦

名德勝泉。唐屬朗州武陵郡。

【補注】洞庭,在湖南省北部、長江南岸。為我國第二大淡水湖,素有“八百里洞庭”之稱。參見卷三李頻《湘中送友人》注⑥。武陵,即朗州,治所在武陵縣(今湖南常德市)。參見卷一僧法振《逢友人之上都》注③。武陵溪,一名德聖泉。在今湖南常德市西三十里。《讀史方輿紀要》卷八〇“湖廣六·常德府·武陵縣”:武陵溪“源出武山,流入沅水”。參見卷三竇常《赴武陵寒食次松滋渡》注⑥。這裏兼用桃花源典。傳説桃花源在武陵縣,參見卷二陳羽《伏翼西洞送人》注②。

⑤【補注】趁,追逐,追趕。《梁書·曹景宗傳》:“每衆騎趁鹿,鹿馬相亂,景宗於衆中射之。”陰鏗《開善寺詩》:“花逐下山風。”

⑥【增注】關西,關中及陝華以西。【磧砂】謙曰:此必在楚送裴之作。“江月”句承“舟移”句來,“山花”句承“路入”句來。結應起聯,有一筆雙鉤之妙。【何焯】“送”字深一步。

【補注】離魂,脱離軀體的靈魂。張説《岳州別趙國公王十一琚入朝》:“離魂似征帆,恒往帝鄉飛。”將,連詞。與,和。盧綸《與暢當夜泛秋潭》:“離人將落葉,俱在一船中。”別夢,離別後思念之夢。許渾《將歸姑蘇南樓餞送李明府》:“花落西亭添別夢,柳陰南浦促歸程。”關西,指函谷關或潼關以西的地區。《漢書·蕭何傳》:“關中搖足則關西非陛下有也。”這裏指長安。陳伯海主編《唐詩彙評》(P. 782):《唐詩近體》卷一“五言律”:“俱就‘歸’字中寫境。末二句透過一層,更覺思曲而筆妙。”

【校勘】

［一］入　全唐詩作“出”。

［二］趁　磧砂本作“襯”,全唐詩校“一作逐”。

［三］爾　全唐詩作“已(一作爾)”。

過蕭關①

張　蠙②

出得[一]蕭關北，儒衣不稱身③。隴狐[二]來試客，沙鶻下欺人④。曉戍殘烽火⑤，晴原起獵塵。邊戎莫相忌，非是霍家親⑥。

【考證】

此詩見《全唐詩》卷七〇二(P. 8068—8069)。

【注評】

①【圓至】《輿地廣記》："渭州青原縣，乃武州舊治蕭關縣。其地即漢朝那縣，在原州西一百八十里。龍翔中又於白草軍城置蕭關，今懷德軍也。"

【補注】蕭關，在今寧夏固原原州區東南。關中四關之一。襟帶西涼，咽喉靈武，為南北交通要道。唐神龍三年曾改他樓縣置蕭關縣，"因取蕭關為名"(《元和郡縣圖志》卷三"關内道三・原州・蕭關縣")，屬原州。治所在今寧夏海原縣東北李旺鎮北側。後廢。

②【圓至】乾寧二年進士。【增注】字象文，乾寧進士第，尉櫟陽。避亂入蜀，王蜀時為金堂令。進詩二百首，召知制誥，宋光嗣以蠙輕忽傲物止之，卒於官。蠙，音平，又蒲邊切。

【補注】吳在慶撰《中國文學家大辭典・唐五代卷》(P. 446)"張蠙"條云，蠙(生卒年不詳)，字象文，族望清河(今屬河北)，家居江南。幼穎慧能詩。初以出身寒素，累舉不第。與許棠、張喬、周繇交，時號"九華四俊"。乾寧二年始登進士第，釋褐為校書郎，調櫟陽尉，遷犀浦令，後避亂入蜀。王建建前蜀，蠙仕蜀為膳部員外郎。王衍時任金堂令。時王衍與徐太后游大慈寺，見壁間題有蠙"牆頭細雨垂纖草，水面回風聚落花"詩，頗賞愛之，賜以霞光箋，且令以詩進。蠙獻詩二百首，為衍所重，將召為知制誥，然為内侍宋光嗣所阻,遂終金堂令。蠙工詩,尤善寫景狀物。嘗遊塞北,賦《登單于臺》詩,有句云:"白日地中出,黄河天外來。"胡應麟評云:"唐詩之壯渾者,終於此。"(《詩藪·雜編》卷四)《新唐書·藝文志》著録《張蠙詩集》二卷。《全唐詩》卷七〇二編其詩為一卷。

③【補注】儒衣,猶儒服。稱身,合身,謂衣着合體。邊塞尚武,而詩人業儒,感覺格格不入,故云。

④【補注】隴,通壟,高丘。孔稚珪《北山移文》:"及其鳴騶入谷,鶴書赴隴。"鶻,hú,鳥類的一科,也叫隼。翅膀窄而尖,嘴短而寬,上嘴彎曲並有齒狀突起。飛得很快,善于襲擊其他鳥類。

⑤【圓至】《唐六典》曰:"鎮戍烽火,率相去三十里。"

【補注】戍,邊防駐軍的城堡、營壘。烽火,古代邊防報警的信號。晝放煙,夜舉火,故名。

⑥【圓至】霍去病為驃姚將軍,匈奴畏之。【磧砂】敏曰:此張自賦也。語云"儒冠誤人",而以身着儒冠者出蕭關之北,隴狐、沙鶻並非衣冠可禦之物,况夫烽火連天,獵塵匝地,庶惟兜鍪鞲袴、赳赳武勇之夫乃相稱耳,儒衣之不稱何如乎?故以"霍家"為言,以為我是儒生,邊戎可以不忌也。意有感慨。

【補注】邊戎,邊境地區的少數民族。《宋書·鄭鮮之傳》:"若興駕造洛而反,凶醜更生揣量之心,必啓邊戎之患,此既必然。"霍家,霍去病為西漢名將,多次大敗匈奴。後去病異母弟光輔佐昭帝、宣帝,亦威震海内,百姓充實,四夷賓服。

【校勘】

[一] 出得　元刊本、正統本、明應本、高本、四庫本作"得出"。

[二] 狐　全唐詩校"一作猿"。

秋夜宿僧院

劉得仁

禪寂[一]無塵地[二]，焚香話所歸①。樹摇幽鳥夢，螢入定僧衣②。破月斜天半，高河下露微③。翻令嫌白日，動即與心違④。

【考證】

此詩見《全唐詩》卷五四四(P. 6281)，題首無"秋夜"二字。

【注評】

①**【增注】**《傳燈録》：六祖曰："禪性無住，離住禪寂。"玄策問智隍禪師曰："汝入定，有心邪，無心邪？"隍曰："不見有無之心。"策曰："即是常矣。"

【補注】禪寂，佛教語。釋家以寂滅為宗旨，故謂思慮寂静為禪寂。《維摩詰所説經・方便品》："一心禪寂，攝諸亂意。"無塵，不著塵埃，常表示超塵脱俗。杜荀鶴《題戰島僧居》："師愛無塵地，江心島上居。"所歸，歸依，歸宿。《老子》第二十章："儽儽兮若無所歸。"

②**【補注】**定，禪定，參見卷四賈島《早秋寄題天竺靈隱寺》注③。

③**【補注】**破月，即缺月。高河，指銀河。

④**【補注】**翻令，反而使人。動，往往，常常。

【校勘】

［一］寂　全唐詩作"地(一作定，又作寂)"。

［二］地　全唐詩作"夜(一作地)"。

宿宣義池亭①

暮色遶柯亭②，南山幽[一]竹青③。夜深斜舫月④，風定一池星⑤。島嶼無人迹，菰蒲有鶴翎⑥。此中休便得[二]，何必[三]泛滄溟⑦。

【考證】

此詩見《全唐詩》卷五四四(P. 6289)。

【注評】

①**【補注】**宣義，指宣義坊，長安外郭城坊里之一。在今西安城南陵園路南段之西吉祥里、四季西巷、丁白路一帶。位于皇城之南，朱雀門街之西第二街街西從北第六坊，長安縣領。開有東西兩坊門，中有東西横街。由于此坊西部有清明渠流經，故達官貴人住宅、山池園林甚盛。姚合《題宣義池亭》云："春入池亭好，風光暖更鮮。尋芳行不困，逐勝坐還遷。細草亂如髮，幽禽鳴似弦。苔文翻古篆，石色學秋天。花落能漂酒，萍開解避船。暫來還愈疾，久住合成仙。"

②**【圓至】**柯亭，在山陰縣。

【補注】柯亭，古地名，又名高遷亭。在今浙江紹興市西南，以産良竹著名。伏滔《長笛賦》序："初，(蔡)邕避難江南，宿于柯亭。柯亭之觀，以竹爲椽。邕仰而眄之曰：'良竹也。'取以爲笛，奇聲獨絶。歷代傳之，以至于今。"這裏借指宣義坊内的池亭。

③**【何焯】**第二以山當竹杪覷亭藏竹中。○"暮色"二字賦竹，即雙關"宿"字意。

【補注】南山，指終南山，參見卷六王維《終南别業》注①。

④**【何焯】**夜深斜月始照，為南山所蔽虧也。

⑤**【何焯】**"風定"又從上"竹"字來。

⑥【補注】菰蒲，菰和蒲。參見卷四李嘉祐《自蘇臺至望亭驛人家盡空》注②。陳伯海主編《唐詩彙評》(P. 2507)：《删補唐詩選脉箋釋會通評林·五言律詩·晚唐》：徐充："'深'字、'定'字佳。六句忽然奇出，妙。"

⑦【圓至】言何必如夫子泛海也。【磧砂】何必浮海，襯出池亭亦可避世也。【何焯】"有鶴翎"反襯"無人迹"，"休便得"反襯一宿。

【補注】得，猶言行，可以。《唐國史補》卷上："公從容謂曰：'奴見官人不下馬，打也得，不打也得；官人打了，去也得，不去也得。'"滄溟，大海。《漢武帝内傳》："諸仙玉女，聚于滄溟。"泛滄溟，《論語·公冶長》："道不行，乘桴浮于海。"這裏指避世。

【校勘】

［一］幽　底本、元刊本、正統本、明應本、高本、磧砂本作"出"，據四庫本、全唐詩改。

［二］休便得　全唐詩作"足吟眺(一作休便得)"。

［三］必　全唐詩作"用(一作必)"。

送殷堯藩[一]遊山南①

姚　合[二]

詩境西南遠[三]，秋聲[四]晝夜蛩。人家連水影，驛路在山峯。溪[五]静雲生石[六]，天晴[七]雪覆松。我為公府繫②，不得此相從[八]。

【考證】

此詩見《全唐詩》卷四九六(P. 5622)，題中"殷堯藩"後有"侍御"二字。

【注評】

①【補注】殷堯藩，元和九年進士。曾官永樂縣令，並客居山南二十年。

性簡静，耽丘壑林泉之趣。嘗曰："吾一日不見山水，與俗人談，便覺胸次塵土堆積，急呼濁醪澆之，聊解穢耳。"(《唐才子傳》卷六)生平參見卷三殷堯蕃《和趙相公登鸛雀樓》注②。山南，道名。唐貞觀元年置，為全國十道之一。轄境相當今四川嘉陵江流域以東，陝西秦嶺、甘肅嶓冢山以南，河南伏牛山西南，湖北溳水以西，自重慶市至湖南岳陽市之間的長江以北地區。開元二十一年分為山南東道、山南西道。東道治所在襄州(今湖北襄陽市)，西道治所在梁州(後改興元府，今陝西漢中市)。殷堯藩曾遊山南，并客居二十年，作有《襄口阻風》《遊山南寺》等詩，其《暮春述懷》云："為客山南二十年，愁來恍近落花天。"又殷詩中紀年，例以中舉離家為準。據此推測，姚合詩當作于大和五年秋，時合在京任刑部郎中。參見吴企明撰《唐才子傳校箋》第 3 册(P. 68)"殷堯藩"條。吴河清《姚合詩集校注》(P. 50)云："山南：長安之南的終南山。"誤。

②【**補注**】公府，官府。古乐府《陌上桑》："盈盈公府步，冉冉府中趨。"此句言自己官事纏身。

【校勘】

［一］藩　高本、四庫本作"蕩"，磧砂本作"籓"，何校"藩"。

［二］姚合　磧砂本脱。

［三］南遠　元刊本、磧砂本、高本、四庫本作"來遠"，全唐詩作"南好(一作勝，一作來遠)"。

［四］聲　全唐詩作"深(一作聲)"。

［五］溪　全唐詩作"谷(一作地，一作溪)"。

［六］石　磧砂本作"布"。

［七］晴　全唐詩作"寒(一作晴)"。

［八］從　磧砂本作"逢"。

題李疑[一]幽居①

賈　島

閑居少鄰並②，草徑入荒園。鳥宿池中[二]樹③，僧敲月下門④。過橋分野色⑤，移石動雲根⑥。暫去還來此，幽期不負言⑦。

【考證】

此詩見《全唐詩》卷五七二(P. 6639)，題中"李疑"作"李凝"。

【注評】

①【**補注**】齊文榜《賈島集校注》(P. 161)：李疑，事迹未詳。幽居，僻静的居處。謝靈運《石門新營所住四面高山迴溪石瀨茂林修竹詩》："躋險築幽居，披雲卧石門。"

②【**補注**】閑居，閑静的住所。孟浩然《宴包二融宅》："閒居枕清洛，左右接大野。"

③【**何焯**】池中有樹景，方曠遠。○鈍吟云："池中樹"，影在池中也。

④【**增注**】劉禹錫《嘉話》云：島初赴舉，於驢上得句云"鳥宿池邊樹，僧敲月下門"。始欲着"推"字，又欲着"敲"字，煉之未定，於驢上吟哦，引手作推敲勢。時韓愈吏部權京兆，車騎初出，島不覺，衝至第二節，左右擁至，島具對所得句云云。韓立馬良久，謂曰："作'敲'字佳矣。"遂并轡而歸。

⑤【**何焯**】"過橋分野色"，猶薛詩"過橋如入山"也。

⑥【**圓至**】張協詩："雲根臨八極。"注曰："五岳之雲觸石出，則石者，雲之根也。"【**增注**】杜詩："井邑聚雲根。"【**何焯**】五、六亦百煉苦吟而得。

⑦【**何焯**】鈍吟解作影在池中，則第三已涵"月"字。鳥棲月上，起"去"字。五、六裴佪不捨，起"來"字。將他人順敘語倒轉説。○不惟曠野，直是深山，寫幽趣乃覺應接不暇，紙上亦煙雲飛動也。

【補注】幽期,幽雅的約會。陳伯海主編《唐詩彙評》(P. 2588):《删補唐詩選脉箋釋會通評林·五言律詩·中唐下》:周珽:"起聯見李凝獨往沉冥。中聯詠幽情幽景,妙。結言已戀戀有同隱之志。"

【校勘】

[一] 李疑　磧砂本、高本、四庫本作"李嶷",何校"《百家》與本集皆作李疑";疑　裴校"諸本校正,疑字并作欵"。

[二] 中　底本、元刊本、磧砂本、高本、四庫本、全唐詩作"邊",全唐詩校"一作中",據正統本、明應本、何校改。按,"中"是,參見拙作《"池中樹"還是"池邊樹"》(《商丘師範學院學報》2010 年第 1 期)。

金山寺①

張　祐[一]

一宿金山寺[二],微茫水國分②[三]。僧歸夜船月,龍出曉堂雲③。樹影[四]中流見,鍾聲兩岸聞④。因悲[五]在城[六]市⑤,終日醉醺醺⑥。

【考證】

此詩見《全唐詩》卷五一〇(P. 5818),題首多"題潤州"三字,題下校"一本無上三字"。

【注評】

①【圓至】在鎮江府大江中。《圖經》云:"裴頭陀開山得金,故號金山。"

【補注】金山寺,又名澤心寺、龍遊寺、江天寺。在今江蘇鎮江市西北金山上,屹立長江中,四面環水,"每風四起,勢欲飛動"(《欽定大清一統志》卷六二"鎮江府一"引周必大《雜記》)。始建于東晉。依山而築,殿宇樓臺層層相接,山與寺混為一體,故有“寺裏山”(林景熙《金山寺》)之稱。《太平寰宇記》卷八九“江南東道一·潤州·丹徒縣”:“金山澤心寺,在城東南揚子江中。按《圖經》云:‘本名浮玉山,因頭陀開山得金,故名金山寺。’詩人多留題。”

② **【補注】**陳增傑《唐人律詩箋注集評》(P. 825):“微茫”句言金山寺峙立江心,煙波蒼茫中疑若超離塵世而上。水國,指東吴地區。分,分隔。《瀛奎律髓彙評》卷一“登覽類”:無名氏(乙):“次句尤發露金山之勝。”

③ **【何焯】**第四鏤心而出,山上寺、水中山,層層穿漏。

【補注】尹占華《張祜詩集校注》(P. 110):《(至順)鎮江志》卷九“僧寺”:“龍游寺在金山,舊名澤心……郡守毛友爲記(其略曰:父老相傳先唐時嘗以為龍游觀)。”

④ **【何焯】**破題“一宿”,中二連皆一昏一曉,此昔人詩律之細。○三、四清迥,五、六工秀。**【磧砂】**謙曰:中二聯獨切“金山”,移易不動,仍有妙極自然、無迹可求處。

【補注】尹占華《張祜詩集校注》(P. 111):《青瑣高議·前集》卷九《詩淵精格》:“潤州金山寺,張祐(祜)、孫魴留題二篇。雖名賢經過,縮手袖間,不敢落筆。蓋兹山居大江中,迥然孤秀,詩意難見其寺與山出於水中之意也。祐(祜)詩久為絶唱,云:‘寺影中流見,鍾聲兩岸聞。’”《邵氏聞見後録》卷一八:“唐人云:‘中流見樹影,兩岸聞鐘聲。’張祜云:‘樹影中流見,鐘聲兩岸聞。’諸名下之士,豈相剽竊者邪?”韓垂《題金山》:“靈山一峰秀,岌然殊衆山。盤根大江底,插影浮雲間。”馬戴《送僧歸金山寺》:“夕陽依岸盡,清磬隔潮聞。”

⑤ **【何焯】**“悲”字從“鐘聲”生下,深細。

⑥ **【補注】**尹占華《張祜詩集校注》(P. 112):《瀛奎律髓彙評》卷一“登覽類”:馮班:“第七句緊應‘一宿’。落句直似换不得,然格調頗俗。”

【校勘】

[一] 張祜　底本、元刊本、正統本、明應本、磧砂本、高本作“張祐”,據

何校、四庫本、全唐詩改。

［二］寺　何校“頂”：“‘頂’字函蓋無際。”全唐詩校“一作頂”。

［三］微茫水國分　全唐詩作“超然離世群(一作微茫水國分)”。

［四］影　全唐詩作“色(一作影)”。

［五］因悲　全唐詩作“翻思(一作因悲)”。

［六］城　全唐詩作“朝(一作城)”。

商山早行①

温庭筠

晨起動征鐸②，客行悲故鄉。雞聲茅店月，人迹板橋霜③。槲葉落山路④，枳花明驛墻⑤。因思杜陵夢，鳧鴈滿回塘⑥。

【考證】

此詩見《全唐詩》卷五八一(P. 6741)。

【注評】

①**【圓至】**商谷山，在商州，四皓隱處。

【補注】劉學鍇《温庭筠全集校注》(P. 650)云：“商山，在今陝西商縣東。亦名商嶺、地肺山、楚山。地形險阻，景色幽勝……詩為作者離長安鄠杜郊居經商山南行途中所作。時令在春天。”

②**【圓至】**鐸，征車上鈴也。

③**【磧砂】**敏曰：非行路之人，不知此景之真也。論章法承接自在，論句法如同吮出。描畫不得者，偏能寫得。**【何焯】**“人迹”二字亦從上句“月”字一氣轉下，所以更覺生動，死對者不解。

【補注】劉學鍇《温庭筠全集校注》(P. 650)引曾益注：“《關中記》：板橋

在商州北四十里。"又云:"此'板橋'泛指山間道路上之木板橋,非專稱之具體地名、橋名。"

④【圓至】許渾云:"木槲生於他樹槎枿,池沼多有,謂之水松。"【何焯】"霜"。

⑤【磧砂】敏曰:句句是"早行",故妙。葉落知槲,花明知枳也。【何焯】"月"。○中四句從"行"字次第生下。○橘渡淮而為枳,自比去鄉失路。槲葉亦是寄生,皆與前"悲"字、後"思"字比興相關。

【補注】馬茂元、趙昌平《唐詩三百首新編》(P. 398)云,此句"寫回看驛站所見景色,因天色尚昏暗,故白色的枳花顯得特別分明。枳,木名,春生白花"。按,前此韓愈《李花贈張十一署》"白花倒燭天夜明",後鄭谷《旅寓洛南村舍》"月黑見梨花",均同此意。

⑥【圓至】杜陵,在萬年縣,漢宣以杜東原為陵。【增注】鳧,野鴨也。【磧砂】結應"悲故鄉"意。【何焯】落句用"將翱將翔,弋鳧與雁"。"夢"是同夢也。

【補注】杜陵,在今西安東南。參見卷四司空圖《酬張芬赦後見寄》注⑤。劉學鍇《温庭筠全集校注》(P. 651)云:"庭筠家居鄠杜間,此曰'因思杜陵夢',當是昨晚住在商山驛店時曾夢見杜陵家居,晨起征行時回想昨夜夢境,故云。"又云:"迴塘,曲折的池塘。此句所寫,即'杜陵夢'之内容。""杜陵夢"亦可能指家人之夢,通過描寫家人和自己一起"弋鳧與雁"的團圓夢,表達思鄉之情,更為深曲。王維"遥知兄弟登高處"(《九月九日憶山東兄弟》)、高適"故鄉今夜思千里"(《除夜作》)亦用此筆法。

秋日送方干[一]遊上元①

曹　松

天高淮泗白②,料子趣③脩程④。汲水疑山動,揚帆覺岸行⑤。雲離[二]京口樹，鴈[三]入石頭城⑥。後夜分遥念，諸峯霧露[四]生⑦。

【考證】

此詩見《全唐詩》卷七一六(P. 8228)。

【注評】

①【圓至】上元縣，在建康府。

【補注】方干，以布衣而終。廣明、中和間，詩名大著于江南。參見卷三方干《龍泉寺絶頂》注②。上元，縣名。唐上元二年改江寧縣置，屬潤州。治所即今南京市。以年號為名。光啓三年為昇州治。

②【增注】揚州，淮水入[五]泗，《漢志》：泗水出濟陰乘氏縣，至臨淮睢陵縣入淮[六]。【何焯】起句好勢。

【補注】淮泗，淮水和泗水。淮水，參見卷四李端《宿淮浦寄司空曙》注①。泗水，亦稱清泗、清水。源出今山東泗水縣東五十里陪尾山。四源併發，故名。《尚書·禹貢》："浮于淮泗。"泗即泗水。古泗水自魯橋以下又南循今運河至南陽鎮，穿南陽湖而南，經昭陽湖西、江蘇沛縣東，又南至徐州市東北循淤黄河東南流至淮安市西南，注入淮河。

③【磧砂】入聲，促也。

【補注】料，估量，忖度。趣，cù，急，急于。《莊子·人間世》："趣取無用，則爲社何邪？"王先謙集解："既急取無用以全身，何必爲社木以自榮。"

④【磧砂】長途也。

⑤【磧砂】謙曰：此二句極似小兒語，偏使誦者不覺稚氣，故佳。

【補注】陳增傑《唐人律詩箋注集評》(P. 1047)：劉孝威《帆渡吉陽洲詩》："疑是傍洲退，似覺前山來。"

⑥【增注】京口，屬潤州，《圖經》云："其城因山為壘，丘絶高曰京，故謂京口[七]。"

【補注】京口，即今江蘇鎮江市，參見卷三李嘉祐《早秋京口旅泊》注①。

石頭城,故址在今南京清凉山,參見卷三劉禹錫《西塞山》注④。

⑦【**補注**】遥念,猶遠念。因彼此相距遥遠,故稱。《漢語大詞典》第10卷(P.1143)"遥念"條第一個義項云:"謂想得很遠。"書證列此詩,誤。陳增傑《唐人律詩箋注集評》(P.1047):《唐詩摘鈔》卷一"五言律":"'後夜'略斷,以下五字續之,'分遥念'三字另讀,云:後夜諸峰霜露生時,幸分遥念及我。"甚是。謝翺《二月十日》:"野色生遥念,空江滯此身。"

【校勘】

[一] 方干　磧砂本作"方千"。

[二] 離　全唐詩校"一作迷"。

[三] 鴈　元刊本、高本、四庫本作"岸",全唐詩校"一作岸"。

[四] 霧露　全唐詩作"霜露(一作月霧,又作霧露)"。

[五] 增注……水入　底本作"入",大系本作"淮",據正統本補。

[六] 此條底本、大系本因上文脱文,誤為圓至注,據正統本改。

[七] 此條底本、大系本因上文脱文,誤為圓至注,據正統本改。

寄陸睦州①

許　棠②[一]

下國多高趣③,終年半是吟。汐潮[二]通越分④,部伍雜蠻[三]音⑤。曉郭雲藏市⑥,春山鳥護林⑦。東遊[四]雖未遂,日日至中心。

【考證】

此詩見《全唐詩》卷六〇三(P.6968),題作《寄睦州陸(一作侯)郎中》(一作《寄陸睦州》)。

【注評】

①【圓至】陸,名肱,棠嘗為其從事。【增注】睦州,春秋屬越,秦為彰、會稽兩郡之境,漢隸吴及丹陽郡,晉新安郡,隋唐睦州新安[五]郡,屬江南道,宋建德軍,今屬浙西道。

【補注】睦州,隋仁壽三年置,治所在新安縣(今浙江淳安縣西千島湖威坪島附近)。《元和郡縣圖志》卷二五"江南道一・睦州"云"取'俗阜人和,内外輯睦'為義"。轄境相當今浙江淳安、桐廬二縣地。大業三年改遂安郡,徙治雉山縣(今浙江淳安縣西千島湖南山島附近)。唐武德四年復為睦州。七年改為東睦州,八年復改睦州。萬歲通天二年移治建德縣(今浙江建德市東北五十里梅城鎮)。轄境相當今浙江建德、淳安、桐廬等市縣地。天寶元年改為新定郡,乾元元年又復為睦州。陸睦州,陶敏《全唐詩人名彙考》(P. 1122、1133)謂或是陸墉。《(淳熙)嚴州圖經》卷一刺史題名:"陸墉,咸通五年十二月五日自鹽鐵江淮知(留)後、金部郎中拜。"《舊唐書・僖宗本紀》:"(乾符三年)十二月,以……前陝西虢觀察使陸墉為太子賓客。"又,陸,一作侯,則為侯温。《(淳熙)嚴州圖經》卷一刺史題名:"侯温,咸通□年□月□日自□郎中拜。"未知孰是。

②【圓至】字文化,宣州人,咸通十二年進士。【增注】字文化,宣州涇縣人,登咸通十二年進士第。

【補注】吴在慶撰《中國文學家大辭典・唐五代卷》(P. 228)"許棠"條云,棠(822—?),字文化,宣州涇縣(今屬安徽)人。久困場屋,歷二十餘舉猶未第。嘗與詩人張喬共隱于匡廬。後赴太原幕謁馬戴,一見如故,留連累月。咸通十二年登進士第,時年已五十。為劉鄴辟為淮南館驛官,授涇縣尉。後任虔州從事。乾符六年前後,任江寧丞。不久,歸居涇縣陵陽別業。棠苦吟,有詩名。與鄭谷、李頻、薛能、林寬等人友善,有詩唱和。與張喬、任濤、鄭谷、温憲等人齊名,合稱"咸通十哲"。時人多取其《過洞庭詩》以題扇,致有"許洞庭"之譽。《新唐書・藝文志》著録《許棠詩》一卷。《全唐詩》卷六〇三、六〇四編其詩為二卷。

③【補注】下國,指京師以外的地方。李賀《勉愛行二首送小季之廬山》

之二："青軒樹轉月滿牀，下國飢兒夢中見。"高趣，高雅的趣味。

④【圓至】《説文》："朝曰潮，夕曰汐。"

【補注】汐潮，即潮汐。在月球和太陽引力的作用下，海洋水面周期性的漲落現象。在白晝的稱潮，夜間的稱汐，總稱潮汐。一般每日漲落兩次，也有漲落一次的。外海潮波沿江河上溯，又使江河下游發生潮汐。《顔氏家訓·歸心》："潮汐去還，誰所節度？"越分，古越國所在地的分野，主要指今浙江一帶。皮日休《太湖詩·縹緲峰》："片白作越分，孤嵐為吴宫。"

⑤【增注】《漢紀》注："大將軍營有五部。"○《周禮》："五人為伍。"○《列子》："南方夷音曰蠻。"

【補注】部伍，軍隊的編制單位，指部曲行伍。《史記·李將軍列傳》："及出擊胡，而廣行無部伍行陳，就善水草屯，舍止，人人自便。"司馬貞索隱："《百官志》云'將軍領軍皆有部曲。大將軍營五部，部校尉一人，部下有曲，曲有軍候一人'也。"後因以泛指軍隊。《南史·張敬兒傳》："部伍泊沔口。"蠻音，南方口音。《北齊書·陸法和傳》："又法和平常言若不出口，時有所論，則雄辯無敵，然猶帶蠻音。"蠻，古代對長江中游及其以南地區少數民族的泛稱。

⑥【何焯】高趣至心。

⑦【何焯】第六從"喧鳥覆春洲"變來。

【校勘】

［一］許棠　磧砂本作"李棠"。

［二］汐潮　全唐詩作"海濤(一作汐潮)"。

［三］蠻　全唐詩作"閩(一作蠻)"。

［四］遊　全唐詩作"浮(一作遊)"。

［五］新安　底本、正統本作"新定"，據大系本改。

已前共一十五首

與崔員外秋直①

王　維

建禮高秋夜②，承明候[一]曉過③。九門寒漏徹④，萬井曙鍾多⑤。月迴藏珠斗，雲銷[二]出絳河⑥。更慚衰朽質，南陌共鳴珂⑦。

【考證】

此詩見《全唐詩》卷一二六（P. 1266），題作《同崔員外秋宵寓直》。

【注評】

①**【圓至】**禁中直宿。**【增注】**隋尚書二十四司，各置員外郎一人，謂本員之外復置郎。員外自此始。唐尚書諸曹各置，惟吏部二人，今六部各置員外。

【補注】本集題同《全唐詩》。員外，即員外郎。唐代尚書省諸司皆置，為尚書、侍郎之副職。參見卷四羊士諤《都城蕭員外寄海棠花》注①。崔員外，陶敏《全唐詩人名彙考》（P. 171）云，疑為崔國輔。《新唐書・藝文志四》："《崔國輔集》，卷亡。應縣令舉，授許昌令，集賢直學士、禮部員外郎。坐王鉷近親貶竟陵郡司馬。"同書《玄宗本紀》："（天寶十一載四月）丙戌，殺御史大夫王鉷。"其時王維亦為尚書郎，故詩云"南陌共鳴珂"。寓直，《文選》卷一三潘岳《秋興賦》序曰："余春秋三十有二，始見二毛，以太尉掾兼虎賁中郎將，寓直于散騎之省。"李善注："寓，寄也。"《資暇集》卷中："'寓直'二字，出於潘岳之爲武賁中郎將。晉朝未有將校省，故寄直散騎省。"趙殿成注："本以虎賁中郎將無省，故寄直於散騎省耳，後人則以直宿禁中為寓直矣。"陳鐵民《王維集校注》（P. 338）：此詩首句用漢尚書郎故實，當是維任尚書郎時所作。又據詩中"更慚衰朽質"之語，疑作于天寶十一載（752，是時作者年五十二）至十三載維官尚書省文部郎中之時。

②【圓至】蔡質《漢官典職》曰:"尚書郎晝夜更直,五日於建禮門外。"

【補注】陳鐵民《王維集校注》(P. 261):建禮,漢宫門名,其内為尚書臺所在地。《宋書·百官志上》:"《漢官》云……尚書寺居建禮門内。"《漢官儀》卷上:"尚書郎主作文書起草,夜更直(輪值)五日于建禮門内。"此處借指唐尚書郎直宿之所。

③【圓至】承明廬,在石渠閣右。【增注】漢承明殿,一名承明廬,直宿所止[三]曰廬。

【補注】承明,一指承明廬,漢代承明殿之旁屋,侍臣值宿所居。《漢書·嚴助傳》:"君厭承明之廬,勞侍從之事,懷故土,出為郡吏。"顏師古注引張晏曰:"承明廬在石渠閣外。直宿所止曰廬。"一指魏宫門。《文選》卷二四曹植《贈白馬王彪》李善注引陸機《洛陽記》曰:"承明門,後宫出入之門。吾常怪'謁帝承明廬',問張公,云魏明帝作建始殿,朝會皆由承明門。"二説均通,謂直宿禁中,等到天明下班,經承明之門而歸。

④【圓至】《楚詞》注曰:"天門九重。"

【補注】陳鐵民《王維集校注》(P. 339):九門,古宫室制度,天子設九門。《禮記·月令》:"田獵、罝罘、羅罔、畢翳、餧獸之藥,毋出九門。"鄭玄注:"天子九門者,路門也,應門也,雉門也,庫門也,皋門也(按,以上皆天子宫室之門),城門也,近郊門也,遠郊門也,關門也。"這裏泛指皇宫之門。徹,畢,盡。杜甫《茅屋為秋風所破歌》:"長夜沾濕何由徹。"

⑤【補注】萬井,古代以地方一里為一井,萬井即一萬平方里。《漢書·刑法志》:"地方一里爲井……一同百里,提封萬井。"這裏泛指天下。陳伯海主編《唐詩彙評》(P. 300):《删補唐詩選脉箋釋會通評林·五言律詩·盛唐上》:楊慎:"大概宏敞,'九門'二句雄麗卓絶。"

⑥【增注】珠斗[四],《漢志》:"五星如連珠。"〇《廣雅》:"天河謂之絳河,又曰銀河。"【何焯】中二連"秋"字意足。

【補注】陳鐵民《王維集校注》(P. 339):迥,遠。珠斗,趙殿成注:"謂斗星相貫如珠。"藏珠斗,指北斗隱没。陳伯海主編《唐詩彙評》(P. 301):《唐詩觀瀾集》卷七"五言律詩":"清華秀麗,十字畫出禁中秋宵。"

⑦【圓至】《通典》曰:"雕入海化為珬[五],可作馬勒,謂之珂。"【何焯】"與"字却借下直點。

【補注】衰朽質,謙稱,指老邁無能的體質。江總《宴樂修堂應令詩》:"衰朽悪連章。"《世説新語·言語》:"顧悦與簡文同年,而髮蚤白。簡文曰:'卿何以先白?'對曰:'蒲柳之姿,望秋而落;松柏之質,經霜彌茂。'"陳鐵民《王維集校注》(P. 339):"珂:馬勒上的飾物,馬行時作聲,故曰'鳴珂'。句指天明下班後將與崔一同乘馬而歸。"

【校勘】

[一] 候　高本"侯"。

[二] 銷　全唐詩校"一作開"。

[三] 止　底本、正統本作"山",據大系本改。

[四] 斗　底本作"止",據正統本、大系本改。

[五] 珬　底本作"玳",據詩説本、正統本、明應本改。

送東川[一]李使君①

萬壑樹參天,千山響杜鵑②[二]。山中一夜[三]雨,樹杪百重泉③。漢女輸賨[四]布④,巴人訟芋田⑤。文翁翻教授,不敢倚先賢⑥。

【考證】

此詩見《全唐詩》卷一二六(P. 1271—1272),題中"東川"作"梓州"。

【注評】

①【增注】東川,潼川府郡名。蜀先主梓潼郡,隋改梓州,唐梓州梓潼郡,屬劍南道,今屬潼川府路。史君,即刺史。

【**補注**】本集題同《全唐詩》。東川，唐方鎮“劍南東川節度使”的簡稱。至德二載分劍南節度使為劍南東川、劍南西川節度使。東川治所在梓州（今四川三臺縣），轄境多有變動，主要領有梓、遂、綿、普、陵、瀘、榮、劍、龍、昌、渝、合十二州，約當于今四川盆地中部涪江流域以西，沱江下游流域以東，及劍閣、青川等縣地。使君，漢時稱刺史為使君，後用作州郡長官的尊稱。陳鐵民《王維集校注》（P. 605）：李使君，《新唐書・三宗諸子傳》：“（李）璆（高宗孫）……二子：謙為郢國公、梓州刺史。”未知即其人否。

②【**補注**】杜鵑，又名杜宇、子規。相傳為古蜀王杜宇之魂所化。春末夏初，常晝夜啼鳴，其聲哀切，似“不如歸去”，故又名催歸。參見卷一李涉《竹枝詞》注④。

③【**何焯**】三、四言泉源之利，足供灌溉，其若流亡略盡何！丁男疲于調發，而征輸責之女户；青苗莫為耕耨，而争競乃及蹲鴟，則憔悴極矣。

【**補注**】陳伯海主編《唐詩彙評》（P. 307）：《詩法易簡録》卷九“五言律詩”：“此詩起勢尤為斗絶，三句承次句‘山’字，四句承首句‘樹’字，一氣相生相足，洵傑作也。”

④【**圓至**】李周翰曰：“漢女，蜀之美女。”《漢書》曰：“秦置黔中郡。漢興，令大人輸布一疋，小口二丈，是謂賨布。”《十六國春秋》、常璩《志》云：“宕渠[五]，古賨國，姓芋[六]。”【**增注**】《詩》：“漢有游女。”注：“漢水出武都沮縣。”〇《方輿勝覽》此詩載“潼川府”後，“賨”作“橦”。東川産橦，即閩之木棉。賨，徂宗切。橦，音同。【**何焯**】《蜀都賦》“布有橦華”注：“樹名，橦其花，柔毳可績為布。”

【**補注**】漢女，漢水流域的婦女。這裏的漢水，指發源于今甘肅天水市齊壽山的西漢水，一名漾水，流經今隴南一帶，注入四川嘉陵江。《漢書・地理志》“隴西郡・西縣”：“《禹貢》：嶓冢山，西漢所出，南入廣漢白水，東南至江州入江，過郡四，行二千七百六十里。”《水經・漾水注》：“今西縣嶓冢山，西漢水所導也。”又云：“漢水又南入嘉陵道而為嘉陵水。”賨，古族名。巴人之分支。賨人勇悍，秦滅巴國後，其族分佈于渝水及其支流嘉陵江流域。《文選》卷四左思《蜀都賦》李善注引《風俗通》：“巴有賨人，剽勇……閬中有渝水,賨人左右居。"一説賨人即板楯蠻夷(見《後漢書・南蠻傳》)。或説為古賨國。古巴人呼賦為賨,所納錢、布,稱賨錢、賨布。輸,繳納賦税。

⑤【圓至】《海内圖經》曰:"伏羲後生巴人。"《蜀都賦》曰:"瓜田芋區。"又蜀卓氏以芋致富。【增注】巴人,見前《晚發五溪》詩。

【補注】巴,古族名、國名,其族主要分佈在今川東、重慶、鄂西一帶。參見卷三高適《送王李二少府貶潭峽》注④、卷五岑參《晚發五溪》注②。陳鐵民《王維集校注》(P. 605):芋田,蜀地多植芋。《説郛》卷六一下録《廣志》:"蜀漢既繁芋,民以為資。"

⑥【圓至】漢文翁為蜀太守,選郡吏詣京受業。每出行,從學官、諸生,吏民化之,蜀學比齊魯焉。【何焯】天寶中,楊國忠領劍南,且再興南詔之師。為其屬者,催科獄訟,日不暇給,安敢議及教化?落句以刺時也。五、六言今日治梓州者惟由此,然吾所聞文翁之致理,何以翻事此而不彼之急耶?特恐有掣其肘者,不敢倚恃為先賢已試之效耳。曰"教授",則先之以生,聚在其中矣。

【補注】陳鐵民《王維集校注》(P. 606):《漢書・循吏傳》:"文翁,廬江舒人也……景帝末,為蜀郡守,仁愛好教化,見蜀地辟陋有蠻夷風,文翁欲誘進之,乃選郡縣小吏開敏有材者……親自飭厲,遣詣京師,受業博士……又修起學官於成都市中,招下縣子弟以為學官弟子,為除更繇,高者以補郡縣吏,次為孝弟力田……縣邑吏民見而榮之,數年,争欲為學官弟子,富人至出錢以求之。繇是大化,蜀地學於京師者比齊魯焉……至今巴蜀好文雅,文翁之化也。"《唐宋詩舉要》卷四"五言律詩":"末二句言文翁教化至今已衰,當更翻新以振起之,不敢倚先賢成績而泰然無為也。"詩無達詁,何焯、高步瀛之説可並存。

【校勘】

[一] 東川　何校"梓州":"集本梓州,于時未分兩川也。"

[二] 千山響杜鵑　何校"第二《英華》作鄉音聽杜鵑,蓋言幾無人也",全唐詩"千山響"下校"一作鄉音聽"。

［三］夜　何校“半”，全唐詩校“一作半”。

［四］賓　何校、全唐詩“橦”，全唐詩校“一作賓”。

［五］宕渠　底本作“岩渠”，據詩説本、正統本、明應本改。

［六］芋　底本作“芊”，據詩説本、正統本、明應本改。

送楊長史赴果州①

襃斜不容幰②，之子去何之③。鳥道一千里④，猿聲[一]十二時⑤。官橋祭酒客[二]，山木女郎祠⑥。别後同明月，君應聽子規⑦。

【考證】

此詩見《全唐詩》卷一二六（P. 1272）。

【注評】

① **【圓至】**今順慶府。**【增注】**長史，今治中即其官也。

【補注】長史，官名，秦置。漢相國、丞相，後漢太尉、司徒、司空、將軍府各有長史。其後，為郡府官，掌兵馬。唐制，上州刺史别駕下，有長史一人，從五品。果州，唐武德四年置，治所在南充縣（今四川南充市北五里）。《太平寰宇記》卷八六“劍南東道五・果州”：“以郡南八里果山為名。”天寶元年改為南充郡，乾元元年復為果州。轄境相當今四川南充、蓬安、西充、營山、岳池等市縣地。陳鐵民《王維集校注》（P. 515）：楊長史，《瀛奎律髓》“長史”下多一“濟”字。陳貽焮《王維詩選》曰，《舊唐書・吐蕃傳下》：“永泰二年二月，命大理少卿兼御史中丞楊濟，修好於吐蕃。”或即此人。按，唐大理少卿從四品上，御史中丞正四品下，果州唐時為中州，置長史一人，正六品上，依唐代官員遷除常例，濟為果州長史，應在其官大理少卿之前，又果州天寶時曰南充郡，乾元元年復為果州，此詩疑即乾元元年（758）之後、上元二年

(761)維卒前所作,具體時間不詳。

②**【圓至】**劉良曰:"幰,車網也。"**【增注】**褒斜,谷名。南曰斜,在興元府,出秦鳳路。北曰褒,在利州,出長安路。相去二百餘里。

【補注】褒斜,即褒斜道,古通道名。自今陝西眉縣沿斜水及其上源石頭河,經今太白縣,循褒水及其上源白雲河至漢中。因取道褒水、斜水兩河谷而得名。長四百七十餘里,沿路山勢險峻,棧道修于絶壁,古代長期為溝通關中與巴蜀的重要通道之一。《史記·河渠書》:"其後人有上書欲通褒斜道及漕事,下御史大夫張湯。湯問其事,因言:'抵蜀從故道,故道多阪,回遠。今穿褒斜道,少阪,近四百里,而褒水通沔,斜水通渭,皆可以行船漕。'"幰,車帷。這裏代指幰車,即施有簾幔的車子。何遜《寄江州褚諮議詩》:"連鑣戲淺草,遊幰遵長薄。"

③**【補注】**之子,這個人。《詩經·周南·漢廣》:"之子于歸,言秣其馬。"這裏指楊長史。何之,去哪兒。

④**【圓至】**《南中八志》曰:"鳥道四百里,以其險絶,獸猶無蹊,特上有飛鳥之道耳。"

【補注】陳鐵民《王維集校注》(P. 516):"鳥道:形容道路險絶難行,唯有飛鳥能過。"

⑤**【增注】**《宜郡山川記》:"巴東三峽猿鳴悲,猿鳴三聲淚沾衣。"

【補注】陳鐵民《王維集校注》(P. 516):"十二時:古分一日夜為十二時,以十二地支紀之,曰子時、丑時等。"

⑥**【圓至】**漢法:上客曰祭酒。果州金華山中有觀,乃神女謝自然祠。**【增注】**《漢書》:"祭酒皆一[三]位之元長,古者賓客得主人饌,則老者一人舉酒以祭祀,故以為稱。"○女郎,古者婦女通稱,如馬明先生謂"與女郎遊安息西海"及古樂府"木蘭是女郎"之類是也。**【何焯】**祭酒用張道陵事。○謝自然事在德宗貞元十年,豈可引以注右丞詩?此至師之疏也。所祠或鹽水神女之類,當以《華陽國志》諸書考之。○《水經注》五丈溪水南有女郎山,山上有女郎冢,下有女郎廟及擣衣石,言張魯女也。"女郎祠"或指是耶?

【補注】陳鐵民《王維集校注》(P. 516):官橋,官道上的橋樑。祭酒客,祖道登程的旅客。祭酒，酹酒祭神。《儀禮·鄉飲酒禮》："遂祭酒。"此指祖道之祭（出行時祭路神）。李賀《出城别張又新酬李漢》："祭酒而别秦。"女郎祠，《水經·沔水注》：五丈溪"南注漢水，南有女郎山（按，山在今陜西省勉縣境），山下有女郎冢……山上直路下出，不生草木，世人謂之女郎道。下有女郎廟及搗衣石，言張魯女也。有小水北流入漢，謂之女郎水。"又《唐宋詩舉要》卷四"五言律詩"謂祭酒蓋用張魯事，《三國志·魏書·張魯傳》："張魯，字公祺……據漢中，以鬼道（五斗米道）教民，自號師君。其來學道者，初皆名鬼卒，受本道已信，號祭酒，各領部衆……諸祭酒皆作義舍，如今之亭傳。又置義米肉，縣於義舍，行路者量腹取足。"云"詩用祭酒、女郎，皆言異俗荒陋之義"。又《唐音癸籤》卷二一："蜀道艱險，行必有禱祈。女郎，其叢祠之神；客，即禱神之行客也。合兩句讀之，深無限遠宦跋涉之感。有辨女郎為何許人者，都是説夢。"皆可備一説。

⑦【何焯】子規啼云"不如歸去"，則於淒斷之中仍有生歸之望，又所以慰之也。○悲慘。

【補注】陳鐵民《王維集校注》(P. 516)：謝莊《月賦》："美人邁兮音塵闕，隔千里兮共明月。"子規，又名杜鵑、杜宇。相傳為古蜀王杜宇之魂所化。春末夏初，常晝夜啼鳴，其聲哀切，似"不如歸去"，故又名催歸。參見卷一李涉《竹枝詞》注④。《唐賢三昧集彙評》(P. 57)：汪洪度："玩'去何之'，楊此行必有不得意者，故如此叫起。中二聯承首句一直説下，却以尾聯寫意，言明月我所同也，聽子規君所獨也，我見明月時固思君，君聽子規更何以為情耶？説兩地别情，悽楚已極，却以景語出之。"

【校勘】

［一］聲　全唐詩校"一作啼"。

［二］客　高本、四庫本作"路"，何校"客"。

［三］一　底本、正統本、大系本作"以"，據《後漢書》(P. 3572)改。

赴京途中遇雪

孟浩然①

迢遞秦京道，蒼茫歲暮天②。窮陰連晦朔③，積雪遍[一]山川。落鴈迷沙渚④，飢[二]烏噪[三]野田。客愁空佇立⑤，不見有人煙。

【考證】

此詩見《全唐詩》卷一六〇(P. 1654)。

【注評】

①【圓至】襄陽人，張九齡署為從事。【增注】字浩然，襄州襄陽人。初隱鹿門山，張九齡為荆州，辟置於府，府罷，開元末病疽背卒，年五十一。

【補注】吴企明撰《中國文學家大辭典·唐五代卷》(P. 546)"孟浩然"條云，浩然(689—740)，字浩然，行六。襄州襄陽(今屬湖北)人。少年時在故園度過，後隱于鹿門山，讀書寫作，準備應舉。開元十六年，赴京應試，遊秘書省，同諸名士賦詩，浩然曰："微雲淡河漢，疏雨滴梧桐。"舉座歎為清絶，為之擱筆。翌年，落第還鄉。十八年，漫遊吴、越等地，與友人張子容、崔國輔交遊，前後三年。二十一年，浩然再次入長安，韓朝宗欲薦之于朝，因浩然爽約而未果。二十五年，張九齡鎮荆州，署為從事。二十七年，離幕返襄陽養病。二十八年，王昌齡自嶺南北歸，至襄陽，訪浩然，相見甚歡，食鮮疾動，不久卒，年五十二。王維過郢州，畫浩然像于刺史亭，世稱浩然亭，後更名孟亭。浩然終于布衣，淪落平生，然名重當時，李白頌之曰："吾愛孟夫子，風流天下聞……高山安可仰，徒此揖清芬。"(《贈孟浩然》)浩然與張九齡、王維、裴朏、盧僎、裴總、獨孤策等人為忘形之交；與王維齊名，同為盛唐田園山水詩派之代表詩人，世稱"王孟"。浩然工五言詩，"務掇菁藻"，"匠心獨妙"(王士源《孟浩然集序》)。浩然詩，初由王士源編録，又經韋滔整理

（王士源《孟浩然集序》、韋滔《孟浩然集重序》），《新唐書・藝文志》著録《孟浩然詩集》三卷，現有宋代蜀刻本傳世。今人徐鵬有《孟浩然集校注》（人民文學出版社 1989 年版），佟培基有《孟浩然詩集箋注》（上海古籍出版社 2000 年版），劉文剛有《孟浩然年譜》（人民文學出版社 1995 年版）。

②【補注】徐鵬《孟浩然集校注》（P. 213）："迢遞，遥遠貌。秦京，指長安。唐時京都在長安，舊為秦地。蒼茫，曠遠迷茫之狀。"

③【補注】窮陰，指極其陰沉的天氣。窮，極也。李華《吊古戰場文》："至若窮陰凝閉，凛冽海隅，積雪没脛，堅冰在鬚。"晦朔，農曆每月末一日及初一日。徐鵬《孟浩然集校注》（P. 213）："連晦朔，形容時間之長久。郭璞《遊仙詩》：'晦朔如循環，月盈已見魄。'李善注：'《説文》曰：朔，月一日始也。晦，月盡也。'"

④【補注】徐鵬《孟浩然集校注》（P. 213）："迷沙渚，言沙渚為積雪覆蓋，鴈群找不到棲息之處。沙渚，沙洲。水中可居者曰渚。"

⑤【補注】佇立，久立。《詩經・邶風・燕燕》："瞻望弗及，佇立以泣。"

【校勘】

［一］遍　全唐詩作"滿（一作遍）"。

［二］飢　高本、四庫本、全唐詩作"饑"，何校"飢"。

［三］噪　全唐詩作"集（一作噪）"。

早　行

郭　良①

早行星尚在，數里未天明。不辨雲林色，空聞流[一]水聲。月從山上落，河入斗間横②。漸至重門外，依稀見洛城③。

【考證】

此詩見《全唐詩》卷二〇三(P. 2119)。

【注評】

①**【補注】**吴企明撰《中國文學家大辭典·唐五代卷》(P. 663)"郭良"條云,良(生卒年里不詳),天寶初,任金部員外郎。芮挺章選其詩二首入《國秀集》,《全唐詩》卷二〇三即據以録存。

②**【補注】**河,銀河。斗,星宿名,指北斗七星。因像舀酒的斗勺,故名。《易·豐》:"豐其蔀,日中見斗。"李鼎祚集解引虞翻曰:"斗,七星也。"此句謂天快亮時,北斗星的杓柄轉移了方向,銀河好像注入其中那樣横掛着。

③**【磧砂】**敏曰:"不辨雲林色,空聞流水聲",早行真境,寫得宛然恰好,承第二句來。"月從山上落,河入斗間横",曉風殘月,斗轉星回,恰好承"星尚在"句。重門擊柝以禦暴客,重門即關門之類。依稀可見,仍是天未甚明之候也。古人再無湊泊有如此者。

【補注】重門,古代重要城池層層設門,故稱。張衡《西京賦》:"重門襲固,姦宄是防。"洛城,即今河南洛陽市。

【校勘】

[一] 流 全唐詩作"風"。

宿荆溪館呈丘義興①

嚴 維

失[一]路荆溪上,依仁[二]忽暝投②。長橋今夜月,陽羨古時州③。野燒明山郭,寒更出縣樓④。先生能館我,何[三]事五湖遊⑤。

【考證】

此詩見《全唐詩》卷二六三(P. 2916),題首無"宿"字。

【注評】

①【圓至】荆溪,在宜興南二十里。○常州義興,今宜興縣。避[四]太宗舊諱,改義曰宜。【增注】荆溪,在唐常州義興縣,其縣宰姓丘也。

【補注】荆溪,在今浙江長興縣西南。《太平寰宇記》卷九四"江南東道六·湖州·長興縣":"以其出荆山,因名之。"《讀史方輿紀要》卷九一"浙江三·湖州府·長興縣":"在縣西南四十里。源出南直宜興縣之荆南山,合諸山溪之水,流經縣境,又東南注於苕溪。"丘義興,義興縣令姓丘者,待考。

②【補注】失路,迷失道路。《韓非子·解老》:"使失路者而肯聽習問知,即不成迷也。"這裏似隱含失意之情。依仁,一般指把"仁"作為言行依循的準則。語出《論語·述而》:"子曰:'志於道,據於德,依於仁,遊於藝。'"這裏指依附、投靠仁者,義近"里仁"。暝投,夜晚時投宿。

③【增注】陽羨,屬義興。《輿地志》:吴越間謂荆為楚,秦以子楚,改為陽羨。

【補注】長橋,橋名。在江蘇省宜興市,建于東漢時,相傳為晉周處斬蛟處,又名蛟橋。橋跨荆溪,又名荆溪橋。《初學記》卷七引晉祖台之《志怪》:"義興郡溪渚長橋下有蒼蛟吞噉人,周處執劍橋側伺,久之遇出,於是懸自橋上投下蛟背,而刺蛟數創,流血滿溪,自郡渚至太湖句浦乃死。"陽羨,縣名,秦置,屬會稽郡。治所在今江蘇宜興市南五里荆溪南。漢高帝五年封功臣靈常,為其侯邑。東漢屬吴郡。三國吴屬義興郡,移治今宜興市。西晉永興元年為義興郡治。隋開皇九年改為義興縣。唐武德七年又析置陽羨縣,屬南興州。八年廢入義興縣。

④【何焯】五、六寫"暝投",生動。

【補注】野燒,猶野火。山郭,山城。寒更,寒夜報時的更點。駱賓王《別李嶠得勝字》:"寒更承夜永,凉景向秋澄。"

⑤【增注】劉向《列仙傳》:范蠡,字少伯,徐人。為越大夫,佐越王勾踐

滅吴,反至五湖,辭曰:“君王勉之,臣不復入越國云云。”乃乘舟泛五湖,不返。

【補注】館,安置,招待。《孟子·萬章下》:“舜尚見帝,帝館甥于貳室。”孫奭疏:“堯乃館舍之於副宫。”何事,為何,何故。五湖,古代吴、越一帶的湖泊,説法不一。范蠡功成身退,隱于五湖。後因以“五湖”指隱遁之所。參見卷四杜牧《題宣州開元寺水閣》注⑥。

【校勘】

[一] 失　高本、四庫本作“大”。

[二] 仁　全唐詩作“人(一作仁)”。

[三] 何　全唐詩作“無”。

[四] 避　底本、詩説本、正統本、明應本脱,據文意補。

漂母墓①

劉長卿

昔賢懷一飯②,兹事已千秋。古墓樵人識③,前朝楚水流。渚蘋行客薦④,山木杜鵑愁⑤。春草年年[一]緑,王孫舊此遊⑥。

【考證】

此詩見《全唐詩》卷一四七(P. 1501),題首多“經”字。

【注評】

①【增注】在淮安軍淮陰縣北,唐屬楚州。漂,匹妙切,水中擊絮也。

【補注】漂母,漂洗衣物的老婦。儲仲君《劉長卿詩編年箋注》(P. 271):《水經·淮水注》:淮水“又東逕淮陰縣故城北……城東有兩冢,西者即漂母冢也。周迴數百步,高十餘丈。昔漂母食信于淮陰,信王下邳,蓋投金增陵以報母矣。東一陵即信母冢也"。《欽定大清一統志》卷六五"淮安府":"漂母墓在清河縣(按即淮陰)東。""按長卿南來時為沿江而下,北歸時始經淮陰,故疑此詩作於北歸時。又按長卿大曆元年春尚在江東,有詩送李補闕紓北上,大曆二年春夏則已有京中詩,其北歸長安,蓋即在大曆二年夏也。詩云:'渚蘋行客薦,山木杜鵑愁。'青蘋夏日始花,杜鵑亦為夏候鳥,時令正合。"

②【圓至】韓信貧,漂母飯之。信後為楚王,賜母千金。

【補注】《史記·淮陰侯列傳》:"(韓)信釣於城下,諸母漂,有一母見信飢,飯信,竟漂數十日。信喜,謂漂母曰:'吾必有以重報母。'母怒曰:'大丈夫不能自食,吾哀王孫而進食,豈望報乎!'"韓信富貴後,"至國,召所從食漂母,賜千金"。儲仲君《劉長卿詩編年箋注》(P. 272):《史記·范雎蔡澤列傳》:"一飯之德必償。"

③【圓至】東西冢,在淮陰縣北八里莊,東冢韓信母墓,西冢漂母墓。

④【增注】《左傳》:"蘋蘩薀[二]藻之菜,可薦於鬼神。"薦,薄祭也。

【補注】儲仲君《劉長卿詩編年箋注》(P. 272):"渚蘋,蘋生水渚,故云。杜甫《湘夫人祠》詩:'晚泊登汀樹,微馨借渚蘋。'"

⑤【補注】杜鵑,又名杜宇、子規。相傳為古蜀王杜宇之魂所化。春末夏初,常晝夜啼鳴,其聲哀切,似"不如歸去",故又名催歸。參見卷一李涉《竹枝詞》注④。

⑥【圓至】芳草、王孫見前注。漂母呼信為王孫。【磧砂】漂母曾云:"哀王孫而進食,豈望報乎?""昔賢""王孫"皆指信也。【何焯】"舊"字妙,其不能歸,積歲非一矣。○富貴久隨逝川,慕義自戒蒭伐。三、四用覆裝,故曲折有味。後半傷今,白首無歸,獨不得遇如母者。前[三]半憑弔所由興也。

【補注】《楚辭·招隱士》:"王孫遊兮不歸,春草生兮萋萋。"儲仲君《劉長卿詩編年箋注》(P. 272):《史記》司馬貞索隱引劉德曰:"秦末多失國,言王孫、公子,尊之也。"《唐詩解》卷三八:"此弔古而思漂母之賢也。言淮陰懷漂母之一飯,其事已千秋矣,樵人猶能識其墓。漢王忌信而取其國,宜長享天下也,然前朝惡在乎?惟餘楚水之流耳。是漢主不如漂母之憐才也。

今其墓間，行客採蘋以薦，杜宇遶木而愁；薦者思母之賢，愁者寫信之怨也。吾想茫茫荒草之處，即王孫舊遊地耳。何千載難其人，豈世無淮陰耶？抑無漂母識之耶？"《大曆詩略》卷一："意境超然，此題絶唱。析而論之，五、六平按題位，前半敘事，以唱歎出之，極頓挫抑揚之妙，結亦具有遠神。"

【校勘】

［一］年年　全唐詩作"茫茫"。

［二］藴　底本、正統本、大系本作"蘊"，據《十三經注疏》(P. 3740)改。

［三］底本、瀘州本"前"前有一方框，據臺灣"國家圖書館"藏何焯批校原本删。

湖中閑夜

朱慶餘①［一］

釣艇同琴酒②，良宵③背水濱④。風波不起處，星月盡隨身⑤。浦迴湘雲［二］卷，林香嶽氣春⑥。誰知此中興，寧羨五湖人⑦。

【考證】

此詩見《全唐詩》卷五一五(P. 5887)，題末多"遣興"二字。

【注評】

①**【圓至】**名可久，以字行。寶歷二年裴球榜進士。**【增注】**《唐書》作朱慶，名可久，以字行，又字慶緒。越州人，登寶曆二年進士第。

【補注】吴在慶撰《中國文學家大辭典·唐五代卷》(P. 173—174)"朱慶餘"條云，慶餘(生卒年不詳)，名可久，以字行，行大，越州(今浙江紹興)人。入京赴試時，曾行卷于張籍，受其知賞，並袖其詩二十六章廣為讚揚。時人以籍享有盛名,皆繕録其詩而諷詠之。寶曆二年登進士第,授秘書省校書郎。慶餘與賈島、姚合、章孝標、顧非熊、張籍等人多有唱和。其詩尤長于五律、七絶,内容多為送别、酬答及題詠、紀遊之作。張為《詩人主客圖》列為"清奇雅正主"李益之及門者。辛文房謂其詩"得張水部詩旨,氣平意絶"(《唐才子傳》卷六)。《新唐書・藝文志》著録《朱慶餘詩》一卷。《全唐詩》卷五一四、五一五編其詩為二卷。

②【何焯】破"閑"字。

③【何焯】"夜"。

④【何焯】"湖中"。

【補注】水濱,水邊。《唐詩摘鈔》卷一"五言律":朱之荆:"'同'字、'背'字俱妙,若换'載'字、'遊'字,便無味矣。"

⑤【何焯】覷出"閑"字。

⑥【磧砂】謙曰:"風波不起處,星月盡隨身",連誦方有味,此即詩中流水對法也。至于"浦迴湘雲卷,林香嶽氣春",非極細心人不能道,無論初、盛、中、晚,總是唐賢之對景造句,自有别致,不可以文字求之。

【補注】浦,水邊,河岸。湘,湘水。嶽,指南嶽衡山,位于湖南中部。參見卷四賈島《酬慈恩文郁上人》注⑥。《唐詩摘鈔》卷一"五言律":"因風波不起,故水底星月明浄。此意亦在眼前,却是'盡隨身'三字未説到,故見奇創。○浦迴因湘煙捲,林香因嶽氣春,名'倒因句'。"

⑦【何焯】朱是越人,結句欲歸不能,姑反其辭。

【補注】五湖,古代吴、越一帶的湖泊,説法不一。范蠡功成身退,隱于五湖。後因以"五湖"指隱遁之所。參見卷四杜牧《題宣州開元寺水閣》注⑥。

【校勘】

[一] 朱慶餘　四庫本作"朱餘慶"。

[二] 雲　全唐詩作"煙"。

已前共八首

四　虚

周弼曰:謂中四句皆情思而虚也。不以虚為虚,以實為虚,自首至尾,如行雲流水,此其難也。元和已後用此體者,骨格雖存,氣象頓殊。向後則偏於枯瘠,流於輕俗,不足采矣①。

【注評】

①【磧砂】敏曰:按此言"不以虚為虚,以實為虚",此真妙論!作者於兹能知善用其虚之法,自必善用其實,亦非以實為實,更有以虚為實之妙用矣。

陸渾山莊①

宋之問②

歸來物外情,負杖閲巖耕③。源水看花入,幽林採藥行④。野人相問姓,山鳥自呼名⑤。去[一]去獨吾樂,無能[二]媿此生⑥。

【考證】

此詩見《全唐詩》卷五二(P. 635)。

【注評】

①【圓至】河南府伊陽縣,即漢陸渾縣。【增注】春秋陸渾[三]戎徙洛山,因名。

【補注】陶敏、易淑瓊《沈佺期宋之問集校注》(P. 373):陸渾,山名,俗名方山,在今河南嵩縣北。《元和郡縣圖志》卷五"河南道一・河南府・伊闕縣”:“陸渾山,俗名方山,在縣西五十五里。”

②【圓至】上元二年進士。【增注】字延清,一名少連,汾州人。越州長史,神龍初少府監。與弟之遜皆諂事張易之,貶嶺南瀧州參軍事,逃歸匿駙馬都尉王同皎家,聞皎疾武三思及韋后之言,之遜密令子曇與甥李悛告同皎欲殺三思及廢后事以自贖,同皎等皆坐斬。之問、之遜並除京官,遷考功員外郎。中宗時諂事太平公主,復結安樂公主,太宗深疾之。中宗將用為中書舍人,太平公主發其賍,下遷汴州長史,又改越州。睿宗立,以獪險盈惡流欽州賜死。

【補注】金濤聲撰《中國文學家大辭典・唐五代卷》(P. 396)“宋之問”條云,之問(656? —712?),一名少連,字延清,行五。汾州西河(今山西汾陽)人,一説虢州弘農(今河南靈寶)人。上元二年登進士第。天授元年,與楊炯分直習藝館。後授洛州參軍,遷尚方監丞、左奉宸内供奉。傾附張易之兄弟。神龍元年,張易之伏誅,坐貶為瀧州參軍。二年春逃還。因其弟告變之功,擢授鴻臚主簿,轉户部員外郎,兼修文館直學士。景龍二年,遷考功員外郎,三年知貢舉。遭譖毁,貶越州長史。景雲元年,以曾諂附張易之、武三思,流徙欽州。途中在桂州滯留數月。先天中,賜死徙所。之問為武后及中宗朝著名宫廷詩人,其詩多應制之作,詩風華美,屬對精工,對律詩形式之定型頗有影響。與沈佺期齊名,學者宗之,號為“沈宋”。晚年于流放途中所作,寫景抒情,不僅内容較為充實,且含蓄凝煉,詩風亦有明顯變化。其友人武平一輯《宋之問集》十卷。今人陶敏、易淑瓊有《沈佺期宋之問集校注》(中華書局 2001 年版)。

③【增注】《莊子》:“南伯子葵言曰:‘吾守道,七日[四]而後能外物。’”○鄭子真躬耕巖石之下,名震京師。

④【何焯】猶似用事耶?

【補注】採藥行,宋之問《憶嵩山陸渾舊宅》:“好仙宅二室,愛藥居陸渾。”《游陸渾南山自歇馬嶺到楓香林以詩代書答李舍人適》:“晨登歇馬嶺,遥望伏牛山……石髓非一岩,藥苗乃萬族。”

⑤【增注】《詩話總龜》云:“宋之問詩‘山鳥自呼名’,又‘鳥不知名聲自

呼'。蓋《古今注》:'南方有鳥名鷓鴣,自呼其名。'"此詩作于洛地,如子規呼謝豹,亦自呼名。恐不必拘説鷓鴣。

【補注】野人,泛指村野之人,農夫。

⑥【補注】陳伯海主編《唐詩彙評》(P. 82):《彙編唐詩十集·辛集·五言律》:唐汝詢:"通篇幽寂,似物外矣。獨一'愧'字,露出本相。"

【校勘】

[一] 去　正統本似作"老"。

[二] 能　何批、全唐詩作"然",全唐詩校"一作能"。

[三] 陸渾　底本作"陸陳",據正統本、大系本改。

[四] 七日　底本、正統本、大系本作"士目",據《莊子集釋》(P. 254)改。

新年作①

鄉心新歲切,天畔獨潸然②。老至居人下③,春歸在客先④。嶺猿同旦暮,江柳共風煙。已似長沙傅⑤,從今又幾年⑥。

【考證】

此詩見《全唐詩》卷五三(P. 657);又見卷一四七(P. 1483),屬劉長卿。佟培基《全唐詩重出誤收考》(P. 38)云,《四部叢刊》影宋本《劉隨州集》卷一已録此詩,按風格推斷,亦當為劉作。陶敏、易淑瓊《沈佺期宋之問集校注》(P. 763)從之。儲仲君《劉長卿詩編年箋注》(P. 451)亦認為"一作宋之問詩,誤"。

【注評】

①【補注】儲仲君《劉長卿詩編年箋注》(P. 451)據詩中"已似長沙傅"

一語推斷,此詩為大曆十四年(779)長卿貶睦州已歷三年時作。

②【增注】《詩》:"潸焉出涕。"注:"涕淚流貌。"

【補注】切,迫切。

③【增注】老居人下,崔寔《四民月令》:"元日進椒柏酒,次第從小至老,今屠蘇其遺意也。以少者得歲,先以賀之。老者失歲,故後飲。"

【補注】儲仲君《劉長卿詩編年箋注》(P. 451):《新唐書·孫儒傳》:"儒常曰:'大丈夫不能苦戰萬里,賞罰繇己,奈何居人下。'"

④【補注】儲仲君《劉長卿詩編年箋注》(P. 451):《唐詩鏡》卷二九:"三、四雋甚,語何其鍊。"

⑤【圓至】賈誼謫為長沙王太傅。

【補注】儲仲君《劉長卿詩編年箋注》(P. 451):"按《史記·賈誼傳》云:誼為長沙王傅,三年。此用其言,謂已貶睦州已歷三年。"

⑥【圓至】之問得罪睿宗,配徙欽州。【磧砂】敏曰:按之問字延清,汾州人,武后召與楊炯分住習藝館。后游洛南龍門,詔從臣賦詩。左史東方虬詩先成,后賜錦袍。之問俄頃獻,后覽之嗟賞,更奪袍以賜。後得罪於睿宗,貶欽州,以其儈險盈惡卒賜死。此必欽州作也。故回思奪錦之榮,樓頭之衡量,沈、宋齊名。而此時潸然天畔,人下自居,真已可憐,況以猿腸易斷,旦暮與俱,柳樹柔枝,風煙相侮,比賈長沙而更慘,知賜環以何年乎?春歸客未歸,所以不勝念切也。史稱建安後汔江左,詩屢變,至沈約、庾信以音韻相婉附為屬對精密。及之問、沈佺期又加靡麗,回忌聲病,約句準篇,如錦繡成文,學者宗之,號為"沈宋"。語曰:"蘇、李居前,沈、宋比肩。"即如此篇,工力悉敵,自是不可及。【何焯】記此篇亦劉長卿詩,注誤。

喜鮑禪師自龍山至①

劉長卿

故居[一]何日下,春草欲芊芊②。猶對山中月,誰聽石上泉③。猿聲知後夜④，花發見流年⑤。杖錫閑來往，無心到處禪⑥。

【考證】

此詩見《全唐詩》卷一四七（P. 1485）。

【注評】

①**【圓至】**《九域志》："太平州有龍山，桓温[二]遊其上。"

【補注】儲仲君《劉長卿詩編年箋注》（P. 458）："龍山，即睦州烏龍山。此亦為睦州詩。"

②**【增注】**芊芊，草盛貌。

【補注】《楚辭・招隱士》："王孫遊兮不歸，春草生兮萋萋。"

③**【補注】**王維《山居秋暝》："明月松間照，清泉石上流。"

④**【圓至】**初夜[三]、中夜、後夜。

⑤**【補注】**流年，如水般流逝的光陰、年華。儲仲君《劉長卿詩編年箋注》（P. 459）："謂見花開始知一年已度，不留心於世事之謂。"

⑥**【增注】**佛告[四]比丘云："汝等應受持錫杖，所以者何？過去、未來、現[五]在諸佛皆執錫杖。"又名智杖、德杖。**【磧砂】**謙曰：天無二月，故云"猶對山中月"；既離山居，故云"誰聽石上泉"也。三聯是重提山中，説猿聲以誌旦夕，花發以記春秋，今杖錫往來，總屬清閑，去住無心，到處皆禪耳，禪理獨得。**【何焯門生】**玩二聯，似刺其不必下。

【補注】錫杖，僧人所持的禪杖。其制：杖頭有一鐵卷，中段用木，下安鐵纂，振時作聲。梵名隙棄羅（Khakkhara），取錫錫作聲為義。《高僧傳》卷四"義解一"《晉東莞竺僧度》："且披袈裟，振錫杖，飲清流，詠《波若》。雖公王之服，八珍之饍，鏗鏘之聲，暐曄之色，不與易也。"禪，佛教語，梵語"禪那"之略。原指静坐默念，引申為禪理、禪法、禪學。杜甫《宿贊公房》："放逐寧違性，虚空不離禪。"

【校勘】

[一] 居　全唐詩校"一作山"。

[二] 高士奇于"桓温"後增"九日"二字。

[三] 高士奇于"初夜"前增"禪家有"三字。

[四] 告　底本、正統本脱,據大系本補。

[五] 現　底本、正統本作"見",據大系本改。

酬秦系①

鶴書猶未至②,那出白雲來③。舊路經年别④,寒潮每日回。家空歸海燕⑤,人老發江梅。最憶門前柳,閑居手自栽⑥。

【考證】

此詩見《全唐詩》卷一四七(P. 1488)。

【注評】

①【補注】秦系,參見卷一秦系《題張道士山居》注②。長卿有《秦系頃以家事獲謗因出舊山每荷觀察崔公見知欲歸未遂感其流寓詩以贈之》《夜中對雪贈秦系時秦初與謝氏離婚謝氏在越》等多首詩作贈系。二人唱酬詩曾于貞元七年編成《秦徵君校書與劉隨州唱和集》(權德輿《秦徵君校書與劉隨州唱和集序》),久佚。儲仲君《劉長卿詩編年箋注》(P. 448—450)認為,此詩乃長卿在睦州作,時在大曆末年秦系離婚時或稍後。

②【圓至】蕭子良《古今篆隸文體》曰:"鶴頭書與偃波書俱詔板所用,漢謂之尺一簡。"【增注】《北山移文》:"鶴書赴隴。"

③【圓至】自注云:"秦系頃以家事獲謗,因出舊[一]山,欲歸未遂。"【增注】陶弘景辭官入蜀,梁武帝問曰:"山中何所有?"答曰:"隴上多白雲。只

可自怡悦,不堪持贈君。"

【補注】那,如何。

④【補注】經年,經過一年的時間。又指歷年,多年。

⑤【補注】儲仲君《劉長卿詩編年箋注》(P. 450):海燕,沈佺期《古意呈補闕喬知之》:"盧家少婦鬱金堂,海燕雙棲玳瑁梁。""按此句暗示系已離婚。"

⑥【磧砂】謙曰:起聯下皆似系自述所感,而出之長卿心中口中。此推心置腹、體貼人情之至也。若出自秦,猶是正面,今出自劉,却是反面。正面則無深情,反面則有餘意,與三百篇中《東山》諸什同一手法。

【補注】儲仲君《劉長卿詩編年箋注》(P. 451):"按陶淵明自號五柳先生,以門前有柳樹五株。"《大曆詩略》卷一:"首言山居,非奉詔書不出,見秦本高士也。乃為離婚,既來城市,久不得還,徒望歸潮而興歎也。後半并指舊山言。"

【校勘】

[一] 舊　底本作"昌",據詩説本、正統本、明應本改。

送朱放賊退後往山陰①

越中[一]初罷戰,江上送歸橈。南渡無來客[二],西陵自落潮②。空城垂故[三]柳,舊業[四]廢春苗。閭里稀相見[五],鶯花共寂寥③。

【考證】

此詩見《全唐詩》卷一四七(P. 1489),題作《送朱山人放越州賊退後歸山陰别業》。

【注評】

①【圓至】朱放,襄陽人,字長通。【增注】山陰,越州郡名,始皇移會稽郡於會稽之北,故曰山陰。

【補注】本集詩題略同《全唐詩》,僅無"放"字。儲仲君《劉長卿詩編年箋注》(P. 235)云:"朱山人,當為朱放。放字長通,襄陽人,一説南陽人。安史亂後隱居江左。貞元初徵拜拾遺。《唐才子傳》卷五有傳。按《舊唐書·代宗紀》:寶應二年三月'丁未,袁傪破袁晁之衆於浙東'。朱山人别業,《浙江通志》卷四五引《萬曆紹興府志》云:'在山陰縣南。'詩為浙西送行之作。"

②【圓至】西陵,見前注。【磧砂】謙曰:賊初退後之情形也。

【補注】西陵,渡口,在浙江蕭山市西興鎮。

③【磧砂】謙曰:三聯亦説亂後,結合送歸之情,勿混。

【補注】閭里,里巷,平民聚居之處。《周禮·冢宰·小宰》:"聽閭里以版圖。"賈公彦疏:"在六鄉則二十五家爲閭,在六遂則二十五家爲里。"這裏指鄰里。

【校勘】

[一] 越中　全唐詩作"越州(一作中)"。

[二] 客　全唐詩校"一作信"。

[三] 故　全唐詩校"一作細"。

[四] 業　全唐詩校"一作井"。

[五] 稀相見　全唐詩作"相逢少(一作誰相見)"。

尋南溪常道人隱居①

一路經行處②,莓[一]苔見履痕。白雲依静渚[二],青[三]草閉閑門。過雨看松色,隨山到水源。溪花與禪意,相對亦忘言③。

【考證】

此詩見《全唐詩》卷一四八(P. 1512),題中"常"後有"山"字,題下校"一作《尋常山南溪道士隱居》"。

【注評】

①**【補注】**本集題作《尋常山南溪道人隱居》。儲仲君《劉長卿詩編年箋注》(P. 190)云:常山,《元和郡縣圖志》卷二六"江南道二·衢州·常山縣":"常山縣,上,東至州八十里……咸亨三年,於今縣東四十里置常山縣,因縣南有常山為名。廣德二年本道使薛兼訓奏,移置於舊縣西四十里,即今縣是也。""道人,即僧人。《智度論》:'得道者名曰道人。'故尾聯云:'溪花與禪意,相對亦忘言。'作道士者誤。"認為此詩乃長卿自江左貶謫洪州途中,行經常山時作。

②**【補注】**經行,行程中經過;亦為佛教語,謂旋繞往返或徑直來回于一定之地。《法顯傳》三"中天竺、東天竺記遊·僧伽施國":"佛在世時,有翦髮爪作塔,及過去三佛并釋迦文佛坐處、經行處及作諸佛形象處,盡有塔。"

③**【磧砂】**敏曰:全首穩稱,無一懈筆。清新俊逸,兼有其長。詩家正法眼也。

【補注】忘言,謂心中領會其意,不須用言語來説明。語本《莊子·外物》:"言者所以在意,得意而忘言。"儲仲君《劉長卿詩編年箋注》(P. 191):《唐詩解》卷三八:"觀苔間履痕,而知經行者稀。觀停雲幽草,而知所居之僻。過雨看松,新而且潔。隨山尋源,趣不外求。惟其深悟禪意,故對花而忘言也。"

【校勘】

[一] 莓　全唐詩校"一作蒼"。

[二] 渚　何校"者",全唐詩校"一作者"。

[三] 青　全唐詩校"一作芳"。

題元録事所居①

幽居蘿薜情，高卧紀綱行②。鳥散秋鷹下③，人閑春草生④。冒嵐[一]歸野寺，收印出山城。今日新安郡，因君水更清⑤。

【考證】

此詩見《全唐詩》卷一四七（P. 1488），題中“録事”後有“開元”二字。

【注評】

①**【增注】**後漢有郡主簿官，晉為督郵，隋録事參軍，唐録事，開元改司隸參軍，宋沿[二]唐制，今各路録事司有録事。

【補注】録事，官名，掌管文書、勾稽缺失。諸府州縣等皆置，長官之佐吏。參見卷四皇甫冉《送李録事赴饒州》注①。元録事，待考。本集題同《全唐詩》。儲仲君《劉長卿詩編年箋注》（P. 461）：“睦州作。開元，睦州開元寺也。”

②**【圓至】**送録事詩多稱“紀綱”者，蓋喬琳歷四州刺史，嘗謂録事任沼曰：“子紀綱一州，能效刺史乎？”唐録事亦以糾察為職，故《六帖》曰：“録事，名糾司。”**【增注】**杜工部《送韋録事》詩：“操持紀綱地。”注：“紀綱，録事參軍也。”

【補注】紀綱，網罟的綱繩，引申為法度。《尚書・五子之歌》：“惟彼陶唐，有此冀方。今失厥道，亂其紀綱，乃底滅亡。”儲仲君《劉長卿詩編年箋注》（P. 461）：“高卧，《漢書・汲黯傳》謂，黯尚黄老，諸事委群吏，總大端，不事苛細，高卧東海而郡大治。”

③**【磧砂】**敏曰：“秋鷹”比元之善搏擊也。

④**【磧砂】**敏曰：合二句看，如云鳥獸之害人者消，然後人得平土而居之。**【何焯】**次連透出“紀綱行”，雙關蘊藉。

⑤【磧砂】敏曰:此必元為新安録事也。三聯一極情深,一極氣壯。結更期望有體,頌廉之語即懲貪之意。【何焯門生】此等詩何師不加圈點[三],不可解。

【補注】儲仲君《劉長卿詩編年箋注》(P. 461):《瀛奎律髓彙評》卷六"宧情類":方回:"長卿之稱新安,皆唐睦州。開元必城外之古寺,如《送張栩之睦州》首句云'遥憶新安舊',然則新安為睦州無疑也。"

【校勘】

[一] 嵐 全唐詩作"風(一作嵐)"。

[二] 沿 底本、大系本作"鉛",據正統本改。

[三] 點 底本作"默",據文意改。

寄靈一上人①

高僧本姓竺②,開士舊名林③。一去春山裏,千峯不可尋。新年芳草遍,終日白雲深。欲徇[一]微官去,懸知訝此心④。

【考證】

此詩見《全唐詩》卷一四八(P. 1515),題下校"一作皇甫冉詩,一作郎士元詩";又見卷二四八(P. 2788),屬郎士元,題作《赴無錫别靈一上人》(一作劉長卿詩,一作皇甫冉詩);又見卷二四九(P. 2794),屬皇甫冉,題作《赴無錫寄别靈一浄虚二上人(一本有"還"字)雲門所居》(一作劉長卿詩,一作郎士元詩)。《中興間氣集》卷下收有靈一《酬皇甫冉將赴無錫於雲門寺贈别》詩,儲仲君《劉長卿詩編年箋注》(P. 545)、佟培基《全唐詩重出誤收考》(P. 113)皆據此定為皇甫冉詩,認為乃冉赴無錫縣尉時作。

【注評】

①【增注】《般若經》:"佛言:'若菩薩一心行阿耨菩提,心不散亂,是名上人。'"

【補注】上人,《釋氏要覽》卷上《稱謂》引古師云:"内有智德,外有勝行,在人之上,名上人。"自南朝宋以後,多用作對和尚的尊稱。靈一,唐代著名詩僧,參見卷五《静林寺》注②。

②【圓至】生法師姓竺。

【補注】儲仲君《劉長卿詩編年箋注》(P. 545):"竺,古天竺,佛教源出之地。天竺僧人初入中國,多以竺為氏。晉高僧有竺道生。"

③【圓至】佛經有十六開士。支遁,字道林。

【補注】儲仲君《劉長卿詩編年箋注》(P. 545):開士,《釋氏要覽》卷上《稱謂》:"《經音疏》云:'開,達也,明也,解也。士則士夫也。經中多呼菩薩為開士。前秦符(苻)堅賜沙門有德解者號開士。'""後因以稱僧人。林,支道林。按此二句暗喻靈一乃竺道生、支道林轉世。"

④【磧砂】敏曰:前六句總説上人之住山情景,結語收出寄詩之意。【何焯】終"徇微官",豈不徒遇高僧開士乎?發端甚遠,故非贅設。

【校勘】

[一] 徇　磧砂本作"狥"。

已前共八首

除夜宿石頭驛①

戴叔倫

旅館誰相問②,寒燈獨可親。一年將盡夜,萬里未歸人③。寥落悲前事，支[一]離笑此身④。愁[二]顏與衰[三]鬢，明日又[四]逢春⑤。

【考證】

此詩見《全唐詩》卷二七三（P. 3073），題中"石頭驛"下校"一作石橋館"。

【注評】

①【圓至】在洪州。

【補注】除夜，除夕。蔣寅《戴叔倫詩集校注》（P. 193）："此詩為《中興間氣集》卷上選録，應作於大曆末之前。石頭驛：在今江西新建縣贛江西岸。"《水經・贛水注》："贛水又逕（豫章）郡北為津步，步有故守賈萌廟……水之西岸有盤石謂之石頭，津步之處也。"《資治通鑑》代宗大曆十年《考異》："石頭驛，在豫章江之西岸。"

②【補注】問，問候，慰問。《論語・雍也》："伯牛有疾，子問之。"

③【何焯門生】二聯唐人所謂得句，何師竟不知者。

【補注】陳增傑《唐人律詩箋注集評》（P. 535）："二句語本南朝梁武帝《子夜冬歌》：'一年漏將盡，萬里人未歸。'（《全梁詩》卷一）只改易一字（易'漏'為'夜'），顛倒後三字語序，而'精神意思頓爾不同，如李光弼將郭子儀之軍也'（屈復《唐詩成法》卷四），便成為'客中除夜之絶唱'（胡應麟語）。"

④【圓至】《莊子》有支離疏。

【補注】寥落，冷清，寂寞。支離身，《莊子・人間世》："夫支離其形者，猶足以養其身，終其天年，又况支離其德者乎！"《莊子》中的"支離"，謂殘缺而不中用，此詩則指流離、漂泊。杜甫《詠懷古迹五首》之一："支離東北風塵際，飄泊西南天地間。"

⑤【磧砂】次聯須一貫誦下，令人中懷惻然。通德掩髻，將無同悲乎？

【補注】蔣寅《戴叔倫詩集校注》（P. 195）：《載酒園詩話》卷一《改古人詩》："首聯寫客舍蕭條之景，次聯嗚咽自不待言，第三聯不勝俯仰盛衰之感，恰與‘衰鬢’‘逢春’緊相呼應，可謂深得性情之分。”

【校勘】

［一］支　全唐詩校“一作羈”。

［二］愁　全唐詩校“一作衰”。

［三］衰　全唐詩校“一作愁”。

［四］又　全唐詩校“一作去”。

汝南别董校書①

擾擾倦行役，相逢陳蔡間②。如何［一］百年内，不見一人閑③。對酒惜餘景④，問程愁亂山。秋風萬里道［二］，又出［三］穆陵關⑤。

【考證】

此詩見《全唐詩》卷二七三(P. 3074)，題作《别友人》(一作《汝南逢董校書》，又作《别董校書》)。

【注評】

①**【圓至】**汝南，今蔡州。**【增注】**唐蔡州汝南郡屬河南道，古州來國，周武王封弟叔度於蔡，在淮汝間，今屬中京路。校書，漢有藏書之室，使文學之士讎校其中，故有其職。已後往往以它官典校，至後魏始置秘書省校書郎，今秘書監校書郎。

【補注】汝南，郡名，西漢高帝四年置，治所在上蔡縣(今河南上蔡縣西南)。轄境相當今河南潁河、淮河之間，京廣鐵路西側一綫以東，安徽茨河、西淝河以西、淮河以北地區。東漢徙治平輿縣(今河南平輿縣北)。三國魏徙治新息縣(即今河南息縣)。東晉移治懸瓠城(即今河南汝南縣)。南朝宋泰始中為司州治。北魏皇興中為豫州治。隋開皇初廢。大業三年改蔡州復置。唐武德初改為豫州。天寶元年又改為汝南郡。乾元元年改為豫州。校書,古代掌校理典籍的官員。漢有校書郎中,三國魏始置秘書校書郎,隋、唐等都設此官,屬秘書省。董校書,待考。蔣寅《戴叔倫詩集校注》(P. 193):"此詩為《中興間氣集》卷上選録,應作於大曆末之前。"戴文進《戴叔倫詩文集箋注》(P. 56)根據詩中所涉地名及行役綫路,推揣此詩是大曆十四年(779)詩人任轉運府河南留後時作。

②【增注】陳,即古陳國,嬀姓,周武王所封胡公滿宛丘之地,與蔡州鄰。

【補注】擾擾,紛亂、煩亂貌。何遜《贈諸遊舊詩》:"擾擾從役倦,屑屑身事微。"行役,舊指因服兵役、勞役或公務而出外跋涉。《詩經・魏風・陟岵》:"嗟! 予子行役,夙夜無已。"陳、蔡,指陳國和蔡國,春秋諸侯國名,在唐為陳州、蔡州地。陳國在今河南淮陽及安徽亳州一帶。《史記・陳杞世家》:"陳胡公滿者,虞帝舜之後也……至于周武王克殷紂,乃復求舜後,得嬀滿,封之於陳,以奉帝舜祀,是爲胡公。"蔡國為周武王弟叔度的封國,後因其反叛,被流放而死。周成王復封其子蔡仲于此,建都上蔡(今河南上蔡西南)。春秋時,因故多次遷移。平侯遷新蔡(今屬河南),昭侯遷州來(今安徽鳳臺),稱為下蔡,前 447 年為楚所滅。參見《史記・管蔡世家》。《莊子・山木》:"孔子窮於陳、蔡之間。"

③【磧砂】謙曰:此"百年"二字,有限之謂,非久之之謂。蓋人生世上,即舉成數言之,百歲天年,亦如白駒過隙,而乃"擾擾"勞生,為可怪耳。"如何",怪歎詞。"不見一人"者,慨己因以慨世也。

【補注】如何,為何。

④【補注】餘景,殘留的光輝,喻指餘日、殘生。

⑤【圓至】《表海圖》:"穆陵關,在淄州兩山間,所謂'南至於穆陵'者也。"【磧砂】謙曰:"對酒惜餘景",恰又承接"不見一人閑"來。"問程愁亂山"方是轉語。"秋風萬里道,又出穆陵關",正是"問程愁亂山"也。只一"又"字,便遥應"擾擾"句,文情融洽,不見起止之迹,良可味已。

【補注】穆陵關,蔣寅《戴叔倫詩集校注》(P. 199):《元和郡縣圖志》卷二七“江南道三·黄州·麻城縣”:“穆陵關,西至白沙關八十里,在縣西北一百里,在州北二百里,至光州一百四十九里。”故址在今湖北省麻城北,接河南省界。

【校勘】

[一] 如何　全唐詩校“一作何為”。

[二] 道　全唐詩校“一作至”。

[三] 出　全唐詩校“一作度”。

江上别張勸[①]

年年五湖上,厭見五湖春[②]。長醉非關酒[③],多愁不為貧。山川[一]迷道路,伊[二]洛暗[三]風塵[④]。今日扁舟别,俱為滄海人[⑤]。

【考證】

此詩見《全唐詩》卷二七三(P. 3074),題中“張勸”作“張歡(一作勸)”。

【注評】

①【補注】蔣寅《戴叔倫詩集校注》(P. 6—7):“張勸,曾為湖南觀察使幕書記。杜甫《入衡州》詩:‘我師嵇叔夜,世賢張子房。’自注:‘彼掾張勸。’”戴文進《戴叔倫詩文集箋注》(P. 53—54):“‘年年五湖上,厭見五湖春’,泛指多年在江南(湘、贛、蘇、鄂)一帶,已厭倦江南的春天了。暗喻在湖南留後任時,忙於鹽、鐵、賦、錢的調運的工作,感到厭煩。‘伊洛困風塵’,是指作者已調到轉運府分管河南的轉運工作。為何‘長醉’與‘多愁’呢?從七律《少女生日感懷》詩中可以推揣出原配韋氏可能在大曆十三年(778)新正生長女,不久韋即逝,乳嬰即送去饒州家中撫養。中年喪偶,倍

覺孤單，自然是'非關病酒，不是悲秋'，勢必'厭見五湖春'了。作者在大曆十三年秋調河南，建中元年五月後赴浙江東陽令任。其間曾娶繼室崔氏。此詩當作於繼室訂、娶之前，可能在大曆十四年春季，纔會有悲愴的'今日扁舟别，俱為滄海人'的慨歎！"

②**【補注】**五湖，古代所指不一。戴叔倫多在湘、贛、蘇、鄂一帶任職，故這裏當指江南五大湖。《史記・三王世家》："大江之南，五湖之閒，其人輕心。"司馬貞索隱："五湖者，具區、洮滆、彭蠡、青草、洞庭是也。"

③**【補注】**長醉，酣醉不醒。李白《將進酒》："鐘鼓饌玉不足貴，但願長醉不復醒。"關，關涉。

④**【圓至】**伊水、洛水，在河南府。**【增注】**杜詩注："兵戈謂之風塵，言風動塵起也。伊洛風塵，指安禄山、史思明反陷東都也。"

【補注】伊洛，伊水與洛水，兩水匯流，故連稱；亦指伊、洛流域，在今河南省境内。《水經・伊水》："伊水出南陽魯陽縣西蔓渠山……又東北至洛陽縣南，北入於洛。"《洛水》："洛水出京兆上洛縣讙舉山，東北過盧氏縣南……又東過洛陽縣南，伊水從西來注之。"

⑤**【補注】**滄海人，蔣寅《戴叔倫詩集校注》(P. 7)注云："喻懷抱大志而未榮達之人。《抱朴子・窮達》：'小年之不知大年，井蛙之不曉滄海，自有來矣。'"如此解釋，與全詩倦于行役之悲涼、淒苦情調不協。按"滄海人"，指在滄海中浪迹之人，一般指隱逸之士。傳説"滄海"為仙人居所。《海内十洲記・滄海島》："滄海島在北海中，地方三千里，去岸二十一萬里，海四面繞島，各廣五千里。水皆蒼色，仙人謂之滄海也。"孔子亦有"道不行，乘桴浮於海"(《論語・公冶長》)之志。唐張賁《酬襲美先見寄倒來韻》："尋疑天意喪斯文，故選茅峰寄白雲。酒後只留滄海客，香前唯見紫陽君。"宋周鍔《望春山》："緬彼滄海人，偕我蓬萊宫。采芝當永年，還丹有玄功。朗誦招隱篇，飛空快埃風。"明張羽《立秋日早泛舟入郭》："好爵豈不懷，衛生乃其要。寄謝滄海人，予亦堪同調。"(《佩文齋詠物詩選》卷二九)皇甫涍《春日之海上答伯兄叔弟二首》之一："不逐春潮返，長為滄海人。"康海《丁丑歲十月一日得伯循書將以是月見訪喜得五首》之三："俱是滄海人，安計塵俗

事。"以上諸詩中的"滄海客"或"滄海人",皆明確指隱逸、高蹈之士。又"滄海人"亦指居無常所、四處漂泊之人,猶東西南北之人也。韓翃《送王光輔歸青州兼寄儲侍郎》:"遠憶故人滄海別。"李益《喜見外弟又言別》:"別來滄海事。"叔倫仕途坎坷,頗多不遇之感,故有此歎。李頻《送友人下第歸宛陵》:"共泣東風別,同為滄海人。"亦同此意。

【校勘】

[一] 山川　全唐詩校"一作舊山"。

[二] 伊　全唐詩校"一作清"。

[三] 暗　全唐詩作"困(一作暗)"。

送丘為落第[一]歸江東①

王　維

憐君不得意,況復柳條春②。為客黃金盡③,還家白髮新。五湖三畝宅[二],萬里一歸人④。知爾[三]不能薦,羞稱[四]獻納臣⑤。

【考證】

此詩見《全唐詩》卷一二六(P. 1268)。

【注評】

①**【增注】**《唐書》:"丘爲,蘇州嘉興人,事繼母孝。"

【補注】陳鐵民《王維集校注》(P. 211):《新唐書・藝文志四》:"《丘為集》,卷亡。蘇州嘉興人……累官太子右庶子……卒年九十六。"《唐才子傳》卷二:"為……初累舉不第,歸山讀書數年。天寶初,劉單榜進士。"《登科記考》卷九謂為天寶二年登第。據此及此詩末句,詩當作于天寶元年

(742)。江東,指長江下游(今蕪湖、南京以下)南岸地區。

②【磧砂】敏曰:方春時和,花柳明媚。失意之人當此,樂婀娜之無知,怨窮愁之不若,猶之凛然高秋。薄寒中人,一種衰颯之氣,最與落寞之侶相干。故古來才人、遊子,往往傷春又復悲秋也。"况復柳條春",對不得意人説,洵覺可憐矣。

③【補注】黄金盡,《戰國策·秦策一》:"(蘇秦)説秦王書十上而説不行,黑貂之裘弊,黄金百斤盡,資用乏絶,去秦而歸。"

④【圓至】為,吴郡人。

【補注】陳鐵民《王維集校注》(P. 211):五湖,這裏泛指太湖流域一帶的湖泊。為之故鄉蘇州,屬太湖流域。三畝宅,語本《淮南子·原道訓》:"故任一人之能,不足以治三畝之宅也。"《唐賢三昧集彙評》(P. 42):汪洪度評三四句:"善道不得意客情。"黄培芳:"五六最重。"

⑤【增注】武后置銅匭,受四方告事之書,置理匭使。玄宗改獻納[五]使。按,王維嘗歷尚書右丞,實納言官。

【補注】陳鐵民《王維集校注》(P. 211—212):獻納,謂進言以供采納。《三國志·蜀書·董允傳》:"獻納之任,允皆專之矣。允處事為防制,甚盡匡救之理。"獻納臣,指諫官(補闕、拾遺等)。《舊唐書·職官志二》:"補闕、拾遺之職,掌供奉諷諫,扈從乘輿。凡發令舉事,有不便於時,不合于道,大則廷議,小則上封。若賢良之遺滯於下,忠孝之不聞于上,則條其事狀而薦言之。"可見,諫官亦有薦賢之職責。天寶元年王維正在長安任左補闕,故疑此詩作于是年。

【校勘】

[一] 第　底本作"苐",據元刊本、正統本、明應本、磧砂本、高本、四庫本、全唐詩改。

[二] 宅　全唐詩校"一作地"。

[三] 知爾　圓校"一作知禰,謂孔融薦禰衡",全唐詩"爾"下校"一作禰"。

［四］稱　何批"看",全唐詩校"一作為"。

［五］納　底本、正統本、大系本脱,據卷四皇甫冉《秋日東郊作》注⑤補。

岳州逢司空曙①

李　端

共有[一]髫年故②,相逢萬里餘。新春兩行淚,故[二]國一封書③。夏口帆初落④[三],涔陽[四]鴈正[五]踈⑤。唯應[六]執杯酒,暫食漢江魚⑥。

【考證】

此詩見《全唐詩》卷二八五(P. 3246),題中"岳州"作"江上",題下校"一作《岳陽逢司空文明得關中書》"。

【注評】

①**【補注】**岳州,隋開皇九年改巴州置,治所在巴陵縣(今湖南岳陽市)。大業初改為羅州,尋改為巴陵郡。唐武德四年又改為巴州,六年復為岳州。天寶元年改為巴陵郡,乾元元年復為岳州。轄境相當今湖南洞庭湖東、南、北沿岸各縣市地,其後略小。司空曙,與錢起、李端等文詠唱和,皆入"大曆十才子"之數。生平參見卷一司空曙《病中遣妓》注②。

②**【圓至】**劉良曰:"髫,總髮。"**【增注】**髫,音條,童髮。又小兒垂髻。**【補注】**髫年,幼年。楊炯《大周明威將軍梁公神道碑》:"丱歲騰芳,髫年超竊。"故,舊交之誼。

③**【圓至】**本集題云《逢司空得家書》。**【磧砂】**敏曰:此二句分開看則時序更新,惟流兩行之淚;家鄉遠隔,僅達一封之書。合看則淚濺新春,書來

故國,淚因書落,書帶淚看。真有無數離愁旅悶在此二句中也。

【補注】故國,故鄉,家鄉。曹松《送鄭谷歸宜春》:"無成歸故國,上馬亦高歌。"

④**【圓至】**夏口,故屬鄂州。

【補注】夏口,又稱沔口、魯口。為夏水(漢水下游)入長江之口。三國吴黄武二年在大江東岸今武漢黄鵠山(俗稱蛇山)東北築城,因名夏口,南朝宋為郢州及江夏郡治。《元和郡縣圖志》卷二七"江南道三・鄂州":"《禹貢》荆州之域。春秋時謂之夏汭,漢為沙羨之東境。自後漢末,謂之夏口,亦名魯口…… 以其對魯山岸為名也。三國争衡,為吴之要害,吴常以重兵鎮之…… 州城本夏口城……城西臨大江,西南角因磯為樓,名黄鶴樓。三國時黄祖為太守,吴遣凌統攻而擒之,禰衡遇害亦此地也。"

⑤**【圓至】**《楚詞》注:"涔陽浦接楚郡。"**【增注】**涔陽,屬澧州。**【磧砂】**敏曰:上句司空之帆也,下句欲寄書之雁也。"雁正疏",恰無家問。"帆初落",幸得相逢也。

【補注】涔陽,戰國楚地,在今湖南澧縣東北。《楚辭・九歌・湘君》:"望涔陽兮極浦。"《水經・澧水注》:涔水"出西北天門郡界,南流逕涔坪屯,屯堨涔水,溉田數千頃,又東南流注于澧水"。此句呼應頷聯"新春"二字,雁為候鳥,每年春分後由南方飛往北方,故稱。涔陽以南的衡州有回雁峰,為衡山七十二峰之首,相傳"雁至此不過,遇春而回"(《方輿勝覽》卷二四"湖南路・衡州・山川")。

⑥**【圓至】【全唐詩】**《襄陽耆舊傳》:"漢水中鯿[七]魚甚美。"**【增注】**漢江,屬鄂州。

【補注】暫,暫且,暫時、姑且。漢江,一稱漢水、沔水等。長江最大支流。源出今陝西省西南部寧强縣北之嶓冢山,東南流經陝西省南部、湖北省西北部和中部,在武漢漢陽注入長江。《元和郡縣圖志》卷二七"江南道三・沔州・漢陽縣":"漢水,一名沔水,西自汉川縣界流入,漢陽縣因此水為名。"

【校勘】

［一］有　全唐詩作“爾(一作有)”。

［二］故　全唐詩校“一作舊”。

［三］落　全唐詩校“一作泊”。

［四］涔陽　全唐詩“涔”下校“一作潯,一作衡”。

［五］正　全唐詩校“一作已”。

［六］應　全唐詩作“當”。

［七］編　底本作“有”,據詩説本、正統本、明應本改。

洛陽早春①

顧　况

何地避春愁,終年憶舊遊。一家[一]千里外,百舌五更頭②。客路偏逢雨,鄉山不入樓。故園桃李月,伊水向東流③。

【考證】

此詩見《全唐詩》卷二六六(P. 2951)。

【注評】

①【**增注**】唐洛陽屬河南道河南府。漢魏都洛,今屬中京路金昌府。

【**補注**】洛陽,古都之一。本名成周,戰國時改名洛陽。以在洛水之北而得名。東漢建武元年建都于此。故址即今河南洛陽市東北漢魏故城。三國魏、西晉、北魏(孝文帝以後)亦都此。《後漢書・郡國志一》注引《帝王世記》曰:“城東西六里十一步,南北九里一百步。”隋大業初于漢魏故城西十八里營建東都,隋(煬帝)、武周、五代唐先後定都于此。故城在今河南洛陽市洛水南北、瀍水東西,稱為隋唐故城。

②【**增注**】百舌，江東謂之信鳥，春囀夏止。○《顏氏家訓》："魏漢以來，謂甲夜、乙夜、丙夜、丁夜、戊[二]夜為五更。更，歷也，經也，言自夕至旦，經涉五時。"【**磧砂**】百舌，春鳥名，能作百鳥之聲。

【**補注**】百舌，鳥名。又名烏鶇。喙尖，毛色黑黄相雜，鳴聲圓滑多變化。《淮南子·説山訓》："人有多言者，猶百舌之聲。"高誘注："百舌，鳥名，能易其舌，效百鳥之聲，故曰百舌。以喻人雖事多言，無益於事。"五更，舊時自黄昏至拂曉一夜間，分為甲、乙、丙、丁、戊五段，謂之五更，又稱五鼓、五夜。五更頭，謂第五更快結束的時候，即天將亮時。伏知道《從軍五更轉五首》之五："五更催送籌，曉色映山頭。"

③【**何焯**】落句亦有别趣。○言身不得去耳，何别趣之有？

【**補注**】伊水，在河南省西部，源出伏牛山北麓，東北流入洛河。參見卷五戴叔倫《江上别張勸》注④。

【校勘】

［一］家　元刊本、磧砂本、高本、四庫本作"身"。

［二］戊　底本、正統本作"戍"，據大系本改。

送陸羽①

皇甫曾

千峯待逋客②，香茗復叢生③。採摘知深處，煙霞羨獨行。幽期山寺遠，野飯石泉清④。寂寂然燈夜⑤[一]，相思磬一[二]聲⑥。

【考證】

此詩見《全唐詩》卷二一〇(P. 2181)，題作《送陸鴻漸山人採茶回(一本無"回"字)》。

【注評】

①【增注】陸羽,字鴻漸,一名疾,字季疵,復州竟陵人。舊傳:竟陵龍蓋寺僧初見群雁覆小兒於下,僧史種師得而育之,欲為弟子。稍長,自筮遇蹇之漸,繇曰:"鴻漸於陸,羽可用為儀。"乃姓陸名羽,字鴻漸。有文學,詔拜太子文學,徙太常寺太祝,不就。

【補注】陸羽(733—?),幼孤,為竟陵龍蓋寺僧智積所收育。少為伶人。天寶五載,太守李齊物教以詩書,始為士人。與皎然、顔真卿等交游、唱和,時出遊江南各地。于茶道尤精,著有《茶經》三卷等。生平參見賈晉華撰《中國文學家大辭典・唐五代卷》(P. 451)"陸羽"條。

②【圓至】《北山移文》曰:"為君謝逋客。"

【補注】陳增傑《唐人律詩箋注集評》(P. 556):"逋客,避世的人,指隱士。南朝齊孔稚圭《北山移文》,諷刺周顒假歸隱而圖官禄,有'為君謝逋客'語,言山神拒絶周顒進山。這裏説'千峰待逋客',意正相反,謂山神殷殷期待陸鴻漸到來。"

③【圓至】羽嗜茶,有茶山在顧渚,嘗著《茶經》。

④【補注】幽期,幽雅的約會。野飯,猶野餐。劉長卿《送顧長》:"晨裝林月在,野飯浦沙寒。"

⑤【增注】《維摩經》云:"一燈然千萬燈。"

【補注】然燈,點燈。佛家然燈禮佛。

⑥【補注】磬,寺院中召集衆僧用的雲板形鳴器或誦經用的鉢形打擊樂器。陳增傑《唐人律詩箋注集評》(P. 556):"'寂寂'二句:言燃燈之夜,四圍寂寂,清磬一聲,更教人思念。黄生云:'"磬一聲"三字續上句,"相思"字另讀。'(《唐詩摘鈔》卷一)"

【校勘】

[一] 夜　全唐詩校"一作火"。

[二] 磬一　全唐詩作"一磬(一作磬一)"。

贈喬尊師①

張　鴻②

長忌時人識，有家雲澗深③。性惟耽嗜酒，貧不破除琴。静鼓三通齒④，頻湯一味參⑤。知師最知我，相引坐檉陰⑥。

【考證】

此詩見《全唐詩》卷七七四(P. 8776)。

【注評】

①**【補注】**尊師，對道士的敬稱。喬尊師，待考。

②**【補注】**陳尚君撰《中國文學家大辭典・唐五代卷》(P. 437—438)"張鴻"條云，鴻(生卒年不詳)，連州桂陽(今廣東連州市)人。天祐二年登進士第。因見唐祚式微，遂歸鄉隱居不仕。可能生活至五代中期。有文集十二卷，今不存。《全唐詩》卷七七四收其詩一首，《全唐詩補編・續拾》卷三六補一首。事迹見《(康熙)連州志》卷二、卷五，《粵詩搜逸》卷一。

③**【補注】**有家，指家。有，詞頭。《易・家人》："閑有家，志未變也。"孔穎達疏："所以在初防閑其家者，家人志未變黷也。"

④**【圓至】**《酉陽雜俎》曰："學道須[一]鳴天鼓以召衆神，左齒相扣為天鐘，右齒相扣為天磬，中央上下相扣為天鼓。"**【增注】**《黄庭經》："叩齒謂鳴法鼓，一扣為一通。吞日氣法，日出扣九通。吞月氣法，月入扣十通。"

【補注】鼓齒，猶扣齒。左右上下齒相叩。為道家修煉之法，傳統醫學用為牙齒保健。鼓，振動。《易・繫辭上》："鼓之以雷霆，潤之以風雨。"通，量詞，用于動作。《説苑・正諫》："賓客諫之百通，則不聽也。"

⑤**【圓至】**《本草》："人參上品，食之長年。"

【補注】湯，泛指煮。貫休《寄懷楚和尚二首》之二："鐵盂湯雪早，石炭煮茶遲。”一味,一種。藥方上每一種藥稱為一味。《抱朴子·金丹》:“取金液及水銀一味合煮之。”

⑥【增注】檉,丑成切,河旁赤莖小楊也。

【補注】檉,chēng,即檉柳,也稱觀音柳、紅柳等。落葉小喬木,赤皮,枝細長,多下垂。分佈于我國黄河、長江流域以及廣東、廣西、雲南等地平原、沙地及鹽鹼地。枝幹可編製籮筐,嫩枝和葉可入藥,性平,味甘咸,能透發痧疹。《詩經·大雅·皇矣》:“啓之辟之,其檉其椐。”朱熹集傳:“檉,河柳也,似楊,赤色,生河邊。”

【校勘】

[一] 須　底本作“頮”,據詩説本、正統本、明應本改。

客　中

于武陵①

楚人歌竹枝,游子淚沾衣②。異國久為客③,寒宵頻[一]夢歸。一封書未返,千樹葉皆飛。南過[二]洞庭水,更應消息稀④。

【考證】

此詩見《全唐詩》卷五九五(P. 6892)。

【注評】

①【圓至】《紀事》云會昌人,或云即于鄴。【增注】會昌時詩人,李郢、李頻同時,或云即于鄴。

【補注】吴在慶撰《中國文學家大辭典·唐五代卷》(P. 6—7)“于武陵”條云,武陵(生卒年不詳),名鄴,以字行。京兆杜曲(今西安)人。大中時,舉進士不第，遂攜書琴往來商、洛、巴、蜀之間。不慕榮利，賣卜于市，隱居自適。後至瀟湘，愛其風景，欲卜居而不成，遂歸老嵩陽别墅。其詩長于五律，多為寄贈送别、旅遊題詠之作。張為《詩人主客圖》列為“清奇雅正主”李益之及門者。辛文房稱其“興趣飄逸多感。每終篇一意，策名當時”（《唐才子傳》卷八）。《新唐書·藝文志》著録《于武陵詩》一卷、《于鄴詩》一卷。《全唐詩》卷五九五編其詩為一卷，并于《感懷》詩下注云：“以下一本俱作于鄴詩。”又卷七二五録存于鄴詩一卷，并于《感懷》詩下注云：“以下一本俱作于武陵詩。”

②【**增注**】《竹枝歌》，蜀開州男女并歌之，峽人亦善唱，巴渝[三]遺音，本楚聲，幽愁惻怛之音也。

【**補注**】楚人，古楚地（主要為今湖南、湖北一帶）之人。竹枝，即《竹枝詞》。參見卷二劉禹錫《竹枝詞》注①。孫琴安《唐五律詩精評》（P. 451）云：“唐時江南楚地、巴渝一帶皆喜唱《竹枝詞》。《竹枝》固以詠當地風俗為主，然亦時寓望鄉思歸之情，如劉禹錫《竹枝詞》九首之一云：‘南人上來歌一曲，北人陌上動鄉情。’便是明證。且《竹枝》音調哀宛凄戚，于武陵為杜曲（長安附近）人，故聞而不禁淚濕襟衣。以下全是聞《竹枝》後所生望鄉思家之情。”

③【**補注**】異國，猶他鄉。韋莊《遣興》：“異國清明節，空江寂寞春。”

④【**補注**】洞庭水，即洞庭湖，在湖南省北部、長江南岸。為我國第二大淡水湖，素有“八百里洞庭”之稱。參見卷三李頻《湘中送友人》注⑥。此詩寫客中情懷，倍為真切，頗有“文成法立”之妙。首聯破題，肆口而出，交代客情之觸發點，已自不凡。中二聯緊承“淚沾衣”，扣題抒情。凡人之情，久客則夢歸，因夢歸故修書思報，豈料書未返而秋又至、書無準而秋有信，草木摇落，殺氣蕭瑟，客情又添秋悲，秋悲暗含年衰，處此情境，旅懷何以堪乎！頸聯下句照應“久為客”，上句喚起“消息稀”，筆法跌宕，交互成文。以時空言，首聯寫眼前所在；頷聯回憶過去，“客”為真、為外，“歸”是夢、是家，又有不同；頸聯則從過去回到現在，尾聯又由現在瞻望前途。全詩處處是寫“客中”，處處不離“思家”，一體兩面，水乳交融。余常言，好詩都是“原子

彈”，以少許勝多多許，由意脈將不同時空的情、事綰合在一起，騰挪變幻却見血氣流注，苦心經營而又天衣無縫。此詩堪為典範！

【校勘】

［一］頻　全唐詩校“一作方”。

［二］過　全唐詩校“一作度”。

［三］渝　底本作“榆”，正統本作“偷”，據大系本改。

長安春日①

曹　松

浩浩看花晨，六街揚遠塵②。塵中一丈日，誰是晏[一]眠人③。御柳垂[二]着水，野鶯啼破春④。徒云多失意[三]，猶自惜離秦⑤。

【考證】

此詩見《全唐詩》卷七一六(P. 8222)。

【注評】

①【**增注**】《西都賦》注：“秦地跨梁、雍二州，漢興立都，稱長安者，言可安子孫也。”唐亦都長安，屬關内道京兆府，今屬陝西東路。

②【**補注**】浩浩，本指水盛大貌，引申為喧鬧。元稹《江邊四十韻》：“犬驚狂浩浩，雞亂響嘐嘐。”六街，唐京都長安的六條中心大街。《資治通鑑》唐睿宗景雲元年：“中書舍人韋元徼巡六街。”胡三省注：“長安城中左、右六街，金吾街使主之；左、右金吾將軍，掌晝夜巡警之法，以執禦非違。”劉禹錫《元和十一年自朗州召至京戲贈看花諸君子》：“紫陌紅塵拂面來，無人不道看花回。”

③【補注】一丈日，謂太陽已昇起很高了。晏眠，謂很晚纔起床。晏，晚，遲。《論語・子路》："冉子退朝。子曰：'何晏也？'"

④【何焯】水生、春盡却點化得新變。

【補注】御柳，宫禁中的柳樹。"啼破春"三字下得妙！將一片鶯啼聲中春風駘蕩、冰融水生的景象活畫在目前。按鶯初春始鳴，今有"告春鳥"之稱。白居易《錢唐湖春行》："幾處早鶯争暖樹，誰家新燕啄春泥。"

⑤【補注】猶自，尚，尚自。秦，指古秦國所在地，這裏指長安。

【校勘】

［一］晏　高本、四庫本作"宴"，何校"晏"。

［二］垂　何校、全唐詩作"舞"，全唐詩校"一作垂"。

［三］多失意　全唐詩校"一作還楚計，又作還楚客"。

已前共十首

題破山寺後院①

常　建②

清晨入古寺，初日照[一]高林③。曲[二]徑通[三]幽處，禪房花木深④。山光悦鳥性，潭影空人心⑤。萬籟此俱[四]寂，惟聞[五]鍾磬音⑥。

【考證】

此詩見《全唐詩》卷一四四(P. 1461)，題中"院"前有"禅"字。

【注評】

①【圓至】在常熟縣。【增注】蘄州黄梅有破頭山，五祖、六祖傳衣處。

【補注】破山寺，即今江蘇常熟虞山北麓興福寺，建于南齊。初名大慈寺，梁大同五年大修時，在大雄寶殿内發現一塊隆起的大石，左看象“興”字，右看像“福”字，故改名興福寺。陳增傑《唐人律詩箋注集評》(P. 154)：《吴郡圖經續記》卷中：“興福寺，在常熟縣破山，為海虞之勝處……唐常建詩云……即此地也……有空心潭，因常建詩以立名。”舊傳“揭諦神與龍角力，龍不能勝，破其山而去”(《中吴紀聞》卷三《破山詩》)，故名破山。現寺前僅存經幢一座，為唐代遺物。後院，指寺後僧人居住區。

②【圓至】開元十五年李嶷榜及第。【增注】肅、代時人，殷璠《河岳英靈集》云：“常建淪[六]於尉。”按《王荆公詩選》載：常建大曆中盱眙尉。

【補注】吴企明撰《中國文學家大辭典・唐五代卷》(P. 691)“常建”條云，建(生卒年不詳)，《唐才子傳》卷二謂長安(今西安)人，未知所據。開元十五年進士及第。曾任盱眙尉。以仕途失意，遂放浪琴酒，往來太白、紫閣諸峰，有肥遁之志。後遊兩湖。天寶中，隱居于鄂渚。建仕宦雖不得意，却受時人推重，被稱為“當時之秀”(顧況《監察御史儲公集序》)。殷璠評其詩曰：“其旨遠，其興僻，佳句輒來，唯論意表。”(《河岳英靈集》卷上)全書首列建詩，對常建“高才而無位”“淪為一尉”之遭際，深表婉惜。《新唐書・藝文志》著録《常建詩》一卷。《全唐詩》卷一四四編其詩為一卷。

③【補注】初日，剛昇起的太陽。何遜《曉發詩》：“早霞麗初日，清風消薄霧。”

④【補注】禪房，僧人習静修禪之所。陳增傑《唐人律詩箋注集評》(P. 153)：“首聯對起，頷聯流水句，不作對偶(嚴羽《滄浪詩話・詩體》舉為‘十字句’，即流水句)，詩家稱為‘偷春格’(見惠洪《天厨禁臠》)，亦名‘换柱對格’(見冒春榮《葚原詩説》卷一)。吴昌祺謂‘散句接成一片’(《删訂唐詩解》卷一八)。”

⑤【補注】陳增傑《唐人律詩箋注集評》(P. 154)：《唐詩解》卷三七：“鳥性因山光而悦，人心對潭影而空。”《盛唐風緒箋》卷五：“澄潭瑩净，萬象森羅，‘影’字下得最妙，形容心體妙明，無如此語。”《而庵説唐詩》卷一三“五言律上”：“人見此湛然空明，塵胸頓滌，是謂‘空人心’也。”《古唐詩合解》卷

一二:"二語深有禪理,不落色相。"錢鍾書《談藝録》(P. 563):"'潭影空人心',以有象者之能净,見無相者之本空。"《詩境淺説·甲編》:"鳥多山棲,而寫鳥性用一'悦'字;水令心遠,而寫人心用一'空'字。名句遂傳千古。"

⑥【**增注**】萬籟,《莊子》:子游曰:"地籟則衆竅是已,人籟則比竹是已,敢問天籟?"子綦曰:"夫吹[七]萬不同,而使其自[八]已也。"【**何焯**】收"清晨"。【**何焯門生**】何師本名利中人,故此等詩絶不知其好處,因性情不近也。

【**補注**】萬籟,各種聲響。籟,從孔穴中發出的聲音。謝朓《答王世子詩》:"蒼雲暗九重,北風吹萬籟。"鍾磬,佛家法器,僧人念經禮佛或吃齋集衆時常用。磬,雲板形鳴器或缽形打擊樂器。《詩境淺説·甲編》:"末句惟聞鐘磬,所謂静中之動,彌見其静也。"陳增傑《唐人律詩箋注集評》(P. 155—156):《歷代詩話》卷四七《盡善》:"常建'清晨入古寺'一章,王維'中歲頗好道'一章,每不過四十字爾,一塵不到,萬慮消歸,直與無始者往來;若看做章句文字,便非聞道之器。"又云:"劈頭劈腦,喝出'清晨'兩字,次句云'初日照高林',接得有力。'竹'與'花木'皆從'高林'帶出,而映之以'初日',雖欲不'幽'且'深',不可得矣。此際聲聞色象,種種銷滅。惟有一寺,與入寺者同攝入'光''影'中。佛性、人性、鳥性,無動不静,無二不一,故結言'萬籟此俱寂',昔人所以美旦氣、快朝來也。自首至尾,總是'清晨'兩字,安得不為一篇盡善。"《唐詩繹》卷一七"五言律詩":"此詩從外面一路説向裏去,由境地之清幽説到心性之空寂,無禪語而有禪趣。五、六寫景有悟境……'光''影'中有'初日'在。七、八結出悟意,言當心性俱空之候,萬籟寂而梵音清,足令人起悟。"

【校勘】

[一] 照　何校"明"。

[二] 曲　全唐詩作"竹(一作一,一作曲)"。

[三] 通　何批"遇":"此格詩,'照'字、'通'字,後人改以諧律。"全唐詩校"一作遇"。

[四] 俱　何校、全唐詩作"都"。

［五］惟聞　全唐詩作“但餘”。

［六］淪　底本、正統本、大系本作“倫”，據《唐人選唐詩新編》(P. 165)改。

［七］底本“吹”後衍“有”字，據正統本、大系本删。

［八］自　底本脱，據正統本、大系本補。

暮過山村

賈　島

數里聞寒水①，山家少四鄰②。怪禽啼曠野，落日恐行人③。初月未終夕，邊烽不過秦④。蕭條桑柘外，煙火漸相親⑤。

【考證】

此詩見《全唐詩》卷五七三(P. 6671)。

【注評】

①**【何焯】**所以暮。

②**【補注】**山家，山野人家。《南史・賊臣傳・侯景》：“山家小兒果攘臂，太極殿前作虎視。”

③**【補注】**怪禽，奇異的鳥類。陳伯海主編《唐詩彙評》(P. 2600)：《六一詩話》：“聖俞曰：‘作者得於心，覽者會以意，殆難指陳以言也。雖然，亦可略道其髣髴……若温庭筠“雞聲茅店月，人迹板橋霜”，賈島“怪禽啼曠野，落日恐行人”，則道路辛苦、羈愁旅思，豈不見於言外乎？’”

④**【補注】**初月，新月。《子夜四時歌七十五首・春歌二十首》之五：“碧樓冥初月。”終夕，通宵、徹夜。《左傳・昭公二十年》：“終夕與於燎。”邊烽，邊境報警的烽火，這裏指夜間平安火。唐代每三十里置一堠，每日初夜舉

烽火報無事,謂之平安火。參見卷五崔峒《送陸明府之盱眙》注⑤。齊文榜《賈島集校注》(P.395):不過秦,中唐時邊境所防主要是西方及西北方的吐蕃和回紇,平安火傳至京師而終,故云"不過秦"。

⑤【何焯】前後自相問答。

【補注】桑柘,桑木與柘木。其葉皆可養蠶,故江南一帶農村普遍種植。參見卷一張演《社日》注⑤。煙火,炊煙、燈火。《史記·律書》:"天下殷富,粟至十餘錢,鳴雞吠狗,煙火萬里,可謂和樂者乎?"

山中道士①

頭髮梳千下②,休糧帶瘦容③。養雛成大[一]鶴,種子作高松④。白石通宵煮⑤,寒泉盡日舂⑥。不曾離隱處,那得世人逢⑦。

【考證】

此詩見《全唐詩》卷五七二(P.6630)。

【注評】

①【增注】道經云:"人行大道號道士。身心順理,從道為事,故稱道士。"

【補注】道士,道教徒。《資治通鑑》梁敬帝紹泰元年:"遂敕道士皆剃髮爲沙門。"胡三省注:"道家雖曰宗老子,而西漢以前未嘗以道士自名,至東漢始有張道陵、于吉等,其實與佛教皆起於東漢之時。"

②【圓至】陶弘景《真誥》曰:"清虛真人云:'櫛頭理髮,欲得過多。'"

【補注】齊文榜《賈島集校注》(P.92):道教有梳髮養生説。《雲笈七籤》卷四七"秘要訣法·櫛髮咒"引《三洞奉道科》:"凡梳頭,先洗手面,然後梳之,皆不得使人見,增壽八百二十。"

③【補注】齊文榜《賈島集校注》(P. 92):休糧,即辟穀,不食食物。道教的全身長生之術。《抱朴子内篇·論仙》:"仙法欲止絶臭腥,休糧清腸。"

④【補注】齊文榜《賈島集校注》(P. 92):陳延傑注:"松鶴如此,可知居山中之久。"

⑤【圓至】《真誥》曰:"斷穀入山,當煮白石。"昔白石子以石為糧。

【補注】煮白石,舊傳神仙、方士燒煮白石為糧,後因借指道家修煉生活。《神仙傳》卷一《白石生》云其人乃"中黄丈人弟子也,至彭祖之時已年二千餘歲矣……常煮白石為糧,因就白石山居,時人號曰白石生"。

⑥【補注】舂,用杵臼搗物使細或去皮,初用人力,後用畜力或水力。有些道教徒用水碓舂雲母等物服之或煉丹。白居易《尋郭道士不遇》云:"藥爐有火丹應伏,雲碓無人水自舂。"自注云:"廬山中雲母多,故以水碓擣錬,俗呼為雲碓。"

⑦【何焯】三、四暗藏不離隱處,五、六應上"休糧"。

【校勘】

[一] 大　全唐詩校"一作老"。

贈山中日南僧[①]

張　籍[一]

獨向雙峯老[②],松門閉[二]兩崖[③][三]。翻經上[四]蕉葉,掛衲落藤[五]花[④]。甃石新開井,穿林自種茶[⑤]。時逢海南客,蠻語問誰家[⑥]。

【考證】

此詩見《全唐詩》卷三八四(P. 4308),題中"贈山中"作"山中(一作上國)贈"。

【注評】

①**【增注】**《漢書》"日南"注言:"在日之南。"唐驩州有日南郡。

【補注】日南,郡名,隋大業三年改驩州置,治所九德縣(今越南義安省榮市),轄境相當今越南中部地區。《舊唐書・地理志四》:"驩州。隋日南郡。武德五年,置南德州總管府,領德、明、智、驩、林、源、景、海八州。南德州領六縣。八年,改為德州。貞觀初,改為驩州……天寶元年,改為日南郡。乾元元年,復為驩州也。"徐禮節、余恕誠《張籍集繫年校注》(P. 186)云:"如題為'山中贈日南僧',則作于貞元九年(793)夏秋間張籍遊蘄州雙峰山時。"

②**【圓至】**雙峰,五祖山。

【補注】徐禮節、余恕誠《張籍集繫年校注》(P. 185):雙峰,山名,在蘄州黄梅縣(今湖北黄梅西北),禪宗四祖道信、五祖弘忍曾在此傳法。《欽定大清一統志》卷二六三"黄州府一"引《名勝志》:"黄梅有東西二山,為四祖、五祖道場。西山即破額山,東山即馮茂山也。"老,終老,謂度晚年。

③**【補注】**松門,謂以松為門,或前植松樹的門。王勃《遊梵宇三覺寺》:"蘿幌棲禪影,松門聽梵音。"徐禮節、余恕誠《張籍集繫年校注》(P. 186):"兩崖,指破額山與馮茂山。'松門'句謂日南僧所居正對雙峰。"

④**【圓至】**謂看經之久而蕉葉長,掛衲不出山而藤花落,皆形容其久居山中。**【增注】**高適詩:"尋經剩欲翻。"注:"翻譯也。"○僧以百家壞帛合成一衣,曰衲。**【磧砂】**謙曰:"筍穿過膝,鳥巢於頂"之謂也。

⑤**【何焯】**五、六言其真作終老之計。

【補注】徐禮節、余恕誠《張籍集繫年校注》(P. 186):"甃:砌井壁。《周易・井》:'"井甃,無咎",脩井也。'孔穎達疏引《子夏傳》:'甃,亦治也。以塼壘井,脩井之壞,謂之為甃。'穿林:開墾山林。"

⑥**【圓至】**九真、日南皆屬交州郡,故曰蠻語。桓温謂郝隆曰:"卿那得作蠻語。"

【補注】海南,泛指南部濱海地區。蠻語,南方少數民族的言語。誰家,何處。李白《春夜洛城聞笛》:"誰家玉笛暗飛聲,散入春風滿洛城。"

【校勘】

［一］張籍　底本作“張藉”，據元刊本、正統本、明應本、磧砂本、高本、四庫本、全唐詩改。

［二］閉　底本作“閑”，高本、四庫本作“間”，何批“閉”：“‘間’字是”，據元刊本、正統本、明應本、磧砂本、全唐詩改。

［三］崖　底本、元刊本、正統本、明應本作“涯”，據磧砂本、高本、四庫本、全唐詩改，全唐詩校“一作涯”。

［四］上　高本、四庫本作“吐”。

［五］藤　全唐詩校“一作橙，一作藤”。

田　家

章孝標①［一］

田家無五行，水旱卜蛙聲②。牛犢乘春放，兒孫［二］候暖耕。池塘煙未歇［三］，桑柘雨初晴③。歲晚香醪熟，村村自送迎④。

【考證】

此詩見《全唐詩》卷五〇六（P. 5754），題作《長安秋夜》（一作《田家》）。

【注評】

①【圓至】元和十四年進士。【增注】桐廬人，登元和十四年進士第，太和中為山南東道從事，試大理評事。

【補注】吴汝煜撰《中國文學家大辭典・唐五代卷》（P. 724—725）“章孝標”條云，孝標（生卒年不詳），字道正，睦州桐廬（今屬浙江）人，家于錢塘（今杭州）。貞元中遊匡廬。元和九年，入京應試，屢試不第。十三年下第時，同落第者多為詩以刺主司庾承宣，孝標獨賦《歸燕詩》留獻，以抒眷戀之情。旋西遊蜀，干謁西川節度使王播。庾承宣得詩展吟，深恨遺才，十四年復知貢舉，擢之及第。旋東歸。未幾，授秘書省正字。長慶三年前後，秩滿，遷校書郎，旋歸杭州。大和中，以大理評事充山南東道節度使從事。開成、會昌間，猶在世。詩才敏捷，會昌中，曾于淮南節度使李紳席上賦《春雪》詩，一揮而就，深為稱賞。張為《詩人主客圖》列為"瑰奇美麗主"武元衡之及門者。詩學張籍(《升庵詩話》卷四)。胡震亨評其詩"殊有倩飾，七字尤爽朗"(《唐音癸籤》卷七)。《新唐書・藝文志》著録《章孝標詩》一卷。

②【補注】陳伯海主編《唐詩彙評》(P. 2287)：《唐詩别裁集》卷一二："首句'無'字，作'不識'意解。"五行，水、火、木、金、土。構成各種物質的五種元素，古人常以此説明宇宙萬物的起源和變化，也用于紀時或説明時節之更迭。《孔子家語・五帝》："天有五行，水、火、金、木、土，分時化育，以成萬物。"《吕氏春秋・士容論・任地》："五時見生而樹生，見死而穫死。"高誘注："五時，五行生殺之時也。"陳奇猷校釋："五時者，春、夏、秋、冬、季夏也。本書《十二紀》，春屬木，夏屬火，秋屬金，冬屬水，而于《季夏》之末别出中央土一節，是以木、火、金、水、土五行配屬春、夏、秋、冬四季，即所謂五時也。"卜，占卜，引申為推斷、預料。《史記・孫子吴起列傳》："試延以公主，起有留心則必受之，無留心則必辭矣。以此卜之。"《本草綱目》卷四二："田雞、水雞、土鴨，形稱雖異，功用則一也……《考工記》云：'以脰鳴者，蛙黽之屬。'農人占其聲之早晚大小，以卜豐歉，故唐人章孝標詩云：'田家無五行，水旱卜蛙聲。'"《清嘉録》卷三"三月"《田雞報》："三日，農民聽蛙聲於午前後，以卜豐稔，謂之'田雞報'。諺云：'田雞叫拉午時前(延先切)，大(讀作度)年在高田。田雞叫拉午時後，低田弗要愁。'……案，范成大詩：'薄暮蛙聲連晚鬧，今年田稻十分秋。'褚人穫《堅瓠集》云：'吴中以上巳蛙鳴，則無水患。諺云："三月三個蝦蟆，禁口難開。"'又九縣《志》皆載占諺云：'午前鳴，高田熟。午後鳴，低田熟。'并載唐人詩云：'田家無五行，水旱卜蛙聲。'"

③【補注】桑柘，桑木與柘木。其葉皆可養蠶，故江南一帶農村普遍種植。參見卷一張演《社日》注⑤。

④【補注】香醪，美酒。杜甫《崔駙馬山亭宴集》："清秋多宴會，終日困香醪。"醪，láo，汁渣混合的酒，又稱濁酒，也稱醪糟。因用為酒的總稱。送迎，既言客，又言神。農家多在歲晚收穫後互相饋問、報神告功。陳伯海主編《唐詩彙評》(P. 2287)：《瀛奎律髓彙評》卷一二"秋日類"：紀昀："自是春詩，'歲晚'字或訛耳。"又云："'歲晚'二句作預擬之詞，亦可通。"《刪補唐詩選脉箋釋會通評林·五言律詩·晚唐》：周珽："隨時作息，起結有'不識不知，帝力何有'之趣。"

【校勘】

［一］章孝標　正統本作"章孝摽"。

［二］孫　全唐詩作"童"。

［三］歇　全唐詩作"起"。

秦[一]原早望①

一忝鄉書薦②，長安未得回。年光逐渭水，春色上秦臺③。燕掠平蕪去，人銜細雨來④。東風生故里，又過幾花開⑤。

【考證】

此詩見《全唐詩》卷五〇六(P. 5759)，題中"秦"作"春"；又見卷五八八(P. 6825)，屬李頻，題中"秦"下校"一作春"。何校題下增作者"李頻"。佟培基《全唐詩重出誤收考》(P. 371)云，此詩江標刊宋臨安陳宅本《章孝標詩集》不收，《唐百家詩選》卷一六作李頻。待考。

【注評】

①【補注】秦原，猶秦中、關中。指今陝西中部平原地區，因春秋、戰國

時地屬秦國而得名。

②【圓至】謂鄉貢也。《周禮》:“鄉大夫群[二]吏獻賢能之書於王。”

【補注】忝,tiǎn,羞辱,有愧於。《尚書·堯典》:“否德,忝帝位。”孔安國傳:“忝,辱也。”常用作謙詞。鄉書,周制,鄉學三年大比,鄉老與鄉大夫薦鄉中賢能之書于王,謂之鄉書或鄉老書。參見《周禮·司徒·鄉大夫》。後世科舉,舉子應試進士,由州縣先行選拔、薦舉,稱鄉薦或鄉書薦。

③【圓至】《輿地廣記》:“天興縣鳳臺,秦穆公所筑。”

【補注】渭水,黄河最大支流,流經今陕西中部一帶。參見卷三許渾《咸陽城東樓》注⑥。秦臺,又稱鳳臺、鳳女臺。故址座落于今陕西寶鷄東南。相傳爲蕭史、弄玉吹簫引鳳之處。毁于元代,後人因其遺址,建鳳女祠。《水經·渭水注》:“秦穆公時,有簫史者,善吹簫,能致白鵠、孔雀,穆公女弄玉好之,公爲作鳳臺以居之。”《列仙傳》卷上:“蕭史者,秦穆公時人也。善吹簫,能致孔雀、白鶴於庭。穆公有女,字弄玉,好之,公遂以女妻焉。日教弄玉作鳳鳴。居數年,吹似鳳聲,鳳凰來止其屋,公為作鳳臺。夫婦止其上,不下數年。一日,皆隨鳳凰飛去。”《三水小牘》卷上《王知古為狐招婿》:“聆好音於魯館,逼佳氣於秦臺。”一説“秦臺”泛指秦地樓臺,亦通。陳伯海主編《唐詩彙評》(P. 2657):《唐詩矩·五言律詩四集·晚唐》:“年光空逐渭水,春色又上秦臺,此背面對法。一説平日,一説目前,意更深一層。”

④【補注】平蕪,草木叢生的平曠原野。衝,冒,多指不顧危險或惡劣環境而向前行進。此聯筆致蒨細,已逗漏詞體。

⑤【補注】此聯謂故園春來衆花一番番更迭開放,自已却滯留在外,又錯過了欣賞。“過”字既有“過去”義,又有“錯過”義,下得好!陳伯海主編《唐詩彙評》(P. 2657):《瀛奎律髓彙評》卷二九“旅況類”:方回:“其思優遊而不深怨,可取。”紀昀:“興象天然,不容湊泊。此五律最熟之境,而氣韻又不涉甜俗,故為唐人身份。”

【校勘】

[一] 秦 高本、四庫本作“春”。

［二］群　底本、詩説本、正統本、明應本作“郡”，據《周禮·司徒·鄉大夫》改。

已前共六首[一]

【校勘】

［一］何焯在卷末計本卷詩數云“八十七首”。

唐詩三體家法卷六

前虛後實

周弼曰：謂前聯情而虛，後聯景而實，實則氣勢雄健，虛則態度諧婉。輕前重後，劑[一]量適均，無窒塞輕俗之患。大中以後多此體，至今宗唐詩者尚之。然終未及前兩體渾厚，故以其法居三，善者不拘也。

【校勘】

［一］劑　底本作“酌”，據詩説本、正統本、明應本改。

雲陽館與韓升卿宿别①

司空曙

故人江海别②，幾度隔山川。乍見翻疑夢，相悲各問年③。孤燈寒照雨，深[一]竹暗浮煙。更有明朝恨，離杯惜共傳④。

【考證】

此詩見《全唐詩》卷二九二（P. 3317），題中“韓升卿”作“韓紳（一作韓升卿)”。

【注評】

①【圓至】雲陽縣,在京兆。

【補注】文航生《司空曙詩集校注》(P. 88—89)云:“雲陽:地名。唐雲陽縣治在今陝西涇陽縣西北雲陽鎮。”又云,韓紳卿,《文苑英華》《衆妙集》作“韓申卿”,《唐百家詩選》《三體唐詩》《瀛奎律髓》作“韓升卿”,清康熙四十一年洞庭席氏琴川書屋刊本《唐詩百名家全集·司空文明詩集》及《唐詩品彙》、明銅活字本《唐五十家詩集·司空曙集》《唐詩類苑》《石倉歷代詩選》《唐音統籤》《全唐詩》《全唐詩録》作“韓紳”,兹據李端詩題等改為“韓紳卿”。按,韓愈《虢州司户韓府君墓誌銘》:“安定桓王五世孫叡素為桂州長史,化行南方。有子四人,最季曰紳卿。文而能官,嘗為揚州録事參軍……由是遷涇縣令。”“大曆十才子之一的李端亦有《送韓紳卿》《戲贈韓判官紳卿》詩。館:客舍……宿别:指住宿過夜後又分别。‘雲陽’在長安附近,從篇中詩句推,司空曙與韓紳卿必相别久長,且遭遇過不堪回首的往事,故本篇當作于……司空曙貶謫遇赦重返長安期間。又,司空曙遇赦後于建中二年十二月前已在西川幕府,則本篇當作于建中二年(七八一)十二月之前。”

②【補注】江海,泛指四方各地。杜甫《草堂》:“弧矢暗江海,難爲遊五湖。”

③【補注】翻,反而。各問年,指互表關切,詢問别後這麼多年的情況。

④【補注】共傳,相互傳遞、共飲杯酒。

【校勘】

[一] 深　全唐詩作“涇”。

酬暢當①

耿　湋[一]

同游漆沮後②，已是十年餘。幾度曾相夢，何時定得書。月高城影盡，霜重柳條踈③。且對樽中[二]酒，千般想未如④。

【考證】

此詩見《全唐詩》卷二六八(P. 2987—2988)。

【注評】

①**【圓至】**河東人，大曆七年張式榜進士[三]。

【補注】暢當，河東(今山西永濟)人，大曆七年登進士第。有詩名，與盧綸、耿湋等多有唱酬。參見卷六暢當《軍中醉飲寄沈八劉叟》注②。

②**【圓至】**《輿地廣記》曰："漆沮不一，惟雍州富平縣石川河乃《禹貢》漆沮。"

【補注】漆沮，漆水與沮水合流後之通稱；或為二水之並稱。漆水，一説在今陝西麟游縣西，南流至岐山縣西合雍水、岐水，東流入渭水；或謂即今陝西彬縣涇河支流水簾河；或謂今陝西岐山縣南横水河等等。沮水，一説即流經今陝西耀縣、富平，在西安臨潼東北注入渭水的石川河；一説在今陝西彬州、岐山一帶等等。

③**【何焯】**三、四是道從前千般想也，五、六敘邀其必醉。

④**【補注】**千般，多種多樣。王維《聽百舌鳥》："入春解作千般語，拂曙能先百鳥啼。"

【校勘】

[一] 耿湋　元刊本、高本、四庫本作"耿緯"。

［二］中　元刊本、正統本、明應本、高本、四庫本作“前”。

［三］此條底本、詩説本原在作者“耿湋”下，正統本、明應本無，據内容移此。

寄友人

張　蠙

世[一]道復[二]何如，東西遠索居①。長疑即見面，翻致久無書②。甸麥深藏雉③，淮苔淺露魚④。相思不我會，明月幾盈虚⑤。

【考證】

此詩見《全唐詩》卷七〇二(P. 8068)。

【注評】

①**【圓至】**《檀弓》注：“索，猶散也。”

【補注】世道，人世間的道路，指紛紜萬變的社會狀態。《列子・楊朱》：“方其荒於酒也，不知世道之安危，人理之悔吝。”何如，如何，怎麼樣。東西，猶言各處一方，相距遼遠。索居，孤獨地散處一方。《禮記・檀弓上》：“吾離群而索居，亦已久矣。”鄭玄注：“群，謂同門朋友也；索，猶散也。”

②**【補注】**即，立即，表示以後不久的時間。翻，反而。陳伯海主編《唐詩彙評》(P. 2950)：《唐詩歸》卷三六“晚唐四”：鍾惺：“别離真境。”

③**【何焯】**不見。

【補注】甸，田野，原野。謝朓《晚登三山還望京邑詩》：“喧鳥覆春洲，雜英滿芳甸。”雉，zhì，野雞。雄者羽色美麗，尾長，可做裝飾品。雌者尾較短，灰褐色。善走，不能遠飛。肉味鮮美。《本草綱目》卷四八：“雉，南北皆有之，形大如鷄，而斑色繡翼。雄者文采而尾長，雌者文暗而尾短。”

④【何焯】有書。

【補注】淮，即淮水。參見卷四李端《宿淮浦寄司空曙》注①。

⑤【增注】月盈虛，《禮記》："三五而盈，三五而缺。日月朔則同度，望則對度，月借日之明，故望夜圓，朔日滅。"

【補注】盈虛，猶圓缺。

【校勘】

［一］世　全唐詩作"戀(一作世)"。

［二］復　全唐詩作"欲(一作復)"。

送喻坦之歸睦州[①]

李　頻

歸心常共知，歸路不相隨。彼此無依倚，東西又別離[②]。山雲[一]含雨潤[二]，江樹逆[三]潮欹[③]。莫戀漁樵興，人生[四]各有為[④][五]。

【考證】

此詩見《全唐詩》卷五八九(P. 6838)，題中"送"後有"友人"二字，題下校"一作《送人歸新定》"。

【注評】

①【增注】李頻，睦州人，故此詩有"歸路不相隨"之句。

【補注】喻坦之(生卒年不詳)，睦州人。累舉進士不第，落魄而終。有詩名，與張喬、許棠、鄭谷等合稱"咸通十哲"。與李頻、曹松、方干等友善、唱和。其詩以五律為佳，内容多為紀遊題詠、寄贈送別之作。《全唐詩》卷七一三編其詩為一卷。生平參見吴在慶撰《中國文學家大辭典・唐五代卷》(P. 753)“喻坦之”條。睦州，唐萬歲通天二年移治建德縣(今浙江建德市東北五十里梅城鎮)。轄境相當今浙江建德、淳安、桐廬等市縣地。參見卷五許棠《寄陸睦州》注①。

②【補注】依倚，倚靠，依傍。張籍《征婦怨》:“婦人依倚子與夫，同居貧賤心亦舒。”東西，猶言各奔東西。

③【補注】逆，迎。欹，歪斜，傾斜。

④【磧砂】敏曰:此篇起調用透一層筆法，彼此思歸，一留一去，則兩無依倚，道路東西，又增一番離别之苦矣。山雲自是無情，含雨則潤，江樹未嘗有意，逆潮而欹。覽物起興，應知觸石膚寸，雲興致雨，樹立自堅，屹然波浪，即吾輩將來際會、目下株守之比也。人生有為，豈遂因山可樵、江可漁而遂頹然自放乎？後致期勉之詞。

【補注】漁樵，打魚砍柴，後借指隱居。劉孝威《奉和六月壬午應令詩》:“神心重丘壑，散步懷漁樵。”

【校勘】

［一］雲　全唐詩作“花(一作雲)”。

［二］潤　全唐詩作“溼(一作亞)”。

［三］逆　全唐詩作“近(一作逆，又作送)”。

［四］人生　全唐詩作“生涯”。

［五］為　全唐詩校“一作期”。

已前共四首

送李給事歸徐州覲省①

孫　逖②

列位登青瑣③，還鄉服[一]綵衣④。共言晨省日⑤，便是晝游歸⑥。

春水經梁宋，晴山入海沂⑦。莫愁東路遠，四牡正騑騑⑧。

【考證】

此詩見《全唐詩》卷一一八(P. 1191)。

【注評】

①**【增注】**《漢書》："給事中掌左右顧問應對，以有事殿中，故名。"隋於吏部置，唐改給事郎，今有給事中。唐徐州屬河南道，今屬山東西路。

【補注】給事，官名，給事中的省稱。秦、漢為列侯、將軍、謁者等的加官。侍從皇帝左右，備顧問應對，參議政事，因執事于殿中，故名。魏或為加官，或為正官。晉代始為正官。隋、唐以後為門下省之要職，掌駁正政令之違失。李給事，待考。徐州，南朝宋永初二年改北徐州置，治所在彭城縣(今江蘇徐州市)。隋大業初改為彭城郡，唐武德四年復為徐州。天寶元年又改彭城郡，乾元元年復為徐州。覲省，謂探望雙親。賈島《送李餘及第歸蜀》："知音伸久屈，覲省去光輝。"

②**【圓至】**開元二年舉哲人奇士，隱淪屠釣第一人。**【增注】**博州[二]武水人，一云河南人。開元十年舉賢良方正，擢左拾遺。李暠鎮太原，表置幕府，以起居舍人入為集賢院修撰，改考功員外，遷中書舍人，居職八年，判刑部侍郎，以風疾徙太子左庶子，累年徙少詹事。上元中卒，贈尚書右僕射，謚曰文。

【補注】金濤聲撰《中國文學家大辭典・唐五代卷》(P. 235)"孫逖"條云，逖(696—761)，潞州涉縣(今屬山西)人，郡望樂安武水(今山東聊城)。逖少時寓居鞏縣(今屬河南)，故又謂其為"河南鞏人"。幼能文，才思敏捷。開元二年舉哲人奇士科，授山陰尉。後又舉賢良方正科。開元十年再登文藻宏麗科，玄宗引見，授左拾遺。張說重其才，遷左補闕。開元十五年後在太原李暠幕府任職，十八年入為集賢院學士。二十一年改考功員外郎，知貢舉兩年，選拔顏真卿、李華、蕭穎士等俊才。二十四年遷中書舍人。天寶三載拜刑部侍郎，五載改太子左庶子，仕終太子詹事。上元中卒，謚曰文。逖掌制誥八年，所作制敕，文理精煉，為時流嘆服。亦善詩，古調今格，均有所長。原有集二十卷，早佚。《全唐詩》卷一一八録其詩一卷。

③【圓至】《漢書》："給事中、黄門侍郎日暮入對，青瑣門拜。"

【補注】列位，謂列班上朝。青瑣，裝飾皇宮門窗的青色連環花紋。《漢書·元后傳》："曲陽侯根驕奢僭上，赤墀青瑣。"顔師古注："孟康曰：'以青畫户邊鏤中，天子制也。'……孟説是。青瑣者，刻爲連環文，而青塗之也。"借指宮廷。陳子昂《為陳舍人讓官表》："臣聞紫機務重，青鎖(瑣)任隆。"

④【圓至】《列女傳》：老萊子奉親，身着五色斑斕之衣。

【補注】綵衣，《藝文類聚》卷二〇"人部四·孝"引《列女傳》："老萊子孝養二親，行年七十，嬰兒自娱，著五色采衣。嘗取漿上堂，跌仆，因卧地爲小兒啼，或弄烏鳥於親側。"

⑤【圓至】《記》："為人子，昏定晨省。"【何焯】私恩。

【補注】晨省，早晨向父母問安。亦指昏定晨省之禮，謂晚間安排床衽，服侍就寢；早上省視問安。《禮記·曲禮上》："凡爲人子之禮，冬温而夏凊，昏定而晨省。"鄭玄注："省，問其安否何如。"

⑥【圓至】張士貴，虢人，唐初[三]授虢州，帝曰："令卿衣錦晝遊。"【增注】中宗朝魏元忠右仆射兼中書令，請拜掃，手敕曰："衣錦晝遊，在乎兹日。散金敷惠，諒屬斯辰。"【磧砂】謙曰：上句接"服綵衣"來，下句接"列位""還鄉"來，亦交股法也。

【補注】晝游，謂白晝行遊，炫耀于人。《魏書·甄琛傳》："除征北將軍、定州刺史，衣錦晝遊，大爲稱滿。"《漢書·項籍傳》載秦末項羽入關，屠咸陽。或勸其留居關中，羽見秦宮已毁，思歸江東，曰："富貴不歸故鄉，如衣錦夜行。"《史記·項羽本紀》作"衣繡夜行"。後遂稱富貴還鄉(有時亦指在本鄉或舊地任官)為衣錦晝行，省稱晝錦、晝游等。

⑦【增注】唐宋州睢陽郡，本梁郡。海州東海郡，沂州琅邪郡，并屬河南道。

【補注】梁宋，指古梁國和宋國所在地，即今河南開封、商丘一帶。宋國，周武王滅商後，封商王紂子武庚于商舊都(今河南商丘)。成王時，武庚叛亂，被殺，又以其地封與紂的庶兄微子啓，號宋公，為宋國。戰國初年曾遷都彭城(今江蘇徐州)，公元前286年為齊所滅。轄地在今河南東部及山東、江蘇、安徽之間。梁國為戰國七雄之一，即魏國。魏惠王時遷都大梁(今河南省開封市西北)，因又稱梁。公元前225年為秦所滅。轄地主要有山西南部、河南北部和中部等。海沂，海州和沂州。海州，東魏武定七年改青、冀二州置，治所在龍沮縣(今江蘇灌雲縣西南龍且)。北齊移治朐縣(北周改朐山縣，在今連雲港市西南海州鎮)。隋大業初改為東海郡，唐武德四年復改海州，天寶元年改為東海郡，乾元元年復為海州。轄境相當今江蘇連雲港海州、贛榆、東海、沭陽、灌雲等區縣地。沂州，北周宣政元年改北徐州置，治所在即丘縣(今山東臨沂市西二十里)。隋初移治臨沂縣(今臨沂市)，大業初改琅邪郡。唐武德四年復改沂州，天寶元年改琅邪郡，乾元元年復為沂州。轄境包括今山東臨沂、棗莊、新泰、蘭陵、費縣、平邑、蒙陰、沂水、沂源、沂南等市縣地。

⑧**【圓至】**《詩》："四牡騑騑"。**【磧砂】**敏曰：三聯敘其歸途，結用"四牡騑騑"，贊美給事之詞也。**【何焯】**公義。○李以使節過家，留在結句點明。收應三、四，虛實匀整，平平處正不易到。

【補注】東路，通往東方的道路。曹植《贈白馬王彪詩》："汎舟越洪濤，怨彼東路長。"牡，鳥獸的雄性。《詩經·邶風·匏有苦葉》："濟盈不濡軌，雉鳴求其牡。"騑騑，馬行走不止貌。《唐詩摘鈔》卷一"五言律"："此人必有使事，便道歸省，故結云云。"按，《詩經·小雅·四牡》："四牡騑騑，周道倭遲。豈不懷歸？王事靡盬，我心傷悲……不遑將父……不遑將母。"抒寫使臣日夜兼程執行公務，不得回家奉養父母的苦悶。

【校勘】

[一] 服　全唐詩作"復"。

[二] 博州　底本作"傅州"，正統本作"慱州"，據大系本改。

[三] 初　底本作"祁"，據詩説本、正統本、明應本改。

送溧水唐明府①

韋應物

三為百里宰②，已過十餘年。秖嘆官如舊，旋聞邑屢遷③。魚鹽濱海利，桑柘[一]傍湖田④。到此安民[二]俗，琴堂又晏[三]然⑤。

【考證】

此詩見《全唐詩》卷一八九(P. 1929)，題作《送唐明府赴溧水》(三任縣事)。

【注評】

①**【增注】**唐昇州江寧郡溧水縣，今屬建康。

【補注】溧水，縣名，隋開皇十一年分溧陽、丹陽二縣置(《元和郡縣圖志》卷二八"江南道四・宣州・溧水縣")，屬蔣州，治所即今南京溧水區。大業初屬丹陽郡。唐先後屬揚州、宣州、昇州。明府，縣令。參見卷一雍陶《和孫明府懷舊山》注①。唐明府，待考。

②**【圓至】**《漢書》："郎官出宰百里。"

【補注】陶敏、王友勝《韋應物集校注》(P. 219)："百里宰，縣令。古代一縣之地約百里。"

③**【補注】**旋，不久。《史記・扁鵲倉公列傳》："臣意診脈，曰：'內寒，月事不下也。'即竄以藥，旋下，病已。"邑，舊時縣的别稱。此句呼應首句，謂唐明府任職所在地屢次變更。

④**【補注】**桑柘，桑木與柘木。其葉皆可養蠶，故江南一帶農村普遍種植。參見卷一張演《社日》注⑤。孫望《韋應物詩集繫年校箋》(P. 498)云此聯"謂其地近海濱湖，有魚鹽薑蔗之利也"。《元和郡縣圖志》卷二八"江南道四・宣州・溧水縣"："丹陽湖在縣西南二十八里，與當塗縣分中流為

界。”又曰:“固城湖在縣南一百里,周迴九十里,多蒲魚之利。”

⑤【圓至】《吕氏春秋》:“宓子賤治單父,彈琴,身不下堂而治。”【何焯】落句美其政即是歎其屈,音和旨遠。

【補注】琴堂,後世遂據《吕氏春秋·開春論·察賢》載宓子賤事,美稱州、府、縣署為琴堂。晏然,安適、安閒。《後漢書·方術列傳上·樊英》:“雖在布衣之列,環堵之中,晏然自得。”

【校勘】

[一] 桑柘　全唐詩作“薑蔗”。

[二] 安民　元刊本、磧砂本、四庫本作“民安”,全唐詩作“安甿”。

[三] 晏　高本、四庫本作“宴”,何校“晏”。

送王録事赴虢州①

岑參

早歲即相知,嗟君最後時②。青雲仍未達③,黑[一]髮欲成絲。小店關門樹④,長河華嶽祠⑤。弘農民[二]吏待⑥,莫遣[三]馬行遲⑦。

【考證】

此詩見《全唐詩》卷二〇〇(P. 2078),題中“王”後有“七”字。

【注評】

①【增注】唐虢州弘農郡,屬河南道。長河、岳祠并屬華陰,天授析置虢之潼津縣,在關口,故此詩云云。今虢州屬中京路。

【補注】本集題同《全唐詩》。録事,諸府州縣等皆置,長官之佐吏,掌管文書,勾稽缺失。參見卷四皇甫冉《送李録事赴饒州》注①。陳鐵民、侯忠義《岑參集校注》(P. 349、297):王七録事:即王季友。"因排行第七,故稱。河南(今洛陽市)人。玄宗天寶年間,隱居滑州(今河南滑縣)山中。上元元年(七六〇)至寶應元年(七六二),客居華陰、渭南一帶。廣德元年(七六三)為太子司議郎;二年初入江西觀察使李勉幕,為副使,兼監察御史。工詩,與元結、杜甫、岑參、于邵、郎士元、錢起等往返唱酬。事見于邵《送王司議季友赴洪州序》、《唐詩紀事》卷二六、《唐才子傳》卷四等……按,獨孤及有《送虢州王録事之任》詩,與本詩為同時之作。考獨孤及廣德元年(七六四)夏秋間在江西,永泰元年(七六五)二月方至京為左拾遺,則此二詩當作于永泰元年兩人皆在長安時。參見陶敏《全唐詩人名考證》。"虢州,隋開皇三年改東義州置,治所在盧氏縣(即今河南盧氏縣)。大業三年廢。唐武德元年復置。貞觀八年移治弘農縣(北宋改常農縣,又改虢略縣,即今河南靈寶市)。轄境相當今河南西部靈寶、欒川以西,伏牛山以北地區。

②【**補注**】陳鐵民、侯忠義《岑參集校注》(P. 349):"後時,落後於時輩。"

③【**圓至**】須賈曰:"不意君置身青雲之上。"

【**補注**】青雲,喻高官顯爵。

④【**圓至**】函谷關也。【**何焯**】"馬行"。

⑤【**何焯**】"馬行遲"。

【**補注**】河,黄河。華岳祠,又稱西岳廟,歷代帝王祭祀西岳華山之所。在今陝西華陰市東北五里岳鎮東端。參見卷五皇甫曾《晚至華陰》注⑤。

⑥【**圓至**】虢州靈寶縣,弘農故地。

【**補注**】陳鐵民、侯忠義《岑參集校注》(P. 349):弘農,唐縣名,在今河南靈寶市,唐虢州治所曾設于此。

⑦【**何焯**】對"後時"。

【校勘】

[一] 黑　明應本、全唐詩作"白"。

[二] 民　何校、全唐詩作"人"。

［三］遣　全唐詩作“使”。

別鄭蟻[一]

郎士元①

暮蟬不可聽②，落葉豈堪聞③。共是悲秋客，那知此路分④。荒城背流水⑤，遠雁入寒雲⑥。陶令門前[二]菊，餘花可贈君⑦。

【考證】

此詩見《全唐詩》卷二四八(P.2783)，題作《盩厔縣鄭礒宅送錢大》(一作《送別錢起》，又作《送友人別》)。

【注評】

①**【圓至】**字君冑，中山人，天寶十五載盧庾榜進士。**【增注】**字君冑，中山人，寶應元年選畿縣官，詔試中書，補渭南尉，歷拾遺，又郢州刺史。

【補注】賈晉華撰《中國文學家大辭典·唐五代卷》(P.540)“郎士元”條云，士元(？—780?)，字君冑，行四，中山(今河北定州)人。天寶十五載登進士第，授校書郎。寶應元年選畿縣官，詔試中書，補渭南尉。于渭南半日村嘗有別業，與王季友、錢起過從唱酬。廣德二年、永泰元年間入朝為拾遺，大曆中歷補闕、員外郎。約于建中元年授郢州刺史，後入朝為郎中，卒。工詩，與錢起齊名，時稱“前有沈宋，後有錢郎”(《中興間氣集》卷上)。擅五律，長于餞別應酬，時朝廷公卿奉使出牧，若無錢、郎賦詩送行，時論鄙之。高仲武編《中興間氣集》，列錢起為上卷之首，士元為下卷之首，評曰:“員外河嶽英奇，人倫秀異，自家邢國，遂擁大名。右丞以往，與錢更長……兩君體調，大抵欲同。就中郎公稍更閑雅，近於康樂。”又與錢起、劉長卿、李嘉祐並稱“錢郎劉李”。劉辰翁稱其詩“殊洗煉有味，雖自濃景，別有淡意”

(《唐音癸籤》卷七引)。士元本不在“大曆十才子”之列,江鄰幾《嘉祐雜志》、管世銘《讀雪山房唐詩鈔》皆將其重列入“大曆十才子”,以其詩風近“十才子”而成就較高。《新唐書・藝文志》著録《郎士元詩》一卷。《全唐詩》卷二四八編其詩為一卷。

②【何焯】“悲秋”。

③【補注】陳增傑《唐人律詩箋注集評》(P. 506—507):此聯句意本諸南朝梁吴均《贈鮑春陵别詩》:“落葉思紛紛,蟬聲猶可聞。”《帶經堂詩話》卷一五“考證門三　襲故類”曾拈出以為例,但郎詩顯勝吴詩。《中興間氣集》卷下:“郎公稍更閑雅,近於康樂……又‘暮蟬不可聽,落葉豈堪聞’,古人謂謝朓工於發端,比之於今,有慚沮矣!”

④【補注】悲秋,面對蕭瑟秋景而傷感。語出《楚辭・九辯》:“悲哉秋之爲氣也!蕭瑟兮草木摇落而變衰。”杜甫《登高》:“萬里悲秋常作客,百年多病獨登臺。”那,同哪,疑問代詞,如何、怎麽。《東觀漢記・劉玄傳》:“更始韓夫人曰:‘莽不如此,帝那爲得之。’”陳伯海主編《唐詩彙評》(P. 1337):《唐律消夏録》卷五:“‘不可聽’‘豈堪聞’,先含一‘悲’字在内。三、四雖順接,而筆力亦爽健。”

⑤【何焯】分路。

【補注】背流水,一本題中有“盩厔縣”,陳增傑《唐人律詩箋注集評》(P. 505)云:“縣城依靠渭水。大曆詩人好用‘背’字,如劉長卿‘寒城背落暉’(《送王端公入奏上都》)、錢起‘遠帆背歸鳥’(《送昆山孫少府》)、韓翃‘烏帽背斜暉’(《送李明府赴滑州》),俱可諷味。”

⑥【補注】繆鉞、張志烈主編《唐詩精華》(P. 485):《删補唐詩選脉箋釋會通評林・五言律詩・中唐上》:周珽:“當景物凄慘蕭索之際,而有分别之事,真有難為情者。‘荒城’‘遠雁’分去住兩意。”

⑦【補注】陶令,指晉陶淵明。因其曾任彭澤令,故稱。陶淵明好菊,其《飲酒詩二十首》之五云:“採菊東籬下,悠然見南山。”參見卷三崔曙《九日登仙臺呈劉明府》注⑨。陳增傑《唐人律詩箋注集評》(P. 506):“持菊相贈,有兩種理解:(一)含勸隱意。周珽云:‘結見遠遊不如清隱之高。欲藉菊為

友人贈,旨亦微矣。'(《删補唐詩選脉箋釋會通評林·七言絶句·盛唐上》)顧安云:'諷其歸隱。'(《唐律消夏録》卷五)(二)以節操相勉。沈德潛云:'愚謂結意望其能秉高節,更耐尋繹也。'(《唐詩别裁集》卷十一)"

【校勘】

［一］鄭蟻　高本、四庫本作"鄭曦",磧砂本作"鄭礒",世鈺校"鈺按,舊刻作鄭蟻"。何校在題首增"錢大宅"三字。

［二］門前　全唐詩校"一作東籬"。

送韓司直①

皇甫冉

遊吴還適越,來往任風波②。復送王孫去,其如芳草何③。山明殘雪在,潮滿夕陽多。季子留遺廟④,停舟試一過⑤。

【考證】

此詩見《全唐詩》卷一四八(P. 1515),屬劉長卿;又見卷二四八(P. 2783),屬郎士元,題末多"路出延陵"四字,題下校"一作劉長卿詩"。此詩《極玄集》《衆妙集》《唐詩紀事》卷二七、《唐詩品彙》卷六五俱作皇甫冉。《文苑英華》卷二七二作皇甫曾,云見其本集,但《四部叢刊》影鐵琴銅劍樓藏明本《皇甫曾詩集》無此詩,海鹽張元濟據明活字本曾集補入。儲仲君《劉長卿詩編年箋注》(P. 537)存疑。佟培基《全唐詩重出誤收考》(P. 113)據尾聯提及之"季子廟"在毗陵(常州),而皇甫冉曾任常州無錫縣尉,認為"或其尉無錫期間所作"。佟氏所言有理,且《極玄集》為唐人姚合所編,距四人生活時代最近,暫從。

【注評】

①【增注】《職林》:"大理司直,後魏置。唐掌承旨[一],不署曹事,惟覆理御史檢校事,出使候覆,若疑獄則參議之。今仍舊置大理司直。"

【補注】司直,官名,指丞相司直,漢武帝時始置,幫助丞相檢舉不法。東漢改屬司徒。北魏至元沿置,或屬廷尉,或屬大理寺,掌推按、斷刑、治獄等。明廢。參見《通典・職官三、七》、《事物紀原》卷五"九寺卿少部・司直"條。又為唐太子官屬,相當朝廷的侍御史。《舊唐書・職官志三》載,東宮官屬中,"司直掌彈劾宮僚,糾舉職事"。韓司直,待考。

②【補注】吴、越,吴地和越地。按,吴、越皆為古國名。吴也稱為勾吴。姬姓,始祖為周太王之子太伯,至十九世孫壽夢稱王,據有今江蘇、上海大部和安徽、浙江的一部分,建都于吴(今蘇州市)。傳至夫差,于公元前473年為越所滅。越國建都會稽(今浙江紹興),據有今浙江北部、江西東部、安徽南部、江蘇大部及山東南部一小部分。春秋時興起,戰國時滅于楚。《左傳・宣公八年》:"盟吴越而還。"杜預注:"越國,今會稽山陰縣也。"孔穎達疏:"越,姒姓。其先夏后少康之庶子也,封於會稽,自號於越。於者,夷言發聲也。"

③【圓至】見前注。【何焯】此"王孫"字,因韓氏借用。○第四送歸兼惜流年,已起結處。

【補注】《楚辭・招隱士》:"王孫遊兮不歸,春草生兮萋萋。"漂母呼韓信為王孫,參見卷五劉長卿《漂母墓》注②。

④【圓至】《皇覽冢墓記》:"季子冢,在毗陵縣暨陽鄉,至今吏民祀事。"

【補注】季子,指春秋時吴季札。為吴王壽夢少子,不受君位,封于延陵,號延陵季子,省稱季子。歷聘各國,過徐,徐君愛其劍,季子為使上國,未與。及返,徐君已死,乃繫其寶劍于徐君冢樹而去。事見《史記・吴太伯世家》。後人稱頌其高風亮節。儲仲君《劉長卿詩編年箋注》(P. 537):《太平寰宇記》卷八九"江南東道一・潤州・延陵縣":"延陵季子廟,在縣東北九里。"

⑤【何焯】結句自歎已老,恐不復相見,望其他日如季子之心許徐君,能

不相負也。

【校勘】

［一］旨　底本、正統本作“朝”，大系本作“制”，據《辭源(修訂本)》“司直”條(P. 464)改。

途中送權曙

皇甫曾

淮海風濤起，江關幽思長①。同悲鵲遶樹②，獨作鴈隨陽③。山晚雲和[一]雪，天[二]寒月照霜。由來濯纓處，漁父愛滄浪④。

【考證】

此詩見《全唐詩》卷二四九(P. 2798)，屬皇甫冉，題作《途中送權三兄弟》(一本無題上二字，一作送權騂)；又見卷二九六(P. 3358)，屬張南史，題作《西陵懷靈一上人兼寄朱放》。佟培基《全唐詩重出誤收考》(P. 194)云，此詩《二南密旨》作皇甫曾；《極玄集》卷下作皇甫冉，題為《途中送權曙二兄》；《文苑英華》重出，卷二一九作張南史，卷二七二作皇甫冉，題為《送權騂》。權曙無考。權騂，陶敏《全唐詩人名彙考》(P. 457)引《全唐文》卷三九〇獨孤及《唐故朝議大夫高平郡別駕權公(澈)神道碑銘》：“初，公娶於博陵崔氏，生子曰騂而終。新鄭以繼室生四子：曰軼，曰申，曰器，曰舒。舒不幸短命。騂、軼、申、器悉忠信好學，善屬文，位未顯而令名歸之。”澈卒于天寶六載，歿後廿有二歲返葬洛陽，碑大曆四年作。又《御覽集》録有皇甫冉《贈別》五絶一首，下注：“原題《贈寄權三客舍》。”《唐百家詩選》卷九又載皇甫冉《酬權器》一首。知皇甫冉與權氏兄弟交往、唱酬密切，此詩或為其所作。

【注評】

①**【補注】**淮海，泛指古淮水下游近海地區，約當今江蘇中部和北部一帶。李白《贈王判官時余歸隱居廬山屏風疊》："昔别黄鶴樓，蹉跎淮海秋。"江關，江南。幽思，鬱結于心的思想感情。《詩品總序》："資生知之上才，體沉鬱之幽思。"

②**【圓至】**曹孟德云："月明星稀，烏鵲南飛。繞樹三匝，無枝可依。"**【何焯】**"途中"。

③**【圓至】**《尚書》注云："隨陽之鳥，鴻雁之屬。"

【補注】隨陽，跟着太陽運行。指候鳥依季節而定行止。《尚書・禹貢》"陽鳥攸居"孔安國傳："隨陽之鳥，鴻雁之屬，冬月所居於此澤。"孔穎達疏："日之行也，夏至漸南，冬至漸北，鴻鴈之屬，九月而南，正月而北。"此聯喻二人漂泊無依。

④**【圓至】**《楚詞》：漁父歌曰："滄浪之水清兮，可以[三]濯我纓。"**【增注】**劉澄《山水記》："漢陽軍沔口，古以為滄浪水，即屈原遇漁父作歌處。"

【補注】濯纓，洗濯冠纓。後用來比喻超脱世俗，操守高潔。滄浪，古水名。有漢水、漢水之别流、漢水之下流、夏水諸説。《尚書・禹貢》："嶓冢導漾，東流爲漢。又東爲滄浪之水。"孔安國傳："别流在荆州。"《水經・夏水注》："劉澄之著《永初山川記》云：'夏水，古文以爲滄浪，漁父所歌也。'"姜夔《清波引》序："予久客古沔，滄浪之煙雨，鸚鵡之草樹……無一日不在心目間。"

【校勘】

［一］和　全唐詩作"初"。

［二］天　全唐詩作"汀"。

［三］以　底本、詩説本、正統本、明應本脱，據《楚辭補注》(P. 181)補。

酬普選二上人①

嚴　維

本意宿東林，因聽子賤琴②。遥知大小朗③，已斷去來心④。夜静溪聲近，庭寒月色深⑤。寧知塵外意，定後更[一]成吟⑥。

【考證】

此詩見《全唐詩》卷二六三（P. 2920），題末多"期相會見寄"五字。

【注評】

①**【補注】**上人，對和尚的尊稱。選上人，待考。普上人，疑為普門，參見卷六皇甫冉《送普門上人》注①。

②**【補注】**東林，指東林寺，在廬山，參見卷六孟浩然《晚泊潯陽望爐峰》注⑤。這裏借指二上人居住的寺院。子賤琴，《吕氏春秋・開春論・察賢》："宓子賤治單父，彈鳴琴，身不下堂而單父治。"後以此典稱地方官治政有方，多謂縣令。此聯似謂，本想到二上人那裏投宿，但在途中却被寺廟所在地的縣令留宿了。

③**【圓至】【全唐詩】**《傳燈録》："惠朗禪師號大朗，振朗禪師號小朗。"

【補注】遥知，謂在遠處知曉情況。王維《九月九日憶山東兄弟》："遥知兄弟登高處，遍插茱萸少一人。"大小朗，唐代著名禪僧、青原系重要創始人衡山南寺石頭希遷的兩位高足，大朗為潭州招提寺慧朗禪師，小朗為長沙興國寺振朗禪師。這裏借指二上人。

④**【圓至】**佛經："過去、未來、現在心不可得。"

【補注】此句可有二説：一説，去來，佛教語，指過去、未來。佛家追求熄滅生死輪回後的涅槃境界，故要求修行者斷絶對過去、未來等等的分别、執念。二説，聯繫大朗、小朗禪師參悟、接引的話頭，亦可理解為：二上人已悟禪宗明心見性之旨，再不用東來西去地參禪拜祖了。《景德傳燈録》卷一四云："潭州招提慧朗禪師……往虔州龔公山謁大寂(馬祖道一)，大寂問曰：'汝來何求？'師(慧朗)曰：'求佛知見。'曰：'佛無知見，知見乃魔界。汝從南嶽來，似未見石頭曹谿心要爾，汝應却歸。'師承命迴岳造于石頭，問：'如何是佛？'石頭曰：'汝無佛性。'曰：'蠢動含靈又作麼生？'石頭曰：'蠢動含靈却有佛性。'曰：'慧朗為什麽却無？'石頭曰：'為汝不肯承當。'師於言下信入。後住梁端招提寺，不出户三十餘年。凡參學者至，皆曰：'去去！汝無佛性。'其接機大約如此(時謂大朗禪師)。"又云："長沙興國寺振朗禪師，初參石頭，問：'如何是祖師西來意？'石頭曰：'問取露柱。'曰：'振朗不會。'石頭曰：'我更不會。'師俄然省悟。住後，有僧來參。師乃召曰：'上坐！'僧應諾。師曰：'孤負去也。'曰：'師何不鑒？'師乃拭目而視之。僧無語(時謂小朗禪師)。"

⑤【磧砂】夜静則塵囂絶，溪聲潺潺如侵耳畔；庭寒則凛冽生月色，淡淡如澄眼底。"近"與"寒"不在"溪聲""月色"也。

⑥【磧砂】戒生定，定生慧。又出定、入定。

【補注】塵外，世外。定，禪定，參見卷四賈島《早秋寄題天竺靈隱寺》注③。

【校勘】

［一］更　全唐詩作"便"。

送鄭宥入蜀①

李　端［一］

寧親西陟險，君去異王陽②。在世誰非客③，還家即是鄉。劍門千轉盡④，巴水一支長⑤。請語愁猿道，無煩促淚行⑥。

【考證】

此詩見《全唐詩》卷二八五(P. 3256),題末多“迎覲”二字。

【注評】

①**【補注】**鄭宥,陳貽焮主編《增訂注釋全唐詩》第2册(P. 922):“《新唐書·宰相世系表五上》有鄭華子鄭宥,博州參軍;又有鄭進子鄭宥,未知孰是,俟考。”陶敏《全唐詩人名彙考》(P. 561)又引《唐國史補》卷下:“張相弘靖少時,夜會名客,觀鄭宥調二琴至切……宥師董庭蘭,尤善泛聲、祝聲。”蜀,古族名、國名,分佈在今四川西部。後泛指今四川一帶。參見卷二熊孺登《湘江夜泛》注③。

②**【圓至】**漢王陽為益州刺史,至九折阪,歎曰:“奈何奉先人遺體乘此險!”因而回車。

【補注】寧親,探望、省視父母。《左傳·莊公二十七年》:“冬,杞伯姬來,歸寧也。”杜預注:“寧,問父母安否。”李白《送王孝廉覲省》:“寧親候海色,欲動孝廉船。”

③**【補注】**陳貽焮主編《增訂注釋全唐詩》第2册(P. 922):《古詩十九首·青青陵上柏》:“人生天地間,忽如遠行客。”

④**【圓至】【全唐詩】**大劍山,即劍門也。**【增注】**利州路劍門關、劍門縣并唐置,閣道至險,以其有隘束之路,故曰劍門。

【補注】劍門,關名,唐置,屬劍門縣。在今四川劍閣縣北六十里劍門鎮北大劍山口。大、小劍山峰巒連綿,下有隘路如門,故名。地勢極為險要,歷來為蜀之天然門户,皆為戍守處,兵家必争之地。李白《蜀道難》:“一夫當關,萬夫莫開。”

⑤**【圓至】【全唐詩】**嘉陵江、潼江、小劍水皆巴水也。

【補注】巴水,長江流經四川東部、重慶古巴子國一段的别稱。

⑥**【補注】**《水經·江水注》載漁者歌曰:“巴東三峽巫峽長,猿鳴三聲淚沾裳。”參見卷三高適《送王李二少府貶潭峽》注④。

【校勘】

［一］李端　正統本、明應本脱。

杭州郡齋南亭①

姚　合

符印懸腰下②，東山不得歸③。獨行南北近，漸老往還稀。迸笋侵窗長，驚蟬出樹飛。田田池上葉，長[一]是使君衣④。

【考證】

此詩見《全唐詩》卷五〇〇（P. 5689）。

【注評】

①**【增注】**杭州，春秋初屬越，又屬吴、屬楚，秦漢屬會稽郡，陳錢塘郡，隋杭州，唐杭州餘杭郡，屬江南道，宋臨安，今屬浙西道杭州路。

【補注】杭州，隋開皇九年置。初治餘杭縣（今杭州餘杭區西南餘杭鎮），後移治錢唐縣（唐作錢塘），依柳浦西鳳凰山麓築州城，周回三十六里餘。隋大業及唐天寶、至德間嘗改餘杭郡。隋建江南運河以此為終點。唐轄境相當今浙江桐溪、富春江以北，天目山脈東南地區及杭州灣北海寧市等地。郡齋，郡守起居之處。白居易《秋日懷杓直》："今日郡齋中，秋光誰共度？"

②**【圓至】**漢文帝初與郡守為銅虎符、竹使符，銅符以發兵，竹符[二]以竹箭五枚鐫刻篆書。

【補注】符印，官吏被任命或受命後所持符、節、印、信等憑證物的統稱。

③**【圓至】**謝安初隱東山。**【增注】**東山，在越州上虞縣，謝安石攜妓遊處，後登台輔，於建康上山遊集，擬會稽之東山，亦號東山。

【補注】據《晉書・謝安傳》載,謝安早年曾辭官隱居會稽之東山,經朝廷屢次徵聘,方從東山復出,官至司徒要職,成為東晉重臣。又,臨安、金陵亦有東山,也曾是謝安的遊憩之地。後因以"東山"為典,指隱居或遊憩之地。王維《戲贈張五弟諲三首》之一:"吾弟東山時,心尚一何遠!"

④【圓至】《楚辭[三]》:"制芰荷以為衣。"【增注】《選》詩:"雖無田田葉。"田田,蓮葉貌。

【補注】田田,蓮葉盛密、鮮碧貌。使君,漢時稱刺史為使君,後用作州郡長官的尊稱。

【校勘】

[一] 長　磧砂本作"常"。

[二] 符　底本作"使",據詩説本、正統本、明應本改。

[三] 楚辭　詩説本、正統本、明應本作"楚詞"。

日東病僧①

項　斯

雲水絶歸路,來時風送船。不言[一]身後事[二],猶坐病中禪②。深壁藏燈影,空窗出艾煙③。已無鄉土夢[三],起塔寺門前④[四]。

【考證】

此詩見《全唐詩》卷五五四(P. 6413),題中"日東"作"日東(一作本)"。

【注評】

①【增注】日東,即日本國,又名倭國。

【補注】日東,日本。參見卷一鄭谷《贈日東鑒禪師》注①。

②【**補注**】徐光大《項斯詩注》(P. 24)："意即病中還坐禪。"

③【**補注**】艾，一説指艾納，亦作艾蒳。古松、梅等樹皮上生出的一種莓苔，有香氣。《本草綱目》卷一四："《廣志》云：…… 松樹皮上緑衣，亦名艾納，可以和合諸香，燒之能聚其烟，青白不散。"一説指艾蒿。菊科，多年生草本。葉片曬乾製成艾絨，可用于灸療。莖葉搓成繩，夏天可燃之驅蚊。

④【**增注**】《南史》：阿育王滅度後，取佛舍利，役鬼神，碎七寶，未一日一夜，造八萬四千塔。

【**補注**】起塔，造塔，用來收藏高僧圓寂火化後留下的舍利。

【校勘】

［一］不言　何批"已無"，全唐詩校"一作已無"。

［二］事　何批"念"，全唐詩校"一作念"。

［三］鄉土夢　全唐詩作"鄉土信"，何批："鄉土夢，諸本作鄉土信，'夢'字差勝，然與三、四更無照應矣。'起塔'正'身後事'，'坐禪'豈謀自了耶?"

［四］已無……門前　全唐詩校"一作要人知是客，白日指生緣"，何批"要人知是客，白日指生緣"："落句從《英華》則意遠格高，乃現病身而説法也。若如'起塔'云云，則直異域待死而已。"

送友人下第歸覲①

劉得仁

君此卜[一]行日，高堂應夢歸②。莫將和氏淚③，滴著老萊衣④。嶽雨連河細，田禽出麥飛。到家調膳後，吟好送斜[二]暉⑤。

【考證】

此詩見《全唐詩》卷五四四(P. 6294)；又見卷一一四(P. 1163)，屬殷遥，題中“覲”作“省”，題下校“一作劉得仁詩”。佟培基《全唐詩重出誤收考》(P. 77)云，此詩《文苑英華》卷二八四作劉得仁，當非殷遥詩。聯繫殷、劉二人為人、為詩之志趣、風格辨析，當為劉詩。

【注評】

①【補注】下第，落第。參加進士諸科考試未及第。歸覲，謂歸謁君王或歸省父母。《資治通鑑》唐德宗興元元年：“願陛下早下臣章，以解朝衆之惑，面諭韓皋使之歸覲，令滉感激無自疑之心。”胡三省注：“歸覲者，歸覲省父母也。”

②【圓至】高堂，母也。丘遲《與陳伯之書》云：“高堂未傾，愛妾尚存。”【磧砂】謙曰：一起先説得母子天性遠相感通也。

【補注】卜行，占卜行期。高堂，正室，父母所居，故以之指代父母。陳子昂《宿空舲峽青樹村浦》：“委别高堂愛，窺覦明主恩。”陳伯海主編《唐詩彙評》(P. 2509)：《唐詩摘鈔》卷一“五言律”：“起二句陡然，聳動得妙，使下第人聞之不得不改容收淚。詩之善移人情如此。”

③【圓至】卞和三獻璞玉，三刖其足。和玉後果為國寶。

④【圓至】見前注。

【補注】老萊衣，老萊子行年七十，為逗父母開心，着綵衣。參見孫逖《送李給事歸徐州覲省》注④。杜甫《送韓十四江東覲省》：“兵戈不見老萊衣，嘆息人間萬事非。”陳伯海主編《唐詩彙評》(P. 2509)：《唐詩别裁集》卷一〇：“真到極處，去風雅不遠。○‘和氏淚’‘老萊衣’本屬套語，合用之祇見其妙。有真性情流于筆墨之先也。”

⑤【磧砂】謙曰：結勉其養親，有知年愛日之諷焉。【何焯】後半言人生會有感通變化之期，且顧養以俟時也。

【補注】調膳，司厨，烹調。指操持家務，喻賦閑家居。羅隱《讒書重序》：“隱次《讒書》之明年，以所試不如人，有司用公道落去。其夏，調膳於江東，不隨歲貢。”

【校勘】

［一］卜　高本、四庫本作“北”，何校“卜”。

［二］好送斜　何校“苦落蟾”：“‘落蟾暉’雙關桂枝入手不遠，若作‘送斜暉’便無味，且於慶侍犯語病也。”全唐詩作“苦落蟬（一作送斜）”。

南游有感

于武陵

杜陵無厚業，不得駐車輪①。重到曾遊處，多非舊主人。東風千里［一］樹，西日［二］一洲蘋②。又［三］渡湘江去［四］，湘江［五］水復春③。

【考證】

此詩見《全唐詩》卷五九五（P. 6891—6892）。

【注評】

①【何焯】呼“又”字。

【補注】杜陵，在今西安東南。參見卷四司空圖《酬張芬赦後見寄》注⑤。厚業，殷實的家業。此聯謂因貧而宦游。《孟子・萬章下》：“仕非為貧也，而有時乎為貧。”

②【補注】蘋，即白蘋。水生草本植物，夏秋開小白花。參見卷一李群玉《南莊春晚》注②。永州零陵西瀟水中有白蘋洲，舊産白蘋，最盛。

③【何焯】五、六正言無主人也。末句暗用“春水方生，公宜速去”，仍無可因依耳。

【補注】湘江，即湘水，在今湖南省境内。參見卷一戴叔倫《湘南即事》注④。

【校勘】

［一］里　何校“嶺”:“里,一作嶺。”全唐詩作“嶺(一作里)”。

［二］西日　磧砂本作“四月”。

［三］又　全唐詩校“一作好”。

［四］湘江去　全唐詩校“一作瀟湘水”。

［五］湘江　全唐詩校“一作瀟湘”。

早春寄華下同志①

裴　説②

正是花時節,思君寢復興③。市沽終不醉,春夢亦無憑④。嶽面懸清［一］雨,河心走濁氷⑤。東門一條路,離恨正［二］相仍⑥。

【考證】

此詩見《全唐詩》卷七二〇(P. 8261),題作《春早寄華下同人》;又見卷七五七(P. 8616),屬湯悦。佟培基《全唐詩重出誤收考》(P. 506)云,此詩《文苑英華》卷二六五作裴説。湯悦本名殷崇義,入宋避宋太祖父名諱改。《南唐書》卷二三、《十國春秋》卷二八有傳,云陳州西華人,此詩題有“華下”,或為其作,《全宋詩》卷一四作湯悦。

【注評】

①【補注】華下,華山之下,當指華州。按華州,西魏廢帝三年改東雍州置,治所在華山郡原鄭縣城(今陝西渭南華州區西)。隋大業初廢。唐武德初復置,治所在鄭縣(今渭南華州區)。垂拱元年改為太州,神龍元年復為華州。天寶元年改為華陰郡,乾元元年復為華州。上元元年又改為太州,寶應元年復為華州。乾寧四年升為德興府。光化三年復為華州。轄境相

當今陝西華陰、潼關二縣市及渭南市華州區、臨渭區北部、西安臨潼東北部一帶。同志，志趣相同的人。《周禮・司徒・大司徒》"五曰聯朋友"鄭玄注："同志曰友。"亦指夫妻。

②【圓至】天祐三年進士第一。【增注】天復六年登甲科。按，天復無六年，乃天祐四年。説為薛廷珪[三]侍郎下進士第一人，禮部員[四]外郎。

【補注】吴在慶撰《中國文學家大辭典・唐五代卷》(P. 801—802)"裴説"條云，説(生卒年不詳)，桂州(今廣西桂林)人，裴諧兄。説少逢唐末亂世，奔走于江西、湖南等地，嘗歎"避亂一身多"，見者悲之。屢行舊卷，久不第。至天祐三年方以狀元及第。後累遷補闕，終禮部員外郎。説與弟諧皆有詩名。與曹松、貫休、王貞白等人友善。詩風近賈島、李洞。辛文房稱其"為詩足奇思，非意表琢煉不舉筆"(《唐才子傳》卷一〇)。胡震亨亦謂其"時出意外句聳人觀"(《唐音癸籤》卷八)。《郡齋讀書志》著録《裴説詩》一卷。《全唐詩》卷七二〇編其詩為一卷。

③【補注】寢復興，猶言坐卧不安。

④【補注】市沽，買來的酒。無憑，没有憑據。韓偓《幽窗》："無憑諳鵲語，猶得暫心寬。"此聯謂藉酒澆愁，終有醒時；因想成夢，亦為空幻。反襯相思之深、之苦，喚起下聯。

⑤【何焯】雨未作，凍已釋，言不應阻滯也。

【補注】嶽，指西嶽華山。河，指黄河。此聯托物寓懷，寫嶽言面，謂河有心，正以雨比淚，將冰擬悶，静安《人間詞話》所謂"以我觀物，故物我皆着我之色彩"也。陳伯海主編《唐詩彙評》(P. 2980)：《對床夜語》卷四："雖句中不可無好字，亦看人用之何如耳。岑參有句云：'愁雨懸空山。''懸'字不易及；裴説用之云：'嶽面懸青雨。'點化既工，尤勝於岑。"《重訂中晚唐詩主客圖》卷下："'懸'字、'走'字鍊，似生强，正取真意。"

⑥【圓至】劉良曰："東門，長安城門，别離之地。"【增注】東門，即青門。【何焯】落句因今日會難追憾向日之别易也。

【補注】相仍，相繼，連續不斷。《楚辭・九章・悲回風》："觀炎氣之相仍兮，窺煙液之所積。"王逸注："相仍者，相從也。"

【校勘】

［一］清　全唐詩作“青”。

［二］正　全唐詩作“鎮”。

［三］薛廷珪　底本、正統本作“薛延珪”，據大系本改。

［四］員　底本、正統本脱，據大系本補。

途中别孫璐①

方　干

道路本無限②，又［一］應何處逢③。流年莫虚擲，華髮不相容④。野渡波摇月，寒［二］城雨翳鍾⑤。此心隨去馬［三］，迢遞過重［四］峯⑥。

【考證】

此詩見《全唐詩》卷六四八(P.7443)，題作《送從兄部》(一作韋部，一作《途中别孫璐》)。

【注評】

①**【補注】**孫璐，待考。李頻《富春贈孫璐》云：“天柱與天目，曾棲絶頂房。青雲求禄晚，白日坐家長……平生詩稱在，老達亦何妨。”當為同一人。

②**【何焯】**“途中”起。

③**【何焯】**反破“别”字。

④**【補注】**流年，如水般流逝的光陰、年華。華髮，花白頭髮。

⑤**【補注】**翳，遮蔽。胡才甫《方干詩選》(P.9)：“(我想你)旅途夜渡，水波摇動月影；快到達冷落的空城時，雨聲將掩斷鐘聲。”

⑥**【補注】**迢遞，遥遠貌。

【校勘】

［一］又　全唐詩校“一作更”。

［二］寒　全唐詩作“空(一作寒)”。

［三］去馬　全唐詩校“一作去鳥”。

［四］重　全唐詩作“千(一作重)”。

送友及第[一]歸淛東①

南行無俗侶,秋鴈與寒雲。野趣[二]自多愜,名香[三]人共聞②。吴山中路斷,淛水半江分③。此地登臨慣,攄[四]情一送君④。

【考證】

此詩見《全唐詩》卷六四九(P. 7460),題下校“一作《送王羽登科後歸江東》。又見戴叔倫集,題作《送王翁信及第後歸江東舊隱》”;又見卷二七三(P. 3088),屬戴叔倫,題作《送王翁信及第歸江東舊隱》(一作方干詩,題云《送友及第歸浙東》)。佟培基《全唐詩重出誤收考》(P. 227—228)云,《中興間氣集》卷上、《極玄集》卷下、《文苑英華》卷二一八等“俱作戴詩,當依之”。蔣寅《戴叔倫詩集校注》(P. 164—165)和戴文進《戴叔倫詩文集箋注》(P. 143—147)亦認為係戴詩。蔣氏云:“按王翁信大曆詩人,方干集誤收。”“王翁信:生平不詳。皇甫冉《送王翁信還剡中舊居》詩云:‘海岸耕殘雪,溪沙釣夕陽。客中何所有,春草漸看長。’據此則王舊隱剡中。唐人科舉及第後并不立即授官,尚須經吏部試擢用,故及第者常於登第後回鄉省親。”

【注評】

①【補注】淛東,即浙東,浙江東道的簡稱,唐方鎮名。乾元元年置,治

所在越州(今浙江紹興市)。長期領有越、衢、婺、温、台、明、處七州,相當今浙江省衢江流域、浦陽江流域以東地區。中和以後,先後建號義勝軍、威勝軍、鎮東軍。乾寧中,為浙西錢鏐所並。浙東,亦泛指浙水以東地區。

②【何焯】得意人遇寥落都愜心目,前半極有情味。

【補注】名香,猶名美,這裏指及第。岑參《送許子擢第歸江寧拜親因寄王大昌齡》:"青春登甲科,動地聞香名。"

③【補注】吴山,吴地的山。浙江古屬吴地,周太王之子太伯"奔荆蠻,自號句吴"(《史記·吴太伯世家》),三國孫權亦稱吴王。淛水,即浙江,又名之江、錢塘江等,位于今浙江省西北部。源出安徽省休寧縣西南六股尖,向東北流到浙江省海鹽縣澉浦鎮至餘姚市西三閘連綫處入杭州灣,幹流有新安江、桐江、富春江諸名。《元和郡縣圖志》卷二八"江南道四·歙州·休寧縣":"漸江,一名浙江,源出縣東南横鄣山,東流經歙縣,又東南入睦州界。"又卷二五"江南道一·杭州·錢塘縣":浙江"在縣南一十二里……江源自歙州界東北流經界石山,又東北經州理北,又東北流入於海"。

④【何焯】落第者方怕登臨,落句"慣"字包含得妙。

【補注】攄情,抒發情懷。《後漢書·張衡列傳》:"心猶與而狐疑兮,即岐阯而攄情。"

【校勘】

[一] 第　高本、四庫本作"弟",何校"第"。

[二] 趣　全唐詩校"一作性"。

[三] 名香　圓校"本集作鄉名",高校"本集作香名",何校"當作香名,謂及第耳",全唐詩作"鄉名(一作名香)"。

[四] 攄　全唐詩校"一作含"。

春宫怨①[一]

杜荀鶴

早被嬋娟誤②，欲粧臨鏡慵③。承恩不在貌，教妾若為容④。風暖鳥聲碎，日高花影重⑤。年年越溪女⑥，相憶採芙蓉⑦。

【考證】

此詩見《全唐詩》卷六九一（P. 7925），題下校“一作周樸詩”；又見卷八八五“補遺四”（P. 10005）；又見卷六七三（P. 7700），屬周樸，題下校“一作杜荀鶴詩”。佟培基《全唐詩重出誤收考》（P. 492—493）云，《又玄集》卷下、《才調集》卷八、《唐百家詩選》卷一九、《唐詩紀事》卷六五皆作杜荀鶴詩，《唐音統籤》卷六八〇周樸集不載。當為杜荀鶴詩。

【注評】

①**【補注】**《詩境淺説・甲編》：“此詩雖為宫人寫怨，哀窈窕而感賢才，作者亦以自况。失意文人，望君門如萬里，與寂寞宫花同其幽怨已。”

②**【圓至】**《西京賦》：“增[二]嬋娟以跐[三]豸。”注曰：“姿態妖蠱也。”

【補注】嬋娟，姿態美好貌。誤，耽誤。

③**【補注】**陳增傑《唐人律詩箋注集評》（P. 1137）：慵，懶。二句“説自己因美貌被選為宫女，入宫後却受冷遇，耽誤了美麗青春，故而懶得對鏡梳妝”。

④**【補注】**陳增傑《唐人律詩箋注集評》（P. 1137—1138）：“承恩，獲得帝王恩寵。妾，宫女自稱。若為容，黄生云：‘若為，唐人方言，猶如何也。言不知所以為容也。’（《唐詩摘鈔》卷一）容，妝飾。司馬遷《報任少卿書》：‘女為悦己者容。’（女子為喜歡自己的人打扮）此言衆女争寵，各工心計，己雖美貌出衆，亦無由得幸。不言‘怨’而怨意躍乎言外。”陳伯海主編《唐詩

彙評》(P. 2915):《雪濤閣四小書》之四《詩評·杜聯》:“二語寥寥,而君臣上下遇合處,情皆若此。杜以兩言括之,可謂簡而盡、怨而不怒者矣。”

⑤【補注】陳增傑《唐人律詩箋注集評》(P. 1138)《瀛奎律髓彙評》卷三一“宮闈類”:何焯:“五、六是‘慵’字神味。”《詩境淺説·甲編》:“五、六賦‘春’字,五句言天寒鳥聲多噤,至風暖則細碎而多。六句言朝輝夕照之時,花多側影,至日當亭午,則駢枝疊葉,花影重重。用‘碎’字、‘重’字,固見體物之工,更見宮女無聊,借春光以自遣。故鳥聲花影,體會入微。”

⑥【增注】越溪,即若耶溪,在越州會稽縣東南,一名苧溪,西施所居處。【何焯】醒“宫”字。

【補注】越溪,指若耶溪,即今浙江紹興市東南平水江。源出紹興市柯橋區平水鎮東南若耶山,北流入浙東運河。《太平寰宇記》卷九六“江南東道八·越州·會稽縣”:“若耶溪,在縣東南二十八里……唐吏部侍郎徐浩遊之,云‘曾子不居勝母之里,吾豈遊若耶之溪’,遂改為五雲溪。”溪旁舊有浣紗石古迹,相傳西施浣紗于此,故又名浣紗溪。

⑦【圓至】劉良曰:“芙蓉,美花。思婦盛年采此,自傷也。”【增注】《漁隱詩話》云:“杜詩三百首,惟在一聯中。”指此第[四]五、第六句。【磧砂】思盛年之事以自傷也。謙曰:古人宮詞,類多自況。此云早被容貌所誤者,激為不平語也。從來謂“士為知己者死,女為悦己者容”“見美必悦,見才必憐”者,人之常情也。玆獨出于常情之外,美不見悦,才不見憐,向來自呈妍好,自露風華,反若齊門操瑟,雖工見叱,則夙昔之自恃者,正為自誤矣。一誤不可再誤,欲不誤而無計可施,所以臨妝鏡而懶施脂粉,翻蠹簡而懶加鉛槧也。次聯正申“欲妝臨鏡慵”之意。“風暖”二句是説春光不異,當年人事竟殊昔日,此即唐荆川所謂“文章挨轉之法”。故結云“年年越溪女,相憶采芙蓉”,歎盛年之不再,悲斂恨之無窮。下四句若與前四句文理絶不相蒙,而意則草蛇灰綫如此。【何焯】落句收足“早”字、“貌”字。

【補注】陳增傑《唐人律詩箋注集評》(P. 1138):《瀛奎律髓彙評》卷三一“宮闈類”:何焯:“入宮見妬,豈若與采蓮者之無猜乎? 落句怨之甚也。”《唐詩三百首詳析·五言律詩》:“結末是偏從未入宮的越溪女伴説,憶到采芙蓉的樂事,不説怨而愈覺可怨,是拓開一層的結法。”

【校勘】

［一］怨　明應本脱。

［二］增　底本作“憎”,據詩説本、正統本、明應本改。

［三］跐　底本作“此”,據詩説本、正統本、明應本改。

［四］第　底本作“弟”,據正統本、大系本改。下文同,徑改。

辭[一]崔尚書①

李　頻

一飯仍難受②,淹留已半年[二]。終期身可報,不擬骨空鐫③。城晚風高角④,江春浪起船。曾同[三]棲止地,獨去塞鴻前⑤。

【考證】

此詩見《全唐詩》卷五八八(P. 6825),題中“辭”後有“夏口”二字。

【注評】

①【**增注**】尚書,周為内史,秦世少府,遣吏四人在殿中,主發書,漢掌圖書祕記章。秦至後漢,出納王命,敷奏[四]萬機。唐吏、户、禮、刑、兵、工六部尚書,宋因之,今以尚書為長。

【**補注**】尚書,官名。隋唐時期為尚書省六部的長官。中唐以後漸成虚銜。參見卷六韓愈《和張侍郎酬馬尚書》注①。吴企明撰《唐才子傳校箋》第 3 册(P. 383—384)“李頻”條云,頻自黔中歸新安,後又入鄂岳幕。頻《漢上逢崔八同年》云:“去歲同遊帝里春,杏花開過各離秦。”可知大中九年(855)在鄂州……此“崔尚書”係崔瑶。瑶大中九年遷鄂岳觀察使。方章

《李頻詩集編年箋注》(P. 75):《舊唐書·崔郾傳》:"子瑶……大中六年,知貢舉,旋拜禮部侍郎,出為浙西觀察使。又遷鄂州刺史、鄂岳觀察使,終於位。"參見郁賢皓《唐刺史考全編》卷一六四"江南西道·鄂州(江夏郡)"(P. 2388)。此詩當為大中十年初春,頻離開鄂州(治所在今武漢武昌區)時所作。

②【補注】一飯,用韓信貧時,漂母供其飯食典。參見卷五劉長卿《漂母墓》注②。

③【圓至】鐫骨以感恩也。

【補注】終,縱使,雖然。李商隱《籌筆驛》:"管樂有才終不忝,關張無命欲何如!"不擬,不料。

④【補注】角,古樂器名,出西北遊牧民族,鳴角以示晨昏,軍中多用作軍號。風高角,風聲使角聲傳得更遠。

⑤【磧砂】敏曰:只"一飯仍難受"一句,足使英雄墮淚無數。黔敖為粥輒嗟,來食餓者曰:"余惟不食嗟來之食,故至于此。""嗟來"猶可也,更有食人之食即當忠人之事者矣。故馮讙彈鋏,孟嘗弗聞,衆客皆笑之,毛遂自薦,錐囊相誚,及至定縱,方歎士之難知。不然漂母進食不欲望報者,庶千古來之一人,而又在婦人中矣。英雄到此,難乎?不難乎?況淹留半載,其為一飯者不知凡幾,皆如淮陰之報,勢必没齒不能。五柳先生未免有冥報之語耳。此篇次聯立言尚是虚活,然其措辭已覺愴然矣。【何焯】激昂。○落句本事未詳,有"夏口"二字,即分曉矣。○二句起將辭,正自寓,亦會有騰變時也。○老居人下,遂以乞索取憎,殊無布衣昆弟故意。然爾即不念此,豈不知我之生平未嘗肯負一飯者乎?諷諭曲折。

【補注】棲止,寄居,停留。塞鴻,塞外的鴻雁,秋季南來,春季北去。詩人身在南方,一到春天鴻雁北飛,故云。

【校勘】

[一] 何校"辭"後增"夏口"二字。

[二] 淹留已半年　全唐詩作"依仁況一年(一作淹留已半年)"。

［三］曾同　全唐詩作“同來(一作曾同)”。

［四］奏　底本作“秦”，據正統本、大系本改。

下　方①

司空圖

三［一］十年來往，中間京洛塵②。倦行今白首，歸卧已清神［二］。坡暖冬生［三］筍，松凉夏健人。更慚徵詔起，避世迹非真③。

【考證】

此詩見《全唐詩》卷六三二(P. 7243)。

【注評】

①【**圓至**】按《舊史》：巢賊亂，圖還河中，王徽表為副使，不起。召為知制誥，乃起。此詩豈赴召時作邪？

【**補注**】王濟亨、高仲章《司空圖選集注》(P. 155)：“下方：華山名剎，位于華山峪中，前行一箭之地名上方，屋宇背依山崖，面對山澗，流水清澈，環境十分肅穆幽静。再前行，經青柯坪、百尺峽、千尺幢，即可登峰造極，攀至絶頂。”祖保泉、陶禮天《司空表聖詩文集箋校》(P. 17)云，此詩為乾寧三年(896)，圖被“徵詔”為兵部侍郎時作，時圖六十歲，在華陰。詩云“三十年來往，中間京洛塵”，由乾寧三年遞推將近三十年，則為咸通九年或十年，正是圖入京應試，及第之年。據此可知舊注所加按語無憑證，應知王徽表為副使，不起，後召為知制誥，乃起，乃是光啓元年(885)二月，僖宗由蜀還京、途次鳳翔時事。當時圖纔四十九歲，不得自謂“白首”。

②【**補注**】京洛塵，陸機《為顧彦先贈婦詩二首》之一：“京洛多風塵，素衣化爲緇。”王濟亨、高仲章《司空圖選集注》(P. 155)：“中間京洛塵：風塵僕

僕奔波于京師長安和東都洛陽之間。”

③【**增注**】《論語》:“賢者避世。”“迹非真[四]”,如杜淹之隱嵩山,徼求利禄,所謂仕途之捷徑;周顒隱鍾山,後應詔為海鹽令,皆非真也。

【校勘】

［一］三　磧砂本作“二”。

［二］神　明應本作“晨”。

［三］生　圓校“一作抽”,全唐詩作“抽(一作生)”。

［四］真　底本作“負”,據正統本、大系本改。

華下送文浦①[一]

郊居謝名利,何事最相親。漸與論詩久,皆知得句新。川明虹照雨,樹密鳥衝人②。應念從今去,還來嶽下頻。

【考證】

此詩見《全唐詩》卷六三二(P. 7244),題中“文浦”作“文浦(一作涓)”。

【注評】

①【**圓至**】【**全唐詩**】《舊史》云:河北亂,圖寓華陰。

【**補注**】華下,西嶽華山之下,與末句“嶽下”同義。文浦,待考。祖保泉、陶禮天《司空表聖詩文集箋校》(P. 13、25—26)云,昭宗即位之年(889),黄河以北大亂,夏日,司空圖移居黄河南岸的華陰(其婿居華陰)避亂。此詩為圖移居華陰後作。

②【**補注**】陳伯海主編《唐詩彙評》(P. 2750):《重訂中晚唐詩主客圖》卷上:“發難顯之景如在目前,然從前人未經道得即所謂新也,不必盧仝《月

蝕》、李賀《夢天》。”

【校勘】

［一］文浦　明應本作“文涓”。

游東林寺①

黄　滔②

平生愛山水，下馬虎溪時③。已到終嫌晚，重游預作期④。寺寒三伏雨，松偃數朝[一]枝⑤。翻譯如曾見，白蓮開滿[二]池⑥。

【考證】

此詩見《全唐詩》卷七〇四(P. 8099)。

【注評】

①**【增注】**在江州，晉武帝時慧遠法師見廬山愛之，於山東建此寺。

【補注】東林寺，在廬山，參見卷六孟浩然《晚泊潯陽望爐峰》注⑤。

②**【圓至】**乾寧二年進士。**【增注】**字文江，興化軍人。光化中御史，《唐書》云光化四門博士。

【補注】吴在慶撰《中國文學家大辭典·唐五代卷》(P. 679)“黄滔”條云，滔(840？—？)，字文江，泉州莆田(今屬福建)人。困舉場二十餘年，至乾寧二年方登進士第。光化中，任四門博士。天復元年，應王審知辟，以監察御史里行充威武軍節度推官。王審知之據有全閩，頗得滔規正之力。滔工詩文，尤擅律賦。時金石志銘及國中大著作，多為其所草。洪邁稱“其文贍蔚有典則，策扶教化；其詩清淳豐潤，若與人對語，和氣鬱鬱，有貞元、長慶風概”(《黄御史集序》)。滔交遊頗廣，與羅隱、林寬、崔道融、徐寅、翁承贊等尤善，迭有唱酬。時中原板蕩，文士如韓偓、王滌、崔道融輩多南奔依王審知，閩中文學之盛，可稱空前，此與黄滔之援引招徠，不無關係。《新唐書·藝文志》著録《黄滔集》十五卷、《泉山秀句集》三十卷，後者乃其所編自武德至天祐末閩中詩人之詩。《宋史·藝文志》則記其《編略》十卷、《莆陽黄御史集》二卷。《全唐詩》卷七〇四至七〇六編其詩為三卷。

③【增注】虎溪，在江州彭澤縣南。慧遠居廬山，送客至虎溪，虎輒鳴號。

【補注】虎溪，參見卷六孟浩然《晚泊潯陽望爐峰》注④。

④【何焯】次連頓挫曲折，極饒情味。

【補注】終，終究，畢竟。《墨子·天志中》："欲以此求賞譽，終不可得。"

⑤【增注】《陰陽書》："夏至後第三庚日為初伏，第四庚為中伏，秋第一庚為末伏。"〇數朝，晉、宋、齊、梁、陳、隋、唐也。【何焯】松聲瑟瑟，常如雨集，五、六虚實蹉對。

【補注】三伏，是一年中最熱的時候。偃，傾覆。暗用玄奘從西域歸來前，舊所居房前松改變偃覆方向以預兆典。參見卷五李洞《送僧還南海》注⑤。陳伯海主編《唐詩彙評》(P. 2956)：《瀛奎律髓彙評》卷四七"釋梵類"：方回："黄滔何人？此詩三、四，舉唐人無此淡而有味之作。五、六佳。"

⑥【圓至】《廬山記》：謝靈運即東林翻《涅槃[三]經》，且鑿臺，植蓮池中。詩意謂：見白蓮猶見靈運。【何焯】以多生結習收轉發端。〇落句以謝公山水自負，就東林故實收足前六句意。〇此詩結句真躍出拘攣之外，伯弢顧不能知。

【補注】陳伯海主編《唐詩彙評》(P. 2956)：《删補唐詩選脉箋釋會通評林·五言律詩·晚唐》：周珽："珽以詩人觸景感情，因興成詠，何必究物之有無，人之在否？細玩'如曾'二字，即云：此白蓮之池，舊為翻經之所，今遊其地，想像其時，恍然身處神越，如曾見白蓮開滿池中者乎？"

【校勘】

[一] 數朝　何校"數朝，記集作六朝，數字活"。

［二］滿　全唐詩作“舊”。

［三］涅槃　底本作“涅盤”，據詩説本、正統本、明應本改。

已前共二十首

送僧還嶽①

周　賀②

辭僧下水栅③［一］，因聽［二］嶽鍾聲④。遠路［三］獨歸寺，幾時重到城。風高寒木［四］落，雨絶［五］夜堂清⑤。自説深［六］居後⑥，鄰州亦不行。

【考證】

此詩見《全唐詩》卷五〇三（P. 5721），題中“嶽”前有“南”字。

【注評】

①**【補注】**嶽，一作南嶽，則指位于湖南中部的衡山。参見卷四賈島《酬慈恩文郁上人》注⑥。

②**【圓至】**初為僧，曰清塞。寶曆中姚合見其詩，大愛之，因加冠冕。**【增注】**初為僧，曰清塞。唐人詩云“兔滿期姚監，蟬［七］稀别塞公”，想姚合同時人也。

【補注】吴企明撰《中國文學家大辭典・唐五代卷》（P. 509）“周賀”條云，賀（生卒年不詳），字南卿，東洛（今河南洛陽市）人。客南徐三年。曾隱嵩陽少室山，後居廬嶽為僧，法號清塞。大和末，姚合任杭州刺史，愛其詩，命還初服。晚年曾出仕，然仕履未詳。賀工詩，與賈島、無可齊名，王定保稱其詩“詩格清雅”（《唐摭言》卷一〇《海叙不遇》）。張為《詩人主客圖》列為“清奇雅正主”李益之入室者。與姚合、賈島、方干等人友善、唱酬。《新唐書·藝文志》著録《周賀詩》一卷。《全唐詩》卷五〇三編其詩為一卷。

③【補注】水棚,為了方便旅客上下船,臨水而搭的篷架或簡陋小屋。

④【補注】此句寫意中之景,謂詩人送別歸來,仿佛聽到了僧友所赴衡岳山寺的鐘聲,既寫僧之歸寺,又襯己之相思,喚起下聯。

⑤【補注】雨絶,猶雨停。絶,停止。《禮記·雜記下》:“當袒,大夫至,雖當踊,絶踊而拜之。”孔穎達疏:“絶踊而拜之者,主人則絶止踊而拜此大夫也。”

⑥【補注】深居,幽居,不跟外界接觸。《淮南子·人間訓》:“聖人深居以避辱。”

【校勘】

[一] 棚　全唐詩作“栅(一作棚)”。

[二] 聽　全唐詩作“夢(一作聽)”。

[三] 路　全唐詩校“一作客”。

[四] 寒木　全唐詩作“寒(一作木)葉”。

[五] 絶　磧砂本作“細”。

[六] 深　全唐詩校“一作溪”。

[七] 蟬　底本、正統本作“禪”,據大系本改。

送人歸[一]蜀①

馬　戴②

別離楊柳陌,迢遞蜀門行③。若聽清猿後,應多白髮生④。虹蜺[二]侵棧道⑤,雨雪[三]雜江聲⑥。過盡愁人處,煙花是錦城⑦。

【考證】

此詩見《全唐詩》卷五五五(P. 6434—6435),題中"歸"作"遊"。

【注評】

①**【補注】**蜀,古族名、國名,分佈在今四川西部。後泛指今四川一帶。參見卷二熊孺登《湘江夜泛》注③。

②**【圓至】**會昌四年進士。**【增注】**字虞臣,會昌中進士第,太學博士。大中初為太原李司空幕下掌書記,以正言被斥,貶朗州龍陽尉。

【補注】吴在慶撰《中國文學家大辭典·唐五代卷》(P. 21)"馬戴"條云,馬戴(生卒年不詳),字虞臣,《唐才子傳》卷七謂其為華州(今陝西渭南市華州區)人,恐誤。舉進士屢不第,嘗寓居華山。會昌四年,方與項斯、趙嘏同榜擢進士第,俱有盛名。大中初,為太原軍幕府掌書記,以正言被斥,貶朗州龍陽尉。官終國子博士。戴善詩,與姚合、賈島、殷堯藩、顧非熊諸人友善、唱酬。其詩以五律為主,格調壯麗,佳作頗多。張為《詩人主客圖》列為"清奇雅正主"李益之升堂者。《新唐書·藝文志》著録《馬戴詩》一卷。今人楊軍、戈春源有《馬戴詩注》(上海古籍出版社 1987 年版)。

③**【補注】**陌,道路。《文選》卷三〇沈約《學省愁卧一首》:"秋風吹廣陌,蕭瑟入南闈。"李善注引《廣雅》:"陌,道也。"《詩經·小雅·采薇》:"昔我往矣,楊柳依依。"唐人有折柳送别俗。迢遞,遥遠貌。蜀門,即劍門,在四川省劍閣縣北。山勢險峻,古為戍守之處。亦代稱蜀地。杜甫《木皮嶺》:"季冬攜童稚,辛苦赴蜀門。"參見卷六李端《送鄭宥入蜀》注④。

④**【何焯】**次連於"送人歸"不合,賴末句救轉。

【補注】聽清猿,入蜀走水路經過三峽,兩岸多猿,啼聲悲切。《水經·江水注》載漁者歌曰:"巴東三峽巫峽長,猿鳴三聲淚沾裳。"參見卷三高適《送王李二少府貶潭峽》注④。陳增傑《唐人律詩箋注集評》(P. 886):"'若''應'呼接,如為行人作設身處地想者,語尤親切。'清'借為'青',以與'白'成顔色對。"

⑤**【圓至】**大安軍棧道連空,天下至險。又利州至三泉橋,棧閣共一萬

九千三百十八間，護險偏闌共四萬七千七百三十四間。此詩下句言“雨雪”，不應有“虹蜺”。然杜公《石龕》詩亦曰“仲冬見虹蜺”，蓋蜀土之候也。**【增注】**虹蜺，雄曰虹，雌曰蜺。即《詩》之《蝃蝀》注：“陰陽之氣交映日而見，故朝西而暮東。”○棧道，編竹為閣道也。

【補注】虹蜺，又名蝃蝀。為雨後或日出、日没之際天空中所現的七色圓弧。虹蜺常有内外二環，内環稱虹，也稱正虹、雄虹；外環稱蜺，也稱副虹、雌虹或雌蜺。宋玉《高唐賦》：“仰視山巔，肅何芊芊，炫燿虹蜺。”棧道，在險絶處傍山架木而成的一種道路。《史記・高祖本紀》：“楚與諸侯之慕從者數萬人，從杜南入蝕中。去輒燒絶棧道，以備諸侯盜兵襲之，亦示項羽無東意。”司馬貞索隱引崔浩曰：“險絶之處，傍鑿山巖，而施版梁爲閣。”《戰國策・秦策三》：“棧道千里於蜀、漢。”

⑥ **【何焯】**中四句皆是“愁”。

【補注】陳增傑《唐人律詩箋注集評》(P. 886)：“二句寫蜀道險景如畫，‘侵’字、‘雜’字都用得精切。”《重訂中晚唐詩主客圖》卷下：“或問：‘何不學老杜而學中晚？’曰：‘詩看此等，正是與杜同撰力。’”

⑦ **【圓至】**《益州記》：“錦城在州南笮[四]橋東、江南岸。”**【增注】**錦城，成都府西城，江山明媚，錯華如錦，故[五]曰錦城。**【何焯】**“盡”字應“迢遞”。

【補注】愁人處，謂入蜀道路之艱難。李白有《蜀道難》，可以參讀。煙花，泛指綺麗的春景。李白《黄鶴樓送孟浩然之廣陵》：“故人西辭黄鶴樓，煙花三月下揚州。”錦城，即錦官城。故址在今成都市南。成都舊有大城、少城。少城古為掌織錦官員之官署，因稱錦官城。後用作成都的别稱。《華陽國志・蜀志》：“其道西城，故錦官也。”《初學記》卷二七引《益州記》：“錦城在益州南笮橋東流江南岸，蜀時故錦宫(官)也。”

【校勘】

[一] 歸　何校“遊”：“《衆妙集》作‘遊蜀’為是”。

[二] 蜺　磧砂本、全唐詩作“霓”。

[三] 雨雪　全唐詩作“風雨(一作雨雪)”。

［四］笮　底本、詩説本、正統本、明應本作"竹作"，據《初學記》(P. 655)改。

［五］故　底本、正統本脱，據大系本補。

經周處士故居①

方　干

愁[一]吟與[二]獨行，何事不關[三]情。久立釣魚處，惟聞啼鳥聲②。山蔬[四]和雨歇[五]，海樹入籬[六]生。吾在兹溪上，懷君恨不平。

【考證】

此詩見《全唐詩》卷六四八(P. 7443—7444)。

【注評】

①**【補注】**處士，指有道德、學問而隱居不仕之士。周處士，待考。

②**【何焯】**"故居"。

【校勘】

［一］愁　磧砂本作"悲"。

［二］與　底本殘缺，據元刊本、正統本、明應本、磧砂本、高本、四庫本、全唐詩補。

［三］關　全唐詩作"傷(一作關)"。

［四］蔬　高本、四庫本作"花"。

［五］雨歇　全唐詩作"草嫩(一作雨歇)"。

［六］籬　元刊本、磧砂本、高本、四庫本作"雲"，全唐詩校"一作雲"。

送人歸山

石　召[①]

相逢惟道在，誰不共知貧[②]。歸路分殘雨，停舟別故人。霜明松嶺曉，花暗水[一]房春。亦有棲閑意，何年可寄身[③]。

【考證】

此詩見《全唐詩》卷七七七(P. 8802—8803)。

【注評】

①【**補注**】陳尚君撰《中國文學家大辭典・唐五代卷》(P. 109)"石召"條云，召(世次不詳)，《全唐詩》卷七七七收此詩及《早行遇雪》，後者出自《萬首唐人絶句》卷一〇〇。

②【**補注**】《論語・衛靈公》："子曰：'君子謀道不謀食。耕也，餒在其中矣；學也，禄在其中矣。君子憂道不憂貧。'"

③【**補注**】棲閑，猶閑居。張九齡《出為豫章郡途次廬山東巖下》："棲閒義未果，用拙歡在今。"陳伯海主編《唐詩彙評》(P. 3052)：《删補唐詩選脉箋釋會通評林・五言律詩・晚唐》：周珽："有道足重，貧原何病？田(由)相送還思所與，相依松竹，道友心期，太(大)率如此。"

【校勘】

[一] 水　元刊本、明應本、磧砂本、高本、四庫本、全唐詩作"竹"。

送友人歸宜春[①]

張　喬

落花兼柳絮，無處不紛紛[②]。遠道空歸去，流鶯獨自聞[③]。野橋喧碓[一]水④，山郭入樓雲⑤。故里南陵[二]曲，秋期更送君⑥。

【考證】

此詩見《全唐詩》卷六三八(P. 7311)，題中"歸宜春"作"往(一作歸)宜春(一作江南)"；又見卷五四二(P. 6257)，屬紀唐夫。佟培基《全唐詩重出誤收考》(P. 414)云，此詩《又玄集》卷下、《才調集》卷九、《唐詩紀事》卷七〇作張喬。

【注評】

①**【增注】**宜春，春秋屬吴，戰國屬楚，秦九江郡，漢宜春縣，晉宜陽，隋為袁州，唐袁州宜春郡屬江南道，今屬江西道。

【補注】宜春縣，西漢高帝六年置，屬豫章郡。治所即今江西宜春市。《太平寰宇記》卷一〇九"江南西道七・袁州・宜春縣"："縣側有暖泉從地湧出，夏冷冬暖，清澄若鏡，瑩媚如春，飲之宜人，故名宜春縣。"三國吴寶鼎二年改屬安成郡。西晉太康元年以避太后諱，改名宜陽縣。隋開皇十一年于縣置袁州，移宜陽縣于袁州(今宜春市)東五里。十七年復改為宜春縣。唐武德四年仍移治今宜春市，為袁州治。

②**【何焯】**發端暗藏下第。

【補注】唐進士試一般在二月放榜，正是落花、柳絮紛紛亂飛之際，故以之喻舉子下第。

③**【何焯】**帶出"送"字。

④**【增注】**碓，舂具。伏羲製杵臼之利，後世加巧，借身踐碓而利十倍，則碓起於杵臼之遺法也。**【何焯】**兼表[三]"秋期"。

【補注】碓，舂米的工具，可用水力。參見白居易《尋郭道士不遇》注⑥。

⑤**【補注】**山郭，山城。

⑥**【圓至】**南陵，屬宣州。喬初隱九華，後寓居長安延興門外。詩意謂：我亦思故里，况復送君？喬居延興門，見《鄭谷詩集》。**【磧砂】**謙曰：此篇前

三聯總只言歸路之景，惟次聯上句略涉言情而情在景中矣，至結方是送歸意。謀篇更有變化。**【何焯】**五、六暗藏夏課，脱卸“秋”字，結句却以送來收足送去，點破前半託興之意，非常工變。詩律到此，後人何處摸索也。

【補注】南陵，縣名。南朝梁普通六年置，為南陵郡治。治所在赭圻城(今安徽蕪湖市繁昌區西北三十里赭圻嶺北麓)。以南陵戍為名。隋屬宣城郡。唐屬宣州，長安四年移治青陽城，即今南陵縣治。末句謂秋時家人送君赴長安準備再試。參見姚合《送崔約下第歸揚州》注④。

【校勘】

［一］碓　全唐詩作“磓”。

［二］南陵　何校“南陔”：“宋刻集本作南陔。胡震亨云南陵當作南陔，謂復充賦也”，全唐詩作“南陵(一作陔)”。

［三］表　底本、瀘州本作“券”，據文意改。

已前共五首

秋日別王長史①

王　勃②

別路千餘[一]里，深恩重百年③。正悲西候日④，更動北梁篇⑤。野色籠寒霧，山光斂暮煙⑥。終知難再奉[二]，懷德自潸然⑦。

【考證】

此詩見《全唐詩》卷五六(P. 678)。

【注評】

①**【補注】**長史，郡府官，掌兵馬。唐制，上州刺史別駕下，有長史一人，

從五品。参見卷五王維《送楊長史赴果州》注①。王長史,待考。

②【圓至】絳州人。【增注】字子安,絳州龍門人。著作[三]郎王福時之子,三人勔、勮、勃[四]皆有材[五]名,杜易簡稱為三株樹。勃高宗時對策高第,未冠授朝散郎,後補虢州參軍,坐罪除名。其父因左遷交趾令,勃往省,渡海溺水,痿而死,時年二十九。

【補注】金濤聲撰《中國文學家大辭典・唐五代卷》(P. 40)"王勃"條云,勃(650—676?),字子安,絳州龍門(今山西河津)人,郡望太原祁縣(今屬山西晉中)。隋末大儒王通孫。早慧好學,九歲讀顏師古注《漢書》,撰《指瑕》十卷以擿其失。麟德元年上書劉祥道,劉表薦于朝,三年應幽素科舉,對策高第,授朝散郎。後為沛王府侍讀,時諸王鬥雞,勃于總章二年戲為《檄英王雞文》,為高宗所惡,被逐出府。遂南遊巴蜀。友人凌季友時為虢州司法,盛稱弘農藥物,乃求補虢州參軍。勃恃才傲物,為同僚所嫉。咸亨五年,因匿殺官奴曹達事,犯死罪,遇赦革職。其父王福疇時為雍州司户参軍,亦受累貶為交趾令。上元二年,勃赴交趾探親,途經南昌,作《秋日登洪府滕王閣餞别序》。自交趾返時,渡海溺水而卒。勃屬文,初不精思,先磨墨數升,則酣飲,引被覆面而卧,及寤,援筆成篇,不易一字,時人謂之腹稿。其所作,楊炯譽為"壯而不虚,剛而能潤,雕而不碎,按而彌堅"(《王勃集序》),于糾正當時文壇積弊,頗有積極作用。于詩尤擅五律,胡應麟稱其"興象婉然,氣骨蒼然,實首啓盛、中妙境"(《詩藪・内編》卷四)。勃與楊炯、盧照鄰、駱賓王以文詞齊名,海内稱為"王楊盧駱",亦號"初唐四傑"。原集有二十卷本、三十卷本。清人蔣清翊有《王子安集注》(上海古籍出版社 1995 年版)。今人聶文鬱有《王勃詩解》(青海人民出版社 1980 年版),何林天有《重訂新校王子安集》(山西人民出版社 1990 年版)。

③【何焯】"懷德"。

④【圓至】西候,秋日也。杜公云:"西候别君初。"【何焯】伏"潸然"。

【補注】蔣清翊《王子安集注》(P. 89):"西候,斗杓建西之候。"即秋日。

⑤【圓至】江淹《别賦》曰:"訣北梁兮永辭。"張銑曰:"北梁,分别之地。"

【補注】北梁,在北邊的橋,古多指送别之地。

⑥【何焯】二句暗透惜别。

⑦【補注】奉,侍奉,侍候。懷德,感念恩德。《尚書·洛誥》:"王伻殷乃承敘萬年,其永觀朕子懷德。"

【校勘】

［一］千餘　高本、四庫本作"餘千"。

［二］奉　磧砂本作"會"。

［三］著作　底本作"箸作",據正統本、大系本改。

［四］三人勔勵勃　大系本作"與二兄勔勵"。

［五］材　底本作"村",大系本作"才",據正統本改。

汝墳别業[①]

祖　詠

失路農為業,移家到汝墳[②]。獨愁常廢卷,多病久離群[③]。鳥雀垂窗柳,虹蜺[一]出澗雲[④]。山中無外事,樵唱有時聞[⑤]。

【考證】

此詩見《全唐詩》卷一三一(P. 1334)。

【注評】

①【圓至】汝墳,今潁州。【增注】汝水名。墳,水厓也。漢汝陰縣,王莽改汝墳,唐汝陰屬潁州,褒信屬蔡州。

【補注】汝墳,原指古汝水之堤岸。《詩經·周南·汝墳》:"遵彼汝墳,伐其條枚。"毛公傳:"汝,水名也。墳,大防也。"北齊改昆陽縣置汝墳縣,為漢廣郡治,治所在今河南葉縣東北十五里。北周為德廣郡治。隋屬潁川郡。唐貞觀元年廢。别業,古代于正式住宅之外,建在風景幽雅之處的居室。傅璇琮撰《唐才子傳校箋》第1册(P. 209)"祖詠"條謂,王翰于張説罷相(開元十四年四月)後出為汝州長史,又改仙州别駕,與詠等常詩酒唱和,詠亦有《汝墳秋同仙州王長史翰聞百舌鳥》。據此,則詠移居汝墳或在開元二十年(732)前後,詩應為此時所作。

②【補注】失路,喻指不得志。揚雄《解嘲》:"當塗者入青雲,失路者委溝渠。"《馬茂元説唐詩·唐詩札叢·祖詠生平考略》(P. 105)謂詠開元十二年(724)登進士第。芮挺章于天寶三載(744)編《國秀集》,選録詠詩二首,尚題作"進士祖詠"。則至是歷二十年,猶未釋褐,其困頓可想。後雖曾入仕,但又遭遷謫。王維《贈祖三詠》:"貧病子既深,契闊余不淺。"因仕途坎坷,詠移家汝墳,隱居而終。業,事務,職業。《國語·周語上》:"庶人、工、商各守其業,以共其上。"詠另有《歸汝墳山莊留别盧象》云:"淹留歲將〔晏〕(宴),久廢南山期。舊業不見棄,還山從此辭。漚麻入南澗,刈麥向東菑。對酒雞黍熟,閉門風雪時。"

③【補注】獨,唯獨。廢卷,放下書。這裏謂因農事等耽擱而中止閱讀。《新唐書·馬周傳》:"臣每讀前史,見賢者忠孝事,未嘗不廢卷長想,思履其迹。"離群,即離群索居,離開衆人、夥伴過着孤獨的生活。《易·乾》:"上下無常,非爲邪也;進退無恒,非離群也。"孔穎達疏:"何氏云:所以進退無恒者,時使之然,非苟欲離群也。"

④【圓至】《筆談》曰:"世傳虹蜺入溪澗飲水,信然。"

【補注】謝靈運《登池上樓詩》:"狗禄反窮海,卧痾對空林。衾枕昧節候,褰開暫窺臨……池塘生春草,園柳變鳴禽。"虹蜺,雨後或日出、日没之際天空中所現的七色圓弧。内環稱虹,外環稱蜺。參見卷六馬戴《送人歸蜀》注⑤。

⑤【補注】外事,謂世俗之事。樵唱,樵夫唱的歌。盧照鄰《奉使益州至長安發鍾陽驛》:"平川看釣侶,狹徑聞樵唱。"

【校勘】

［一］蜺 全唐詩作“霓”。

宣州使院别韋應物①

劉長卿

白雲乖始願，滄海有微波②。戀舊争趍府，臨危欲負戈③。春歸花殿暗，秋[一]傍竹房多④。耐可機心息⑤，其如羽檄何⑥。

【考證】

此詩見《全唐詩》卷一四八（P. 1512），題作《赴宣州使院夜宴寂上人房留辭前蘇州韋使君》。

【注評】

①【增注】宣州，春秋屬吴，後屬越，戰國屬楚，秦置彰郡，漢改丹陽郡，東漢宣城郡，隋改宣州，宣城郡屬江南道，宋寧國府，今屬江東道。

【補注】本集題同《全唐詩》。儲仲君《劉長卿詩編年箋注》（P. 205）和楊世明《劉長卿集編年校注》（P. 225）皆認為韋使君為韋之晉。楊世明云，上元二年（761）春北歸餘干作。宣州使院，指浙西觀察（節度）使院。據《舊唐書・肅宗本紀》及《新唐書・方鎮表》，“此年浙西觀察（節度）使由蘇州徙治宣州。宣州刺史、浙西節度使為季廣琛。長卿貶前原屬浙西治下，故今得赴宣州，受浙西使院調遣。前蘇州韋使君，參考集中《首夏干越亭奉餞韋卿使君赴婺州序》，謂‘公之在吴，值欃槍構戾’，則此韋使君在任前曾抵禦劉展之亂。按獨孤及有《豫章冠蓋盛集記》，記上元二年正月江南諸鎮會集豫章，目的是‘敦同盟戮力之義，圖靖難勤王之舉’，即合力討伐劉展。又云‘蘇州刺史韋公之晉至自吴’。可見長卿詩文中所謂‘前蘇州韋使君’，即此韋之晉。韋來豫章後,蘇州刺史隨即易人,韋移任婺州,於是乃更有詩文送之。此詩似亦作于餘干,以長卿南謫後家小當留居于此也"。二人考辨精審,其説可從。這里題云"韋應物",或為本書編者或版刻者妄改。又儲仲君云:"寂上人,戎昱有《寂上人禪房》詩(《全唐詩》卷二七〇),貞元中任職江西時作,當為餘干僧人。"

②【何焯】五、六亦所謂"緑陰生晝寂"也,儘足息機以償始願,其如海波尚揚何! 激越。中極深靚。

【補注】白雲,隱居生活的象徵。陶弘景《詔問山中何所有賦詩以答》:"山中何所有? 嶺上多白雲。只可自怡悦,不堪持寄君。"乖,違背。楊世明《劉長卿集編年校注》(P. 225)云:"'白雲'句:謂不得隱居遂初也……'滄海'句:指劉展之亂。"本集《首夏干越亭奉餞韋卿使君公赴婺州序》:"波動滄海,塵飛金陵。"

③【補注】儲仲君《劉長卿詩編年箋注》(P. 206):負戈,指從軍。杜弢《遺應詹書》:"負戈前驅。"楊世明《劉長卿集編年校注》(P. 225)云,指參加平亂戰争。

④【補注】楊世明《劉長卿集編年校注》(P. 225):"花殿:花木掩映的佛殿。"

⑤【圓至】本集題云《宣州使院夜宴寂上人留别韋使君》,故詩首有"白雲"之語及息機之句,皆對寂公發也。【增注】馬援回首往事,甘自息機。杜詩:"回首風塵甘息機。"

【補注】耐可,寧可、願得。薛嵎《寄公衮舍弟》:"余生百計拙,耐可事清吟。"機心,巧詐之心,機巧功利之心。《莊子・天地》:"吾聞之吾師,有機械者必有機事,有機事者必有機心。"成玄英疏:"有機動之務者,必有機變之心。"

⑥【圓至】魏武帝奏事曰:"若有急則將羽加於檄,謂之羽檄。"【增注】檄,《漢書》:"以木簡為書,以徵召也。"

【補注】羽檄,古代軍事文書,插鳥羽以示緊急,必須迅速傳遞。《史記・韓信盧綰列傳》:"吾以羽檄徵天下兵。"裴駰集解:"魏武帝《奏事》曰:

‘今邊有小警，輒露檄插羽，飛羽檄之意也。’駰案：推其言，則以鳥羽插檄書，謂之羽檄，取其急速若飛鳥也。”其如……何，怎奈，奈何。

【校勘】

［一］秋　全唐詩校“一作寒”。

送陸潛夫延陵[一]尋友①

皇甫冉

登山自補屐②，訪友不齎粮③。坐歇青松[二]晚，行吟白日長。人煙隔水見，草氣入林香。誰作招尋侶，清齋宿紫陽④。

【考證】

此詩見《全唐詩》卷二五〇（P. 2818—2819），題首多“又”字，題中“延陵”作“茅山”。

【注評】

①**【增注】**唐潤州延陵郡，本吴季子采邑。

【補注】陸潛夫，即陸邃。冉另有《賦長道一絶送陸邃潛夫》，序云：“頃者江淮征鎮屢有掄材之舉，子不列焉，有司之過。”延陵，縣名。西晉太康二年析曲阿縣延陵鄉置，屬毗陵郡。治所在今江蘇丹陽市西南三十五里延陵鎮。隋開皇九年移治京口（今江蘇鎮江市），屬江都郡。唐武德三年改為丹徒縣，並于今丹陽市西南延陵鎮復置延陵縣，屬潤州。

②**【圓至】**謝靈運着木屐登山。

【補注】屐，木製的鞋，底大多有二齒。參見卷二薛能《遊嘉陵後溪》注②。

③【補注】齎糧,帶糧。此句暗指時世太平,物産豐盈。《新唐書·食貨志一》:"貞觀初,户不及三百萬,絹一匹易米一斗,至四年,米斗四五錢,外户不閉者數月,馬牛被野,人行數千里不齎糧,民物蕃息,四夷降附者百二十萬人。是歲,天下斷獄,死罪者二十九人,號稱太平。"玄宗時,"海内富實,米斗之價錢十三,青、齊間斗纔三錢,絹一匹錢二百。道路列肆,具酒食以待行人,店有驛驢,行千里不持尺兵"。

④【圓至】紫陽觀,在延陵。按,劉長卿亦有《同李延陵宿紫陽觀侯尊師草堂》詩。

【補注】招尋,邀約尋求。李白《贈臨洺縣令皓弟》:"終期龍伯國,與爾相招尋。"清齋,清潔的齋飯。紫陽,紫陽觀。在今江蘇省句容市茅山,與延陵毗鄰。相傳爲晉代許詢之舊居,乃道教七十二福地之一。參見徐鉉《茅山紫陽觀碑銘并序》。

【校勘】

[一] 何校"延陵,一作茆山"。

[二] 歇青松　全唐詩作"嘯(一作歇)青楓(一作松)"。

夏夜西亭即事①[一]

耿　湋[二]

高亭賓客散,暑夜最[三]相和②。細汗凝[四]衣集,微凉待扇過。風還池色定,月晚樹陰多③。遥想隨行者④,珊珊動曉珂⑤。

【考證】

此詩見《全唐詩》卷二六八(P. 2984),題末多"寄錢員外"四字。

【注評】

①【補注】即事,就當前的事物、情景而寫作。

②【補注】最,一作醉,是。若謂"最相和",則猶謂風景最為宜人,這樣就與頷聯抵牾了。而"醉相和",是説醉中和友人之詩,與"賓客散"呼應,意脈更暢。

③【補注】此聯謂風停之後,池中的倒影逐漸清晰、穩定;月亮快要落下去了,樹陰也慢慢拉長,仿佛增多了,蓋相對于午夜月光直射時樹陰最小而言,足見詩人觀察之細緻入微。

④【圓至】隨行,隨朝行者。

【補注】隨行,跟着衆人行走,這裏指列班上朝。

⑤【何焯】次第好。

【補注】珊珊,形容馬勒聲。珂,白色似玉的美石;一説為螺屬,貝類。相擊有聲,常作馬勒的飾物。這裏借指馬勒。《玉篇・玉部》:"珂……石次玉,亦碼碯白如雪者。一云螺屬。"《爾雅翼・釋魚》:"貝……大者爲珂,黄黑色,其骨白,可以飾馬。"《初學記》卷二二引服虔《通俗文》:"凡勒飾曰珂。"

【校勘】

[一] 何校題後增"寄錢員外"四字(瀘州本脱)。

[二] 耿湋 底本、元刊本、正統本、明應本、高本、四庫本作"耿緯",據磧砂本、全唐詩改。

[三] 最 磧砂本、何校、全唐詩作"醉"。

[四] 凝 全唐詩作"迎(一作凝)"。

庭春

姚合

塵中主印吏,誰遣有高情①。趁暖簷前坐②,尋芳樹底行。土融凝野[一]色，冰敗滿池聲[③]。漸覺春相泥，朝來睡不輕[④]。

【考證】

此詩見《全唐詩》卷四九八(P. 5664)，為《遊春十二首》之四。

【注評】

①**【補注】**塵中，塵世之中。主印，掌印，指擔任官職。姚合《武功縣中作三十首》之二十七："主印三年坐，山居百事休。"遣，使，讓。《齊民要術・雜説》："次耕餘地，務遣深細。"高情，高隱、超然物外之情。孫綽《游天台山賦》："釋域中之常戀，暢超然之高情。"

②**【補注】**趁，追求，尋取。《齊民要術・雜説》："不得趁多。"

③**【何焯】**"冰敗滿池聲"，非至北方不知為佳句。

④**【補注】**泥，軟求，軟纏。元稹《遣悲懷三首》之一："顧我無衣搜畫篋，泥他沽酒拔金釵。"相泥，相纏。吴河清《姚合詩集校注》(P. 302)："泥：迷戀，留戀。"不符合語法。朝來，早晨。《世説新語・簡傲》："西山朝來，致有爽氣。"

【校勘】

[一] 野　全唐詩作"墅(一作野)"。

新　春

官卑長少事[①]，縣僻又無城。未曉衝寒起[②]，迎春忍病行。樹枝風掉[一]軟[③]，菜甲土浮輕[④]。最好[二]林間鵲[三]，今朝足喜聲[⑤]。

【考證】

此詩見《全唐詩》卷四九八(P. 5664),為《遊春十二首》之二。

【注評】

①**【補注】**官卑,官職低微。

②**【補注】**銜寒,冒着寒冷。杜甫《小至》:"山意銜寒欲放梅。"

③**【補注】**掉,擺動,搖動。《文選》卷九揚雄《長楊賦》:"戛擊鳴球,掉八列之舞。"李善注引賈逵《國語注》曰:"掉,搖也。"此句謂樹枝在春風的頻繁吹動下變得柔軟起來。此義現代漢語中還有保留,如"尾大不掉""掉臂而行"。風掉,一本誤作風棹。劉衍《姚合詩集校考》(P. 77)和吴河清《姚合詩集校注》(P. 300)皆未校正,後者注云:"風棹:風中行駛的船。"誤。

④**【補注】**甲,植物某些部分的外層,如種皮、花萼、果實外殼等,這裏指蔬菜種子的外殼。《易・解》:"雷雨作而百果草木皆甲坼。"《周易鄭康成注・解》曰:"皮曰甲。"《齊民要術・大豆》:"夏至後二十日尚可種。戴甲而生,不用深耕。"此句謂蔬菜種子頂着果殼剛剛從土裏冒出來。

⑤**【補注】**吴河清《姚合詩集校注》(P. 301):"喜聲:民俗以鵲鳴聲兆喜。《禽經》:'靈鵲兆喜。'張華注:'鵲噪則喜生。'"韓愈、李正封《晚秋郾城夜會聯句》:"室婦歎鳴鸛,家人祝喜鵲。"

【校勘】

［一］掉　正統本、明應本作"棹"。

［二］最好　全唐詩作"好箇(一作最好)"。

［三］鵲　底本、正統本、明應本作"鶴",據元刊本、磧砂本、高本、四庫本、全唐詩改。

已前共七首

晚春答嚴少尹諸公見過①

王　維

松菊荒三徑②，圖書共五車③。烹葵邀上客④，看竹到貧家⑤。雀[一]乳先春草，鶯啼過落花。自憐黄髮暮，一倍惜年華⑥。

【考證】

此詩見《全唐詩》卷一二六(P. 1276)，題中無"答"字，"諸公"前有"與"字。

【注評】

①**【補注】**見過，謙辭，猶來訪。陳鐵民《王維集校注》(P. 492)：此詩為王維乾元元年(758)三月在京任中書舍人時作。"嚴少尹：即嚴武，兩《唐書》有傳。武自至德二載(七五七)九月至乾元元年六月官京兆少尹。少尹，唐京兆、河南、太原等府，各置尹(正長官)一員，從三品；少尹(副長官)二員，從四品下。"

②**【圓至】**陶淵明："三徑就荒，松菊猶存。"

【補注】三徑，《三輔决録》卷一："蔣詡歸鄉里，荆棘塞門，舍中有三徑，不出，惟求仲、羊仲從之遊。"後因以"三徑"指歸隱者的家園。

③**【圓至】**《莊子》曰："惠施多方，其書五車。"

④**【增注】**葵，菜也。

【補注】陳鐵民《王維集校注》(P. 492)：上客，尊貴的客人。宋玉《諷賦》："上客無乃飢乎，爲臣炊雕胡之飯，烹露葵之羹，來勸臣食。"沈約《詠菰詩》："匹彼露葵羹，可以留上客。"

⑤**【補注】**陳鐵民《王維集校注》(P. 357)：看竹，《晉書・王徽之傳》："時吴中一士大夫家有好竹，欲觀之，便出坐輿造竹下，諷嘯良久。主人灑

掃請坐,徽之不顧。將出,主人乃閉門,徽之便以此賞之,盡歡而去。嘗寄居空宅中,便令種竹。或問其故,徽之但嘯詠,指竹曰:‘何可一日無此君邪!’”事又見《世説新語·簡傲》。

⑥【增注】《詩》:“黄髮台背。”注:“老人髮白而黄。”【何焯】前後不甚相關,似有自欲習静不喜人過之意。

【校勘】

[一]雀 全唐詩作“鵲”。

送王正字山寺讀書①

李嘉祐

欲究先儒教,還過支遁居②。篠[一]堦閑聽法,竹寺[二]獨看書③。向日荷新卷,迎秋柳半踈。風流有佳句,不[三]似帶經鋤④。

【考證】

此詩見《全唐詩》卷二〇六(P. 2149)。

【注評】

①【增注】正字,刊正文字,後漢初置秘書監,掌文字考合同異,至齊集書省有正書、秘書省有正字,隋唐因之。

【補注】正字,官名。南齊集書省所屬有正書,北齊改為正字,屬秘書省。掌讎校典籍,勘正文字,隋、唐沿置。地位略次于校書郎,唐制,校書郎正九品上,正字正九品下。又唐集賢院亦置正字。王正字,待考。唐人有在山林寺院讀書習業之風尚。

②【圓至】晉高僧支遁,字道林。

【補注】究,研究、探求。《詩經·小雅·常棣》:"是究是圖,亶其然乎。"先儒,先世儒者,已去世的儒者。杜預《春秋左氏傳序》:"先儒所傳,皆不其然。"教,政教,教化。《商君書·更法》:"前世不同教,何古之法?"支遁(314—366),字道林,世稱支公或林公,本姓吴。東晉高僧。家世事佛,自幼讀經。二十五歲在洛陽白馬寺出家,在建康東安寺講《道行般若經》,後雲遊至會稽剡縣定居。與殷浩、郗超、王羲之、謝安等交遊。精于玄理,創般若學即色義。亦雅好老莊,善于清談。支遁居,借指山寺。

③【補注】篠,小竹,細竹。篠階、竹寺,形容竹林掩映的臺階、寺院。法,佛法,佛教教義。杜甫《謁真諦寺禪師》:"問法看詩忘,觀身向酒慵。"

④【圓至】漢兒寬貧無資,傭作,帶經而鋤。【增注】《魏志》:常林性好學,漢末[四]與諸生帶經而鋤。【何焯】落句切已入仕籍人[五]。○結句言比倪生為學更專如此,夏課自應獨擅一場也。

【補注】風流,灑脱放逸,風雅瀟灑。《後漢書·方術列傳上》:"漢世之所謂名士者,其風流可知矣。"帶經鋤,《漢書·兒寬傳》:"兒寬,千乘人也。治《尚書》,事歐陽生。以郡國選詣博士,受業孔安國。貧無資用,嘗為弟子都養。時行賃作,帶經而鋤,休息輒讀誦,其精如此。"《三國志·魏書·常林傳》《晉書·皇甫謐傳》亦載常林、皇甫謐帶經務農事,後因用"帶經鋤"為好學苦讀之典。庾信《奉報窮秋寄隱士詩》:"藜床負日卧,麥隴帶經鋤。"

【校勘】

[一] 篠　高本、四庫本作"藤",全唐詩作"山(一作篠)"。

[二] 寺　全唐詩作"逕(一作寺)"。

[三] 不　全唐詩校"一作又"。

[四] 漢末　底本作"漢志",大系本脱,據正統本改。

[五] 此條瀘州本脱。

秋日過徐氏園林

包　佶

回塘分越水，古樹積吴煙[①]。掃竹催鋪席，垂蘿待繫船[②]。鳥窺新罅栗，龜上半欹蓮[③]。屢入忘歸地，長嗟俗事牽。

【考證】

此詩見《全唐詩》卷二〇五(P. 2140)。

【注評】

①**【圓至】**吕延濟曰："回塘，曲隄也。"

【補注】回塘，環曲的水池。吴、越，指春秋戰國時期吴國、越國所轄之地，即今江蘇、浙江一帶。

②**【補注】**此聯謂風竹掃拂着地面，彷佛在催促人們鋪席而坐；藤蘿低垂到水面，彷佛是天設的纜繩，在等待着人們繫船。與李白《春夜宴從弟桃花園序》"陽春召我以煙景"筆法略同。

③**【補注】**罅，xià，裂，開裂。欹，歪斜，傾斜。

灞[一]東司馬郊園[①]

許　渾

楚翁秦[二]塞住，昔事李輕車[②]。白社貧思橘[③]，青門老種[三]瓜[④]。讀書三徑草[⑤]，沽酒一籬花[⑥]。更欲尋芝术，商山便寄家[⑦]。

【考證】

此詩見《全唐詩》卷五二八(P. 6043),題中“司馬”前有“題”字,題下校“一作《題張司馬灞東郊園》”。

【注評】

①【補注】灞,水名,渭河支流,在陝西省中部,關中八川之一。也稱滋水、霸水。班固《西都賦》:“挾灃灞,據龍首。”司馬,唐制,節度使屬僚有行軍司馬。又于每州置司馬,以安排貶謫或閒散的人。

②【圓至】李廣弟蔡為輕車都尉。【增注】李輕車李蔡,常從大將軍衛青,擊左[四]賢王,為輕車將軍。

【補注】羅時進《丁卯集箋證》(P. 50)云,楚翁,謂張司馬為楚人。

③【圓至】晉董京常宿白社中。《襄陽記》:“李衡種橘千樹,臨死,敕兒[五]曰:‘木奴千頭,亦足用矣。’”【增注】白社,在洪州。西接武陵縣龍陽州,周回三十里,其地因白將軍筑圃,遂以名社。【何焯】“郊”。

【補注】白社,這裏指隱士之居。

④【增注】青門瓜,咸陽第三門,民見其門色青,故名青門。《史記》:邵平,秦東陵侯,布衣種瓜於此,故世謂東陵瓜,又曰青門瓜。阮籍詩:“昔聞東陵瓜,近在青門外。”【磧砂】青門,長安東門,邵平隱青門外,嘗種五色瓜。

⑤【圓至】蔣詡於[六]竹下開三徑。【何焯】“園”。

【補注】三徑,這裏指歸隱者的家園。參見卷六王維《晚春答嚴少尹諸公見過》注①。

⑥【圓至】陶淵明事。

【補注】用陶淵明采菊、飲酒事,參見卷三崔曙《九日登仙臺呈劉明府》注⑨。

⑦【圓至】四皓隱商山采芝[七]。【增注】芝,瑞草,《本草》有赤、白、黑、青、黄等芝。○术,《本草》:“一名山薊,一名山薑,一名山連,并久服輕身,延年不飢。”○漢東園公[八]、綺里季、夏黄公、甪里[九]先生,并河内軹人,稱為“四皓”。初避秦亂,共入商雒深山。【何焯】不減王右丞。○第五,老無

二仲之遊也。第六，貧乏江州之送也。結句言更老更貧，則此園并不可保，將為四皓之茹芝矣。收足前意，出格工妙。

【補注】术，多年生草本，有白术、蒼术等數種。根莖可入藥，傳説食之可以延年益壽。參見卷三皮日休《元達上人種藥》注⑥。

【校勘】

［一］灞　何校"霸"。

［二］楚翁秦　全唐詩校"一作秦公尋"。

［三］種　何校、全唐詩作"仰"，全唐詩校"一作種"。

［四］左　底本作"在"，據正統本、大系本改。

［五］兒　底本作"鬼"，據詩説本、正統本、明應本改。

［六］於　底本作"種"，據詩説本、正統本、明應本改。

［七］此條底本脱，據詩説本、正統本、明應本補。

［八］東園公　底本、正統本作"有園公"，據大系本改。

［九］角里　底本、正統本作"角里"，據大系本改。

下第寓居崇聖寺①[一]

懷玉[二]泣京華，舊山歸路賒②。静依禪客院，幽學野人家③。林晚烏[三]争樹④，園春蝶護花⑤。東門有閑地，誰種邵平瓜⑥。

【考證】

此詩見《全唐詩》卷五三〇，題末多"感事"二字。

【注評】

①**【圓至】**寺在崇德坊。《長安志》云："進王櫻桃宴，在此寺佛閣上。"

【補注】下第，落第。參加進士諸科考試未及第。

②**【補注】**春秋時，楚人卞和得玉璞，先後獻給楚厲王和楚武王，都被認為欺詐，受刑砍去雙脚。楚文王即位，他抱璞哭于荆山下，文王使人琢璞，得寶玉，因名為和氏璧。事見《韓非子·和氏》等。賒，遥遠。

③**【補注】**禪客，泛稱參禪之僧。劉長卿《雲門寺訪靈一上人》："禪客知何在，春山到處同。"野人，借指隱逸者。元稹《晨起送使病不行因過王十一館居二首》之二："野人愛静仍耽寢，自問黄昏肯去無？"

④**【圓至】**以喻他人争聲明者。

⑤**【圓至】**喻己自護其業。按，唐人下第多不歸，寓寺院，肄[四]業，以俟後舉，謂之過夏。

⑥**【磧砂】**敏曰：第三聯興而比也。蓋時昏則人多失所，勢焰則士不敢窺，紛然争棲，羞繞樹而三匝，群然趨附，歎閑花之滿庭，即所謂"上林千樹，不借一枝""鴛鴦占水，能欺來客"之意也。故結出倦遊息機之感耳。

【校勘】

[一] 此首至周賀《春喜友人至山舍》凡二十五首，元刊本、高本、四庫本脱。

[二] 玉　全唐詩作"土（一作玉）"。

[三] 烏　磧砂本、全唐詩作"鳥"，全唐詩校"一作鴉"。

[四] 肄　底本、詩説本、正統本作"隸"，據文意改。

寄山中高逸人①

孟　貫②

煙霞多放曠，吟嘯是尋常③。猿共摘山果，僧鄰住石房④。躡雲雙屐冷⑤，採藥一[一]身香。我憶相逢夜，松潭月色涼⑥。

【考證】

此詩見《全唐詩》卷七五八(P. 8625)。

【注評】

①【增注】逸人,如逸民伯夷、叔齊之義。

【補注】逸人,猶逸民,有德行才能而遁世隱居的人。《論語·微子》:“逸民:伯夷、叔齊、虞仲、夷逸、朱張、柳下惠、少連。”何晏集解:“逸民者,節行超逸也。”《漢書·律曆志》:“周衰官失,孔子陳後王之法,曰:‘謹權量,審法度,修廢官,舉逸民,四方之政行矣。’”顔師古注:“逸民,謂有德而隱處者。”高逸人,待考。

②【增注】廣陵人。《江南野録》載:周世宗幸廣陵,貫以詩一集獻之,釋褐授官。

【補注】吴在慶撰《中國文學家大辭典·唐五代卷》(P. 545)“孟貫”條云,貫(生卒年不詳),字一之,建安(今福建建甌)人。少好學,性疏野,不以榮宦為意。曾入廬山並客遊江南。後周世宗顯德時,征淮南至廣陵,貫渡江以所作詩集獻上。世宗見其《贈棲隱洞譚先生》詩有“不伐有巢樹,多移無主花”句,頗不悦,云:“朕伐叛吊民,何得‘有巢’‘無主’之説?”然亦賜其釋褐授官。後不知所終(《唐才子傳》卷一〇)。貫善五律,與伍喬、史虚白、江為等人友善、唱和,頗有詩名于當時。《唐才子傳》卷一〇謂其有詩集傳世,今已散佚。《全唐詩》卷七五八編其詩為一卷。

③【增注】唐田遊巖隱箕山,高祖幸其門曰:“先生此佳否?”答曰:“臣泉石膏肓,煙霞痼疾。”〇俗謂庸常為尋常。

【補注】煙霞,煙霧、雲霞,泛指山水、山林。蕭統《錦帶書十二月啓·夾鐘二月》:“敬想足下,優游泉石,放曠烟霞。”放曠,豪放曠達,不拘禮俗。潘岳《秋興賦》:“逍遥乎山川之阿,放曠乎人間之世。”吟嘯,高聲吟唱,吟詠。《抱朴子·暢玄》:“吟嘯蒼崖之間,而萬物化爲塵氛;怡顔豐柯之下,而朱户變爲繩樞。”是尋常,乃日常之事。

④【補注】石房,猶石屋。石頭砌成的房子,多為僧人或隱士所居。鮑

溶《送僧文江》:“吴王劍池上,禪子石房深。”

⑤【補注】躡雲,猶騰云。《神仙傳》卷八《劉根》:“仙道有昇天躡雲者。”屐,木製的鞋,底大多有二齒。暗用謝靈運典,參見卷二薛能《遊嘉陵後溪》注②。

⑥【補注】陳伯海主編《唐詩彙評》(P. 3026):《刪補唐詩選脉箋釋會通評林·五言律詩·晚唐》:徐充:“中兩聯俱工。”周珽:“前六句羨美之詞,結致寄憶之情也。”

【校勘】

[一] 一　全唐詩校“一作滿”。

廬嶽隱者①

杜荀鶴

見說來居[一]此②,未嘗離洞門。結茅遮雨露[二],採藥給晨昏③。古樹藤纏殺,春泉鹿過渾④。悠悠無一事,不似屬乾坤⑤。

【考證】

此詩見《全唐詩》卷六九一(P. 7932),題首多“贈”字。

【注評】

①【增注】廬山,在南康軍,其山九疊。

【補注】廬山,在今江西九江南。參見孟浩然《晚泊潯陽望爐峰》注①。

②【補注】見説,聽説。白居易《燕子樓三首》之三:“見說白楊堪作柱,争教紅粉不成灰。”

③【圓至】許畋隱北山,採藥讀《易》,漢武三召而不起。

【補注】結茅，編茅為屋，謂建造簡陋的屋舍。鮑照《觀圃人藝植詩》："抱鍤壠上餐，結茅野中宿。"給，供給，供養。《莊子·讓王》："回有郭外之田五十畝，足以給飦粥。"葉森槐《杜荀鶴詩選》(P. 22)："晨昏：指日常用度。"

④【補注】錢起《山中酬楊補闕見過》："幽溪鹿過苔還静，深樹雲來鳥不知。"

⑤【補注】悠悠，閒適貌。《梁書·張充傳》："若迺飛竿釣渚，濯足滄洲；獨浪煙霞，高卧風月。悠悠琴酒，岫遠誰來；灼灼文談，空罷方寸。"葉森槐《杜荀鶴詩選》(P. 22)："乾坤：《周易》中的兩個卦名，指陰陽兩種對立勢力。乾之象為天，坤之象為地。引申為天地、世界等的代稱。此句比喻'隱者'超脱塵世。"

【校勘】

［一］見説來居　全唐詩作"自見來如"。

［二］露　全唐詩作"雪"。

寄司空圖①

僧虛中②［一］

逍遥短褐成，一劍動精靈③。白晝夢仙島④，清晨禮道經⑤。黍苗侵野徑，桑椹汚閑庭⑥。肯要為鄰者，西南太華青⑦。

【考證】

此詩見《全唐詩》卷八四八(P. 9605—9606)，屬虛中，為《寄華山司空圖二首》之二。

【注評】

①【補注】司空圖,咸通十年登進士第,能文工詩,曾隱中條山王官谷,日與名僧高士遊詠其中。参見卷一司空圖《自河西歸山》注②。

②【補注】陳尚君撰《中國文學家大辭典·唐五代卷》(P. 690)"虛中"條云,虛中(生卒年不詳),袁州宜春(今屬江西)人。少出家,讀書吟詠不輟。初住玉笥山二十年,後遊湖湘間,亦曾至越中。與貫休、齊己、修睦、棲蟾、鄭谷等為詩友。天祐間,往中條山見司空圖論交而未果,遂作詩寄贈。圖得詩大喜,有"十年華嶽峰前住,只得虛中兩首詩"之句。後住湘江西宗成寺(一作栗成寺)。馬楚時,與天策府學士有過往。後唐明宗天成間,馬殷長子馬希振延納于書閣中,酬答不厭。著有《流類手鑑》一卷,推崇賈島、齊己之詩,認為"善詩之人,心含造化,言含萬像"(《流類手鑑序》),注重取物象以設喻,殘本有張伯偉《全唐五代詩格校考》(陝西人民教育出版社1996年版)整理本。詩集一卷,名《碧雲集》。《全唐詩》卷八四八存詩十四首,《全唐詩補編·續拾》卷四九又補一首。

③【圓至】甯戚曰:"短褐單衣適至骭[二]。"【增注】逍遥,翱翔自適貌。○短褐,杜詩:"顛倒在短褐。"○精靈,《大戴禮》:"陽氣為精,陰氣為靈。"

【補注】逍遥,優遊自得,安閒自在。短褐,粗布短衣。一般為貧賤者或僮豎所服。陶淵明《五柳先生傳》:"短褐穿結,簞瓢屢空,晏如也。"古代劍士為便于行事亦服短衣。《莊子·説劍》:"太子曰:然吾王所見劍士,皆蓬頭、突鬢、垂冠,曼胡之纓,短後之衣。"王先謙集解引釋文:"為便於事也。"精靈,精靈之氣。古人認為是形成萬物的本原。《易·繫辭上》"精氣爲物,遊魂爲變"孔穎達疏:"陰陽精靈之氣,氤氳積聚而爲萬物也。"動精靈,形容劍一揮動,其威力可撼動精靈之氣。《莊子·説劍》:莊子曰:"天子之劍……包以四夷,裹以四時;繞以渤海,帶以常山;制以五行,論以刑德;開以陰陽,持以春夏,行以秋冬。此劍,直之無前,舉之無上,案之無下,運之無旁,上決浮雲,下絕地紀。此劍一用,匡諸侯,天下服矣。此天子之劍也。"

④【增注】仙島,蓬萊、方丈、瀛洲。

⑤【補注】道經,道家或道教的經典。

⑥【增注】桑椹，桑實也。

【補注】黍，古代專指一種子實稱黍子的一年生草本作物。參見許渾《洛陽城》注②。閒庭，寂静的庭院。楊炯《梓州惠義寺重閣銘》："閑庭不擾，退食自公，遠覽形勢，虔心净域。"

⑦【圓至】太華山，在華陰縣南八十里。

【補注】要，yāo，約請，邀請。《詩經・鄘風・桑中》："期我乎桑中，要我乎上宫。"太華，即西岳華山，在陝西華陰南，因其西有少華山，故稱太華。《尚書・禹貢》："西傾、朱圉、鳥鼠，至于太華。"《山海經・西山經》："又西六十里曰太華之山。削成而四方，其高五千仞，其廣十里，鳥獸莫居。"

【校勘】

［一］僧虚中　磧砂本作"僧靈中"。

［二］軒　底本、正統本脱，據詩説本補。

已前共八首

送成州程使君①

岑　參

程侯新出守，好日發行軍②。拜命時人羡，能官聖主聞③。江樓暗寒[一]雨，山郭冷秋雲④。竹馬諸童子，朝朝待使君⑤。

【考證】

此詩見《全唐詩》卷二〇〇（P. 2073），題作《鳳翔府行軍送程使君赴成州》。

【注評】

①【圓至】成州，今同慶府。〇本集題云《鳳翔府行軍送程使君赴成州》，蓋岑參時為關西判官。【增注】成州，古西戎地，戰國羌戎居之，秦隴西郡，漢武都郡，西魏為成州，唐成州同谷郡，屬山南道，宋同慶府，今屬利州西路。

【補注】成州，唐武德元年改漢陽郡置，治所在上禄縣（今甘肅禮縣西南西漢水東岸）。轄境相當今甘肅禮縣、西和、成縣等地。天寶元年改為同谷郡，乾元元年復為成州。寶應元年没入吐蕃。貞元五年復置，徙治泥公山（今甘肅成縣西南）。咸通七年又徙治寶井堡（今成縣東），後徙治同谷縣（今成縣）。使君，漢時稱刺史為使君，後用作州郡長官的尊稱。程使君，待考。陳鐵民、侯忠義《岑參集校注》(P. 224)認為，此詩為至德二載(757)秋，岑參在鳳翔扈從肅宗、任右補闕時作。

②【補注】出守，由京官出為太守。顏延之《五君詠五首》之四《阮始平》："一麾乃出守。"好日，吉日。《舊唐書・李忠臣傳》："焉有父母遇寇難，待揀好日方救患乎！"

③【補注】拜命，受命，多指拜官任職。岑參《送顏平原》："吾兄鎮河朔，拜命宣皇猷。"能官，善于為官。《國語・晉語四》："能其官有賞。"

④【補注】廖立《岑嘉州詩箋注》(P. 568)：江樓，嘉陵江支流西漢水流經成州，故云。山郭，《元和郡縣圖志》卷一二"山南道三・成州・上禄縣"云："仇池山，在縣南八十里。壁立百仞，有自然樓櫓却敵，分置均調，有如人功。上有數萬人家，一人守道，萬夫莫向。"又云："雞頭山，在縣東北二十里。"

⑤【圓至】郭伋為并州刺史，小兒騎竹馬迎之。

【補注】竹馬，兒童遊戲時當馬騎的竹竿。據《後漢書・郭伋傳》載，郭伋調為并州牧，"始至行部，到西河美稷，有童兒數百，各騎竹馬，道次迎拜。伋問：'兒曹何自遠來？'對曰：'聞使君到，喜，故來奉迎。'"

【校勘】

[一] 暗寒　全唐詩作"黑塞"。

漢陽即事①

儲光羲②

楚國千里遠，孰[一]知方寸違③。春游歡有客，夕寢賦無衣④。江水帶冰緑，桃花隨雨飛⑤。九歌有深意，捐珮乃言歸⑥。

【考證】

此詩見《全唐詩》卷一三九(P. 1410)。

【注評】

①**【增注】**漢陽，春秋鄖國地，戰國屬楚，秦屬南郡，漢江夏郡，晉沔陽縣，隋沔州，唐江南道鄂州漢陽縣，本沔州，宋漢陽軍，今屬湖北道。

【補注】漢陽，鄂州屬縣，治所在鳳棲山(今武漢漢陽區)。參見卷三盧綸《晚次鄂州》注②。即事，就當前的事物、情景而寫作。譚優學《唐詩人行年考》(P. 181)云，天寶十五載六月，安禄山陷長安，光羲受偽職。九月，棄官歸國，南走江漢。此詩為次年(757)春作。

②**【增注】**潤州延陵人，天寶末為監察御史。禄山反，任偽官，賊平貶死。按《唐書》載：兖州人，開元進士及第，又詔中書試文章，歷監察御史。禄山反，陷賊自歸。

【補注】吴企明撰《中國文學家大辭典・唐五代卷》(P. 758—759)"儲光羲"條云，光羲(706？—762?)，行十二。潤州延陵(今江蘇丹陽)人，郡望兖州。開元十二年，與丁仙芝同為太學諸生。十四年，進士及第，有詔中書試文章，釋褐為馮翊縣佐官，其後又歷任安宜、下邽、汜水等縣尉。二十一年，辭官還鄉。開元、天寶之際，隱于終南山。天寶六、七載間，任太祝，九載前後，遷任監察御史，嘗出使范陽。安史亂起，光羲陷賊中，受偽職。後自洛陽脱逃，從江漢繞道至行在，被繫獄中。定罪後，貶謫南方。寶應元年五月，遇赦，不久卒于貶所。光羲是盛唐山水田園詩派重要作家，與孟浩然、王維、綦毋潛、丁仙芝等有交往。其詩"格高調逸，趣遠情深，削盡常言，挾風雅之道，得浩然之氣"(《河岳英靈集》卷下)。顧况《監察御史儲公集序》、《新唐書・藝文志》著録《儲光羲集》七十卷。《全唐詩》卷一三六至一三九編其詩為四卷。

③【**增注**】楚國，指漢陽。〇《列子》:"吾見子之心矣，方寸之地虚矣。"

【**補注**】楚國，古楚國所在地，主要為今湖南、湖北一帶。參見卷五張謂《送裴侍御歸上都》注③。這裏指漢陽。方寸，一寸見方。引申指心。心處胸中方寸間，故稱。《史通・自敘》:"始知流俗之士，難與之言。凡有異同，蓄諸方寸。"

④【**圓至**】《詩》:"豈曰無衣，與子同仇。"蓋光羲時以仕[二]禄山而貶，故末句復有"捐珮"之語。【**增注**】《詩》:"有客有客，亦白其馬。"〇又:"無衣無褐，何以卒歲?"

【**補注**】歡有客，《詩經・周頌・有客》:"有客有客，亦白其馬……既有淫威，降福孔夷。"暗含期待天降洪福、使禍亂平息之意。無衣，没有衣着。《詩經・秦風・無衣》:"豈曰無衣? 與子同袍。王于興師，修我戈矛。與子同仇!"《左傳・定公四年》載，秦哀公應楚臣申包胥之請，出兵拒吴，"為之賦《無衣》"。又《古詩十九首・凜凜歲云暮》:"凉風率已厲，遊子寒無衣。錦衾遺洛浦，同袍與我違。"此聯謂與佳客春遊固然可歡，但戰亂未息、阻滯一方，旅懷悲悽、國事焦心，時刻準備着為國請纓。

⑤【**補注**】陳增傑《唐人律詩箋注集評》(P. 277):《唐音評注・正音》卷三:顧璘:"冉冉有情。"《唐詩歸》卷七"盛唐二":鍾惺:"鮮寒。"

⑥【**圓至**】屈原見放而作《九歌》，其詞有云:"捐余玦[三]兮江中，遺余珮兮澧浦。"

【**補注**】九歌，《楚辭・九歌》王逸注云:"《九歌》者，屈原之所作也。昔楚國南郢之邑，沅、湘之間，其俗信鬼而好祠。其祠，必作歌樂鼓舞以樂諸神。屈原放逐，竄伏其域，懷憂苦毒，愁思沸鬱。出見俗人祭祀之禮，歌舞之樂，其詞鄙陋。因為作《九歌》之曲，上陳事神之敬，下見己之冤結，託之以風諫。"捐珮，抛棄玉珮。《楚辭·九歌·湘君》："捐余玦兮江中，遺余佩兮醴浦。"這裏指抛棄偽職。又陳增傑《唐人律詩箋注集評》(P. 277)云："此篇賦情之作，係就漢陽遊女的故事而發遐想，表達自己心中慕戀之意。"亦備一説。

【校勘】

［一］執　磧砂本作"親"。

［二］仕　底本作"休"，詩説本漫漶，據正統本改。

［三］玦　底本作"缺"，據詩説本、正統本改。

酧劉員外見寄①［一］

嚴　維

蘇耽佐郡時②，近出白雲司③。藥補清羸疾④，窗吟絶妙詞⑤［二］。柳塘春水漫［三］，花塢夕陽遲⑥。欲識懷君意，朝［四］朝訪檝師⑦。

【考證】

此詩見《全唐詩》卷二六三(P. 2914)。

【注評】

①**【圓至】**劉長卿也。

【補注】見，用在動詞前面，稱代自己。大曆四年，劉長卿以檢校祠部員外郎出任轉運使判官，知淮西、鄂岳轉運留後。約于十年(775)為鄂岳觀察使吴仲孺誣奏犯贓,貶睦州司馬。參見卷一劉長卿《寄别朱拾遺》注②。此詩當為長卿初至睦州時奉酬,時維在越州閒居。儲仲君《劉長卿詩編年箋注》(P. 416)和楊世明《劉長卿集編年校注》(P. 404)皆將此詩附于劉長卿《對酒寄嚴維》之後。

②【圓至】《神仙傳》:蘇耽,桂陽人。以比劉長卿。

【補注】蘇耽,《太平寰宇記》卷一一七"江南西道十五・郴州・郴縣":"馬嶺山在縣東北五里。昔有仙人蘇耽入此山學道,白日上昇,今有祠甚嚴……又按庾穆之《湘州記》云:馬嶺山者,以蘇耽昇仙之後,其母每來此候之,見耽乘白馬飄然,故謂之馬嶺。"佐郡,協理州郡政務。指任州郡的司馬、通判等職。李白《感時留别從兄徐王延年從弟延陵》:"佐郡浙江西,病閒絶驅馳。"

③【圓至】唐裴復除刑部侍郎[五],制曰:"卑賤白雲之司。"以黄帝時秋官為白雲也。

【補注】劉長卿《對酒寄嚴維》:"懶從華髮亂,閒任白雲多。"儲仲君《劉長卿詩編年箋注》(P. 415):按《史記・五帝紀》,黄帝時以雲命官,秋官為白雲,故後世稱刑部為白雲司。按長卿任職鄂岳時所帶之檢校官銜為祠部員外郎,據嚴維此詩,則又嘗改刑部某司員外。又章八元有《寄都官劉員外》詩,都官屬刑部,疑此人即長卿。

④【圓至】晉欒廣有清羸疾。

【補注】清羸,清瘦羸弱。《南齊書・桂陽王鑠傳》:"鑠清羸有冷疾,常枕卧。"

⑤【圓至】見前注。【磧砂】蔡邕題曹娥碑云:"黄絹幼婦,外孫齏臼。"魏武觀之曰:"黄絹,色絲也;幼婦,少女也;外孫,女子也;齏臼,受辛之器也。'絶妙好辭'云爾也。"

⑥【補注】花塢,四周高起中間凹下的種植花木的地方。梁武帝《子夜四時歌・春歌四首》之四:"花塢蝶雙飛,柳堤鳥百舌。"《六一詩話》:"余曰:'語之工者固如是。狀難寫之景,含不盡之意,何詩為然?'聖俞曰:'作者得於心,覽者會以意,殆難指陳以言也。雖然,亦可略道其髣髴。若嚴維"柳

塘春水漫,花塢夕陽遲”,則天容時態,融和駘蕩,豈不如在目前乎?’”

⑦【圓至】《吴都賦》曰:“篙[六]工檝師。”

【補注】檝師,船工。劉長卿《對酒寄嚴維》:“門前七里瀨,早晚子陵過。”

【校勘】

[一] 見寄　磧砂本脱。

[二] 詞　磧砂本作“辭”。

[三] 漫　全唐詩作“慢(一作漫)”。

[四] 朝　全唐詩作“明(一作朝)”。

[五] 侍郎　底本、正統本作“待郎”,據詩説本改。

[六] 篙　底本、詩説本、正統本作“高”,據大系本改。

别至弘上人①

最稱弘偃少,早歲草茅居②。年老從僧律,生知解佛書③。衲衣求壞帛,野飯拾春蔬④。章句無求斷,時[一]中學有餘⑤。

【考證】

此詩見《全唐詩》卷二六三(P. 2920),題首多“贈”字。

【注評】

①【補注】上人,對和尚的尊稱。至弘上人,待考。皇甫冉有《廬山歌送至弘法師兼呈薛江州》。

②【補注】弘偃,公孫弘、主父偃。二人皆漢武帝時人,且都出身貧寒,後公孫弘官至丞相,封平津侯;主父偃官至中大夫,被拜為齊相。《漢書·

公孫弘傳》:“公孫弘……少時為獄吏,有罪,免。家貧,牧豕海上。年四十餘,乃學《春秋》雜説。”同書《主父偃傳》:“主父偃,齊國臨菑人也。學長短從横術,晚乃學《易》《春秋》,百家之言。游齊諸子間,諸儒生相與排儐,不(客)〔容〕於齊。家貧,假貣無所得,北游燕、趙、中山,皆莫能厚,客甚困。”謝靈運《撰征賦》:“相端、非之兩驕,遭弘、偃之雙慝。”早歲,早年。

③【**增注**】惟寬禪師曰:“無上菩提被於身為律,説於口為法,行於心為禪。”佛書,經、律、論也。

【**補注**】僧律,佛教戒律。白居易《二月一日作贈韋七庶子》:“今春入道場,清浄依僧律。”生知,謂不待學而知之。語本《論語·季氏》“生而知之者上也”。

④【**補注**】衲衣,僧衣。帛,古代絲織物的通稱。佛教戒律規定,僧尼衣服應當用人們遺棄的破碎衣片縫衲、補綴而成,故稱衲衣或百衲衣。野飯,猶野餐。春蔬,春日的菜蔬。梁元帝《與蕭諮議等書》:“螺蚳登俎,豈及春蔬爲浄。”

⑤【**補注**】章句,指剖章析句。經學家解説經義的一種方式,亦泛指書籍注釋。《東觀漢記·明帝紀》:“親自制作《五行章句》。”時中,儒家謂立身行事,合乎時宜,無過與不及。《易·蒙》:“蒙亨,以亨行,時中也。”孔穎達疏:“居蒙之時,人皆願亨,若以亨道行之,于時則得中也。”《禮記·中庸》:“君子之中庸也,君子而時中。”孔穎達疏:“謂喜怒不過節也。”

【校勘】

〔一〕時　全唐詩校“一作詩”。

送王牧往吉州謁史君叔①〔一〕

李嘉祐

細草緑汀洲,王孫耐〔二〕薄遊②。年華初冠帶③,文彩〔三〕舊弓裘④。野渡花争發,春塘水亂流⑤。史君[四]憐[五]小阮⑥,應念[六]倚門愁⑦。

【考證】

此詩見《全唐詩》卷二〇六(P. 2154),題中"史君"作"王使君"。

【注評】

①【增注】吉州,春秋屬吴,戰國屬楚,秦屬長沙,漢屬豫章,東漢屬廬陵[七]郡,唐江南道吉州廬陵郡,今屬江西道。

【補注】吉州,隋開皇中改廬陵郡置,治所在廬陵縣(今江西吉水縣北)。大業初復為廬陵郡。唐武德五年改為吉州。永淳元年與縣治廬陵縣同徙治今江西吉安市。天寶元年改為廬陵郡,乾元元年復為吉州。唐時轄境相當今江西新干、泰和間的贛江流域及安福、永新等縣地。史君,即使君。史,通使。漢時稱刺史為使君,後用作州郡長官的尊稱。陶敏《全唐詩人名彙考》(P. 344)云,王使君,疑為王縝。《(淳熙)嚴州圖經》卷一刺史題名:"王縝,建中元年三月二十四日自吉州刺史拜。"當大曆末任吉州刺史。《郎官石柱題名新著録》户部員外郎第十二行、户部郎中第十一行、司封郎中第六行均有王縝名;又考功員外郎第八行有王牧題名,然與王縝是否叔侄,無考。《新唐書·宰相世系表二中》王氏有"牧,涇陽尉",其叔有澄、沐、淮、濟、沼等。此王牧亦代宗、德宗朝人,未詳與前考功員外郎王牧是否為同一人。

②【補注】汀洲,水中小洲。王孫,王的子孫。後泛指貴族子弟。耐,同奈,無奈、奈何。杜甫《七月三日亭午已後較熱退晚加小凉穩睡有詩因論壯年樂事戲呈元二十一曹長》:"亭午減汗流,北鄰耐人聒。"薄遊,為薄禄而宦遊于外。夏侯湛《東方朔畫贊并序》:"以爲濁世不可以富貴也,故薄遊以取位。"此聯意本《楚辭·招隱士》:"王孫遊兮不歸,春草生兮萋萋。"陳增傑《唐人律詩箋注集評》(P. 478):《今體詩鈔》五言卷七云:"詩言此細草初緑

時,一少年遽堪遠遊乎?"甚是。又此聯與尾聯呼應,知王牧此遊明顯有干謁求仕之動機。《漢語大詞典》第9卷(P. 577)將此詩列為"薄遊"條"漫遊,隨意遊覽"義項之首條書證,誤。

③【補注】冠帶,戴帽子束腰帶。曹操《薤露》:"沐猴而冠帶,知小而謀彊。"古時以男子二十歲為成人,初加冠帶。此句謂王牧二十歲左右,正年富力强。

④【圓至】《莊子》:"弓人之子先學為裘。"【增注】弓裘,《禮記》:"良弓之子必學為箕,良冶之子必學為裘。"

【補注】文彩,又作文采,文學才華。《漢書・韋玄成傳》:"玄成爲相七年,守正持重不及父賢,而文采過之。"弓裘,謂父子世代相傳的事業。語本《禮記・學記》。

⑤【補注】陳增傑《唐人律詩箋注集評》(P. 477):崔國輔《采蓮曲》:"玉溆花争發,金塘水亂流。"

⑥【圓至】阮咸,阮籍之侄,世謂小阮。

【補注】晉阮咸與叔父阮籍同列"竹林七賢"之目,世因稱咸為小阮,籍為大阮。後亦用小阮借指侄兒。李白《陪侍郎叔遊洞庭醉後三首》之一:"三杯容小阮,醉後發清狂。"

⑦【圓至】《戰國策》:王孫賈之母謂賈曰:"汝朝出而晚來,吾則倚門而望汝。"

【補注】倚門,《戰國策・齊策六》:"王孫賈年十五,事閔王。王出走,失王之處。其母曰:'女朝出而晚來,則吾倚門而望;女暮出而不還,則吾倚閭而望。'"後因以"倚門"或"倚閭"謂父母望子歸來之心殷切。王牧此行當是干謁求仕。頷聯美其年輕有文彩,能承家學。尾聯寬慰其心,謂叔父看在其父母倚門懸盼的份上,也會憐愛侄兒、遂其所願。陳增傑《唐人律詩箋注集評》(P. 477)謂:"'倚門'則從對方(使君叔)着筆","二句説,料想此刻,使君叔定倚門而望,盼念侄子到來"。既不合詩意,又與用典習慣相悖。按,"倚門"多指父母(特别是母親)盼子歸來,罕見用在叔侄關係上(參見趙應鐸主編《漢語典故大辭典》,P. 609—610)。

【校勘】

［一］磧砂本題中無“謁史君叔”四字。

［二］耐　全唐詩校“一作奈”。

［三］彩　磧砂本作“采”，全唐詩作“體”。

［四］史君　磧砂本、全唐詩作“使君”。

［五］憐　全唐詩校“一作矜”。

［六］念　底本、正統本作“合”，據明應本、磧砂本、全唐詩改。

［七］廬陵　底本、大系本作“廬陸”，據正統本改。下文徑改。

送章彝下第①

綦毋潛②

長安渭[一]橋路③，行客别時心。獻賦温泉畢④，無媒魏闕深⑤。黄鶯啼就馬⑥，白日暗歸林。三十名未立，君還惜寸陰⑦。

【考證】

此詩見《全唐詩》卷一三五（P. 1369）。

【注評】

①【補注】章彝，《舊唐書·嚴武傳》載，武任劍南節度使，“前後在蜀累年，肆志逞欲，恣行猛政。梓州刺史章彝初為武判官，及是小不副意，赴成都杖殺之，由是威震一方”。下第，落第。參加進士諸科考試未及第。

②【增注】荆南人，字孝通。開元中由宜壽尉入集賢院待制，遷右拾遺，終著作郎。

【補注】吴企明撰《中國文學家大辭典·唐五代卷》（P. 791）“綦毋潛”條云，潛（生卒年不詳），字孝通，行三。虔州南康（今屬江西）人，晚年寄居淮陰。開元十四年進士及第。開元中，授宜壽（即周至）尉，入為集賢院直學士。開元末，任秘書省校書郎。天寶初，棄官還江東。十一載前後，在右拾遺任。仕終著作郎，後不知所終。工詩，與王維、孟浩然、李頎、高適、儲光羲等人友善。殷璠評其詩曰："潛詩屹崒峭蒨足佳句，善寫方外之情。"（《河岳英靈集》卷下）《新唐書·藝文志》著録《綦毋潛詩》一卷。《全唐詩》卷一三五編其詩為一卷。

③【圓至】秦漢唐架渭凡三橋：咸陽縣西十里名便橋者，漢武所造；咸陽東南二十里中渭橋者，始皇所造；萬年縣東四十里名東渭橋者，不知何所作。

【補注】渭橋，漢唐時代長安附近渭水上的橋樑。東、中、西共有三座。中渭橋，秦時始置，本名橫橋。秦都咸陽，渭南有興樂宮，渭北有咸陽宮，建此橋以通二宮。漢更名渭橋。東渭橋，漢景帝五年建，故址在今西安東北灞水、涇水合渭水處東側。西渭橋，漢建元三年建，因與長安城便門相對，也叫便橋或便門橋。唐名咸陽橋，其時長安人送客西行多到此相别。

④【圓至】《開元傳信記》曰：玄宗在温泉宫，有劉朝霞獻《温泉賦》，帝覽而奇之，命改五角六張字，對曰："臣草此賦時有神助，不願改。"上顧曰："真窮薄也。"

【補注】獻賦，作賦獻給皇帝，多表頌揚或諷諫，以博取功名。《西京雜記》卷三《大人賦》："相如將獻賦，未知所爲。夢一黄衣翁謂之曰：'可爲《大人賦》。'"温泉，即温泉宫，又名華清宫。在今西安臨潼東南驪山北麓。參見卷一杜常《華清宫》注①。

⑤【圓至】鄭司農云："象魏闕也。"【磧砂】魏闕，象魏之闕也。"深"即"懷帝閽而不見，奉宣室以何年"之意，二句一貫看。

【補注】無媒，指没有引薦入仕之人。比喻進身無路。魏闕，古代宫門外兩邊高聳的樓觀。樓觀下常為懸布法令之所。亦借指朝廷。《莊子·讓王》："身在江海之上，心居乎魏闕之下。"

⑥【補注】就，就近，凑近。《孟子·梁惠王上》："望之不似人君，就之而不見所畏焉。"

⑦【圓至】大禹惜寸陰。【增注】寸陰,《淮南子》云:"聖人不貴[二]尺璧而重尺寸之陰,以時難得而易失也。"

【補注】《論語・為政》:"子曰:'吾十有五而志于學,三十而立。'"寸陰,短暫的光陰。向秀《思舊賦》:"託運遇于領會兮,寄餘命于寸陰。"

【校勘】

[一] 渭　全唐詩校"一作灞"。

[二] 貴　底本作"遺",據正統本、大系本改。

空寂寺悼元上人①

錢　起

悽然雙樹下②,垂淚遠公房③。燈續生前火④,爐添歿[一]後香。陰堦明片雪[二],寒竹響空廊。寂滅應為樂,塵心徒自傷⑤。

【考證】

此詩見《全唐詩》卷二三七(P. 2626),題作《哭空寂寺玄上人》(一作《少林寺哭暉上人》)。

【注評】

①【補注】空寂寺,據張永禄主編《明清西安詞典》(P. 577)和吴敏霞等《秦嶺碑刻經眼録》(P. 217—218),知舊址位于今陜西藍田縣東北四十五里厚鎮鄉東嘴村。唐初敕建。寶應二年曾立《大唐空寂寺故大福和尚之碑》,陸海撰,惟嵩書,碑陰面刻有藍田、渭南兩縣知縣把附近土地劃歸空寂寺所有的告示等。此寺曾于宋元祐二年與清康熙四十五年重修。現寺毁,碑存于藍田縣水陸庵。上人,對和尚的尊稱。元上人,待考。

② 【圓至】《涅槃經》云：世尊於拘尸那城雙樹間入滅。

【補注】雙樹，娑羅雙樹，也稱雙林，為釋迦牟尼入滅之處。《大般涅槃經》卷一："一時佛在拘尸那城，力士生地，阿利羅跋提河邊，娑羅雙樹間…… 二月十五日臨涅槃。"

③ 【磧砂】東林惠遠比元。

【補注】遠公，東晉高僧慧遠，居廬山東林寺，世人稱為遠公。此比元上人。參見卷六孟浩然《晚泊潯陽望爐峰》注④。

④ 【補注】王定璋《錢起詩集校注》(P. 109)：佛家因燈能指明破暗，故以喻佛法，亦謂傳法為傳燈。崔顥《贈懷一上人》："傳燈遍都邑。"此謂元上人雖歿，其法不絕。

⑤ 【增注】佛經："生滅滅已，寂滅為樂。"

【補注】寂滅，佛教語，涅槃的意譯，指超脱生死的理想境界。《佛説無量壽經》卷上："超出世間，深樂寂滅。"塵心，指凡俗之心。白居易《馮閣老處見與嚴郎中酬和詩因戲贈絶句》："縱有舊游君莫憶，塵心起即墮人間。"

【校勘】

[一] 歿　明應本、全唐詩作"没"。

[二] 陰堦明片雪　全唐詩校"一作古松韻舊榻"。

送曹椅①

司空曙

青春[一]三十餘②，衆藝盡無如。中散詩傳畫③，將軍扇賣[二]書④。楚田晴下鴈，江日暖多[三]魚。惆悵空相送，歡遊自此踈。

【考證】

此詩見《全唐詩》卷二九三(P. 3333)，題中"曹椅"作"曹同(一作桐)椅”。

【注評】

①【補注】曹椅,待考。文航生《司空曙詩集校注》(P. 269)云:“從篇中言送别之地有‘楚田’,則詩當作於司空曙貶謫長林期間。”

②【補注】青春,指年齡、年歲。

③【圓至】《晉書》:“顧愷之每重稽中散四言詩,因為之圖。”

【補注】文航生《司空曙詩集校注》(P. 269)云:“中散:指嵇康……魏晉時‘竹林七賢’之首。與魏宗室通婚,官任中散大夫,世稱嵇中散。此代指曹桐椅。詩傳畫:用顧愷之以嵇康詩為畫境作畫的典實。”

④【圓至】沈約《晉書》曰:“王右軍在會稽,見老嫗持扇,因書扇,但云是王右軍書,求[四]百錢。”【磧砂】嵇康、王羲之事比曹之衆藝皆精也。

【補注】文航生《司空曙詩集校注》(P. 269)云:“將軍:指王羲之……王羲之歷任秘書郎、寧遠將軍、江州刺史。後為會稽内史,為右軍將軍,人稱‘王右軍’‘王會稽’。此代指曹桐椅。”

【校勘】

[一] 春 全唐詩校“一作山”。

[二] 賣 全唐詩作“續”。

[三] 多 全唐詩作“遊(一作多)”。

[四] 求 底本作“未”,據詩説本、正統本改。

送金華王明府①

韓 翃[一]

縣[二]舍江雲裏,心閑境自[三]偏②。家資[四]陶令菊[五],月俸沈郎錢③。黄蘗香山路④，青楓暮雨天⑤。時聞引車[六]騎，竹外有[七]銅泉⑥。

【考證】

此詩見《全唐詩》卷二四四(P. 2746)。

【注評】

①【圓至】金華，婺州。【增注】金華縣在婺，以金星、婺女星争華，故名。

【補注】金華縣，隋開皇十八年改東陽縣置，為婺州治。治所即今浙江金華市。《元和郡縣圖志》卷二六"江南道二・婺州・金華縣"："長山一名金華，故取名焉。"大業初及唐天寶、至德間為東陽郡治。唐垂拱四年改名金山縣，神龍元年復名金華縣。明府，縣令。參見卷一雍陶《和孫明府懷舊山》注①。王明府，待考。

②【補注】陶淵明《飲酒詩二十首》之五："結廬在人境，而無車馬喧。問君何能爾，心遠地自偏。"

③【圓至】沈約嘗官婺州，故曰"月俸沈郎錢"。按，晉元帝初過江，吴興沈充鑄小錢，謂之沈郎錢。此豈誤以沈郎為沈東陽邪？

【補注】家資，亦作家貲、家訾，家中的財産。《漢書・杜周傳》："家訾累巨萬矣。"顏師古注："訾與貲同。"陶令菊，即菊花。因曾任彭澤令的陶淵明愛菊，故稱。參見卷三崔曙《九日登仙臺呈劉明府》注⑨。

④【增注】黄蘗，木名，可染黄入藥。香山，在義烏縣界。

【補注】黄檗，也作黄柏。落葉喬木，樹皮淡灰色，羽狀復葉，小葉卵形或卵狀披針形，開黄緑色小花，果實黑色。木材堅硬，可以製造槍托，莖可以製黄色染料。樹皮可入藥。《(嘉慶)義烏縣誌》卷二"山"："香山，縣西廿五里，其地多楓香木，故名。"金華在義烏之西。"香""暮"亦可理解為使動用法。

⑤【補注】青楓，蒼翠的楓樹。

⑥【圓至】《異苑》云：婺州五百人湖者，吴時軍出，破土[八]得銅釜，發之，水便瀑出。【增注】銅泉，在金華縣。

【補注】車騎，猶車馬。銅泉，在今浙江金華市南銅山下。《太平寰宇記》卷九七"江南東道九・婺州・金華縣"："銅山，在縣南三十里。《東陽記》云：'山下有泉，水色鮮白，號曰銅泉。'"

【校勘】

［一］韓翃 磧砂本作"韓翊"。

［二］縣 正統本、明應本作"懸"。

［三］自 全唐詩作"又"。

［四］資 磧砂本、全唐詩作"貧"，全唐詩校"一作資"。

［五］菊 全唐詩作"酒(一作菊)"。

［六］車 底本作"東"，據正統本、明應本、磧砂本、全唐詩改。

［七］有 全唐詩作"到(一作向)"。

［八］土 底本、正統本作"士"，據詩説本改。

和張侍郎酧馬尚書①

韓 愈②[一]

來朝當路日，承詔改轅時③。出[二]領須句國④，仍兼[三]少昊司⑤。暖風吹[四]宿麥⑥，清雨捲歸旗。賴寄新珠玉，長吟慰我思⑦。

【考證】

此詩見《全唐詩》卷三四四(P. 3863)，題作《奉和兵部張侍郎(賈)酬鄆州馬尚書(總)祗召途中見寄開緘之日馬帥已再領鄆州之作》。

【注評】

①**【圓至】**張賈、馬揔也。

【補注】本集題略同《全唐詩》。侍郎，官名，隋唐以後中書、門下及尚書省所屬各部，皆以侍郎為長官之副。張侍郎，指張贾（？—830），河中猗氏（今山西臨猗）人。宰相張弘靖從侄。貞元二年登進士第。長慶元年，為兵部侍郎。生平參見吴汝煜撰《中國文學家大辭典·唐五代卷》（P. 434）"張贾"條。尚書，官名，始置于戰國。漢武帝時執掌文書奏章，東漢以後正式成為協助皇帝處理政務的官員。隋唐以後成為尚書省吏、户、禮、兵、刑、工六部的長官。分掌行政事務，正三品。唐龍朔二年改名太常伯，咸亨元年復舊。中唐以後，多由宰相兼任或成為外官所帶檢校官銜，不治部務，漸成虛銜，六部事務實由侍郎主持。五代因之。馬尚書，指馬總（？—823），總一作揔，字會元，岐州扶風（今屬陝西）人。曾任嶺南節度使、刑部侍郎、彰義軍節度使等。元和十四年改鎮鄆州。長慶元年徵為户部尚書，三年卒，謚懿。两《唐書》有傳。生平參見賈晉華撰《中國文學家大辭典·唐五代卷》（P. 19）"馬總"條。祇召，猶奉召。鄆州，隋開皇十年置，治所在萬安縣（後改鄆城縣，在今山東鄆城縣東十六里）。大業初改為東平郡。唐武德初，復改鄆州。貞觀八年移治須昌縣（今山東東平縣西北）。轄境相當今山東東平、梁山、鄆城、巨野等縣地。天寶初復改東平郡。乾元初復為鄆州。原濟州所屬今長清、平陰、東阿、陽谷等區縣併入。錢仲聯《韓昌黎詩繫年集釋》（P. 1220）：方世舉注：公（韓愈）為馬總作《鄆州溪堂詩序》云："憲宗之十四年，始定東平，三分其地。以華州刺史禮部尚書兼御史大夫扶風馬公為鄆曹濮節度觀察等使，鎮其地。既一年，褒其軍號曰天平軍。上即位之二年，召公入，且將用之。以其人之安公也，復歸之鎮。"按《新唐書·馬揔傳》：長慶初，劉總上幽、鎮地，詔徙天平。而召馬揔還，將大用之。會劉總卒，穆宗以鄆人附賴揔，復詔還鎮。方成珪《昌黎先生詩文年譜》：《舊紀》："短（長）慶元年夏四月丙子，以前天平軍節度使馬總復為天平軍節度使。"詩即其時作。

②**【圓至】**南陽人。**【增注】**字退之，鄧州南陽人。《唐書》載：其先蓋河

東人。年二十五，於貞元八年壬申擢進士第。張建封辟府推官，遷監察御史，貞元中貶山陽令，元和初權知國子博士，拜河南令，遷職方員外郎，再貶封溪尉，復為博士，遷刑部侍郎，貶潮州刺史，又改袁州刺史，召拜國子祭酒，穆宗轉吏部侍郎，又為京兆尹兼御史大夫，復為吏部侍郎。《韓文編年》作長慶四年卒，年五十七，贈禮部尚書，謚曰文。《唐書》本傳作元和十四年卒，年四十七。

【補注】吴汝煜撰《中國文學家大辭典·唐五代卷》(P. 747—749)"韓愈"條云，愈(768—825)，字退之，行十八。河陽(今河南孟州)人。《新唐書》本傳謂其鄧州南陽人，誤。郡望昌黎，故世稱韓昌黎。父仲卿，官武昌令，有美政，李白為撰《去思頌碑》。韓愈三歲而孤，隨長兄會播遷韶嶺。會卒，從嫂歸葬河陽，由嫂鄭氏鞠養。七歲讀書，十三能文，刻苦自礪，日記數千百言，遂通六經、百家學。大曆、貞元間，受獨孤及、梁肅崇尚古學風氣影響，鋭意鑽仰，欲自振于一代。貞元八年擢進士第。同榜及第者多才俊之士，故稱龍虎榜。十二年七月受董晉辟，為宣武軍節度使觀察推官。十五年秋，依武寧軍節度使張建封。十八年為四門博士，次年遷監察御史，以論事切直得罪權要，貶陽山令。憲宗即位，徙江陵府法曹參軍。元和元年六月，授國子博士，分司東都。四年改都官員外郎，仍守東都省。翌年改河南令。六年秋，至京師，為職方員外郎。七年，坐事降為太學博士，作《進學解》以自喻。八年擢比部郎中、史館修撰。次年轉考功郎中，修撰如故。十二月兼知制誥。十一年正月，遷中書舍人。為飛語所中，降為太子右庶子。十二年八月，隨裴度宣慰淮西，為行軍司馬。淮西平，以功授刑部侍郎。十四年，因上表諫迎佛骨忤旨，貶潮州刺史，量移袁州刺史。十五年九月徵為國子祭酒。長慶元年七月，轉兵部侍郎。次年二月，奉詔赴鎮州宣諭王廷凑。使還，轉吏部侍郎。三年拜京兆尹，兼御史大夫。十月復為兵部侍郎，旋改吏部侍郎。四年十二月二日卒，謚文。世稱韓吏部或韓文公。韓愈以儒家道統繼承者自居，以弘揚仁義、排斥佛老為己任。大力提倡古文，反對駢偶文風，主張文道合一，以道為主，强調"文從字順"(《南陽樊紹述墓誌銘》)，"惟陳言之務去"(《答李翊書》)。與柳宗元同為當時文壇盟主，世稱

“韓柳”。喜獎掖後進,經其指點者,往往成名,稱韓門弟子。蘇軾以“文起八代之衰”(《潮州韓文公廟碑》)譽之。其詩多用賦體,善為鋪陳,又喜吸收古文章法、句式且好發議論,故有“以文為詩”之稱。葉燮謂唐詩至韓愈為“一大變,其力大,其思雄,崛起特為鼻祖”(《原詩・内篇上》)。後之宋詩受韓愈影響至巨。《舊唐書》本傳及《新唐書・藝文志》載《韓愈集》四十卷,為門人李漢所編。今人馬其昶有《韓昌黎文集校注》(上海古籍出版社 1986 年版),錢仲聯有《韓昌黎詩繫年集釋》(上海古籍出版社 1994 年版),張清華有《韓愈年譜彙證》(江蘇教育出版社 1998 年版)。

③ **【圓至】**《左傳》:“改乘轅而北次之。”蓋馬時赴召。**【增注】**《孟子》:“夫子當路於齊。”

【補注】來朝,前來朝覲。《詩經・小雅・采菽》:“君子來朝,何錫予之?”當路,掌握政權的人。孟浩然《留别王侍御維》:“當路誰相假,知音世所稀。”改轅,改變車行方向。轅,車轅。王起《墨子迴車朝歌賦》:“改轅不爽於歸歟,反路自忘於勞止。”錢仲聯《韓昌黎詩繫年集釋》(P. 1221):方世舉注:“時劉總已棄官為僧,不受旌節,亦尋卒。馬總蓋中路奉詔而還,貫與公俱不及面也。”

④ **【圓至】**須句城,在鄆州須城縣西北,即《地志》所謂“句城,在壽昌西北”者也。《國名記》曰:京相璠云:須句一國三城,兩名者,誤也。蓋句城,為須句故地;而須城者,乃秦所置,須昌在須句城北,後唐以諱改曰須城爾。**【全唐詩】**(句)音劬。

【補注】須句,亦作須朐,春秋時古國名。在今山東省東平縣東南。《左傳・僖公二十一年》:“任、宿、須句、顓臾,風姓也。”杜預注:“須句在東平須昌縣西北。”《公羊傳・僖公二十二年》:“春,公伐邾婁,取須朐。”何休注:“朐,其俱反。《左氏》作‘句’。”唐之鄆州,屬古須句國。後因以借指鄆州。

⑤ **【圓至】**時揔加刑部尚書。**【增注】**少昊,秋官,掌刑。**【全唐詩】**總加檢校刑部尚書。

【補注】少昊,亦作少皞。傳説中古代東夷集團首領,名摯(一作質),號金天氏。東夷集團曾以鳥為圖騰,相傳少皞曾以鳥名為官名。傳説少皞死後為西方之神。按五行,秋和西方相配,故少皞亦為秋之神。杜甫《同諸公登慈恩寺塔》:"羲和鞭白日,少昊行清秋。"錢仲聯《韓昌黎詩繫年集釋》(P. 1221):魏本引韓醇曰:"《月令》:'秋之三月,其帝少昊。'蓋秋主刑,而總加檢校刑部尚書,故云。"陳景雲曰:"馬總始以檢校禮部尚書鎮天平,及召入,未至,復令還鎮,加檢校刑部尚書,故有是句。司寇秋官,秋月其帝少昊,故云爾。又天平屬邑曲阜,本少昊之墟,此句蓋雙關再鎮天平意。"司,官署。

⑥【補注】宿麥,隔年成熟的麥,即冬麥。《漢書·武帝紀》:"遣謁者勸有水災郡種宿麥。"顏師古注:"秋冬種之,經歲乃熟,故云宿麥。"

⑦【增注】珠玉,江淹語郭鞏曰:"子之咳唾成珠玉,非碌碌比也。"

【補注】珠玉,比喻妙語或美好的詩文。杜甫《奉和賈至舍人早朝大明宮》:"朝罷香煙攜滿袖,詩成珠玉在揮毫。"

【校勘】

[一] 韓愈 磧砂本脱。

[二] 出 全唐詩作"再"。

[三] 兼 全唐詩作"遷"。

[四] 吹 磧砂本、全唐詩作"抽"。

送董卿赴台州①

張 蠙

九陌除書出②,尋僧問海城③。家從中路挈④,吏隔數州迎。夜蚌侵燈影⑤,春禽雜櫓聲⑥。開圖知[一]異迹,思想[二]石橋行⑦。

【考證】

此詩見《全唐詩》卷七〇二(P. 8070)。

【注評】

①【增注】唐江南道台州臨海郡，春秋時屬越，秦屬閩中[三]郡，漢屬東甌國，梁改赤城郡，隋屬永嘉郡，宋台州，今屬浙東道。

【補注】卿，古代高級官員的名稱。西周、春秋時天子、諸侯都有卿，分上、中、下三等。秦漢時期三公以下設有九卿，歷代相沿。董卿，陶敏《全唐詩人名彙考》(P. 1219、1146)謂指董賡。陸龜蒙有《送董少卿遊茅山》詩，云："曾佩魚符管赤城。"《(嘉定)赤城志》卷八"秩官門・歷代郡守"：董賡，咸通七年授。《舊唐書・懿宗本紀》："(咸通六年二月)制以……大理少卿董賡試拔萃選人。"台州，唐武德五年改海州置，治所在臨海縣(今浙江臨海市)。轄境相當今浙江臨海、台州二市及天台、仙居、寧海、象山、三門、溫嶺六縣市。《元和郡縣圖志》卷二六"江南道二・台州"："蓋因天台山為名。"天寶元年改臨海郡，乾元元年復改台州。

②【圓至】《黄圖》曰："長安城中九陌八街。"【增注】除書，拜官曰除。如淳曰："凡言除者，除故官，受新官也。"

【補注】九陌，漢長安城中的九條大道。泛指都城大道和繁華鬧市。駱賓王《帝京篇》："三條九陌麗城隈，萬户千門平旦開。"除書，拜官授職的文書。

③【補注】尋僧，台州天台山為佛教天台宗的發祥地，故云。問，介詞，向。杜甫《入宅三首》之二："相看多使者，一一問函關。"海城，海邊之城。馬戴《送皇甫協律淮南從事》："隋柳疏淮岸，汀洲接海城。"台州濱海。

④【補注】挈家，攜帶家眷。挈，攜帶，率領。《公羊傳・襄公二十七年》："公子鱄挈其妻子而去之。"中路，半路。《楚辭・九辯》："然中路而迷惑兮，自壓桉而學誦。"

⑤【增注】蚌，蛤屬。

【補注】蚌，軟體動物。有兩個多呈橢圓形的介殼，可以開閉，殼内有珍珠層，或能産珠。《本草綱目》卷四六："蚌與蛤同類而異形。長者通曰蚌，圓者通曰蛤，故蚌從丰(中)，蛤從合，皆象形也。後世混稱蛤蚌者，非也。"此句乃誇張、想象之辭，謂每到夜晚，水中蚌類所含的珍珠放射出奪目的光芒,相形之下,燈光在水面的投影都有些黯淡了。

⑥【補注】櫓,比槳長大的劃船工具,安在船尾或船旁。白居易《河亭晴望》:"晴虹橋影出,秋雁櫓聲來。"

⑦【補注】圖,地圖。石橋,即石橋山,在今浙江天台縣北。參見卷五僧貫休《春山》注⑤。

【校勘】

［一］知　全唐詩作"見"。

［二］想　全唐詩作"上"。

［三］閩中　底本、正統本、大系本作"閔中",據史實改。

已前共十一首

過香積寺①

王　維

不知香積寺,數里入雲峰②。古路[一]無人迹[二],深山何處鍾。泉聲咽危石,日色冷青松。薄暮空潭曲,安禪制毒龍③。

【考證】

此詩見《全唐詩》卷一二六(P. 1274—1275),題下校"一作王昌齡詩"。陳鐵民《王維集校注》(P. 595):"此篇《文苑英華》作王昌齡詩。按,王維集諸本俱録此詩,而王昌齡集無此詩,《全唐詩》同,宜從之。"

【注評】

①【圓至】香積寺,在子午谷正北微西,郭子儀收長安時陣於寺北。寺

在豐水之東，交水之西也。**【增注】**長安京西及潼川府，並永康軍青城縣，梓州涪城縣，惠州博羅縣，並有香積寺。佛書："香積，如來以衆香鉢盛滿香飯，與化菩薩，悉飽衆香。"寺取此為名。

【補注】陳鐵民《王維集校注》(P. 595)：香積寺，故址在今西安長安區。《長安志》卷一二"縣二・長安"："開利寺，在縣南三十里皇甫村，唐香積寺也。永隆二年建，皇朝太平興國三年改。"鄭洪春《香積寺考》(《人文雜誌》1980 年第 6 期)謂，在今皇甫村(即唐皇甫村)原下，曾發現寺院遺址石柱礎及殘缺的石佛像二，初步分析，具有隋唐文化特徵。這一發現，同《長安志》的記載相合，可證唐香積寺即在此。又謂，至宋時，香積寺已毀，又在今日賈里村之西的香積寺村另修新寺，初名開利，後又名香積，不知者每誤以為此即唐之香積寺。馬茂元《唐詩選》(P. 102)：香積，原意為佛教所説的衆香世界，《維摩詰所説經・香積佛品》："有國名衆香，佛號香積……其國香氣比於十方諸佛世界人天之香，最為第一。"此取為寺名。

② **【補注】**陳伯海主編《唐詩彙評》(P. 311)：《唐詩摘鈔》卷一"五言律"："起用'不知'二字，便見往時未到，今日方過，幽賞勝情，得未曾有，俱寓此二字内。"

③ **【補注】**薄暮，傍晚。空潭，澄澈的深淵。曲，彎曲的地方，猶角落。制毒龍，謂降伏妄念。陳鐵民《王維集校注》(P. 595)：安禪，佛家語，猶言入于禪定。江總《明慶寺詩》："金河知證果，石室乃安禪。"毒龍，趙殿成注："《涅槃經》：但我住處，有一毒龍，其性暴急，恐相危害。"又曰："毒龍宜作妄心譬喻，猶所謂心馬情猿者，若會意作降龍實事用，失其解矣。"按，趙説是，佛教認為，妄念煩惱能危害人之身心，使其不得解脱，故以毒龍喻之。《禪秘要法經》卷中："今我身内，自有四大毒龍無數毒蛇……集在我心。如此身心，極為不净，是弊惡聚，三界種子(産生世俗世界各種現象的精神因素)萌芽不斷，云何我今於不净中而生净想?""安禪"可使心緒寧静專注，滅除妄念煩惱，故曰"制毒龍"。趙殿成注："此篇起句極超忽，謂初不知山中有寺也，迨深入雲峰，於古木森叢人蹤罕到之區，忽聞鐘聲，而始知之。四句一氣盤旋，滅盡針綫之跡，非自盛唐高手，未易多覯。'泉聲'二句，深山恒

境，每每如此。下一‘咽’字，則幽静之狀恍然；著一‘冷’字，則深僻之景若見。昔人所謂詩眼是矣。”《唐詩摘鈔》卷一“五言律”：朱之荆：“通篇從‘過’字着想。次聯承明‘不知’字。末句收住‘寺’字。”

【校勘】

［一］路　磧砂本、全唐詩作“木”。

［二］迹　磧砂本、全唐詩作“徑”。

送友人尉蜀中①

徐　晶②

故友漢中尉③，請[一]為西蜀吟④。人家多種橘⑤，風土愛彈琴⑥。水向昆明闊⑦，山通[二]大夏深⑧。理閑無别事，時寄一登臨⑨。

【考證】

此詩見《全唐詩》卷七五(P. 818)；又見卷七〇二(P. 8085)，屬張蠙，題中無“人”字。佟培基《全唐詩重出誤收考》(P. 52)云，此詩《國秀集》卷下作徐晶，目録稱其為“魯郡録事”，張蠙乃唐末昭宗時進士，當依《國秀集》。

【注評】

①**【增注】**漢縣尉主捕盗，隋改為正，後復置尉，又分為户曹、法曹，唐赤縣尉六員，宋每縣一員，今尉在主簿下。

【補注】尉，擔任縣尉。秦、漢縣令、縣長下置尉，掌一縣治安，歷代因之。蜀中，即蜀地，泛指今四川一帶。參見卷二熊孺登《湘江夜泛》注③。

②**【增注】**開元十七年第。

【補注】吴在慶撰《中國文學家大辭典・唐五代卷》(P. 646)“徐晶”條

云，晶(生卒年里不詳)，開元時人，曾官魯郡録事。善詩，與詩人蔡孚相唱和，作有《同蔡孚五亭詠》《蔡起居山亭》等詩。有詩名于當時，詩被芮挺章選入《國秀集》。《全唐詩》卷七五存詩五首。

③【**增注**】唐興元府漢中郡，本[三]梁州漢川郡。

【**補注**】漢中，即漢中郡。唐天寶元年改梁州置，乾元元年復為梁州，興元元年升為興元府。轄境相當今陝西漢中、城固、南鄭、勉縣等市縣及寧强縣北部地方。

④【**補注**】西蜀，即蜀地，因在西方，故稱。

⑤【**圓至**】《蜀都賦》曰："户有橘柚之園。"

⑥【**圓至**】司馬相如，蜀人，好彈琴，蜀卓氏女亦好琴。

⑦【**圓至**】臣瓚曰："西南夷昆明有滇池。"《異物志》曰："滇池，在建寧界，水周二百餘里。漢武嘗於長安鑿池效之。"

【**補注**】昆明，即昆明池，又名滇池。在今昆明市西南。東西兩岸，有金馬、碧雞兩山夾峙。湖水在西南海口泄出稱螳螂川，為金沙江支流普渡河上源。《史記·西南夷列傳》：莊蹻"至滇池，方三百里"。張守節正義引《括地志》云："滇池澤在昆州晉寧縣西南三十里。其水源深廣而〔末〕更淺狹，有似倒流，故謂滇池。"

⑧【**圓至**】張騫嘗使大夏，在蜀漢西南，即中天竺也。以天地之中，故曰大夏，漢地偏東不正，故曰東夏。【**增注**】唐劍南道巂州越巂郡有昆明縣，隴右道河州有大夏縣。

【**補注**】大夏，古國名。音譯巴克特里亞(Bactria)，也叫希臘·巴克特里亞王國。我國漢代稱之為大夏。《史記·大宛列傳》："大夏在大宛西南二千餘里嬀水南。"《魏書·西域傳》稱作吐呼羅，《隋書·西域傳》《北史·西域傳》《舊唐書·地理志三》皆作吐火羅。為大月氏所滅，在今阿富汗北部一帶。

⑨【**補注**】理，治理。此意唐人因避李治諱，多言理。理閑，謂理政之餘。寄，寄情。登臨，登山臨水。因指遊覽。語本《楚辭·九辯》："憭慄兮若在遠行，登山臨水兮送將歸。"

【校勘】

［一］請　底本作“謂”，據正統本、明應本、磧砂本、全唐詩改。

［二］通　全唐詩作“連(一作通)”。

［三］本　底本作“木”，據正統本、大系本改。

與諸子登峴山①

孟浩然

人事有代謝②，往來成古今③。江山留勝迹④，我輩復登臨。水落漁[一]梁淺，天寒夢澤深⑤。羊公碑尚[二]在，讀罷一[三]沾襟⑥。

【考證】

此詩見《全唐詩》卷一六〇(P. 1644)。

【注評】

①**【圓至】**峴山，去襄陽十里。

【補注】峴山，在今湖北襄陽南，又名峴首山。東臨漢水，為襄陽南面要塞。西晉羊祜鎮襄陽時，常登此山，置酒吟詠。《晉書·羊祜傳》：“祜樂山水，每風景，必造峴山，置酒言詠，終日不倦。”佟培基《孟浩然詩集箋注》(P. 19)：《方輿勝覽》卷三二“京西路·襄州府·山川”：“峴山，去襄陽十里。《十道志》：羊祜嘗與從事鄒潤甫登峴山，垂泣曰：‘自有宇宙，便有此山，由來賢達勝士，登此遠望者多矣，皆湮滅無聞。’潤甫對曰：‘公德冠四海，道嗣前哲，令聞令望，當與此山俱傳。’後人思慕，遂立羊公廟并碑。”

②**【圓至】**高誘曰：“代，更。謝，敘也。”

【補注】代謝，指新舊更迭、交替。《文選》卷四九干寶《晉紀論晉武帝革命》：“帝王之興，必俟天命，苟有代謝，非人事也。”李善注：“《淮南子》曰：

'二者代謝舛馳。'高誘曰:'代,更也;謝,次也。'"

③【**補注**】《鶡冠子·世兵》:"往古來今,事孰無郵。"《淮南子·齊俗訓》:"往古來今謂之宙,四方上下謂之宇。"

④【**補注**】勝迹,有名的古迹、遺迹。謝朓《遊山詩》:"永志昔所欽,勝迹今能選。"

⑤【**增注**】魚梁,劈竹積石,橫截中流,以為聚魚之區也。杜詩:"欲作魚梁雲覆湍。"○夢澤,即雲夢澤。

【**補注**】佟培基《孟浩然詩集箋注》(P. 20):魚梁,《水經·沔水注》:"襄陽城東有東白沙,白沙北有三洲,東北有宛口,即淯水所入也。沔水中有魚梁洲,龐德公所居。"《晉書·習鑿齒傳》:"鑿齒既罷郡歸,與秘書曰:'……縱目檀溪,念崔、徐之友;肆睇魚梁,追二德之遠,未嘗不徘徊移日,惆悵極多。'"夢澤,即雲夢澤,古澤藪名。本在今湖北江陵以東,江漢之間。晉以後的學者將其範圍說到大江以南、漢水以北,把洞庭湖也包括在內。參見卷三李頻《湘中送友人》注⑤。

⑥【**圓至**】晉羊祜[四]有惠於襄陽,百姓峴山建碑,望者莫不流涕。【**增注**】羊祜[五],字叔子,太山南城人,百姓為建碑於峴山,望者皆墮淚,杜預名曰墮淚碑。【**磧砂**】羊祜鎮襄陽,民懷其惠,曾立碑峴山。後羊公卒,人望碑墮淚,謂之墮淚碑。

【校勘】

[一] 漁　正統本、明應本、磧砂本、全唐詩作"魚"。

[二] 尚　全唐詩作"字(一作尚)"。

[三] 一　全唐詩作"淚"。

[四] 羊祜　底本、正統本、詩說本作"羊祐",據史實改。

[五] 羊祜　底本、正統本、大系本作"羊祐",據史實改。

寄邢逸人①

鄭　常②

羨君無外事，日與世情違③[一]。地僻人難到，溪深鳥自飛④。儒衣荷葉老，野飯藥苗肥⑤。若問湖邊[二]意，而[三]今憶共歸。

【考證】

此詩見《全唐詩》卷三一一（P. 3512），題中"邢"下校"一作常"。

【注評】

①**【補注】**逸人，猶逸民，有德行才能而遁世隱居的人。參見卷六孟貫《寄山中高逸人》注①。邢逸人，待考。

②**【增注】**肅宗時人。常有《謫居漢陽至白沙阻雨題驛亭》詩。又高仲武云"儒衣荷葉老，野飯藥苗肥"，足見丘園之趣也。

【補注】賈晉華撰《中國文學家大辭典·唐五代卷》（P. 524）"鄭常"條云，常（？—787），大曆中貶居漢陽。貞元初任淮西節度判官、檢校殿中侍御史。三年淮西留後吴少誠欲拒朝命，常與大將楊冀謀逐之，事泄，為少誠所殺。工詩，高仲武評曰："常詩婉靡，雖未弘遠，已入文流。"（《中興間氣集》卷下）《新唐書·藝文志》著録《鄭常詩》一卷。《全唐詩》卷三一一存詩三首。

③**【補注】**外事，謂世俗之事。日，一天一天地。陶淵明《歸去來兮辭并序》："園日涉以成趣，門雖設而常關。"世情，世俗之情。陶淵明《辛丑歲七月赴假還江陵夜行塗口一首》："詩書敦宿好，林園無世情。"違，遠，拉開距離。

④**【補注】**此聯化用陶淵明《飲酒詩二十首》之五："結廬在人境，而無車馬喧。問君何能爾，心遠地自偏。採菊東籬下，悠然見南山。山氣日夕佳，

飛鳥相與還。此還有真意,欲辨已忘言。”

⑤【**補注**】儒衣,猶儒服。屈原《離騷》:“製芰荷以為衣兮。”野飯,指粗淡的飯食。杜甫《從驛次草堂復至東屯二首》之二:“山家蒸栗暖,野飯射麋新。”

【校勘】

[一] 違　全唐詩校“一作稀”。

[二] 若問湖邊　全唐詩作“疇昔江湖(一作若問湖邊)”。

[三] 而　全唐詩校“一作如”。

吴明徹故壘①

劉長卿

古臺摇落後②,秋入[一]望鄉心。古[二]寺人來[三]少,雲峯水隔[四]深。夕陽依舊壘,寒磬滿空林③。惆悵南朝事,長江獨至今④。

【考證】

此詩見《全唐詩》卷一四七(P. 1496),題作《秋日登吴公臺上寺遠眺,寺即陳將吴明徹戰場(一作地)》。

【注評】

①【**圓至**】明徹嘗為陳將,壽陽之勝,遂擒王琳,有故壘在焉。【**磧砂**】陳武帝朝屢進車騎大將軍。

【**補注**】本集題同《全唐詩》,無校記。儲仲君《劉長卿詩編年箋注》(P. 320):《太平寰宇記》卷一二三“淮南道一・揚州・江都縣”:“吴公臺,在縣西北四里。沈慶之攻竟陵王誕所築弩臺也。後陳將吴明徹圍北齊東廣州刺史敬子猷增築之,以射城内。號吴公臺。”《欽定大清一統志》卷六七“揚州府二”:“吴公臺在甘泉縣西北四里,一名雞臺……《舊志》:唐武德元年,江都守陳棱葬煬帝於江都宫西吴公臺下,即此。”“此詩當為駐揚州時作,時在大曆三、四年間。”楊世明《劉長卿集編年校注》(P. 277):“吴明徹:字通昭,南朝陳將,官至司空、車騎大將軍、南平郡開國公。後為周擒,卒。《陳書》《南史》有傳。”

②【圓至】本集題云《秋日登吴公臺上寺乃明徹戰場》。

③【補注】馬茂元、趙昌平《唐詩三百首新編》(P. 232):“‘寒磬滿空林’句尤為傳神。詩人利用静與響、空與滿的辯證關係,以響顯静,以滿形空,在全詩空茫含思境界的構成中是點睛之筆。”

④【磧砂】敏按,史論明徹屬否運之期,當闢土之任,才非韓、白,識暗孫、吴,知進而不知止,知得而不知喪,犯斯不韙,師亡國蹙。謂其迮灌清水,卒就周擒也。此結不落議論而深致慨焉。

【校勘】

［一］入　正統本、明應本、全唐詩作“日”,全唐詩校“一作入”。

［二］古　全唐詩作“野”。

［三］人來　磧砂本作“來人”。

［四］水隔　底本、正統本、明應本、磧砂本作“隔水”,據全唐詩改。

送普門上人①［一］

皇甫冉

花宫難［二］久别,道者憶千燈②。殘雪入林路,深［三］山歸寺僧。日光依嫩草,泉響滴春冰。何用求方便,看心是一乘③。

【考證】

此詩見《全唐詩》卷二五〇(P. 2835),題下校"一作皇甫曾詩,題下有'還陽羨'三字";又見卷二一〇(P. 2180),屬皇甫曾,題作《送普上人還陽羨》(一作皇甫冉詩)。佟培基《全唐詩重出誤收考》(P. 164、114—115)云,此詩《文苑英華》作皇甫曾,并據其本集校。《唐音統籤》卷二六七《丁籤》卷二四亦作曾,下注:"一作皇甫冉詩,誤。"明銅活字本《皇甫冉集》卷中、《皇甫曾集》卷上皆收。按,普門上人為南岳寺僧,陽羨(即今江蘇宜興)山中亦有南岳講寺,齊永明二年建,見《(成化)重修毗陵志》卷二九"寺觀"。《唐才子傳》卷三云皇甫冉進士及第後任無錫縣尉,曾"營别墅陽羨山中",詩或為冉作。

【注評】

①【**補注**】上人,對和尚的尊稱。普門上人,佟培基《全唐詩重出誤收考》(P. 114—115)云,《(咸淳)重修毗陵志》卷二五"仙釋":"普門師,姓何氏……天寶中受度于南嶽寺,博聞强記,蕭公定輩皆與游,正(貞)元間歸寂,建塔西澗,許孟容為記,石刻今存。"陳垣《釋氏疑年録》(P. 126)據《釋門正統》卷二云:"南岳普門,嶽州何氏。唐貞元八年卒,年八十四(七〇九—七九二)。"

②【**補注**】花宫,指佛寺。李白《秋夜宿龍門香山寺奉寄王方城十七丈奉國瑩上人從弟幼成令問》:"玉斗横網户,銀河耿花宫。"佛經云,諸天為讚歎佛説法之功德而散花如雨。《仁王護國般若波羅蜜多經·序品》:"時無色界雨諸香花,香如須彌,華如車輪。"道者,具備或通曉、領悟了某種德行、道理的人,一般用來美稱和尚、道士。這裏指普門上人。千燈,佛教認為佛旨可以破除迷暗,因而以一燈相喻,進而以"一燈然百千燈"比喻佛法的傳授。《維摩詰所説經·菩薩品》:"無盡燈者,譬如一燈然百千燈,冥者皆明,明終不盡。"

③【**圓至**】《法華經》曰:"惟一佛乘。"【**增注**】惠海禪師謂:"律師、法師、禪師,三學雖殊,得意忘言,一乘何異?"

【補注】何用，不用、不須。方便，佛教語，謂以靈活方式因人施教，使悟佛法真義。《維摩詰所説經·法供養品》："以方便力爲諸衆生分别解説，顯示分明。"《五燈會元》卷四"章敬暉禪師法嗣·薦福弘辯禪師"："方便者，隱實覆相，權巧之門也。被接中下，曲施誘迪，謂之方便。"一乘，佛教語，謂引導教化一切衆生成佛的唯一方法或途徑。《妙法蓮華經》首倡此説。乘，指車乘，比喻能載人到達涅槃境界。《妙法蓮華經·方便品》："十方佛土中，唯有一乘法，無二亦無三，除佛方便説。"此聯即禪宗明心見性意。《六祖大師法寶壇經·般若》："若開悟頓教，不能外修，但於自心常起正見，煩惱塵勞常不能染，即是見性。"

【校勘】

［一］正統本、明應本此首在下文羊士諤《西郊蘭若》後。

［二］難　全唐詩校"一作雖"。

［三］深　全唐詩校"一作暮"。

送樊兵曹謁潭州韋大夫①

李嘉祐

塞鴻歸欲盡，北客始辭秦②[一]。零桂雖逢竹③，瀟湘[二]少見人④。江花鋪淺水，山木暗殘春。修刺轅門裏⑤，多憐爾為親。

【考證】

此詩見《全唐詩》卷二〇六(P. 2152)，題中"謁潭州"作"潭州謁"。

【注評】

①【增注】潭州，今屬湖南道。古者天子三公，九卿，二十七大夫[三]。

唐有諫議及御史等大夫,又文散官有光禄金紫、光禄銀青、光禄、正議[四]、通議、中、太中、中散、朝議、朝請、朝散等大夫。

【補注】兵曹,官名。唐制,府置兵曹參軍,掌軍防、門禁、田獵、烽候、驛傳諸事。參見卷四許渾《贈蕭兵曹》注①。樊兵曹,待考。潭州,隋置,治所在長沙縣(今長沙市)。參見卷三高適《送王李二少府貶潭峽》注①。大夫,職官名。儲仲君《李嘉祐詩疑年》(P. 152)云,韋大夫,韋之晉。常衮有《加韋之晉御史大夫制》(《全唐文》卷四一三),時為"銀青光禄大夫檢校祕書監兼衡州刺史御史中丞充湖南都團練守捉觀察處置等使"。《舊唐書·代宗本紀》:大曆四年二月"辛酉,以湖南都團練觀察使、衡州刺史韋之晉為潭州刺史,因是徙湖南軍於潭州"。大曆四年七月"己巳,以澧州刺史崔瓘為潭州刺史、湖南都團練觀察使"。此詩當為嘉祐大曆四年(768)暮春在長安作。

②**【增注】**秦,恐指長安。又唐秦州屬隴北道。

【補注】塞鴻,塞外的鴻雁,秋季南來,春季北去。

③**【圓至】**零陵、八桂。**【增注】**零桂,零陵屬永州,桂陽屬林州。

【補注】零桂,零陵、桂陽二郡的並稱。零陵,郡名。西漢元鼎六年分桂陽郡置,治所在零陵縣(今廣西全州縣西南)。轄境相當今湖南邵陽市、衡陽縣以南,永州市、寧遠縣以西,武岡市和廣西桂林市以東,陽朔縣和湖南道縣以北地。東漢移治泉陵縣(今湖南永州市北二里)。三國後轄境縮小。隋開皇九年改置永州,大業初復名零陵郡,治零陵縣(今永州市)。唐武德四年又改永州。天寶元年復為零陵郡,乾元元年又改為永州。桂陽,郡名。漢高帝置,治所在郴縣(今湖南郴州市)。轄境約當今湖南耒陽市以南的耒水、舂陵水流域,北至洣水入湘處附近,南包廣東英德以北的北江流域。三國吴以後縮小。隋開皇九年改為郴州,大業初復為桂陽郡。唐武德四年又改為郴州。天寶元年復為桂陽郡,乾元元年改為郴州。

④**【補注】**瀟湘,湘水與瀟水的並稱。多代指今湖南地區。參見卷一柳宗元《酬曹侍御過象縣見寄》注④。

⑤**【圓至】**《漢書》注曰:"古未有紙,削竹木書姓名,曰刺。"○《穀梁子》:

"置旃以為轅門。"【增注】轅門,凡軍行以車為陳,轅相向為門,謂之轅門。

【補注】修刺,置備名帖,作通報姓名之用。《後漢書·文苑列傳下·邊讓》:"時賓客滿堂,莫不羨其風。府掾孔融、王朗並修刺候焉。"轅門,將帥的營門。因樊為兵曹,故稱。

【校勘】

[一] 秦 全唐詩作"春"。

[二] 瀟湘 全唐詩作"湘川"。

[三] 大夫 底本作"夫夫",據正統本、大系本改。

[四] 正議 底本、大系本作"王訍",正統本作"正訍",據史實改。下文"議"字底本、大系本作"訍",正統本作"訍",徑改。

西郊蘭若①

羊士諤

雲天宜北户[一],塔廟似西方②。林下僧無事③,江清日正[二]長。石泉盈掬冷④,山實滿枝香。寂寞傳心印,無[三]言亦已忘⑤。

【考證】

此詩見《全唐詩》卷三三二(P. 3703)。

【注評】

①【增注】邑外曰郊。蘭若,《釋氏要覽》:"梵言阿蘭若,唐言無諍,因以名寺。"又曰:"寺之總名。若,爾者切。"

②【增注】西方,指西域佛國也。

【補注】塔廟,塔。亦泛指寺塔。《魏書·釋老志十》:"塔亦胡言,猶宗廟也,故世稱塔廟。”西方,亦指佛家所謂西方净土、極樂世界。

③**【補注】**林下,樹林之下,指幽静之地。任昉《求為劉瓛立館啓》:“瑚璉廢泗上之容,樽俎恣林下之適。”

④**【補注】**盈掬,亦作盈匊,滿捧。兩手合捧曰匊。《詩經·唐風·椒聊》:“椒聊之實,蕃衍盈匊。”毛公傳:“兩手曰匊。”

⑤**【增注】**達摩祖師云:“内傳心印,以契澄心。”文殊云:“無有文字言語,是真入不二法門。”

【補注】心印,禪宗語。謂不用語言文字,而直接以心相印證,以期頓悟。《六祖大師法寶壇經·頓漸》:“師曰:‘吾傳佛心印,安敢違於佛經。’”忘言,《莊子·外物》:“言者所以在意,得意而忘言。”陶淵明《飲酒詩二十首》之五:“此還有真意,欲辨已忘言。”

【校勘】

[一] 户　磧砂本作“向”。

[二] 正　全唐詩作“復”。

[三] 無　全唐詩作“玄”。

送耿處士①

賈　島

一瓶離别酒,未盡即言行。萬水千山路,孤舟幾日[一]程。川原秋色静[二],蘆葦晚風鳴。迢遞不歸客,人傳虚隱名②。

【考證】

此詩見《全唐詩》卷五七二(P. 6637)。

【注評】

①【補注】處士，指有道德、學問而隱居不仕之士。耿處士，待考。

②【磧砂】謙曰："一瓶離别酒"，初讀去，似率意句。讀"未盡即言行"，乃知"一瓶"二字，真而有味也。接云"萬水千山路，孤舟幾日程"，正所謂别後晤期未可預卜，何為言行甚驟不肯少留乎？"川原"二句補寫當時景色，作轉落，故結有諷之早歸之意。若曰不歸，則非隱士之所為矣。山人不在山，因此一慨。

【補注】迢遞，遥遠貌。杜甫《送樊二十三侍御赴漢中判官》："居人莽牢落，遊子方迢遞。"虚，虚假，不真實。《史記·孟嘗君列傳》："世之傳孟嘗君好客自喜，名不虚矣。"南朝齊周彦倫隱于鍾山，後應詔為令，欲却過此山，孔稚圭作《北山移文》以譏之。参見卷四劉禹錫《春日閑坐》注⑤。古人言"歸"，一般指返回家鄉或常住地。末聯諷其早歸，意謂：那些遠遊不歸的人，人們都會譏笑説他們的隱居是虚假的。齊文榜《賈島集校注》(P. 149)："虚，深山。"誤。

【校勘】

［一］日　全唐詩作"月"。

［二］静　正統本、明應本作"盡"，磧砂本作"净"。

春喜友人至山舍①[一]

周　賀

鳥鳴春日晚[二]，喜見竹門開②。路自高岩出[三]，人騎瘦[四]馬來。折花林影動[五]，移石澗聲[六]回③。更欲留[七]深語，重城暮色催④。

【考證】

此詩見《全唐詩》卷五〇三(P. 5726)。

【注評】

①【補注】山舍,山中的房舍。《南齊書·高逸傳·杜京産》:"京産請瓛至山舍講書,傾資供待。"

②【補注】竹門,竹製之門或竹子掩映的門。

③【補注】此句言山路在巖石間盤繞,友人路上不時聽到澗水流動聲。這個意思通常言"路轉峰回",詩人如此説更新奇有味。

④【補注】深語,猶深談,謂布誠相談。《史記·吕不韋列傳》:"吕不韋曰:'子不知也,吾門待子門而大。'子楚心知所謂,乃引與坐,深語。"重城,古代城市在外城中又建内城,故稱。《文選》卷五左思《吴都賦》:"郛郭周匝,重城結隅。"劉逵注:"大城中有小城,周十二里。"過去城門旦啓暮閉,友人當住在城裏,故稱。

【校勘】

[一] 圓校"俗本題作《晚春送人歸覲》者非,今從本集"。

[二] 晚　全唐詩作"曉"。

[三] 出　全唐詩校"一作入"。

[四] 瘦　全唐詩作"大(一作瘦)"。

[五] 動　全唐詩作"斷(一作動)"。

[六] 澗聲　全唐詩作"洞陰(一作澗聲)"。

[七] 留　底本、磧砂本作"畱",據正統本、明應本、全唐詩改。

龍翔[一]喜胡權訪宿①

喻　鳧②

林棲無異歡③,煑茗就花欄④。雀啄北窗晚[二],僧開西閣[三]寒。衝橋二水急,扣月一鍾殘⑤。明發還分手⑥,徒悲行路難⑦。

【考證】

此詩見《全唐詩》卷五四三(P. 6273—6274),題作《龍翔寺居喜胡權見訪因宿》。

【注評】

①【圓至】龍翔寺,恐在虢州。按本集《龍翔寺夜懷張渭南》詩云"河風吹鳥迴,岳雨滴桐疏",皆弘農景也。

【補注】龍翔,即龍翔寺,在涇州(治所在今甘肅涇川縣北五里)。王新英輯校《全金石刻文輯校》(P. 144)載大定六年《觀音院碑》,云:"百萬和尚……崇奉佛法,蓋自天性,非勉强求名者之所能比也。涇州龍翔寺賜紫明教大□□瓊,顏貌魁偉……即公之師也。"喻鳬有數首與龍翔寺相關的詩,用了"大荒""河""塞""沙"等語詞,與涇州地理、地貌相符。如《龍翔寺居夏日寄獻王尚書》:"河兼落下望,句入大荒思。"陶敏撰《唐才子傳校箋》第5册(P. 350)"喻鳬"補正云,應舉長安士子不第者多西遊鳳翔、涇原、邠寧諸鎮以延譽。喻鳬詩中的"王尚書",應是大和九年至開成五年任涇原節度使之王茂元,時檢校兵部尚書,故稱。胡權(生卒年里不詳),開成時人,曾應進士試,後不知所終,《全唐詩》卷七八〇存詩一首。生平參見吳在慶撰《中國文學家大辭典・唐五代卷》(P. 564)"胡權"條。

②【圓至】毗陵人,開成五年李從實榜進士。【增注】字坦之,毗陵人。開成進士第,卒於烏程令。

【補注】吳在慶撰《中國文學家大辭典・唐五代卷》(P. 753—754)"喻鳬"條云,鳬(生卒年不詳),毗陵(今江蘇常州)人。開成五年登進士第,任校書郎。官終烏程令。鳬與姚合、賈島、方干、李商隱、杜荀鶴、顧非熊等均有交往、唱酬,尤與方干親善。鳬卒,干有《哭喻鳬先輩》云:"日夜役神多損壽,先生下世未中年。"知其未至中年而卒。鳬苦吟,學賈島。方干稱其"所得非衆語,衆人那得知。纔吟五字句,又白幾莖髭"(《贈喻鳬》)。嘗謁杜牧,不為所重,乃曰:"我詩無羅綺鉛粉,宜其不售也。"(《唐詩紀事》卷五一引《北夢瑣言》)其詩多為五律。胡震亨稱其"五言閒遠朗秀,選句功深,自稱無羅綺鉛粉，殆亦實語”（《唐音癸籤》卷八）。辛文房謂其“晚歲變雅，梟亦風靡，專工小巧，高古之氣掃地，所畏者務陳言之是去耳”（《唐才子傳》卷七）。《新唐書·藝文志》著録《喻梟詩》一卷。《全唐詩》卷五四三編其詩為一卷。唐代另有詩人喻坦之，乃睦州（今浙江建德）人，為“咸通十哲”之一。生平參見吴在慶撰《中國文學家大辭典·唐五代卷》（P. 753）“喻坦之”條。增注云喻梟“字坦之”，誤。

③【圓至】鹿岑曰：“旦夕即還故林，單棲一枝[四]。”

【補注】林棲，在山林間棲居或歸隱。曹毗《對儒》：“不追林棲之迹，不希抱鱗之龍。”

④【補注】就，就近，湊近。

⑤【補注】此句謂鐘一敲動，其聲遠揚，連高空的月亮也仿佛被扣響了，以此映襯鐘聲之清越。喻梟龍翔寺詩多次寫到鐘聲，如《夏日龍翔寺寄張侍御》：“曉月僧汲井，殘陽鐘殷臺。”“扣月”“殷臺”，筆法相同，只是一虚一實罷了。又李賀《秦王飲酒》云：“羲和敲日玻璃聲。”錢鍾書《談藝録》（P. 133）言“長吉曲喻”，特意拈出，津津樂道，謂：“長吉乃往往以一端相似，推而及之於初不相似之他端……日比瑠璃，皆光明故；而來長吉筆端，則日似玻瓈光，亦必具玻瓈聲矣。”準此，喻梟言“扣月”，亦曲喻也。蓋擬月為玉盤，言其光色也，乃常人之意。詩人則進一步發想，謂月之光色既如玉盤，則其亦如玉盤之“硜硜”可“扣”矣，其思既在人意之中又越意表之外。長吉言“敲日”，尚借“玻璃聲”暗示；喻梟言“扣月”，則僅以殘鐘比襯，其喻似更曲、更妙矣。

⑥【圓至】《詩》：“明發不寐。”

【補注】明發，黎明，平明。《詩經·小雅·小宛》：“明發不寐，有懷二人。”朱熹集傳：“明發，謂將旦而光明開發也。二人，父母也。”

⑦【補注】行路難，行路艱難，亦比喻處世不易。杜甫《宿府》：“風塵荏苒音書絶，關塞蕭條行路難。”又樂府雜曲歌辭有《行路難》，多寫世路艱難和離情别意。

【校勘】

［一］磧砂本“龍翔”後有“寺”字。

［二］雀啄北窗晚　全唐詩作“雀啅北岡(一作窗)曉”。

［三］閣　正統本、明應本作“閤”。

［四］此條底本脱,據詩説本、正統本、明應本補。

秋晚郊居①

任　蕃②[一]

遠[二]聲霜後樹③,秋色水邊村。野徑無來客,寒風自動門。海山藏日影,江石[三]落潮痕④。惆悵高飛晚⑤,年年别故園。

【考證】

此詩見《全唐詩》卷七二七(P. 8332),屬任翻(一作蕃)。

【注評】

①【補注】郊居,在郊外居住。

②【補注】吴在慶撰《中國文學家大辭典・唐五代卷》(P. 183)“任翻”條云,翻(生卒年里不詳),翻又作蕃。唐末在世,嘗寓居台州。有詩名。張為《詩人主客圖》將其列為“清奇雅正主”之升堂者。《新唐書・藝文志》著録其詩一卷。《全唐詩》卷七二七録存其詩十八首。

③【補注】遠聲,謂木葉脱落聲。《楚辭・九歌・湘夫人》:“嫋嫋兮秋風,洞庭波兮木葉下。”

④【補注】潮痕,潮退後留下的痕迹。

⑤【圓至】卓茂曰:“寧能高飛遠舉,不在人間耶?”

【補注】高飛,高高飛翔。多比喻飛黄騰達或遠遁隱居。

【校勘】

［一］任蕃　高本、四庫本脱，何校增“任藩”，裴校“《唐書》作任翻，《劉後村詩話》作任蕃”。

［二］遠　磧砂本作“猿”。

［三］石　全唐詩作“月”。

友人南游不還

于武陵

相思春樹緑，千里各[一]依依①。鄠杜月頻滿②，瀟湘人未[二]歸③。桂花風半落，煙草蝶雙飛。一別無消息，水南蹤[三]迹稀④。

【考證】

此詩見《全唐詩》卷五九五（P. 6889—6890），題中“還”作“回”，題末多“因而有寄”四字；又見《全唐詩》卷四九七（P. 5643），屬姚合，題中“還”作“回”，題末多“因寄”二字。佟培基《全唐詩重出誤收考》（P. 363）云，此詩明鈔本《姚少監詩集》及汲古閣刊本姚集不録；《唐音統籤・丁籤》卷一二一姚合收，注云：“趙玄度本補。”《文苑英華》卷二六〇作于武陵詩，接姚合詩後，江標刊宋本《于武陵集》録，當非姚詩。信應舉、郭嘉禎校注《姚少監詩集》（P. 542）亦認為當是于武陵詩。于曾在鄠杜居住過，其詩多有提及。而姚詩不曾見居鄠杜之記載。

【注評】

①**【補注】**依依，輕柔披拂貌。《詩經・小雅・采薇》：“昔我往矣，楊柳依依。”

②**【圓至】**漢扶風有鄠縣、杜陽縣。《西都賦》：“鄠杜濱其足。”

【補注】鄠杜，鄠縣與杜陵。鄠縣，西漢置，治所在今陝西户縣北二里。唐屬京兆府。參見卷五李洞《鄠北李生舍》注①。杜陵，在今西安東南。參見卷四司空圖《酬張芬赦後見寄》注⑤。許渾《别劉秀才》："孤帆夜别瀟湘雨，廣陌春期鄠杜花。"

③【補注】瀟湘，湘水與瀟水的並稱。多借指今湖南地區。參見卷一柳宗元《酬曹侍御過象縣見寄》注④。

④【補注】《唐詩摘鈔》卷一"五言律"："起二語可謂工於發端，晚唐人最難得如此。三、四接得又好。○水南，友人舊所居之地。因主人不在，故蹤迹罕至此也。"

【校勘】

［一］各 全唐詩作"亦(一作各)"。

［二］未 全唐詩校"一作不"。

［三］蹤 圓校"一作車"，全唐詩作"車(一作蹤)"。

夜泊淮陰①

項 斯

夜入楚家煙②，煙中人未眠[一]。望來淮岸盡③，坐到酒樓前。燈影半臨水，箏聲多在船④。乘流向東去，别此易經年⑤。

【考證】

此詩見《全唐詩》卷五五四(P. 6411—6412)。

【注評】

①【增注】唐楚州淮陰郡屬淮南道，本東楚州，春秋時屬吴、又屬越，戰

國屬楚，秦屬九江，漢屬臨淮及廣陵，魏山陽郡，宋淮安軍，今屬淮東道。

【補注】淮陰，郡名，又名楚州。隋置，唐時治所在山陽縣（今江蘇淮安市）。參見卷一劉商《送元史君自楚移越》注①。

②**【補注】**楚家，楚地人家。參見卷五張謂《送裴侍御歸上都》注③。淮陰郡又名楚州，故稱。

③**【補注】**來，用在動詞後面，表示動作的結果。李咸用《同友生題僧院杜鵑花》："留得郤緣真達者，見來寧作獨醒人。"淮，淮水。參見卷四李端《宿淮浦寄司空曙》注①。

④**【補注】**箏，撥絃樂器，形似瑟，傳為秦時蒙恬所作。參見卷一温庭筠《贈彈箏人》注①。

⑤**【何焯】**以惜別結則地勝自在言表，覺中二連仍不盡也。

【補注】經年，經過一年的時間。

【校勘】

［一］眠　磧砂本作"還"。

秋夜宿淮口[①]

景　池[②]

露白草猶青，淮舟倚岸停。風帆幾處客，天地兩河星。樹静禽眠草[一]，沙寒鹿過汀[③]。明朝誰結伴，直去泛滄溟[④]。

【考證】

此詩見《全唐詩》卷七七四（P. 8776）。

【注評】

①**【圓至】**屬揚州[二]。

【補注】淮口，古泗水入淮之口，在今江蘇淮安市淮陰區西南。又稱清口、清河口、泗口，清水即泗水。參見卷五曹松《秋日送方干遊上元》注②。

②【補注】陳尚君撰《中國文學家大辭典·唐五代卷》(P. 752)“景池”條云，池(世次不詳)，生平無考。《全唐詩》卷七七四據本書録其詩一首。或疑景池為“景地”之誤。若是，則為晚唐人，貫休有《寄景地判官》及《寄景判官兼思州葉使君》詩。

③【補注】汀，水邊平地，小洲。錢起《山中酬楊補闕見過》：“幽溪鹿過苔還静，深樹雲來鳥不知。”

④【補注】滄溟，大海。泛滄溟，謂避世。參見卷五劉得仁《宿宣義池亭》注⑦。

【校勘】

［一］草　磧砂本作“早”。

［二］揚州　正統本、明應本、詩説本作“楊州”。

村　行

姚　揆

天淡雨初晴，遊人恨不勝①。亂山啼蜀魄，孤棹宿巴陵②。影暗村橋柳，光[一]寒水寺燈。罷[二]吟思故國，窗外有漁罾③。

【考證】

此詩見《全唐詩》卷七七四(P. 8777)。

【注評】

①【補注】不勝，不盡。《晏子春秋·景公瞢見彗星使人占之晏子諫》：

"賦斂無厭,使民如將不勝,萬民懟怨。"

②【圓至】巴陵,岳州。

【補注】蜀魄,又名杜宇、子規、杜鵑。相傳為古蜀王杜宇之魂所化。春末夏初,常晝夜啼鳴,其聲哀切,似"不如歸去",故又名催歸。參見卷一李涉《竹枝詞》注④。巴陵,縣名,在今湖南岳陽市,唐為岳州治。參見卷一李群玉《南莊春晚》注①。

③【何焯】此是在謫籍詩,落句點漁父事。

【補注】故國,故鄉,家鄉。曹松《送鄭谷歸宜春》:"無成歸故國,上馬亦高歌。"漁罾,漁網的一種,兼喻仕途上的種種羈絆。罾,zēng,用木棍或竹竿做支架的方形魚網,形似仰傘。《楚辭·九歌·湘夫人》:"鳥萃兮蘋中,罾何爲兮木上。"王逸注:"罾,魚網也。"

【校勘】

[一] 光 磧砂本作"火"。

[二] 罷 元刊本、高本作"能",何校"能,一刻罷"。

題甘露寺①[一]

曹 松

香[二]門接巨壘[三],晝角間清鍾②。北固一何峭,西僧多此[四]逢③。天垂無際海,雲白久晴峯④。旦暮然燈外,潮頭振蟄龍⑤。

【考證】

此詩見《全唐詩》卷七一六(P. 8233)。

【注評】

①【補注】甘露寺,在今江蘇鎮江市北一里北固山上。參見卷五孫魴

《甘露寺》注①。

②【圓至】巨壘,指石頭城。

【補注】香門,寺廟或里社的門。喻凫《游雲際寺》:"澗壑吼風雷,香門絶頂開。"壘,軍壘,陣地上的防禦工事。甘露寺所處北固山,有南、中、北三峰。北峰三面臨江,形勢險要,歷來為兵家必争之地,當建有軍壘。畫角,古管樂器。傳自西羌。形如竹筒,本細末大,以竹木或皮革等製成,因表面有彩繪,故稱。發聲哀厲高亢,古時軍中多用以警昏曉,振士氣,肅軍容。帝王出巡,亦用以報警戒嚴。梁簡文帝《折楊柳》:"城高短簫發,林空畫角悲。"陳伯海主編《唐詩彙評》(P. 2972):《近體秋陽》卷四"五言·晚唐":"'畫角'跟'巨壘','清鐘'跟'香門'。"

③【補注】一何,多麽。《三國志·魏書·劉放傳》:"今一何相似也!"西僧,來自西域或西蕃的僧人。皎然《寄題雲門寺梵月無側房》:"越山千萬雲門絶,西僧貌古還名月。"

④【補注】孫魴《甘露寺》:"地拱千尋嶮,天垂四面青。"

⑤【補注】然燈,點燈。佛家然燈禮佛,或以燈能破除迷暗故。蟄龍,蟄伏的龍。潮頭,海潮按時而至,其音宏大,故以"海潮音"喻佛、菩薩應時適機説法的聲音。《妙法蓮華經·觀世音菩薩普門品》:"妙音觀世音,梵音海潮音,勝彼世間音。"此聯譽美寺僧,謂其不僅戒規清嚴,早晚按時誦經禮佛,而且善于化度衆生,連蟄伏的龍也聞法而喜,在潮頭騰躍舞動。蓋龍為佛教護法之一,佛經多有四部弟子、釋梵諸天、八部龍神等聞法歡喜、讚歎不已的記載。

【校勘】

[一] 甘露寺　元刊本作"江露寺"。

[二] 香　全唐詩校"一作禪"。

[三] 壘　全唐詩校"一作壑"。

[四] 此　全唐詩校"一作未"。

已前共一十七首

前實後虛

周弼曰：謂前聯景而實，後聯情而虛，前重後輕，多流於弱。唐人此體最少，必得妙句不可易，乃就其[一]格。蓋發興盡則難於繼，後聯稍間以實，其庶乎！

【校勘】

[一] 其　底本作"一"，據詩説本、正統本、明應本改。

秋夜獨坐①

王　維

獨坐悲雙鬢，空堂欲二更。雨中山果落，燈下草蟲[一]鳴。白髮終難變，黃金不可成②。欲知除老病，惟有學[二]無生③。

【考證】

此詩見《全唐詩》卷一二六(P. 1280)，題下校"一作《冬夜書懷》"。

【注評】

①【補注】陳鐵民《王維集校注》(P. 482)云，疑天寶末年王維居輞川時所作。

②【圓至】劉向父治淮南獄，得枕中鴻寶苑祕書，言神仙使鬼物為金之

術，獻之，言黄金可成。上令典上方，鑄作不驗，下吏。

【補注】陳鐵民《王維集校注》(P. 482)："黄金"句，語本江淹《從建平王遊紀南城詩》："丹沙信難學，黄金不可成。"《史記・孝武本紀》："致物而丹沙可化為黄金，黄金成以為飲食器則益壽，益壽而海中蓬萊僊者可見，見之以封禪則不死。"《抱朴子内篇・黄白》："仙經云，丹精生金。此是以丹作金之説也。"又曰："《銅柱經》曰：丹沙可為金，河車可作銀。"此即古之方士、道士所謂燒煉丹藥化為金銀之術，又稱黄白之術。此句謂神仙黄白之術不能有所成，長生無望。

③**【增注】**佛經："生老病死苦。"達磨曰："見性成佛者，明其頓了無生也。"**【磧砂】**龐居士曰："大家團圞坐，共説無生話。"謙曰：玄宗二十九年正月立玄元皇帝廟，五月求明《道德經》及《莊》《列》《文子》者。天寶二年又加號玄元皇帝曰大聖祖，八載閏四月加上聖祖，號曰大道玄元皇帝。自開元以後，崇祀老子，遠冒為祖。而七夕憑肩約太真世世為夫婦，雖無求仙之事，而其妄念直與秦皇、漢武並墮雲霧。摩詰此詩，獨言"黄金不可成，惟有學無生"，非有軒輊於二氏之學，皆有微辭婉諷意在，不可以摩詰之鰥居茹素而遂泥為左右袒也。

【補注】老病，佛教以生、老、病、死為四苦。無生，佛教術語，謂没有生滅、不生不滅。王該《日燭》："咸淡泊于無生，俱脱骸而不死。"

【校勘】

［一］蟲　底本作"蚀"，據元刊本、正統本、明應本、磧砂本、高本、四庫本、全唐詩改。

［二］學　正統本、明應本作"覺"。

秋夜汎舟

劉方平①

林塘夜汎[一]舟，蟲響荻颼颼②。萬影皆因月，千聲各為秋③。歲華空復晚④,鄉思不堪愁。西北浮雲外,伊川何處流⑤。

【考證】

此詩見《全唐詩》卷二五一(P. 2837)。

【注評】

①【圓至】河南人,與元魯山善,不仕。【增注】蓋邢襄公政會之後也。蕭穎士云:山東茂異有河南劉方平。

【補注】吴企明撰《中國文學家大辭典·唐五代卷》(P. 191)"劉方平"條云,方平(生卒年不詳),河南(今河南洛陽)人。高祖政會,為唐開國元勳,封邢國公。祖奇,武后時為吏部侍郎。父微,吴郡太守、江南採訪使,家世甚貴。天寶九載,方平入京應進士試,不第。曾入軍幕,懷才不遇,退居潁水、汝水之濱,終生不仕。工詩,與元德秀、皇甫冉、李頎等友善,並為蕭穎士賞識,稱之為"山東茂異"(《送劉方平沈仲昌秀才同觀所試雜文》)。李頎亦稱其"二十工詞賦,惟君著美名"(《送劉方平》)。辛文房評其詩曰:"多悠遠之思,陶寫性靈,默會風雅,故能脱略世故,超然物外。"(《唐才子傳》卷三)善畫山水。《新唐書·藝文志》著録《劉方平詩》一卷。《全唐詩》卷二五一編其詩為一卷。

②【補注】林塘,周围長有樹木的池塘。江總《秋日侍宴婁苑湖應詔詩》:"虹旗照島嶼,鳳蓋繞林塘。"荻,多年生草本植物,與蘆同類。参見卷三劉禹錫《西塞山》注⑧。

③【補注】陳伯海主編《唐詩彙評》(P. 1350):《對床夜語》卷三:"劉方平有'萬影皆因月,千聲各為秋',亦佳,但不題樹。然起句云'林塘夜泛舟,蟲響荻颼颼',引帶而下,頓覺精彩。"《瀛奎律髓彙評》卷二九"旅況類":方回:"中四句皆好,'各'字尤妙。"《删補唐詩選脉箋釋會通評林·五言律詩·盛唐下》:周敬:"三、四禪語。"《詩境淺説·乙編》:"月與秋皆詩中習用,此從空際着想,包舉衆有。以之取譬,人事萬般結果,皆由一心之種因,

猶萬影皆由一月也。世之揮霍事功、馳逐聲利者，各望其大欲而趨，猶千聲各鳴其秋也。有感偶書，覽者勿嗤其附會。”

④【補注】歲華，歲月，時光。謝朓《休沐重還丹陽道中詩》：“歲華春有酒，初服偃郊扉。”

⑤【補注】浮雲，《文選》卷二九《古詩十九首・行行重行行》：“浮雲蔽白日，遊子不顧返。”曹丕《雜詩二首》之二：“西北有浮雲，亭亭如車蓋。惜哉時不遇，適與飄風會。吹我東南行，行行至吴會。吴會非我鄉，安得久留滯。棄置勿復陳，客子常畏人。”伊川，即伊水，洛水支流。源出河南欒川縣伏牛山北麓，東北流至偃師南入洛水。《山海經・中山經》：“蔓渠之山，其上多金、玉，其下多竹箭。伊水出焉，而東流注于洛。”《漢書・地理志上》“弘農郡・盧氏縣”：“熊耳山在東，伊水出，東北入雒，過郡一，行四百五十里。”方平河南人，故云。

【校勘】

［一］汎　全唐詩作“發”。

春日卧病書懷

劉　商

楚客經年病①，孤舟人事稀。晚晴江柳變，春暮[一]塞鴻歸②。今日方知命，前年[二]自覺非③。不能憂歲計④，無限故山薇⑤[三]。

【考證】

此詩見《全唐詩》卷三〇三(P. 3454)，題末無“書懷”二字。

【注評】

①【補注】楚客，詩人自稱。商彭城人。秦漢之際，楚懷王孫心和西楚

霸王項羽皆都彭城，故商自稱楚客。經年，跨年。

②【何焯】次連只是"園柳變鳴禽"一句。

【補注】謝靈運《登池上樓詩》："狥禄反窮海，卧痾對空林。衾枕昧節候，褰開暫窺臨……池塘生春草，園柳變鳴禽。"

③【增注】《論語》："五十而知天命。"蘧伯玉五十歲知四十九年之非。【何焯】一聲歸雁，頓爾夢醒，故五、六緊接"知命""覺非"。

【補注】知命，謂懂得事物生滅變化都由天命決定的道理。《易·繫辭上》："樂天知命，故不憂。"覺非，感覺到不是，多有悔悟意。亦慨歎人事遭遇。語出陶淵明《歸去來兮辭并序》"覺今是而昨非"。

④【何焯】"非"。

【補注】不能，不用。李白《宴陶家亭子》："若聞弦管妙，金谷不能誇。"高適《宋中遇劉書記有别》："末路終離别，不能强悲哀。男兒争富貴，勸爾莫遲迴。"歲計，年終計算收支，多指收成。朱慶餘《鏡湖西島言事》："歲計有餘添橡實，生涯一半在漁舟。"

⑤【圓至】伯夷、叔齊隱首陽山，采薇而食。【增注】薇，蕨菜也。【何焯】"命"。

【校勘】

［一］暮　圓校、全唐詩校"一作夢"，何校"夢字佳"。

［二］年　全唐詩作"身(一作年)"。

［三］薇　正統本、明應本作"微"。

林館避暑①

羊士諤

池島清陰裏，無人泛酒船②。山蜩金奏響③，花[一]露水精圓④。

静勝朝還暮⑤,幽觀白已玄⑥。家山[二]正如此,何不[三]賦歸田⑦。

【考證】

此詩見《全唐詩》卷三三二(P. 3708)。

【注評】

①【補注】林館,林園館宇。韓愈《獨釣四首》之一:"侯家林館勝,偶入得垂竿。"

②【補注】酒船,供人飲酒遊樂的船。《晉書·畢卓傳》:"卓嘗謂人曰:'得酒滿數百斛船,四時甘味置兩頭,右手持酒杯,左手持蟹螯,拍浮酒船中,便足了一生矣。'"

③【圓至】《左傳》:"金奏作於下。"注曰:"擊鐘也。"【增注】蜩,小蟬。《詩》:"五月鳴蜩。"注:"螗也。"

【補注】蜩,tiáo,蟬。《莊子·逍遥遊》:"蜩與學鳩笑之。"陸德明釋文:"蜩,音條。司馬云:蟬。"金奏,敲擊鐘鎛以奏樂,常用以指廟堂音樂。《周禮·宗伯·鍾師》:"鍾師掌金奏。"鄭玄注:"金奏,擊金以爲奏樂之節。金謂鍾及鎛。"後亦泛指音樂或樂聲。顔延之《五君詠五首》之四《阮始平》:"達音何用深,識微在金奏。"

④【圓至】《山海經》:"堂庭之山,多水玉。"注曰:"水精也。"

【補注】水精,水晶。無色透明的結晶石英,是一種貴重礦石。《後漢書·西域傳·大秦》:"宫室皆以水精爲柱,食器亦然。"這裏指用水晶製的寶珠。

⑤【圓至】《老子》:"静勝熱。"

【補注】静勝,謂以静取勝。《老子》第四十五章:"躁勝寒,静勝熱,清静為天下正。"又第六十一章:"牝常以静勝牡,以静為下。"《尉繚子·攻權》:"兵以静勝,國以專勝。"亦謂静閑之勝地。楊發《大音希聲賦》:"静勝允合於人心,玄同遠符於天籟。"上聯言"金奏響",這裏又言"静勝",與王籍《入若耶溪詩》"蟬噪林逾静,鳥鳴山更幽"一様,用反襯法,而且一語雙關,既言心態,又謂物境。

⑥【圓至】客嘲楊雄玄尚白。此借用,言白髮再玄也。

【補注】幽觀,細察、深思。柳宗元《東明張先生墓誌》:"介潔而周流,苞涵而清寧。幽觀其形,與化爲冥。"白已玄,《漢書·揚雄傳下》:"哀帝時丁、傅、董賢用事,諸附離之者或起家至二千石。時雄方草《太玄》,有以自守,泊如也。或嘲雄以玄尚白,而雄解之,號曰《解嘲》。"顔師古注:"玄,黑色也。言雄作之不成,其色猶白,故無禄位也。"《老子》第二十八章:"知其雄,守其雌,為天下谿。為天下谿,常德不離,復歸於嬰兒。知其白,守其黑,為天下式。為天下式,常德不忒,復歸於無極。知其榮,守其辱,為天下谷。為天下谷,常德乃足,復歸於樸。"此聯謂林館從早到晚都非常幽静,自己流連其中,不覺天色已晚;亦暗含觀山水而悟道,領會以静取勝、知白守黑、榮辱進退之理,喚起尾聯"歸田"。周蒙、馮宇主編《全唐詩廣選新注集評》第6卷(P. 106)謂:静勝,"安謐寧静之美景勝地"。白已玄,"從白天到天黑"。陳貽焮主編《增訂注釋全唐詩》第2册(P. 1285)注釋略同。皆僅從字面着眼,未深究典源,不確。

⑦【圓至】張衡作《歸田賦》。

【補注】家山,謂故鄉。錢起《送李棲桐道舉擢第還鄉省侍》:"蓮舟同宿浦,柳岸向家山。"歸田,謂辭官回鄉務農。《藝文類聚》卷六六"産業部·錢"引魯褒《錢神論》:"諺曰:'官無中人,不如歸田。'"賦歸田,謂效仿張衡作《歸田賦》,表達辭官務農的意願。方干《贈李支使》:"一等孔門爲弟子,愚儒獨自賦歸田。"

【校勘】

［一］花　全唐詩作"荷"。

［二］山　磧砂本、全唐詩作"林"。

［三］不　全唐詩作"事"。

柏梯寺懷舊僧[①]

司空圖

雲根禪客居[②],皆説舊吾[一]廬。松日明金像,苔龕[二]響木魚[③]。依棲應不阻[④],名利本來疎。縱有人相問[⑤],林間懶拆[三]書。

【考證】

此詩見《全唐詩》卷六三二(P. 7246),為《上陌梯寺懷舊僧二首》之二。

【注評】

①**【補注】**柏梯寺,集本作陌梯寺。王濟亨、高仲章《司空圖選集注》(P. 163—164)云,據首聯"皆説舊吾廬",可知該寺原為司空氏祖上宅第或别業,後施捨為寺,位置當在虞鄉縣(治所在今山西永濟市東三十五里虞鄉鎮)境,也許就在王官谷内。司空氏家族從先輩至圖本人與僧侶均有極密切的交往,甚至和來自域外的禪師相交。

②**【圓至】**雲根,石也。

【補注】雲根,深山雲起之處。張協《雜詩十首》之十:"雲根臨八極,雨足灑四溟。"亦指山石。參見卷五賈島《題李疑幽居》注⑥。

③**【圓至】**龕,石竅穴是也,如《天水圖經》所謂"麥積寺佛龕刳石"是也。言木魚之聲應龕虚而響。**【增注】**金像,後漢明帝夢金人丈六,飛至殿庭,傅毅對曰:"臣聞西域有佛,陛下所見無是乎?"〇龕,浮圖塔,一曰塔下石。**【何焯】**第三自外而内,第四自内而外。

【補注】金像,佛像的美稱。

④**【補注】**依棲,謂在他人處居住或安身。

⑤**【補注】**問,存問,問候。

【校勘】

［一］吾　全唐詩作"無(一作吾)"。

［二］苔龕　全唐詩作"山風(一作苔龕)"。

［三］拆　明應本作"折"。

早　春①

傷懷[一]仍[二]客處,病眼却花朝②。草嫩侵沙短[三],冰輕着雨消。風光知可愛,容[四]鬢[五]不相饒。早晚丹丘伴③[六],飛書肯[七]見招④。

【考證】

此詩見《全唐詩》卷六三二(P. 7245—7246)。

【注評】

①**【補注】**祖保泉、陶禮天《司空表聖詩文集箋校》(P. 13—14):昭宗即位之年(889)的夏日,圖移居華陰避亂。此詩當為大順元年(890)或二年的春日所作,時圖寓華陰。首句所言"客處",寓所即指華陰。

②**【增注】**漢李夫人病起,見桃花盛開,曰:"不分桃李花如錦,惱人病眼。"武帝去其花。

【補注】祖保泉、陶禮天《司空表聖詩文集箋校》(P. 13):當黄巢軍入京,僖宗出逃之年(廣明元年,880),圖已有眼病。《亂後》即云:"羽書傳棧道,風火隔鄉關。病眼那堪泣,傷心不到閒。"此後圖常在詩中提及眼病。花朝,指百花盛開的春晨,亦泛指大好春光。白居易《琵琶引》:"春江花朝秋月夜,往往取酒還獨傾。"

③**【增注】**《楚詞》:"仍羽化於丹丘。"注:"丹丘,晝夜常明之處。"

【補注】早晚,何日,幾時。丹丘,傳説中神仙所居之地。

④【補注】飛書,疾速傳送文書或書信。《晉書·樂志下》載《鞞舞歌詩五篇·大晉篇》:“飛書告喻,響應來同。”

【校勘】

［一］懷　磧砂本作“春”。

［二］仍　全唐詩作“同(一作仍)”。

［三］短　全唐詩校“一作長”。

［四］容　元刊本、正統本、明應本作“客”。

［五］鬢　全唐詩作“髮”。

［六］伴　全唐詩作“去(一作伴)”。

［七］肯　全唐詩校“一作首”。

江　行①

地濶分吴塞,楓高映楚天。曲[一]塘春盡雨,方響夜深船②。行紀添新夢③,羈愁甚往年。何時京洛路,馬上見人煙④。

【考證】

此詩見《全唐詩》卷六三二(P. 7247),為《江行二首》之一。

【注評】

①【補注】祖保泉、陶禮天《司空表聖詩文集箋校》(P. 15—16)云,此詩蓋作于僖宗乾符五年(878)秋末。這年八月七日,王凝卒于宣州。詩人料理王凝喪事後,于秋末由宣州赴洛陽為光禄寺主簿,作《江行》詩紀行。首聯正指宣州為春秋戰國時吴、楚交界之地。《欽定大清一統志》卷八〇“寧國府”:“《禹貢》揚州之域,春秋屬吴,後屬越,戰國屬楚……唐武德三年,復

曰宣州……天寶元載,復曰宣城郡。乾元初,復曰宣州。""楚王城,在旌德北一百里,相傳為吴、楚相拒時築。又有故楚城,在南湖北岸。"據此可知,詩人由水陽江入長江,然後北行。

②【圓至】《舊唐書》:"方響以鐵為之,長九寸,廣二寸,員上方下。"

【補注】方響,古磬類打擊樂器。由十六枚大小相同、厚薄不一的長方形鐵片組成,分兩排懸于架上。用小鐵槌擊奏,聲音清濁不等。創始于南朝梁,為隋、唐燕樂中常用樂器。

③【圓至】行紀者,塗中所紀。

④【增注】杜詩:"京洛雲山外。"注:"言長安與洛陽。"【磧砂】謙曰:結有厭涉風波之微意。

【校勘】

[一]曲　全唐詩校"一作迴"。

春　日

李咸用

浩蕩東風裏①,徘徊[一]無所親。危城三面水,古木[二]一邊春②。衰世難行[三]道③,花時不稱貧④。滔滔天下者,何處問通津⑤。

【考證】

此詩見《全唐詩》卷六四五(P. 7390)。

【注評】

①【補注】浩蕩,廣大曠遠。《楚辭·九歌·河伯》:"登崑崙兮四望,心飛揚兮浩蕩。"

②【補注】此聯為寫景名句，歷來為人稱道。吴戰壘《唐詩三百首續編》(P. 188)云，二句"寫高城三面環水，地勢險要；古樹枝葉繁茂，獨佔一邊春色。危城，高城"。

③【補注】衰世，衰亂的時代。《易・繫辭下》："於稽其類，其衰世之意邪。"《抱朴子・正郭》："及在衰世，棲棲惶惶，席不暇温，志在乎匡亂行道，與仲尼相似。"行道，實踐自己的主張或所學。多指治國平天下。《孝經・開宗明義章》："立身行道，揚名於後世，以顯父母，孝之終也。"

④【補注】稱，chèn，相稱，符合。此句謂春暖花開時節，恰好適宜靚裝出遊；面對艷麗的花朵和權貴豪奢的裝束，愈加覺得自己寒磣窘迫、格格不入。吴戰壘《唐詩三百首續編》(P. 188)謂："春日花開滿院，怡然自樂，也不算貧寒了。"陳增傑《唐人律詩箋注集評》(P. 1099)云："春時花開滿庭，可相慰藉，也就不覺得貧寒了。"二人皆將"稱"當平聲(chēng)解，不僅不合平仄，也與全詩情調、意脈相悖。

⑤【圓至】子路問津，桀溺曰："滔滔者，天下皆是。"【磧砂】敏曰：天幕雖寬，僅容六尺之軀；春風既暢，不稱一貧之客。沮溺所以不輟，孔季徒爾知津，當此世之將傾，况偏枯之皆是，落落孤懷，烏能自已？詩可以興，信夫！

【補注】滔滔，大水奔流貌。《詩經・齊風・載驅》："汶水滔滔，行人儦儦。"毛公傳："滔滔，流貌。"通津，四通八達之津渡。《梁書・武帝本紀上》："追奔逐北，奄有通津。"陳增傑《唐人律詩箋注集評》(P. 1099)："《論語・微子》載：孔子迷路，讓子路去問渡口。隱者長沮譏笑孔子怎麽也會迷津，桀溺則告誡説：'滔滔者天下皆是也，而誰以易之？'言混亂的局面是不能改變的。這兩句説，舉世混亂，像滔滔洪水那樣泛濫，又到哪裏去問渡口？是傷心絶望之語。"

【校勘】

[一] 徘徊　全唐詩作"裴回"。

[二] 木　全唐詩作"樹"。

[三] 行　全唐詩作"修"。

雲居長老①

王貞白

巘路躡雲上②,來參出世僧③。松欹[一]半巖雪④,竹覆一溪冰。不説有為法,非[二]傳無盡燈⑤。了然方寸内,應秖見南能⑥。

【考證】

此詩見《全唐詩》卷七〇一(P. 8064)。

【注評】

①**【補注】**雲居,寺名。所指不一。就唐代較為有名者而言,約有四處。一在今江西永修縣西雲居山頂,又名真如寺。《欽定大清一統志》卷二四三"南康府":"雲居寺,在建昌縣西南雲居山。唐元和中建。宋祥符初賜額真如禪院,為江右名刹。後廢。明萬曆中重建。"二即今湖北襄陽市襄陽城西二十六里廣德寺。皮日休有《過雲居院玄福上人舊居》詩。三在今西安市南的終南山。白居易有《遊雲居寺贈穆三十六地主》等詩。四在今北京房山區西南的白帶山,以石經聞名。結合此詩首、尾兩句所言地理形勢及佛教宗派推測,或指位于江西永修縣者。長老,原為對出家年歲長、德行劭美之僧人的尊稱。後亦用為對住持或一般僧人的尊稱。

②**【圓至】**《説文》:"巘,山脊也。"**【增注】**上大下小曰巘。

【補注】巘路,猶言山路。巘,yǎn,山,山頂;一説為上大下小的山。躡雲,騰雲,踩雲。

③**【補注】**參,參訪。出世,超脱人世,亦指出家。皇甫曾《秋夕寄懷契上人》:"真僧出世心無事,静夜名香手自焚。"

④**【補注】**欹,qī,歪斜,傾斜。

⑤**【增注】**《金剛經》云:"一切有為法,如夢幻泡影。"〇《維摩經》云:"無

盡燈者,譬如一燈然百千燈。”

【補注】有為法,與無為法相對。泛指一切處于相互聯繫、生滅變化中的現象,即緣起法。《俱舍論記》卷五:“因緣造作名‘為’,色、心等法從因緣生,有彼為故名曰‘有為’。”有為法以生、住、滅、異等四有為相為其特徵。小乘佛教用有為說明無常,大乘佛教則用有為說明諸法實相、唯識無境、一切唯心等。無盡燈,謂以一燈點燃千百盞燈。比喻以佛法度化無數衆生。《維摩詰所説經·菩薩品》:“無盡燈者,譬如一燈然百千燈,冥者皆明,明終不盡……夫一菩薩開導百千衆生,令發阿耨多羅三藐三菩提心,於其道意亦不滅盡,隨所説法而自增益一切善法,是名無盡燈也。”

⑥**【圓至】**南能,大鑒禪師。按,唐儒用佛語、禪機作詩文者,惟梁肅、裴均、柳子厚、白樂天、裴休諸大儒為盡善,其餘但作故事用者,多不可曉,以其未嘗留心於是[三]道,而但用其語也。如此篇後四句及皇甫冉“道者憶[四]千燈”“看心是一乘”之語,皆得理。**【增注】**西天二十八祖,天下散傳其道,有禪秀姓李者為北宗,惠能姓[五]盧者為南宗。至今稱“南能北秀”者,此也。惠能即六祖。**【何焯】**劉夢得亦通佛理。

【補注】了然,明白,清楚。白居易《睡起晏坐》:“了然此時心,無物可譬喻。”方寸,一寸見方。引申指心。心處胸中方寸間,故稱。頸聯謂雲居長老所修持的慧能禪法,和一般佛教宗派藉助語言文字説法從而開導衆生不同。按,慧能開創的禪法,主張“不立文字”“教外别傳”“直指人心”“見性成佛”,將頓悟視為成佛的唯一途徑。故尾聯讚譽長老像慧能一樣明心見性、立地成佛。毛小東主編《王貞白詩集》(P. 37)云:“詩寫雲居長老没有宣傳佛法普渡衆生的高志,只是一心一意想做個南能一樣的和尚。正是這樣踏踏實實、點點滴滴修煉,最終成了雲居長老。”流于臆猜。

【校勘】

[一] 敧　全唐詩作“高”。

[二] 非　磧砂本作“惟”,何批“非,一刻惟”。

[三] 是　底本作“景”,據詩説本、正統本、明應本改。

［四］憶　底本、正統本、詩説本作“億”，據明應本改。

［五］姓　底本、正統本作“性”，據大系本改。

送許棠①

張　喬

離鄉積歲年，歸路遠依然。夜火山頭市[一]，春江樹杪船②。干戈愁鬢改，瘴癘喜身[二]全③。何處營甘旨，波[三]濤浸薄田④。

【考證】

此詩見《全唐詩》卷六三八（P. 7313），題中“送”後有“友人進士”四字，題下校“一本無‘進士’二字”。

【注評】

①**【補注】**許棠，嘗與喬共隱于匡廬。生平參見卷五許棠《寄陸睦州》注②。

②**【補注】**樹杪，樹梢，這裏指樹在水中的倒影。陳伯海主編《唐詩彙評》（P. 2767）：《網師園唐詩箋》卷九“五言律詩三”：“造語新確。”《瀛奎律髓彙評》卷二四“送別類”：紀昀：“三、四絶佳，寫景警策。”《唐賢小三昧集續集》：“楚蜀風景，十字寫盡。”

③**【增注】**坡詩注：“嶺南人瘴癘所感，則髮黄眼碧。”

【補注】干戈，戰争。瘴癘，瘴氣。杜甫《悶》：“瘴癘浮三蜀，風雲暗百蠻。”

④**【增注】**《記・内則》：“由命士以上，父子皆異宫，昧爽而朝，慈以甘旨。”**【何焯】**三、四便是，末句讀之却不覺為《堯年圖》也。

【補注】營，謀求。甘旨，本義為甜美。後指養親的食物。任昉《啓蕭太傳固辭奪禮》:"飢寒無甘旨之資,限役廢晨昏之半。"薄田,貧瘠的田。

【校勘】

［一］市　四庫本作"寺"。

［二］身　全唐詩作"家(一作身)"。

［三］波　全唐詩作"潮(一作波)"。

已前共十首

穆陵關北逢人歸漁陽①

劉長卿

逢君穆陵路,匹馬向桑乾②。楚國蒼山古,幽州白日寒③。城池百戰後,耆舊幾家殘④。處處⑤蓬蒿遍,歸人掩淚看⑥。

【考證】

此詩見《全唐詩》卷一四七(P. 1492)。

【注評】

①【圓至】漁陽,今檀州。【增注】漢漁陽屬幽州,唐河北道薊州漁陽郡分幽州置,今屬中都路。

【補注】儲仲君《劉長卿詩編年箋注》(P. 287):《元和郡縣圖志》卷二七"江南道三·黄州·麻城縣":"穆陵關,西至白沙關八十里……在州北二百里,至光州一百四十九里,在縣西北一百里。"漁陽,《新唐書·地理志》三:薊州漁陽郡,'開元十八年析幽州置。'治所在今河北薊縣。"楊世明《劉長卿集編年校注》(P. 251):"廣德元年(七六三)春使回途中作……漁陽郡是安禄山任范陽節度使轄區的一部分，為安史亂軍巢穴所在，此處南逃避亂的人不少。廣德元年正月，史朝義逃亡自殺，多年戰亂終于平息，難民纔得北歸。此詩即途中遇北歸友人有感而作。”

②【圓至】故桑乾縣在今朔州，有桑乾河。

【補注】桑乾，儲仲君《劉長卿詩編年箋注》(P. 287)：《太平寰宇記》卷六九“河北道十八·幽州·薊縣”：“桑乾水，西北自昌平縣界來，南流經府西，又東流經府南，又東南與高梁河合。”

③【增注】楚國，指穆陵，淮南有穆陵門，即楚地。○幽州，指漁陽。此詩言經禄山之亂。

【補注】楚國，參見卷五張謂《送裴侍御歸上都》注③。幽州，儲仲君《劉長卿詩編年箋注》(P. 287)：《太平寰宇記》卷六九“河北道十八·幽州”：“《釋名》曰：‘幽州在北，幽昧之地，故曰幽。’《晉地道記》云：‘幽州因幽都以為名。’《山海經》有幽都之山……天寶元年改為范陽郡，屬范陽、上谷、嬀川、密雲、歸德、漁陽、順義、歸化八郡。乾元元年復為幽州。”治所在今北京西城區西南。

④【補注】城池，城墻和護城河，泛指城或城市。耆舊，故老，年高望重者。

⑤【何焯】二字并帶“楚國”在内。

⑥【何焯】只有山川日月不改舊觀，并城郭亦非矣。一路逼出“淚”字。

早行寄朱放[①]

戴叔倫

山曉旅人去，天高秋氣悲[②]。明河川上没[③]，芳草露中衰[一]。此别又千[二]里[④]，少年能幾時。心知[三]剡溪路[⑤][四]，聊且寄前[五]期[⑥]。

【考證】

此詩見《全唐詩》卷二七三(P. 3073),題中"朱放"作"朱山人放"。

【注評】

①【補注】朱放,字長通,唐代詩人,與皎然、皇甫曾、顧況、嚴維、李季蘭等多有唱酬。生平參見卷一劉長卿《寄別朱拾遺》注①和卷五劉長卿《送朱放賊退後往山陰》注①。戴文進《戴叔倫詩文集箋注》(P. 311)云:"作者與朱放相交甚早,後又同在曹王李皋江西節度府中供職。貞元間朱放過世,作者有七律《哭朱放》以志哀",認為此詩是大曆元年(766)秋季詩人去剡溪拜會秦系、朱放,離開後寄給朱放的。

②【補注】旅人,詩人自稱。宋玉《九辯》:"悲哉!秋之爲氣也。"

③【圓至】明河,天漢。

【補注】明河,銀河。宋之問《明河篇》:"明河可望不可親,願得乘槎一問津。"川,河流。

④【補注】蔣寅《戴叔倫詩集校注》(P. 3):李白《宣城送劉副使入秦》:"此別又千里,秦吳渺天涯。"

⑤【圓至】剡溪,越州。

【補注】剡溪,水名,即曹娥江之上游,在今浙江嵊州。《元和郡縣圖志》卷二六"江南道二·越州·剡縣":"出縣西南,北流入上虞縣界為上虞江。"《太平寰宇記》卷九六"江南東道八·越州·剡縣":"在縣南一百五十步。一源出台州天台縣,一源出婺州武義縣,即王子猷雪夜訪戴逵之所也。亦名戴溪。"《唐才子傳》卷五:"(朱放)初,居臨漢水,遭歲饑,南來卜隱剡溪、鏡湖間,排青紫之念,結廬雲卧,釣水樵山。嘗著白氍毹,鹿裘筍屨,盤桓酒家。時江、浙名士如林,風流儒雅,俱從高義。"

⑥【何焯】落句以不得往訪暗暗收足"行"字,兩面俱到。

【補注】前期,未來的打算、約定。沈約《別范安成詩》:"生平少年日,分手易前期。"

【校勘】

［一］衰　全唐詩校“一作滋”。

［二］千　磧砂本作“萬”，全唐詩校“一作萬”。

［三］心知　全唐詩校“一作青冥”。

［四］路　高本、四庫本作“客”，何批“路”。

［五］聊且寄前　全唐詩校“一作心與謝公”。

陝州[一]河亭陪韋大夫眺望①[二]

劉禹錫

雪霽太陽[三]津②，城池表裏春③。河流添馬頰④，原色動龍鱗⑤。萬里思[四]歸客，一杯逢故人。因[五]高向西望，關路正飛塵⑥。

【考證】

此詩見《全唐詩》卷三五七（P. 4019），題作《陝州河亭陪韋五大夫雪後眺望因以留别與韋有布衣之舊一别二紀經遷貶而歸》。

【注評】

①**【增注】**唐河南道陝州，本弘農郡，今屬南京路。韋大夫，恐是韋執誼，蓋禹錫素友之善。

【補注】本集題同《全唐詩》。陝州，北魏太和十一年置，治所在陝縣（在今河南三門峽市西陝縣老城）。轄境相當今河南洛寧縣、三門峽市湖濱、陝州、澠池、靈寶等區縣及山西運城市鹽湖、平陸、芮城等區縣地。十八年廢。東魏天平初復置。隋大業初廢。唐武德元年復置，天寶元年改為陝郡。乾元元年復為陝州。後為陝虢觀察使治所。陶敏、陶紅雨《劉禹錫全集編年校注》（P. 435）：河亭，即大陽亭。《古今圖書集成・方輿彙編・職方典》卷四三八"河南府部彙考十二·河南府古迹考三·陝州":"太陽亭,在州西門外二里,亭臨黄河,唐劉禹錫有詩,今廢。"韋大夫,指韋弘景。《舊唐書·敬宗本紀》:寶曆二年三月,"以吏部侍郎韋弘景為陝虢觀察使"。大夫,御史大夫,當是韋弘景在陝虢任上所帶憲銜。二紀,二十四年。前此,劉、韋當永貞元年(805)在長安分别,二紀後恰為大和二年。劉禹錫《子劉子自傳》:"又除主客郎中,分司東都。明年追入,充集賢殿學士。"此詩當為大和二年(828)三月禹錫赴長安途經陝州時作。

②【圓至】太陽故關,即茅津也。

【補注】陶敏、陶紅雨《劉禹錫全集編年校注》(P. 435—436):太陽津,陝州北黄河津渡名。《太平寰宇記》卷六"河南道六·陝州·陝縣":"太陽故關,在縣西北四里。後周大象元年置,即茅津也,一名太陽津。"

③【何焯】比故人。

【補注】陶敏、陶紅雨《劉禹錫全集編年校注》(P. 436):表裏,内外。《左傳·僖公二十八年》:"子犯曰:'……表裏山河,必無害也。'"

④【圓至】馬頰河乃九河之一,在德州安德縣西南。

【補注】馬頰,即馬頰河,古九河之一,今已湮,故道約在今河北東光縣之北、泊頭市之南。《尚書·禹貢》"九河既道"孔穎達疏:"馬頰河勢,上廣下狹,狀如馬頰也……太史、馬頰、覆釜在東光之北,成平之南。"

⑤【圓至】《西都賦》:"原隰龍鱗。"【增注】《西都賦》注:"土色相照,爛如龍鱗。"

【補注】原色,原野的景色。龍鱗,《文選》卷七司馬相如《子虛賦》:"其土則丹青赭堊,雌黄白坿,錫碧金銀,衆色炫耀,照爛龍鱗。"李善注:"郭璞曰:'如龍之鱗彩也。'"吕向注:"言衆物顔色相照爛然如龍鱗也。"陶敏、陶紅雨《劉禹錫全集編年校注》(P. 436)解為"状土地如鱗甲相次",未考慮與"原色"的呼應,不確。

⑥【增注】此詩所謂西望關路飛塵,以時考之,當是德宗建中間姚令言、朱泚犯京師時也。【磧砂】敏曰:思歸之念,百折千縈,故人偶聚談心握手,此際襟期千萬,筆寫之不出。此篇三聯以十字合寫,不過加"萬里""一杯"

四字，使讀之者愴然情往，此所謂手筆獨高處。況起句渾雄，次句浩大，二聯景色恰接"表裏春"來，又復曠遠，而後襯出十字，愈覺凄惻，結句又極含蓄不盡。如此詩者，非唐人特絶乎？**【何焯】**諷刺。

【補注】陶敏、陶紅雨《劉禹錫全集編年校注》(P. 436)：關路，自潼關西入長安之路。飛塵，陸機《為顧彦先贈婦詩二首》之一："京洛多風塵，素衣化為緇。"

【校勘】

［一］陜州　磧砂本作"陜西"。

［二］望　磧砂本作"别"。

［三］太陽　磧砂本作"大陽"。

［四］思　全唐詩作"獨"。

［五］因　全唐詩作"登(一作因)"。

已前共三首

巴南舟中[①]

岑　參

渡口欲黄昏，歸人争渡喧[②]。近鍾清野寺，遠火點[一]江村[③]。見鴈思鄉信，聞猿積淚痕[④]。孤舟萬里夜[二]，秋月不堪論[⑤]。

【考證】

此詩見《全唐詩》卷二〇〇(P. 2091—2092)，題末多"夜市(一作夜書事)"二字。

【注評】

①**【補注】**陳鐵民、侯忠義《岑参集校注》(P. 423):巴南,泛指今四川南部一帶。作于大曆三年(768)七月岑參罷嘉州刺史任,東歸途中。

②**【何焯】**反呼後半。

③**【何焯】**"清"字、"點"字僦出遠近,自覺生動。

④**【補注】**《漢書·蘇武傳》:"昭帝即位。數年,匈奴與漢和親。漢求武等,匈奴詭言武死。後漢使復至匈奴,常惠請其守者與俱,得夜見漢使,具自陳道。教使者謂單于,言天子射上林中,得雁,足有係帛書,言武等在某澤中。使者大喜,如惠語以讓單于。單于視左右而驚,謝漢使曰:'武等實在。'"《水經·江水注》載漁者歌曰:"巴東三峽巫峽長,猿鳴三聲淚沾裳。"參見卷三高適《送王李二少府貶潭峽》注④。

⑤**【磧砂】**謙曰:今人作詩,往往求工字句,不能顧及全首,所以逐句按之皆足膾炙人口,而全首按之露手捉襟也。試即此詩觀之,首句欲黄昏,故有争渡之喧。與野寺鐘聲正是一喧一寂,故用一"清"字。江村初暝,故見遠火一點。此皆未到黄昏時所聞所見如此。更就見聞上説出旅情:孤舟萬里,寂寞秋江,月色愈佳,尤覺不堪俯仰。字字貫通矣。

【補注】陳伯海主編《唐詩彙評》(P. 818):《唐詩成法》卷三"五言律":"'不堪論',猶少陵'中天月色好誰看'也。"

【校勘】

[一] 點　全唐詩校"一作照"。

[二] 夜　全唐詩作"外(一作夜)"。

宿關西客舍寄嚴許二山人①

雲送關西雨,風傳渭北秋②。孤燈然客夢,寒杵搗[一]鄉愁。灘上思嚴子,山中憶許由③。蒼生今有望④,飛詔下林丘⑤。

【考證】

此詩見《全唐詩》卷二〇〇(P. 2065),題中"寄"後有"東山"二字,題末多"時天寶初七月初三日在内學見有高(一本有'近'字)道舉徵(别本俱作《七月三日在内學見有高道舉徵宿關西客舍寄東山嚴許二山人》)"十八字;前四句又見卷二七"雜曲歌辭"(P. 388),佚名,題作《長命女》(羽調曲)。《樂府詩集》卷八〇"近代曲辭二"已録《長命女》,應為《全唐詩》卷二七所本。當據全篇作岑參詩。

【注評】

①【圓至】王洙曰:"長安以西,謂之關西。"

【補注】陳鐵民、侯忠義《岑參集校注》(P. 42):天寶元年(742)七月岑參自長安東行途中作。關西,潼關之西。山人,隱士。嚴、許二山人,待考。

②【補注】渭北,泛指今陝西省渭河以北地區。

③【圓至】嚴光不拜諫議,釣於嚴灘。〇許由不受天下,隱於箕山。【磧砂】此比二山人,其姓恰好湊巧耳。

【補注】陳伯海主編《唐詩彙評》(P. 810):《瀛奎律髓彙評》卷二九"旅況類":紀昀:"'燃'字、'搗'字開後來詩眼之派,'嚴子''許由'開後來切姓關合之派,皆别派也,而已全見於開、寶之時。蓋盛極而衰即伏焉,作者亦不自知也。"

④【圓至】謝安隱東山,人曰:"安石不肯起,當如蒼生何!"

⑤【圓至】本集題云《七月三日在内學見有高道舉徵》。

【補注】陳鐵民、侯忠義《岑參集校注》(P. 42):内學,道家以道學為内學。《晉書・葛洪傳》:"玄亦内學。"這裏指崇玄學。高道舉徵,疑即道舉。玄宗時崇奉道教,開元二十九年始于兩京及諸郡玄元皇帝(老子)廟立崇玄學(後改稱崇玄館),置崇玄博士(後改稱學士)、助教(後改稱直學士)等,令生徒習《道德經》《莊子》《文子》《列子》,學成後準明經例考試,謂之道舉。據載,天寶元年五月,中書門下奏,"今冬崇元學人,望且准開元二十九年正月制考試",從之。知天寶元年有道舉。事見《唐會要》卷五〇、六四、七七。又,也可能指高道不仕舉,屬制舉。《職官分紀》卷一五引《集賢記注》:"天寶二年,樊端應高道不仕試。"

【校勘】

[一] 搗　底本作"島",據元刊本、正統本、明應本、磧砂本、高本、四庫本、全唐詩改。

夜宿龍吼灘思峨嵋隱者①

官舍臨江口,灘聲已[一]慣聞。水煙晴吐月,山火夜燒雲。且欲求[二]方士②,無心戀史君[三]。異鄉那[四]可住,况復久離群③。

【考證】

此詩見《全唐詩》卷二〇〇(P. 2065),題作《江行夜宿龍吼灘臨眺思峨眉隱者兼寄幕中諸公》。

【注評】

① **【圓至】**俗呼龍爪灘,在眉州。**【增注】**《洞天記》:"峨眉山,在嘉州峨眉縣,兩山相對如蛾眉。"

【補注】陳鐵民、侯忠義《岑參集校注》(P. 415):此詩為岑參任嘉州刺史時作。龍吼灘,其地未詳。眉州洪雅縣(今屬四川)有龍吟灘,疑即此地。《欽定大清一統志》卷三〇七"嘉定府":"青衣江……又東合洞溪、廬溪入夾江(今四川夾江縣),自隱蒙(山名,在洪雅縣南一里)而西,有龍吟灘、黄豆灘……皆多石梁，為行舟患。”

②【圓至】杜預曰[五]：“方，法也。蓋謂法術之士。”

【補注】陳鐵民、侯忠義《岑參集校注》(P. 415)：“方士，有方術之士。古稱醫藥、占卜、神仙諸技為方術。這裏指峨眉隱者。”

③【圓至】本集題云[六]《兼寄幕中諸公》。

【補注】史君，即使君，陳鐵民、侯忠義《岑參集校注》(P. 415)：“謂州郡長官。這裏指代刺史職位。”“無心戀史君”“久離群”，照應題中“兼寄幕中諸公”之意。幕，指劍南西川節度使幕府。

【校勘】

［一］已　全唐詩作“人(一作已)”。

［二］求　全唐詩作“尋”。

［三］史君　磧砂本、高本、四庫本、全唐詩作“使君”。

［四］那　全唐詩作“何”。

［五］杜預曰　底本脱，據詩説本、正統本、明應本補。

［六］云　底本作“去”，據詩説本、正統本、明應本改。

南亭送鄭侍御還東臺①

江[一]亭酒甕香，白面繡衣郎②。砌冷虫喧坐，簾踈月[二]到床③。鍾催離興[三]急，絃緩[四]醉歌長④。關樹應先落，隨君滿路[五]霜⑤。

【考證】

此詩見《全唐詩》卷二〇〇(P. 2076)，題首多“趙少尹”二字，題中“還”作“歸”，題下注“得長字”。

【注評】

①**【補注】**陳鐵民、侯忠義《岑參集校注》(P. 159)：東臺，即東都留臺，官署名。《演繁録》卷七《東臺西臺南臺》："唐都長安，於洛陽為西，而洛陽亦有留臺，故長安名西臺，而洛陽為東臺也。"唐制，除在京師長安設御史臺(統臺、殿、察三院)外，洛陽又有東都留臺，設御史中丞、侍御史各一人，殿中侍御史二人，監察御史三人。按，東都陷後，東臺亦廢，安史亂平後方有可能重新恢復。疑此詩作于安史之亂前岑參居長安時，姑繫于天寶十二(753)三載。鄭侍御，待考。

②**【圓至】**漢武遣繡衣使者擊斷郡國。**【增注】**《前漢》："侍御史有繡衣直指，出討奸猾，理大獄，武帝所制。"

【補注】《漢書・百官公卿表上》"繡衣直指"顔師古注："衣以繡者，尊寵之也。"

③**【何焯】**二句透出惜别。

【補注】陳鐵民、侯忠義《岑參集校注》(P. 161)："砌：臺階。坐：同'座'…… 牀，此處當指坐具。"

④**【補注】**陳鐵民、侯忠義《岑參集校注》(P. 161)："鐘：樂器名……絃：絃樂器……此兩句寫離别宴上奏樂的景象。"

⑤**【何焯】**結句收出"侍御"，仍與三、四映發，不嫌陳熟。

【補注】末句兼寫侍御之嚴威若霜。李白《至鴨欄驛上白馬磯贈裴侍御》："情親不避馬，爲我解霜威。"

【校勘】

［一］江　圓校"江，一作紅"，全唐詩作"紅(一作江)"。

［二］月　全唐詩作"雨(一作月)"。

［三］興　磧砂本作"思"。

［四］緩　全唐詩作"逐(一作緩)"。

［五］路　全唐詩作"鬢(一作路)"。

南溪別業①

結宇依青嶂，開軒對翠[一]疇②。樹交花兩色，溪合水重流。竹徑春來掃③，蘭樽夜不收④。逍遥自得意，鼓腹醉中游⑤。

【考證】

此詩見《全唐詩》卷二〇〇(P. 2095)；又見卷二五八(P. 2882)，屬蔣冽。此詩岑參集諸本不載，《唐詩紀》亦不入岑集。《國秀集》卷中、《文苑英華》卷三一八俱署蔣冽(一作洌)。本書始作岑參詩。另，日本藏唐抄本《新撰類林抄》卷四録崔顥逸詩《和黄三安仁山莊五首》，此詩即其二。《李嘉言古典文學論文集・岑詩繫年》(P. 251)云："案岑公嘗居少室，少室下有南溪，則此詩當屬岑。"劉開揚《岑參詩集編年箋注》(P. 3)、陳鐵民和侯忠義《岑參集校注》(P. 2)從之。劉氏認為按風格推斷，此詩亦當屬岑。

【注評】

①**【圓至】**劉良曰："別業，別居也[二]。"

【補注】別業，古代于正式住宅之外，建在風景幽雅之處的居室。

②**【補注】**結宇，建造屋舍。《晉書・江逌傳》："翦茅結宇，耽翫載籍，有終焉之志。"開軒，開窗。軒，窗。阮籍《詠懷詩八十二首》之十五："開軒臨四野，登高望所思。"疇，田野。

③**【何焯】**藏"遊"字。

④**【何焯】**藏"醉"字。

【補注】蘭樽，猶芳樽，謂酒香若蘭。

⑤**【圓至】**《莊子》："鼓腹而遊。"

【補注】逍遥，優遊自得、安閒自在。《莊子・逍遥遊》："彷徨乎無爲其側，逍遥乎寢卧其下。"成玄英疏："逍遥，自得之稱。"得意，領會旨趣。《莊子·外物》:"言者所以在意,得意而忘言。"成玄英疏:"意,妙理也。"得意亦指稱心、滿意。鼓腹,鼓起肚子,謂飽食。《莊子·馬蹄》:"夫赫胥氏之時,民居不知所爲,行不知所之,含哺而熙,鼓腹而遊。"

【校勘】

[一] 翠　磧砂本作"緑"。

[二] 此條底本脱,據詩説本、正統本、明應本補。

泊舟盱眙①[一]

常　建

泊舟淮水次,霜降夕流清②。夜久潮侵岸,天寒月近城③。平沙依鴈宿,旅[二]館聽雞鳴④。鄉國雲霄外,誰堪羈旅情⑤。

【考證】

此詩見《全唐詩》卷一四四(P. 1462);又見卷二五七(P. 2874),屬韋建,題下校"一作常建詩,誤"。何焯在作者"常建"之"常"旁,批"韋",校云:"宋本《常建集》收此篇,但格調不類。計敏夫稍在前,以為韋建,必有所本。"佟培基《全唐詩重出誤收考》(P. 107—108)云,此詩宋臨安本、明活字本、汲古閣本《常建集》及《文苑英華》卷二九二、《唐詩品彙》卷六三皆作常建。《唐詩紀事》卷二四作韋建。《唐音統籤·己籤》卷二入韋建集,下注:"一作常建詩,誤。"陳增傑《唐人律詩箋注集評》(P. 157):"疑'韋建'為'常建'之誤。常曾任盱眙尉,此詩或役途所作。"

【注評】

①**【補注】**盱眙,縣名。唐時治所在今江蘇盱眙縣。參見卷五崔峒《送

陸明府之盱眙》注①。

②【何焯】"霜降"二字既寓旅宿之苦,又反激起第三,當水涸之候,尚浩渺無際也。

【補注】淮水,參見卷四李端《宿淮浦寄司空曙》注①。盱眙地處淮水下游。

③【何焯】盱眙城在山上,第四自佳。

【補注】陳增傑《唐人律詩箋注集評》(P. 157):孟浩然《宿建德江》:"野曠天低樹,江清月近人。"

④【何焯】孤舟多恐盼曉遄發,五、六刻畫而藴藉,元和以後無此也。

【補注】平沙,平坦開闊的沙灘。何遜《慈姥磯詩》:"野岸平沙合,連山近霧浮。"

⑤【補注】鄉國,家鄉。《顏氏家訓·勉學》:"父兄不可常依,鄉國不可常保。"堪,能承受。羈旅,寄居異鄉。《左傳·莊公二十二年》:"齊侯使敬仲爲卿,辭曰:'羈旅之臣……敢辱高位?'"杜預注:"羈,寄也;旅,客也。"

【校勘】

[一] 盱眙　底本、正統本、明應本作"盱眙",據元刊本、磧砂本、高本、四庫本、全唐詩改。

[二] 旅　何校、全唐詩作"候"。

江南旅懷①

祖　詠

楚山不可極,歸客自[一]蕭條②。海色晴看雨③,江聲夜聽潮④。劍留南斗近⑤,書寄北風遥。為報空潭橘,無媒寄[二]洛橋⑥。

【考證】

此詩見《全唐詩》卷一三一(P. 1335),題中"懷"作"情"。

【注評】

①**【補注】**旅懷,羈旅之情懷。

②**【補注】**楚山,泛指楚地之山。參見卷五張謂《送裴侍御歸上都》注③。極,盡頭,終了。《詩經·唐風·鴇羽》:"悠悠蒼天,曷其有極?"鄭玄箋:"極,已也。"不可極,猶言看不到盡頭。歸客,一作歸路,應是。通觀全篇,詩人尚未踏上歸途。蕭條,寂寞、冷清。曹植《贈白馬王彪詩》:"原野何蕭條,白日忽西匿。"

③**【補注】**海色,海面上的天色、景象。看,觀察,估量。《晉書·刑法志》:"古人有言:善爲政者,看人設教。"此句謂由海上早晨的霞色,可以推知即將有雨。或謂海上水汽瀰漫,若下雨然,亦通。

④**【何焯】**三、四有愁有恐。

⑤**【圓至】**豐城縣獄有劍,其氣常射斗牛。

【補注】南斗,星名。即斗宿,有星六顆。在北斗星以南,形似斗,故稱。《史記·天官書》:"南斗爲廟,其北建星,建星者,旗也。"張守節正義:"南斗六星,在南也。"古人將星宿的位置和地面上州、國的位置相對應。按此,南斗和南方一帶對應,故亦泛指南方。《文選》卷五左思《吴都賦》劉逵注引《春秋説題辭》:"南斗為吴。"此句用劍借代佩劍之人,乃詩人自指。同時,亦用劍氣冲斗牛典。《晉書·張華傳》謂吴滅晉興之際,天空斗、牛二宿之間常有紫氣。張華聞雷焕妙達緯象,乃邀與共觀天文。焕曰:"斗、牛之間頗有異氣",是"寶劍之精,上徹於天耳",並謂劍在豫章豐城。華即補焕為豐城令,"焕到縣,掘獄屋基,入地四丈餘,得一石函,光氣非常,中有雙劍,並刻題,一曰龍泉,一曰太阿。其夕,斗、牛間氣不復見焉"。焕得劍,遣使送一劍與華,留一自佩。"華誅,失劍所在。焕卒,子華為州從事。持劍行經延平津,劍忽於腰間躍出墮水。"但見兩龍各長數丈,光彩照水,波浪驚沸,於是失劍。陳貽焮主編《增訂注釋全唐詩》第1册(P. 962)雖注明了此典,但謂"用雙劍分合事……詩文中常以雙劍喻夫妻。此句意謂自己與妻别離,獨留南方",可謂失之交臂。按,"劍留南斗近",從典面看,並没有提及雙劍分合,只在暗示劍光直冲斗牛,喻傑出人才有待識者發現。宋之問《送杜審言》:"可惜龍泉劍,流落在豐城。"意思略同。"南斗"句既寫詩人滯留南方,又暗含懷才不遇之意,與尾聯"無媒"呼應。

⑥【磧砂】敏曰:次聯言海色茫茫,晴看若雨,江聲滚滚,夜聽如潮,勿以"雨""潮"二字泥着實用。三聯言劍留而氣冲霄漢,南斗非遥,書寄而意阻修途,北風亦遠,勿以"留""寄"二字連下。讀過不辨比、興也,但重一"寄"字在。

【補注】報,回贈,回報。《詩經·衛風·木瓜》:"投我以木瓜,報之以瓊琚,匪報也,永以爲好也。"空,徒有。潭橘,當指南方潭水邊生長的橘子。報橘,陳貽焮主編《增訂注釋全唐詩》第1册(P. 962)謂暗用陸績懷橘遺母事。《三國志·吴書·陸績傳》:"陸績字公紀,吴郡吴人也。父康,漢末為廬江太守。績年六歲,於九江見袁術。術出橘,績懷三枚,去,拜辭墮地,術謂曰:'陸郎作賓客而懷橘乎?'績跪答曰:'欲歸遺母。'術大奇之。"無媒,這裏指没有捎信之人。亦暗指没有引薦之人,謂進身無路。洛橋,指洛陽天津橋。橋在洛水上,故亦稱洛橋。按,詠洛陽人。陳增傑《唐人律詩箋注集評》(P. 145):《唐詩成法》卷二"五言律":"洛陽無橘,江南則有,故欲報而無媒。"《新校千家詩·五律》王相等注謂:"此詠旅寓於吴,思鄉而作也。楚山盡於丹陽,過此則吴地。今已近東海,則歸路太遠而蕭條。東海日出,霞色鮮晴,則知雨之將至。吴江騰湧而澎湃,則知夜潮之方來。書劍飄零,時近於南斗之下。家音迢遞,如北風吹雁侣,能南來而不能北往也。吴潭之橘方熟,惜道遠無人以寄洛陽也。"

【校勘】

[一] 客自　磧砂本作"路自",全唐詩作"路但(一作客自)"。

[二] 寄　全唐詩校"一作贈"。

冬日野望[①]

于良史[②]

地際朝陽滿，天邊宿霧收[③]。風兼殘雪起，河帶斷冰流[④]。北闕馳心極，南圖尚旅游[⑤]。登臨思不已，何處可消憂[⑥][一]。

【考證】

此詩見《全唐詩》卷二七五(P. 3118)，題作《冬日野望寄李贊府(一本無"野望"二字)》。

【注評】

①**【補注】**野望，謂在野外遠望。杜甫《野望》："跨馬出郊時極目，不堪人事日蕭條。"

②**【圓至】**《間氣集》云：肅、代時侍御史。**【增注】**為張徐州建封從事，《間氣集》稱侍御。

【補注】賈晉華撰《中國文學家大辭典・唐五代卷》(P. 6)"于良史"條云，良史(生卒年里不詳)，約天寶末入仕。大曆中任監察御史。貞元四年至十六年間，為徐泗濠節度使張建封從事。工詩，高仲武評曰："侍御詩體清雅，工於形似。如'風兼殘雪起，河帶斷冰流'，吟之未終，皎然在目。"(《中興間氣集》卷上)《全唐詩》卷二七五存詩七首。

③**【補注】**際，靠近邊緣的地方。《楚辭・天問》："九天之際，安放安屬?"洪興祖補注："際，邊也。"宿霧，夜霧。陶淵明《詠貧士詩七首》之一："朝霞開宿霧，衆鳥相與飛。"

④**【補注】**《詩境淺説・乙編》評錢起"一葉兼螢度，孤雲帶雁來"云："寫新秋夜景，與白樂天之'殘暑蟬催盡，新秋雁帶來'相似，誦之如凉生衣袂間。若嚴維之'柳塘春水漫，花塢夕陽遲'，便覺風物駘蕩。于良史之'風兼

殘雪起,河帶斷冰流’,若有寒意侵人。學詩者會其微意,則四時佳興,可隨處得好句也。”

⑤【**增注**】《漢高祖紀》:“蕭何治未央宫,立東闕、北闕。前殿未央宫雖南嚮,而上書奏事謁見之徒皆詣北闕,是以北闕為正門。”○《莊子》:“鯤[二]化為鵬,摶扶摇羊角而上者九萬里,絶雲氣,負青天,然後圖南。”【**磧砂**】《莊子》:鯤魚圖南徙也。

【**補注**】北闕,古代宫殿北面的門樓,是臣子等候朝見或上書奏事之處。亦用為宫禁或朝廷的别稱。李白《憶舊遊寄譙郡元參軍》:“北闕青雲不可期,東山白首還歸去。”馳心,謂心之嚮往如車馬驅馳。曹植《上責躬應詔詩表》:“至止之日,馳心輦轂。”極,達到頂點、最高限度。《吕氏春秋・仲夏紀・大樂》:“天地車輪,終則復始,極則復反,莫不咸當。”南圖,謂南飛,南征。比喻抱負遠大。語出《莊子・逍遥遊》。杜甫《奉送嚴公入朝十韻》:“南圖迴羽翮,北極捧星辰。”陳增傑《唐人律詩箋注集評》(P. 590)云:“心極,衷極,猶言衷心。南朝梁簡文帝《昭明太子集序》:‘含芳腴於襟抱,揭華綺於心極。’南圖,南疆。李白《大鵬賦》:‘邈彼北荒,將窮南圖。’二句説自己旅滯南方,心中懷戀朝廷。即‘身在江海之上,心居乎魏闕之下’(《莊子・讓王》)意。”亦通。不過,律詩中二聯句式不同、對仗不工者亦為不少,别有疏宕流利之致。

⑥【**補注**】登臨,登山臨水。因指遊覽。

【校勘】

[一] 可消憂　全唐詩作“得銷愁(一作憂)”。

[二] 鯤　底本、正統本作“鵾”,據大系本改。

早　行

劉洵伯①[一]

鍾静人猶寢,天高景[二]自凉。一星深戍火,殘月半橋霜②。客老愁城[三]下③，蟬寒[四]怨路傍。青山依舊色，宛是馬卿鄉④。

【考證】

此詩見《全唐詩》卷五一六(P. 5901)，屬劉郇伯。

【注評】

①**【增注】**《北夢瑣言》：郇伯與范鄴郎中為詩友。范曾得一句云"歲暮天涯雨"，久而莫屬，郇伯曰："何不曰'人生分外愁'？"范甚賞之。○洵，一[五]作郇。

【補注】吴在慶撰《中國文學家大辭典·唐五代卷》(P. 199)"劉郇伯"條云，郇伯(生卒年里不詳)，大和時進士，與范鄴友善。《全唐詩》卷五一六存詩一首，即此詩。

②**【何焯】**"星""月"皆虚用。

【補注】戍，邊防駐軍的城堡、營壘。何焯所謂"虚用"，當指喻火為星、將月比橋。其實，把星、火、月、橋看作並存的實景亦可。

③**【補注】**愁城，喻愁苦難消的心境。庾信《愁賦》："攻許愁城終不破，蕩許愁門終不開。"城下，一作塵下。按塵下，猶下塵、下風。《戰國策·楚策二》："三十餘萬，弊甲鈍兵，願承下塵。"鮑彪注："凡人相趨則有塵，戰亦有塵。不敢與齊抗，故言下。"因喻指地位低下，多用為隨從身份的謙稱。另外，將塵下理解為風塵下的省稱，亦通，意謂風塵僕僕地奔波。

④**【圓至】**司馬相如，字長卿。**【何焯】**羈愁無極，平地皆成蜀道，仍用"依舊"二字點破。

【補注】宛，猶仿佛。《詩經·秦風·蒹葭》："遡游從之，宛在水中央。"《史記·司馬相如列傳》："司馬相如者，蜀郡成都人也。"《輿地廣記》卷二九"成都府路·成都府·成都縣"："(縣)北有升仙橋，蜀人司馬相如將入長安，題其柱曰：'不乘高車駟馬，不過汝下。'後奉使歸蜀，果如志焉。"

【校勘】

［一］劉洵伯　磧砂本脱。

［二］景　全唐詩作“月”。

［三］城　全唐詩作“塵”。

［四］寒　磧砂本作“聲”。

［五］一　底本、正統本脱，據大系本補。

逢皤公①

周　賀

帶病稀[一]相見，西城早晚來②。山衣[二]風壞帛[三]，香印雨沾灰③。坐久鍾聲盡[四]，禪[五]餘岳影回④。却思同宿夜，高枕説[六]天台⑤。

【考證】

此詩見《全唐詩》卷五〇三(P. 5724)，題中“皤公”作“播公”。

【注評】

①**【補注】**皤公，猶皤翁，白髮老人。皤，pó，老人白首貌。

②**【何焯】**“逢”字生動。

【補注】早晚，何日，幾時。

③**【補注】**山衣，和尚、隱士之流所穿的衣服。王建《從軍後寄山中友人》:“愛仙無藥住溪貧，脱却山衣事漢臣。”帛，古代絲織物的通稱。香印，即印香，用多種香料搗末和勻做成的一種香。白居易《酬夢得以予五月長齋延僧徒絶賓友見戲十韻》:“香印朝烟細，紗燈夕焰明。”

④**【補注】**禪餘，謂坐禪結束後。禪，指禪定，參見卷四賈島《早秋寄題

天竺靈隱寺》注③。岳影回，早晚日光斜射，始有山影，此處言回，應指日暮。

⑤**【增注】**天台山，在台州天台縣，上應台星，故名。**【何焯】**"説天台"，又將難逢矣，呼應處每出意表。

【補注】高枕，枕着高枕頭，謂無憂無慮。《戰國策・齊策四》："三窟已就，君姑高枕爲樂矣。"天台，即天台山，在今浙江天台縣北，是佛教天台宗的發祥地。參見卷五僧貫休《春山》注①。

【校勘】

［一］病稀　全唐詩作"病(一作疾)希"。

［二］山衣　全唐詩作"衲衣(一作山房)"。

［三］帛　全唐詩校"一作衲"。

［四］盡　全唐詩校"一作静"。

［五］禪　全唐詩作"談"。

［六］説　全唐詩校"一作話"。

暮過山寺

賈　島

衆岫聳寒色[①]，精廬向此分[②]。流星透疎木，走月逆行雲[③]。絶頂人來少，高松鶴不群。一僧年八十，世事未曾聞[④]。

【考證】

此詩見《全唐詩》卷五七三(P. 6669—6670)，題中"暮過"作"宿"。

【注評】

①**【何焯】**"寒色"是暮，又是在絶頂也。

【補注】岫,xiù,峰巒。

②【何焯】"分"字是隔斷塵界。

【補注】精廬,佛寺,僧舍。《北齊書·楊愔傳》:"至碻磝戍,州内有愔家舊佛寺,入精廬禮拜。"陳伯海主編《唐詩彙評》(P.2599):《寒瘦集·賈島》:"首聯十字都是眼前平常之景,一經巨手出之,便可驚人。"

③【補注】陳增傑《唐人律詩箋注集評》(P.774):"走,疾行。二句寫夜宿之景,借流星走月,顯出山寺的高峻,境極幽奇峭冷。"《唐詩别裁集》卷一二:"順行雲則月隱矣,妙處全在'逆'字。"

④【磧砂】敏曰:吴修齡嘗論作詩下字須要堅確結實。鍾淳厓、張誕嘉論詩要經冷棰,蓋鐵初出火,灰砂夾雜,一用冷棰,靡不剥落。前輩之意,總要攧撲不破也。今觀是詩,舉一可以反三矣。【何焯】結句亦欲棄人事而從之避世也。○衆峰皆在其下,則已在星漢間矣。第五點破"絶頂人來少",起後半"鶴不群"。山高風緊,鳥亦不能群飛,俗中人豈復能至哉!○句句精絶超絶,神仙中人。

【補注】馬茂元《唐詩選》(P.665):"寒岫高聳,托出精廬,起筆高沉,有出世景象。'流星''走月'是動景,'絶頂''高松'是静景,'不群'字更下透末聯。八十高僧、世事未聞,遥應首聯寒岫精廬景象。全詩以僧家'若動而静,似去而留'説(僧肇《肇論疏》)為主意,却借景物説出。"

懷永樂殷侍御①[一]

馬　戴

石田虞芮接②,種柳[二]白雲陰③。穴閉[三]神蹤古④,河流禹鑿深⑤。樵人應滿郭,仙鳥幾巢林⑥。此會偏相憶[四],曾供[五]雪夜吟⑦。

【考證】

此詩見《全唐詩》卷五五六(P.6451),題首多"集宿姚侍御宅"六字,題中"永樂"後有"宰"字。

【注評】

①【圓至】河中府永樂縣,古魏國,唐分芮城置永樂。

【補注】永樂,縣名。北周武成二年改河北縣置,屬河北郡。治所在今山西芮城縣西南三十二里永樂村。保定三年廢。唐武德二年復置,屬芮州。治所在今芮城縣東北,七年移治今芮城縣西南永樂鎮。貞觀八年改屬蒲州,北宋熙寧六年廢。侍御,御史臺臺、殿、察三院長官侍御史、殿中侍御史、監察御史的簡稱。參見卷一柳宗元《酬曹侍御過象縣見寄》注①。殷侍御,指殷堯藩,元和九年進士。生平參見卷三殷堯蕃《和趙相公登鸛雀樓》注②。吴企明撰《唐才子傳校箋》第3册(P. 67)"殷堯藩"條云,堯藩于文宗大和二年(828)前後任永樂縣令。是年秋冬,姚合、馬戴、無可、雍陶、賈島諸人同在長安,集宿姚合宅,懷念殷堯藩。除馬戴此詩外,無可有《冬中與諸公會宿姚端公宅懷永樂殷侍御》、姚合有《寄永樂長官殷堯藩》等詩,皆作于此時。

②【圓至】《史記》注曰:"石田不可耕也。"《尚書》傳:"虞芮争田,質於文王,入境見其士大夫相讓,乃讓所争以為閑[六]田。"芮城,古芮國也。《國名記》:"虞芮所讓田,今平陸縣西六十里閑原是也。"

【補注】石田,多石而不可耕之地。《左傳・哀公十一年》:"得志於齊,猶獲石田也,無所用之。"亦指貧瘠的田地。杜甫《醉時歌(贈廣文館博士鄭虔)》:"先生早賦歸去來,石田茅屋荒蒼苔。"虞,古國名。舜之先封于虞,故城在今山西平陸縣東北。周武王克殷,封古公亶父之子虞仲的後人于此,是為西虞。芮,古國名,也作内。周文王時建立,姬姓。在今陝西大荔縣朝邑城。《詩經・大雅・緜》:"虞芮質厥成。"孔穎達疏:"虞芮二國之君,有争訟事,來詣文王,而得成其和平也。"此句言永樂縣位于古虞、芮二國之間,雖土地貧瘠,然相讓之風猶存。

③【補注】陶淵明曾作《五柳先生傳》以自況,文中云:"宅邊有五柳樹,因以爲號焉。"白雲,喻歸隱。左思《招隱詩二首》之一:"白雲停陰岡,丹葩

曜陽林。"堯藩性簡静,耽丘壑林泉之趣,故詩人美其雖出仕為官,然葆有高逸情懷。楊軍、戈春源《馬戴詩注》(P. 109)引狄仁傑思親典,注云:"白雲,古用以寓親友之思。"不確。按,此典乃思親專用,罕見用于友朋之間者(參見趙應鐸主編《漢語典故大辭典》,P. 21);又此詩末句暗用王子猷典,其所吟者正為左思《招隱詩》。

④【圓至】河中府有禹穴,馬戴《鸛[七]雀樓[八]》所[九]謂"海波通禹穴"是也。

【補注】楊軍、戈春源《馬戴詩注》(P. 109):"《述征記》:'華山對河東首陽山,黄河流于二山之間。云本一山,巨靈所開。今睹手迹於華嶽,而脚迹在首陽山下。'神迹,即巨靈的脚迹。華山在永樂縣西南百餘里處。"

⑤【圓至】龍門山,在河中府龍門縣,禹所鑿。

【補注】楊軍、戈春源《馬戴詩注》(P. 41):"禹鑿,指龍門,在今山西河津縣西北和陝西韓城縣東北。有龍門山夾峙黄河兩岸,為黄河晉陝峽谷的南端出口,相傳為夏禹所鑿。《尚書・禹貢》:'導河積石,至於龍門。'山上有禹王廟古迹。"

⑥【補注】楊軍、戈春源《馬戴詩注》(P. 109):仙鳥,鳳凰之屬。《説文解字・鳥部》:"鳳,神鳥也……見則天下大安寧。"此聯頌揚德政。

⑦【圓至】王徽之雪夜酌酒,吟左思詩,憶戴逵。

【補注】《世説新語・任誕》:"王子猷居山陰。夜大雪,眠覺,開室,命酌酒。四望皎然,因起彷徨,詠左思《招隱詩》。忽憶戴安道,時戴在剡,即便夜乘小船就之。經宿方至,造門不前而返。人問其故,王曰:'吾本乘興而行,興盡而返,何必見戴?'"

【校勘】

[一] 何校題前增"集宿姚侍御宅"六字,并云:"題少六字,'此會'句無下落矣。"(瀘州本脱"題少……落矣"句)

[二] 柳　全唐詩作"樹"。

[三] 閉　底本作"閑",據元刊本、正統本、明應本、磧砂本、高本、四庫

本、全唐詩改。

［四］憶　全唐詩、何校作“語”，全唐詩校“一作憶”。

［五］供　全唐詩校“一作同”。

［六］閑　底本作“間”，據詩説本、正統本、明應本改。

［七］鸛　底本、詩説本、正統本、明應本作“鶴”，據《全唐詩》(P. 6435)改。

［八］樓　底本、詩説本作“摟”，明應本作“按”，據正統本改。

［九］所　底本作“詩”，據詩説本、正統本、明應本改。

韋處士山居①

許　渾

斸藥去還歸，家人半掩扉。山風藤子落，溪雨豆花肥。寺遠僧來少，橋危客過[一]稀。不聞砧杵動[二]，應解製[三]荷衣②。

【考證】

此詩見《全唐詩》卷五二八(P. 6044)，題作《題韋隱居西齋》(一作《題韋處士山居》)。

【注評】

①**【補注】**處士，指有道德、學問而隱居不仕之士。韋處士，待考。山居，山中的住所。

②**【何焯】**發端便是人莫從識其面，已藏五、六一連。意通首只是言其草衣木食，無求於世。妙在點化錯綜。

【補注】荷衣，傳説中用荷葉製成的衣裳，亦指高人、隱士之服。屈原《離騷》：“製芰荷以為衣兮。”

【校勘】

［一］過　全唐詩作“到”。

［二］動　全唐詩校“一作響”。

［三］製　全唐詩校“一作剪”。

瀑布寺貞上人院①

鄭　巢

林踈多暮蟬，師去宿山煙②。古壁燈熏畫，秋琴雨慢[一]絃③。竹間窺遠鶴，岩上取寒泉。西岳莎[二]房在，歸期更幾年④。

【考證】

此詩見《全唐詩》卷五〇四（P. 5734）。

【注評】

①【**補注**】瀑布寺，在今浙江天台縣之天台山。司空曙《寄天台秀師》："天台瀑布寺，傳有白頭師。"趙子廉《桐柏仙域志》（P. 239）云，南朝宋文帝元嘉二年，僧法順創建。"在天台之西約一里處。左後有長達百丈狀如垂蜺蔽崖而下的飛瀑，因名。寺院南對九壟山（後名九峰山）。可引靈溪水入香積厨。寺西北數百米處是百丈岩。"上人，對和尚的尊稱。貞上人，待考。院，寺院。

②【**補注**】師，對僧、尼、道士的尊稱。這裹指貞上人。

③【**補注**】雨慢絃，許渾《晚自朝臺津至韋隱居郊園》："雲連海氣琴書潤，風帶潮聲枕簟凉。"陳伯海主編《唐詩彙評》（P. 2279）：《瀛奎律髓彙評》卷四七"釋梵類"：方回："司空圖有'山雨慢琴弦'之句，此亦暗合，其聯甚佳。"

④【補注】西岳，泛指西方的大山。《易林》卷一《恒》："東山西岳，會合俱食。"莎房，簷前長滿莎草的房屋；一作沙房，亦通。佛教僧侶稱沙門，因稱其居處為沙房。陳伯海主編《唐詩彙評》(P. 2279)：《瀛奎律髓彙評》卷四七"釋梵類"：紀昀："此上人出而巢題其所居，故有首尾四句。"

【校勘】

［一］慢　全唐詩作"潤"。

［二］莎　正統本、明應本、全唐詩作"沙"。

已前共十四首

送龍州樊史[一]君①

許　棠

曾見邛人説，龍州地未深②。碧溪飛白鳥，紅旆映青林③。土產惟宜藥，王租只貢金④。政成閑[二]宴日，誰伴使君吟⑤。

【考證】

此詩見《全唐詩》卷六〇三(P. 6965—6966)，題中"史君"作"使君"。

【注評】

①【圓至】龍州，漢廣漢郡，三國之江油也。【增注】龍州，春秋及秦為氐羌之地，西漢屬廣漢郡，東漢魏晉皆平陰郡，西魏立龍州，唐劍南道龍州應靈郡，今屬利州西路。

【補注】龍州，西魏廢帝二年置，治所在江油郡江油縣(今四川平武縣東南南壩鎮舊州)。隋大業三年改為平武郡，義寧二年改為龍門郡，尋改為西龍門郡。唐貞觀元年改為龍門羈縻州,垂拱中改為龍門州。天寶元年改為江油郡,至德二年改為應靈郡,乾元元年復改為龍州。轄境相當今四川平武縣及青川縣、江油市部分地。史君,即使君。史,通使。漢時稱刺史為使君,後用作州郡長官的尊稱。樊史君,待考。

②【**增注**】唐邛州臨邛郡,屬劍南道。

【**補注**】邛,qióng,古代西南少數民族國名。漢置臨邛縣。南朝梁置邛州,治所在蒲口頓(西魏改置依政縣,在今四川邛崍市東南五十五里)。《元和郡縣圖志》卷三一"劍南道上・邛州":"南接邛來山,因以為名。"隋大業二年廢。唐武德元年復置,治依政縣。顯慶二年移治臨邛縣(今邛崍市)。天寶元年改為臨邛郡,乾元元年復為邛州。轄境相當今四川邛崍、大邑、蒲江等縣地。深,遠。《玉篇・水部》:"深……遠也。"杜甫《病馬》:"乘爾亦已久,天寒關塞深。"

③【**補注**】白鳥,白羽的鳥。鶴、鷺之類。《詩經・大雅・靈臺》:"麀鹿濯濯,白鳥翯翯。"紅旆,紅旗。高適《部落曲》:"琱戈蒙豹尾,紅旆插狼頭。"旆,旐末狀如燕尾的垂旒;亦泛指旌旗。

④【**圓至**】《禹貢》:"厥供惟金,三品。"《漢書》:"博南,永平中置,南界出金。"

【**補注**】《千金翼方》卷三"本草中":"賣子木……出劍南邛州。"王租,國家的賦税。金,金屬的總稱。《元和郡縣圖志》卷三一"劍南道上・邛州・臨溪縣":"孤石山,在縣東十九里。有鐵礦,大如蒜子,燒合之成流支鐵,甚剛,因置鐵官。"《華陽國志・蜀志》云,山"有鐵祖廟祠。漢文帝時,以鐵銅賜侍郎鄧通,通假民卓王孫,歲取千匹。故王孫貨累巨萬億,鄧通錢亦盡天下"。

⑤【**何焯**】落句言我方欣然規往,地非遠惡也。收足"送"字,繳應"未深",淡語有味。

【校勘】

［一］史　磧砂本、高本、四庫本作"使",何批"使,舊刻作史"。

［二］閑　全唐詩作"開(一作閒)"。

送人尉黔中①

周　繇②

盤山行幾驛，水路復通巴③。峽漲三川雪④，園開四季花。公庭飛白鳥⑤，官俸請丹砂⑥。知尉黔人[一]後，高吟採物華⑦。

【考證】

此詩見《全唐詩》卷六三五(P. 7290)。

【注評】

①**【增注】**黔中，古蠻夷地，戰國自巴黔以西屬楚，秦置黔中郡，漢改武陵郡，唐黔州，屬黔中道，宋紹慶府，今屬夔州路。

【補注】尉，擔任縣尉。秦、漢縣令、縣長下置尉，掌一縣治安，歷代因之。黔中，唐方鎮名。開元二十六年置五溪諸州經略使于黔州(今重慶彭水苗族土家族自治縣)，天寶中已稱其轄境為黔中，寶應以後稱黔中經略招討觀察處置等使。大曆十二年領黔、施、夷、辰、思、費、溆、播、南、溱、珍、錦十二州，約當今重慶彭水、纂江，湖北利川、建始等縣市以南，湖南沅陵、溆浦等縣以西，貴州銅仁、思南、遵義等縣市以北地區。貞元元年增領獎、溪二州，並徙治辰州，三年還治黔州。元和三年增領涪州。大順元年號為武泰軍節度使。

②**【圓至】**字惟憲，池州青陽人，咸通十三年以詩中第。**【增注】**字為憲，池州人。登咸通進士第，以《明皇夢鍾馗賦》知名，調池之建德令，李昭象以詩送曰“投文得仕而今少，佩印還家古所榮”。弟[二]繁亦工詩。〇按，唐池州有至德縣，非建德也。

【補注】吴在慶撰《中國文學家大辭典・唐五代卷》(P. 511—512)“周繇”條云，繇(生卒年不詳)，字為憲，一字允元，池州青陽(今屬安徽)人，詩人周繁兄。出身貧寒，宣宗後期，遊襄陽，山南東道節度使徐商辟為從事。時段成式、温庭筠、韋蟾、温庭皓等皆在幕府，諸人詩酒留連，頗多唱和。咸通十三年登進士第，授校書郎。歷福昌縣尉，後調建德縣令。繇為“咸通十哲”之一，以《明皇夢鍾馗賦》知名。繇與當時諸詩人頗多唱和，後編成《漢上題襟集》三卷。又與林寬、李昭象、杜荀鶴友善、酬和。其詩多登臨題詠、贈别酬唱之作。尤善于寫景，頗多警策。辛文房稱其為詩“只苦篇韻，俯有思，仰有詠，深造閫域，時號為詩禪”，又謂其詩“不入於邪見，能致思於妙品”，“讀之使人竦，誠好手也”（《唐才子傳》卷八）。《直齋書録解題》著録《周繇集》一卷。《全唐詩》卷六三五編其詩為一卷。

③【補注】驛，計算驛路長度的單位，兩個驛站之間路程為一驛。《唐律疏議》卷一〇“職制·驛使稽程”：“依令：‘給驛者給銅龍傳符，無傳符處爲紙券。量事緩急，注驛數於符契上。’據此驛數以爲行程。”巴，古族名、國名，其族主要分佈在今川東、重慶、鄂西一帶。後世在其地設置郡、州等。唐代設有巴州，治所在今四川巴中市，轄境相當今巴中市巴州區、平昌縣。參見卷三高適《送王李二少府貶潭峽》注④、卷五岑參《晚發五溪》注②。

④【增注】山峭夾水曰峽。唐以劍南東、西及山南西道為三川。

【補注】三川，唐中葉後以劍南東川、劍南西川及山南西道三鎮，合稱三川。《資治通鑑》唐順宗永貞元年載，劍南西川節度使韋皋求兼領劍南三川，即此。雪，白浪。温庭筠《拂舞詞》：“龍伯驅風不敢上，百川噴雪高崔嵬。”

⑤【補注】公庭，公堂，法庭。王勃《梓州玄武縣福會寺碑》：“懷道術於百齡，接風期於四海。依然梵宇，欣象教之將行；莞爾公庭，惜牛刀之遂屈。”白鳥，《蠕範》卷八“物名十五”：“白鳥，王母使者也。青足赤咮，白翼絳顙，出齊郡函山。相傳王母守藥函之鳥。”《後漢書·方術列傳上·王喬》：“王喬者，河東人也。顯宗世，爲葉令。喬有神術，每月朔望，常自縣詣臺朝。帝怪其來數，而不見車騎，密令太史伺望之。言其臨至，輒有雙鳧從東南飛來。於是候鳧至，舉羅張之，但得一隻舄焉。乃詔尚方診視，則四年中所賜尚書官屬履也。”

⑥【圓至】丹砂出辰州光明山辰溪，舊屬黔中郡，隋方立辰州。【磧砂】昔葛洪因便取丹砂，請為勾漏令，此暗用其事。

【補注】官俸，官吏的俸禄、薪水。白居易《書事詠懷》："官俸將生計，雖貧豈敢嫌？"請，敬辭。特指買佛龕神像、佛道經典、禮神用品等。《宋書·隱逸傳·沈道虔》："至四月八日，每請像，請像之日，輒舉家感慟焉。"丹砂，即朱砂。礦物名。色深紅，古代道教徒用以化汞煉丹，中醫作藥用，也可製作顏料。黔中一帶自古以産丹砂聞名，即以此為貢賦。東漢曾置丹興縣，《華陽國志·巴志》云其地"出名丹"。辰州（治所在今湖南省沅陵縣）所産號辰砂，最佳。《重修政和經史證類備用本草》卷三"玉石部·上品"引《圖經》："丹砂生符陵山谷，今出辰州、宜州、階州，而辰州者最勝，謂之辰砂。生深山石崖間，土人採之，穴地數十尺始見，其苗乃白石耳，謂之朱砂床。砂生石上，其塊大者如雞子，小者如石榴子，狀若芙蓉頭、箭鏃，連床者紫黯若鐵色，而光明瑩澈，碎之嶄岩作牆壁，又似雲母片可析者，真辰砂也……凡砂之絶好者為光明砂，其次謂之顆塊，其次謂之鹿蔌，其下謂之末砂。"杜甫《覆舟二首》之一："巫峡盤渦曉，黔陽貢物秋。丹砂同隕石，翠羽共沈舟。"

⑦【補注】物華，自然景物。柳惲《贈吴均詩二首》之一："離念已鬱陶，物華復如此。"

【校勘】

［一］人　何批、全唐詩作"中"。

［二］弟　底本作"苐"，據正統本、大系本改。下文同，徑改。

道　院①

王　周②

白日人稀到，簾垂道院深。雨苔生古壁，雪雀[一]聚寒林。忘慮憑三樂[3],消閑信五禽[4]。誰知是官府,煙縷滿爐沉[5]。

【考證】

此詩見《全唐詩》卷七六五(P. 8678)。

【注評】

①**【增注】**此官府治所之道院,如太平州有江東道院、瑞州有江西道院之類。

【補注】道院,陳貽焮主編《增訂注釋全唐詩》第5册(P. 100)未注。《漢語大詞典》第十卷(P. 1074)、《辭海》(P. 805)、《宗教大辭典》(P. 171)、《中國古代名物大典》(P. 844)皆解作道士所居之廟宇,規模稍小於宫、觀,書證皆首列此詩。按,以上諸權威辭書的解釋為此詞本義,並不符合此詩語境,因為末聯明明云:“誰知是官府,煙縷滿爐沉。”五代、北宋士大夫往往用“道院”借指公事稀少的地方官署。除增注所舉外,再如宋代江陰軍位置偏僻,北拒長江,過客不多,公事稀少;通州南阻長江,東北瀕海,士大夫少至此處,民俗淳厚,訟稀事簡。在二州仕宦極為優逸,故士大夫稱江陰軍為兩浙道院,通州為淮南道院。吴淵《江東道院賦》:“乃君其民,混然大朴。惟土物是愛,故能臧厥心;惟本業是崇,是以無末作。盡力畎畝,收功錢鎛。難貧以其勤苦,易足以其儉約。故有婦女平生未識于綺羅,亦有父老終身不入于城郭。衣食足故多知廉恥,習俗厚故罕事鬥角。蓋皞皞乎有羲皇太古之風,熙熙然有唐虞擊壤之樂。于是有厭承明之入直,乞銅虎以典州。凡中朝之人士,多出守而來侯,皆得以逃其瘝曠而遂其優游……爾乃夜已既而更殺,日將晡而鼓撤。雖兩衙其不廢,縱數刻而已休。蓋賦税輸官而絡繹,靡煩程督;訐訟造庭而希簡,無可應酬。故治事之時每短,而退食之暇常遒。雖謂之邦伯郡守,實偶乎黄冠羽流。當其堦庭如水,囹圄鞠草,燕寢沉沉,鈴閣杳杳,雞鳴寂晝,鵲聲鬧曉,何以異於道流之清净而一塵之不到也! 避堂舍蓋,隱几對老,收視斂聽,回光反照,虚室生白,内境火爓,何以異於道流之煉養而臻其玄妙也！華陽可巾，清香可燒，《離騷》可讀，《周易》可校，南董京生，北窗夢覺，何以異於道流之蕭散而寄其高傲也！著靈運屐，攜山翁醥，臨流賦詩，登高舒嘯，駁落棋聲，泉響琴調，何以異於道流之放曠而縱其吟眺也！夫吾儒與道流邪正不對，官府與生民休戚相關，必也道吾之道而不道彼之道，樂民之樂而後樂己之樂，使是邦不徒有太平之名而乃有太平之實，則是院不徒揭名道之扁，而有體道之誠……惟當以清净為本，以煩擾為忌，政教因乎民，本非容心，號令從乎俗，未嘗作意，則有無為之為、不治之治。吾惟謹修于庭户之間，而彼將自得于湖山之外。此則老守之所當勤，而益可以廣道院之義也。"

②【**增注**】五代人。

【**補注**】陳尚君《〈全唐詩〉誤收詩考》(《文史》第 24 輯)云，王周，明州奉化人，約生活在宋真宗、仁宗朝。大中祥符五年徐奭榜進士。曾分别以大理寺丞、尚書虞部員外郎二次知無錫縣，後又知明州。"《全唐詩》所收周詩，均源出宋刻《王周詩集》(江標影宋書棚本《唐五十家小集》尚存此集)，諸詩保持原次第。"另有五代王周，曾在中原、河北等地任節度使。"自南宋始，王周時代已不為人所知。陳振孫《直齋書録解題》卷一九收《王周集》一卷，云'未詳何人'，《文獻通考・經籍考》引陳書，附於唐人集末，均未深考地方史乘。今存南宋陳氏書棚本《王周詩集》，似即作唐集刊行，《箋注唐賢三體詩法》卷一七收周詩，知傳誤甚早。明清間不少唐詩彙集、總集均録周詩，皆失考，當改正。"

③【**圓至**】榮啓期帶索鼓琴而歌曰："天生萬物，人為貴，吾得為人，一樂也。男尊女卑，吾為男，二樂也。人生有不免襁褓，吾年九十五，三樂也。貧者士之常，死者人之終，吾何憂哉？"又《孟子》亦有"三樂"。【**磧砂**】非用《孟子》。

【**補注**】忘慮，指摒除雜念，多指世俗的功利計較。三樂，三種樂事。古代詩文常言者除《列子・天瑞》載榮啓期所言外，尚有以下兩種。《孟子・盡心上》："孟子曰：'君子有三樂，而王天下不與存焉。父母俱存，兄弟無故，一樂也；仰不愧於天，俯不怍於人，二樂也；得天下英才而教育之，三樂也。'"《韓詩外傳》卷九第二十五章:"子夏曰:'敢問三樂?'曾子曰:'有親可畏,有君可事,有子可遺,此一樂也;有親可諫,有君可去,有子可怒,此二樂也;有君可喻,有友可助,此三樂也。'"

④【圓至】華佗曰:"吾有術,為五禽戲:一虎二鹿三猿四熊五鳥。每體中有不佳,起作一禽之戲。"

【補注】消閒,消磨閒暇時間。五禽,即五禽戲。相傳為漢末名醫華陀首創的一種健身術。模仿五種禽獸的動作和姿態,以進行肢體活動。《後漢書・方術列傳下・華佗》:"佗語普曰:'人體欲得勞動,但不當使極耳……吾有一術,名五禽之戲:一曰虎,二曰鹿,三曰熊,四曰猨,五曰鳥。亦以除疾,兼利蹏足,以當導引。體有不快,起作一禽之戲,怡而汗出,因以著粉,身體輕便而欲食。'"

⑤【增注】沉香出天竺、單于二國,重實黑色。沉水者是一木,根栴檀,節沉香,花雞舌,葉藿香,膠薰陸。

【校勘】

[一]雀　磧砂本、高本、四庫本、全唐詩作"雀"。

已前共三首

一　意

周弼曰:確守格律,揣摩聲病,詩家之常。若時出度外,縱横放肆,外如不整,中實應節,則又非造次所能也。

終南别業[①]

王　維

中歲頗好道，晚家南山陲[②]。興來每獨往，勝事空[一]自知[③]。行到水窮處，坐看雲起時。偶然值[二]林[三]叟，談笑滯[四]還期[④]。

【考證】

此詩見《全唐詩》卷一二六（P. 1276），題下校"一作《初至山中》，一作《入山寄城中故人》"。

【注評】

①**【圓至】**《雍録[五]》曰："終南山，横亘關中南面，西起秦隴，東徹藍田，凡八百里。"

【補注】終南，指終南山，一名中南山、南山等，既泛指西起今甘肅天水、東至今河南三門峽市陝州區的秦嶺山脈；也特指位于今西安市南的終南山，《括地志》云：終南山，又名中南山、太一山、南山、橘山、楚山、泰山、周南山、地脯山，在雍州萬年縣南五十里。這裏為特指。别業，古代于正式住宅之外，建在風景幽雅之處的居室。陳鐵民《王維集校注》（P. 191）云，此詩為王維開元二十九年（741）隱于終南山時作。

②**【圓至】**李肇《國史補》曰："王維好佛，得宋之問輞川别業，山水絶勝，今清凉寺是其地。"

【補注】陳鐵民《王維集校注》（P. 191）：中歲，中年。晚，指晚近、近時。南山，即終南山。陲，邊。

③**【補注】**勝事，美好的事情。《南齊書・竟陵文宣王子良傳》："子良少有清尚，禮才好士……善立勝事，夏月客至，爲設瓜飲及甘果，著之文教。"

④**【磧砂】**敏曰：伯弜另立此體，非以此為别一體裁也。無論四虚、四

實、前後虚實實虚，亦無兩意夾雜之理。總要如繭抽絲，極其曲折纏綿，莫非一意貫串。雖有起承轉合之法，仍是泯無痕迹，亦非首尾率直之謂，亦非漫無節次之謂，第與字櫛句比者，獨覺自然而然。所以指出言之，併見工力鍛煉而天趣自發者，原不易得爾。

【補注】陳伯海主編《唐詩彙評》(P. 314—315)：《删補唐詩選脉箋釋會通評林・五言律詩・盛唐上》：陸鈿："律合古，意趣非言盡。蓋有一種悠然會心處，所見無非道也。"《近體秋陽》卷二"五言・盛唐"："八句只如一句，近體中纚纚出塵，徠猶入道，未有過於此作者。"《唐詩别裁集》卷九："行所無事，一片化機。末語'無還期'，謂不定還期也。"

【校勘】

［一］空　全唐詩校"一作祇"。

［二］值　全唐詩校"一作見"。

［三］林　全唐詩校"一作鄰"。

［四］滯　全唐詩作"無(一作滯)"。

［五］雍録　底本作"雜録"，據詩説本、正統本、明應本改。

晚泊潯[一]陽望爐峰①[二]

孟浩然[三]

掛席[四]幾千里，名山都未逢②。泊舟潯陽郭③，始見香爐峰。嘗讀遠公傳，永懷塵外蹤④。東林精舍近⑤[五]，日暮坐[六]聞鍾⑥。

【考證】

此詩見《全唐詩》卷一六〇(P. 1645)，題中"爐峰"作"廬山"。

【注評】

①**【圓至】**潯陽，江州郡名，在大江之北，潯水之陽。○《廬山記》曰：山東南有香爐峰。

【補注】潯陽，佟培基《孟浩然詩集箋注》(P. 6—7)：《元和郡縣圖志》卷二八"江南道四・江州・潯陽縣"："本漢舊縣，屬廬江郡，以在潯水之陽，故曰潯陽。隋平陳，改潯陽為彭蠡縣，大業二年改為湓城縣，武德五年復改為潯陽縣。"治所在今江西九江市。廬山，在今江西九江南。《元和郡縣圖志》卷二八"江南道四・江州・潯陽縣"："廬山，在縣東三十二里。本名鄣山，昔匡俗字子孝，隱淪潛景，廬於此山，漢武帝拜為大明公，俗號廬君，故山取號。周環五百餘里。"《藝文類聚》卷七"山部上・廬山"："伏滔《遊廬山序》曰：'廬山者，江陽之名嶽，其大形也，背岷流，面彭蠡，蟠根所據，亘數百里。重嶺桀嶂，仰插雲日，俯瞰川湖之流焉。'"爐峰，即香爐峰，廬山著名山峰。《藝文類聚》卷七"山部上・廬山"："遠法師《廬山記》曰：'東南有香罏山，孤峰秀起，遊氣籠其上，則棼氳若煙。'"《太平寰宇記》卷一一一"江南西道九・江州・德化縣"："香爐峰，在山西北。其峰尖圓，煙雲聚散，如博山香爐之狀。"佟氏認為此詩"為開元二十一年(七三三)孟浩然從越中歸來經潯陽時作"。

②**【何焯】**發端神來，所以雖晚而亟望也。

【補注】佟培基《孟浩然詩集箋注》(P. 7)：掛席，猶掛帆，張帆行船。謝靈運《遊赤石進帆海詩》："揚帆采石華，掛席拾海月。"

③**【補注】**郭，外城。

④**【何焯】**眼中意中前後兩層透出"望"字神味，戴容州所謂"如藍田日暖，良玉生煙"者也。

【補注】佟培基《孟浩然詩集箋注》(P. 7)：遠公傳：遠公指慧遠(334—416)，《高僧傳》卷六"義解三"《晉廬山釋慧遠》："釋慧遠……少為諸生，博綜六經，尤善《莊》《老》。性度弘博，風覽(鑒)朗拔……後聞安講《波若經》，豁然而悟，乃歎曰：'儒道九流，皆糠粃耳。'便與弟慧持，投簪落彩(鬘)，委命受業。既入乎道，厲然不群……遠於是與弟子數十人，南適荊州，住上明寺。後欲往羅浮山，及屆潯陽，見廬峰清静，足以息心，始住龍泉精舍……自遠卜居廬阜三十餘年，影不出山，迹不入俗，每送客游履常以虎溪為界焉。”另參《廣弘明集》卷二三謝靈運《廬山慧遠法師誄》。塵外，即塵世之外。

⑤【圓至】《高僧傳》：“劉遺民、雷次宗等，依遠公於廬山。遠於精舍無量壽像前建齋立社，期生西方。”

【補注】東林精舍，即廬山東林寺，晉太元九年江州刺史桓伊為慧遠法師所建。《高僧傳》卷六“義解三”《晉廬山釋慧遠》：“時有沙門慧永，居在西林，與遠同門舊好，遂要遠同止。永謂刺史桓伊曰：‘遠公方當宏道，今徒屬已廣，而來者方多。貧道所樓(棲)褊狹(狹)，不足相處，如何?’桓乃為遠復於山東更立房殿，即東林是也。”唐會昌三年寺廢，大中三年復修。宋改名太平興國寺。參見李邕《東林寺碑序》。

⑥【圓至】陶元亮訪遠公，聞鐘有省，攢眉而去。【磧砂】謙曰：前詩仍有對屬，但流水成文。此篇直敘中無數頓接跌宕，悠然入勝，竟不尋行數墨，拘拘聯偶。此又似用律詩拈韻運作短古一章，亦當辨之。【何焯】後半寫“望”字，閑遠空闊。

【補注】坐，正，恰好。杜甫《答楊梓州》：“悶到房公池水頭，坐逢楊子鎮東州。”或者釋為空、徒然，亦可，一本坐正作空。王融《古意詩二首》之一：“坐銷芳草氣，空度明月輝。”

【校勘】

［一］潯　何校“尋”。

［二］磧砂本“爐峰”前有“香”字。

［三］孟浩然　明應本作“浩然”。

［四］席　何校“帆”。

［五］近　何校“在”：“‘在’字、‘近’字不惟有死生之判，爐峰猶始望見，精舍何由遽近也?”

［六］坐　何校“空”，全唐詩作“但”。

茶　人

陸龜蒙

天賦識靈草，自然鍾野姿。閑來北山下①，似與東風期。雨後探[一]芳去，雲間幽路危②。惟應報春鳥③，得共斯人知④。

【考證】

此詩見《全唐詩》卷六二〇（P. 7144），為《奉和襲美茶具十詠》之二《茶人》。

【注評】

①**【圓至】**《新唐書》云："龜蒙嗜茶，置園顧渚山下。"

【補注】何錫光《陸龜蒙全集校注》（P. 401）：北山即顧渚山。《吴中水利全書》卷三"水源"："顧渚山去長興縣（今屬浙江湖州市）西四十里。"皮日休《茶人》："生於顧渚山，老在漫石塢。"

②**【何焯】**鳥道，起第七。

③**【圓至】**《顧渚山茶記》云："山有鳥如鴝鵒，色蒼，正二月作聲，春起也。三月止，春去也。采茶人呼為報春鳥。"**【全唐詩】**顧渚山有報春鳥。

④**【磧砂】**謙曰：此與第一首相似。**【何焯】**此篇《松陵集》編往體中，本非律詩。〇發端即領"人"字，結句收出，方不是泛然《采茶歌》。〇茶在山僻自生者其香味殊絶，此詩非深於茶事，不能到也。

【校勘】

［一］探　元刊本、高本、四庫本作"採"。

尋陸羽不遇①

僧皎然②

移家雖[一]帶郭，野徑入桑麻③。近種籬邊菊④，秋來未著花。扣門無犬吠，欲去問西家。報道山中出[二]，歸來每日斜⑤[三]。

【考證】

此詩見《全唐詩》卷八一五(P. 9178)，屬皎然，題中"陸羽"作"陸鴻漸"。

【注評】

①**【圓至】**羽傳云：僧史種師見群雁覆小兒於橋下，得而育之。既育，筮之，得"鴻漸於陸，其羽可用為儀"，乃氏以陸，名羽，字鴻漸。

【補注】陸羽，精于茶道，著有《茶經》三卷等。至德元載(756)避亂居湖州，與皎然為忘年之交，時出遊江南各地。生平參見卷五皇甫曾《送陸羽》注①。此詩當為二人在湖州交遊期間皎然所作。

②**【增注】**字清[四]晝，一云吴興僧清晝，字皎然。按《唐書》：皎然，字清晝，姓謝，湖州人。靈運十世孫，居杼山，有《杼山詩式》。

【補注】賈晉華撰《中國文學家大辭典・唐五代卷》(P. 719—720)"皎然"條云，皎然(720？—？)，俗姓謝，字清晝，晚年以字行。湖州長城(今浙江長興)人，郡望陳郡陽夏(今河南太康)。自稱為謝靈運十世孫，實為謝安後裔。開元末、天寶初曾應進士試未第，失意窮困，遂出家，居潤州江寧長干寺。天寶九載前已受具足戒，出杭州靈隱寺律師守真之門。天寶後期漫遊全國各地，到過長安，與公卿大夫交接。至德後定居湖州，先後住白蘋洲草堂、苕溪草堂、龍興寺、杼山妙喜寺、柳家寺等，並時出遊蘇、杭、常、睦等州。與歷任刺史盧幼平、裴清、顏真卿、袁高、陸長源、于頔等過往，與陸羽、李紓、顧況、皇甫冉、吕渭、柳中庸、皇甫曾、張志和、楊凝、李陽冰、李嘉祐、劉長卿、李季蘭、嚴維、梁肅、秦系、靈澈、朱放、李端、韋應物、包佶、孟郊等衆多文士過從唱酬,廣開詩會。其中尤以大曆八年至十二年間顔真卿刺湖時為盛。真卿聚集三十餘位文士編撰大型類書《韻海鏡源》,皎然亦預撰;且以真卿、皎然為核心,前後聚文士八十餘人為詩會,聯唱論詩,結集為《吴興集》十卷。卒于貞元八年後數年間。皎然于大曆、貞元間頗負盛名。德宗令集賢院寫其文集,藏于秘閣。劉禹錫少年時曾從其學詩。于頔稱其"極於緣情綺靡,故辭多芳澤;師古興制,故律尚清壯"(《釋皎然杼山集序》)。劉禹錫贊其"能備衆體"(《澈上人文集序》)。贊寧稱其"文章雋麗,當時號為釋門偉器……時諺曰:'霅之晝,能清秀。'"(《宋高僧傳》卷二九"雜科聲德篇第十之一"《唐湖州杼山皎然傳》)撰有《詩式》,標舉意境,歸納風格,提示作詩技巧與方法,品評歷代詩人詩作,開以禪理論詩之先河。《新唐書・藝文志》著録《皎然詩集》十卷、《詩式》五卷、《詩評》三卷,《直齋書録解題》另録《詩議》一卷,評、議義近,蓋即一書。《全唐詩》卷八一五至八二一編其詩為七卷。

③【補注】帶郭,毗鄰城郭。《史記・貨殖列傳》:"及名國萬家之城,帶郭千畝畝鍾之田。"野徑,村野小路。沈約《宿東園詩》:"野徑既盤紆,荒阡亦交互。"桑麻,桑樹和麻。植桑飼蠶取繭和植麻取其纖維,同為古代農業解决衣着的最重要的經濟活動。《管子・牧民》:"藏於不竭之府者,養桑麻、育六畜也。"亦泛指農作物。

④【補注】籬邊菊,用陶淵明東籬采菊事。參見卷三崔曙《九日登仙臺呈劉明府》注⑨。

⑤【磧砂】敏曰:此篇與第二首相似,而與古稍遠。【何焯】上四句"尋"字,下四句"不遇"。詩至此,都無筆墨之痕。

【補注】陳伯海主編《唐詩彙評》(P. 3105):《唐詩摘鈔》卷一"五言律":"極澹極真,絶似孟襄陽筆意。此全首不對格,太白、浩然集中多有之。二公皆古詩手,不喜為律所縛,故但變古詩之音節而創為此體也。"《説詩晬語》卷上:"(五律)又有通體俱散者,李太白《夜泊牛渚》、孟浩然《晚泊潯陽》、釋皎然《尋陸鴻漸》等章,興到成詩,人力無與,匪垂典則,偶存標格而已。"

【校勘】

［一］雖　全唐詩校"一作唯"。

［二］出　磧砂本、全唐詩作"去",全唐詩校"一作出"。

［三］歸來每日斜　全唐詩作"歸時每日斜(一作歸來日每斜)"。

［四］清　底本、正統本脱,據大系本補。

已前共四首

起　句

周弼曰:發首兩句平穩者多,奇健者予所見惟兩篇。然聲太重,後聯難稱。後兩篇發句亦佳,聲稍輕,終篇均停,然奇健不及前兩篇遠矣。故著此為法,使識者自擇焉①。

【注評】

①【**磧砂**】謙曰:伯弜謂所見惟兩篇者,甚言奇健之難耳,亦謂起句更得奇健為尤佳也,勿太拘。

軍中醉飲寄沈八劉叟

暢　當①

酒渴愛江清②,餘酣漱晚汀③。軟莎欹坐穩④,冷石醉眠醒。野膳隨行帳,華[一]音[二]發從伶⑤。數杯君不見,都已遣沉冥⑥。

【考證】

此詩見《全唐詩》卷二八七(P. 3284),題下校"一作杜甫詩";又見卷二三四(P. 2580),屬杜甫,題下校"一作暢當詩"。裴校:"此詩元載《杜工部集》中。"佟培基《全唐詩重出誤收考》(P. 171)云,南宋蔡氏《杜工部草堂詩箋》卷四〇、郭氏《九家集注杜工部詩》補卷一二、《錢注杜詩》卷一八附録、《杜詩詳注》卷一三皆載。《文苑英華》卷二一五作暢當,彭叔夏《文苑英華辨證》卷六云:"其有可疑及當兩存者,如暢當《軍中醉飲寄沈八劉叟》詩:'酒渴愛江清,餘酣漱晚汀。'……今並載杜甫集。"《艇齋詩話》云:"山谷用'酒渴愛江清'為韻,人知為唐人詩,而不知其為誰氏也。顧陶《詩選》作暢當作,當有詩名。其詩云《軍中醉飲作》。"《滄浪詩話·考證》認為,此詩為黄伯思編作少陵詩;郭紹虞校釋據蔡夢弼會箋的《草堂詩箋》,謂誤編此詩入杜集者,應為王原叔。吴企明《唐音質疑録·杜甫詩辨僞札記》(P. 30—31)指出,在王原叔、黄伯思之前,此詩早被顧陶《唐詩類選》《文苑英華》等記載為暢當詩;又此詩題為《軍中醉歌寄沈八劉叟》,"軍中醉歌",即寫軍中生活;"沈八劉叟",該是詩人的好友。然而,杜甫没有從過軍,也没有"沈八""劉叟"這樣的朋友。而暢當有武藝,曾從過軍。《唐才子傳》卷四載:"當少諳武事,生亂離間,盤馬彎弓,摶沙寫陣,人曾伏之。時山東有寇,以子弟被召參軍。"劉叟,無考;"沈八",是暢當的知心朋友,暢當另有《題沈八齋》云:"江齋一入何亭亭,因寄淪漣心杳冥。緑綺琴彈白雪引,烏絲絹勒黄庭經。"可見,詩當為暢當作。

【注評】

①**【圓至】**河東人,大曆七年張式榜進士。**【增注】**河東人,進士擢第。貞元初為太常博士,後以果州刺史卒。與弟諸皆有詩名。

【補注】賈晉華撰《中國文學家大辭典·唐五代卷》(P. 578)"暢當"條云,暢當(生卒年不詳),行大,河東(今山西永濟)人。大曆七年登進士第,十三年任弘文館校書郎。建中四年召募從軍,入山南節度幕。約于興元元年任河中參軍。貞元二年入為太常博士,四年尚在任。後出為果州刺史,十三年後罷郡,曾客遊澧州。約卒于貞元末。有詩名,與盧綸、司空曙、李端、韋應物皆有交誼、酬唱。計有功稱其詩"平淡多佳句"(《唐詩紀事》卷二七)。《新唐書・藝文志》著録《暢當詩》二卷。《全唐詩》卷二八七編其詩為一卷。

②【**補注**】酒渴,指酒後口渴。李群玉《答友人寄新茗》:"愧君千里分滋味,寄與春風酒渴人。"

③【**補注**】漱,飲。《文選》卷四七劉伶《酒德頌》:"先生於是方捧甖承槽,銜杯漱醪。"李周翰注:"先生不聽二人之説,飲酒自若也。"汀,水邊平地。此句殆謂,傍晚餘興未盡,又坐在水邊酣暢地飲起來,由此喚起下文。陳伯海主編《唐詩彙評》(P. 1498):《删補唐詩選脉箋釋會通評林・五言律詩・中唐下》:"蓋暢詩克意求新,出口便多奇響。此篇興高調亦高,意足神亦足,有盛唐風味。"

④【**補注**】莎,即莎草,多年生草本植物。參見卷五張祜《惠山寺》注⑤。攲,歪斜,傾斜。

⑤【**圓至**】伶,樂人。【**磧砂**】隨從之樂人。

【**補注**】野膳,野外吃的飯食。行帳,行軍或出遊時所搭的篷帳。華音,謂奏中華之音,與少數民族之調不同。伶,泛指演員。

⑥【**圓至**】《揚子》:"蜀莊沉冥。"【**何焯**】此篇氣味終近老杜。

【**補注**】沉冥,《法言・問明》:"蜀莊沈冥,蜀莊之才之珍也,不作苟見,不治苟得,久幽而不改其操。"李軌注:"沈冥猶玄寂,泯然無迹之貌。"這裏當指大醉。對于此詩意脈,歷來解説紛紜。《杜詩詳注》卷一三云:"此詩不樂居幕府而作也。上四言草堂醉後,有徜徉自得之興。下四言軍中陪宴,非豪飲暢意之時。沈、劉蓋草堂同飲者,故寄詩以見意。《杜臆》以此章為倒敘,從既醉已後,遡軍中初飲之事。但飲只數杯,何至酒渴而漱,坐眠方醒乎? 首尾不相合矣。又盧注謂座中不見兩君,故數杯便覺沉冥。此説亦非,軍中設宴,原非幽人同席,何必以不見為悵耶? 此須依《杜臆》作十字句,言數杯之後,君不見我沉冥乎?"其實此詩寫了兩次宴飲,一主一餘,主飲為背景,僅用"酒渴"二字交代,餘飲為主腦,肆筆鋪陳。全篇從主飲寫起，因酒後口渴，故在水邊汲流（或許是烹茶）以漱，然餘酣難消，不覺醉眠，醒後復聚餐行樂。“晚汀”與“行帳”正相呼應，寫宴飲場所。因已進行過主飲，所以這次餘飲，大家不過數杯，便都酩酊大醉，進入沉冥之境。如此連續縱飲行樂，實在酣暢之極，可惜君不與會也（題既言“寄”，則沈、劉不與飲明矣）。開篇氣盛聲重，後面如話家常，聊聊數筆便使“酣”情“醉”態躍然紙上。

【校勘】

［一］華　磧砂本作“花”。

［二］音　底本、元刊本、正統本、明應本、磧砂本作“陰”，據高本、四庫本、全唐詩改。

題江陵臨沙驛樓①

司空曙［一］

江天清更愁，風柳入江樓。鴈識［二］楚山晚，蟬知秦樹秋②。凄凉多獨醉，零落半同游。豈復［三］平生意③，蒼然蘭杜洲④。

【考證】

此詩見《全唐詩》卷二九三（P. 3330）。

【注評】

①**【增注】**江陵，又名荆臺，春秋謂郢都，秦置南郡，兩漢為江陵，三國為荆州，唐為江陵府江陵郡，屬山南道，宋陞帥府，今屬湖北道。

【補注】文航生《司空曙詩集校注》（P. 243）云：“江陵：古地名。在今湖北荆州江陵。春秋戰國時曾為楚王行宫所在地。唐時江陵為荆南節度使治所，擴大江陵城城池規模，使用磚城結構，添設甕城和敵樓，强化城池軍事防禦功能。本篇'江陵'即荆州城所在地……本篇作於其暮年滯留長林期間。"

②【**補注**】楚山，泛指楚地之山。參見卷五張謂《送裴侍御歸上都》注③。文航生《司空曙詩集校注》(P. 243)云："秦樹：秦地的樹……此為設想之辭。作者久已未返秦地長安，眼下身在南國楚地，記憶中的秦地當已秋意濃重。"

③【**何焯**】"秦"。

④【**增注**】杜若，香草。【**何焯**】"楚"。

【**補注**】平生意，一生的志向。此聯由頸聯嘆老嗟衰而來，意謂：豈是實現了平素的抱負？不過長期滯留在長滿蘭草和杜若的楚地罷了。

【校勘】

[一] 司空曙　底本、正統本、明應本作"司空署"，據元刊本、磧砂本、高本、四庫本、全唐詩改。

[二] 識　四庫本、全唐詩作"惜"。

[三] 復　全唐詩校"一作獲"。

已前共二首

送耿山人遊湖南①

周　賀

南行隨越[一]僧，舊[二]業一[三]池菱②。兩鬢已垂雪[四]，五湖歸掛罾③。夜濤鳴柵鎖，寒葦露船燈④。此去更[五]無事，却來猶未[六]能⑤。

【考證】

此詩見《全唐詩》卷五〇三(P. 5717),題中"遊"作"歸",題下校"一作《送耿逸人南歸》"。

【注評】

①**【補注】**山人,隱士、道士之流。耿山人,待考。湖南,太湖以南,約指今浙江省北部地區。參見卷三劉長卿《别嚴士元》注⑤。

②**【補注】**舊業,原有的産業、家業。《漢書·王莽傳上》:"(莽)又上書歸孝哀皇帝所益封邑,入錢獻田,殫盡舊業,爲衆倡始。"菱,一年生水生草本植物。水上葉棱形,葉柄上有浮囊,花白色。果實有硬殼,一般有角,俗稱菱角。《楚辭·招魂》:"《涉江》《采菱》,發《揚荷》些。"

③**【補注】**五湖,古代吴、越一帶的湖泊,説法不一。范蠡功成身退,隱于五湖。後因以五湖指隱遁之所。參見卷四杜牧《題宣州開元寺水閣》注⑥。罾,zēng,用木棍或竹竿做支架的方形魚網,形似仰傘。歸掛罾,猶言歸隱以捕魚為生。

④**【補注】**栅鎖,安裝在栅欄上的鎖。《瀛奎律髓彙評》卷四八"仙逸類":方回:"第二句新,五、六亦新。"

⑤**【何焯】**五、六心目與之俱南,"送"字刻酷。前後皆言所以惜别之故,體勢又别。〇"隨越僧"三字中已含"更無事"意。

【補注】却來,歸來。李白《東魯見狄博通》:"謂言掛席度滄海,却來應是無長風。"

【校勘】

[一] 越　全唐詩校"一作老"。

[二] 舊　全唐詩作"别(一作舊)"。

[三] 一　全唐詩作"幾(一作一)"。

[四] 垂雪　全唐詩作"垂白(一作如雪)"。

[五] 此去更　全唐詩作"去此應(一作此去已)"。

［六］猶未　全唐詩作"知不(一作期未)"。

宿巴江①

僧栖蟾②

江聲五千[一]里，瀉碧急於絃。不覺日又夜，争教人少年。一汀巫峽月③，兩岸子規[二]天④。山影似相伴，濃遮到客[三]船。

【考證】

此詩見《全唐詩》卷八四八(P. 9608)，屬棲蟾。

【注評】

①**【補注】**巴江，長江流經今四川東部、重慶古巴子國一段的別稱。

②**【圓至】**大順中人。

【補注】陳尚君撰《中國文學家大辭典·唐五代卷》(P. 619)"栖蟾"條云，栖蟾(生卒年里不詳)，唐末至五代初詩僧。俗姓胡，一説姓顧。曾住廬山屏風岩及南嶽衡山。歷游巴江、潤州、洪州、南中等地，並遠至邊地。與詩僧齊己、虚中、玄泰、詩人沈彬、道士聶師道等為友。《全唐詩》卷八四八收其詩十二首。

③**【圓至】**《三峽記》曰："巫峽在夔州，連山隱蔽，非亭午夜分，不見日月。"

【補注】汀，水之平。引申為水邊平地，小洲。巫峽，在今重慶巫山縣東，為長江三峽之一。《水經·江水注》："自三峽七百里中，兩岸連山，略無闕處。重岩疊嶂，隱天蔽日，自非停午夜分，不見曦月。"參見卷三高適《送王李二少府貶潭峽》注④。

④**【補注】**子規，又名杜鵑、杜宇。相傳為古蜀王杜宇之魂所化。春末

夏初，常晝夜啼鳴，其聲哀切，似“不如歸去”，故又名催歸。參見卷一李涉《竹枝詞》注④。

【校勘】

［一］千　全唐詩作“十”。

［二］子規　圓校“子規，一作秭歸”。

［三］客　全唐詩作“曉”。

已前共二首①

【注評】

①【圓至】按伯弜分此而不著其說。惟此卷只四首，分而為二者：以前兩首起句太重，為一例；後兩首起句稍輕，終篇均停，為一例。具如卷首所評，其意最為明白，以此觀之，他可觸類而知矣。

結　句

周弼曰：結句以意盡而寬緩，能躍出拘攣之外，前輩謂如截奔馬。予所得獨此四首，足見四十字，字字不可放過也。

送陳法師赴上元①

皇甫冉

延陵初罷講②，建業去隨緣③。翻譯推多學，壇場最少年④。浣衣逢［一］野水，乞食向人煙⑤。遍禮南朝寺［二］，焚香古像前⑥。

【考證】

此詩見《全唐詩》卷二五〇(P. 2829—2830),題中"送"後有"延(一作江)陵"二字。

【注評】

①**【補注】**法師,精通佛經並能講解佛法的高僧,亦用為對比丘的尊稱。陳法師,待考。上元,縣名,屬潤州。治所即今南京市。參見卷五曹松《秋日送方干遊上元》注①。

②**【圓至】**按,延陵有五:其一在代。其一在綏,今名延福縣者,後魏之延陵縣也。一在丹徒者,隋之延陵縣也。一在潤州者,太康二年分曲阿延陵鎮置。一在常之晉陵者,古延陵也,《公羊》所謂"季札退居延陵"者也。

【補注】這裏的延陵,當為潤州屬縣,治所在今江蘇丹陽市西南延陵鎮。參見卷六皇甫冉《送陸灊夫延陵尋友》注①。

③**【增注】**建業,即唐昇州。

【補注】建業,又名建鄴、建康。即今南京市,六朝相繼建都于此。參見卷二吴融《秋色》注④。隨緣,順應機緣,任其自然。《北齊書·陸法和傳》:"法和所得奴婢,盡免之,曰:'各隨緣去。'"

④**【增注】**《東京賦》:"秦政利嘴長距,終得擅[三]場。"注:"擅,專也。喻天下為大場。"**【何焯】**"初罷講"。

【補注】翻譯,指翻譯佛經。推,推許。壇場,法壇,佛家講經説法之所。柳宗元《南嶽般舟和尚第二碑》:"佛法至於衡山,及津大師始修起律教,由其壇場而出者,爲得正法。"

⑤**【何焯】**"去隨緣"。

【補注】乞食,十二頭陀行之一,可破除憍慢心,培養謙卑之德。參見卷五韓翃《題薦福寺衡岳禪師房》注②。

⑥**【磧砂】**敏曰:結句其實最難,不可徑露,尤不可牽扯,要有含蓄,復有豐致,要有收拾,又有精神。嘗喻書家之縮筆結束,構架輕重適均,如造淩雲臺手乃佳。只觀樓頭,沈、宋工力悉敵,惟一結定其優劣也。**【何焯】**結句

不過收足"建業",有何躍出?

【補注】禮,禮拜。南朝,南北朝時期,據有江南地區的宋、齊、梁、陳四朝的總稱。其時君主大多崇佛,所建佛寺頗多,首都建康尤衆。參見杜牧《江南春》④。

【校勘】

[一] 逢　全唐詩校"一作隨"。

[二] 朝寺　全唐詩校"一作峰頂"。

[三] 擅　底本、大系本作"壇",據正統本改。

送從弟歸河朔①

李嘉祐[一]

故鄉何[二]可到,令弟獨能歸②。諸將旌[三]旄節③[四],何人重布衣④。空城流水在,荒澤[五]舊村稀。秋日平原路⑤,蟲鳴桑葉飛⑥。

【考證】

此詩見《全唐詩》卷二〇六(P. 2153)。

【注評】

①【增注】《爾雅・釋親》:"兄弟之子相謂從父昆弟。"〇朔,北也。

【補注】從弟,堂弟。或指李紓。傅璇琮《唐代詩人叢考・李嘉祐考》(P. 234)謂,嘉祐詩中提及李紓,均稱從弟,如《元日無衣冠入朝寄皇甫拾遺冉從弟補闕紓》《自蘇臺至望亭驛人家盡空春物增思悵然有作因寄從弟紓》等。按,李紓(731—792),字仲舒,希言子。曾任秘書省校書郎,婺州、虢州、同州等州刺史。有文名,奉詔為《興元紀功述》及郊廟樂章。與包佶並稱“包李”。劉禹錫稱其詩為“高韻”(《董氏武陵集序》)。《全唐詩》卷二五二存其詩十三首。生平參見賈晉華撰《中國文學家大辭典·唐五代卷》(P. 286)“李紓”條。河朔,泛指黄河以北地區。《尚書·泰誓中》:“王次于河朔。”孔安國傳:“渡河而誓,即誓而止于河之北。”

②【**補注**】故鄉,傅璇琮《唐代詩人叢考·李嘉祐考》(P. 234)云,據《新唐書·宰相世系表》,李紓屬趙郡李氏南祖房。又據《新唐書·地理志三》,趙郡屬河北道,在河朔範圍内。令弟,猶言賢弟。謝靈運《酬從弟惠連詩五章》之一:“末路值令弟,開顔披心胸。”令,善,美好。《詩經·小雅·角弓》:“此令兄弟,綽綽有裕;不令兄弟,交相爲瘉。”鄭玄箋:“令,善也。”

③【**圓至**】《唐·百官志》:“節度使初受,辭日[六],賜雙旌雙節。”【**增注**】旌,表也。○旄,《周禮》:“犛牛尾為之。”○節,以毛為之,將命者持之以為信。

【**補注**】旌,表識,表明。《國語·周語上》:“庶人、工、商各守其業,以共其上。猶恐其有墜失也,故爲車服、旗章以旌之。”韋昭注:“旌,表也。車服、旗章上下有等,所以章别貴賤,爲之表識也。”旄節,鎮守一方的長官所持的旗子和符節。此句謂河朔一帶的節度使等地方長官以兵權、武功自矜。

④【**補注**】布衣,平民。參見吴融《閿鄉卜居》注⑥。

⑤【**圓至**】平原,今德州。

【**補注**】平原,縣名。秦置,屬濟北郡。治所在今山東平原縣西南二十五里張官店。西漢為平原郡治。東漢為平原國治。北魏為東青州治,後屬安德郡。北齊始移治今平原縣。隋屬平原郡。唐屬德州。

⑥【**何焯**】歸是佳事,但鄉關已作賊巢,當思自潔耳。前四句極有味。

【**補注**】陳伯海主編《唐詩彙評》(P. 852):《大曆詩略》卷五:“三、四激昂,結處只平平寫景,而别情、旅況,兩兩俱到。”

【校勘】

［一］李嘉祐　明應本作“嘉祐”。

［二］何　何校、全唐詩作“那”。

［三］旌　高本、四庫本、全唐詩作“矜”。

［四］旌節　底本此二字各有一半殘缺，有人修補書頁後用墨筆補全，元刊本、正統本、明應本、磧砂本、高本、四庫本、全唐詩亦作“旌節”，據補。

［五］澤　正統本作“驛”。

［六］日　底本作“南”，據詩説本、正統本、明應本改。

喜　晴①

李敬方②

到[一]台十二旬③，一片雨中春。林菓黄梅[二]盡，山苗半夏新④。陽烏朝[三]展翅⑤，陰魄夜飛輪⑥。坐喜[四]無雲物，分明見北辰⑦。

【考證】

此詩見《全唐詩》卷五〇八（P. 5774），題作《天台晴望》（時左遷台州刺史，題一作《喜晴》）。

【注評】

①**【圓至】**自注云：“時左遷台州刺史。”

【補注】傅璇琮《唐宋文史論叢及其他・唐代詩人李敬方事迹辨正》（P. 257）：“據《赤城志》云台州司馬，而《文苑英華》與《全唐詩》云左遷台州刺史，勞格《唐郎官石柱題名考》謂當以《赤城志》所載《桐柏山題名碑》為正，應作司馬。”

②**【圓至】**字仲虔，長慶三年進士。**【增注】**字中虔，登長慶進士第。太和中歙州刺史，又台州刺史。

【補注】吴汝煜撰《中國文學家大辭典・唐五代卷》（P. 322）“李敬方”條

云，敬方（？—855？），字中虔，郡望隴西（今屬甘肅），并州文水（今屬山西）人。長慶三年登進士第。文宗時，為金部員外郎，歷户部、度支二郎中，遷諫議大夫。開成五年，官長安令。會昌末，坐事貶台州司馬。大中元年，遷明州刺史。四年，轉歙州刺史，患風疾二年，曾多次往黄山湯泉沐浴，至六年夏始愈。約卒于大中九年。工詩。顧陶《唐詩類選後序》推崇其詩云："才力周備，興比之間，獨與前輩相近。"其集由家人編定，録詩三百首。《新唐書·藝文志》著録《李敬方詩》一卷。《全唐詩》卷五〇八存詩八首，《全唐詩補編·補逸》卷七補一首，《續拾》卷二九又補一首。

③【補注】台，指台州，治所在臨海縣（今浙江臨海市）。轄境相當今浙江臨海、台州二市及天台、仙居、寧海、象山、三門、温嶺六縣市。參見卷六張蠙《送董卿赴台州》注①。旬，十天。

④【增注】《月令》："孟夏之月，半夏生。"

【補注】黄梅，黄熟的梅子。杜甫《梅雨》："南京西浦道，四月熟黄梅。"半夏，多年生草本植物，葉子有長柄，初夏開黄緑色花。地下有白色小塊莖，可入藥，生用有毒，内服須限用。《禮記·月令》："（仲夏之月）鹿角解，蟬始鳴，半夏生，木堇榮。"鄭玄注："半夏，藥草。"《急就篇》："半夏皂莢艾橐吾。"顔師古注："半夏，五月苗始生，居夏之半，故爲名也。"

⑤【增注】《天文志》注："日陽之宗，積而成烏。"【何焯】"晴"。

【補注】陽烏，神話傳説中在太陽裏的三足烏。《文選》卷四左思《蜀都賦》："羲和假道於峻岐，陽烏迴翼乎高標。"李善注："《春秋元命苞》曰：'陽成於三，故日中有三足烏，烏者，陽精。'"因用以借指太陽。《藝文類聚》卷七六"内典上·内典"引梁元帝《郢州晉安寺碑銘》："落霞將暮，鮮雲夕布。峰下陽烏，林生陰兔。"

⑥【增注】月陰之精，月體黑者謂之魄，望後生魄。

【補注】陰魄，月的别稱。李頻《中秋對月》："秋分一夜停，陰魄最晶熒。"丁鴻《日食上封事》："月者陰精，盈毁有常，臣之表也。"魄，月初生或圓而始缺時不明亮處。《尚書·武成》："惟一月壬辰，旁死魄。"孔穎達疏："魄者，形也。謂月之輪郭無光之處名魄也。朔後明生而魄死，望後明死而魄生。《律暦志》云:‘死魄,朔也。生魄,望也。’”

⑦**【圓至】**蓋喜朝廷有清明之斷,而已冤可雪也。**【增注】**《左傳》:“凡分、至、啓、閉,必書雲物。”〇北辰,即北極,天之樞。**【何焯】**前四句左還,落句始收“喜”字,何躍出之有?〇十二旬積雨一氣趕出,後四句“喜”字,筆力過人。獨稱其落句,謬也。

【補注】雲物,雲氣、雲彩。《抱朴子外篇·知止》:“若夫善卷、巢、許、管、胡之徒,咸蹈雲物以高騖,依龍鳳以竦迹。”北辰,北極星。因喻指帝王、朝廷或帝都。杜甫《追酬故高蜀州人日見寄》:“遥拱北辰纏寇盗,欲傾東海洗乾坤。”

【校勘】

［一］到　全唐詩作“天(一作到)”。

［二］黄梅　全唐詩校“一作垂楊”。

［三］朝　全唐詩作“晴(一作朝)”。

［四］喜　何校“冀”,又批“喜”:“《英華》作冀,虚活有餘味,且猶在未可準儗,方是逐臣語也”,全唐詩作“冀(一作望,一作喜)”。

茅　山①

杜荀鶴

步步入山門,仙家鳥徑分②。漁樵不到處,麋鹿自成群。石面迸出［一］水③,松頭穿破［二］雲。道人星月下,相次禮茅君④。

【考證】

此詩見《全唐詩》卷六九一(P. 7928);又見卷五三一(P. 6073),屬許渾,題首皆多“遊”字。羅時進《丁卯集箋證》(P. 244)云,此詩歷代《許渾集》不載,《全唐詩稿本》據《(景定)建康志》輯入許渾名下。然貴池劉氏翻汲古閣本《杜荀鶴詩》已録是詩,而汲本來自南宋書棚本,則為杜作近是。

【注評】

①**【增注】**《唐書》:"在潤州延陵縣。"《方輿勝覽》:"在金壇縣並建康句容縣。"按《掇遺》載:茅濛,字初成,華陽人,隱華山,修道白日上昇。濛之玄孫茅盈、茅固、茅衷,得道於句曲山。

②**【補注】**山門,指道觀的外門。鳥徑,指險絶的山間小徑。

③**【補注】**此句用慧遠以杖叩地、清泉湧出事。參見王維《過乘如禪師蕭居士嵩丘蘭若》注④。

④**【圓至】**《神仙傳》:"大茅君名盈,次茅君名固,小茅君[三]名衷,號三茅君。"**【何焯】**結句不過收明"茅山"。

【校勘】

[一] 出　圓校、全唐詩校"一作流"。

[二] 破　圓校、全唐詩校"一作亂"。

[三] 君　底本、詩説本、正統本、明應本脱,據文意補。

已前共四首[一]

【校勘】

[一] 何焯在卷末計本卷詩數云"八十九首"。

詠　物[一]

周弼曰:隨寓感興而為詩者易,驗物切近而為詩者難,太近則陋,太遠則疏,此皆於和易寬緩之中而精切者也。

【校勘】

［一］以下數首，元刊本、磧砂本、高本、四庫本脱。

山中流泉

儲光羲

山中有流水，借問不知名。映地為天色，飛空作雨聲①。轉來深澗滿②，分出小池平。恬淡無人見，年年長自清③。

【考證】

此詩見《全唐詩》卷一三九（P. 1411），題作《詠山泉》（一作《題山中流泉》）。

【注評】

①【補注】陳增傑《唐人律詩箋注集評》(P. 279)：《王闓運手批唐詩選》卷四"五言律詩二"："極力鍊句。"

②【補注】轉，謂水流迴旋。來，用在動詞後面，表示動作的結果。李咸用《同友生題僧院杜鵑花》："留得却緣真達者，見來寧作獨醒人。"

③【補注】陳伯海主編《唐詩彙評》(P. 417)：《唐律消夏録》卷四："以'不知名'三字說出流水，如此奇特，如此功用，如此孤潔。人乎？水乎？"《唐詩成法》卷二"五言律"："有層次，有寄托，語亦清利。'不知名'三字感慨起，末二句感慨結，兩相照應，最有法。"

冷 井

孫 欣①

仙闈初鑿井[一]，雲[二]液沁[三]成泉②。色湛青苔裏，寒凝紫綆邊③。銅瓶向影落,玉甃抱虚圓④。永賴[四]調神鼎[五],堯時奉[六]萬年⑤。

【考證】

此詩見《全唐詩》卷二〇三(P. 2126),題作《奉試冷井詩》。

【注評】

①【補注】吴企明撰《中國文學家大辭典·唐五代卷》(P. 233)"孫欣"條云,欣(生卒年里不詳),生平無考。僅存此詩,被芮挺章選入《國秀集》,《全唐詩》卷二〇三亦録。當亦開元、天寶間人。

②【圓至】沁,浸漬也。《洞冥記》:"長安東七里有雲山,山頭有井,雲從中出。"

【補注】仙闈,仙宫。這裏喻指宫廷。闈,wéi,宫室、宗廟的旁側小門。《周禮·司徒·保氏》:"使其屬守王闈。"鄭玄注:"闈,宫中之巷門。"雲液,指雨水、露水。《藝文類聚》卷七六"内典上·内典"引梁元帝《莊嚴寺僧旻法師碑》:"夫宏才妙物,雲液之所降生。"沁,氣體、液體等滲入或透出。唐彦謙《詠竹》:"醉卧凉陰沁骨清,石牀冰簟夢難成。"

③【圓至】綆,瓶索。

【補注】湛,澄清貌。《文選》卷二二謝混《游西池》:"景昃鳴禽集,水木湛清華。"李周翰注:"湛,澄。"綆,汲水器上的繩索。《左傳·襄公九年》:"具綆缶。"杜預注:"綆,汲索。"

④【圓至】江淹[七]《井賦》:"構[八]玉甃之百節。"《風俗通》曰:"甃,聚磚修井也。"

【補注】玉甃,井壁的美稱。甃,zhòu,以磚瓦等砌的井壁。《莊子·秋水》:"吾樂與!出跳梁乎井幹之上,入休乎缺甃之崖。"陸德明釋文引李頤曰:"如闌。以塼爲之,著井底闌也。"虚,既指井内空間,又指思想上無欲無為。《老子》第十六章:"致虚極。"魏源本義:"虚者,無欲也。"《韓非子·解老》:“所以貴無爲無思爲虚者,謂其意無所制也。”抱虚,《初學記》卷五引庾闡《遊衡山詩》:“寂坐抱虚恬,運目情四豁。”圓,既指井形,也指周到通達的境界。《文子・微明》:“老子曰:凡人之道:心欲小,志欲大;智欲圓,行欲方。”

⑤【圓至】《通曆》曰:堯時,老人擊壤於路曰:“鑿井而飲,耕田而食,帝何力於我哉!”

【補注】神鼎,鼎的美稱。上古帝王建立王朝時必鑄新鼎作為立國的重器。《史記・封禪書》:“聞昔泰帝興神鼎一,一者壹統,天地萬物所繫終也。”調鼎,烹調食物。喻指治理國家。語本《韓詩外傳》卷七第六章:“伊尹故有莘氏僮也,負鼎操俎調五味,而立爲相,其遇湯也。”皇甫冉《彭祖井》:“聞道延年如玉液,欲將調鼎獻明光。”堯,傳説中古帝陶唐氏之號。《易・繫辭下》:“神農氏没,黄帝、堯、舜氏作。”因借指賢明、能幹的君主或聖人。《莊子・徐無鬼》:“天下非有公是也,而各是其所是。天下皆堯也。可乎?”

【校勘】

［一］初鑿井　全唐詩作“井初鑿”。

［二］雲　全唐詩作“靈”。

［三］沁　全唐詩校“一作忽”。

［四］賴　全唐詩作“願”。

［五］鼎　底本作“象”,正統本、明應本作“像”,據全唐詩改。

［六］奉　全唐詩作“泰”。

［七］江淹　底本、詩説本作“江逌”,正統本作“江逍”,下引賦為江淹作,據改。

［八］構　底本作“濤”,據正統本、詩説本改。

僧舍小池

張　鼎①

引出白雲根②，潺潺漲蘚痕。泠光摇砌錫③，踈影露枝猿。淨帶凋霜葉，香通洗藥源。貝多文字古④，宜向此中翻⑤。

【考證】

此詩見《全唐詩》卷二〇二(P. 2109)。

【注評】

①**【補注】**吴企明撰《中國文學家大辭典・唐五代卷》(P. 445)“張鼎”條云，鼎(生卒年里不詳)，早年曾客遊江南，開元後期任侍御。與儲光羲交遊、酬唱。天寶初，任司勳員外郎。善詩賦，《國秀集》選其詩一首。《全唐詩》卷二〇二存詩三首，《全唐詩補編・續拾》卷一二補詩一首。

②**【補注】**雲根，深山雲起之處。亦指山石。參見卷五賈島《題李疑幽居》注⑥。

③**【補注】**錫，指錫杖。

④**【圓至】**西天經以貝多葉書。**【增注】**《酉陽雜俎》:“貝多出摩伽陀[一]西國土，其樹長六七丈，經冬不凋。”又嵩山思惟樹，即貝多也。

【補注】貝多，梵語的音譯，意為樹葉。古印度常以多羅樹葉寫經。《酉陽雜俎・木篇》:“貝多，出摩伽陁國，長六七丈，經冬不凋。此樹有三種:一者多羅娑力叉貝多，二者多梨婆力叉貝多，三者部婆力叉多羅多梨。并書其葉，部闍一色取其皮書之。‘貝多’是梵語，漢翻爲‘葉’。‘貝多婆力叉’者，漢言‘樹葉’也。西域經書，用此三種皮葉，若能保護，亦得五六百年。”

⑤**【補注】**翻，翻譯。權德輿《錫杖歌送明楚上人歸佛川》:“口翻貝葉古字經，手持金策聲泠泠。”

【校勘】

［一］摩伽陀　底本、正統本作“摩伽佗”，據大系本改。

聞　笛[①]

戎　昱

入夜思歸切[②]，笛聲寒[一]更哀。愁人不願聽，自到枕邊[二]來。風起塞雲斷[③]，夜深關月開[④]。平明獨惆悵，落[三]盡一庭梅[⑤]。

【考證】

此詩見《全唐詩》卷二七〇（P. 3008），題下校“一作李益詩”；又見卷二八三（P. 3218），屬李益，題首多“夜上受降城”五字，題下校“一作戎昱詩”。佟培基《全唐詩重出誤收考》（P. 217）云，《文苑英華》卷二一二作李益詩，下注：“一作戎昱。”但《才調集》卷八、《又玄集》卷下、《唐百家詩選》卷五等作戎昱。《才調集》成書時間距李益生活時代不遠，當從。

【注評】

①**【增注】**黄帝使伶倫伐竹作笛。

②**【補注】**切，急切，急迫。

③**【圓至】**本集題云《夜上受降城聞笛》。

【補注】塞雲，邊塞的煙雲。

④**【增注】**關月，樂府横吹笛有《關山月》詞。

【補注】關月，邊關上空的月亮。又漢樂府有横吹曲《關山月》。《樂府詩集》所收歌詞係南北朝以來文人作品，内容多寫邊塞士兵久戍不歸傷離怨别的情景。王昌齡《從軍行七首》之一：“更吹羌笛關山月，無那金閨萬里愁。”《樂府詩集》卷二三“横吹曲辭三”《關山月》題解云：“《樂府解題》曰：

‘《關山月》,傷離别也,古《木蘭詩》曰:“萬里赴戎機,關山度若飛。朔氣傳金柝,寒光照鐵衣。”’按,相和曲有《度關山》,亦類此也。”

⑤【圓至】古曲有《落梅花》《折楊柳》,非謂吹笛而梅落也。故張正見《柳》詩云“不分梅花落,還同横笛吹”,李白云“黄鶴樓中吹玉笛,江城五月落梅花”,皆謂曲名也。自昱以為“落盡一庭梅”,世遂襲其誤,以為吹笛則梅落矣。

【補注】平明,黎明。落梅,漢樂府有横吹曲《梅花落》。《樂府詩集》卷二四“横吹曲辭四”《梅花落》題解云:“《梅花落》本笛中曲也。按唐大角曲,亦有《大單于》《小單于》《大梅花》《小梅花》等曲,今其聲猶有存者。”此聯亦借梅落形容笛聲之悲切。

【校勘】

［一］寒　全唐詩作“清(一作寒)”。

［二］邊　全唐詩作“前(一作邊)”。

［三］落　全唐詩作“飛”。

感秋林

姚　倫①

試向東[一]林望,方知節候殊②。亂聲千葉下,寒影一巢孤。不蔽秋天鴈,驚飛夜月烏③。霜風與春日,幾度遣榮枯④。

【考證】

此詩見《全唐詩》卷二七二(P. 3058),題末無“林”字。

【注評】

①【圓至】《間氣集》云:肅、代時人,終揚州督府參軍。

【補注】賈晉華撰《中國文學家大辭典·唐五代卷》(P. 601)“姚倫”條云,倫(生卒年不詳),陝州硤石(今河南三門峽)人。高祖崇,相武后、中、睿、玄宗。倫于大曆中有詩名,後官至揚州倉曹參軍。高仲武評曰:“姚子詩雖未弘深,去凡已遠,屬辭比事,不失文流。如‘亂聲千葉下,寒影一巢孤’,篇什之秀也。”(《中興間氣集》卷下)《全唐詩》卷二七二存詩二首。

②【補注】節候,時令氣候。劉商《重陽日寄上饒李明府》:“重陽秋雁未銜蘆,始覺他鄉節候殊。”

③【補注】曹操《短歌行》二首之一:“月明星稀,烏鵲南飛。繞樹三匝,何枝可依?”

④【補注】遣,排除,抒發。《晉書·王濬傳》:“吾始懼鄧艾之事,畏禍及,不得無言,亦不能遣諸胸中,是吾褊也。”榮枯,草木茂盛與枯萎。亦喻人世的盛衰、窮達。《後漢書·馮異傳》:“結死生之約,同榮枯之計。”

【校勘】

[一] 東　全唐詩作“疏”。

杏花

温　憲①

團雪上晴梢,紅明映碧寥②。店香風起夜,村白雨休朝③。静落猶連[一]蒂,繁開正滿[二]條。澹然閑賞久,無奈似嬌饒④[三]。

【考證】

此詩見《全唐詩》卷六六七(P. 7643)。

【注評】

①【增注】員外庭筠子。僖、昭之間就試,有司以父文刺時毀朝士,

抑[四]而不録。後滎陽公登大用,除趙崇知舉,謂曰:“庭筠之子幸勿遺也。”於是成名。

【補注】吴在慶撰《中國文學家大辭典·唐五代卷》(P. 768)“温憲”條云,憲(842? —?),太原祁縣(今屬山西晉中)人,温庭筠子。初舉進士,因其父文多刺時,為公卿大臣所惡,故屢不第。為山南西道節度使府從事,府主楊守亮頗重之,命李巨川草薦表,盛述其先人之屈,遂于龍紀元年登第,時年已老大。復回山南西道任從事,卒。詩名頗著于時。與許棠、張喬、鄭谷等人號“咸通十哲”。《全唐詩》卷六六七存詩四首。《全唐詩補編·續補遺》卷九補詩一首。

②【補注】碧寥,晴朗廣闊的青天。

③【補注】陳貽焮主編《增訂注釋全唐詩》第4册(P. 970):“二句言一夜風雨,明朝杏花全謝。”

④【增注】董嬌饒,名姬也。

【補注】嬌饒,柔美嫵媚。因指美人。李商隱《碧瓦》:“他時未知意,重疊贈嬌饒。”陳貽焮主編《增訂注釋全唐詩》第4册(P. 970):《御製佩文齋廣群芳譜》卷二五“花譜·杏花”引《三柳軒雜識》:“余嘗評花,以為杏有閨門之態。”

【校勘】

[一] 猶連　全唐詩作“猶和(一作頻霑)”。

[二] 滿　全唐詩作“蔽”。

[三] 無奈似嬌饒　全唐詩作“無以破妖嬈”。

[四] 抑　底本作“柳”,據正統本、大系本改。

孤　鴈

崔　塗

幾行歸塞[一]盡,念爾[二]獨何之①。暮雨相呼疾[三],寒塘欲[四]

下遲②。渚雲低暗度，關月冷相[五]隨③。未必逢繒[六]繳，孤飛自可疑④。

【考證】

此詩見《全唐詩》卷六七九(P. 7775)，為《孤雁》二首之二。

【注評】

①【補注】塞，塞北，泛指北方。陳伯海主編《唐詩彙評》(P. 2862)：《詩境淺説・甲編》："通篇皆實賦孤雁。首二句言雁行歸盡，念此天空獨雁，悵悵何之？以首句襯出次句，乃借賓定主之法。"

②【補注】疾，這裏形容啼聲急切。寒塘，寒冷的池塘。遲，遲疑，猶豫。白居易《琵琶引》："尋聲暗問彈者誰，琵琶聲停欲語遲。"陳伯海主編《唐詩彙評》(P. 2862)：《瀛奎律髓彙評》卷二七"着題類"：紀昀："'寒塘'句不言孤而是孤，不言雁而是雁，此為句外傳神。"《詩境淺説・甲編》："三、四言暮雨蒼茫，相呼失侶，將欲寒塘投宿，而孤蹤自怯，幾度遲徊。二句皆替雁着想，如莊周之以身化蝶，故入情入理……三、四句即以表面而論，三句言其失群之由，四句言失群倉皇之態，亦復佳絶。"

③【補注】渚雲，籠罩在小洲上空的雲彩。關月，映照着關山的月亮。陳伯海主編《唐詩彙評》(P. 2862)：《詩境淺説・甲編》："五、六言相隨者惟'渚雲''關月'，見隻影之無依。"

④【圓至】《淮南子》："雁銜蘆以避繒繳。"【增注】箭有絲[七]曰繒繳，即綸也，謂以絲繫矢而射。《孟子》："繳而射之。"

【補注】繒繳，即矰繳，獵取飛鳥的射具。繒，通矰，zēng，繫有生絲繩以射飛鳥的箭。繳，zhuó，繫在箭上的生絲繩，亦指繫着絲繩的箭。《中華古今注》卷下《雁》："雁自河北渡江南，瘠瘦能高飛，不畏繒繳。"陳伯海主編《唐詩彙評》(P. 2862—2863)：《詩境淺説・甲編》："末句謂未必遽逢弋者，而獨往易生疑懼。"《删補唐詩選脉箋釋會通評林・五言律詩・晚唐》：周斑:“夫一孤雁微物,行止猶攖人念如此,士君子涉世,落落寡合、流離無偶者,何異于是? 此詩誠可以觀。”

【校勘】

[一] 塞　全唐詩作“去(一作塞)”。

[二] 念爾　全唐詩作“片影(一作念爾)”。

[三] 疾　全唐詩作“失”。

[四] 欲　全唐詩作“獨”。

[五] 相　全唐詩作“遥(一作相)”。

[六] 繒　全唐詩作“矰”。

[七] 絲　底本、正統本作“綸”,據大系本改。

雨

皎　然

片雨拂簷楹,煩襟四坐清①。霏微過麥隴,蕭瑟[一]傍莎城②。静愛和花落,幽聞[二]入竹聲。朝觀興無盡[三],高詠寄閑[四]情。

【考證】

此詩見《全唐詩》卷八二〇(P. 9244),題作《夏日(一作微雨)登觀農樓和崔使君》。

【注評】

①【補注】楹,yíng,廳堂的前柱。《詩經·小雅·斯干》:“殖殖其庭,有覺其楹。”孔穎達疏:“有覺然高大者,其宫寢之楹柱也。”煩襟,煩悶的心情。王勃《遊梵宇三覺寺》:“遽忻陪妙躅,延賞滌煩襟。”四坐,四周座位上的人。

曹操《善哉行》:"弦歌感人腸,四坐皆歡悦。"

②【補注】霏微,雨雪細小貌。李端《巫山高》:"迴合雲藏月,霏微雨帶風。"麥隴,麥田。蕭瑟,冷落,凄凉。杜甫《北征》:"靡靡踰阡陌,人煙眇蕭瑟。"莎,即莎草,多年生草本植物。參見卷五張祜《惠山寺》注⑤。張籍《江南曲》:"清莎覆城竹為屋,無井家家飲潮水。"

【校勘】

[一] 蕭瑟　正統本、明應本作"簫瑟",全唐詩作"蕭散(一作瑟)"。

[二] 聞　明應本作"間"。

[三] 興無盡　全唐詩作"趣無限"。

[四] 閑　全唐詩作"深(一作閒)"。

已前共八首

附録一 《唐詩三體家法》資料彙編

【説明】

一、本附録分類輯録與本書編(注、評)者生平、序跋著録、諸家評論、影響傳播等相關之資料。大致按相關人物、作者生年或版本問世的先後順序編排,同類或相關資料(如關於同一版本者)儘量輯録在一起。

二、歷朝序跋,若是藏書家用毛筆題于古書之上者,則在文獻出處部分注明係"墨筆",以與版刻者相區别。此類序跋,一般據古書上所題輯録,并注明後為某人某部書志收録。

三、後人徵引的前人資料,若已被本書輯録,則省略不録,但加按語説明。

四、相關資料之今人整理本上有價值的校注亦適當保留,以"原書校/注"開頭,以與本次輯録時的校勘、按語相區别。

一、編(注、評)者生平

李龏《汶陽端平詩雋序(寶祐五年十一月)》

汶陽周伯弜,與予同庚生,同寓里,相與往來論詩三十餘年。嘗手刊《端平集》十二卷行于世。伯弜十七八時,即博聞彊記,侍乃翁晉仙已好吟。洎長,而四十年間,宦游吴、楚、江、漢,足迹所到,皆有作。於七國、兩漢、三國、六朝、隋唐之體,靡不該備。聲騰名振,江湖人皆争先求市。但卷帙中有晚學未能曉者稍多,予恐有不行之弊。兹於古體歌詩、五言律、七言律并五、七言絶句,摘其坦然者,兼集外所得者近二百首,目為《端平詩雋》,俾萬人海中,續芸陳君書塾,入梓流行,庶使同好者便於看誦。吾伯弜平生心不下人,今隔九原,閲予此選,必不以予為謬。寳祐丁巳冬至日,菏澤李龏和父述。

(曾棗莊等主編:《全宋文》第343册,上海辭書出版社、安徽教育出版社2006年版,第260—261頁。)

陳起編《江湖後集》卷一“周弼”傳

弼,字伯弜,汶陽人。文璞之子。嘉定間進士,江夏令。有《端平集》十二卷。荷澤李龏又選而序之,曰《端平詩雋》。

(文淵閣《四庫全書》本。)

夏文彦《圖繪寳鑒》“補遺”

周弼,字伯弢①,汶陽②詩人,善墨竹。

(馮武、夏文彦:《書法正傳·圖繪寳鑒》,世界書局1937年版,第95頁。)

嵇璜等《皇朝通志》卷一一二“校讐略八”

宋周弼《汶陽端平詩雋》。考弼本汶陽人,書首菏澤李龏序紀述甚詳。《千頃堂書目》既誤題新建,又稱為明洪武間人,尤屬訛

---

① 按,周弼字“伯弜”,但自晚宋以來,不少論著提及時誤作“伯弢”。因此誤由來已久,沿襲者甚衆,下文不予一一訂正。

② 汶陽 底本作“汝陽”,據史實改。

謬,今校正。

（文淵閣《四庫全書》本。）

周弼《淮海挐音》序[①]

“九僧”當唐律未變之時,與逍遥、仲先輩並駕而馳,及選而成集者,又楊次公也。故能為皇宋三百年僧詩之冠。葉龍泉首欲挽回唐詩之脈,淮海適游江心,遂承獎借。既與“四靈”接迹繼踵,而詩成巨編,為水心[②]、東閣愛賞者,居其太半。較之“九僧”,彼此一時,曾何多遜？故其為詩,發興高遠,皆自天資流出,不拘束於對偶聲病。當其得意,撇衣頓足,指畫誦説,自成一家風韻。况自崇以詩名首於“九僧”,淮僧之中,今有肇焉,尤非他人之所能及也。十年與弼三會于吴門,屢云待子數語,然後板行。弼自揆衰蕪,故少遲焉。公滄洲、東閣既序於前,因述所見於後。淳祐壬子良月旦日汶陽周弼書。

（釋元肇:《淮海挐音》卷首,《成簣堂叢書》本,[日本]成簣堂1913年版;另可參看陳斐:《和刻本〈淮海挐音〉所收宋文輯考》,《南都學壇》2012年第6期。）

王克文主編《湖州市志》第四卷“名勝古迹”第三章“碑、摩崖石刻、塔”《黄龍洞摩崖石刻》

黄龍洞,在湖州市區北郊9公里弁山北麓。相傳五代(907—960)梁時,有黄龍破洞而出,由此得名。

黄龍洞摩崖石刻尚存10餘處,集中在洞周山崖上。黄龍洞3個楷書大字係黄庭堅(1045—1105,北宋詩人、書法家)所題,筆力遒勁……

---

① 此序《全宋文》未收。

② 底本係行書,此二字不易辨識,似“水心”。

見於著録尚有字迹可辨者有兩處：

南宋紹定五年(1232)周弼小楷題記："紹定壬辰二月二十八日，汶陽周弼空相守輝同侍行僧宗仰。"

……

(昆侖出版社 1999 年版，第 264—265 頁。)

朱繼芳《挽周伯弜》

今日忽不樂，散行湖水濱。有懷天下士，遽作夢中人。醉語驚天地，狂歌哭鬼神。九原如可贖，那不百其身。

(北京大學古文獻研究所編：《全宋詩》第 62 册，北京大學出版社 1991—1998 年版，第 39077 頁。)

釋文珦《馮深居長余二十三歲，趙東閣長余二十二歲，周汶陽長余一十七歲，皆折行輩與余交。淳祐辛丑，同訪余於竺山，有會宿詩，距咸淳乙丑已二十五年矣。痛先覺之凋零，感吾生之既老，因成十韻以寄死生之情》

三老皆達人，虛受無蔕芥。筆陣絶縱横，詞源極澎湃。丁時身屢蹇，志道心不懈。放浪事物表，若曰宇宙隘。求我於空間，豈識有機械。留詩在幽窗，足以鎮山怪。神靈謹守藏，光豔無減殺。今朝一長吟，頓使老疾差。三老不可作，吾心亦遄邁。中心曷能忘，長吟復長喟。

(《全宋詩》第 63 册，第 39536—39537 頁。)

馮去非《籟鳴集跋》

北磵敬叟與余遊，最後住慧日峰下，所與劇談摛文，皆一時之勝。今其塔既古矣，將復從高菊磵九萬……周汶陽伯弜，俯仰之間，相繼地下，未知此老管領我輩能如生前否……寶祐三年……馮去非可遷甫書于深居。

（金程宇：《稀見唐宋文獻叢考》，中華書局 2009 年版，第 80 頁。）

董嗣杲《裝伯弜周先生手澤》

桐溪恩上人，留遺盈束紙。初疑龍蛇奮，不敢傲睨視。嗚呼汶陽翁，父子傳心旨。手澤落世間，枯盡幾硯水。言言關世運，字字窮物理。悲風颯雙鬢，涕淚揮不止。思超漢魏高，人可晉唐似。逸態出天然，凜若對英峙。此時吟嘯者，跌蕩何可比。卷舒手不停，光芒射桯几。下取防六丁，急寘空谷裏。

（《全宋詩》第 68 册，第 42676—42677 頁。）

王太岳等《欽定四庫全書考證》卷八四"集部"

《英溪集》。宋董嗣杲撰。

……

《裝伯弜周先生手澤》。按周弼，字伯弜，有《端平詩雋》。為周文璞之子，文璞有《方泉集》，故詩有"父子傳心旨"之語。

（文淵閣《四庫全書》本。）

林世遠修，王鏊纂《（正德）姑蘇志》卷五四"人物一四・文學"

湯仲友，先名益，字端夫。淹貫經史，氣韻高逸，學詩於周弼。早登知府二吴之門，浪迹湖海，晚復歸吴。有《壯遊詩集》。子元哲。

高常，字履常，一字可久。性嗜吟詠，有《覆瓿集》五卷，尤焴、周弼、馮去非為之序。常清癯灑落，無子，捐宅為妙智僧舍。同時學詩於周弼者，有顧逢、陳瀧。逢字君際，舉進士不第①。弼稱為"顧五

① 第　底本作"弟"，據下文改。

言”，自署其居為“五字田家”。有詩十卷傳於日本僧。後辟吴縣學官，所著《船窗夜話》一卷，《負暄雜録》一卷，有子學老氏法。瀧字伯雨，紹興初自汴徙家于吴。瀧博涉經史百氏，最深於《春秋》《晉書》。鄉薦、漕試皆不第。放浪山水，倜儻有晉人風致。有《澹泊集》九卷。子鐸，字子振；錡，字子敬。能世其業。瀧與湯仲友、高常、顧逢皆端、淳名士，同郡陳發嘗評癯鶴、高樓、梅清、澗幽為四詩之趣，發子永輯為一編，名曰《蘇臺四妙》。

（明正德元年[1506]刊本。）

釋永頤《伯弜出示新題樂府四十章，雄深雅健，有長吉之風，喜而有咏》

偉哉吴人周伯弜，國風雅頌今再昌。鈞天洞庭不敢張，楚芈暗泣嗟窮湘。慶祚三百多禎祥，嗚呼四十樂府章。春宵翦燭飛蘭香，浩歌激烈聲洋洋。貞魂義血流精光，姦鬼妬魄誅幽荒。土木閃怪踏雪僵，茫茫萬竅塞鼓簧。再洗律吕調宫商，金玉振耀齊鏗鏘。一清一濁均陰陽，風霆變化始有常。咏歌唐虞及商湯，矇瞽獻納皆贊襄。煌煌天子朝明堂，永被金石無哀傷。

（《全宋詩》第 57 册，第 35988 頁。）

王士禛《香祖筆記》卷五

康熙己巳、庚午間，在京師，每從朱錫鬯、黄俞邰借書，得宋、元人詩集數十家，就中以長沙陳泰志同為冠，因鈔其《所安遺稿》一卷，以周弼伯弜《汶陽稿》、臨江鄧林性之《皇荂曲》、金華杜旃仲高《癖齋小集》附之。數子者名不甚著，而其詩實足名家。

（湛之點校：《香祖筆記》，上海古籍出版社 1982 年版，第 84 頁。）

王士禛《居易録》卷二

《南宋詩小集》二十八家，黄俞邰鈔自宋刻，所謂江湖詩也。大概規橅晚唐,調多俗下。唯番陽姜夔堯章《白石集》、汶陽周弼伯弜《端平詩雋》、臨江鄧林性之《皇荂曲》三家最可觀。白石詞中大家,與誠齋、石湖、遂初諸老友善。伯弜即編《三體唐詩》者。鄧姓字稍僻,然其樂府、絶句甚有義山之風,蓋鐵中錚錚者也。三君詩予手鈔之,餘一二佳者,倣摘句圖附于後。

(文淵閣《四庫全書》本。)

紀昀等《欽定四庫全書總目》卷一六四"集部一七·别集類一七"

《汶陽端平詩雋》四卷。浙江鮑士恭家藏本。

1185—525

宋周弼撰。弼字伯弜,汶陽人。所選《三體唐詩》,黄虞稷《千頃堂書目》載之,乃稱為新建人。洪武間以明經官訓導。考是編前有寶祐丁巳菏澤李龏《序》,稱與弼同庚生,同寓里,相與論詩三十餘年,嘗手刊《端平集》十二卷行于世。又稱弼十七八時即博聞强記,侍乃翁晉仙,已好吟詠。長而四十年間,宦游吴、楚、江、漢。又稱弼名振江湖,人皆争先求市。但卷帙中有"晚學未能曉者多,恐有不行之弊。兹摘其坦然者,兼集外所得者二百餘首,目曰《端平詩雋》。俾續芸陳君書塾入梓流行"。而末有"伯弜平生心不下人,今隔九原,閲予此選,必不以予為謬"云云。然則寶祐丁巳以前,弼卒久矣。安得明初為學官?且與龏同里,亦不得為新建人。虞稷所云誤也。此本有"臨安府棚北街①陳解元書籍鋪印行"字,蓋猶自宋本録出。其詩風格未高,不出宋末江湖一派,而時時出入晚唐,尚無當時粗獷

① 原書校:"'街'前,浙、粤本有'大'字。"

之習。一邱一壑,亦頗有小小佳致也。

(《四庫全書》研究所整理:《欽定四庫全書總目(整理本)》,中華書局 1997 年版,第 2181—2182 頁。)

程芸《中國文學家大辭典·遼金元卷》"釋圓至"條

釋圓至(1256—1298),字天隱,别號牧潜,又號筠溪老衲,高安(今屬江西)人。俗姓姚,父文叔、季父勉、兄雲,皆南宋進士。少承父兄,習舉子業,年十九依仰山慧朗禪師為僧。至元、元貞間主建昌能仁寺,大德二年(1298)卒於廬山。平生遠權要,避名譽,遍歷荆、襄、吴、越,又好學博覽,廣交朋友,不屑于為比丘長。積覽觀之富,益静定之光,二三千言,經目輒記,故其為文贍以奥。品人論文,多有創議,其《書近文與南峰表上人因題其後》有云:"余少嗜古文,每讀戰國、秦漢作者之辭,愛其高簡雄渾,鋭意欲少似之。由之不得其途,陷於聲律鄙淺之學。蓋嘗慨然恥其失,日夜刮濯,求以自新。"又嘗作《儒之文之病四十三章》,以儒之文為舊學,浮屠之文為己學。戴表元稱其"性似厭聒,然退而出其所作,清駠峭削,殆以理勝"。所著有《筠溪牧潜集》七卷。又嘗為宋人周弼《三體唐詩》六卷作注,編成《唐詩説》二十一卷,今存。《元詩選·初集》録其詩十七首,所存雖不多,而風骨自見。生平事蹟見方回《三體唐詩序》《圓至師詩文集序》(《剡源文集》卷九)、《吴中人物志》卷一二、《元詩選·初集》小傳等。

(鄧紹基、楊鐮主編:《中國文學家大辭典·遼金元卷》,中華書局 2006 年版,第 344—345 頁。)

戴表元《圓至師詩文集序》

圓至師詩文一卷。師諱圓至,字天隱,江西高安姚氏子。父兄宗鄰,俱以進士科目起家,獨喜為僧。江上兵事起,即去,依袁州仰山雪巖欽禪師。至元中,自淮入浙,依承天覺庵真禪師、天童月波明禪師、育王横川鞏禪師。二十七年,復歸廬山。越四年,建昌能仁虚席,郡牧趙侯移文請居之。二年,竟棄歸廬山,卒於大德二年六月二十四日。以上皆吴僧行魁師所記。圓至師在天童、育王時,余適授徒郡郭,屢相遇於親友袁氏舍。每見但好弈棋,勞形苦心,拈子移時,囁嚅不即下。骨貌素癯,不善飲啖,一語不肯為人説詩文,性似厭聒。然退而出其所作,清馴峭削,殆以理勝。魁師又言,在承天時,亦留磧砂三年。磧砂,魁師所居。有賢遊從、佳館穀,留之甚安。既不得已,居廬山,愈多病。魁師嘗南泛長江,問其安否。今死,又懼遺藁散墜,為掇拾刊木磧砂以傳。其氣義可謂能始終,而天隱為少慰矣。師可傳不但詩文,今世言禪者,亦多推天隱。又或號筠溪牧潛云。

(李軍、辛夢霞點校:《戴表元集》,吉林文史出版社 2008 年版,第 125 頁。)

都穆《南濠詩話》

元僧圓至,工於古文,而詩尤清婉。其《寒食》云:"月暗花明掩竹房,輕寒脈脈透衣裳。清明院落無燈火,獨繞迴廊禮夜香。"《曉過西湖》云:"水光山色四無人,清曉誰看第一春?紅日漸高絃管動,半湖煙霧是遊塵。"《送人》云:"送子江頭水亦悲,更能隨我定何時?垂楊但為秋來瘦,不為秋來有别離。"他如《再往湖南》云:"春路晴猶滑,山亭晚更涼。竹枯湘淚盡,花發楚魂香。"《涂居士見訪》云:"並坐夜深皆不語,一燈分映兩閒身。"其造語之妙,當不減於惠勤、參寥輩也。

(丁福保輯:《歷代詩話續編》,中華書局 1983 年版,第 1361 頁。)

紀昀等《欽定四庫全書總目》卷一六六"集部一九·别集類一九"

《牧潛集》七卷。編修汪如藻家藏本。

1198—107

元釋圓至撰。圓至字牧潛,號天隱,高安人。至元以來,遍歷荆、襄、吴、越,禪理外頗能讀書。又刻意為古文,筆力嶄然,多可觀者。前有崇禎己卯僧明河《書姚廣孝序後》一篇,稱:"初得抄本於武林,前有方回序,後有洪喬祖跋,又有姚廣孝序,序為《逃虚子集》所不載。後又得見刻本,多詩數首,因校付毛晉刻之。"此本即毛晉所刻,僅有喬祖跋及明河此文,無方、姚二序,殆偶失之。明河又稱:"嘗讀《虎丘舊志》,見圓至《修隆禪師塔記》,歎其文字之妙。今此記不見集中,則不知何以不補入也。"自六代以來,僧能詩者多,而能古文者不三五人。圓至獨以文見,亦緇流中之卓然者。都穆《南濠詩話》嘗稱圓至工於古文,詩尤清婉,舉其《寒食》《西湖》《送人》《再往湖南》《涂居士見訪》五詩。《送人》及《再往湖南》詩不免凡語,餘三篇誠楚楚有清致,蓋其詩亦有可觀。而所注周弼《三體唐詩》,乃弇陋不可言狀。知文章之道,與考證之學,分路揚鑣也久矣。

(第2212頁。)

許治修,沈德潛、顧詒禄纂《(乾隆)元和縣志》卷三〇"寺觀"

磧砂禪寺,舊名延聖禪院,在二十六都陳河之北。宋乾道間僧道源建。詩僧天紀嘗注周伯弜所選《三體詩》,名《磧砂唐詩》。中有《大藏經》板。明永樂十五年僧智端重修建。

(清乾隆二十六年[1761]刊本。)

孫詒讓《温州經籍志》卷二四“集部・别集類・元”

裴氏庾①。《井西秋嘯集》。乾隆《平陽縣志》十九。

佚。

乾隆《平陽縣志》十六:元裴庾注《三體唐詩》,有《井西秋嘯集》。

案:《東甌續集》四,載林正《寄裴雲山》詩:“雲山”,《清潁一源集》自敘作“芸山”。“南山高且深,竹松帶流水。先生廬其中,迥若崆峒子。雪髮覆兩肩,深悟造化理。手注《三體詩》,名滿四海耳。時以詩名家,亦來質疑似。我本浪得名,長掛春風齒。乃識先生心,非非還是是。”林氏稱其以詩名家,然佚篇今無存者。《三體詩注》,明以來亦久佚,惟所選閣巷陳氏詩名《清潁一源集》者,尚有傳本耳。

(潘猛補校補:《温州經籍志》,上海社會科學院出版社 2005 年版,第 1020—1021 頁。)

孫詒讓《温州經籍志》卷三二“集部・總集類・元”

閣巷陳氏《清潁一源集》。乾隆《温州府志》二十七題“陳則翁”,誤。今從嘉慶《瑞安縣志》九。

八卷。

存。道光乙酉瑞安陳氏擺印本、遜學齋藏鈔本。

言之精者爲詩,聲之諧者爲韻。方其未有詩若韻也,豈無言若聲哉!康衢擊壤以逮夫變風續楚,情有感發,流自性真,吟詠歌謳,音節完協,皆農販漁樵之所能道,童兒婦女之所能爲者。及句法之説行,聲病之論出,然後碩師魁士,盡世窮年,殆有不能訓釋其微辭,尋繹其餘潤者。山謡水唱,以俚見遺,雅頌樂章,專門是屬,求其極工最善,時以詩名,則皇甫冉之於曾,竇常之於牟、群、庠、鞏。唐詩

① 庾　底本作“庚”,據史實改。下文同,徑改。

家傳之學僅如斯,蓋難乎其人矣。杏所陳翁及余先大父以來,世爲結髮交,少常侍典刑簡軒先生授業於家,四方高弟來者如雲,予亦執經以從,因得親炙先生諸伯仲。當是時,士事務舉業,鮮能詩者,二三大老,六經之暇,徜徉得趣,輒嘯詠成章,夫何相繼奄逝,惜其珍瑰不完於世。故更革之餘,屬方以儒束高閣,奚暇禮義哉?陳氏諸公獨拔自流俗中,篤志課子,明經講道,猶子宅相,悉在甄陶。復倡爲詩社,一時英俊,更唱迭和,預其盟者,不啻登龍門之榮,由是詩盛於陳氏之門矣!予不能悉述,各有集行于世,欲爲編次,未遑也。杏所翁之曾孫士原,殆恐源遠末分,後之述者,文獻無徵,輒於視膳之餘,録自乃翁而下若干詩,總而成帙,命予重選。竊即其祖父、昆弟、子孫之所作,聚而爲一家世業之所傳,詩學淵源,軼出唐人之右,行輩莫不争先快睹,正如入其門,莊椿竇桂,常棣韡韡,玉樹芝蘭,交相輝映,玩者亹亹不厭。人間凡草木奚足觀!予老矣,及見陳氏一門四世之盛,斯文遺澤,綿綿未艾,有嗣而輯之,雖百世可知也。時元延祐三年歲次丙辰八月既望,芸山裴庾敬書。

……

案:陳氏《清潁一源集》初編于元延祐間,爲陳岡所録,而裴雲山爲之删定者……

又案:此集裴雲山所選者,卷數不可考。明時續刊者,凡八卷,然印本流傳甚尠。道光間陳氏裔孫錫三裒集殘本,以聚珍板重印,併爲二卷,今仍以八卷著于録,從其朔也。

(第1515—1518頁。)

金吴瀾等修,汪堃等纂《(光緒)崑新兩縣續修合志》

卷三一"文苑二"

盛傳敏,字訥夫。幼孤,孝事其母。師事太倉陳瑚,於象、緯、兵、農、禮、樂靡不通曉。從軍閩中,旋棄去,遊迹幾遍天下。後入都館朝貴家,未嘗輕出投一刺。遇故鄉親友困阨旅邸者,輒傾囊相濟。喜飲工詩,與同邑楊子水、鄭儒纂釋唐詩,多前人所未發。子水,字西池,諸生,善草書,得邱龍門之傳。儒,字魯一,兩人文行相同。與傳敏稱"三友"。

卷五〇"著述目下"

盛傳敏《纂釋磧砂唐詩》三卷。《篷廬詩集》。

(清光緒庚辰[1880]敦善堂刊本。)

李銘皖、譚鈞培修,馮桂芬纂《(同治)蘇州府志》卷一三七"藝文二"

盛傳敏《蓬廬詩集》。《縣志》。《書帶草堂稿》。《纂釋磧砂唐詩》三[①]卷。王謙同撰。

周同谷……《十一集》。盛傳敏序。

鄭儒……《金薤集》。盛傳敏等同選,朱用純序。儒字魯一,業醫,自號醇庵子,見《崑山詩存》。

(清光緒八年[1882]江蘇書局刊本。)

郭秧全、蔡坤泉主編《崑山歷代藝文志》卷一"古代部分・清"

王謙字太沖。清崑山人。與盛傳敏合作纂釋唐詩。

《蕉雨亭集》 集部別集類 佚

《大樹堂稿》 集部別集類 佚

以上 2 種見《江蘇詩徵》卷 47,並收其詩。

磧砂唐詩 3 卷 集部總集類 存

宋周弼原選 元釋圓至注 清盛傳敏、王謙纂釋

---

① 三 底本作"八",據史實改。

康熙十九年(1680)刻本,參見“盛傳敏”條。

(江蘇科學技術出版社 2012 年版,第 203—204 頁。)

錢仲聯、傅璇琮、王運熙等總主編《中國文學大辭典》“清及近代文學·作家”“高士奇”條

高士奇(1645—1704),清詩文家。字澹人,號竹窗,又號江村。浙江錢塘(今杭州)人。康熙初,以薦由監生供奉内廷,遷内閣中書。十九年(1680),授額外侍講,屢擢至少詹事。因結黨攬權納賄被劾致仕。三十三年再起,值南書房,以養母乞歸。後又擢禮部侍郎,未赴。謚文恪。少落魄,賣文為活,後以才華敏贍受寵於清聖祖。所為詩“豐而不失之靡,約而不失之促,和平爾雅而不為鉤章棘句之習”(鄭方坤《清吟堂詩鈔小傳》)。著有《清吟堂全集》《左傳紀事本末》《春秋地名考略》《江村消夏録》《塞北小鈔》《松亭行紀》《北墅抱甕録》《天禄識》等。生平事蹟見《清史列傳》卷一〇、《清史稿》卷二七一、《國朝先正事略》卷六。

(上海辭書出版社 2000 年版,第 1235 頁。)

《中國文學大辭典》“清及近代文學·作家”“何焯”條

何焯(1661—1722),清學者、詩文家。字潤千,號無勇,後改字屺瞻,號茶仙、憩閑老人,學者稱義門先生。江南長洲(今江蘇蘇州)人。康熙四十一年(1702)由太學生薦直南書房,次年賜舉人,復賜進士,改庶起士,授編修。兼武英殿纂修。以事繫獄,事白,解官,仍參書局。好時文,初師韓菼,後師李光地。勤讀書,精於校勘,長於評點。于學頗自負,平生唯服膺錢謙益,于汪琬、朱彝尊皆致訾議,謂之耳學,“實有著述之才,惜無成就”(鄧之誠《清詩紀事初編》)。工楷書,手所校書,人争傳寶。著有《義門先生集》《義門讀書記》。

生平事蹟見《清史稿》卷四八四、《清史列傳》卷七一、沈彤《翰林院編修何先生焯行狀》。

(第1245頁。)

二、序跋著録

(一) 無注原本

素隱《三體詩集起》

梅菴曰:"宋理宗淳祐十年庚戌秋八月,汶陽周伯弜選此集。"

(素隱:《增注唐賢絶句三體詩法》卷首,[日本]早稻田大學圖書館藏寬永十四年[1637]野田莊右衛門刊本。)

昌易"三體詩"注

宋朝第十四代理宗皇帝淳祐十年庚戌秋八月,周伯弜選集《三體集》。

(昌易:《(首書)增注唐賢三體詩法》卷一首頁,[日本]明曆三年[1657]二條通鶴屋町田原二左衛門刊本。)

焦竑《國史經籍志》卷五"集類·總集"

《三體唐詩》四卷,元周弼。

(《叢書集成初編》本,中華書局1985年版,第293頁。)

萬斯同《明史》卷一三七"藝文志五·集部下·總集類"

周弜《三體唐詩》四卷。一作二十卷。新建人,選於元。弜洪武間以明經授訓導。

（顧廷龍主編：《續修四庫全書》第 326 册，上海古籍出版社 2002 年版，第 578 頁。）

錢大昕《補元史藝文志》"集類・總集類"

周弼《三體唐詩》四卷〇汶陽人。

又二十卷〇高安僧圓至注。

（《二十五史補編》編委會編：《宋遼金元明六史補編》，北京圖書館出版社 2005 年版，第 8435 頁。）

魏源《元史新編》卷九四"志十之四・藝文四・總集類"

周弼《三體唐詩》四卷。汶陽人。又二十卷。高安僧圓至注。

（《魏源全集》編輯委員會編：《魏源全集》第 11 册，岳麓書社 2011 年版，第 2453 頁。）

曾廉《元書》卷二三下"藝文志八下"

周弼《三體唐詩》四卷。又二十卷。

（《元明史料叢編》第 3 輯，［臺灣］文海出版社有限公司 1988 年版，第 920 頁。）

錢曾《也是園藏書目》卷七"集部・詩文總集"

周弼《三體唐詩》四卷。

（煮雨山房輯：《中國著名藏書家書目匯刊・明清卷》第 16 册，商務印書館 2005 年版，第 141 頁。）

黄虞稷《千頃堂書目》卷三一"總集類・詩"

周弜《三體唐詩》四卷。新建人，洪武間以明經授訓導。詩選於元，一作二十卷。

（瞿鳳起、潘景鄭整理:《千頃堂書目》,上海古籍出版社 2001 年版,第 766 頁。）

（二）圓至注二十一卷元刊本

都穆《南濠詩話》

長洲陳湖磧沙寺,元初有僧魁天紀者居之。魁與高安僧圓至友善,至嘗注周伯弜所選《唐三體詩》,魁割其資,刻置寺中,方萬里特為作序,由是《三體詩》盛傳人間。今吴人稱"磧沙唐詩"是也。魁讀儒家書,尤工於詩,平生厓立絶俗,誓不出世,住山。至有詩贈之云:"拈筆詩成首首新,興來豪叫欲攀雲。難醫最是狂吟病,我恰才痊又到君。"

（《歷代詩話續編》,第 1349—1350 頁。）

近藤元粹評云:周選優於僞《唐詩選》萬萬,而其行世,有俟於異教人,可謂奇。

（近藤元粹評訂:《螢雪軒叢書》第 5 卷,[日本]明治二十八年[1895]青木嵩山堂鉛印本,第 90 頁。）

季振宜藏《季滄葦藏書目·延令宋板書目》"詩集部"

《三體詩説》二十一卷。一本。

（《續修四庫全書》第 920 册,第 623 頁。）

嵇璜等《欽定續文獻通考》卷一九七"經籍考·集·總集上"

釋圓至《唐詩説》二十一卷。

圓至見别集類。

（文淵閣《四庫全書》本。）

嵇璜等《欽定續通志》卷一六三"藝文略八·文類一二下·總集"

《唐詩説》二十一卷。元釋圓至編。

(文淵閣《四庫全書》本。)

曾廉《元書》卷二三下"藝文志八下"

釋圓至《唐詩説》二十一卷。

(《元明史料叢編》第3輯,第925頁。)

李質穎《兩淮鹽政李續送書目》

《唐詩説》。二十一卷,元釋圓至。二本。

(吴慰祖校訂:《四庫采進書目》,商務印書館1960年版,第63頁。)

紀昀等《欽定四庫全書總目》卷一九一"集部四四·總集類存目一"

《唐詩説》二十一卷。兩淮鹽政采進本。

元釋圓至撰。圓至有《牧潛集》,已著録。此書蓋取宋周弼所選《三體唐詩》為之注釋。前有大德九年方回序。其書詮解文句,頗為弇陋。坊本或題曰《磧沙唐詩[1]》。考都穆《南濠詩話》曰:"長洲陳湖磧沙寺,有僧魁天紀者居之,與高安僧圓至友善。至嘗注周弼[2]所選《唐三體詩》,魁割其資,刻置寺中,方萬里特為作序。由是《三體詩》盛傳人間,今吴人稱'磧沙唐詩'是也。"則其來已久矣。

(第2673頁。)

① 原書注:"胡玉縉:瞿鏞《目録》有元刊本《箋注唐賢絶句三體詩法》二十卷,即此書,書名卷數不同,疑《總目》所據非圓至原本。"

② 原書校:"'周弼',底本誤作'周伯弜',據浙、粤本改。"按,伯弜為周弼字,亦通。

“國立中央圖書館”特藏組編《“國立中央圖書館”善本書目》“集部·總集類”

《唐三體詩説》二十一卷,二册。宋周弼編,元釋圓至注,元刊本。

([臺灣]“國立中央圖書館”1986年版,第1224頁。)

“國家圖書館”特藏組編《“國家圖書館”善本書志初稿·集部》“總集類·斷代”

【唐三體詩説二十一卷二册】

元刊本　14068

宋周弼編。弼字伯弜,汶陽人,一作汝陽人。工詩,尤善墨竹。嘉定進士,江夏令。

版框高19.1公分,寬13公分。四周雙邊,每半葉十行,行十八字,小字雙行,行二十三字。版心白口,上方記大小字數,雙魚尾,魚尾相隨,上魚尾下題“寺兑幾”“詩説幾”,下魚尾下記葉次,底部偶記刻工。刻工名:楊(?)石(?)山(?)、陸等。

卷首首行頂格題“唐絶句詩説卷第一”,二三行低六格題“汶陽周弼伯弜選/高安釋圓至天隱説”,卷末有尾題,尾題前或卷中記“已前共幾首”,記篇數。卷端作者題名只有卷一、二、卷八至十一、卷十四有,其餘各卷只記題目。封面鈐乾隆三十八年四庫接收圖書章,為兩淮鹽政李質穎所進呈。卷首有大德九年(1305)方回序,題目作“至天隱注周伯弜三體詩序”,末葉鈔補。卷一至卷七為絶句詩説,卷八至卷十三七言詩説,卷十四至十五作“唐五言詩説”,卷十六以下作“唐三體説五言”。此本每體一卷,共二十一卷,保存圓至注舊形。

書中鈐“翰林/院印”滿漢朱文大方印、“唊/蔗”朱文方印(其上分别疊有二印,印文不詳)、“樸/學齋”朱文方印。另有二印相互重疊,印文不詳。

《鐵琴銅劍樓藏書目録》卷二十三著録一二十卷的元刊本。他説:大德中長洲陳湖磧沙寺僧魁天紀與圓至交,注其書,乞虛谷為序,刻置寺中,世稱"磧沙唐詩",即此本也。

(郭啓傳/吴慧萍)

(《"國家圖書館"善本書志初稿·集部》第3册,[臺灣]"國家圖書館"1999年版,第456—457頁。)

王其毅《宿遷王氏池東書庫簡目》"集部·總集類"

《三體唐詩》二十一卷。宋周弼選,元釋圓至注。二本。

(《中國著名藏書家書目匯刊·近代卷》第24册,第188頁。)

(三)圓至注二十卷元刊本

陸心源藏《歸安陸氏舊藏宋元本書目》

《箋注唐賢三體詩法》二十卷。元刻本。

(《中國著名藏書家書目匯刊·近代卷》第9册,第524頁。)

陸心源《皕宋樓藏書志》卷一一四"集部·總集類三"

《箋注唐賢三體詩法》二十卷。元刊本。

宋汶陽周弼伯弜選,高安釋圓至天隱注。

(斐按,以下録方回序,今略。)

(《續修四庫全書》第929册,第603—604頁。)

河田羆《静嘉堂秘籍志》卷四八"集部一八·總集類二"

《唐賢三體詩法》。宋周弼編,元釋圓至注。刊五本。

志《箋注唐賢三體詩法》二十卷。元刊本。

宋汶陽周弼伯弜選，高安釋圓至天隱注。

方回序。大德九年九月。

案《提要》作六卷云：（斐按，以下節録《四庫全書總目提要》，今略。）

《藏書志》别有明刊本。

（賈貴榮輯：《日本藏漢籍善本書志書目集成》第8册，北京圖書館出版社2003年版，第641—643頁。）

胡光煒題元刊本《唐賢絶句三體詩法》二十卷

元本《唐賢絶句三體詩法》二十卷。

此本有何小山、袁漱六兩家朱筆校語。葉氏《郎園讀書志》云曾以明本用朱、藍二筆過録，此其祖本也。此書當日為訓蒙之用，然元刻極難覯，可珍之。

戊子五月，光煒識①。

（《箋注唐賢絶句三體詩法》卷首，《故宫珍本叢刊》第609册，第1頁，墨筆。）

楊樹達題元刊本《唐賢絶句三體詩法》二十卷

此元刻《箋注唐賢絶句三體詩法》二十卷，為清初何小山及道光間吾鄉袁漱六編修評校本。業師葉郎園先生嘗依以過録並有長跋，見《郎園讀書志》。先生於學無所不通，尤擅長目録之學，於此書述説甚詳，余不復能贊一辭矣。顧余别有所感者：吾湘藏書家本不多，勝清道光以後乃有巴陵方氏小瑯環仙館及編修卧雪廬、道州何氏三家，光、宣之交有葉先生觀古堂，今則四家之藏皆不復存矣。清末興

① 此下鈐一枚陰陽文方印“胡/光煒”。

學校,吾縣張文達公百熙主學部,以方氏藏書入之京師大學堂,即今北京大學之前身也。卧雪廬書自編修逝後,即散入坊肆,余曾旅居舊京,每過廠肆,必見其舊藏。道州何氏不以藏書名,顧其書乃甚富,近二十餘年始由其後人斥賣,散之人間,其精者有宋本《説文》,前此世人皆不知也。子貞先生讀書至勤,舟車中不輟,書中眉上行間時有評騭之語,莊諧雜出,令人解頤。蓋先生純以天趣勝人,不肖為尋行數墨之業也。藏本往往裝訂獨厚,約合二三册為一册。余曾得見舊藏貸園叢書一種厚裝止六册,他本皆十册也。自寫書根,字迹遒美悦目。郎園師自入民國後,處境頗艱,輒思斥賣其所藏。國家多故,當道者多不以文化事業存心目中,竟無應者。遭難後家人不能保守,余嘗為作介售之某大學,其家人不省,後遂散入書坊。四家之藏以何氏保存之時間較長,而方氏書較為得所,以其尚聚於一處,未經披析也。其遺蜕殘存者除方氏書有李希聖題跋若干篇外,惟郎園師之《讀書志》及《觀古堂書目》而已。友人孔君肖雲得此種於滬瀆,攜歸廣州,出以視余,囑為題記。余以郎園師有跋,有"崔顥題詩在上頭"之感,而書為卧雪廬校本,木櫝復有郎師題字,聊書所感於卷耑,以答肖雲云尒。民國三十七年十二月十六日,積微翁楊樹達書於廣州中山大學之北齋①。

(同前,墨筆。)

中國古籍善本書目編輯委員會編《中國古籍善本書目》卷二八"總集類·斷代"

《箋注唐賢絶句三體詩法》二十卷。宋周弼輯,元釋圓至注。明刻本。

① 此下鈐一枚陽文方印"樹/達"。

佚名録清何煌批校並跋，清袁芳瑛批校。一八〇五九。（故宫博物院圖書館）①

（上海古籍出版社 1996 年版，第 1661 頁。）

陳樹杓《帶經堂書目》卷四下“總集類”

《唐詩説》二十卷。舊鈔本。

元釋圓至撰。

（《中國著名藏書家書目匯刊・明清卷》第 28 册，第 553 頁。）

鄧邦述《群碧樓書目初編》卷二“元本・集部”

《唐三體詩説》二十卷，大德刊本。

宋周弼撰，每半葉十行，行大字十八，小字雙行二十三字。

（《中國著名藏書家書目匯刊・近代卷》第 24 册，第 390 頁。）

鄧邦述《書衣雜識》

元本《唐三體詩説》。

此書舊題為元大德刊本，蓋據方虚叟序訂之。元明之季，刻版頗難别其先後，要須至正德、嘉靖間始别有面目可尋。坊友譚篤生屢云：“今世無宋版，凡收藏家所云宋版皆明刊也。”余謂不然。宋元各有真面，雖更數百年後猶不可誣。若坊賈以贋亂真，獨明初諸刻然耳。至今世收藏家即得一明初刻本，亦奚不可什襲珍之。彼絳雲、延令、傳是諸鉅公，由國初視元末，不及三百年，尚復津津樂道，何况吾輩之視明初，乃四百餘年，豈不愈可重耶？

（《中國著名藏書家書目匯刊・近代卷》第 24 册，第 601 頁。）

---

① 藏書單位係筆者據版本代號和書末所附《藏書單位代號表》《藏書單位檢索表》查得，附列於後，以免同仁翻檢之勞。下文同。

鄧邦述《寒瘦山房鬻存善本書目》卷一

《唐三體詩注》二十卷。四册。

宋周弼選,元釋圓至注。

元刊本,每半葉十行,行大字十八、小字二十三。

前有大德乙巳方回序。

審定大德刊本,崇禎庚午上巳後一日虞山周敏請庵氏題。

此書舊題元刊,據方虚叟序定之。元明之季,刻版難辨,要須至正德、嘉靖間始别有面目可尋。坊友譚篤生嘗云:"今世無宋版,凡收藏家所云皆明刊也。"余謂不然。宋元自有真面,雖更數百年後猶不可誣。坊賈以贋亂真,獨明初諸刻然耳?至今藏書家即得一明刻,亦奚不可什襲存之。彼絳雲、延令、傳是諸鉅公,由國初視元末,不及三百年,尚復津津樂道。吾輩之視明初,乃四百餘年,豈不愈可重耶?宣統紀元十月正闇居士。

(中國書店出版社編:《海王邨古籍書目題跋叢刊》第 6 册,中國書店 2008 年版,第 109—110 頁。)

曹元忠《元磧沙寺本〈唐三體詩注〉跋》

元十行本《唐三體詩注》,一卷至七卷為七言絶,八卷至十三[①]卷為七言律,十四卷至二十卷為五言律。其一、八、九、十、十一、十四諸卷,署"汶陽周弼伯弜選""高安釋圓至天隱[②]説"。《南濠詩話》所謂:"長洲陳湖磧沙寺,元初有僧魁天紀者,與高安僧圓至友善,嘗注周伯弜所選《唐三體詩》,魁割其資,刻寘寺中,方萬里特為作序,今吴人'磧沙唐詩'是也。"又云:"圓至工於古文,而詩尤清婉,其造語之妙,當不減於惠勤、參寥輩,然其所注杜常《華清宫》、杜牧之《宣州

① 三 底本作"二",據文意改。
② 天隱 底本作"大隱",據史實改。

開元寺》、李洞《送三藏歸西域》諸詩,俱為《吴禮部詩話》所譏。尤異者,於杜常引《孫公談圃》以為宋人。”復云:“伯弜詩學專家,列之於唐,必有據。實則杜常字正甫,衛州人,《宋史》有傳。《華清宫》詩為其提河北刑獄時所作。明代陝西尚有石刻,故《鐵網珊瑚》云:‘歲在癸酉,余以使事至陝,道經臨潼,浴驪山之温泉,見石刻中有此詩,乃秦鳳等路提點刑獄公事太常丞杜常作。其詩云:“東望家鄉十六程,曉來和月到華清。朝元閣下西風急,都入長揚作雨聲。”後有潁川杜詡跋云:“正甫太丞自河北移使秦鳳,元豐三年九月,道過華清有詩。”迺伯弜選《三體唐詩》,開卷即是宋人,固為失考。不解圓至既知其事,何以又曲為之説也。’”此本刻工惡劣,而卷首方虚谷序巍然尚存,以《歸田詩話》所稱書坊所刻皆不載者言之,則為磧沙寺原刻無疑。今就瞿宗吉所録,與此相校,如“又有所謂汶陽周伯弜三體法者,專為四韻五、七[①]言小律詩設”之以下,尚有“而古之所謂詩,蓋付之洪荒草昧之外矣。其説”等十八字。其餘文字亦有異同。但得明初刻本,何從知之?余嘗謂書縱拙率,苟覓得原刻,終有勝處,亦藏書家所不可不知者。宣統紀元寎月下旬元忠。

(曹元忠:《箋經室所見宋元書題跋》,江蘇省立蘇州圖書館 1940 年版,第 12—13 頁。)

《徐兆瑋日記》宣統元年五月二十八日(1909 年 7 月 15 日)

曹君直來函,欲假閱《墨池堂殘帖》,予在江蘇館,未付與也。又言文琳堂書取歸,内有三體唐詩跋二首在原書内,便求向説取歸。

(李向東等標點:《徐兆瑋日記》,黄山書社 2013 年版,第 997 頁。)

---

① 七 底本作“千”,據文意改。

（四）圓至注二十卷明刊本

凝真子跋《新刊唐賢絶句三體詩注》二十卷

《詩》三百篇，《雅》《頌》出自王公大人，十五國《風》多田夫閨婦詠適己志，似無太過人者，何後世騷人墨客遠不能及？以其發乎情性、自然無他矯僞也。漢魏而後，以詩鳴世者萬户千門，字以鍊而精，句以琢而巧，用事取其切，模擬取其似，自謂可以法遠而人莫容其喙矣。後之學詩者，惡其雕琢不情，宗尚《唐賢三體》，蓋取其情性之真，近乎古耳。余始成童，酷好漢魏諸家之作，逮夫奉藩之暇，知有所擇，獨愛《唐賢三體》而遠宗之。日就月將，優柔厭飫，似為有得旨歸，以故好愈篤而志愈堅，他技舉不足惑。所謂得而見誘之小，是亦足徵矣。爰取《唐賢三體》舊本，再加考正，命工重刊，有志學詩者宜於是而取法焉。弘治庚戌歲冬十月朔旦凝真子跋[1]。

（《新刊唐賢絶句三體詩注》卷首，［日本］内閣文庫藏弘治三年［1490］凝真子刊本。）

《中國古籍善本書目》卷二八"總集類・斷代"

《新刊唐賢絶句三體詩注》二十卷。存八卷。一至八。宋周弼輯，元釋圓至注。明刻本。一八〇六二。（清華大學圖書館）

（第 1661 頁。）

吴春《唐詩三體序》

春繩先薦紳武，鄉徒事呫嗶，為青紫計。至吟咏聲詩，竊疑其荒舉子業，輒棄去。嘗見泰嶽夏太師桂翁食息寢處，不廢詠歌，月露風

① 此下有兩枚版刻的陽文方印"皇明/五世孫"和"徽國/圖書"。

雲，盈箱累牘。先君子詠物適情，亦復洋洋灑灑，然則詩何妨舉業，必棄去哉？顧此道，雖私心嚮慕，自非深研極詣，未易可得。然而髦俊往往斂乎者何？蓋一禀於法，有才無所肆，有學無所施，故云"詩有别才""詩有定法"，非好古篤信之士，何以語此？太師乃出至天隱注周伯弜《三體詩》示春。春取而涵泳之，誠詩學之南車。亦步亦趍，更潛默進求《三百篇》之遺意，始知悦神人，和上下，理性情，詩之義大矣哉！兹學古者似去《三百》遠甚，則必斤斤漢魏；學近體者，追琢初、盛，取法固如是而止，中、晚與宋諸賢之作不復置論。大概文運有遞遷，而風雅多更變，要之，含蓄深厚、調高而合於法者為得也。後之作者，負才騁學，目若無前，不引繩墨，樂新聲以中時好，而古道寖廢，詩其亡矣。章有章法，句有句法，字有字法，伯弜一體之輯，誠不啻障頹波、迴落日，樹功詞場，終不可泯。千載之下，自有好古而篤信者契之。春安知詩，第觀昔賢有一字句而累年始得者，故知詩之難言。三代之前，務稱詩而識其治美，故知詩之義大。學者于[①]此編推而進之，詩道庶幾可復矣。春不敢湮前賢功、負太師教，因壽諸梓，以公同好。

嘉靖二十八年辛亥上浣，賜進士出身中憲大夫山東按察司副使奉敕巡察海道前光禄寺少卿吴春題[②]。

（《箋注唐賢絶句三體詩法》卷首，上海圖書館藏嘉靖二十八年[1549]吴春刊本。）

陸心源《皕宋樓藏書志》卷一一四"集部・總集類三"

《箋注唐賢三體詩法》二十卷。明刊本。

宋汶陽周弼伯弜選，高安釋圓至天隱注。

---

① 于 底本作"乎"，據文意改。

② 另行有版刻的陽文方印"戊戌/進士"和陰文方印"吴春/之印"各一枚。

吴春序。嘉靖二十八年。

（《續修四庫全書》第 929 册，第 604 頁。）

翟文選題明吴春刊本《箋注唐賢絶句三體詩法》二十卷

此書佚去元序，明序亦佚首葉。兹由《皕宋樓藏書志》鈔補元序，并於明序前預補空白一葉，以備異時覓得明本，再行補抄，俾成完璧。考瞿氏《鐵琴銅劍樓元刊本書影》所載此書，首葉與此本正相符合。雖此本摹印未必果出於瞿氏之本，但字體、行款一絲不走。若非紙色有新舊之分，幾莫辨其孰為瞿孰為此也。兵火連年，灰燼之餘，宋元精槧日見稀滅，得此摹刊本，亦非易易。所謂"過屠門而大嚼，雖不得肉，慰情亦聊勝於無"也。共和紀元辛巳孟冬雙城翟文選識於析津。①

（《四庫全書存目叢書》編纂委員會編：《四庫全書存目叢書・集部》第 289 册，齊魯書社 1995 年版，第 287 頁，墨筆。）

《中國古籍善本書目》卷二八"總集類・斷代"

《箋注唐賢絶句三體詩法》二十卷。宋周弼輯，元釋圓至注。明嘉靖二十八年吴春刻本。一八〇五四。（中國科學院自然科學史研究所、上海圖書館）

（第 1661 頁。）

葉德輝跋明刊本《箋注唐賢絶句三體詩法》二十卷

此余傳録何小山、袁漱六兩先生評校《唐賢三體詩》二十卷。何以宋本校，袁以磧砂本校。原本皆用朱筆，以二人字迹不同易于辨

① 此下鈐一枚陰文方印"翟文/選印"。

別。今出余一手，故何校仍用朱筆，袁校改用藍筆。兩人圈點好尚不同，皆足見其詩力之深、校勘之細。往時科舉取士，隨時隨地皆有此澤古之人，今則無此用功者矣。原校乃元板，余以明繙元版録之。兩本訛文並多，皆據以互相改正。世人耳食宋元，正可不必也。小山名煌，其印文曰“何仲子”，長洲人，義門先生之介弟，校書本有家學，談詩亦得深微，引據諸書，駁正注文，亦非博洽多聞不能驟辦。袁氏據磧沙本改校異文甚多，又注明原卷次第，卷一分七卷，卷二分六卷，卷三分七卷。惟未詳其行字，是可惜耳。磧沙本寺名，寺僧魁天紀與作注之圓至至交，當時為之乞序于方回，刻版置寺中，故是書俗有“磧沙唐詩”之目。《天一閣書目》《天禄琳琅續編》有明刻本，與此卷數同。瞿鏞鐵琴銅劍樓有元本，陸心源《皕宋樓目》則一元本、一明本。蓋此書在元明兩朝，三家村授徒課本，頗自風行，故流傳至今尚非稀見。據何跋云：“嘉靖以前兒童皆能倒誦，自王、李盛，幾無有舉其名者，可知風氣所尚，亦莫之為。”而為王文簡《居易録》譏其惟録格詩，氣格卑下，信非過甚之辭。然視明前、後“七子”貌襲盛唐，流為空調，又不如此之别具手眼、濬發靈思。初學讀之，易尋詩徑。世以比劉克莊《千家詩選》、方回《瀛奎律髓》，此則校勝一籌矣。乙卯夏四月既望葉德輝識。

秦漢功令尚刀筆，《漢書・藝文志》引蕭何草律法曰：太史試學童，能諷書九千字以上，乃得為史①。又以六②體課之，最者以為尚書御史、史書令史。故其時《倉頡》《凡將》《急就》《元尚》諸篇盛行于世，今所傳《急就章》為七字句，《凡將》引見《文選・蜀都賦》注，引“黄潤纖美宜制褌”一句。又《藝文類聚・樂部四》“箜篌”下引“鐘磬竽笙筑坎侯”一句。亦七字句，蓋如今村塾書之包舉雜字也。六朝士大夫尚筆札，故

① 史 《郎園讀書志》誤作“吏”。
② 六 《郎園讀書志》誤作“八”。

有《兔園册子》一類書。《五代史·劉岳傳》譏馮道遺下《兔園册子》云"鄉校俚儒教田夫",牧子之所誦也。晁公武《郡齋讀書志》云:"《兔園策》十卷,隋虞世南撰纂古今事為四十八門,皆偶麗之語,至五代盛行于民間,以授學童,故有'遺下《兔園册子》'之誚。"此亦可見六朝至唐末五代之風俗矣。兩宋士大夫尚詞科,初有神童詩,因元符間汪文莊洙九歲能詩,有詩傳世,人以其詩銓補成集,以之訓蒙,語詳朱國禎《湧幢小品》。南宋以後,民間風行劉克莊所選《千家詩》、周弼《三體唐詩》,元及明初尚然。明時太監讀《千家詩》《神童詩》,劉若愚《酌中志》載其事。宫廷如此,村塾當亦相同。余幼時初讀《千家詩》,上闌附《神童詩》,所謂"千家"不足百數,蓋即從千家選出者。後讀《唐詩三百首》,不著編者姓名,惟云蘅塘退士所選,五、七古、近、絶句皆初、盛、中唐之菁華,勝于《千家》《三體》百倍。每當夕陽西下,八九村童齊聲高唱,如聞太平歌。此景此情,恍如昨日。滄桑以後,四郊弦誦之聲寂焉無聞,無論唐宋人詩束之高閣,即往日人人能讀之《千字文》《百家姓》《三字經》諸書,亦有不能舉其名如小山所云者。噫,可慨已!

(《箋注唐賢絶句三體詩法》卷末,中國國家圖書館藏明刊本,墨筆;又載楊洪升點校:《郘園讀書志》卷一五"《箋注唐賢絶句三體詩法》二十卷(明繙元版本)"條,上海古籍出版社 2010 年版,第 708—710 頁。)

莫伯驥《五十萬卷樓群書跋文》"集部六"

《箋注唐賢絶句三體詩法》二十卷。明繙元版本,長沙葉氏舊藏,過録何小山、袁漱六校筆。

宋周弼撰,弼字伯弜,汝陽人,一作汶陽。有《汶陽端平詩雋①》,

---

① 詩雋 底本作"詩集",據該著書名改。

又善畫墨竹。此本為長沙葉氏舊藏。葉氏有跋云：此余傳録何小山、袁漱六伯驥按，漱六名芳瑛，湘潭人。道光進士，官至松江知府，有卧雪廬，藏書甚富。寒家有明刻《公孫龍子》等書數種，為漱六舊藏，曾大略校過。兩先生評校《唐賢三體詩》二十卷。（斐按，以下録葉德輝跋，今略。）噫，可慨已！按，郎園之語每有幽憂，其實太平自有方，衹讀詩亦不可跂也。伯驥附記。伯驥又按，何氏校筆尤長於經，今録阮氏述記二條如下：阮氏《春秋穀梁傳注校勘記序》云："康熙間，長洲何煌者，焯之弟，其所據宋槧經注殘本、宋單疏殘本並希世之珍，雖殘編斷簡，亦足寶貴。"阮氏《孟子注疏校勘記序》云："吴中舊有北宋蜀大字本、宋劉氏丹桂堂巾箱本、相州岳氏本、盱郡重刊廖瑩中世綵堂本，皆經注善本也，賴毛扆、何焯、何煌、朱奂、余蕭客先後傳校。"

（徐蜀主編：《國家圖書館藏古籍題跋叢刊》第 29 册，北京圖書館出版社 2002 年版，第 24—27 頁。）

莫伯驥《五十萬卷樓藏書目録初編(摘目)》卷二一"集部七"

《箋注唐賢絶句三體詩法》二十卷。明繙元版本，長沙葉氏舊藏。

（《中國著名藏書家書目匯刊·近代卷》第 31 册，第 438 頁。）

《中國古籍善本書目》卷二八"總集類·斷代"

《箋注唐賢絶句三體詩法》二十卷。宋周弼輯，元釋圓至注。明刻本。葉德輝跋並録清何煌、袁芳瑛批校並跋。一八〇六〇。（北京圖書館）

（第 1661 頁。）

何焯門人跋明刊本《箋注唐賢絶句三體詩法》二十卷

唐人詩佳者似俱遺失，蓋此集專取合格之故，不得盡去格而采其詩也。注亦離合相半，然人能細參，則作詩之道得矣。切勿以拘檢而輕視之。何師看法尤別有所長,人嫌其穿鑿者,乃門外人説門外語,適自形其無知識而好為議論耳,何足以掩其美哉!丙寅中秋夜誌。

(《箋注唐賢絶句三體詩法》卷末,中國國家圖書館藏鐵琴銅劍樓舊藏明刊本,墨筆;又載瞿良士:《鐵琴銅劍樓藏書題跋集録》卷四"《箋注唐賢絶句三體詩法》二十卷(元刊本)"條,上海古籍出版社 2005 年版,第 329—330 頁。)

瞿鏞《鐵琴銅劍樓藏書目録》卷二三"集部五·總集類"

《箋注唐賢絶句三體詩法》二十卷。元刊本。

題"汶陽周弼伯弜選""高安釋圓至天隱注"。前有方回序。大德中長洲陳湖磧沙寺僧魁天紀與圓至交,注其書,乞虛谷為序,刻置寺中,世稱"磧沙唐詩",即此本也。後有重刻者,直題《磧沙唐詩》之名矣。書中朱[1]筆為義門何氏評點門人某轉録者,黄筆則某自評也,惜未著姓氏。每卷首有朱文圓印曰"鏡",及"吴興""有竹居""蓬壺侍史""飛華亭"諸朱記。

(《續修四庫全書》第 926 册,第 402 頁。)

瞿鏞《鐵琴銅劍樓藏宋元本書目》卷四"集部"

《箋注唐賢絶句三體詩法》二十卷。元刊本。每卷首有朱文圓印曰"鏡",及"吴興""有竹居""蓬壺侍史""飛華亭"諸朱記。

(《中國著名藏書家書目匯刊·近代卷》第 5 册,第 511 頁。)

瞿啓甲《鐵琴銅劍樓書影·識語》卷四"集部"

《箋注唐賢絶句三體詩法》二十卷。元刊本。

大德中刻本,前有大德九年方回序。長洲陳湖磧沙寺僧魁天紀與圓至交,注其書,故重刻本題為《磧沙唐詩》。書中朱筆為何義門

---

① 朱 底本作"未",據文意改。

門人某轉録其師評點，黄筆則其自評，惜姓氏不傳耳。

（徐蜀主編：《珍稀古籍書影叢刊》一，北京圖書館出版社 2003 年版，第 981 頁。）

葉昌熾《藏書紀事詩》卷二

縱有通靈畫一廚，豈無竊藏豎頭須。慨然請返連城璧，不必分吹一一竽。沈周啓南　子雲鴻維時。

《無聲詩史》："沈貞字貞吉。弟恒，字恒吉。長洲相城里人，徵士孟淵子也。恒吉子周，字啓南，號石田，人稱石田先生。精於誦肄，自《墳》《典》《丘》《索》以及雜家言，無所不窺。"……《眉公筆記》："沈雲鴻字維時，石田之子也。好古書畫，往往傾槖購之，縹囊緗帙，爛然充室。又喜積書，讎勘勤劇。曰：'後人視非貨財，必不易散，萬一能讀，則吾所遺厚矣。'先石田而卒。"《式古堂書畫考》："石田《有竹居》圖卷，周鼎題詩云：'頭白話今雨，汗青藏古書。'吴珵元玉和云：'有田皆種石，無屋不藏書。'又徐熙《梅花圖》卷，沈貞吉跋。有'陶庵''墨雲香處'朱記。"昌熾案：陶庵為貞吉之號，又號陶然道人。又白石翁《灣東草堂圖》有"啓南""江鄉深處"二朱記。《鐵琴銅劍樓書目》："《唐賢絶句三體詩法》，卷首有朱文圓印，曰'鏡'及'吴興''有竹居''蓬壺侍史''飛華亭'諸朱記。"

（王欣夫補正，徐鵬輯：《藏書紀事詩》，上海古籍出版社 1989 年版，第 123—124 頁。）

《中國古籍善本書目》卷二八"總集類・斷代"

《箋注唐賢絶句三體詩法》二十卷。宋周弼輯，元釋圓至注。明刻本。佚名評點並録清何焯評點。一八〇五八。（北京圖書館）

（第 1661 頁。）

孫澂之題明火錢元卿刊《箋注唐賢三體詩注》二十卷

案《江湖後集》周弼傳：弼字伯弜，汶陽人，文璞之子，嘉定間進士，江夏令。有《端平集》十二卷，菏澤李龏又選而序之，曰《端平詩雋》。序曰：（斐按，以下録李龏序，今略。）據此知伯弜號能詩。此選分格殊不可解，圓至注亦頗弇陋，因係元代刊本，存之。同治庚午新秋金陵孫澂之題。

（《箋注唐賢三體詩注》卷首，北京大學圖書館藏明廣陵火錢元卿刊本，墨筆。）

李盛鐸《木犀軒收藏舊本書目》"集部・總集類"

《箋注唐賢絶句三體詩法》二十卷，宋周弼編，元釋圓至注，明刊小字本，孫文川手跋，二册一函。

（《中國著名藏書家書目匯刊・近代卷》第19册，第157頁。）

李盛鐸《木樨軒藏書題記及書録・書録》卷四"集部・總集類"

【箋注唐賢三體詩注】二十卷　〔宋周弼輯　元釋圓至注〕明刊本　〔明廣陵火①錢元卿刻本〕　李6908

半葉十一行，行十九字。標題後題"汶陽周弼伯弜選，高安釋圓至天隱注，隴西金鸞在衡校訂，廣陵火錢元卿重梓"共四行。前有大德乙巳〔1305〕方回序。又同治庚午〔九年・1870〕金陵孫澂之手跋。

（斐按，以下録孫澂之跋，今略。）

（張玉範整理：《木樨軒藏書題記及書録》，北京大學出版社1985年版，第353—354頁。）

① 火　底本脱，據下文補。

《中國古籍善本書目》卷二八"總集類·斷代"

《箋注唐賢三體詩法》二十卷。宋周弼輯，元釋圓至注。明火錢刻本。一八〇六一。（北京圖書館、北京大學圖書館、北京師範大學圖書館、中國社會科學院文學研究所、上海圖書館、天津圖書館）

（第1661頁。）

《"國立中央圖書館"善本書目》"集部·總集類"

《箋注唐賢三體詩法》二十卷，四册。宋周弼編，元釋圓至注，明廣陵火錢校刊本。

（第1224頁。）

孫殿起《販書偶記續編》卷二〇"詩文評類·詩評之屬"

《箋注唐賢三體詩法》二卷。明高安釋圓至撰，嘉靖辛卯閩沙黄文光刊。

（上海古籍出版社1980年版，第317頁。）

雒竹筠編著，李新乾編補《元史藝文志輯本》卷一六"集部·釋家集類"附"釋總集"

《唐三體詩注》三卷　宋周弼編　元釋圓至注

《錢志》載作《三體唐詩》四卷。又載二十卷，注高安僧圓至注。弼，汶陽①人。

雒竹筠先生經手日本覆元大德刊本。

《唐詩説》二十一卷　釋圓至撰

《箋注唐賢三體詩法》二卷　釋圓至注　存

廠肆曾流傳明嘉靖十年閩麻沙黄文光刊本。《中善》28，157上著録二十卷

① 汶陽　底本作"文陽"，據史實改。

本,宋周弼輯。

(北京燕山出版社 1999 年版,第 411 頁。)

周弘祖《古今書刻》上編“内府”

《唐詩三體》。

(高儒、周弘祖:《百川書志·古今書刻》,古典文學出版社 1957 年版,第 324 頁。)

劉若愚《酌中志》卷一八《内板經書紀略》

凡司禮監經廠庫内所藏祖宗累朝傳遺秘書典籍,皆提督總其事,而掌司、監工分其細也……皇城中内相學問,讀《四書》《書經》《詩經》,看《性理》《通鑑節要》《千家詩》《唐賢三體詩》,習書柬活套,習作對聯,再加以《古文真寶》《古文精粹》,盡之矣。十分聰明有志者,看《大學衍義》《貞觀政要》《聖學心法》《綱目》,盡之矣。《説苑》《新序》亦間及之,《五經大全》《文獻通考》涉獵者亦寡也。此皆内府有板之書也……除古本、抄本、雜書不能開徧外,按現今有板者,譜列於後,即内府之經書則例也。

……《唐賢三體詩》。二本,一百七十二葉。

(馮寶琳點校:《酌中志》,北京古籍出版社 1994 年版,第 157—159 頁。)

劉若愚撰,吕毖選輯《明宫史》卷五“内板書數”

《唐賢三體詩》,計二本一百七十二頁。

(文淵閣《四庫全書》本。)

朱學勤《結一廬書目》卷四“集部·總集類”

《箋注唐賢絶句三體詩法》二十卷。計四本,宋周弼撰,元釋圓至注,明刊大字本。

（王德毅主編:《叢書集成續編》第 5 册,[臺灣]新文豐出版公司 1988 年版,第 274 頁。）

朱學勤《別本結一廬書目》"舊版"

《箋注唐賢絶句三體詩法》二十卷。宋周弼選,元釋圓至注,明經廠本,四册。

（《叢書集成續編》第 5 册,第 283 頁。）

彭元瑞等《欽定天禄琳琅書目後編》卷二〇"明版・集部"

《箋注唐賢絶句三體詩法》。一函,二册。

宋周弼編。弼字伯弜,陽穀人,仕履無考。書二十卷,分體分法。七言絶句曰實接、虚接、用事、前對、後對、拗體、側體,七言律詩曰四實、四虚、前虚後實、前實後虚、結句、詠物,五言律詩曰四實、四虚、前虚後實、前實後虚、一意、起句、結句。釋圓至天隱注,前有《唐十道圖》《開基圖》《混一圖》《地理圖》《藩鎮圖》《世系記年》,大德九年方回序。

（《續修四庫全書》第 917 册,第 341—342 頁。）

張允亮《故宫善本書目・天禄琳琅現存書目》"明刻本・目一"

《箋注唐賢絶句三體詩法》。一函,二册,宋周弼編,二十卷,明内府刻本。

（故宫博物院 1934 年版,第 40 頁。）

"國立故宫博物院"編《"國立故宫博物院"善本舊籍總目》"集部・總集類"

《箋注唐賢絶句三體詩法》二十卷。宋周弼編,元釋圓至①注,明内府

① 圓至　底本作"元至",據史實改。

刊本，二册。

（[臺灣]"國立故宫博物院"1983年版，第1206頁。）

高儒《百川書志》卷一九"集·總集"

《唐賢三體詩法》二十卷。

宋汶陽周弼伯弜選七言絶句、五、七言律詩。以爲有一詩之法、一句之法、一字之法，以虚實接對、用事詠物、拗側起結各爲一卷，音響格面、輕重意旨各爲一類。元僧高安圓至天隱注之，方虚谷序之。

（《百川書志·古今書刻》，第292頁。）

徐𤊹《徐氏家藏書目》卷五"集部·總詩類·唐"

《唐三體詩箋注》二十卷。周伯弢。

（《中國著名藏書家書目匯刊·明清卷》第11册，第255頁。）

徐𤊹《重編紅雨樓題跋》卷一"經籍·集類"《唐三體詩》

《唐三體詩》一册，先君云丙寅年在京師得之林天迪先生。中硃筆評駁者，天迪也。迨萬曆癸未、甲申閒，先兄初學時又加批點。既又為謝在杭借去，亦品騭數則送歸。最後莆友鄭性之復借覽，乃用墨筆塗抹，以已意彈射。十年前，舍弟取觀，遂於題下小注地名。四十年來，已經五人之手，故開卷亂如塗鴉矣。然五人者皆少時事，未免謬悠不為中的。偶爾檢及，漫記其後，庶幾後之人見善本書勿輕點污也。萬曆戊申冬十二月十二夜燈下徐惟起興公書。

（馮惠民等選編：《明代書目題跋叢刊》，書目文獻出版社1994年版，第2076頁。）

朱睦㮮《萬卷堂書目》卷四“總集”

《唐詩三體》二十卷。周伯弜。

（《中國著名藏書家書目匯刊·明清卷》第 7 册，第 558 頁。）

《四明天一閣藏書目録》“日字號廚”

《唐賢三體詩法[1]》。三本。

《三體詩法》。二本。

（《中國著名藏書家書目匯刊·明清卷》第 2 册，第 66、68 頁。）

范邦甸等《天一閣書目》卷四之三“集部三·總集類”

《箋注唐賢三體詩法》二十卷，刊本。汶陽周弼選，高安釋至天隱注，隴西金鸞校訂。元方回序稱：“汶陽周伯弼《三體法》者，專為四韻五、七言小律詩設。以為有一詩之法，有一句之法，有一字之法。高安沙門至天隱，大魁姚公勉之猶子，聰達博贍，禪熟、文熟、詩熟，又從而注伯弼所集之詩。一山魁上人，回方外交也，將磧砂南峰袁公之命，俾回為序，以弁其端。”

（江曦、李婧點校：《天一閣書目·天一閣碑目》，上海古籍出版社 2010 年版，第 463 頁。）

薛福成《天一閣見存書目》卷四“集部·總集類”

《箋注唐賢三體詩法》二十卷，全。元釋圓至天隱注。

（《中國著名藏書家書目匯刊·明清卷》第 4 册，第 571 頁。）

---

① 詩法　底本作“詩發”，據該著書名改。

林集虛《目睹天一閣書録》卷四

《箋注唐賢三體詩法》二十卷，存卷一至四。元釋圓至天隱注。皮紙一本。元大德乙巳方回序，黑口刻本。每半葉九行，行十七字。

（《中國著名藏書家書目匯刊·明清卷》第5册，第417—418頁。）

楊鐵夫等《重編寧波范氏天一閣圖書目録》"集部"

《箋注唐賢三體詩》一册。

（《中國著名藏書家書目匯刊·明清卷》第5册，第529頁。）

馮貞群《鄞范氏天一閣書目内編》卷四

《箋注唐賢三體詩法》二十卷。元周弼編，釋圓至注。分絶句體、七言體、五言體。明汪氏刻本。存五卷。卷一至卷五。

（《中國著名藏書家書目匯刊·明清卷》第6册，第243頁。）

駱兆平《天一閣遺存書目》"集部·總集類"

箋注唐賢三體詩法二十卷存五卷

元周弼編，釋圓至注。明汪氏刻本，一册。存卷一至五。

（駱兆平：《新編天一閣書目》，中華書局1996年版，第137頁。）

祁承㸁《澹生堂藏書目》卷一二"總集類·詩編"

《箋注三體唐詩》，一册。二卷，周弼選。

（《中國著名藏書家書目匯刊·明清卷》第9册，第465頁。）

祁理孫《奕慶藏書樓書目》"集之二·詩總"

《三體詩法》。二卷，一本，汶陽周弼選。

（《中國著名藏書家書目匯刊·明清卷》第14册，第334頁。）

倪燦《補遼金元藝文志》"集部・總集類"

僧圓至注周弼《三體唐詩》二十卷。今六卷。

(《續修四庫全書》第 916 册,第 227 頁。)

黄虞稷《千頃堂書目》卷三一"總集類・補・宋"

僧圓至注周弼[①]《唐詩三體》二十卷。

(《千頃堂書目》,第 764 頁。)

曹寅《楝亭書目》"詩集"

《唐賢絶句三體詩法》。宋周弼選,二十卷,二册。

(《中國著名藏書家書目匯刊・明清卷》第 15 册,第 171 頁。)

莫友芝撰,傅增湘增補《藏園訂補郘亭知見傳本書目》卷一六上"集部八・總集類"

〔補〕《箋注唐賢絶句三體詩法》二十卷。宋周弼編。○明刊本,大版心,九行十七字,黑口,四周雙闌。海虞瞿氏鐵琴銅劍樓藏。

〔補〕《箋注唐賢三體詩法》二十卷。宋周弼編。○明刊本,十一行十九字,白口,四周單闌。前大德九年方回序。陸貽典以元刊本校並補鈔第二十一卷。

(傅熹年整理:《藏園訂補郘亭知見傳本書目》,中華書局 2009 年版,第 1535 頁。)

傅增湘《藏園群書經眼録》卷一八"集部七・總集二・斷代"

《箋注唐賢三體詩法》二十卷。宋周弼輯。

明刊本。十一行十九字,注雙行同,四周單闌。　前大德九年

---

① 周弼　底本作"周弜",據史實改。

方回序，次圖五幅，次《世系紀年》。　陸敕先（貽典）以元本校勘，並補抄第二十一卷，每卷均記月日。卷尾跋語録後：

"借葉林宗元本録，遵王王府本校正，十六卷内補詩二十五首，末卷八首則林宗本也。初九日校完識，貽典。""葉林宗元本共補詩三十三首。"此跋在二十一卷末。卷中補録之葉多為敕先親筆。

（傅熹年整理：《藏園群書經眼録》，中華書局1983年版，第1515頁。）

方功惠《碧琳琅館書目》卷四"集部八・總集類"

《三體唐詩箋注》二十卷，四本，一函。

（《中國著名藏書家書目匯刊・近代卷》第4册，第544頁。）

羅振玉藏《羅氏藏書目録》"集部・總集類"

《唐賢絶句三體詩法》二十卷，宋周弼。三本。

（《中國著名藏書家書目匯刊・近代卷》第23册，第305頁。）

蔣汝藻《傳書堂善本書目》卷一二"集部"

《箋注唐賢三體詩法》二十卷，明覆①元刻本。

（《中國著名藏書家書目匯刊・近代卷》第30册，第658頁。）

王國維《傳書堂藏書志》卷四"集部・總集類"

《箋注唐賢三體詩法》二十卷。明覆元刊本。

汶陽周弼伯弜選，高安釋圓至天隱注。

方回序（大德九年）。

每半葉九行，行大十二字、小十七字。明内府重刊元本。天一

① 覆　底本作"復"，據文意改。

閣藏書。

(王亮整理,吴格審定:《傳書堂藏書志》,上海古籍出版社 2014 年版,第 1305—1306 頁。)

莫伯驥《五十萬卷樓藏書目録初編(摘目)》卷二一"集部七"

《箋注唐賢三體詩法》二十卷。明刊本。

(《中國著名藏書家書目匯刊·近代卷》第 31 册,第 439 頁。)

顧廷龍等《章氏四當齋藏書目》卷中之四"集部·總集類"

《箋注唐賢三體詩法》二十卷,存一一卷。宋汶陽周弼選,元釋圓至注。元大德九年刊本。一册。

收藏有"大椿堂""江淮忠節之門""春穀溪農""葉苧翁""奇松怪石""九華仙客"諸印。

(《中國著名藏書家書目匯刊·近代卷》第 22 册,第 240 頁。)

《中國古籍善本書目》卷二八"總集類·斷代"

《箋注唐賢絶句三體詩法》二十卷。宋周弼輯,元釋圓至注。明刻本。一八〇五五。(北京大學圖書館、故宫博物院圖書館、天津圖書館)

《箋注唐賢絶句三體詩法》二十卷。宋周弼輯,元釋圓至注。明刻本。一八〇五六。(中國社會科學研究院歷史研究所、故宫博物院圖書館、上海圖書館、吉林大學圖書館、無錫市圖書館、江西省圖書館、福建師範大學圖書館)

(第 1661 頁。)

陳璉《琴軒集》卷六《注唐詩三體序》

近代選唐人詩者無慮數十家,惟周伯弜《唐詩三體》蓋有益於學者,故能盛傳於世,有非他人可到。然詩人用字多出異書雜録者,未易悉知,宋高安釋至天隱以該博之學、精明之識為之注解,名曰《唐詩三體詩注》。凡事出於群書者,悉取而注之。人各疏其仕蹟,繼以先儒之評,廣以一己之見,俾覽者識其事、知其人而達其指歸,用功厚,用意深,有益學者多矣。紫陽山虚叟方回嘗為之序。元至大中磧沙寺表上人始板行之,後僧嗣誂復重刻之,歲久散逸不全。蘇之長洲王瓛因購善本,捐資刻梓以廣其傳,用心厚矣。問謁文為序。嗚呼!唐之詩人何止千百計,其得名於世者無幾。選詩固難,注詩尤難,非學識大過於人,焉能及此哉?有若伯弜、天隱,蓋不易得也。瓛嗜學敦禮,而急於義,觀斯舉,則可知其為人矣。

(沈乃文主編:《明别集叢刊》第 1 輯第 29 册,黄山書社 2013 年版,第 118 頁。)

(五)裴庾注本

裴庾《求名公校正諮目》

庾竊謂文藹昭代之英華,昌符國運;理探先賢之隱秘,學本家傳。是固儒者之當究心,誠體聖主之所加意。蓋美刺形於歌詠,政化有關;然訓釋泝其淵源,刑法無禁。自幼至老之所素願,雖愚不肖之可與知。念唐年幾三百之多,仙李云謝;仰詩宗垂諸什之富,汗竹留香。引物連類之難窮,積日成歲之易久。深慮坐井之見,漫興測海之謀。臺卿七篇之解甚明,尚慮違闕以需改正;晦翁四書之注已備,猶設或問以辨疑訛。子復何能,敢自為是?迂重負於佗境,併力堪扶;示宿恙於通衢,良方乃得。用求王公大人之謦欬,寧惜耆舊老成之摳趍?倘臭味式契於芝蘭,庶采掇不遺於葑菲。如曰"胸蟠國子監,可讀工部詩",兹惟難哉!就使"眼空天下書,始答韓公策",蓋亦寡矣。顧責恕輕重之角立,致毁譽榮辱之畦分。覆瓿誣二陸之譏,洛陽愈增於高價;凌雲詑九重之薦,司馬奚慊於超遷? 幸大道之惟公,喜微言之不泯。行吟向曝,思獻天子之尊;佇俟觀風,願陳民俗之厚。拳拳尺素,耿耿寸丹。

至大二年九月　日裴庾咨目

(《增注唐賢絶句三體詩法》卷首,[日本]早稻田大學圖書館藏明應甲寅[1494]刊本。)

裴庾《諸家集注唐詩三體家法諸例》

諸箋注始自毛鄭諸賢,以至歷代名家篇什,先儒并皆有注。即此取法,觀者幸悉。

詩篇并依俗傳刊本,或於元數争差,即非私意增損。

《三體》詩多且格式最明,故首於諸集。

《唐世系紀年》并《唐地理圖志》附見集首,庶幾作詩時世及所指處所便於稽考。

唐賢履歷,《三體》《四體》《二妙》,並以詩之次第為先後。他集重名,類之於前,明該已見其集,其餘則列於後,遂不復依次。間有未詳,姑俟明哲。

都邑州縣歷代沿革,並依《書》傳、《史記》及《漢》《唐書·地理志》《方輿勝覽》等出處,即繫以《六合混一圖》并《事林廣記》等所載皇朝混一各處所管道路於後。雖溢四海之遠,可見也。

官職歷代沿革,並依《史記》及《漢》《唐書》并《職林》等出處,印以《事文類聚》等所載皇朝當今設立名稱為證。

諸已注者,更不重述。間有事同或前略而後備,觀者互見,自有所得。

詩中用事或有未詳,即闕之。至若詩人措意,蓋起一時之興,如無所據,不敢臆説。

諸詩或經先賢講説及諸詩話已嘗辨論者，各附載本篇之末。

（同前。）

楊守敬《日本訪書志》卷一三

《增注唐賢絶句三體詩法》三卷，元刊本。首裴庾序，次方回序，次《綱目》，次《唐十道圖》，次《凡例》，次《諸家世系紀年》。首題“增注唐賢絶句三體詩法卷之一”，次行題“汶陽周弼伯弜選”，三行題“高安釋圓至天隱注”，四行題“東嘉裴庾季昌增注”。

（《續修四庫全書》第930册，第697頁。）

周敬選評，周珽删補箋釋《删補唐詩選脉箋釋會通評林》“援引書目・正書所集”

《三體唐詩》，宋周弼伯弜編。

《三體家法》，東嘉裴庾增説。

（明崇禎八年［1635］刊本。）

鄭麟趾跋朝鮮正統元年刊本《增注唐賢絶句三體詩法》三卷

夫詩也者，優游諷詠之間，感人深切，非他言語文字之可比也。《雅》《頌》以還，唐之《三體詩》，聲律備而美刺形焉。如“地下若逢陳後主，豈宜重問《後庭花》”，可以戒流連之樂。“此日六軍同駐馬，當時七夕笑牽牛”，可以警色荒之慾。“憑君莫話封侯事，一將功成萬骨枯”，則喜功者亦可以少悟也。“自古浮雲蔽白日，洗天風雨幾時來”，則謀國者亦可以少省也。學詩者誠不可以不觀，思欲廣布，乃以具聞，殿下出賜經筵所藏善本，許令開刊，遂鋟梓于清州牧，數月而功訖。於戲！古之君臣訪落陳戒之間，亦必以詩，夫豈徒然？若吟風咏月，競奇争巧，以要一時之譽，則非臣之所敢知也。正統元年丙辰後六月日嘉善大夫、忠清道都觀察黜陟使兼監倉安集轉輸勸農管學事、提調刑獄兵馬公事臣鄭麟趾拜手稽首敬跋。

(《增注唐賢絶句三體詩法》卷末,[日本]内閣文庫藏朝鮮正統元年[1436]刊本。)

葉巢之跋日本明應甲寅刊本《增注唐賢絶句三體詩法》三卷

明應甲寅之秋,新板畢工矣。先是舊刻之在京師者,散失于丁亥之亂,以故捐貲刊行焉。置板於萬年廣德云。葉巢之敬誌。

(《增注唐賢絶句三體詩法》卷一末頁,[日本]早稻田大學圖書館藏明應甲寅[1494]刊本。)

阿佐井野宗禎跋日本明應甲寅刊本《增注唐賢絶句三體詩法》三卷

此板流傳自京至泉南,於是阿佐井野宗禎贖以置之於家塾也。欲印摺之輩,以待方來矣。

(同前。)

澀江全善、森立之《經籍訪古志》卷四"集部・總集類"

《增注唐賢三體詩法》三卷。朝鮮國刊本,容安書院藏。

正統元年刊本。首有大德九年紫陽山虛叟方回序,裴庾序缺。《唐世系紀年》,集中人名,《唐輿地圖》,至大①二年裴庾《咨目》,《諸家集注諸例》及《綱目》。卷首題"增注唐賢絶句三體詩法卷之一","汶陽周弼伯弜選""高安釋圓至天隱注""東嘉裴庾季昌增注"。每半板十行,行二十二字。界長六寸五分,幅四寸九分,每注末白字摸出"增注"二字以别原注。卷末有正統元年韓臣鄭麟趾跋云:"殿下

① 至大 底本作"至正",據史實改。

出賜經筵所藏善本，許令開刊，遂鋟梓於清州牧，數月而功訖。”此本係市野光彦舊藏，卷首有松屏書庫印。

又。舊鈔本。

體式、行款一同前本。即覆刻前本者。卷末無韓臣跋文。按明應本跋云：“舊刻之在京師者，散失於丁亥之亂。”所謂“舊刻”，蓋指此本；“丁亥”，謂應仁元年也。

又。明應甲寅刊本。

此本復就前本重刊者。上卷末題云：（斐按，以下録葉巢子跋，今略。）葉巢子，未詳誰氏。此板流傳至泉南，阿佐井野宗禎購以置之於家塾，聽學者印摺，亦見後記。按卷首方回序後，朝鮮本有“大德九年乙巳九月初六日”數字，舊刊本俱删去，不知何謂？

（《日本藏漢籍善本書志書目集成》第1册，第432—433頁。）

細川十洲《梧園詩話》卷上《古版》

古版之書，佛書最多，次則經傳。而其關詩文者，則正中版《詩人玉屑》、至德版《韓文》、嘉慶版《柳文》、文明版《聚分韻略》、明應版《三體詩》，此外則無聞也。

（趙季、葉言材、劉暢輯校：《日本漢詩話集成》第11册，中華書局2019年版，第4970頁。）

孫詒讓《温州經籍志》卷三二“集部·總集類·元”

裴氏庾。《三體唐詩注》。乾隆《温州府志》二十九。

佚。

案：《三體唐詩》宋汶陽周弼編。其書今有元釋圓至注，及國朝高士奇補注本。見《四庫全書總目》一百八十七。裴雲山注，明以來書目並未載。蓋其佚久矣。

潘案:孫氏云:"裴庾注,明以來書目並未載。"而《增訂四庫簡目標注》十九著録《三體唐詩注》,《附録》載:"日本刊本有裴庾注。星詒。"未詳何種版刻,亦不載藏於何處。姑録於此以備查考。今將裴庾序及民國《平陽縣志·經籍志》案語補録於後。

(斐按,以下録裴庾序,今略。)

民國《平陽縣志·經籍志》按:瞿佑《歸田詩話》云:"方虚谷序《唐三體詩》,于周伯弼所集,深寓不滿之意。書坊所刻皆不載,而獨取裴季昌序"云云。據是則裴注明時尚存,今未之見。而坊刻明嘉靖本《楊仲弘集》首有季昌序。細審乃即《三體唐詩注序》也。固迻録之。

(第1514頁。)

莫友芝撰,傅增湘增補《藏園訂補郘亭知見傳本書目》卷一六上"集部八·總集類"

〔補〕《增注唐賢三體詩法》三卷。宋周弼編。○日本翻元本,十二行二十二字,增注以陰文别之。有元至大二年斐庾[1]序及方回序。有《唐十道》及《開基》《混一》《方鎮》等圖。

(《藏園訂補郘亭知見傳本書目》,第1535頁。)

傅增湘《藏園群書經眼録》卷一八"集部七·總集二·斷代"

《增注唐賢三體詩法》三卷。

日本古刻翻元本,十行二十二字,注雙行同。詩内增注以陰文别之。 有至大二年重陽日裴庾季昌序,方回序,次《綱目》,次唐代《十道圖》及《開基》《混一》《藩鎮》各圖,次《求名公校正咨目》十四行,

---

① 日本有些刻本將"裴庾"誤作"斐庾",此本或然。下文同。

次《凡例》,次《世系紀年》,次詩人小傳。(壬戌。)

(《藏園群書經眼録》,第 1515 頁。)

楊守敬《觀海堂書目》"秋字號"

集	《增注唐賢絶句三體詩法》	三本	三卷	元周弼選 釋圓至注 斐庾增注	日本刊本

(《中國著名藏書家書目匯刊·近代卷》第 10 册影楊氏觀海堂原編書目寫本,第 145 頁。)

楊守敬《觀海堂書目》

《三體詩注》,三本,三卷,明本。

《唐三體詩注》,三本,三卷,朝鮮本。

《三體唐詩》,三本,三卷,主樂文庫藏本。

(《中國著名藏書家書目匯刊·近代卷》第 10 册影中國國家圖書館藏抄本,第 522、549、550 頁。)

繆荃孫等《愚齋圖書館集部書目》卷四"總集類"

《三體詩注》三卷。宋周弼。

日本刻本,一本,第一四八五號。

(《中國著名藏書家書目匯刊·近代卷》第 13 册,第 327 頁。)

莫伯驥《五十萬卷樓藏書目録初編(摘目)》卷二一"集部七"

《增注唐賢三體詩法》三卷。高麗舊刊本。

(《中國著名藏書家書目匯刊·近代卷》第 31 册,第 439 頁。)

《"國立故宫博物院"善本舊籍總目》"集部・總集類"

《增注唐賢絶句三體詩法》三卷。宋周弼編,元釋圓至注,斐庾增注,日本室町末刊本,三册。

《增注唐賢絶句三體詩法》三卷。宋周弼編,元釋圓至注,斐庾增注,日本室町末期覆阿佐井野本,三册。

(第 1206 頁。)

(六) 盛傳敏、王謙纂釋本

盛傳敏、王謙《磧砂唐詩・例言》

一、是集乃伯弜周氏選定,起例發凡,區裁類體,允為精當,固知前輩用心切實,迥非後學可幾。其所選定,亦非後學所得而損益也。顧《英靈》《間氣》《才調》諸集,遠在五季,各有淵源。《品匯》《雅音》《詩選》《詩歸》,近在故明,亦遞逞手眼。乃獨願以此為枕秘者,良以繁簡甚為得宜,高下可希共賞。不分初、盛、中、晚,不論頓、悟、緣、覺,一以忠厚和平為主,體僅有三,分為廿卷,天姿高、學殖富者不克踰其範圍,而欲造堂嚌胔,不致得門或寡、面牆而立也。

一、是集原注出於天隱釋圓至。《詩》有六義,比興雜陳,風雅遞變,非必謦咳皆含諷刺,亦豈謳思衹託辭華。竊歎美人香草,誤讀《離騷》,屈宋埋愁,久無其地矣。惟原注特有發明,間指越裳歸路,亦從來説家僅事,但詮疏處夫人知之者,僭為删去。至臆見偶及,苟可互相引申者,不揣附録,只恐隙中觀鬬,敢云窺豹一斑?

一、原板漫漶,並無副本,因遍搜專集諸選參互考訂,特從其是,並不兩存,恐滋惑也。倘以偏信罪我,則何敢辭?

一、纂釋或從略、或闕疑,不欲一一求詳、一一求信者,不敢以文害辭而欲以意逆志耳。鄙論附呈,决不伐異黨同,斥門陟户。惟於平昔欣賞與晰,反覆紬繹而出之,引繩切墨,各係賤名。非分路以揚鑣，實同坑無異土也。博雅君子，或有取焉。

一、歷朝名家評騭昭如日星，有目者咸睹之也。此則不敢掇拾以詡侯鯖，智同少兒，强作解事而已。孺子可教，其誰許我？

一、説有所本必詳其自，非私相推挽以博虚聲，實以前人所不言之隱宜與斯世共聞之也。矧存殁多感，有所不能已已。又何敢郭盜向説，貽笑注《莊》乎？

一、是刻之後竊欲仿伯弜之例選輯五七言古詩、五言絶句、五七言排律以備衆體，尚藉同心助我不逮。

一、集中所選諸賢仍本《唐人爵里誌》節録，附諸卷首，以便繙閲云。

崑山"盛傳敏訥夫/王　謙太冲"仝述①

（《磧砂唐詩》卷首，中國科學院圖書館藏清康熙刊本。）

王聞遠《孝慈堂書目》"總詩文集"

《磧砂唐詩》。周伯弜，即《三體唐詩》。三卷。方回序，二册，綿紙。

（《叢書集成續編》第5册，第229頁。）

魏維新《本立堂藏書目》卷五"詩詞第五"

《磧砂唐詩》三卷，二本。

（《中國著名藏書家書目匯刊·明清卷》第20册，第93頁。）

王其毅《宿遷王氏池東書庫簡目》"集部·總集類"

《磧砂唐詩》三卷，宋周弼選，元釋圓至注，清盛傳敏、王冲纂釋，蔗畦鈔

① 首都圖書館藏三徑堂刻本《磧砂三體唐詩》三卷無此落款，却題："實弓先生、九峰諸乾一先生、扶風馬密齋先生、雲間沈繹堂先生，掃門無暇，執御未遑，亦不敢僭登　台甫及　大方。"

何焯圈批。蔗畦名恂,姓不詳。二本。一函。

(《中國著名藏書家書目匯刊·近代卷》第24册,第189頁。)

《中國古籍善本書目》卷二八"總集類·斷代"

《磧砂唐詩》三卷。宋周弼輯,元釋圓至注。清盛傳敏、王謙釋。清康熙十九年刻本。一八〇六四。(湖北省圖書館、湖南師範大學圖書館)

(第1661頁。)

(七) 高士奇補正本

高士奇《周伯弜選例》①

七言截句

一、實接:截句之法,大抵第三句為主。以實事寓意,接處轉換有力,若斷而續,涵蓄不盡之趣。此法久失其傳,世鮮有知之者矣。

一、虛接:第三句以虛語接前兩句也,亦有語雖實而意虛者,於承接之間略加轉換。反正順逆,一呼一喚,宫商自諧。

一、用事:詩中用事,易于窒塞,况二十八字之間尤難堆疊。必融事為意,乃為靈動。若失之輕率,則又鄰于里謡巷歌,可擊筑而謳矣。

一、前對:接句兼備虛實兩體,但前句作對,接處微有不同,相去一間,特在稱停之間耳。

一、後對:此體唐人用者亦少,必使末句雖對而詞足意盡若未嘗對,方為擅場。

一、拗體:此體絶高,必得奇句方見標格,所謂風流挺特,不煩繩削而自合者,神來之候,偶一為之可耳。

① 何焯批校時,據周弜原來的解説對這段文字做了還原。

一、側體：其説與拗體相類，發興措辭，以奇健為工。

七言律詩

一、四實：其説在五律，但造句差長，微有分別。七字當為一串，不可以五言泛加兩字。最難飽滿，易踈弱，又前後多患不相照應。自唐人中工此者亦有數，可見其難矣。

一、四虚：其説亦在五言，然比之五言少近于實。蓋句長而全虚，恐流于柔弱，要須景物之中情思通貫，斯為得之。

一、前虚後實：頸聯、頷聯之分，五言人多留意，至七言則自廢其説。音節諧婉者甚寡，故標此以待識者。

一、前實後虚：其法同上，景物情思互相揉絆，無迹可尋。精於此法，自爾變化不窮矣。

一、結句：詩家之妙，全在一結。遒逸婉麗，言盡而意未止，乃為當行。

一、詠物：唐末爭尚此體，不拘所咏，別入外意而不失摹寫之巧，有足喜者。

五言律詩

一、四實：中四句全寫景物，開元、大曆多此體，華麗典重之中有雍容寬厚之態，是以難也。後人為之，未免堆垛少味。

一、四虚：中四句皆寫情思，自首至尾，如行雲流水，空所依傍。元和以後流于枯瘠，不足采矣。

一、前虚後實：前聯寫情而虚，後聯寫景而實，實則氣勢雄健，虚則態度諧婉。輕前重後，劑量適均，無窒塞輕佻之患。大中以後多此體，至今宗唐詩者尚之。

一、前實後虚：前聯寫景，後聯寫情。前實後虚，易流于弱。蓋發興盡則難于繼，落句稍間以實，其庶乎！

一、一意：確守格律，揣摩聲病，詩家之常。若軼出度外，縱横恣肆,外如不整,中實應節,則非造次所能也。

一、起句:發首兩句平穩者多,奇健者少,然發句太重,後聯難稱,必全篇停勻乃佳。

一、結句:五言結句與七言微異:七言韻長以醞藉為主,五言韻短以陡健為工。

(《唐三體詩》卷首,北京大學圖書館藏清康熙朗潤堂刊本。)

莫友芝撰,傅增湘增補《藏園訂補郘亭知見傳本書目》卷一六上"集部八·總集類"

《三體唐詩》六卷。宋周弼撰,元釋圓至注,國朝高士奇補注。〇明刊本二十卷,稱《箋注唐賢三體詩法》。

〔補〕《唐三體詩》六卷。宋周弼編,清高士奇補注。《續唐三體詩》八卷。清高士奇編。〇清康熙高士奇朗潤堂自刊本,十一行十九字。余藏。

(《藏園訂補郘亭知見傳本書目》,第 1534—1535 頁。)

李盛鐸《天津延古堂李氏舊藏書目》"集部·總集類"

《三體唐詩》六卷,宋周弼編,元釋圓至注,清高士奇補注。朗潤堂[①]刊本,一册。

(《中國著名藏書家書目匯刊·近代卷》第 18 册,第 515 頁。)

《中國古籍善本書目》卷二八"總集類·斷代"

《唐三體詩》六卷。宋周弼輯,清高士奇補注。《續唐三體詩》八卷。清高士奇輯,清康熙朗潤堂刻本。一八〇六三。(北京大學圖書館、清華大學

① 朗潤堂　底本作"郎潤堂",據史實改。

圖書館、上海師範大學圖書館、遼寧省圖書館)

(第1661頁。)

繆荃孫等《愚齋圖書館集部書目》卷四"總集類"

《唐三體詩》六卷,《續》八卷。高士奇。

康熙癸酉刻本,三本,第一六〇五號。

(《中國著名藏書家書目匯刊·近代卷》第13册,第351頁。)

錢謙益《絳雲樓書目》"唐詩"

元周弼《三體唐詩》,二册。

(《中國著名藏書家書目匯刊·明清卷》第12册,第171頁。)

錢謙益撰,陳景雲注《絳雲樓書目》"唐詩類"

元周弼《三體唐詩》。二册,六卷。

(《中國著名藏書家書目匯刊·明清卷》第13册,第303頁。)

錢曾《錢遵王述古堂藏書目録》卷七"詩集"

《三體唐詩》卷①,二本。

(《中國著名藏書家書目匯刊·明清卷》第16册,第406頁。)

錢曾《述古堂藏書目》卷二"詩集"

《三體唐詩》六卷,二本。

(《中國著名藏書家書目匯刊·明清卷》第17册,第83頁。)

---

① 底本"卷"前空一格。

徐秉義《培林堂書目》卷四"集部"

高士奇《唐三體詩》六卷,二册。

(《中國著名藏書家書目匯刊·明清卷》第19册,第304頁。)

魏維新《本立堂藏書目》卷五"詩詞第五"

《唐三體詩》,原選六卷,續選八卷,共十四卷,六本。

(《中國著名藏書家書目匯刊·明清卷》第20册,第106頁。)

嵇璜等《欽定續文獻通考》卷一九七"經籍考·集·總集上"

周弼《三體唐詩》六卷。

弼見别集類。

(文淵閣《四庫全書》本。)

嵇璜等《欽定續通志》卷一六三"藝文略八·文類一二下·總集"

《三體唐詩》六卷。宋周弼編。

(文淵閣《四庫全書》本。)

方功惠《碧琳琅館書目》卷四"集部八·總集類"

《唐三體詩》六卷,《續唐三體詩》八卷,四本,一函。

(《中國著名藏書家書目匯刊·近代卷》第4册,第544頁。)

楊守敬編,李之鼎補編《增訂叢書舉要》卷六六《高文恪公四部稿》

《唐三體詩注》六卷。宋周弼編。

(《增訂叢書舉要》第5册,國家圖書館出版社2010年版,第228頁。)

丁立中《八千卷樓書目》卷一九"集部·總集類"

《三體唐詩》六卷。宋周弼編,元釋圓至注,國朝高士奇補注。明刊本,抄本,刊本。

(《續修四庫全書》第921册,第369頁。)

趙爾巽等《清史稿》卷一四八"志一二三·藝文四·集部·總集類"

《三體唐詩補注》六卷。高士奇撰。

(《清史稿》,中華書局1977年版,第4406頁。)

《"國立中央圖書館"善本書目》"集部·總集類"

《三體唐詩》六卷,二册。宋周弼編,朱絲闌舊鈔本。

(第1224頁。)

《"國立故宫博物院"善本舊籍總目》"集部·總集類"

《三體唐詩》六卷。宋周弼編,清乾隆間寫文淵閣《四庫全書》本,三册。

(第1206頁。)

《翁方綱纂四庫提要稿》"集部·總集類"

《唐三體詩》六卷《續唐三體詩》八卷。宋周弼　清高士奇編(15/1370)

[**謹按:**]《唐三體詩》六卷,宋汶陽周弼選。《續唐三體詩》八卷,國朝錢塘高士奇選。弼字伯弜,嘉定間進士。其詩曰《端平集》,荷澤李龏又選之曰《端平詩雋》,於南宋小集中頗為著名。兹選"三體"云者,謂七言絶句、七言律詩、五言律詩也。於此三體中,又分實接、虚接、四實、四虚、前實後虚、前虚後實[①]諸格,自為選例,以著其説。而高士奇删補其舊注,又續選五言古、七言古、五言排律三體,以補

① 前實後虚前虚後實　底本作"前實前虚、後實後虚",據文意改。

弼之未及。此二選本皆於唐詩之旨無當,應存其目。

(格按:《四庫全書總目》"集部總集類"二著録周弼《三體唐詩》六卷,"集部總集類存目"四著録高士奇《續三體唐詩》八卷。)

(翁方綱纂、吴格整理:《翁方綱纂四庫提要稿》,上海科學技術文獻出版社2005年版,第1120—1121頁。)

《欽定四庫全書》"集部八·總集類"《三體唐詩》提要

臣等謹案:《三體唐詩》六卷,宋周弼編。弼有《汶陽端平詩雋》,已著録。是編乃所選唐詩。其曰三體者,七言絶句、七言律詩、五言律詩也。首載選例。七言絶句分七格:一曰實接,一曰虚接,一曰用事,一曰前對,一曰後對,一曰拗體,一曰側體。七言律詩分六格:一曰四實,一曰四虚,一曰前虚後實,一曰前實後虚,一曰結句,一曰咏物。五言律詩分七格:前四格與七言同,後三格一曰一意、一曰起句、一曰結句。宋末風氣日薄,詩家多不工古體,故趙師秀《衆妙集[①]》、方回《瀛奎律髓》所録者,無非近體。弼此書亦復相同。所列諸格尤不足盡詩之變,而其時詩家授受,有此規程,存之亦足備一説。考范晞文《對牀夜語》曰:"周伯弜[②]選[③]唐人家法,以四實為第一格,四虚次之,虚實相半又次之。其説四實,謂中四句皆景物而實也。於華麗典重之中有雍容寬厚之態,此其妙也。昧者為之,則堆積窒塞,而寡於意味矣。是編一出,不為無補後學。有識高見卓、不為時習薰染者,往往于此解悟。間有過于實而句未飛健者,得以起或者窒塞之譏,然刻鵠不成尚類鶩,豈不勝于空疏輕薄之為? 稍[④]加

① 集 底本作"絶",據《欽定四庫全書總目》改。

② 伯弜 底本作"百弼",《欽定四庫全書總目》作"伯弼",據史實改。

③ 選 底本作"送",據《欽定四庫全書總目》改。

④《欽定四庫全書總目》"稍"前有"使"字。

探討,何患古人之不我同也。"云云。又申明其四虚之説及前實後虚、前虚後實之説,頗為明白。乃知弼撰是書,蓋以救江湖末流[①]油腔滑調之弊,與《滄浪詩話》各明一義,均所謂有為言之者也。舊有元釋圓至注,疏漏[②]殊甚,已别存其目。此本為高士奇所補正,雖未能本本原原,盡得出典,而文從字順,視舊注差清整矣。

乾隆四十三年九月恭校上

總纂官臣紀昀、臣陸錫熊、臣孫士毅

總校官臣陸費墀

(《三體唐詩》卷首,文淵閣《四庫全書》本;又載《欽定四庫全書總目》卷一八七"集部四〇·總集類二""《三體唐詩》六卷[内府藏本 1358—1]"條,第2623頁。)

永瑢等《四庫全書簡明目録》卷一九"集部八·總集類"

《三體唐詩》六卷。

宋周弼撰,元釋圓至注,國朝高士奇補注。三體者:七言絶句、七言律詩、五言律詩也。首載選例。七言絶句分七格,七言律詩分六格,五言律詩亦分七格。蓋當日江湖派中,遞相授受,有此規程,今亦存備一説。圓至注頗弇陋,士奇所補注,差為清整,今併存備考焉。

(古典文學出版社1957年版,第840頁。)

邵懿辰撰,邵章續録《增訂四庫簡明目録標注》卷一九"集部八·總集類"

《三體唐詩》六卷,宋周弼撰,元釋圓至注,清高士奇補注。

---

① 流 《欽定四庫全書總目》作"派"。

② 漏 《欽定四庫全書總目》作"陋"。

明刊本二十卷，稱《箋注唐賢絶句三體詩法》，又《磧砂唐詩》三卷，即周弼原本。康熙中高江村刊本六卷，附高氏續選八卷。

〔附録〕日本本有裴庾注(星詒)。

(上海古籍出版社 1979 年版，第 897 頁。)

(八) 何焯批校本

何焯跋其批校本《唐三體詩》六卷

選例本在各體之首，總撮于前，已為紛紜，况可竄易之耶？今以舊刻改正，非曲狥前人也。如兩句為一連，四句為一絶，自南朝即有"連""絶"之語，乃忽改"絶"字為"截"，則是誑于近代截律詩首尾之語，不可通矣。伯弜與天隱輩，即非達識，尚未若此憒憒耳。

(《唐三體詩・選例》末，[臺灣]"國家圖書館"藏何焯批校本，墨筆。)

去取都不可解。

(《唐三體詩》卷一首頁，墨筆。)

《鼓吹》《三體》二編，嘉靖以前童兒皆能倒誦，如宋人讀鄭都官詩也。自王、李盛而幾無能舉其名者，然所論詩注，亦多陰竊伯弜餘唾云。

舊刻分二十卷，前有方虚谷序，瞿宗吉稱之。然此書尚不逮范德機《詩學禁臠》也。康熙戊寅初夏雨窗漫閲。焯。

(《唐三體詩》卷末，墨筆。)

鄧邦述跋何焯批校本《唐三體詩》六卷

江邨重刊此書，於釋圓至注語頗有竄改，義門不以為然，故有憒憒之譏。義門精於校勘之學，凡所讎典籍，遇宋元板本，一字不肯放過，雖明知其誤，不敢輕自改易，蓋欲存其舊，此昔賢讀書矜慎之意也。江邨此編則非校刊古書,特以己意行删其紕繆,附以臆説,自序中固已及之,宜其與義門用意不相入也。兩公皆負盛名,文人相輕之習猶不能免,然後之學者尋其端緒,得其所以異趣之故,則為益多矣。正闇居士。

義門手批校之本,余凡得三種,而此書批點尤為狼籍。蓋平時案頭常閲之本,往往於批語下自注甲子,亦間有自加塗抹、覺今是而昨非者。於此彌見先輩用功之勤、進德之猛,宜其負大名而不朽也。

(《唐三體詩》卷首,墨筆。)

鄧邦述《群碧樓書目初編》卷九"批校本·集部"

《唐三體詩》六卷,高江邨重輯本。

何義門手批,有跋語,有印記。

(《中國著名藏書家書目匯刊·近代卷》第24册,第556頁。)

南京圖書館編《國立南京圖書館善本圖書目録》"集部"

《唐三體詩》六卷,六册。宋周弼編,元釋圓至注,清高士奇重訂。清康熙間錢塘高氏刊本。清何焯朱筆批校並跋,近人鄧邦述手書題記。

(北京圖書館出版社古籍影印室輯:《明清以來公藏書目彙刊》第30册,北京圖書館出版社2008年版,第424頁。)

《"國立中央圖書館"善本書目》"集部·總集類"

《唐三體詩》六卷。宋周弼編,元釋圓至注,清高士奇重訂。清康熙間錢塘高氏刊本。清何焯朱筆批校并跋,近人鄧邦述手書題記。

(第1224頁。)

《"國家圖書館"善本書志初稿·集部》"總集類·斷代"

【唐三體詩六卷六册】

清康熙間錢塘高氏刊本 14070

宋周弼編,元釋圓至注,清高士奇重訂。

版匡高 18.3 公分,寬 12.9 公分。四周單邊,每半葉十一行,行十九字,小字雙行,字數同,版心黑口,雙魚尾,魚尾相隨。魚尾間題“唐三體詩卷之幾”,下魚尾下記葉次。

首卷首行頂格題“唐三體詩卷之一”,次行低八格題“錢塘高士奇澹人輯”,卷末有尾題。封面書簽題“三體唐詩”“何義門先生手批”及册次。卷首有高士奇序。序後有周伯弜選例。扉頁有鄧邦述手記,鈐“校鈔本”“群碧樓”朱文長方印。書中有何焯朱筆批校,根據舊刊本復原此本所删,並有許多評論。鄧邦述稱其批點“狼籍”,但是只有朱筆,未見黄、藍筆。王重民《中國善本書提要》頁 463 亦著録此本,且亦有許多何焯評語,為姚世鈺轉録。書中評語有記甲子,時間從康熙二十七年到五十一年。

書中鈐有“批校本”朱文長方印、“章鈺/借觀”朱文方印、“國立中/央圖書/館考藏”朱文方印、“不薄/今人愛/古人”白文方印、“語古”白文雙獸長方印、“正闇/收藏”白文方印。

(郭啓傳/吴慧萍)

(《“國家圖書館”善本書志初稿·集部》第 3 册,第 457 頁。)

姚世鈺跋明刊本《箋注唐賢絶句三體詩法》二十卷

頃長興明府鮑公收得義門先生所批校《唐三體詩》,是吴趨書賈傳寫本,頗有脱悮。余因從桐華書塾借此本依樣以朱墨移謄,間有鄙心所未安,附記邊闌之下,異時倘得何公原校本覆勘之,斯可矣。乾隆辛酉三月姚世鈺記。

(《箋注唐賢絶句三體詩法》卷末,杭州市圖書館藏明刊本,墨筆。)

無名氏跋明刊本《箋注唐賢絶句三體詩法》二十卷

乾隆癸卯仲夏,以義門先生原本校勘,凡誤處悉為改正。原本評證頗誤,此本傳録,遺漏殊多,且有非何氏語而闌入者,未暇一一為之標出矣。□□[①]義門原本友人處借得,僅半日,即索回,粗為一校,所遺評論不及補入,可惜也。

(同前,墨筆。)

《中國古籍善本書目》卷二八"總集類・斷代"

《箋注唐賢絶句三體詩法》二十卷。宋周弼輯,元釋圓至注。明刻本。清姚世鈺跋並録清何焯批校。一八〇五七。(杭州市圖書館)

(第1661頁。)

姚世鈺《孱守齋遺稿》卷四《何批唐三體詩跋》

乾隆辛酉,雲中鮑公方官長興,買得《三體詩》舊刻,是吴趨書賈謄寫義門校本。汪學山適有此書,屬余對勘一過。今年初夏,從馬氏叢書樓見新購江村高氏所開,係何批真迹。因復為喆士兄校此。自顧年運而往,於詩學了不長進,惟於何先生書,雖屢寫而不厭手胝,是亦執鞭欣慕之意,且以知書賈移謄,訛脱可笑,未必非一得云爾。丁卯五月十三日麗澤書堂記。

(《四庫全書存目叢書・集部》第277册,第561頁。)

王重民《中國善本書提要》"集部・總集類・斷代"

【唐三體詩六卷】

三册(《四庫總目》卷一百八十七) (北大)清刻本[十一行十九

① "義門"前有一字殘缺,一字不易辨識。

字(18.4×12.6)]

原題:"錢塘高士奇澹人輯。"卷内有頂釋、眉批、旁校、趺注殆遍,卷末有題記兩則云:

《鼓吹》《三體》二編,嘉靖以前童兒皆能倒誦,如宋人讀鄭都官[①]詩也。自王、李盛而幾無能舉其名者,然所論詩注,亦多陰竊伯弜餘唾云。

舊刻分二十卷,前有方虛谷序,瞿宗吉稱之。然此書尚不逮范德機《詩學禁臠》也。康熙戊寅初夏雨窗漫閱,焯。

據此,是康熙三十七年何義門校本也。又考卷内所記年月,有己卯、乙酉、丙戌、丁亥、庚寅、壬辰,則自三十七年至五十一年,均有校注。蓋義門以此本為讀本,十餘年内,有得輒記卷内,故是正舊注之處多而且精。然此本書法一律,又無義門印記,當非義門底本。考趺注内有稱"鈺"或"世鈺"者,因知此本為世鈺過録義門校本。世鈺偶有所得,又附于趺注之内,自記名字,恐與義門所校相亂也。卷三《淩歊臺》有趺注云:"按舊刻注與此不同,義門自言有内府本,豈偶未檢校耶?或又有一本耶?鈺。"按世鈺姓姚氏,《清史列傳》卷七十一附《馬日琯傳》云:"世鈺字玉裁,浙江歸安人。諸生。生平學問,以何焯為宗。貫穿經史,有所考訂,必詳核精當。窮阨以終,年五十五。有《孱守齋遺稿》四卷。"

自序。

(上海古籍出版社 1983 年版,第 463 頁。)

瞿世瑛《清吟閣書目》卷三"名人批校刊本"

《磧砂唐詩》。過義門、梅郎、堇浦批。

---

① 官 底本脱,據何焯跋補。

《唐賢三體詩》。批本。

《磧砂唐詩》。批校。

（《叢書集成續編》第5册，第590頁。）

夏旹《校刊唐賢三體詩序》

南宋詩自放翁、石湖、誠齋諸名家外，大都不越江西、江湖二派。“永嘉四靈”以唐詩提唱一時，翕然宗之，然祇工近體，而五言尤所加意，研究聲病，雅鍊穩稱，高者可窺中、晚唐人堂室，未及上追初、盛也。周伯弜去“四靈”未遠，本其意而小變之，選《唐賢三體詩》，以虛實起結之法立為程式。雖未能盡詩家之變，而於唐人近體詩章法、句法分別推闡，多流動圓美、音節諧和之作，可以救江西、江湖末流粗野、淺易諸病，於詩學不為無裨。元釋天隱注二十卷，明中葉尚有刊本。近則非特原書不可得，即高江村删訂本流傳亦稀，學者幾不能舉其名矣。余往在都門，得是書於廠肆。何義門先生以朱筆通部點勘，評語多者，上下眉、行間幾滿。於詩人比興寄託之旨、起伏照應之法，細意尋繹、體會入微。間有題字注語為江村所删而詩意不明者，皆為補入。《選例》為江村所改者據原書校改，還其舊觀。小行書作率更體，精絶可愛，藏弆行篋十餘年矣。考先生《讀書記》無此一種，念世間未必有副本流傳，因為别寫清本，校録刊之。先生評語、圈點、鉤抹處用朱印以為識别。有名世鈺者不知為何人，間為校正數語，又有不著名而所言與先生評語不相應者一二條，原本所有，仍附列焉。學者讀是書知古人讀書之精、校勘之密，反復玩味，意義日生，由是以讀古體詩，亦當有悟入者。然則讀一詩不止獲一詩之益，雖以讀《三百篇》、漢魏六朝詩可也，豈僅唐詩為然哉？光緒十二年二月桂陽夏旹序。

（《唐三體詩》卷首，清光緒十二年[1886]瀘州鹽局朱墨套印本。）

錢保塘跋瀘州鹽局朱墨套印本《唐三體詩》六卷

唐人雖小律詩，去興、觀、群、怨之旨不甚遠，意思深微，含蓄不露，乍讀之似流連光景之詞，細玩之往往言外别有寄託。千載之下，令人一往情深，探索不盡，非宋元後所能及，非善讀詩者不能悟也。周伯弼《唐三體詩選》，方虚谷以其不及古詩，深致不滿之意。然其所選詩大都清深婉麗、和雅可誦。各體例語，指示利鈍，皆切中竅要，意在救當時淺直之病。學者循是求之，可不失唐人尺度，未可厚非也。何義門先生手評，體會深細，一字一句標舉明顯，間有求之過深處，然絶無穿鑿附會之弊，伯弼疏舛處亦不附和，於天隱注尤多所糾正，誠伯弼之功臣、天隱之諍友，學詩者之津梁也。夏菽軒觀察寶藏此書，近出以相示，命為校録刊行，以貽來學。此書在元明為習見之本，在今日則罕覯之笈矣。惟天隱注語，存者大致明贍，或加箋語亦能契合作者本旨。度其全注，未必如高江村所言語多紕繆。江村刊削過多，先生據原書補録，亦衹寥寥數條，未得見其全，為可惜耳。光緒十二年三月海甯錢保塘識。

（《唐三體詩》卷末。）

劉體信《萇楚齋續筆》卷二《三體唐詩》

宋汶陽周弼伯弜編《三體唐詩》六卷，元釋天隱注二十卷，明中葉尚有刊本。國朝錢唐高澹人侍郎士奇重為删訂補正，刊入《高文恪公四部稿》中，傳本仍罕見，單行本更少。光緒□□年，桂陽夏菽軒中丞時於京都廠肆，購得何義門太史焯評點《三體唐詩》一帙。以朱筆通部點勘，評語多者，上下眉、行間幾滿。於詩人比興寄託之旨、起伏照應之法，細意尋繹，體會入微。間有題字注語，為澹人侍郎所删而詩意不明者，皆為補入。選例為澹人侍郎所改者，據原書校改，還其舊觀。有名世鈺者，不知為何人，間有校正數語，又有不著名而所言與太史評語不相應者一二條。中丞因《義門讀書記》中無此一種,念世間未必有副本,因依原書義例校録,於光緒十二年刊於四川瀘州鹽局,時中丞方以道員辦理川鹽局務。自高澹人侍郎刊行此書,世間稍有知《三體唐詩》之名,自中丞重刊此書,讀者較多。所謂"三體"者,乃七言絶句、七言律詩、五言律詩也。七絶分七格,七律分六格,五律分七格。蓋當日江湖詩派中,遞相授受,有此規程。高文恪公又續録《唐三體詩》八卷,以五古、七古、五言排律為三體,實為煩冗。自立此等名目,尤嫌無謂。

(劉篤齡點校:《萇楚齋隨筆續筆三筆四筆五筆》,中華書局1998年版,第274—275頁。)

楊守敬《觀海堂書目》"罪字號"

集	《唐三體詩》	二本	六卷		套板

(《中國著名藏書家書目匯刊·近代卷》第10册影楊氏觀海堂原編書目寫本,第277頁。)

孫殿起《販書偶記續編》卷二〇"詩文評類·詩評之屬"

《唐賢三體詩句法》六卷。清錢塘高士奇輯,長洲何焯評,光緒十二年春桂陽夏時刊硃墨套印本。

(第317頁。)

(九) 其他

《四明天一閣藏書目録》"日字號廚"

《唐三體詩》。二本。

《三體唐詩》。四本。

(《中國著名藏書家書目匯刊·明清卷》第 2 册,第 68、73 頁。)

范邦甸等《天一閣書目》卷四之三"集部三·總集類"

《唐三體詩》八卷,刊本。汶陽周弼選。

(《天一閣書目·天一閣碑目》,第 463 頁。)

薛福成《天一閣見存書目》卷四"集部·總集類"

《唐三體詩》八卷,全。宋周弼編。

(《中國著名藏書家書目匯刊·明清卷》第 4 册,第 571 頁。)

黄裳《天一閣被竊書目》

《唐三體詩》(八卷,周弼撰。) 明本 有缺葉 二本

周弼,新建人。洪武間以明經授訓導。

(北京圖書館《文獻》叢刊編輯部編:《文獻》第 2 輯,書目文獻出版社 1979 年版,第 300 頁。)

蔣汝藻《傳書堂善本書目》卷一二"集部"

《唐三體詩》八卷,明嘉靖刻本。

(《中國著名藏書家書目匯刊·近代卷》第 30 册,第 657 頁。)

王國維《傳書堂藏書志》卷四"集部·總集類"

《唐三體詩》八卷。明刊本。

汶陽周弼伯弜精選。

目録前有"嘉靖壬子五月五日翻刻"牌子,共六十六字。天一閣藏書。

(第 1305 頁。)

楊士奇《文淵閣書目》卷一〇"月字號"

《唐詩三體》。一部一册,闕。

(《明代書目題跋叢刊》,第102頁。)

孫承澤《春明夢餘録》卷一二"文淵閣"

《唐賢三體詩》,二本一百七十二葉。

(文淵閣《四庫全書》本。)

錢溥《秘閣書目》"詩辭"

《唐詩三體》。一。

(《明代書目題跋叢刊》,第667頁。)

李廷相《濮陽蒲汀李先生家藏目録》

"中間朝西·二櫃二層"

《三體詩》。二本。

"中間朝東·二櫃三層"

《唐三體詩》。二本。

(《中國著名藏書家書目匯刊·明清卷》第1册,第81、108頁。)

晁瑮《晁氏寶文堂書目》

《三體唐詩》。

《唐詩三體白文》。

《唐三體詩》。

《唐詩三體》。舊板。

《唐三體詩》。

《唐詩三體》。周府。

(《中國著名藏書家書目匯刊·明清卷》第7册,第82、84、92、92、94、104頁。)

周弘祖《古今書刻》上編

"南直隸・蘇州府"

《三體唐詩》。長門承天寺。

"江西・臨江府"

《三體唐詩》。

"福建・書坊"

《三體唐詩》。

"湖廣・楚府"

《三體唐詩》。

"陝西・延安府"

《三體唐詩》。

(《百川書志・古今書刻》,第338、356、367、371、383頁。)

《近古堂書目》卷下"唐詩類"

元周弼《三體唐詩》。

(《明代書目題跋叢刊》,第1184頁。)

董其昌《玄賞齋書目》卷七"唐詩"

元周弼《三體唐詩》。

(《明代書目題跋叢刊》,第1540頁。)

彭大翼《山堂肆考》卷一二二"文學著書上"

《三體詩》,汶陽周伯弼選。

(文淵閣《四庫全書》本。)

魏裔介《兼濟堂文集》卷一一"傳"《趙郡張育華先生傳》

張公諱居仁,字叔廣,號育華,趙州人……著有《春秋旁訓》《春秋酌意》、詩集。刊有《十二家唐詩》《三體唐詩》《皇明詩統》《明雋昭明文選》《宋鵝池詩》於世。

（魏連科點校：《兼濟堂文集》，中華書局 2007 年版，第 275—276 頁。）

王原祁等《萬壽盛典初集》卷五八“慶祝五·貢獻五”

都察院左都御史臣揆叙、臣趙申喬，左副都御史臣瓦爾達、臣明安、臣田從典、臣崔徵璧恭進……《三體唐詩》一部。

（文淵閣《四庫全書》本。）

張玉書等《佩文韻府》卷四上“上平聲·四支·詩”

《三體詩》。周弼[①]有唐｜｜｜選，僧圓至為注。

（商務印書館 1937 年版，第 118 頁。）

陳世溶《問源樓書目初編》卷四上“總集類”

《三體唐詩》五[②]卷。宋周弼編，元釋圓至注，元[③]刊本。

（《中國著名藏書家書目匯刊·明清卷》第 27 册，第 532 頁。）

許應鑅等修，曾作舟等纂《（同治）南昌府志》卷六二“南昌書目·南昌縣·國朝”

熊大栻：《强恕齋詩文集》《四六存稿》《唐宋八家文選》《文章軌範定本》《唐三體詩定本》《丹鉛雜録》。均見舊志。

（《中國方志叢書·華中地方·江西省南昌府志》第 15 册，［臺灣］成文出版有限公司 1989 年版，第 6922 頁。）

---

① 周弼　底本作“周弜”，據史實改。

② 五　底本原抄作“六”，後在“六”上劃長點，旁改為“五”。

③ 元　底本原抄作“明”，後在“明”上劃長點，旁改為“元”。

江召棠修,魏元曠纂《(民國)南昌縣志》卷三八"人物志九·文苑"

熊大栻,字正則,晚字恕思,東壇人。諸生。年三十喪偶不娶。所著有……《唐三體詩定本》《丹鉛雜録》若干卷,年八十四卒。

(1935年鉛印本。)

繆荃孫等《愚齋圖書館集部未分類書目》

《校改正三體詩》,六本,第四四二號。

(《中國著名藏書家書目匯刊·近代卷》第13册,第605頁。)

(十)日本版本

東京大學史料編纂所編《大日本史料》南朝天授元年　北朝永和元年正月八日

〔三體詩法幻雲抄〕一。〇内閣文庫本。

中岩藤陰《瑣細[1]》:至天隱《三體詩注》云:杜常宋人,列之於唐,必有據。予中岩。曰:伯弼選集《三體詩法》,其意豈不欲垂之不朽,必不可苟且而不考及此也。然亦以此詩安之絶句之首,必有以也,豈可無復辨於其人之為唐為宋而如此耶?以予言之:伯弼意者在詩不在人,在體不在時,嘗味杜常《華清宫》詩,深晚唐變風之體,故表而出之,以冠於一體之首云云。杜常雖云宋人,其詩則當係唐之變風也。且此詩有涵蓄不盡之意,而語帶騷韻、情景混融,其為體誠不在晚唐作者之下。又云:以謂聽此閣上西風急吹之聲,正使人在彼長楊故宫寒雨蕭颯[2]之中也。

〔三體詩法幻雲抄〕三。〇内閣文庫本。

---

① 瑣細　底本作"鎖細",據下文改。

② 颯　底本作"諷",據文意改。

藤陰[①]《瑣細》：杜牧云云"松寺曾同一鶴栖"，蓋其再至之時，憶昔日同栖之偶儷而作也。曰"夜深"云云，亦是形容當初游觀之時事也。曰"何人"云云，以言只今誰人為我同倚東樓之柱，亦戀昔之偶儷之謂也。曰"正是"云云，以言只今獨自[②]倚柱，望見千山雪霽之景，正似當時深夜，同在臺殿之上共觀明月之光，與彼溪漲白浪之色相為高低之景也。以鶴比婦人，而言唐人多以婦人託名於物，如李商隱《錦瑟》、韓翃《章臺柳》是也。牧之集又有《題寺樓》云："暮景千山雪，春寒百尺樓。獨登還獨[③]下，誰會我悠悠。"

（《大日本史料》第 6 編之 43，［日本］東京大學出版會 1968 年版，第 98—99 頁。）

萬里集九《梅花無盡藏》卷五《周弼三體詩加朱墨并敘》

余（萬里集九）東遊，避武野之騷屑。假道於若耶，阻雪，遂留滯能生山天台別院大〔太〕平古寺，待來栽未〔載朱〕夏之便舶也。藤吾村之海印主盟義綱（瑞建）禪師屢扣余旅扉，一日告余云："落梅之周伯弼所編之《家法詩》，海内叢社之諸童子，無不讀之者。但其點參差，而義多不通，請加朱墨，分仄平，以遺我家之蒙稚，則豈不幸乎哉！"借他人之手，清書三卷，見投寄旅扉矣。余老懶，廢卷久之。雖然，非可默止，漫加點分聲，有其誤必矣。吁！本集裴庾敘云："朱熹訓《楚辭》，未免闕疑；李善解《文選》，亦有祖述之罪，況其餘者乎？"《西清詩話》云："近傳《華清宮》一絶，乃杜常；《武昌阻風》，乃方澤。二皆宋人也。"《公孫譚〔談〕圃》及《百川學海》，亦以為宋人也。《漁隱藂話》以杜常編唐雜部，且又引《西清》而已。方澤為宋代人之一件，

① 藤陰　底本作"藤隱"，據上文改。
② 自　底本作"白"，據文意改。
③ 還獨　底本作"遠□"，據全唐詩改。

詳見黄大〔太〕史之《優曇珠花》之集中，不及枚舉。如是則本集作者一百六十餘員，除杜、方之二，皆為唐人明矣。杜、方之二，亦非不唐人也。謹作四十言，題卷尾云：

眼衰看細字，自笑不分明。强有加朱墨，久雖忘仄平。飛花方澤句，殘月杜常名。態度似唐否，二人取宋并。

（玉村竹二編：《五山文學新集》第 6 卷，［日本］東京大學出版會 1972 年版，第 903—904 頁。）

月舟壽桂《幻雲文集》卷三四二《書戬子唐賢三體詩後》

予少壯時，應童蒙求，講《唐賢詩》，纂諸老抄，記諸老所談之義，書于本之上。紛拏而不倫次，雖掄可否，尚未詳焉。戬子寫之，分先後、辨異同矣。予見桃源翁之抄，唯止"實接"，不及"虛接"。蓋以人之無所令借而見也。戬今得之以補其闕，又據《大明一統志》考其地理。蓋《一統志》近年傳來于吾朝，以故予曾不撿焉。戬之所書，尚恐多謬，後之君子頗改正焉，則杜元凱為左氏忠臣也。

（塙保己一編：《續群書類從》第 13 輯上，［日本］續群書類從完成會 1925 年版，第 419—420 頁。）

蘭坡景茝《蘭坡和尚所製以安蔵主三體詩集後序》

惠日（東福寺）以安建公蔵主，從幼好學弗倦。故就予學坡集者十數年，殆至于終卷。且其間有講他集，必來列席。牧潜老人（圓至）所注《三體詩》亦其一也。蓋斯集，古今作者未解了比比有之矣。予雖愚，未敢嘗他殘香賸馥，探其秘，解其紛，自鈔之矣。每來索寫其本，不獲辭而與之。僅歷十餘日，持來要書後。披覽之，不損一字謄訖矣。雖清涼具四目八臂，其豈然哉！可尚矣。

時延德第四歲舍壬子二月花朝於北等（等持院）持笏室，前龍山

(南禪寺)山長蘭坡老衲景茝涉筆。

([日本]國立國會圖書館藏彭叔守仙《絶句(瓢庵)抄》,天文十一年[1542]成立;轉引自堀川貴司:《詩のかたち・詩のこころ:中世日本漢文學研究》,若草書房2006年版,第285頁。)

昌易《(首書)增注唐賢三體詩法》跋

余竊觀文囿,泛覽辭林。詞人才子則名溢於縹囊,飛文染翰則卷盈乎緗帙。爰彫蟲篆刻,摭華拾英,要皆欲以破吾心之混沌也。然"童蒙求我,匪我求童蒙",孰知躋泰華肇於跬步,涉江海藉於一舟,奚俟浪觀泛覽、費神消晷哉!

講習堂寸雲子昌易跋。

(《(首書)增注唐賢三體詩法》卷末。)

松雪道人《三體詩備考大成序》

夫詩者,心之聲也。發士人之情性,関風教之盛衰,與王化、治道相為表裏。故自《三百篇》已降,漢魏六朝諸家遞變其習,馳騁騷壇,各擅其能。下至於唐,作者輩出,聲律全備。武德、貞觀之後,王、楊、盧、駱四子樹名當代,互相激昂,婉麗俊美,超出前古,此則唐之初也。開元、天寶間,李供奉之飄逸、杜拾遺之雄壯,以及二王、崔、孟諸賢,連聲答響,喧動朝野,此則唐之盛也。大曆以還,韋蘇州之沖淡,劉文房之清秀,暨乎韓、柳之博雅,元、白之風趣,各尚聲華,以臻其妙,此則唐之中也。至於李義山之奇邁,温飛卿之媚誕,則為唐之晚矣。是以一代人文,論之徽音、光焰,殊可傳之千古,不容泯也。

宋自淳祐間,汶陽周伯弜慨群賢卷目浩繁,難窮旨趣,乃選為三體之法,以便學者究閲。元高安沙門天隱從而注之,迄大德初,永嘉裴季昌復注而增之,展拓詩源底蘊,發明先哲耿光,蓋有功於斯篇也多矣。熊谷荔齋先生乃儒林之秀者,與予稱方外交。年來僑居洛下,日與學子講習是藝。復慮其人物、事迹靡所指歸,重加訓釋,仍名其篇曰《三體詩備考》。書成,囑予為序。予因展而閲之,見其指事之精詳,造詣之穩實,抑嘆先生學業之博、措意之妙也。俾方來士子闡而明之,綽有補於政化、治道,故樂為之序。

寬文十二年歲在壬子中秋日福唐松雪道人撰①。

(熊谷立閑:《三體詩備考大成》卷首,[日本]延寶三年[1675]吉田四郎右衛門刊本。)

釋如實《三體詩備考大成》跋

古人曰:才,體也;文,用也。天下萬物,有體斯有用也。凡天地之間,洪纖崇卑,莫不因才之所受而自文焉,非可勉强而致也。文與詩不二。文道之所載,詩心之所發,物彰其言為詩。詩以情志為本,而以成聲為節。是故言者足志,而文者足言也。然則心之所之,志之所向,情之所發,為言也,為文也,為詩也。詩之來尚矣,權輿於《康衢》《擊壤》之謡,演迤於《卿雲》《南風》之歌,製作《國風》《雅》《頌》。《三百篇》之體,詩道之原始也。《雅》《頌》既亡,至於漢魏六朝,各言其詩者,或質過而文約,華浮而實薄,渾古之風,蓋不可追矣。迨乎李唐,風人之體全備。汶陽周伯弜乃撰為三體之法,便于行世。本朝士人習頌已久,而好尚之志猶不亞昔賢。今熊谷隱士,傑出儒門,遍獵墳典,馳思騷雅,常浴唐人餘韻,每嘆其才華繁茂、典實不明,會歸諸説,訓解是書,以《三體詩備考大成》名之,凡二十卷。予因閲之,見其事實詳當,奥旨彰明,足以便於行世,故跋數言於後,

① 另行有版刻的陰文方印"松雪/道人"和陽文方印"游方/之外"各一枚。

則不無畫蛇之誚耳。

延寶乙卯仲夏朔旦鴨水釋如實把筆于嘯月軒下①。

(《三體詩備考大成》卷末。)

熊谷立閑《三體詩備考大成》跋

振古以詩鳴於世者,不知幾百家。甚至膾炙人口、風韻全美,獨李唐諸什是已。汶陽周伯弜撰為三體之法,上自武德,下至元和,凡若干首,皆為擲地金聲,久行于世。高安天隱從而注之,永嘉季昌因而補之。本邦雅風日振,於時士人學於詩者,每指三體之集為入門捷徑。其言多培根於經、史,拔萃於子、集,史實繁瑣,旨趣幽深。予以講課之暇,取徵文獻,輯而解之,復名其集曰《三體詩備考》,凡二十卷。書成,書林吉田氏某乞付梓流行,因識歲月於末,以便後之博洽君子有所稽證云。

延寶乙卯年夏五端午日荔齋熊谷立閑散人跋②。

(同前。)

《校正三體詩》跋

《唐賢三體詩》流于世,印本多焉。雖然,文字不正。依之以羅山先生筆削點本而改正文字為錯亂,壽梓流于後世云爾。

(林羅山點:《校正三體詩》卷末,[日本]元禄五年[1692]川勝五郎右衛門刊本。)

世良順齋《標正音注三體詩·跋》

嘗聞《詩三百篇》亡,而漢魏六朝古矣。至唐,律詩興焉。宋元

① 另行有版刻的陽、陰文方印"釋/氏"和陽文方印"如實/之印"各一枚。

② 另行有版刻的陽文方印"熊谷/氏"和陰文方印"了/庵"各一枚。

以來,此風尤盛。雖然,論其文質彬彬而備風人之體,則惟唐詩為然也。《唐賢三體詩》之行于世也久矣,本朝朝野競習誦之,且作之鈔解者無慮數十家,曲暢旁通之功,無復遺憾。然而三豕渡河之誤,猶未免之。讀者病焉。余竊嘗考訂,參以所舊聞於吾省欽野村先生者,而加標正之名。頃有書家某氏,數請壽梓,峻拒不允,乃以附之。於戲,淺識寡聞,焉得逃僭逾之罪乎? 惟有小補於初學之萬一,余所望也。若其掃殘葉而歸于至當,仰俟博雅君子。時甲戌歲秋九月,泉南岸城世良順齋柳安書①。

(世良順齋:《標正音注三體詩》卷末,[日本]元禄七年[1694]中川茂兵衛同弥兵衛刊本。)

木下順庵《錦里文集》卷一七《三體詩絶句跋》

詩之於絶句,易而難,難而易。自其易而言之,字句不多,情思易通,故初學小生亦能言之。自其難而言之,以無窮之思,寓于二十八字之間,詞調流麗,興趣含蓄,寫意外之妙,非若五、七言律,争奇於對偶,雜體長篇,演思於數十百言之比也。故唐人絶句,以青蓮、龍標為正宗。雖以少陵聖於詩者,有不逮焉,則其難可知矣。本朝詞林贈答、題咏多用絶句,以其字少意通,倉卒易成已。及其至也,老師哲匠,亦有難得其妙者也。輓近詩家者流,好誦周伯弜所撰《三體詩法》,而略五、七言律,専以絶句為宗。頃日菅公命幹考定和點,使幼學之士誦習焉。世之學詩者,不可以其易而忽之。圖難於易,撚髭不已,則意外之妙,其必有得於此者焉。可不勉乎哉!

([日本]國立公文書館藏寛政元年[1789]刊本。)

① 另行有版刻的陰文方印"順/齋"和陽文方印"柳/安"各一枚。

加治貴長《校正三體詩》跋

伯弜之《三體詩》者，詩學之鴻寶，小學之徒，不可不覽者也。蓋其版本既多，然三豖渡河之弊俱不能免。今是刻也，幸得弘文館善本而再四改正，無一點之差、一字之訛，譬如磨璞而無瑕纇也。較前之流傳者，迥不侔也。見者應知玉石之有辨者也。加治貴長。

（《校正三體詩》卷末，[日本]元禄十六年[1703]既康堂刊本。）

森川許六《和訓三體詩序》

夫詩與文者，詩乃寫心之畫，文乃述所用之使。不通畫者疏于詩文，曩者詩人、文人無不善畫，王維、東坡是也。愚按，中國之景與日本之景似有别矣。余好畫多年，以中國山水筆法不能畫日本山水，以日本山水筆意難狀中國山水。以是見之，和、漢洵有别也。會旅次木曾山中時，觀山水似遊《唐詩畫譜》間；出濃州太田境，則景色幽美，有歸國之感。余聞日本詩不及中國詩。日本國以和歌為宗，故其然乎？和人遊中國西湖作詩，其詩必有中國詩之面貌；中國人賦須磨、明石詩，倘為李白、杜甫等名人，亦當能述幽微哀傷之景，或近歌乎？和人詩文，字字間含助詞，近乎歌也。吾聞和人作漢文示中國人，則意不通之處比比可見，蓋下筆時文字間含助詞故也。"浦浦煙枯船入松"，此詩特為歌也；"芙蓉江上人家"，此句無助詞也。今考見此《絶句》，作者似于第二句費神搜腸，第三、第四句敘第二句之餘情也。吾聞歌體代變，然邊、序、題、曲、流五者不變。邊從題旁説出，序即緒，題之序也。下五字定題，上七字附曲，使人生趣，下七字順言也。唐詩亦為序、題、曲、流四者也。言序定題，第三句附曲，而後順言，故第三句亦謂之轉是歟？詩人善詩，故有詩欲；歌人欲讀秀歌，故有歌欲。今作俳諧之人，不得詩歌，故無人欲之私，見詩歌如神。昔伯牙琴曲，賴鍾子期耳方能流傳今世。為詩歌之鍾子期者，今日之作俳諧也。此《絶句》和訓，不言文字詞句之作法，文字當習於學詩之人。故搜作者之腸,以和文述隱含之意,俾便疏於中國詩者。正德四年秋九月,五老井許六字菊阿佛自執筆書之。

(森川許六著,木村架空校訂:《和訓三體詩》卷首,[日本]廣益圖書株式會社明治三十二年[1899]版,第1—3頁。原文為日文,劉芳亮譯。)

《唐賢三體詩》牌記

《唐賢三體詩》坊間所行之印本,文字不正。傳訛承舛,其遺害非淺。因之今羅山先生以平日所考據確認之本改正之,普示不朽。與舊本大有逕庭,讀者其思之。

(林羅山點:《新校正唐賢三體詩》書名頁,[日本]享保三年[1718]含英堂、明誠堂刊本。)

大漥行《晚唐袖珍三體詩・序》

詩佛老人大漥行撰。

古人讀詩之法,當先看其題目。唐人作詩,於題目不輕下一字,亦不輕漏一字。須看格為段落,其中反覆照應,絲毫不亂。終看其句法,前後相命、虛實相生。今讀《三體詩》,宜用此法學。唐人近體之詩,莫如《三體詩》焉。讀《三體詩》,以此法讀之,以此法講之,以此法學之,則詩之能事畢矣。浪華文榮堂刻《袖珍三體詩》,及予遊浪華,請①題卷端。《三體》之選,古有議論,今□②置之,但書讀詩之法而與之云。

丁亥之秋七月。

(田浦晉校正:《晚唐袖珍三體詩》卷首,[日本]文政十年[1827]敦賀屋九兵衛刊本。)

---

① 請 底本作"情",據文意改。

② 底本為行書,此字不易辨識。

田浦晉《晚唐袖珍三體詩·跋》

詩莫麗於近體,而近體之詩,莫盛於唐也。而唐詩之所以為盛者,以有三體之巧也。故學者之學唐者,不熟三體則何以得唐詩之法門乎?周伯弜之撰《三體詩集》也,蓋可謂得詩家之要領者矣。然而坊間所梓行,率不免誤謬,讀者常病之。今書肆依請刻《袖珍三體詩集》,授予積年所校正善本而登梓□①,亦聊以便初學誦習之業爾。文正丁亥冬十月十一日書於脩堂南窗下。

田浦晉。

(《晚唐袖珍三體詩》卷末。)

川上顒《三體詩解法序》

芟蕪穢,行土塗,而一庭之美,歷歷可以數矣。大冢士毅就清人高澹人重訂本《三體詩》下解法,披荆棘,除瓦石,頹垣廢墻,殫脩而聚珍以印之,付國讀,便蒙稚,是亦學門。於是乎《三體詩》之庭,人可以群至焉,而主人豈徒歸哉!必升堂,必入室。天保己亥冬十月東山川上顒撰②、湖中島貞固書③。

(高士奇重訂,大冢弘解法:《唐三體詩絶句》卷首,[日本]天保十年[1839]刊本。)

越後館機《唐詩三體家法》序

周伯弜當宋末詩學極壞之時,選唐詩五七言律、七言絶句,分四實、四虚、前後虚實、實接、虚接等諸格,為《三體家法》。當時江湖派中遞相授受,識高見卓、不為時習薰染者,往往於此開悟,謂為詩學

① 底本為行書,此字不易辨識,似"齋"。
② 此下有一枚版刻的陰文方印"顒/印"。
③ 此下有兩枚版刻的陽文方印"貞""固"。

之津梁矣。元大德中，僧圓至天隱注之，長洲陳湖磧沙寺僧行魁天紀刻之，置寺中，吴人稱“磧沙唐詩”。於是叢林奉為自家之寶，參禪之餘，講習傳授焉。此方僧徒，渡海求法於彼土者，亦受而東歸，各為注釋，以授其徒。至郡邑句讀之師，亦以為必讀之書。余童時受之，朝夕誦習。年及弱冠，奔走吏途。塵牘紛冗，不遑讀書。匹馬行役之日，獨携此書。旅窗燈下，披覽攄悶。常恨坊刻多訛，或有妄改原題，與詩意相背者。今也老而辤職，閑居無事，乃取各家本集及計有功《唐詩紀事》、楊士宏《唐音》、胡震亨《唐音戊籤》、諸家詩話、康熙《全唐詩》等而校讐，一一復其舊。自謂雲霧漸披，覩廬山真面焉。輒手寫一通，置几案上，備睡餘披讀。頃日書賈英青雲請上梓問世，即再校而與之。嗟此撮爾小集，既非經史大集，自少至老，閱而不息，孤陋之呰，知無所免也。天保辛丑春社之日，八十老人柳灣館機書于目白園居鼰梅簃中。

(越後館機校定:《唐詩三體家法》卷首,［日本］明治二十六年［1893］緼縜房太郎刊本。)

後藤松陰《新增唐賢絶句三體詩法》跋

書肆文海堂將改刻此書，請校於余。余以老眼辭之。姑抄録古人批評關其詩者，且標注臆見授之。若夫點乙等則不暇詳正，讀者各自正之。邢子才不云乎:“誤書思之，更是一適。”

安政丙辰仲春松陰主人跋①。

(後藤松陰訓點:《新增唐賢絶句三體詩法》卷末,［日本］安政三年［1856］秋田屋太右衛門等刊本。)

① 另行有兩枚版刻的陰文方印“松”“陰”。

大槻崇《三體詩絶句解·敘》

詩之有四唐，猶《風》《雅》有正、變歟。初、盛唐猶正《風》《雅》也，中、晚唐猶變《風》《雅》也。而所病乎中、晚唐者，以其過婉麗、纖巧而稍乏大雅之音也。其實婉麗、纖巧，雖變《風》《雅》亦有之。“角枕粲兮，錦衾爛兮”，非婉麗乎？“牂羊墳首，三星在罶”，非纖巧乎？今欲以此斥中、晚唐，其奈變《風》、變《雅》何！《記》云：“聲成文，謂之音。”詩亦聲也。詩而不成文，不可謂之詩。韓子云：“《詩》之正而葩。”詩而不葩，謂之非詩可也。學者果知不葩不文之非詩，則知婉麗、纖巧不足以為病矣。雖然，是特為中、晚詩人解其嘲耳。至夫醇正、温雅，彷彿乎正《風》《雅》者，則吾亦何不欲嚮往初、盛唐諸賢也哉！適注汶陽選唐賢絶句而成矣，因書以弁諸簡首①。

東奥大槻崇識

雪城澤俊卿書

（大槻崇注解：《三體詩絶句解》卷首，[日本]萬延元年[1860]寧静閣刊本。）

大槻崇《三體詩絶句解附言》

余平素好讀汶陽選《三體詩法》。最喜其絶句體，朝誦暮吟，殆不釋手。其課門下子弟，亦必以此為率。爛熟之久，稍有所領會。壬子五月，銷夏無計，因就原本，淘汰舊注。去其穢而存其粹，參以諸家之説。其不足者，以鄙説補之，次第成編，亦北窗一適也。遂改題曰《三體詩絶句解》，意者就三體中，獨拔其一體，極非汶陽本旨，然原本之行世，既有數十種，則此編孤行，亦不必妨也。

汶陽之選，實為精純莫尚焉。蓋高雅峻潔、清麗婉約，無體不具。細玩之，殆不堪回味之美焉。但舊本極多誤謬，今校之洪邁《萬

---

① 此下有兩枚版刻的陰文方印“俊”“卿”。

首唐人絶句》及諸家選本,彼此停調,務從其可者。定以為家塾讀本,觀者勿取舊本致異同之疑,可也。

此編之成,門人朝妻生獻議曰:"伯弜之選,洵麗金崑玉也。但中、晚詩人之多,未必無滄海遺珠。先生幸網羅以補之,則周家之選,倍增光輝耳。"余乃舍諸家選本,直取《萬首絶句》,逐卷掀閲,捃摭頗苦。朝妻生從而拾其遺,得凡一百二十餘首。遂録為一卷,加以批評,附諸原選之後。顧余之譾陋,顧不敢望伯弜之精,然至其格調、風趣彷彿焉,則或為得其餘響乎?

自服南郭之刻濟南選唐詩,于今百有餘年。傳播之久,殆乎家唱户歌。故余之選,不取其中所載。蓋非無可取也,雖不取而人自誦耳。今特録崔櫓《華清宫》一首,示其體無不有,李選豈易輕哉?

物徂徠嘗以汶陽為一無名男子。雖出乎一時妄言,其意所注,蓋在輕此選而軒彼選也。夫濟南之選,誠為不易輕,然其詩專主格調,而乏於風味。比之汶陽選,孰粗笨,孰豐腴,嚼而味之,天下之口,其有不同者乎?

近日賴山陽編《唐絶新選》,多取周選中所載。云:周意所主,誠不脱元人風習,然其所選,有至當不可易者。較諸李選,且如戴叔倫,李取"半夜回舟",周取"盧橘花開";如温庭筠,李取"館娃宫外",周取"天寶年中"。余謂:山陽論周、李二選之得失,似矣。但周係宋理宗時人,安得有元人習氣?豈以伯弜誤為元人乎?亦可咲也。

王漁洋稱"渭城""朝辭""奉帚""黄河"四首曰:全唐絶句,無出四章之右者。沈長洲又取"回樂""山圍""烟籠""楊子"曰:亦堪接武矣。山陽則以少陵《逢李龜年》、張祜《郵亭殘花》二首為當列其諸篇。以余觀之,《逢李龜年》,辭無婉曲;《郵亭殘花》,直敘宦况,皆不慊乎人意。今且就周選中擬之,張繼《楓橋》、韓翃《寒食》、趙瑕《汾陽舊宅》為近之。若夫余選，則當以李涉《方城》《漢水》為接武耳。

二書既成矣，各謄一本，置之家塾。有人難余曰："詩之尚盛唐久矣。吾子是之不問，而獨眷眷於中、晚諸家，何耶？"余曰："無何也，亦以其回味之美耳。子徒知太牢為先王盛饗，而不知棘鬣四腮別有細膩之味，又安足與語滋味哉！抑子不食其名，而其實之求，則周家全鼎之美，所不敢惜其染指也。"

嘉永壬子夏五月中浣寧静閣主人識。時年五十又二。

（同前。）

大槻崇《三體詩絶句解》附記

（斐按，此處録方回序，瞿佑《歸田詩話》卷上《唐三體詩序》瞿氏按語，都穆《南濠詩話》關於《磧砂唐詩》之記載，《欽定四庫全書總目》之《汶陽端平詩雋》《三體唐詩》《牧潛集》提要，今略。）

并此諸説考之，則周伯弜為宋末一名家，與夫圓至為元代文僧，皆了然可辨矣。而《三體詩法》之為不可廢，亦可想也。但《總目》斥圓至所注為弇陋不可言，亦屬苛論。若去其穢而存其粹，舊注何可盡廢也。癸丑正月寧静子附記。

（《三體詩絶句解》卷末。）

中野了隨《（平仄傍訓）三體詩・自序》

詩雖有《唐詩選》《聯珠詩格》等其他數種，唐詩之最為純粹者，獨有《三體詩》耳。蓋《三體詩》者，當宋末世，周伯弜者選五七律、七絶之三體，分之四虚實、前後虚實、實虚接等等諸格，以自開詩學之針路渡航，我邦爾後為學者不可須臾離坐右者也。因而余亦尾之，加傍訓平仄及韻字，以計一層初學之便。雖然，粗率之編，亦不為無誤謬,閲者幸其正之,以些瑕勿捨金玉矣也。

明治十有三年庚辰清明前三日於二个二木園野篁堂識。

□□書[①]。

(中野了隨訓點:《(平仄傍訓)三體詩》卷首,[日本]明治十三年[1880]東京斎藤栄作刊本。)

松木謙、小澤瑳《三體詩講義》序

周伯弜選唐人三體之詩,猶謝枋得選文之規範,欲使世之學者識其法則爾。蓋詩,志也,志之所至,詩亦至焉。喜怒哀樂怨恨思慕,緣於情、發於言而句鍛字煉[②],求其宜,推敲之,於是乎有詩學焉。其所本《三百篇》之外,宜以經史百家之書為基本,如斯編充之,規矱而已。學與規備而詩可成矣。先生固不好以詩教人,然言語之不雅,章句之不正,不以詩而教亦不能以整之。故塾有詩課,但[③]以《三體》及杜律。今所筆記,僅録十之一耳。若欲識其審,請就先生問焉。 筆者記。

平田登圃書[④]。

(石川鴻齋口述,松木謙、小澤瑳筆記:《三體詩講義》卷首,[日本]明治十五年[1882]文永堂刊本。)

三島毅《三體詩評釋序》

得于己,而後評釋古書,能發古人旨趣,而啓後生蹊徑。曹孟德得兵于己,而注《孫子》,孫老泉得文于己,而評《孟子》是已。野口寧

① "書"前二字係行草,不易辨識,似"尚德";"書"後有一枚版刻的陽文方印"一/貫"。

② 煉 底本作"練",據文意改。

③ 但 底本作"伹",據文意改。

④ 此下有一枚版刻的陽文橢圓形印"平田"。

齋，舊友松陽息也。松陽有才學，善詩文，而早亡。寧齋猶幼，人危其肯堂，而才學夙成，尤工詩，名聲嘖嘖，有出藍之稱。屬日評釋《三體詩》，徵余序。余讀之，評論切當，解釋精詳，能發古人旨趣，而啓後生蹊徑，自非平生得于己，惡能至此乎哉！抑得于己者，不獨能發古人旨趣，又能借古書發揮己所得，裨益後人更多。昔郭象邃于玄理，及注《莊子》，其旨往往高于莊；裴松之博于史學，及釋《三國志》，補陳壽闕漏者不少。今寧齋亦旁徵博引，于《三體詩》外，發揮作詩之妙諦者頗多，是余所以尤服也。嗚呼！松陽有子如此，亦可以慰其早亡矣。

（野口寧齋評釋：《三體詩評釋》卷首，［日本］明治二十六年［1893］版；轉録自陳伯海、李定廣：《唐詩總集纂要》，上海古籍出版社 2016 年版，第 186—187 頁。）

森槐南題《三體詩評釋》

才情雙絶抵清新，中晚唐詩最可人。宛是江南好風景，落花片片媚濃春。

汶陽選法未荒唐，一字精微細酌量。不解當年虛谷叟，野人門外説冠裳。

笑殺操戈物茂卿，漫言伯弜是無名。如何苦奉坊間刻，轉被滄溟誤一生。

今人格調飾粗才，吾愛寧齋有别裁。但是江湖蕪穢甚，會心文字付誰來。

癸巳夏日《三體詩評釋》刻成，率賦四絶，醉中塗鴉，不成字也。

槐南主人大來①。

① 此下有一枚版刻的陰文方印“森印/大來”；題詞首有一枚版刻的陰文長方印“槐南”。

（《三體詩評釋》卷首，［日本］東京新進堂明治二十七年［1894］版。）

野口寧齋《三體詩評釋·緒言》

三體詩係宋淳祐庚戌周弼所撰。弼字伯弜，汶陽人，范晞文《對床夜語》云"周伯弜以唐詩自鳴"，《圖繪寶鑑補遺》云"汶陽詩人，善墨竹"，可推知其爲當代知名之士也。物徂徠目之爲一無名子、書賈之輩，或恐不知而斥之者耳。

伯弜何故撰此書耶？曰：不外以詩法教子弟，且欲矯正當時詩弊也。蓋曾論之：宋詩起於西崑之穠麗，而承以子美之豪放、聖俞之高淡，至大蘇而大成。軾驅天禀之奇才，縱横奔放，一氣呵成，行雲流水，意之所至，筆亦隨之，前無古人，後無來者。黄、秦、晁、陳以其所得而傳其流風。南渡後，尤、楊、范、陸相繼崛起，各行其長，其風格之異固不待言，然要其所主，唯在自在論事、唯在敘斬新之事，使筆如舌，著手成春。其弊也，竟至以油腔滑調自喜，而成俚俗平淺、卑近纖巧。誠齋則好使俗語，後村則多用同朝之故事，令朱文公痛嘆今人之詩如村裏雜劇者，時達其極。伯弜在此際而識其弊，欲救之以唐詩之韻致風趣，立其法度，於律以"四實"爲先，於絶以"實接"爲先。其於"四實"云："中四句皆實以景物，於華麗典重之中有雍容寬厚之態"；其於"實接"云："若以實事接則轉换有力"。其意以爲初學由之入手而成習性，句意充實，自有趣味盎然不盡者，若徒以勃窣理窟自滿，則終至於無可諷詠。其所以極力闢之者，實不外乎此。范晞文云："間有過於實而句未飛健者，得以起或者窒塞之譏，然刻鵠不成尚類鶩，豈不勝於空疏輕薄之爲？"充實之極，陷於補綴堆垛，至乏意味，亦在所難免，伯弜從而救之以"四虚"，以虚接之，法度乃備。《四庫全書總目》並舉嚴羽之《滄浪詩話》，云在當時"各明一義，均有爲而言之者"，謂其著眼之高也。

伯弜撰此書也,詩法貫通者如此,而其所撰之詩往往不滿人意。且就其所撰視之,杜律、李絶俱千古之絶調,而伯弜皆不採之。嗚呼!"沈鬱怪幻,雄視百代,如風雨雷霆,猛獸奇鬼,驚魂動魄,無敢逼視,杜律在唐實爲變調,而其所爲五言長城,亦拓地萬里",此非施愚山之言歟?"七言絶句以語近情遥、含吐不露爲貴,只眼前景、口頭語而有絃外音,使人神遠,太白有[①]焉",此非沈歸愚之説歟?而此書竟不之見也。或云,此書原題《唐賢三體詩法》,李杜二氏爲詩聖,故以餘子爲唐賢。所謂"聖""賢"之區别,雖不知果協伯弜之本意否,然殷璠《河岳英靈集》既不載杜,高仲武《中興間氣集》、姚合《極玄集》併李遺之,韋縠《才調集》以二家之詩為不可撰定者,楊伯謙《唐音》有意尊之而不收二家之詩,伯弜不録李杜,蓋沿此例耳。

何以言之?此書所載,於杜牧、雍陶、韓翃、張籍、李涉、王建之絶句,於許渾、盧綸、李商隱之七律,於王維、賈島、岑参、劉長卿、司空圖、李嘉祐、皇甫冉、司空曙、嚴維之五律,皆録五首以上,爲卷中之最。雖甄録主在中、晚,然既開列王維、岑参二家,安有貶李杜而不取之理?可見前説不謬也。而李于鱗於"秦時明月"、王鳳洲於"葡萄美酒",渠等俱推爲唐絶之壓卷,而此書不録之;王阮亭所舉王之涣之"黄河遠上",此書亦捨之;沈歸愚所舉李益之"回樂峰前"、柳宗元之"破額山前"、劉禹錫之"山圍故國"、杜牧之"煙籠寒水"、鄭谷之"揚子江頭",此書收其二而逸其三。人各有所見,正足以互相發明,如此數家固未可與李杜同其例也。

而伯弜之偏中、晚者究何意耶?不及初、盛之雄麗莊重者究何意耶?無他,伯弜之時,人皆以斬新自在爲詩之第一義。若以初、盛之詩説之,則彼將謂時世已移,若株守古格不能出新意,則雄麗莊重

① 有 底本作"在",據《説詩晬語》卷上改。

將何所用？伯弜有所見於兹，故就唐人中求幽婉清空者，現中、晚唐之身而説法，佛家所謂善巧方便也。其所撰之詩，調雖不高而必遒，韻雖不古而必遠，而其意則時人所欲道破者也。爲時人所欲道破者而行以"實接""四實"之法，不流於空疏輕薄而使其能出新意，學者易入而不陷於邪道。是直拔時人之壘，而令其不得回言反擊也。嚴滄浪云："近代諸公以文字爲詩，以才學爲詩，以議論爲詩，蓋於一唱三歎之音有所歉焉。"伯弜則跳出文字之詩、才學之詩、議論之詩，使之爲一唱三歎之音，其勞也少，其效也大。而後學者若有所得，則遡而入李杜、終及於初盛者，亦將何有？元遺山《唐詩鼓吹》以柳宗元、劉禹錫爲開卷第一，相從次第，元遺山豈不知盛唐諸家之詩者耶？而其如此者，亦只求時人之易入，不過欲矯正時弊，同可謂現身説法也。

更以時勢觀之，亦可知初學之有待於幽婉清空者。蓋淳祐庚戌乃理宗御宇之時，奸臣内蠹，强敵外逼，其危不啻累卵，然理宗爲小人所擁立，曾與蒙古合而滅金，意滿氣驕，以太平天子自居。無論武備，經綸大策亦不之講，唯以崇尚周、程、張、朱之學爲任，期右文之譽耳。顧迴瀾評之，言理宗之"理"，文焉而已，真覺其痛切。上之所好既已如此，下之靡然成風、文學蔚然而起者，亦不足怪。詩人之不知時務者皆慣於無事，詩酒流連，維日不足，以爲謳歌昇平者，所到皆是。伯弜亦聚徒而講詩者也，所觸目感懷者無非村舍田園閑適自放之具，學者亦無求雄麗莊重，是亦時勢所然耳。不察此而漫尤其撰，乃不通時之論耳，況於其現身説法者耶？

然唐詩廣博，不得以三體盡之。識力俊邁者、才藻富贍[1]者固不如望之於長篇大作爲勝，《總目》云："宋末風氣日薄，詩家多不工古

① 贍　底本作"瞻"，據文意改。下文同，徑改。

體。故趙師秀《衆妙集》、方回《瀛奎律髓》所録者無非近體,弼此書亦復相同。"伯弜既以迴瀾自任,何不撰古詩而於時人頂門下一針耶?其意乃不難知:古詩之深奥,要學要識,初學少有不望而却走者;近體句短而意長,尤易入人耳,故先藉之爲津筏耳。《對床夜語》録伯弜之言云:"詩而本於唐,非固於唐也。自河梁之後,詩之變至唐而止也。謫仙號爲雄拔,而法度最爲森嚴,况餘者乎?立心不專,用意不精,而欲造①其妙者,未之有也。元和蓋詩之極盛,其實體製自是始散。僻字險韻以爲富,率意放詞以爲通,皆有其漸。一變則爲五代之陋矣。"深味其語,則其於詩獨具隻眼者可得推知,而此書止於三體者,實因教初學也。清之高士奇起於數百年後,撰五七古、五排之唐詩而作《續三體詩》,是或庶幾得伯弜之深意耶?

方虚谷序此書而刺伯弜之講法度,其言云:"三體法專爲四韻五、七言小律詩設,以爲有一詩之法,有一句之法,有一字之法。止於此三法,而江湖無詩人矣。"夫詩固不可一字一句强拘泥於法度,此誠如虚谷之言;然古人所作無不愜法度者,使釋而理會之,真乃導後學之捷徑也。若不講法度,則恐初學任意揮灑而徒成支離滅裂耳。求古人之詩始於合法度,非無規矩準繩者,此非初學所尤當會得耶?紀曉嵐評《瀛奎律髓》云:"虚谷置其本原而拈其末節,每篇標舉一聯,每句標舉一字,將率天下之人而致力於是。"其詹詹自喜者如此,而欲以"江湖無詩人"一語抹殺此書,真掩耳盗鈴之類耳,非至論也。楊子云:"斲木爲棋,梡革②爲鞠,皆有法焉。"木尚且有法,以法教詩,有何不可乎!

《總目》云:"所列諸格尤不足盡詩之變。"是伯弼所無可免責者。其虚實相救之法雖足以醫當時之痼疾,然諸格分而不精、合而不嚴,

① 造　底本作"追",據《對床夜語》卷二改。
② 革　底本作"木",據《法言·吾子》改。

又不明示其標舉數首之理由,抑何意耶?以文字之相似者相合,殆與蔡蒙齋之《聯珠詩格》同其轍者,抑何意耶?凡如此者,皆所以令胡應麟下"率合支離"之評也。然余尚左袒范晞文評此書"是編一出,不爲無補後學。有識高見卓不爲時習熏染者,往往于此解悟"之語,白璧微瑕,不足爲傷。

此書釋圓至之注、裴庾[①]之增注尤行于世。邦人箋釋此書者,以熊谷立閑之《備考大成》爲最,簡册浩瀚,材料富贍。曩日從中取材而作《三體詩釋義》,中途而止;今視之,誤謬誠不尠少。今更參觀諸書,正之師友,爲初學聊爲評釋。然余以才疏學淺,加乏時日,後之視今,亦如今之視昨,或當然者也。且夫老優之演舊劇,其一舉一動有出先人模型而不可易者,不知而月旦其可否,則不誤其正鵠而爲優所笑者夫幾何哉!此書風行海内也久,諸老先生各以一家之秘鑰啓發者甚多,余以後進,所聞者稀,而卒然執筆,爲先生所嗔、爲後生所笑,當亦在不免之數。識者若不慳高教,則幸甚矣。

癸巳三月下浣 寧齋主人 識

(《三體詩評釋》卷首。原文為日文,徐樑譯。)

太田淳軒《三體詩講義・附言》

宋汶陽周弼伯弜撰《三體詩》,蓋其為書不具體,而其所撰亦不精粹,玉石混淆。雖然,其為詩辭重幽麗,調貴流暢,且其所建矩亦大裨補於學者。是故元明以後,以及清朝,列之藝苑者久矣。唯其瑕瑜不相掩,故招諸名家之異議。昔物徂徠與其門人平玄中子和書,並論《三體詩》及《古文珍寶》,以周伯弜為一無名男子、書賈輩。夫《真寶》之作以《漁父》為辭,以《讀孟嘗君傳》為傳,合移文、弔文立

① 裴庾 底本作"斐庾",據史實改。

文之體，是固村學欺童蒙射利之具也，豈可列之藝苑哉？如《三體詩》，元明以來名家大家所諷誦，詞壇藝林所傳習，是豈可比諸《真寶》邪？徂徠此言一出，一時耳食之徒相誘和之，棄《三體》之書如瓦礫，學者無誦之者。偶有故老言及之，輕俊弟子見以為古時固陋之風。此後王、李之學盛行天下，其《唐詩選》家誦户傳，幼童習之，黄髮紛綸，海内皆染模擬剽竊之疫，"黄金""紫氣"，人人湊集，"百年""萬里"，矢口湧騰，邪氣結轖，遺毒沉痼，陳腐糜爛，腥穢聞天。自正享至明安年，曰天下無詩亦可也。是其病所根未必不由棄汶陽之琳琅、拾濟南之糞土矣。爾後作者有頗悟其非者，王、李之焰日就灰滅。唯世無悟《三體》之撰裨補學者、舉以為教者，豈得無為徂徠此語所誤耶？是皆坐俗學固陋，讀書不博也。余嘗集録古名儒之言，知伯弜非無名男子，《三體》之撰亦久列藝苑矣。學者若淘汰其沙礫、擇其精英，則庶幾乎。

（太田淳軒講述：《唐詩選　三體詩講義》，[日本]博文館明治二十六年[1893]版，第 273—274 頁。原文為日文，劉芳亮譯。）

久保天隨《唐詩選　三體詩・解題下》

《三體詩》係宋淳祐庚戌周弼所撰。弼字伯弜，汶陽人。父文璞，字晉仙，號方泉、野齋，又號山楹，有集二卷。范晞文《對床夜語》云："周伯弜，以唐詩自鳴。"《圖繪寶鑒補遺》云："汶陽詩人，善墨竹。"弼嘉定時為進士，活躍于端平中，少好吟詠，宦游吴楚、江漢間四十年，詩名聞於江湖。有《端平集》十二卷，寶祐五年，李龏又選而序之，作《端平詩雋》四卷，今收入《宋（百家）詩存》。弼為當代知名之士，固無論矣，而物徂徠《與平子和書》目之為一無名子、書賈輩，自是不知而斥之也。

周弼乃宋末江湖派中錚錚者，其詩雖格力未高，乏風骨氣魄，但有神韻,往往出入晚唐,而《三體詩》為矯江湖派末流之弊作。觀南渡後,詩運久不振,除陸游一人外,諸家之通弊在取材卑近,概主近體,且欲弄其巧。其極也,每著眼淺處,以為自得,故風格病不高。加以一般詩風動輒承劭康節《擊壤集》之餘風,先談理,没感興,唯尚自在論事、斬新敘事,竟至以油腔滑調自喜。是以朱文公痛歎今人之詩如村里雜劇。至理宗世,紀綱廢弛,國運日蹙。雖然,彼與蒙古聯兵亡金,意滿氣驕,以太平天子自居,唯崇尚周、張、程、朱理學,期右文之譽耳。顧回瀾評之曰"理宗之'理',文焉而已耳",真覺痛切矣。於是詩文俱有衰颯之氣,其弊殆將不知所極。於是嚴羽囊著《滄浪詩話》,大闢詩教,"四靈"之徒次之,鼓吹賈島、姚合等中、晚清新詩風,然其效未彰著。周弼《三體詩》亦承繼其意,説近體詩法,欲以唐詩韻致風範救時弊,其用心可謂良苦。以故,於律詩先四實,於絶句首實接。弼常以許渾集教人,此書亦選入極多,其志向亦可推知也。

此書宋末元明間久行于世。明初瞿宗吉《歸田詩話》中有《唐三體詩序》一則,全録今行本所載方虛谷序文。其末曰:"按此序議論甚正,識見甚廣,而于周伯弜所集《三體詩》則深寓不滿之意。書坊所刻皆不載,而獨取于裴季昌序。近見唐孟高補寫《三體詩》一帙,書此序於卷首,故全録於此,與篤於吟事者共詳参之。"可知《三體詩》早有數種異本,流布世上。又李東陽《麓堂詩話》云:"選詩誠難,必識足以兼諸家者,乃能選諸家;識足以兼一代者,乃能選一代。一代不數人,一人不數篇,而欲以一人選之,不亦難乎? 選唐詩者,惟楊士弘《唐音》為庶幾,次則周伯弜《三體》,但其分體過於細碎,而二書皆有不必選者。趙章泉《絶句》雖少而精。若《鼓吹》,則多以晚唐卑陋者為入格,吾無取焉耳矣。"此言軒周弼,輊元遺山,使之為九鼎大吕之重。又都穆《南濠詩話》云:"長洲陳湖磧沙寺,元初有僧魁天紀者居之。魁與高安僧圓至友善,至嘗注周伯弜所選《唐三體詩》,魁割其資,刻置寺中,方萬里特為作序,由是《三體詩》盛傳人間。吴人稱'磧沙唐詩'是也。"可知其流傳自有故焉。

此書所載諸格,未足盡詩變,且所選未悉精粹,然其辭重幽麗、調貴流暢,其所建矩則亦足大裨補學者。故范晞文曰:"四實,謂中四句皆景物而實也,於華麗典重之間有雍容寬厚之態,此其妙也。昧者為之,則堆積窒塞,而寡於意味矣。是編一出,不為無補後學,有識高見卓不為時習薰染者,往往于此解悟。間有過於實而句未飛健者,或起窒塞之譏。然刻鵠不成尚類鶩,豈不勝於空疏輕薄之為,使稍加探討,何患不古人之我同也。"《四庫全書提要》雖言其選未可,亦以為可備一説,因斷曰:"蓋以救江湖末派油腔滑調之弊,與《滄浪詩話》各明一義,均所謂有為言之者也。"元方回雖制序議之,是却不解事者,遂不免吹毛求疵之誚。

如前所述,此書元明間盛行,至清仍列藝苑,猶未亡。《三體詩絶句鈔》云"始講此集者,妙喜庵中岩和尚入唐以後事也",據此可知其傳於我邦者,應係中岩自元攜回也。中岩與雪村(友梅)並為五山初期有數之詩僧,而授受之迹歷然可考。中岩傳義堂,義堂傳惟肖、江西,江西傳瑞岩、九淵、村庵(希世靈彦),村庵傳正宗(龍統)、月舟(壽桂)。又多作其注,就中桂林(德昌)、萬里(集九)最著。洎德川時代,物徂徠之徒排擠之,然猶受世尊崇,講解之書續出,至近時猶不衰也。

此書圓至箋注、裴庾增注久行于世,邦人箋釋有熊谷立閑《備考大成》二十卷,簡册浩瀚①,材料富贍,雖略有俗本之嫌,然尤便於初

---

① 瀚　底本作"澣",據文意改。

學。降至明治世,有野口寧齋《評釋》。

(三島毅、服部宇之吉、高瀨武次郎監修:《校注漢文叢書》第4册,[日本]博文館1913年版,第10—15頁。原文為日文,劉芳亮譯,括注為譯者所加。)

釋清潭《國譯三體詩·序言》

此《三體詩》,乃宋淳祐十年(日本後深草天皇建長二年)周弼(字伯弜)所選也。此後經六十年,即元至大二年(日本花園天皇延慶二年),高安釋圓至天隱施注,其友東嘉裴庾季昌增注,以問世也。其傳入日本,始自建仁寺中岩圓月入元攜歸,此後禪家宿老提倡之,以至於熊谷立閑著《備考大成》二十卷、南禪和尚著《和語俗談》十二卷。是故,釋家常用之也。物徂徠欲盛行李于麟《唐詩選》,故特貶此書,詐稱伯弜為一無名子、書賈,自此儒流多講《唐詩選》,緇流多講《三體詩》也。"三體"何謂也?五言律、七言律及七言絶也。伯弜生於宋世,不選宋詩而選唐詩,當有所深考。宋世不論南北,不問大小家數,有喜勃窣理窟之風,全不認得温藉典雅為詩之本義。雖藉黄山谷、楊誠齋、蘇東坡等大家,作詩亦動輒俗語俚語,油腔滑調,殆不堪讀。以如是者為法,其弊所及,殆至不能矯正。伯弜慧眼有見於此,欲救此弊,以為無及唐詩者,其意可謂深切矣。是以其名亦曰《唐賢三體詩家法》,用作人家子弟之教科書之意明明也。"三體詩"三字頗便稱之,故此略稱通行。三體之詩法如左:

七言絶:實接、虚接、用事、前對、後對、拗體、仄體。

七言律:四實、四虚、前虚後實、前實後虚、結句。

五言律:四實、四虚、前虚後實、前實後虚、一意、起句、結句、詠物。

如此分體,即周弼之發明,前人所未曾言。明李東陽誹之曰:"其分體過於細碎。"雖然,若與此法合轍,亦何及誹耶?蓋唐賢及賦詩之際,絶無全以此細目構成一篇。後人讀唐賢詩,自然成此法,作如是觀可也。詩之本義,行雲流水,所向變化自在,或屈或伸,有法之極,歸於無法。畫亦如此。以其所變化自在,稱一代作手,為千古正宗也。小兒學語,在小兒必要,在大人豈有必要?此選畢竟為小兒學語,不為大人也。以是,雖曰《唐賢三體詩家法》,然不取盛唐諸公,唯取中唐、晚唐……嚴羽生當宋世,欲救詩風之墮落,于此三唐之名目下築論壇,至生贊嚴羽者與否嚴羽者二派。明胡元瑞,清王漁洋、沈歸愚,贊者也;明末錢牧齋、清初馮定遠,反對者也。我邦亦有贊、否兩派。徂徠派人人贊之,近時山本北山一派否之。以余觀之,贊者之論頗明白,否者之説頗愚昧也。與其論證,莫若讀其時代之詩,即可瞭解也。非無瞭解之力而喃喃狂者,則鈍徒也。如上,余觀《三體唐詩》,周弼亦眼孔甚明之人,且此選所以不主盛唐而主中、晚唐,全不為大人先生,旨在使幼童不失其詩法之正也。讀者亦可作此意。

(釋清潭:《國譯三體詩》卷首,國民文庫刊行會編:《國譯漢文大成》第6卷,[日本]國民文庫刊行會1921年版,第1—4頁。原文為日文,劉芳亮譯。)

釋清潭《國譯三體詩·例言》

……

詩人于唐立初、盛、中、晚之區别,以禪論詩者,曰盛唐詩為第一義諦,中唐詩為第二義諦,晚唐詩則聲聞、辟支果也。善哉,是論也!彼土馮鈍吟、我邦孝經樓,盛加反駁,然反駁者本為辟支、為聲聞,安得知第一義諦?然則周弼如何焉?此人本知第一義諦,但多選中、晚唐以下,取盛唐寥寥,是猶佛陀先度鈍根者,後度頓圓者也。是故,讀此《三體詩》之人,熟參之,更不可不溯開元、天寶。不然,終生止於此境,不唯為周弼之罪人,亦為斯道之闡提也。

(《國譯三體詩》卷首。原文為日文,劉芳亮譯。)

關本寅《三體詩講義緒言》

《三體詩》,宋理宗淳祐十年庚戌汶陽詩人周弼所選次也……選者之意,蓋歎當時詩風流於淺俗鄙近,無諷誦之價值,雖不及初、盛雄麗之氣格,亦欲挽以中、晚唐清婉之風調,乃采一百六十七人之佳作,示其標準也。故如杜甫之律詩、李白之絶句,千古絶調,反不載諸書中,不外便於救時弊,姑取范于此,使漸次向上之意也。且詩之體亦特止三體,不及長篇巨什,句短意長,尤易入人耳,故先以之教字法、授句法,以為學徒之舟筏也。

然元方回序圓至注云:"漢魏晉以來,河梁、柏梁、曹劉陶謝,俱廢矣。又有所謂汶陽周伯弜《三體法》者,專為四韻五、七言小律詩設,而古之所謂詩,益付之鴻荒草昧之外矣。其説以為有一詩之法,有一句之法,有一字之法。止於此三法,而江湖無詩人矣。"是譏其粘滯於字句也。然詩與歌,學之者先循蹈其法度約束,至圓熟之境,而後始可運用自在。初不依規矩準繩得成方圓平直者,未嘗有之也。詩法豈可忽乎哉!

(關本寅:《三體詩講義》卷首,興文社編輯所編:《三體詩　唐詩選講義》,[日本]興文社 1933 年版,第 1—3 頁。原文為日文,劉芳亮譯。)

嚴紹璗《日藏漢籍善本書録》"集部·(四)總集類·唐人總集之屬"

(箋注)唐賢三體詩法二十卷

(宋)周弼編輯　(元)釋圓至注

元刊本　共五册

静嘉堂文庫藏本　原陸心源十萬卷樓等舊藏

……

【附録】日本五山時代禪宗名僧中巖和尚推崇《三體詩法》,盛行於五山文壇。江户時代繼承這一學風,定《三體詩法》為初學漢詩者之必讀書。

據《商舶載來書目》記載，東山天皇元禄十二年（1699年）中國商船“多字號”載《唐三體詩》一部六册抵日本。

日本東山天皇元禄十五年（1702年）彌生吉且《倭版書籍考》卷之七著録《三體詩》。其識文曰：

> 《三體詩》三卷，宋末詩人周伯弜[①]作；《注》係無準派之僧天隱所作；《增注》係元人裴季昌[②]（所作）。裴氏之本題為《增注三體家法》。分置絶句（第）一（卷），七言八句（第）二（卷），五言八句（第）三（卷）。此乃今世普通之本也，然此本注中訛誤甚多。頃刊行之本，以《諸家集注唐詩》題為《三體家法》，此本次第排列五言律詩（第）一（卷），七言律詩（第）二（卷），絶句（第）三（卷）。《三體詩》有數種，正本極稀見。

仁孝天皇天保十五年（1844年）樧山精一《官板書籍解題略》卷下著緑此本，其識文曰：

> 《箋注三體唐詩》六卷，宋人周弼編。元釋圓至注。是書所選唐詩，言其為“三體”者，即七言絶句、七言律詩、五言律詩也。首載《序》，分七言絶句為七格，云“實接”“虚接”“用事”“前對”“後對”“拗體”“側體”；分七言律詩為六格，云“四實”“四虚”“前虚後實”“前實後虚”“結句”“詠物”；分五言律詩為七格，前四格與七言同，後三格云“一意”“起句”“結句”。宋末風氣日薄，詩家怠於古體，故《衆妙集》《瀛奎律髓》所録，多為近體。此書亦同，所列諸格尤可足證詩體之變。然所存詩家授受之規程，亦備一說。行世之本，脱誤甚多。此以古刊本校刊之。

---

① 伯弜　底本作“伯强”，據史實改。

② 季昌　底本作“李昌”，據史實改。

後小松應永元年(1394 年)有僧侶聞傑手寫《唐賢絶句三體詩》三卷一種。此本現存國會圖書館。

後奈良天皇天文十五年(1546 年)有常陽小田手寫本《唐賢三體家法詩》三卷一種。此本今存卷三凡一册,每半葉無界九行,每行書寫七絶二句。卷末有手識文曰:"天文新集柔兆敦牂(即丙午年)南吕(即八月)中旬常陽小田於南養北牖勢陽之機口三九之稔昏寫焉。同點朱引畢。"此本現存日光輪王寺天海藏中。

室町時代又有《唐律三體家法詩》二卷手寫本一種。此本與阿佐井野氏刊本以來的"增注本"不同,卷一為五律,卷二為七律。無序跋,無識文。每半葉無界九行,每行字數不定,卷一多二十字,卷二多十四字。此本現存日光輪王寺天海藏中。

土御門天皇明應三年(1494 年)阿佐井野氏家族覆刊中國元代刊本宋人周弼輯、元釋圓至注《增注唐賢絶句三體詩法》三卷。此本由葉巢子刊,卷一末有葉巢子陰文"刊語",又有阿佐井野宗禎陽文"刊語"。每半葉十行,行二十二字。注文雙行,小黑口。卷首有元至大二年裴庾《序》和大德九年方回《序》。此為日本室町時代之重要漢籍和刊本。其後有多種重印本。

室町時代後期有宋人周弼編輯《增注唐賢絶句三體詩法》三卷和刊本一種。此本係元人圓至注,裴庾增注。

正親町天皇永禄二年(1559 年)有《唐賢三體家法》手寫本,今存殘本卷一凡一卷。此卷每半葉有界九行,卷末有題識曰"永禄二年乙未林鐘十日紫陽住之學士常州佐竹書之"。此本現存奈良縣阪本龍門文庫。

明正天皇寬永七年(1630 年)又左右衛門刊印宋人周弼編輯《增注唐賢三體詩法》三卷。此本元釋圓至注,元人裴庾增注。

明正天皇寬永十一年(1634 年)京都風月宗知刊印《唐賢三體詩

法》。此本與《錦繡段》合刊。其後,此本有寬永十六年(1639 年)重印本。

明正天皇寬永十四年(1637 年)西田勝兵衛、野田莊右兵衛刊印宋人周弼編輯《增注唐賢三體詩法》三卷。此本元釋圓至注,元人裴庾增注。

明正天皇寬永二十年(1643 年)京都林右衛門刊印宋人周弼編輯《增注唐賢三體詩法》三卷。此本元釋圓至注,元人裴庾增注。其後,此本有明正天皇正保三年(1646 年)重印本、後光明天皇慶安三年(1650 年)重印本、後光明天皇承應二年(1653 年)重印本等。

靈元天皇寬文九年(1669 年)八尾清兵衛、山本五兵衛刊印宋人周弼編輯、元人釋圓至注、裴庾增注《唐賢絶句三體詩法》三卷。此本有片假名旁訓。

靈元天皇天和二年(1682 年)井筒屋六兵衛刊印宋人周弼編輯《增注唐賢三體詩法》三卷。

靈元天皇天和四年(1684 年)敦賀屋三右衛門刊印宋人周弼編輯《增注唐賢三體詩法》三卷。其後,此本有東山天皇元禄八年(1695 年)京都西村喜兵衛重印本。

靈元天皇貞享五年(1688 年)大阪鹽屋七郎兵衛刊宋人周弼編輯《增注唐賢三體詩法》三卷。

東山天皇元禄五年(1692 年)洛陽(京都)川勝五郎右衛門刊印宋人周弼編輯《增注唐賢三體詩法》三卷。

東山天皇元禄七年(1694 年)伊藤五郎兵衛刊印宋人周弼編輯《增注唐賢三體詩法》三卷。此本元釋圓至注,元人裴庾增注,又有日人世良順齋標正音注。

東山天皇元禄八年(1695 年)秋田屋大野木市兵衛刊印宋人周弼編輯、元人釋圓至注、裴庾增注《箋注唐賢絶句三體詩法》三卷。

此本有片假名旁訓。

中御門天皇享保三年(1718 年)洛陽(京都)含英堂刊印宋人周弼編輯《增注唐賢三體詩法》三卷。此本元釋圓至注,元人裴庾增注,又有日人林羅山訓點。

仁孝天皇文政四年(1821 年)昌平坂學問所刊印宋人周弼編輯、元人釋圓至注《箋注唐賢絶句三體詩法》二十卷。其後,此本有岡田屋嘉七等重印本。

仁孝天皇文政十年(1827 年)前川源七郎等刊印宋人周弼編輯《三體詩》三卷(袖珍本)。

仁孝天皇天保十二年(1841 年)江户山城屋佐兵衛刊印宋人周弼編輯《唐詩三體家法》三卷,由日人館機等校正。其後,此本有岡田屋嘉七、山城屋佐兵衛等重印本。

仁孝天皇弘化二年(1843 年)大阪敦賀屋彦七刊印宋人周弼編輯《唐賢三體詩》三卷。

孝明天皇安政三年(1856 年)浪華秋田屋太右衛門刊印宋人周弼編輯《新增唐賢三體詩法》三卷。此本由元釋圓至注,日人後藤松陰訓點。其後,此本有玉山堂山城屋佐兵衛重印本,又有敦賀屋九兵衛重印本。

(嚴紹璗:《日藏漢籍善本書録》,中華書局 2007 年版,第 1877—1878 頁。)

三、諸家評論

瞿佑《歸田詩話》卷上《唐三體詩序》

方虛谷序《唐三體詩》云:(斐按,以下録方回序,今略。)按此序議論甚正,識見甚廣,而於周伯弜所集《三體詩》,則深寓不滿之意。

書坊所刻皆不載，而獨取裴季昌序。近見唐孟高補寫《三體詩》一帙，書此序於卷首，故特全録於此，與篤於吟事者共詳參之。

（《歷代詩話續編》，第1235—1236頁。）

楊士弘《唐音》序

夫詩莫盛於唐……余自幼喜讀唐詩，每慨歎不得諸君子之全詩。及觀諸家選本，載盛唐詩者，獨《河岳英靈集》。然詳於五言，略於七言，至於律、絶僅存一二。《極玄》姚合所選，止五言律百篇，除王維、祖詠，亦皆中唐人詩。至如《中興間氣》《又玄》《才調》等集，雖皆唐人所選，然亦多主於晚唐矣。王介甫《百家選唐》，除高、岑、王、孟數家之外，亦皆晚唐人詩。《吹萬》以世次為編，於名家頗無遺漏，其所録之詩，則又駁雜簡略。他如洪容齋、曾蒼山、趙紫芝、周伯弼、陳德新諸選，非惟所擇不精，大抵多略於盛唐而詳於晚唐也。後客章貢，得劉愛山家諸刻初、盛唐詩，手自抄録，日夕涵泳。於是審其音律之正變，而擇其精粹，分為始音、正音、遺響，總名曰《唐音》，凡十五卷，共詩一千三百四十一首。始於乙亥，成於甲申。嗟夫！詩之為道，非惟吟咏情性、流通精神而已，其所以奏之郊廟，歌之燕射，求之音律，知其世道，豈偶然也哉？觀是編者，幸恕其僭妄，詳其所用心，則自見矣。至正四年八月朔日襄城楊士弘謹誌。

（張震輯注，顧璘評點，陶文鵬、魏祖欽點校：《唐音評注》，河北大學出版社2006年版，第7—8頁。）

何喬新《椒邱文集》卷九“序”《唐律群玉序》

詩自《風》《雅》《騷》《選》之後，莫盛於唐。選唐詩者數十家，惟周伯弜之《三體》、楊伯謙之《正音》、石溪周氏之《類編》、新寧高氏之《正聲》，盛行於時。予嘗取四家所選而考之，或精而不博，或博而不精,讀者不能無憾焉。乃即所選拔其尤可喜者,得五言律詩一百七十二,五言長律四十四,七言律詩二百三,五言絶句三十,七言絶句一百一十四,析為十有六卷……命之曰《唐律群玉》……

(文淵閣《四庫全書》本。)

陸容《式齋先生文集·歸田稿》卷四《題唐三體詩》

《唐三體詩》,是不知詩者所編。蓋古人作詩,偶爾有此耳,非純體也。惟其拘此采録,所以七言律中初唐、盛唐好詩多所遺漏,彼寧不以是為不合體邪？學詩者當以楊士弘《唐音》為宗,此書雖無可也。

(中國國家圖書館編:《原國立北平圖書館甲庫善本叢書》第 721 册,國家圖書館出版社 2013 年版,第 831 頁。)

李東陽《麓堂詩話》

選詩誠難,必識足以兼諸家者,乃能選諸家;識足以兼一代者,乃能選一代。一代不數人,一人不數篇,而欲以一人選之,不亦難乎？選唐詩者,惟楊士弘《唐音》為庶幾。次則周伯弜《三體》,但其分體於細碎,而二書皆有不必選者。趙章泉《絶句》雖少而精。若《鼓吹》則多以晚唐卑陋者為入格,吾無取焉耳矣。

(《歷代詩話續編》,第 1376 頁。)

楊慎《升菴集》卷二《唐絶增奇序》

予嘗品唐人之詩,樂府本效古體,而意反近,絶句本自近體,而意實遠。欲求風雅之仿佛者,莫如絶句,唐人之所偏長獨至,而後人力追莫嗣者也。擅場則王江寧,驂乘則李彰明,偏美則劉中山,遺響則杜樊川。少陵雖號大家,不能兼善,一則拘乎對偶,二則汩于典故。拘則未成之律詩,而非絶體;汩則儒生之書袋,而乏性情。故觀其全集,自“錦城絲管”之外,咸無譏焉。近世有愛而忘其醜者,專取而効之,惑矣。昔賢彙編唐絶者,洪邁混沌無擇,珉玉未彰;章、澗兩泉盛行今世,既未發覆於莊語,仍復添足於謝箋。其餘若伯弜、伯謙、柯氏、高氏,得則有矣,失亦半之。屏居多暇,詮擇其尤,諸家膾炙,不復雷同,前人遺珠,兹則綴拾。以《唐詩增奇》為標題,以“神”“妙”“能”“雜”分卷帙,逃虚町廬,聊以自娱,跪石之吟,下車者誰與!

(文淵閣《四庫全書》本。)

胡應麟《詩藪·外編》卷四“唐下”

唐至宋元,選詩殆數十家:《英靈》《國秀》《間氣》《極玄》,但輯一時之詩;荆公《百家》,缺略初、盛;章泉《唐絶》,僅取晚、中;至周弜《三體》,牽合支離;好問《鼓吹》,薰蕕錯雜。數百餘年未有得要領者。獨楊伯謙《唐音》頗具隻眼,然遺李杜,詳晚唐,尚未盡善。蓋至明高廷禮《品彙》而始備,《正聲》而始精,習唐詩者必熟二書,始無他歧之惑。楊氏極詆之,何也?

(上海古籍出版社 1979 年版,第 190—191 頁。)

胡震亨《唐音癸籤》卷三一“集録二”

自宋至今,唐詩總集,有選家,又有編輯家。唐詩至後代多亡佚,故有編輯家也。兹録其稍著者。【宋】《文苑英華》……《樂府詩集》……《萬首唐人絶句》……《唐詩紀事》……【國朝】《百家唐詩》……《初唐詩紀》……《盛唐詩紀》……此皆唐詩編輯家之巨者。他編叢雜,不具論。

選詩【宋】《唐百家詩選》……《文粹》……【金元】《唐詩鼓吹》……《瀛奎律髓》……《三體唐詩》元周伯弜選唐人五律、七律、絶句三體詩,二十卷,内晚唐為多。其論絶句有實接、虚接、前對、後對、拗體、側體,論律詩以景物為實,情思為虚,有一實一虚,有四實四虚,前虚後實易諧,前實後虚難繼説,亦似近之。要種種自學究事。其注出高安釋圓至,較注《鼓吹》者略勝云。《唐音》……【國朝】《唐詩彙評》……《唐詩正聲》……《唐詩選》……外選家尚多,兹亦不具。

(周本淳點校:《唐音癸籤》,上海古籍出版社 1981 年版,第 323—326 頁。)

王士禛《香祖筆記》卷六

宋元論唐詩,不甚分初、盛、中、晚。故《三體》《鼓吹》等集,率詳中、晚而略初、盛,攬之憒憒。楊仲弘《唐音》始稍區别,有正音,有餘響,然猶未暢其説,間有舛謬。迨高廷禮《品彙》出,而所謂正始、正音、大家、名家、羽翼、接武、正變、餘響,皆井然矣。獨七言古詩以李太白為正宗,杜子美為大家,王摩詰、高達夫、李東川為名家,則非是。三家者皆當為正宗,李杜均之為大家,岑嘉州而下為名家,則確然不可易矣。

(第 121 頁。)

王士禛《居易録》卷一二

予選五言、七言詩及《唐賢三昧集》,二書皆姜西溟徵君序之。又選"唐人選唐詩",自《河岳英靈》已下八家,益以韋莊《又玄》、姚鉉《文粹》為十種,乞序於朱竹垞太史。太史復書云:"姚氏《文粹》既入選中,則《英華》《鼓吹》《三體》《衆妙》《聲畫》《正音》《萬首絶句》諸本似不應遺。"顧予取吴興,以其獨載樂府古調詩,在五季詩道卑靡之後有復古之功,非諸家所及。若《英華》《萬首》取備,故博而雜。《鼓吹》《三體》惟録格詩,氣格卑下,《衆妙》《二妙》亦然。楊仲宏《唐音》品第略具而又多紕漏,不及高氏《品彙》之詳審。《聲畫》止題畫之作,《歲時雜詠》僅節序之篇,皆非《文粹》比也。故略論之,有暇當取前諸本，益以《文章正宗》、唐人詩、唐釋子《宏秀集》，續為一書，恨安石《百家選》無從見之耳。

王士禛《唐人萬首絶句選凡例》

元汶陽周氏撰《三體唐詩》，不專絶句；明新都楊氏撰《唐絶增奇》，非唐人之全。元趙章泉、澗泉選唐絶句，其評注多迂腐穿鑿。如韋蘇州《滁州西澗》一首"獨憐幽草澗邊生，上有黄鸝深樹鳴"，以為君子在下、小人在上之象，以此論詩，豈復有風雅耶？余為此選，亦以補周氏、楊氏之所未及，而為趙氏一洗膚陋之見云爾。

（李永祥校注：《唐人萬首絶句選校注》，齊魯書社 1995 年版，第 5 頁。）

阮葵生《茶餘客話》卷一一《唐詩選本》

唐詩自嚴儀卿始有初、盛、中、晚之分，前人選擇裒集，初不閾于此限。其見于"唐人選唐詩"者，如芮挺章之《國秀集》，共九十人，人數章而已。元結之《篋中集》，其友人沈千運、趙微明等二十四首耳。殷璠之《河岳英靈集》，前人有龐雜不倫之譏，且于七言亦太畧。令狐楚之《御覽詩》，妍豔短章耳。《搜玉小集》，詩多雜訛。姚合之《極玄集》，自謂皆射鵰手，而止五言百篇。韋莊之《又玄集》，止收晚近。韋縠之《才調集》，共詩千首，頗為後人宗法，二馮評本近來尤風行，然其體頗近于西崑。周伯弼之《三體詩》，具有規則，而惜其體裁不備。此皆唐人自選其本朝之詩，或拘一人之聞見，或僅採一時之善手，未能極大觀而無憾。趙宋而後，《英華》《文粹》《文鑒》《詩統》之所録，王安石之《百家》，趙孟奎之《編類》，洪野處之《萬首絶句》，趙蕃昌父[①]之《唐絶選》，毛直方之《詩宗群玉府》，趙師秀之《衆妙集》，以

---

① 昌父　底本作"昌"。按，趙蕃字昌父，據補。

及洪容齋、曾夢山、陳德新、方虛谷、郝天挺之所輯録，搜羅漸富，得失互形。其後楊伯謙《唐音》一選，推尊盛唐，頗爲時論所歸。至高廷禮因之作《品彙》，取裁宏富，陳義甚高，但猶閾于滄浪初、盛、中、晚之界。李滄溟爲《詩選》，鍾伯敬爲《詩歸》，一則蹣跚，一則噍殺。他若韓濂之《歷代類選》，徐伯魯之《詩體明辨》，又有《麗情集》《蘆中集》《唐詩雜録》，益自噲（鄶）無譏已。厥後曹能始《唐詩統籤》，多能包舉衆有，而惜其為未竟之書。我朝《全唐詩》之刻，博採廣收，無微弗録，書幾千卷，詩近五萬首；略去初、盛、中、晚之名，不加去取，工于求者自得焉；如探珠赤水、取材鄧林，可謂一代之偉觀矣。世祖選唐詩，命吴偉業、曹爾堪注釋，本今求之不得。

（李保民校點：《茶餘客話》，上海古籍出版社 2012 年版，第 261 頁。）

潘德輿《養一齋詩話》卷三

周伯弜輯《三體詩》，局小識短不足言。方虛谷作序，既不滿之矣，而所輯《瀛奎律髓》，割裂門類，其可笑更甚於伯弜也。近高江村續輯《三體詩》，效尤無謂。此如元遺山《鼓吹》，多收晚唐，以為入格，亦非善本。而瞿宗吉又欲續之，瞿書不成，而明末人又有《鼓吹新編》之選。顧茂倫選《唐詩英華》，亦專收七律。好著述而少識力，又何為乎！

（郭紹虞編選，富壽蓀校點：《清詩話續編》，上海古籍出版社 1983 年版，第 2049 頁。）

荻生徂徠《徂徠集》卷二二《與平子和》

……讀書不識文章，僅據書題，而又不推其所由始，迺欲以持古今文章之衡，難矣哉！數十年前，宿學老儒尊信《三體詩》《古文真寶》，至與四子五經並矣。殊不知周伯弜一無名男子、林以正書賈也。近來漸覺其非,而以《唐詩訓解》代之,曰:“是于鱗先生之作。”吁!于鱗豈有《訓解》哉?朝鮮來聘,此方學士借聲譽於其人。近來亦漸覺其非,則走崎陽以獲華人一題跋。迺詫曰:“渠特外國耳,豈若華人乎?”噫!華人誠華人矣,然華人皆能文章,則廿一史何須《文苑》,而三千宮女悉定沈、宋之價也。妄人之言,率類是爾……

(富士川英郎等編:《詩集日本漢詩》第3卷,[日本]汲古書院1986年版,第228頁。)

荻生徂徠《徂徠先生答問書》卷下

至於詩文,《東坡》《山谷》《三體詩》《瀛奎律髓》之類……皆可視為損友。

(中村幸彦校注:《近世文學論集》,高木市之助、西尾實、久松潛一、麻生磯次、時枝誠記監修:《日本古典文學大系》第94卷,[日本]岩波書店1969年版,第172頁。原文為日文,劉芳亮譯。)

服部南郭《南郭先生燈下書》

凡作詩,過於纖巧則惡也。《三體詩》所收詩,多晚唐枯瘦之詩,不宜取法,古人亦笑其寒乞相。

(関儀一郎編:《日本儒林叢書》第3册,[日本]鳳出版1971年版,第13頁。原文為日文,劉芳亮譯。)

林東溟《諸體詩則》卷下

古今最上精選者:《文選》梁昭明太子選。《唐詩品彙》明高廷禮選。《同拾遺》同上。《唐詩正聲》同上。《唐詩選》明李于麟選。《明七才子詩集》選者闕,注解者多過失。《唐後詩》本邦徂徠①先生選。

---

① 徂徠 底本作“徂來”,據史實改。

猶可列精選者:《明詩正聲》明穆光胤選。《明詩選》明陳卧子選。

薰蕕錯雜、失鹵莽者:《文苑英華》宋太宗詔諸儒編之。《事文類聚》宋祝穆編。《古唐詩歸》明鍾惺選,蓋《古詩歸》稍精廣,未必廢。《明詩歸》同上。《明詩彙選》明朱篁風選。《唐詩鼓吹》宋元好問選。《三體詩》宋周伯弜選。《古文前集》共後集,書肆所僞選也。《圓機活法》此非王弇州選,後之書肆錯綜《詩林正宗》《詩學大成》等諸書,僞撰之已。若初學不得已而賴此,謀取舍於其人可矣。

(池田胤編:《日本詩話叢書》第9卷,[日本]龍吟社1997年版,第317頁。)

稻葉默齋《小學筆記·嘉言》

人謂徂徠出而日本文華開,此説極可笑也。何文華之開耶……《古文》《三體詩》雖甚佳,然今倶黯然,《世説》《唐詩選》《滄溟尺牘》行于世,而無一頁有用也。

([日本]東京大學綜合圖書館藏抄本。原文為日文,劉芳亮譯。)

山本北山《孝經樓詩話》卷上

《唐詩選》,僞書也;《唐詩正聲》《唐詩品彙》,妄書也;《唐詩鼓吹》《唐三體詩》,謬書也;《唐音》,庸書也;《唐詩貫珠》,拙書也;《唐詩歸》,疏書也。其他《唐詩解》《唐詩訓解》等俗書,不足論也。特有宋義士蔡正孫編選之《聯珠詩格》,正書也。

(《日本詩話叢書》第2卷,第72頁。原文為日文,劉芳亮譯。)

太田錦城《梧窗漫筆三編》卷上

日本自足利末好晚唐、宋、元詩,盛行《三體詩》《錦繡段》二書。《三體詩》乃宋汶陽周伯弜所撰,亦間見錯出於元明以來詩話。《錦繡段》二卷,文明末僧默雲(足利義政子義尚)纂集,彼土無由知之。

此《三體詩》,物茂卿視與《古文真寶》相埒,斥周伯弜為一無名男子(《與平玄仲書》),其徒依木附草之固陋者頗然之,至於耻以《三體詩》為範本。是可謂茂卿一盲引衆盲也。元人周密《武林舊事》載曰:"韜光庵韜光禪寺道場,與樂天同時,周伯弜有詩,前後諸賢留題甚多。"他人以"前後諸賢"一語帶過,而特揭周弼之名,以其名望詞華為榮也,豈可謂無名男子耶?又元明間人瞿宗吉所著《歸田詩話》(卷之上)有《唐三體詩序》一則,全録今行本所載方虚谷序文。末云:"按此序議論甚正,識見甚廣,而于周伯弜所集《三體詩》則深寓不滿之意。書坊所刻皆不載,而獨取于裴季昌序。近見唐孟高補寫《三體詩》一帙,書此序於卷首,故全録於此,與篤於吟事者共詳參之。"依此言,足知《三體詩》有數本,元明時人常所愛讀。不唯如此,明李東陽《麓堂詩話》亦曰:"選詩誠難,必識足以兼諸家者,乃能選諸家;識足以兼一代者,乃能選一代。一代不數人,一人不數篇,而欲以一人選之,不亦難乎?選唐詩者,惟楊士弘《唐音》為庶幾,次則周伯弜《三體》,但其分體過於細碎,而二書皆有不必選者。趙章泉《絶句》雖少而精。若《鼓吹》,則多以晚唐卑陋者為入格,吾無取焉耳矣。"觀李西涯此言,軒周伯弜,輊元遺山,孰謂周汶陽為無名卑士歟?匪啻此而已,都穆《南濠詩話》亦儼然有一則,足知元明以來,《三體詩》人誦家貯。南濠曰:"長洲陳湖磧沙寺,元初有僧魁天紀者居之。魁與高安僧圓至友善,至嘗注周伯弜所選《唐三體詩》,魁割其資,刻置寺中,方萬里特為作序,由是《三體詩》盛傳人間。今吴人稱'磧沙唐詩'是也。魁讀儒家書,尤工于詩,平生厓立絶俗,誓不出世,住山。至有詩贈之云:'拈筆詩成首首新,興來豪叫欲攀雲。難醫最是狂吟病,我恰才痊又到君。'"如此,則伯弜之選,詩人莫不把玩,注者圓至及天紀,皆有學識之僧,故伯弜為名士益明矣。徂徠氏之學固寡陋,亦當知瞿佑、李東陽、都穆此三名家,却不知此三家詩話有如上記述,極口誣枉伯弜為無名男子,所謂小人無所忌憚也。要之,周伯弜乃有名大家,而物茂卿當為無識之男子。然伯弜之選詩,取碔砆之似,不免舍宫商收淫哇[①]之誚,難稱精選,是亦後學者不可不知者也。

此外,周汶陽《三體詩》事,亦見於屠隆《鐵網珊瑚》、朗瑛《七修類稿》,又散見於楊升庵《丹鉛總録·詩話部》等書。又有一事,物茂卿難逭其責。高廷禮《唐詩品彙》為物茂卿門尊奉之書也,而廷禮《品彙》引據書目中列有"《三體詩》,汶陽周伯弜選;《唐詩鼓吹》,元遺山編,郝天挺注",茂卿竟不知乎,斥其信奉之高廷禮所取信之周伯弜為無名男子,何也?誣歟?妄歟?可謂尊禰侮祖矣。又清人毛大可、王阮亭等,亦言及伯弜《三體詩》。元、明、清三代相承,藝林必插架彼書也。

(塚本哲三等編:《名家隨筆集》卷上,[日本]有朋堂書店 1926 年版,第 661—664 頁。原文為日文,劉芳亮譯。)

菊池五山《五山堂詩話》卷一

周伯弜《三體詩》,擷唐詩之英,極爲粹然,比之濟南《詩選》更覺萬萬。唯坊本訛雜,坐之被廢。江湖社校本現在,他日將梓行世。伯弜,宋嘉定進士,有《端平集》十二卷。李龏又選而序之,曰《端平詩雋》,《宋詩存》亦已收,儼然爲一名家。而徠翁《與子和書》云"周伯弜一無名男子",何其冤也。人言徠翁假鬼而以嚇人,信哉。余近梓《端平詩雋》以行世,將洗其寃,且醒世之嚇死者。

(《日本漢詩話集成》第 4 册,第 1745 頁。)

---

① 哇 底本作"娃",據文意改。

賴山陽《唐絶新選例言》

或謂:“此所取多係周氏《三體詩》所載,夫李選行而《三體》如奴隸,李尚高雅,周取纖弱,今猶掛諸齒牙乎?”余曰:“是猶謂盜所持金非金也,且子以耳食者也。周意所主,誠不脱元人風習,然其所選,有至當不可易者。較諸李選,且如戴叔倫,李取‘半夜回舟’,周取‘盧橘花開’;如温庭筠,李取‘館娃宫外’,周取‘天寶年中’。孰高雅,孰纖弱? 子且舍耳而目。”

(木崎愛吉、賴成一編:《賴山陽全書·全集下》,[日本]賴山陽先生遺迹彰顯會 1932 年版,第 3 頁。)

古賀侗庵《侗庵非詩話》卷二

《詩學大成》《唐詩金粉》《卓氏藻林》《圓機活法》《聯珠詩格》《三體詩》等書,亦詩話之流,皆詩道之懸疣附贅,旁門邪徑。詩人由此而入者,難與言詩矣。

(《日本漢詩話集成》第 5 册,第 2071 頁。)

徐居正《四佳詩集》卷五二“詩類”《初見〈瀛奎律髓〉,名集之意頗艱險。讀所集之詩,與〈唐詩鼓吹〉〈三體詩〉不同。其評論批點,不及須溪遠矣。嘗看圓珠處,有“苔色照人衣”者,有“雨裏得窗光”者,極口稱譽,是不知何等語耶? 仍吟數絶云》

作詩差易揀詩難,分别雌黄豈一端。律髓評論批點在,何人具眼細尋看。

須溪老手古無多,評點張皇幾大家。千古何人續遺響,紛紛諸子奈渠何。

(民族文化推進會編:《(影印標點)韓國文集叢刊》第 11 册,[韓國]景仁文化社 1990—2010 年版,第 127 頁。)

李睟光《芝峰雜著·唐詩彙選序》

余平生無所嗜,所嗜唯詩,而于唐最偏嗜焉。若聾者之嗜音聲,瞽者之嗜繪綵,人或笑而排之,有不恤也。夫詩道至唐大備,而數百年間體式屢變,氣格漸下,故有始、盛、中、晚之分。所謂晚唐則衆體雜出,疵病不掩,然論其品格猶不失爲唐。譬之於味,始、盛之詩其猶八珍膾炙,而晚唐之作亦猶禁臠之餘味,其可嗜一也。但世或有嗜晚唐,而不識始、盛唐之爲可嗜,惑矣。如《正音》《鼓吹》《三體》等編亦多主晚唐,或失之太簡。而唯《品彙》之選所取頗廣,分門甚精,視諸家爲勝。第編帙似夥,學者病之。余嘗擇其中尤雋永者爲八卷,命曰《唐詩彙選》,私竊味之而已,不敢以示人。尹公次野之視篆鷄林也,目是編而喜之,要取而壽諸梓。噫!世之人嗜唐者蓋尠,而余亦嗜而不知其味者也。今是選出於余手,將使見之者不但不可於口,必有聞其臭而却走者矣。然其嗜與不嗜,固無所損益也。竊瞯公之志,與余同所嗜者,故乃不辭而歸之。

(蔡美花、趙季主編:《韓國詩話全編校注》第2册,人民文學出版社2012年版,第1351頁。)

金錫胄《息庵先生遺稿》卷八《唐百家詩删序》

善乎,胡生之論也:"自唐以後,選詩者多矣。《英靈》《國秀》,《間氣》《極玄》,但輯一時之篇什。而荆公《百家》,缺略初、盛。章泉《唐絶[①]》,僅取中、晚。周弜《三體》,有牽合之譏。好問《鼓吹》,多錯雜之失。數百年來,未有得其要領者。獨楊伯謙《唐音》,頗具隻眼。然遺杜李,詳晚唐,尚未盡善。至明高廷禮《品彙》而始備,《正聲》而始精。"斯言不其然歟?以余觀於近世:玄超之《類苑》,務極廣大而

① 唐絶　底本作"唐紀",據該著書名改。

既傷於繁蕪；于鱗之《詩選》，一主高簡而反失於阸僻。譚藝之家，蓋又不能無病之者。去歲之春，余以肺火，杜門養痾。無所事事，偶聚唐人詩集數十家以資閱玩。仍遂不揆寡陋，輒有甄録。且復裁酌乎諸家之選，以成一家之書。得詩滿千，爲編者九，名之曰《唐百家詩删》。是删也，師其備於《品彙》而刊削以歸約，法其精於《正聲》而蒐羅以就博。其於體格、聲調，尤不敢不致其謹且嚴焉。則庶幾於高氏之權度，不大相盭。而使胡生有知，抑或有以當其意也否乎？凡其去取編撰之由，俱詳諸凡例，兹不暇悉。

（《(影印標點)韓國文集叢刊》第145册，第244頁。）

朴泰淳《東溪集》卷六"序"《國朝詩删序》

雖然有宋諸人咸宗少陵，而大季别主西崑，皇明文士皆尊空同，而鹿門獨推荆川。如鈔選唐詩者，《唐音》《品彙》《皷吹》《三體詩》等書，各有所偏主，人見之不同，本自如此。故曰何傷乎，亦各從其志也。

（《(影印標點)韓國文集叢刊續集》第51册，第206頁。）

張混《而已广集》卷一一《唐律集英序》

七言律，推李唐爲尤，而莫之埒，何也？於唐倡而盛也。選者衆，而《鼓吹》，元遺山也；《品彙》，高棅也；《律髓》，方回也；《三體》，周伯弜也；《詩解》，唐汝詢也；《詩歸》，鍾惺、譚元春也。此特著行者也。然而或羼以諸體，或偏於盛、晚，或不舉李杜。偏則枯，雜則不專。惜乎，盡美未盡善也。然則如何而可？曰：膾炙，吾所好也。大羹玄酒，亦吾所好也。取舍在乎心乎。故學之有準，選之不可以拘。朝廷有賡載之什，朋友有贈投之詩。大而山川樓臺，寓游觀也；細而月露花鳥，寫情境也。耕漁閑適，仙佛詭幻，與夫羈旅、行役、離别之作，皆所以感發人意。其情切，其體完，粲粲焉錦繡，鏗鏗然金石。蓋常論之：三唐氣格，雖降而變。學詩者越皮、陸之藩翰，踵韋、柳之門逕，臻李、杜之壼奥，則上追《風》《騷》，亦由斯乎？三餘之暇，合衆選而芟蝟攟英，編爲四卷。未可謂集大成，亦可云備述矣。進退得失，當竢罪當世君子。歲己巳姑洗之月哉生魄識于而已广中。

（《(影印標點)韓國文集叢刊》第270册，第545頁。）

都穆《南濠詩話》

李群玉作《黄陵廟》詩，昔人謂其名檢掃地，周伯弜乃選入《唐三體詩》，果何見耶？

（《歷代詩話續編》，第1364頁。）

楊慎《升庵詩話》卷六《杜審言詩》

杜審言《早春游望》詩，《唐詩[①]三體》選爲第一首，是也。首句"獨有宦游人"，第七句"忽聞歌古調"，妙在"獨有""忽聞"四虚字。《文選》殷仲文詩"獨有清秋日"，審言祖之。蓋雖二字，亦不苟也。詩家言"子美無一字無來處"，其祖家法也。

（王大厚箋證：《升庵詩話新箋證》，中華書局2008年版，第320—321頁。）

賀裳《載酒園詩話》"晚唐"《王周》

王周詩最難選。升庵稱其"嘉陵江水色，一帶柔藍碧。天女瑟瑟衣，風梭晚來織"。高廷禮取其"誰知孤宦天涯意，微雨瀟瀟古驛中"。周伯弜取其"雨苔生古壁，雪雀聚寒林"。鍾、譚取《峽船具詩》。余意《船具》誠屬奇觀，但悉取之則嫌于數見不鮮，節取之又嫌其制

① 詩 底本脱，據《歷代詩話續編》(P. 735)補。

不備，即鍾、譚已不能不抱憾于斯二者矣。

（《清詩話續編》，第394—395頁。）

安積澹泊《老圃詩腜》

《堯山堂外紀》曰："至天隱所注唐《三體詩》，置長洲磧沙寺，今吴人稱'磧沙唐詩'是也。"余竊疑五言律詩中所載常建《泊舟盱眙》詩，雖格律平正，而不類常建諸詩。偶閲《唐詩紀事》，此詩作韋建，而云"建與蕭穎士最善"，據此則韋建中唐詩人也。《三體詩》卷首載詩人履歷有常建無韋建，"常""韋"二字相近，乃知從來誤以"韋"爲"常"，而非板刻之訛也。焦弱侯極詆《三體詩》《唐詩鼓吹》所取大抵皆晚唐之最下者，其人無識而寡學，要不足辨。未知果是否？

（《日本漢詩話集成》第2册，第565頁。）

谷斗南《好好園詩話》"坤卷"《押韻》

宋陸士規來自湘楚，謁秦檜。檜以小嫌，不與接見。因誦其《過黄陵廟》詩，其詩曰："春風吹草緑離離，路出黄陵古廟西。帝子不知春又過，亂山無主鷓鴣啼。"意調流暢，佳則佳矣。然執岑參"芳樹不知人去盡，春來猶發舊時花"、李華"芳樹無人花自落，春山一路鳥空啼"二詩以論之，則"無主"二字，頗覺澀滯。謝在杭曰："宋人絶句，以陸士規《黄陵廟》壓卷。雖不敢當昌齡、太白，置之中、晚，不可識别矣。此篇與嚴儀卿《聞笛》詩'江上誰家吹笛聲，月明霜白不堪聽。孤舟萬里瀟湘客，一夜歸心滿洞庭'皆絶似唐，而起句皆出韻，故選家不之及。然張籍《秋思》詩曰'洛陽城裏見秋風，欲作家書意萬重。復恐匆匆説不盡，行人臨發又開封'，何害其佳？"謝氏味"無主"二字否？且未辨聲律。夫五、七言律起句，以仄起第五字、第七字履仄爲正格。如其押韻，乃非正格。故雖押韻，不敢充其數，總曰之"四韻"。是以間有用旁韻者，如絶句亦同然，又曰之"二韻"。權德輿詩題曰《埇橋達奚四、于十九、陳大侍御宴，各賦二韻》，其詩曰："滿樹鐵冠瓊樹枝，樽前燭下心相知。明朝又與白雲遠，自古河梁多别離。"據是觀之，起句之押韻不敢充其數，故用旁韻亦可，不用亦可也。此唐人所不忌也。高棅撰張籍詩，列於《唐詩正聲》。周弼又列之《三體詩》。然謂"選者不之及"，何其所見之淺也。宋元以來，無標此義者，故愚管及之。

（《日本漢詩話集成》第 10 册，第 4558 頁。）

南羲采《龜磵詩話》卷一七《鬼咏甘棠》

《異聞寶録》云："會昌中許孝廉，路由甘棠館，逢白衣叟乘馬吟詩曰：'春草萋萋春水緑，野棠開盡飄香玉。繡嶺宫前鶴髮翁，猶唱開元太平曲。'許異其詩，欲與語，忽入林中不見。繡嶺宫在陝州[①]，玄宗開元中嘗遊幸於此。"按，《三體詩注》以此詩為[②]李才江所作，豈才江詩白衣鬼誦之耶？

（《韓國詩話全編校注》第 9 册，第 7688 頁。）

吴師道《吴禮部詩話》

周伯弜編《三體詩》，絶句以杜常《華清宫》一首為冠："行盡江南數十程，曉風殘月入華清。朝元閣上西風急，都入長楊作雨聲。"按《唐史》及小説諸書，皆無杜常名字。或者以為宋人。然華清宫朝元閣，宋時不存已久，自當為唐人詩無疑。"曉風"，以陳仁《詩統》作"曉乘"為是，下有"西風"字，不應重用也。"長楊"止以樹言爾。近有

① 陝州　底本作"峽州"，據《唐詩三體家法》卷二李洞《繡嶺宫》注①改。
② 為　底本作"以"，據文意改。

僧圓至,注作長楊宫,在盩厔縣南。相去遼絶,知其不通,遂謂詩人寓言託諷,皆謬也。且此詩首句"江南"之云,地里已自難曉,故或者以蜀江之南釋之,此句亦閒況不切。後兩句雖形容空宫淒涼之景,亦非奇語。又用"長楊"字使人致惑,以冠此編,殊未為當。杜牧之《宣州開元寺》詩首句:"松寺曾同一鶴棲。"至注云:"所謂同鶴棲者,恐是與婦人同宿,託名鶴爾。"此尤謬妄。牧之跌宕,人遂以此歸之,可發一笑。李洞《送三藏歸西域》云:"十萬里程多少難,沙中彈舌授降龍。五天到日應頭白,月落長安半夜鐘。"末句言其始去之時也,至注以為思三藏之時,則味短矣。

(《歷代詩話續編》,第588—589頁。)

瞿佑《歸田詩話》卷上《華清宫》

周伯弜《三體詩》,首載杜常《華清宫》詩,連用二"風"字,讀者不知其誤。嚮見一善本,作"曉乘殘月入華清",易此一字,殊覺氣味深長。

(《歷代詩話續編》,第1248頁。)

都穆《南濠居士文跋》卷一《唐詩三體》

宋季汶陽周弜選《唐詩三體》,以杜常《華清宫》詩為首,詩云:"行盡江南數十程,曉風殘月入華清。朝元閣上西風急,都入長楊作雨聲。"元僧圓至注謂唐詩人無所謂杜常者,引《孫公談圃》《西清詩話》以常為宋人,而復曰"弜詩學傳家,列之于唐,必有所據"。瞿宗吉《詩話》則謂"曉風"為"曉乘",蓋以其下有"西風"字也。歲癸酉,余以使事至陝,道經臨潼,浴驪山之温泉,見石刻中有此詩,乃秦鳳等路提點刑獄公事太常丞之杜常作。其詩云:"東別家山十六程,曉來和月到華清。朝元閣下西風急,都入長揚作雨聲。"後有潁川杜詡跋云："正甫太丞自河北移使秦鳳，元豐三年九月過華清有詩。"始知常[1]真宋人。數十年之疑，一旦而釋。夫弼之選固為大謬，至以常為宋人，是矣，不應又曰"列之于唐，必有所據"。至于宗吉，亦無真見。此可同發一笑也。

（《明代書目題跋叢刊》，第 2013 頁。）

陸深《儼山集》卷八七"題跋二"《跋温泉石刻》

乙未初夏，予入關，浴於温泉。起覽諸石刻，命拓數種。此《華清宫》詩，與今所行《三體唐詩》前二句數字不同，疑當從石。按杜常，字正甫，本宋元豐間人，據此刻明甚。伯弜精選，不應開卷便謬甚矣。編纂之難如此。此帖字畫亦佳。

（文淵閣《四庫全書》本。）

楊慎《丹鉛總録》卷一八《方澤杜常》

《詩話》云：杜常、方澤在唐詩人中名姓不顯，而詩句驚人。今惟存《華清宫》一首，孫公《談圃》亦以為宋人。近註《唐詩三體》者亦引《談圃》而不正指其非唐人，蓋不欲顯選者之失耳。予又見《范蜀公文集》中有《手記》一卷，記其一時交游名流，中有杜常，名姓下註曰"詩學"。又《宋史》有《杜常傳》云：杜常，太后之姪，能詩。以史與《談圃》《手記》參之，為宋人無疑矣。如《唐詩鼓吹》以宋胡宿詩入唐選，宿在《宋史》有傳，文集今行于世，所選諸詩在焉，觀者不知其誤，何耶？《鼓吹》之選皆晚唐之最下者，或疑非遺山，觀此，益知其偽也。

（文淵閣《四庫全書》本。）

---

① 常　底本作"當"，據上文改。

楊慎《升庵詩話》卷一一《杜常〈華清宫〉》

“行盡江南數十程，曉星殘月入華清。朝元閣上西風急，都入長楊作雨聲。”宋周伯弜《唐詩三體》以此首為壓卷第一。《詩話》云：“杜常、方澤姓名不顯，而詩句驚人如此。”按杜常乃宋人，杜太后之姪，《宋史・文苑》有傳。孫公《談圃》亦以為宋人。《范太史集》有《手記》一卷，紀時賢姓名，而杜常在其列，下注“詩學”二字，其為宋人無疑。周伯弜誤矣，然詩極佳。

“曉星”，今本作“曉風”，重下句“西風”字，或改作“曉乘”，亦不佳。余見宋敏求《長安志》，乃是“星”字。敏求又云：“長楊非宫名，朝元閣去長楊五百餘里，此乃風入長楊樹，葉似雨聲也。”深得作者之意。

此詩姓名時代誤，“曉風”字誤，“長楊”意誤，特為正之。

(《升庵詩話新箋證》，第616—617頁。)

朱孟震《河上楮談》卷二《杜常》

臨潼驪山華清宫，温泉在焉。中有萃玉屏，皆宋元及今人詩刻。内杜常詩四篇，《曉至華清》云：“東别家山十六程，曉來和月到華清。朝元閣上西風急，都入長楊作雨聲。”《夜雨晨霽》云：“柏葉青青櫟葉紅，高低相倚弄秋風。夜來雨後輕塵歛，繡出驪山嶺上宫。”《温泉》云：“已去開元四百年，此泉猶自響潺潺。也知不憤當時事，長作悲聲恨禄山。”《驪山》云：“漁陽烽燧起雲間，玉輦蒼黄下此山。何事君王自神武，區區南渡鹿頭關。”前題“權發遣秦鳳等路提點刑獄公事太常寺[①]杜常”。後跋云：“正甫大寺自河北移使秦鳳，元豐三年九月二十七日過華清，有詩四首，詞意高遠，氣格清古，邑人曹端儀既親

① 太常寺　底本作“大常寺”，據文意改。

且舊，因請副本，勒諸方石，以傳不朽。閏九月初一日潁川杜詡記。”及觀楊修撰《丹鉛餘録》載：《詩話》云：杜常、方澤在唐人中名姓不顯，惟存《華清宮》一首。孫公《談圃》以為宋人。近注《唐詩三體》者，亦引《談圃》而不正其非唐人，蓋不欲顯選者之失耳。余又見《范蜀公文集・手記》，一時交遊中有杜常，名姓下[①]注曰“詩學”。又《宋史》有《杜常傳》，云杜太后[②]之姪，能詩。以史與《談圃》《手記》參之，為宋人無疑矣。修撰當[③]時豈未見兹刻耶？然前詩首句云“行盡江南數十程，曉風殘月入華清”，而此刻稍異。今《臨潼志》並存之。一作唐杜常，一作宋杜常。又《驪山》首句大類唐吴融《華清》詩，僅易數字，豈杜熟唐人詩而暗合耶？抑用其語而稍易以後意也。又《温泉》詩“年”“山”非一韻，而《志》作宋王素詩，何也？石刻真與僞良不可知，以多識如楊公，當時何不見此？惜生也晚，不及一請質也。

（《四庫全書存目叢書・子部》第 104 册，第 639—640 頁。）

焦竑《焦氏筆乘》卷三《杜常》

楊用修云：“《三體唐詩》有杜常《華清宮》詩，孫公《談圃》以為宋人。近注者亦引《談圃》而不正指其非唐人，蓋不欲顯選者之失耳。《宋史》有《杜常傳》，云：‘杜常，太后之姪。’以史與《談圃》參之，其為宋人無疑。如《唐詩鼓吹》以宋胡宿詩入唐選，宿在《宋史》有傳，文集今行于世，觀者不知其誤，何邪？”用修此言，蓋據史以正之耳。予嘗見杜常一碑，凡數詩，《華清宮》絶句居首，前書“殿中丞杜常”，後題元豐年月。其詩與今所傳微不同：“一别家山十六程，曉來和月到華清。朝元閣上西風急，都入長楊作雨聲。”蓋周弼不惟迷其世代，

---

① 下　底本作“不”，據文意改。

② 太后　底本作“大后”，據文意改。

③ 當　疑為“書”之形訛。

且妄改其詩矣。大抵《三體》《鼓吹》,所取皆晚唐之最下者,其人無識而寡學,要不足辨。

(李劍雄點校:《焦氏筆乘》,上海古籍出版社1986年版,第108頁。)

焦竑《題詞林人物考》

論人之著作,如相家觀人,得其神而後形色氣骨可得而知也。古之摛詞者,不在形體結構,在未有形體之先,其見於言者,託耳。若索諸裁文匠筆,聲應律合,即盡叶於古,皆法之迹也,安知其所以法哉!友人王赤岡氏,耽玩藝文,錯綜今古,乃取昭代詞家,人為之傳。以為不得其神,未可論其法;不知其人,未有能得其神者也。其誦詩讀書,而論其世之意歟?王僧虔論書,或其人可想,或其法可存,皆所不廢。赤岡之多所捃摭,殆亦類此。宋人好為覈論,然《三體詩》至以杜常為唐人,洪容齋博雅名家,所進《萬首絶句》,宋詩攙①入者什居二三。彼其世之不知,而何以論於神形離合之際。然則是編也,固通今學古之津筏,微獨修詞者所當知而已。

(李劍雄點校:《澹園集》,中華書局1999年版,第284—285頁。)

原田東岳《詩學新論》

楊用修曰:《三體唐詩》有杜常《華清宫》詩,孫公《談圃》以爲宋人,近注者亦引《談圃》而不正指其非唐人,蓋不欲顯選者之失耳。《宋史》有《杜常傳》云"杜常,太后之侄"。以史與《談圃》參之,其爲宋人無疑。焦弱侯曰:"余嘗見杜常一碑②,凡數詩,《華清宫》絶句居首。前書'殿中丞杜常',後題'元豐年月'。其詩與今所傳微不同:'一别家山十六程,曉來和月到華清。朝元閣上西風急,都入長楊作

① 詩攙 底本作"攙詩",據文意改。

② 碑 底本作"硯",據《焦氏筆乘》卷三《杜常》改。

雨聲。'"蓋周弼不惟迷其世代，且妄改其詩矣。大氏《三體》《鼓吹》所取皆晚唐之最下者，其人無識而寡學，要不足辨。瞿宗吉《詩話》："杜常《華清宫》詩，向見一善本，作'曉乘殘月入華清'。"以余觀之，此詩周弼改作，或不之知也。以其連用"入""風"二字，蓋又改换"乘"字。要之，此詩不似唐調。郭禿俚習，何足取焉？右諸公論辨杜常非唐人尤明矣。清人而菴《唐詩解》近來東渡，亦收入杜常《華清宫》詩。因謂清人之説唐詩率屬忽突，難以學唐詩者之爲階梯也。然如七律解間發蘊奥，此可以觀矣。至夫《唐詩合解》及而菴解，淺而不詳，何足觀哉？且《三體唐詩》，村學究傳而習之，焦唇乾嗌，日夜讀之。都鄙之間，厥聲載路。世之有識乃謂"惑而乘驥，何得正路？不翅以碔砆混璠璵也已"。三法立黷範式，屑然以穿鑿取新，殆如婢作夫人，舉止羞澀，終不似真。

(《日本漢詩話集成》第 3 册，第 1024 頁。)

津阪東陽《夜航詩話》

胡宿，宋仁宗時人。《宋史》有傳。《鼓吹》錯取爲唐人。高廷禮《唐詩正聲》亦載其《津亭》一律，蓋氣格有類唐人，因誤收入。楊慎《丹鉛録》、李詡《戒菴漫筆》辨之詳矣。周伯弼選《唐詩三體》，開卷第一首舉宋人杜常，尤可笑也。《全唐詩》亦并附唐末，何其不之考也。

(《日本漢詩話集成》第 4 册，第 1540 頁。)

古賀侗庵《侗庵非詩話》卷八

楊慎曰：《詩話》云："杜常、方澤在唐詩人中名姓不顯，而詩句驚人。今惟存《華清宫》一首。"孫公《談圃》亦以爲宋人。近注《唐詩三體》者亦引《談圃》，而不正指其非唐人，蓋不欲顯選者之失耳。予又見范蜀公文集中有《手記》一卷，記其一時交遊名流，中有杜常名姓，下注曰“詩學”。又《宋史》有《杜常傳》云：“杜常，太后之侄，能詩。”以詩與《談圃》《手記》參之，爲宋人無疑矣。如《唐詩鼓吹》以宋胡宿詩入唐選，宿在《宋史》有傳，文集今行于世，所選諸詩在焉。觀者不知其誤，何耶？《鼓吹》之選，皆晚唐之最下者，或疑非遺山。觀此益知其僞也。煜桉：高廷禮《唐詩品彙》，杜常、胡宿皆在。又載齊釋寶月、梁劉令嫺詩。

(《日本漢詩話集成》第5册，第2180頁。)

角田九華《九華山房詩話》

周伯弜《三體詩》首載杜常《華清宫》詩[①]，連用二“風”字，讀者不知其誤。嚮見一善本，作“曉乘殘月入華清”。易此一字，殊覺氣味深長。

(《日本漢詩話集成》第7册，第2810頁。)

東條琴臺、東條士階《新唐宋聯珠詩格》附言

詩錯一字，意味索然，遂使作者意不可知，而况於數字乎？余讀周弼《三體唐詩》、高棅《唐詩品彙》，暗記數詩，至今漫然不覺其佳者多矣。杜常《華清宫》詩“行盡江南數十程，曉風殘月入華清”，楊慎《丹鉛總録》作“東别家山十六程，曉來和月到華清”；熊孺登《祗役遇風》詩“比來天地一閒人”，伍涵芬《讀書樂趣》作“比來天地少閒人”；賈島《渡桑乾》詩“客舍并州既十霜”，令狐楚《御覽詩》作“客舍并州數十霜”，又結句“是”作“似”；元稹《聞白樂天左降江州司馬》詩“垂死病中驚坐起”，洪邁《萬首絶句》作“垂死病中驚起坐”。四詩收入兩家選，殊不覺其佳。今讀其不錯者，精神初見，風旨動人。唐宋之

① 原書校：“常：底本訛作‘牧’，據《徐氏筆精》卷三改。”

詩此類極多，斯編採摭一從其佳者，不苟一字，故與近世諸鈔本間有異者，皆爲此故也。

（《日本漢詩話集成》第7册，第3188—3189頁。）

細川十洲《梧園詩話》卷上《杜常〈華清宫〉詩》

《三體詩》首載杜常《華清宫》詩曰："行盡江南數十程，曉風殘月入華清。朝元閣上西風急，都入長楊作雨聲。"蓋以杜常爲唐人。《全唐詩》又以爲唐末人，收此詩一首，但改"風"爲"星"。《焦氏筆談》《文體明辨》等書亦然。然《宋史》有《杜常傳》，《宋詩紀事》又以爲宋人，載其詩四首，其第一首即題華清宫者，但首二句則曰"東别家山十六程，曉來和月到華清"。《河上楮談》載杜詡跋曰："臨潼[①]驪山華清宫，温泉在焉。中有萃玉[②]屏，皆宋元及今人詩刻。内杜常四篇，前題'權發遣秦鳳[③]等路提點刑獄公事太常寺杜常'，後跋云：'正甫太守自河北移使秦鳳[④]，元豐三年九月二十七日過華清宫，有詩四首。詞意高遠，氣格清古。邑人曹端儀既親且舊，因請副本，勒諸方石，以垂不朽。閏九月初一日潁川杜詡記。'"《居易録》亦曰，杜常，北宋人，今唐詩多誤收之。《説郛》引《古今印史》，以此詩爲杜牧作，且云："連用二'風'字，讀者不知其誤。鼺見一善本，作'曉乘殘月入華清'，易此一字，殊覺意味深長。"《香祖筆記》又曰："常爲昭憲皇后族孫，第進士，歷官工部尚書。而《霏雪録》以爲杜牧詩，誤矣。"《孝經樓詩話》論此事更詳。又按《宋金元詩選》

① 臨潼　底本作"臨漳"，據《河上楮談》卷二《杜常》改。
② 萃玉　底本作"華玉"，據《河上楮談》卷二《杜常》改。
③ 秦鳳　底本作"秦凰"，據《河上楮談》卷二《杜常》改。
④ 秦鳳　底本作"泰凰"，據《河上楮談》卷二《杜常》改。

亦收此詩,以爲宋人。

(《日本漢詩話集成》第11册,第4992—4993頁。)

陶宗儀《南村輟耕録》卷二六《盧橘》

《唐三體詩》裴庾注云:"《廣州記》:盧橘皮厚,大如柑,酢多,至夏熟,土人呼為壺橘,又曰盧橘。"

(王雪玲校點:《南村輟耕録》,遼寧教育出版社1998年版,第309頁。)

吴喬《答萬季埜詩問》

問曰:"丈丈於唐詩,皆如義山《無題》之見作者意乎?"答曰:"是何言歟? 安可淺視唐人也? 茅塞之心,有見者,有不見者,有疑者……白傅輓元微之云:'銘旌官重威儀盛,騎吹聲繁鹵簿長。後魏帝孫唐宰相,六年七月葬咸陽。'此詩有似具文見意。'具文見意',乃杜元凱《左傳序》之言,謂但紀其事,不著議論而意自見。周伯弜以王建'五色雲中駕六龍'後二首却哀惜當之①。此所不同者,極其褒美,無哀惜之義,即似譏刺,然與平生交情不合故也。"

(《清詩話》,第31頁。)

吴喬《圍爐詩話》卷一

優柔敦厚,言之者無罪,聞之者足戒,詩教也。唐人之詞微而婉。王建《宫詞》云:"金殿當頭紫閣重,仙人掌上玉芙蓉。太平天子朝元日,五色雲車駕六龍。"神堯以老聃為始祖,尊為玄元皇帝。"太平天子",謂諸帝朝老聃也。禮,天子不乘奇車。"五色雲車"用漢武帝甲乙曰青、丙丁曰赤等事,刺天子乘奇車,非禮也。周伯弜謂之

---

① 按,此為圓至注之觀點。

"具文見意"。此杜元凱《左傳序》語，謂不著議論而意自見。可見元人詩思深于明人多也。

（《清詩話續編》，第 502 頁。）

李睟光《芝峰類説》卷一二

李商隱詩"青雀西飛竟未回"，《三體詩》注引西王母青鳥事爲證，余恐不然。《洞冥記》曰：有女名巨靈，悦於帝，戲笑帝前。東方朔望見巨靈，乃目之，巨靈化成青雀飛去，乃起青雀臺云。蓋出於此。

（《韓國詩話全編校注》第 2 册，第 1219 頁。）

姜沆《睡隱詩話》

作詩非難，注詩為難……余見唐劉言史《過春秋峽》詩"不知何樹幽崖裏，臘月開花似北人"，《三體詩》注以"似"為"送"。春秋峽邈在嶺外，北人過之，其零丁牢落之狀正似臘月之花。訓"送"則全無意味矣……詩家之注莫深於《三體》，國朝文章莫高於佔畢，而猶不免三難之病，詩文果可易言乎哉！

（《韓國詩話全編校注》第 2 册，第 1405 頁。）

李瀷《星湖僿説》"詩文門"《玉厄鳴珂》

馬之飾有玉厄鳴珂。按《爾雅翼》，藿蠋一名蚅，古人以金作此而綴之車上為飾，故《大雅・韓奕》曰"鞗革金厄"。據毛傳："厄，烏蠋是也。"杜牧詩曰："東南樓日珠簾捲，西北天宛玉厄豪。"本注引《詩》鄭箋作"小環"，謂飾於轡首者也。此車飾，而亦或為馬飾者也。周弼《唐詩》注引《通典》云："雕入海化為珖，可為馬飾，謂之珂。"珂，螺屬也。今人以腹魚甲碎片以漆塗物謂之螺鈿是也。《爾雅翼》曰："貝大者珂，黄黑色，其骨白，可飾馬具。"後遂以馬飾通謂之珂。故

《西京雜記》:"長安盛鞍馬,以南海白蜃為珂。"白蜃者必指腹魚甲之類,而珂只是馬具之稱。唐儲光羲詩云:"五陵貴公子,雙雙鳴玉珂。"此又以鳴玉為珂。鳴玉者,響玉也。梁劉苞[①]詩云:"鳴珂飾華毦,金鞍映玉羈。"

(《韓國詩話全編校注》第5册,第3770頁。)

陳晉蕃跋其姊陳婉俊《唐詩三百首補注》

憶晉蕃初識之無,姊伯英即教以《唐詩三百首》。逮稍長,姊方事補注,間為指陳典實,始知作詩不可一字無來歷,讀詩不可一字不考核也。歲壬子,姊歸桐城,晉蕃尋避地寄瀨邑,春朝秋夜,感事興懷,偶事詠吟,以不睹補注唐詩為惜。乙卯冬,鏡緣姊丈偕姊來瀨,歡敘之餘,悉《唐詩三百首補注》未遭兵燹,且有增帙焉,急索而讀之。博引旁徵,字梳句櫛。罄胸藏之積軸,更益新裁;溯口授於曩年,如逢故我。覺郝天挺注《唐詩鼓吹》,尚嫌簡陋;高士奇注《三體唐詩》,無此清整。吾家信有秀才,何必效關氏之誇進士也。爰事讎校,請付棗梨,雖莫當考古之資,庶足為發蒙之助云。同懷弟康侯陳晉蕃謹跋。

(蘅塘退士編,陳婉俊補注:《唐詩三百首》,中華書局2003年版,第378頁。)

范晞文《對床夜語》卷二

周伯弜弼云:"言詩而本於唐,非固於唐也。自河梁之後,詩之變,至於唐而止也。謫仙號為雄拔,而法度最為森嚴,況餘者乎?立心不專、用意不精而欲造其妙者,未之有也。元和蓋詩之極盛,其實

---

① 原書校:"底本訛作'巷',據《詩紀》卷九十八改。"

體製自此始散，僻事險韻以為富，率意放辭以為通，皆有其漸，一變則成五代之陋矣。”

……

周伯弜選唐人家法，以四實為第一格，四虛次之，虛實相半又次之。其説四實，謂中四句皆景物而實也，於華麗典重之間有雍容寬厚之態，此其妙也。昧者為之，則堆積窒塞，而寡於意味矣。是編一出，不為無補後學，有識高見卓不為時習熏染者，往往於此解悟。間有過於實而句未飛健者，得以起或者窒塞之譏，然刻鵠不成尚類鶩，豈不勝於空疏輕薄之為，使稍加探討，何患不古人之我同也。

四虛序云：“不以虛為虛，而以實為虛，化景物為情思，從首至尾，自然如行雲流水，此其難也。否則偏於枯瘠，流於輕俗，而不足採矣。”姑舉其所選一二云：“嶺猿同旦暮，江柳共風烟。”又：“猿聲知後夜，花發見流年。”若猿，若柳，若花，若旦暮，若風煙，若夜，若年，皆景物也。化而虛之者一字耳，此所以次於四實也。

“故人江海别，幾度隔山川。乍見翻疑夢，相悲各問年。孤燈寒照雨，深竹暗浮烟。更有明朝恨，離杯惜共傳。”“暮蟬不可聽，落葉豈堪聞。共是悲秋客，那知此路分。荒城背流水，遠雁入寒雲。陶令門前菊，餘花可贈君。”前一首司空曙，後一首郎士元，皆前虛後實之格。今之言唐詩者多尚此。及觀其作，則虛者枯，實者塞，截然不相通，徒駕宗唐之名而實背之也。其前實後虛者，即前格也，第反景物於上聯，置情思於下聯耳。如劉長卿“楚國蒼山古，幽州白日寒。城池百戰後，耆舊幾家殘”，則始可以言格。若劉商“晚晴江柳變，春夢塞鴻歸。今日方知命，前年自覺非”，則下句幾為上句壓倒。

……

七言律詩極不易，唐人以詩名家者，集中十僅一二，且未見其可傳。蓋語長氣短者易流于卑，而事實意虚者又幾乎塞。用物而不為物所贅，寫情而不為情所牽，李杜之後，當學者許渾而已。周伯弜以唐詩自鳴，亦惟以許集諄諄誨人。今摭其警句可以為法者書于後，云："風傳鼓角霜侵戟，雲卷笙歌月上樓。""山殿日斜喧鳥雀，石潭波動戲魚龍。""潮寒水國秋砧早，月暗山城夜漏稀。""日照蒹葭明楚塞，煙分楊柳見隋堤。""潮生水郭蒹葭響，雨過山城橘柚疏。""野蠶成繭桑柘盡，溪鳥引雛蒲稗深。"《凌歊臺》云："湘潭雲盡暮山出，巴蜀雪消春水來。"《洛城》云："水聲東去市朝變，山勢北來宫殿高。"《金陵》云："石燕拂雲晴亦雨，江豚吹浪夜還風。"《書所見》云："五夜有情隨暮雨，百年無節待秋霜。"《衛將軍廟》云："漢業未興王霸在，秦軍才散魯連歸。"皆妙。其起結尤非中唐人可及。

趙嘏、劉滄七言間類許渾，但不得其全耳。

(《歷代詩話續編》，第416、420—422頁。)

方回《瀛奎律髓》

卷一〇"春日類"

曲江陪鄭八丈南史飲　　杜工部

雀啄江頭黄柳花，鵁鶄鸂鶒滿晴沙。自知白髮非春事，且盡芳樽戀物華。近侍只今難浪迹，此身那得更無家。丈人才力猶强健，豈傍青門學種瓜？

方回：此詩中四句不言景，皆止言乎情。後山得其法，故多瘦健者此也。

馮班：兩情兩景乃訓蒙法耳。大家老手，豈可拘此？

紀昀：晚唐詩但知點綴景物，故宋人矯之，以本色為工。然此非有真氣力，則才薄者淺弱，才大者粗野，初學易成油滑，老手亦致頹唐，不可不慎也。〇一氣旋轉，清而不薄，此種最難學。

卷一二“秋日類”

秋野　　杜工部

秋野日疏蕪，寒江動碧虚。繫舟蠻井絡，卜宅楚村墟。棗熟從人打，葵荒欲自鋤。盤飧老夫食，分減及溪魚。

易識浮生理，難教一物違。水深魚極樂，林茂鳥知歸。吾老甘貧病，榮華有是非。秋風吹几杖，不厭北山薇。

禮樂攻吾短，山林引興長。掉頭紗帽側，曝背竹書光。風落收松子，天寒割蜜房。稀疏小紅翠，駐屐近微香。

遠岸秋沙白，連山晚照紅。潛鱗輸駭浪，歸翼會高風。砧響家家發，樵聲箇箇同。飛霜任青女，賜被隔南宫。

身許麒麟畫，年衰鴛鷺群。大江秋易盛，空峽夜多聞。逕隱千重石，帆留一片雲。兒童解蠻語，不必作參軍。

方回：讀老杜此五詩，不見所謂景聯，亦不見所謂頷聯，何處是四虚？何處是四實？虚中有實，實中有虚，景可為頷，頷可為景，大手筆混混乎無窮也，却有一絶不可及處。五首詩五箇結句，無不喫緊着力，未嘗有輕易放過也。然則真積力久，亦在乎熟之而已。或問“吾老”係單字，“榮華”是雙字，亦可對否？曰：在老杜則可，若我輩且當作“衰老甘貧病”，然不如“吾老”之語健意足也。

馮班：此評大是。

卷一六“節序類”

冬至後　　張宛丘

水國過冬至，風光春已生。梅如相見喜，雁有欲歸聲。老去書全懶，閒中酒愈傾。窮通付吾道，不復問君平。

方回：張文潛詩，予所師也。楊誠齋謂肥仙詩自然，不事雕鎸，得之矣。文潛兩謫黄州，此殆黄州時詩。三、四絶佳。大概文潛詩中四句多一串用景，似此一聯景、一聯情，尤淨潔可觀。周伯弜①定四實四虚、前後虚實為法，要之，本亦

① 伯弜　底本作“伯弢”，據史實改。下文同，徑改。

無定法也。

紀昀:此乃通論。

除夜宿石頭驛　戴叔倫幼公

旅館誰相問,寒燈獨可親。一年將盡夜,萬里未歸人。寥落悲前事,支離笑此身。愁顏與衰鬢,明日又逢春。

方回:此詩全不説景,意足辭潔。

卷二六"變體類"序

周伯弜《詩體》,分四實四虛、前後虛實之異。夫詩止此四體耶?然有大手筆焉,變化不同。用一句説景,用一句説情。或先後,或不測。此一聯既然矣,則彼一聯如何處置?今選於左,併取夫用字虛實輕重外若不等而意脈體格實佳,與凡變例之一二書之。

馮舒:伯弜《三體》,每讀使人笑來。〇方君此書全不解説景處。〇四實、四虛之説,胡説也。

馮班:虛實無定體,情不離景,景不離情,何輕何重,此類誠屬多事。多讀古人書,自然變化出没,不為偶句所束。汲汲然講變體,又增一重障礙。〇何以不取崔顥《黄鶴》?

紀昀:"此一聯既然矣,則彼一聯如何處置?"此二句上下文俱無着,殊欠通順,可以删却。

送春　蘇東坡

夢裹青春可得追,欲將詩句絆餘暉。酒闌病客惟思睡,蜜熟黄蜂亦嬾飛。芍藥櫻桃俱掃地,鬢絲禪榻兩忘機。憑君借取法界觀,一洗人間萬事非。

方回:"酒闌病客惟思睡",我也,情也;"蜜熟黄蜂亦嬾飛",物也,景也。"芍藥櫻桃俱掃地",景也;"鬢絲禪榻兩忘機",情也。一輕一重,一來一往。所謂四實四虛、前後虛實,又當何如下手?至此則知繫風捕影,未易言矣。坡妙年詩律頗寬,至晚年乃神妙流動。

馮舒:亦是才高,故可縱横如意,執"變體"二字擬之,千里萬里。

馮班：大手自然不同，豈可以尋常蹊徑束之乎？

卷四七"釋梵類"

遊梵宇三覺寺　王勃

杏閣披青磴，琱臺控紫岑。葉齊山路狹，花積野壇深。蘿幌棲禪影，松門聽梵音。遽忻陪妙躅，延賞滌煩襟。

方回：……唐律詩之初，前六句敘景物，末後二句以情致繳之，周伯弜四實、四虚之說遂窮焉。

紀昀：四實、四虚之說固拘，必不主四實、四虚之說亦拘。詩不能專主一格，亦不能專廢一格。

許印芳：此論名通。

因許八奉寄江寧旻上人　杜工部

不見旻公三十年，封書寄與淚潺湲。舊來好事今能否，老去新詩誰與傳。棋局動隨幽澗竹，袈裟憶上泛湖船。聞君話我為官在，頭白昏昏只醉眠。

方回：看前輩詩，不專於景上觀，當於無景言情處觀……

紀昀：虚谷此評，對晚唐裝點言之，不為無見。然詩家之妙，情景交融。必欲無景言情，又是一重滯相。

（李慶甲集評校點：《瀛奎律髓彙評》，上海古籍出版社 1986 年版，第 360、423—425、567—568、572、1128、1139—1140、1625—1626、1736 頁。）

方回《跋仇仁近詩集》

……詩不可不自成一家，亦不可不備衆體。老杜詩有曹劉、有陶謝、有顔鮑，於沈宋體中沿而下之，晚唐特其一端。"九僧"以前，"四靈"而後，專尚晚唐，五言古調、七言長句，皆不能不彼此相效。許渾水、鄭谷僧、林逋梅、魏野鶴、雪月風花、煙雲竹樹，無此字不能成四十字，四十字之中，前聯耳聞目見，後聯或全是聞，或全是見，如此則一詩而二三古詩者多矣。周伯弜詩法，分頷聯頸聯、四實四虚、前後虚實,此不知情景之分。如陳簡齋"官裏簿書何日了,樓頭風雨見秋來。是非衮衮書生老,歲月匆匆燕子回",乃是一聯而一情一景,伯弼所不能道。老杜云"舟中得病移衾枕,洞口經春長薜蘿",山谷云"霜髭雪髮共看鏡,萸糝菊英同迸秋",後山云"老形已具臂膝痛,春事無多櫻筍來",此一脈,自老杜以來知而能用者,惟三數公,豈掣鯨碧海與翡翠蘭苕故不同耶?仁近二古篇,予所絶賞。如"螢火惟知夜,燈花不待春。""割蒲分坐具,貯瀑入軍持。風雨不出户,兒孫共讀書。""荒城雨滑難騎馬,小市天明已賣花。"此律體亦非近世晚學可及也。予非知詩者,切謂嘉、端至今,能詩與能評詩之人皆鮮,故因跋是集發其狂言。

(李修生主編:《全元文》第 7 册,江蘇古籍出版社 1998 年版,第 214—215 頁。)

傅與礪述《詩法源流》

余復問曰:"周伯弼所編《唐三體詩》,以虚實二字爲例,若'四實'中《早春遊望》詩及《經廢寶慶寺》詩,中四句皆景物,似與比興承轉之説不合,何耶?"

先生曰:"'雲霞出海曙,梅柳渡江春',兩句是説早春遊望,於六義屬賦。'淑氣催黄鳥,晴光轉緑蘋',兩句是説早春之景物,於六義屬興。'池晴龜出曝,松暝鶴飛回',兩句是説景物,於六義屬興。'古砌碑横草,陰廊畫雜苔',兩句是説人事,於六義屬賦。伯弼以'四實'概論之,其説疏矣。"

(張健編著:《元代詩法校考》,北京大學出版社 2001 年版,第 254 頁。)

吴訥《文章辨體序説·絶句》

楊伯謙云:"五言絶句,盛唐初變六朝《子夜》體;六言則王摩詰始效顧陸作；七言，唐初尚少，中唐漸盛。”

又按《詩法源流》云：“絶句者，截句也。後兩句對者是截律詩前四句；前兩句對者是截後四句；皆對者是截中四句；皆不對者是截前後各兩句。故唐人稱絶句為律詩，觀李漢編《昌黎集》，凡絶句皆收入律詩内是也。”

周伯弜[①]又云：“絶句以第三句為主，須以實事寓意，則轉换有力，涵蓄無盡。”由是觀之，絶[②]句之法可見矣。

（于北山、羅根澤點校：《文章辨體序説·文體明辨序説》，人民文學出版社1962年版，第57頁。）

宋公傳編《元詩體要》

卷九“詠物體”序

詠物起於唐末，如雍陶《池鷺》、鄭谷《鷓鴣》，所詠雖入外意，而不失模寫之巧，有足喜者。周伯弜謂：“隨寓感興者易，驗物切近者難。”此説是矣。詠物最多，今亦擇其入格者載之。

卷一〇“五言律”序

律詩號近體，唐人始為之。清遠華麗，必諧音韻。周伯弜謂：“有雍容渾厚之態，而無堆積窒塞之患，斯為妙也。後人為之，不偏於枯瘠，則流於輕俗。不足採者多矣。”今擇其格律嚴整者録之。

（文淵閣《四庫全書》本。）

葉盛《涇東小稿》卷九《書唐律體格後》

右《盛唐律詩體格》一册，得之江西參議嚴陵方輔。蓋其族祖前元至順進士，國史編修道叡所編也。此書徐舫嘗為之而未盡，道叡

① 原書校：“按原本作‘弱’，誤。‘丁’‘叢’作‘弜’，是。宋周弼，字伯弜（一作弢）。”

② 原書校：“原本‘絶’字缺，據‘順’‘式’補。”

正其所未精,足其所未備,以唐人律詩分為八體,曰前四句互應體、中四句互應體、前六句互應體、八句互應體、後四句互應體、二聯分應體、後聯總應體、結句總應體。各著其説于下,而以名人詩證實之,可謂有功於舫矣。夫唐人詩,自周伯弢氏有三體之説,識者未嘗不病其拘。以古人為詩,本乎性情,出於肺腑,未必一一於某體某體若是其作意也。然觀方氏之作,其精備切當,可喜可玩,似有出乎伯弢之上者,學者講明問學之功,其亦不可少哉!

(《續修四庫全書》第1329册,第113頁。)

曹安《讕言長語》

《三體唐詩》有實接、虚接、用事、前後對等目。謝疊山《批點文章軌範》有放胆、小心及字句等法。竊恐當時作詩文時,遇景得情,任意落筆而自不離於規矩爾。若一一拘束,要作某體某字樣,非發乎性情、風行水上之旨。

(《叢書集成初編》本,中華書局1991年版,第4頁。)

楊慎《升庵詩話》卷四《五言律起句》

五言律起句最難。六朝人稱謝朓工於發端,如"大江流日夜,客心悲未央",雄壓千古矣。唐人多以對偶起,雖森嚴,而乏高古。宋周伯弜選《唐三體詩》,取起句之工者二,"酒渴愛江清,餘酣漱晚汀",又"江天清更愁,風柳入江樓"是也。語誠工,而氣衰颯。余愛柳惲"汀洲采白蘋,日落江南春"、吴均"咸陽春草芳,秦帝捲衣裳",又"春從何處來,拂水復驚梅"、梁元帝"山高巫峽長,垂柳復垂楊"、唐蘇頲"北風吹早雁,日日渡河飛"、張柬之"淮南有小山,嬴女隱其間"、王維"風勁角弓鳴,將軍獵渭城"、杜子美"將軍膽氣雄,臂懸兩角弓"、孟浩然"八月湖水平,涵虚混太清"。雖律也,而含古意。皆起句之妙可以爲法，何必效晚唐哉？伯弜之見，誠小兒也。

（《升庵詩話新箋證》，第 221 頁。）

駱問禮《萬一樓集》卷四九“續羊棗集二”《三體唐詩》

《三體唐詩》以景物為實，情思為虚。謂開元、大曆①多四實，華麗典重之間而有雍容寬厚之態，所以為妙。稍變然後入於虚，間以情思，不以虚為虚，而以實為虚，所以為難。大中以後多前虚後實，終未及前兩體之渾厚。若前實後虚，則易流於弱，唐人此體最少。此所謂以驪黄牝牡相馬者，然初學近體，要亦不可不知之也。

（《四庫禁燬書叢刊》編纂委員會編：《四庫禁燬書叢刊・集部》第 174 册，北京出版社 2000 年版，第 592 頁。）

胡應麟《詩藪・内編》卷四“近體上・五言”

作詩不過情、景二端。如五言律體，前起後結，中四句二言景、二言情，此通例也。唐初多於首二句言景對起，止結二句言情，雖豐碩，往往失之繁雜。唐晚則第三、四句多作一串，雖流動，往往失之輕猥，俱非正體。惟沈、宋、李、王諸子，格調莊嚴，氣象閎麗，最為可法。第中四句大率言景，不善學者，湊砌堆疊，多無足觀。老杜諸篇，雖中聯言景不少，大率以情間之。故習杜者，句語或有枯燥之嫌，而體裁絶無靡冗之病。此初學入門第一義，不可不知。若老手大筆，則情景渾融，錯綜惟意，又不可專泥此論。

（第 63—64 頁。）

許學夷《詩源辯體》卷三六“總論一九”

周伯弜《三體唐詩》，所編乃七言絶及五、七言律也。絶句之法，

① 大曆　底本作“大歷”，據史實改。

有實接、虚接、前對、後對、拗體、側體等;律詩之法,有四實、四虚、前虚後實、前實後虚等,最為淺稚。且初、盛、中唐,間得一二,餘皆晚唐詩,蓋亦不足觀矣。

(杜維沫校點:《詩源辯體》,人民文學出版社 1987 年版,第 361 頁。)

黄宗羲《景州詩集序(甲寅)》

公諱尚質,别號醒泉。吾始祖鶴山公之十三世孫也。嘉靖己酉舉於鄉,知息縣。陞景州守,修董仲舒書院,改周亞夫祠,皆自為文記之。隆慶元年致仕。所著有《青園録詩》近千首,余存其十之一,以官名之曰《景州詩集》。序曰:

若景州公者,乃可謂之詩人矣。夫詩以道性情,自高廷禮以來,主張聲調,而人之性情亡矣。然使其説之足以勝天下者,亦由天下之性情汩没於紛華汙惑之往來,浮而易動,聲調者,浮物也,故能挾之而去。是非無性情也,其性情不過如是而止。若是者,不可謂之詩人。周伯弜之注《三體詩》也,以景為實、以意為虚。此可論常人之詩,而不可以論詩人之詩。詩人萃天地之清氣,以月露、風雲、花鳥為其性情,其景與意不可分也。月露、風雲、花鳥之在天地間,俄頃滅没,而詩人能結之不散。常人未嘗不有月露、風雲、花鳥之咏,非其性情,極雕繪而不能親也。景州之詩,咽噱於冷汰,纏綿於綺靡,江濱山畔,至今性情恍然猶在。其斯謂之詩人之詩乎?余嘗輯姚江逸詩,千年以來,稱詩者無慮百人,而其為詩人者三人而已:宋高菊磵、明宋無逸及景州是也……

(陳乃乾編:《黄梨洲文集》,中華書局 1959 年版,第 338—339 頁。)

沈德潛《説詩晬語》卷上

詩貴性情,亦須論法,亂雜而無章,非詩也。然所謂法者,行所不得不行，止所不得不止，而起伏照應，承接轉换，自神明變化於其中。若泥定此處應如何、彼處應如何（如磧沙僧解《三體唐詩》之類），不以意運法，轉以意從法，則死法矣。試看天地間水流雲在、月到風來，何處著得死法？

（王宏林箋注：《説詩晬語箋注》，人民文學出版社 2011 年版，第 18—19 頁。）

冒春榮《葚原詩説》卷一

詩有古、今諸體，初學未能徧攻，當先自近體始。近體有五、七言律，五、七言排律，五、七言絶句。元周伯弜《三體詩法》，差可津梁後學，故第舉其大綱，而唐人章法、字法、句法、起法、對法、收法，極盡變化，尚惜未備。今略舉之，以示吾黨。

（《清詩話續編》，第 1571 頁。）

方東樹《昭昧詹言》卷一四

詩人成詞，不出情、景二端，二端又各有虚實、遠近、大小、死活之殊，不可混淆，不可拘板。大約宜分寫，見界畫；或二句情，二句景；或前情後景，前景後情；或上下四字三字，互相形容；尤在情景交融，如在目前，使人津詠不置，乃妙。

（汪紹楹校點：《昭昧詹言》，人民文學出版社 1961 年版，第 377 頁。）

潘德輿《養一齋李杜詩話》卷一

朱子曰："李太白詩非無法度，乃從容於法度之中，蓋聖於詩者。"按古今論太白詩者衆矣，以朱子此論為極則。他人形容贊美，累千百言，皆非太白真相知者，以本不知詩教源流。故子美為"詩聖"，而太白則謂之"詩仙"，萬口熟誦，牢不可破。究竟仙是何物？

以虚無不可知者相擬,名尊之實外之矣。若緣謫仙之號定於賀監,謫仙之歌賦於同朝,少陵贈什亦嘗及之,遂為定評。不知賀監老為道士,回惑已深,明皇好仙,朝列風靡,無稽品藻,何足效尤;少陵特叙其得名之始云爾,非以為確不可易也。且賀監又嘗目之為天上星精矣,豈亦可從張旭太湖精之例,以"詩精"目之乎?若見太白詠仙者多,乃以"詩仙"當之,則高如郭璞,卑若曹唐,亦將號以"詩仙"耶?朱子以其從容法度為聖,何等了當!楊升庵曰:"太白為古今詩聖。"語據朱子,擷撲不破。而他日又謂"太白詩仙翁劍客語",何其仙、聖之雜糅也!此義不明,看太白詩焉能入解?故皮襲美謂其詩"言出天地外,思出鬼神表,非世間人語"。極力推尊,皆成幻妄。敖氏臞庵謂其詩"如劉安雞犬,遺響白雲,覈其歸存,恍無定處"。推尋不入,轉致揶揄也。至王氏百穀,乃直謂"李詩仙,杜詩聖,聖可學,仙不可學矣"。豈非名尊之、實外之之明驗也哉!惟周氏伯弜曰:"太白詩號雄俊,而法度最縝密。"此乃可與朱子之言相發明耳。

(《清詩話續編》,第2168—2169頁。)

朱庭珍《筱園詩話》卷一

自周氏論詩,有四實、四虛之法,後人多拘守其説,謂律詩法度,不外情景虛實。或以情對情,以景對景,虛者對虛,實者對實,法之正也。或以景對情,以情對景,虛者對實,實者對虛,法之變也。於是立種種法,為詩之式。以一虛一實相承,為中二聯法。或前虛後實,或前景後情,此為定法。以應虛而實,應實而虛,應景而情,應情而景,或前實後虛,前情後景,及通首言情,通首寫景,為變格、變法,不列於定式。援據唐人詩以證其説,臚列甚詳。予謂以此為初學説法,使知虛實情景之別,則其説甚善,若名家則斷不屑拘拘於是。詩中妙諦,周氏未曾夢見,故泥於迹相,僅從字句末節著力,遂以皮毛為神骨,淺且陋矣。夫律詩千態百變,誠不外情景虛實二端。然在大作手,則一以貫之,無情景虛實之可執也。寫景,或情在景中,或情在言外。寫情,或情中有景,或景從情生。斷未有無情之景,無景之情也。又或不必言情而情更深,不必寫景而景畢現,相生相融,化成一片。情即是景,景即是情,如鏡花水月,空明掩映,活潑玲瓏。其興象精微之妙,在人神契,何可執形迹分乎?至虛實尤無一定。實者運之以神,破空飛行,則死者活,而舉重若輕,筆筆超靈,自無實之非虛矣。虛者樹之以骨,鍊氣鎔滓,則薄者厚,而積虛為渾,筆筆沈著,亦無虛之非實矣。又何庸固執乎?總之詩家妙悟,不應著迹,別有最上乘功用,使情景虛實各得其真可也,使各逞其變可也,使互相為用可也,使失其本意而反從吾意所用,亦可也。此固不在某聯宜實,某聯宜虛,何處寫景,何處言情,虛實情景,各自為對之常格恒法。亦不在當情而景,當景而情,當虛而實,當實而虛,及全不言情,全不言景,虛實情景,互相易對之新式變法。別有妙法活法,在吾方寸,不可方物。六祖語曰:"人轉《法華》,勿為《法華》所轉。"此中消息,亦如是矣。

(《清詩話續編》,第2336—2337頁。)

沈其光《瓶粟齋詩話·四編》卷上

越縵云:"古人詩,凡連作絶句皆有一定章法,前後虛實不可移動,此法今人無知之者。"

(張寅彭主編:《民國詩話叢編》第5册,上海書店出版社2002年版,第697頁。)

方孝岳《中國文學批評》三三"《瀛奎律髓》裏所説的'高格'"

與方回同時而稍前一點,有一個周弼,選有一種《三體唐詩》,是專討論五、七言律詩和七言絶句的格律,有所謂四實、四虚、虚實相半等等格律,把詩中句子,分為孰虚孰實,説得很明白,都是研究詩律的人所不可不看。但周弼所言多常例,方回的“變體類”,正是補其不及。方回説:“周伯弜《詩體》,分四實、四虚、前後虚實之異。夫詩豈止此四體耶?然有大手筆焉,變化不同。用一句説景,用一句説情,或先後,或不測,今選於左,併取夫用字虚實輕重外若不等而意脈體格實佳,與凡變例之一二書之。”這種實是教人以圓活的眼光,和居仁所謂“活法”,正是一樣。紀昀以瑣碎責方回,不如説一切談詩文的人都是瑣碎。

(世界書局1936年版,第94頁。)

羅根澤《中國文學批評史》第六篇“兩宋文學批評史”第十一章“詩話、詞話、文話、詩文評點”十“詩文評點”

評點的作用,當時本來是“取便科舉”(詳一篇一章二節),《古文關鍵》附總論看文學法,論作文法,論文字病。《文章規範》分為放膽文、小心文兩種,説:“凡學文,初要膽大,終要小心。”周弜《三體唐詩》分七言絶句為實接、虚接、用事、前對、後對、拗體、側體七格,分七言律詩為四實、四虚、前虚後實、*①、結句、詠物六格,分五言律詩為四實、四虚、前虚後實、前實後虚、一意、起句、結句七格,也都是“取便科舉”。

(商務印書館2015年版,第976頁。)

石川丈山《詩法正義》

律詩、排律俱以多述情而少言景為佳。盛唐詩法論景、情二者,

① 原書校:“此處疑脱‘前實後虚’一格。——校者注。”

未見所謂虚體、實體也。裴季昌、周弼、天隱此三子者，誤於《三體詩》中專演説虚實二事……夫詩之道者，得性情之正而思無邪。既有思，則不能無言。有言則詠歌，言其情也。是以情者實而景虚也。雖然，向所云如三子者，以情為虚、以景為實矣。自爾之後，吾邦緇白數百年間，講習《三體詩》來，迄今不質其譽，何也？是余管窺也。老杜《岳陽樓》之詩，古今傑作，律詩之標凖也。"吴楚東南拆，乾坤日夜浮"二句陳景，餘六句皆言情，有評曰杜詩千四百首中此句最佳。杜詩中情多則為佳句，景多則率口吟也。我邦詩自古至今不拘景情，任興趣而作。從來情難寫、景易寫，然本朝詩不熟杜詩，不精詞學，故不知景、情、雅、俗四者大半乃詩眼，以致句中無眼，可敢不知哉？

（《日本詩話叢書》第 10 卷，第 352—353 頁。原文為日文，劉芳亮譯。）

伊藤仁齋《論詩》

詩有情有景，以景為實、情為虚，起於周伯弜，詩家襲用之。予以為詩全在於情，《三百篇》至於漢魏，皆專主情，景以情生，情由景暢，未嘗不出於情。而六朝詩多詠景，盛唐諸①公雖情景相半，然景中有情，猶未若後人以情為情，以景為景，情與景判然相分。蓋《三百篇》詩皆吟詠性情，不徒作。夫人不能無思，思之所感，不能不嗟嘆焉。嗟嘆之不足，乃發之於歌詠，於此有詩。若夫風雲月露、禽鳥艸木，自附之於天地萬物可也，奚待詩人模寫之？古今詩話未發明到此，惜哉……

（中村幸彦：《文学は「人情を道ふ」の説》，《中村幸彦著述集》第 1 卷，[日本]中央公論社 1991 年版，第 53 頁書影。）

---

① 諸 底本作"詩"，據文意改。

貝原益軒《初學詩法》“律詩第三”

《讕言長語》曰:《三體唐詩》有實接、虛接、用事、前後對等目。謝叠山點《文章軌範》,有放膽、小心、幾字句等法。竊恐當時作詩文時,遇景得情,任意落筆,而自不離於規矩爾。若夫拘束,要作其體字樣,非發乎性情、風行水上之旨。

(《日本漢詩話集成》第2册,第479—480頁。)

榊原篁洲《詩法授幼抄》卷二

宋周伯弜之説有四實、四虛、前實後虛、前虛後實之法,然凡詩以此法論則疏略,范德機亦駁此説,事見《詩法源流》。凡詩第一句生第三句,第二句生第四句,或第三句應第二句,第四句應第一句,或一聯上句結前,下句起後,諸如此類不勝枚舉。然舍起句、結句,以中二聯寫景述情分虛實,恐疏也。第以虛實之説為人人口實已久,故舉例……

([日本]延寶七年[1679]臨川齋刊本。原文為日文,劉芳亮譯。)

祇園南海《詩學逢原》卷上《詩有境趣》

詩有兩者:境與趣,並無外形。雖然千變萬化,但不出此兩者。先説“境”。境者,境界、景色。凡人目之所見、耳之①所聞、身之所觸,從天地、日月、風雲、雪霜、寒暑、時令,到山河、草木、禽獸、蟲魚,還有漁樵、牧耕、管弦、歌舞、綺羅、車馬等,都是我身之外的境界,總起來説都是“境”。所謂“趣”,就是意、趣向的意思。凡是我心中所想、所知、所思、所樂,都是心之用,都名之曰“趣”。《三體詩》②中,把

① 耳之　底本作“而至”,據文意改。

② 原書注:“《三體詩》:即《唐賢三體詩法》,宋代周弼編,選編唐代的七言絶句、七言律詩、五言律詩三種體式,並提示詩法。”

境、趣分别視為虛、實。分為以表現於形者、不見於形者。名異而實同。

凡詩，都是自我述懷，自我詠物，或作以贈人，或對他人答贈，都是描寫眼前的“景氣”[①]，或者過去的景氣，或者别處的景氣，或者此處的景氣，山水、花鳥不必説，亭臺樓閣、舟車坐卧，若不以這些為境，就寫不出詩來。雖説是觸景而作，但其趨向都出自我心之所感。如上所説，境、趣兩者可以概括詩的全部，首先要立意，然後在寫作時，境與趣不分輕重，各占其半，或境占八分趣占二分，或者境占一分趣占九分，或者趣占一分境占九分，也有全篇皆境者，或者全篇皆趣者。這些並非在作詩的時候加以特意掂量。寫出後看去，其情形如上所説，有以境勝者，有以趣勝者，有境、趣等分者，但不能有境、趣錯亂雜沓者。境與趣的搭配，初學者只要掌握作詩的形式方法，加以聯繫，寫出五十首百[②]首的時候，大致就可以掌握。牢固掌握之後，即便不是特意要將兩者結合在一起，也可以做到適當搭配。有初學者不知此法，而是根據自己的理解信口吟詠，每篇每首都没有章法，聽上去如同胡言亂語，而不是詩。要在很短的時間内學習境趣的搭配，或者由境而移至趣時，若中間聯繫中絶，則兩者無緣；而由趣而移至境時，語氣阻隔，聽上去支離破碎，或者因兩三字的處理不當，語氣不暢，或者用一兩個虛字而得以接續。這些情況都是有的。

為了明確境趣的搭配方法，特强調如下：

《三體詩》一書，全部都是以境為實、以趣為虛，兩者搭配，以示詩之做法。讀者對本書的主旨各有理解，並以此對詩之意義加以穿

① 原書注：“景氣：原文‘景氣’，詩學概念之一。這裏的‘景氣’主要指景色，與和歌論中的‘景氣’大體相同。”

② 百　底本作“白”，據文意改。

鑿，於是對《夜半鐘聲》[①]也理解各異、莫衷一是。由於心境不同、見解各異，於是該書特立"前虛後實、前實後虛"之法，並例舉符合這種格式的詩作。在七言詩中，也有不合此格式的作品。雖説可以根據不同情況，對詩之意義加以理解把握，但周弼撰寫《三體詩》的本意，是在此而不在彼。其它的方法，與《三體詩》並無不同，但為了讓初學者明白易曉起見，也舉出了例詩，加以講解。

七言絶句作例。

境句中含趣者，為第一。但這是就一句或一聯而言的，全篇四句八句，還是將境、趣加以區分為好。首先，就絶句而論，欣賞山水風景，其美麗者堪比繪畫，如能够把風景寫好，那麽其風景就是境，與繪畫相比，作優劣判斷，也很有趣味。對此，可以舉例説明。

（一）境趣中分法（即是《三體詩》中所謂前虛後實）

松樹倒影半溪寒，數個沙鷗與水安。

曾買江南千本畫，歸來一筆不中看。

這首詩寫的是：松樹的影子映照在溪流上，沙鷗安閒地在水上遊戲，真是不可言喻的美景。這叫做"先境"。而從前自己一直喜歡山水畫，購買了成百上千軸，以為畫中的景色是最美的，如今看到了實景，再把以前的那些畫取出來看，比較之下，没有一幅畫是可以與此美景相比的，於是不由得歎息這裏的風景實在太美了。所謂"不中看"，就是覺得不想再看的意思。

（二）境三句、趣一句法

水闊天長雁影孤，眠沙鷗鷺倚黄蘆。

半收小雨西風冷，藜杖相將如畫圖。

這首詩的意思是，在大湖畔眺望，水面寬闊、天際遼遠，一只大

---

① 原書注："《夜半鐘聲》：指張繼的《楓橋夜泊》。"

雁飛過來,影子映照在水面上。這個遠景寫得很有意思。又,近看,鷗鷺之類的鳥兒正依偎着蘆葦假眠,遠近景色構成完整的畫面。此時①,村中小雨下了一會兒,是涼涼的西風吹過的時節,人們如何不為此景所動呢?於是拄着藜杖,來到湖邊,覺得真是置身圖畫中。上三句由下一句作結。

這首詩,上三句都是境。只有最後一句是趣,似乎境是重心。然而上三句,一句是遠景,一句是近景,一句寫出時節,第四句加以總括。這種方法是很奇特的。《三體詩》中没有列出此法。

(三) 前趣後境法(《三體詩》作"前虚後實式")

千金却買吴州畫,今向吴州畫裏行。

小雨半收蒲葉冷,漁人歸去釣船横。

這首詩的意思是,以前見吴州山水畫很美,曾出千金買下。如今親自到吴州來,直接面對吴州山水,便懷疑自己是行走在吴州的畫中,這裏敘説的是自己的心中之趣、眼中之美景,此時小雨下了一會兒,在似停未停之時,蒲葉有泠泠的水珠。出去打漁的人,在傍晚時分都回家了,在江灣的炊煙中,釣舟都横在那裏,真如同一幅畫。畫是畫,景是景,兩者却難以分清。

(四) 四句皆趣、境含其内法(《三體詩》作"四虚之格")

昔年曾見此湖圖,詎識人間有此湖。

今日乍從湖上過,畫工還缺著工夫。

這是游西湖②時所作。意思是,以前看過西湖的畫,當時曾想:這樣的景物,人世間如何會有呢?這只是畫工的虚構描繪而已。如今到了西湖,在湖上穿過眺望,這裏比以前在畫中見過的美景,還有

---

① 時 底本作"事",據文意改。

② 原書注:"西湖:指中國杭州西湖。"

過之而無不及,妙不可言。再[①]想想以前看過的畫,覺得畫家的工夫還没有下够。這樣貶抑繪畫、褒揚實景,全篇雖然没有一字屬於“境”語,其實都是寫“境”。其構思是將實景與繪畫加以比較,誇讚了繪畫,也就是誇讚了實景。這首詩在表現方法上别具一格。

順便説一下,這首西湖詩,是日本派往中國的使節所作。據説最早載于田汝成[②]的《熙朝樂事》中,説是“正德年間[③],日本使者經西湖題詩”,又説“詩語雖俳,而羡慕之心,聞於海外久矣”云云。近年,《曲頭陀傳》一書載録了許多清朝人的詩篇,其中也收録了此詩,並稱:“西湖觀音閣,題詠甚多,唯此詩為絶唱。”可惜作者不知其名。想來可能是五山使僧[④]所作。田汝成評曰“詩俳”,甚恰當。綜觀全篇,應出自功力深厚者之手,故為絶唱。又[⑤]似乎有一點玩笑之意,所以被評為“俳”。不知到底是否出日本人手筆,特附記如上。

(五) 四句皆境,内含趣法

千里鶯啼緑映紅,水村山郭酒旗風。

南朝四百八十寺,多少樓臺煙雨中。[⑥]

又:

秋林返照散孤煙,秋水涵虚混碧天。

飛盡寒鴨江漠漠,青山一點白雲邊。

以上兩首,詩意盎然。四句連在一起寫的都是“境”,而没有一字來寫“趣”。然而全篇都像一幅畫。可謂詩中有畫、畫中有詩。畫

① 再　底本作“在”,據文意改。

② 原書注:“田汝成:明代文人,字叔禾,錢塘人,官至廣西右參議。”

③ 原書注:“正德年間:明代年號,公元 1506—1522 年間。”

④ 原書注:“五山使僧:中世時代京都、鐮倉兩地的名刹古寺,各稱為‘五山’。五山僧人曾作為幕府使者,訪問中國明朝。”

⑤ 又　底本作“有”,據文意改。

⑥ 原書注:“杜牧《江南春》,周弼《三體詩》收録。”

與詩不分軒輊，直接構成山水畫。

以上以七言絶句來説明不同格式，但五言格律也相同。五、七言律詩，若按以上的格式把兩句作為一句來看，也是相同。只是律詩的格式比較容易看出，且寫起來也較為容易。這一點讀讀《三體詩》就會明白，故而在此不贅。

以上講的都是唐代詩的章法，而古體詩又是另一種格式。其中長詩也是單獨一種。在文字表現上方法相同，都有抑揚頓挫、波瀾起伏之勢。對初學者而言較難，在此省略，當另作論述。

（王向遠譯：《日本古代詩學彙譯》，昆侖出版社 2014 年版，第 716—720 頁。）

三浦梅園《詩轍》

卷三

……《冰川詩式》曰："律詩有定體，然時出變體，如兵出奇，變化無窮，尤是驚世駭俗。"是用拗之秘訣也。《三體詩法》曰："拗體必得奇句，時出。"《冰川詩式》論拗體曰："其法以當下平字處，以側字易之，則其氣挺然不群。"《三體詩法》説側體"與拗體相類"，然側體為短古之流，拗體為變律也。拗體，《冰川詩式》云："法與正律相反，首尾自為平側，謂之變律。"既是變，不為一定者。而拗體、拗句、拗字之别，初學當辨知之……

（《日本詩話叢書》第 6 卷，第 171—172 頁。原文為日文，劉芳亮譯。）

卷四

……一篇之法有虚實焉。虚者，情也；實者，景也。句皆不出虚實之外，然用意處在律詩之中二聯、絶句之轉句也。周弼《三體詩法》絶句實接、虚接，其説云："絶句之法，大抵以第三句為主，以實字寓意而接，則轉换有力。"虚接："以虚語接前二句也，亦有語雖實而意虚者，於承接之間略加轉換，反與正相依，順與逆相應，繹而尋之，有餘味。”然則實為正順，虚為反逆。實如“朝元閣上西風急”之類，虚如“復恐匆匆説不盡”之類，如“那知今夜長生殿”，所謂意虚也。律四實者，頷聯、頸聯皆景；四虚者，頷、頸聯皆情；前實後虚、前虚後實，其變也。四實曰：“開元、大曆多此體。”四虚，其反也，“不以虚為虚，以實為虚”。又七律等句長者，故于景物中要情思通貫。律詩拘於句法、對法，則情易離散，故首尾貫通難於他體。又其雜者，以前虚後實為正，蓋前虚後實則後重，詩有力。“大中以後多此體，至今宗唐詩者尚之。”大中乃宣宗年號，正當晚唐也。後虚者，易流於老弱，故唐人此體最少，必得妙句不可易，乃就其格。四實，亦曰疊景。李夢陽之説云：“凡疊景，半闊大則半細小，是律詩三昧。杜‘詔從三殿去，碑到百蠻開’，闊大語也；‘野館濃花發，春帆細雨來’，細小語也。‘浮雲連海岱，平野入青徐’，述寓目之大景；‘孤嶂秦碑在，荒城魯殿餘’，述感懷之小景也。”又有情景雜用者。《詩法入門》云：“景中寓情者，‘水流心不競，雲在意俱遲’；情中寓景者，‘捲簾唯白水，隱几亦青山’；情景相觸而不分者，‘感時花濺淚，恨别鳥驚心’；一句景一句情者，‘白首多年病，秋天昨夜涼’。”此要點不可不知也。而胡元瑞云：“中二聯，一聯言景，一聯言情，此通例也。以景起一二句、以情結七八句者，多見初唐，以三四句為一串者，多見晚唐。”所謂多見者，謂初唐少見，非謂無有也。所謂三四句作一串者，太白《口號贈徵君鴻》“陶令辭彭澤，梁鴻入會稽。我尋高士傳，君與古人齊。雲卧留丹壑，天書降紫泥。不知楊伯起，早晚向關西”，即此類也。子美“澗道餘寒經冰雪，石門斜日到林丘”亦一串也。同人《和裴迪登蜀州東亭送客逢早梅相憶見寄》“東閣官梅動詩興，還如何遜在揚州。此時對雪遥相憶，送客逢春可自由。幸不折來傷歲暮，若為看去亂鄉愁。江邊一樹垂垂發，朝夕催人自白頭”，其二聯各一串也。後出之蜂腰格等，亦當為三四句作一串。右虛實諸説，皆似情景二分，故用事屬情也。明朝於其外立用事，胡元瑞云："詩自模景述情外，則有用事也。用事非詩正體，然景物有限，故以是助筆力也。"唐人主景情，用事在情中；明人專主用事，故情景還在故事內。寫景，則"行車麥秀隨春雨，卧閣花深對夕陽"；言情，則如"纔逢狗監人先老，能到龍門客自深"。但唐人非無此境，專事於此與以是助筆力之别，乃唐、明之異也。唐人多用於五言排律，五言排律乃長篇，若只述情景，佈置必狹，是以拈出故事及經、史、子、集等文字以充篇幅也。故唐人排律雖係同人所作，亦如出别手……

《三體詩法》云："後對，此體唐人用之亦少，必使末句雖對，而詞足意盡，若未嘗對。不然則如半截長律，皚皚齊整，略無結合。"此論未盡。絶句後對順下而結，是如周弼所説，只初、盛人，此體甚多，亦可就滄溟《選》考之。且一二句中已有結勢，本散三四句而忽成對者，盛唐人中亦多。王勃《蜀中九日》、杜審言《渡湘江》之類，如周弼所言者也。李白《上皇西巡歌》"誰道君王行路難"乎，今"六龍西幸萬人歡"，故"地轉錦江成渭水，天回玉壘作長安"。岑参《封大夫凱歌》"日落角鳴"，"千群"皆降，故烽燧刁斗之邊響亦無，而"洗兵魚海雲迎陣，秣馬龍堆月照營"，洗兵雨謂驟雨也。此等體，難以勝數。前後俱無對者泛泛，不暇舉其例。

一意。周弼選《三體詩》，立一意門，其説曰："確[①]守格律，揣摩聲病，詩家之常。若時出法度外，縱横放肆，外如不整，中實應節"云云。然則蜂腰格乃兩聯中去一聯而為散聯。一意始終不用對，唯用聲律，庶幾為散詩者。然其選中所舉，唯後出一首可愜。夫聲律不守且無對偶者，調雖不古，亦古詩流也。雖無對偶，聲律已諧，是蜂

① 確　底本作"唯"，據《唐詩三體家法》卷六改。

腰之兩變者,猶可具律詩一體。然作者稀也……李白《牛渚》作,《古唐詩合解》曰:"以古行律,不拘對偶,蓋情勝於詞者。"其詩兹略。此等似合乎一意。律詩中間挾對,若為對聯所礙,則本意易滯,故一意亦律詩一體也。然近、古詩非一意,終歸脈絡不貫通。一意不貫通,則雖對聯並起,亦不成詩。古人之詩皆然……

(《日本詩話叢書》第7卷,第9—17頁。原文為日文,劉芳亮譯。)

市河寛齋《詩燼·拗體亦詩之一格》

大宰德夫曰:"唐詩五言平起有韻句,第一字必須平聲。若第一字仄聲,則第三字必須平聲。"是此際所未言及。後學誰敢不遵守?又謂聲律不諧和者爲拗體,謂前後句不交加黏著者爲失黏體。是似未然。周伯弼《三體詩》舉此二格,編之拗體。

(《日本漢詩話集成》第4册,第1473頁。)

廣瀨淡窗《淡窗詩話》卷下

中川嘉玄問:對作詩而言,最重要的,是以何為先呢?

答:作詩要以知道"位置"為先。《三體詩》中分"前實後虛""前虛後實""四實""四虛"之類,起初我認為這些都是無用之事,現在看來,這對於律詩的學習而言是很重要的。

律詩需要"前虛後實""前實後虛",絶句需要起承轉合,這都是"位置"的問題。位置也就是篇法。古詩的位置,在於明確段落。段落難分,位置就不會正確。一些作者不知篇法為何物,便隨口吟詠。篇法正確、並將佳句插入其間,是詩家之能事。

(《日本古代詩學彙譯》,第748—749頁。)

金田梅郎《梅郎詩話》卷六

先生書《己巳歲初作》後云:"夫詩言志。無志之可言,何必以詩爲？近世俗者，每歲旦必具篇什，甚者臘中腹稿以塞索，故大率剽竊駢儷，足嘔噦耳。若夫兒輩初讀《三體》《千家》，以學章句者，豈得有情思乎？若待其有情思，而後吟詠，則口中荆棘長已三尺矣。故姑攟摭韻府之活套，分裂風雲之陳言，以習章句之制度耳。苟舍之，則無有學詩法矣。予平生無憂患，故不能濺杜少陵無位而憂國之淚；又無歡樂，故不能餐李青蓮未仙而乘鸞之霞。兹養痾家居，大得睡鄉之趣，其樂不得不言，聊朗吟以遣興耳。若與鳳曆屠蘇之陳腐同唱，則何啻徑庭而已哉？”

（《日本漢詩話集成》第 6 册，第 2784—2785 頁。）

四、傳播影響

王逢《梧溪集》卷五《儉德堂懷寄》二十二首之二十一序

隱中山，嘉定僧。嘗主余山聰禪師道場，有《和三體唐詩》。

（文淵閣《四庫全書》本。）

王直《抑菴文・後集》卷一六“序”《蕭宗魯和三體詩序》

吾友蕭所畊以其父宗魯所和《三體詩》一集，示予曰：“此吾先人之所以自見其意也，願為序而藏之。”……夫言者，心之聲，而詩則聲之成文者也。心所感有邪正，則言之發者有是非。非涵養之正、學問之充、才識之超卓，有未易能也。是以觀其言則可以知其人，故曰：“詩可以觀。”若夫唱和之作，乃所以各言其志，虞廷賡歌是已。自是以至盛唐，皆如之。初未嘗拘韻也，依韻以逞詞，蓋自元、白始，迨宋蘇、黄諸公，一唱而十和，然猶未必多也。東坡先生乃取淵明之詩盡和之，其後陳晞顏又取簡齋之詩而盡和之。於乎，富矣哉！其言也，蓋依昔人之韻而發其意，韻雖同，而意未必同也。予嘗辟於物矣，春氣既至，草木暢茂，一花一葉皆有可觀，其生色雖不同，而化機之妙則一也。今觀是詩，亦可知矣。非用意至到，曷能之哉！……今所畊惓惓於是詩，而其子鄉貢進士珏又能如其父志，兹非蕭氏之賢子孫哉！是以君子貴乎有後也，故為序之使藏焉。

（文淵閣《四庫全書》本。）

萬里集九《曉風集》

大明朝有嚴子安《和三體詩》，往往寫本。又有張楷《和三體詩》，悉不和，是亦往往寫本。亦有《續三體詩》，吴彦真、張仲舉等諸人詩也。

（萬里集九：《曉風集》，［日本］國立國會圖書館藏抄本，劉玲識讀。）

月舟壽桂《增注唐賢絶句三體詩法幻雲抄》

《續三體詩序》云：《續三體詩》者，武略將軍饒州守禦千户高拱之所輯也。蓋自汶陽周伯弼選唐人五、七言律併七言絶句為三體，千載之下，往往①讀之使人所興起云云。饒仲恭序。

嚴子安《次三體家法序》乃豫章張顯所作也。顯序云："詩之音律，自《三百篇》後至唐寖盛，後世學詩者多以唐為法云云。"

又河南李泰著②嚴子安《次唐詩三體家法叙》云："汶陽周伯弜妙選編次，高安釋天隱更加集注，東嘉裴季昌復為增注，経三大手其編次始備，無惑焉。"

又案《嚴子安次唐詩三體家法叙》云："詩之音律，自《三百篇》

① 往往　底本作"注注"，據文意改。
② 著　底本作"着"，據文意改。

後,至唐寖盛,後世學詩者多以唐為法。先正謂唐詩須分等看,蓋有謂初唐、盛唐、晚唐者也。汶陽周弼伯弜編選為《三體家法》,有四實、四虛、前虛後實、前實後虛之體也,是所謂披沙石而選金石者也云云。”據此序,則以四實等似為三體也。私云《次唐詩三體家法叙》者,豫章張顯伋永樂十六年三月三日書也。此外有李泰所書之序,永樂十一年歲次癸卯冬十月上澣丁丑抄。

嚴子安《次三體唐詩》“三體家法絶句之和”,後跋序云:自《早春遊望》至《步虚詞》,首尾四百三十餘首,徑自永樂□□[①]春正上旬,迨及丁酉夏六月望日,始集成帙云云。嚴無《君山》《繡嶺宫》二首和韻。幻謂:子安不和《君山》《繡嶺宫》二首,有深意乎? 未審。

(《增注唐賢絶句三體詩法幻雲抄》,中田祝夫編:《抄物大系》影内閣文庫藏天文五年[1536]轉寫本,[日本]勉誠社 1977 年版,第 83、49、81、83、599—600 頁,劉玲識讀。)

錢謙益《列朝詩集小傳・乙集》“張僉都楷”

楷,字式之,慈溪人。永樂甲辰進士。累官南院右僉都御史。生平自喜為詩……國初詩家,遥和唐人,起於閩人林鴻、高棅。永、天以後,浸以成風。式之遍和《唐音》及李杜詩,各十餘卷。又有并和《瀛奎》《三體》諸編者,塵容俗狀,填塞簡牘,捧心學步,衹供嘁嘔。昔人有言,賦名六合,已是大愚,其此之謂乎! 余之此集,概從鐫削,不惟除後生之惡因,抑亦懺前輩之宿業爾。

(上海古籍出版社 1983 年版,第 192—193 頁。)

① “永樂”後有二字不易辨識。

《王越集》卷四

“和三體詩五言律”

《送陸明府之盱眙》

……

《詠雨》

“和三體詩七言律”

《同題仙游觀》

……

《梅花》

“和三體詩七言絶句”

《宿石邑山中》

……

《與從弟同下第出關》

“和拗體七言絶句”

《旅望》

……

《題齊安城樓》

“和側體七言絶句”

《營州歌》

……

《繡嶺宫》

(趙長海校注:《王越集》,中州古籍出版社2009年版,第387—528頁。)

陳田《明詩紀事·乙籤》卷二二陳贄傳

贄字惟成,餘姚人……有《蒙菴集》《和唐音稿》《西湖百詠》。

……

田按：永、宣間張式之好和古人詩，有《和唐音》及《和李杜詩》各十餘卷。惟成亦有《和唐音稿》及和宋董嗣杲《西湖百詠》。王襄敏豪傑之士，集中有《和唐三體詩》，習俗移人，賢者不免。惟成詩品與式之差堪伯仲。

（上海古籍出版社 1993 年版，第 925 頁。）

王伶《思軒文集》卷八《和唐詩序》

唐詩行于世者，其編選固多，然惟楊伯謙之《唐音》號為精粹，下此則周伯弢之《三體》而已。二詩合百餘家，為詩千有餘篇，深醇浩博，讀之者率未易悉其詞、通其旨，况欲追和其韻者乎？眉山萬君崧之以明經取進士，累官禮部郎中，陞南京通政。既貴矣，而不廢學術。讀書窮六藝之文，而尤工於詩。嘗于職務之暇，取《唐詩正音》和之，繼又取《三體詩》和之，總得律、絶詩九百二十七首。其同年翰林學士徐君時庸為加點校，鄉人駕部郎中鄧君廷棟為鋟諸梓，求予一言為引。

夫自虞書有明良賡歌之詞，戴記有一倡三歎之音，後世所謂擬古之作、賡和之什，實權輿於此。然謂之賡和，未必盡用其韻也；謂之擬古，未必追和古人也。盡用其韻則始於唐之元、白，盛於宋之蘇、黄；追和古人則僅見東坡之和陶而已。夫上下數百載間，以詩名者亡慮數千百人，而以和詩名者纔出於二三大家，然則詩之有和，豈可以易言哉？

崧之負敏贍之才、豪爽之氣，故其發而為詩，不煩苦思力索，酒酣興至，舉筆立就，大篇短章，諷詠皆有餘味。至於追和古人，雖不襲其體而自不離乎音節，雖非拘拘焉追逐其步驟而自不失乎法度，有華滋而無枯槁之氣，有流麗而無僻澀之韻。大抵崧之乃達而得志于時者之言，非如窶人寒士羈愁沉鬱處窮而後工者也。

雖然，東坡之和陶纔百餘篇，山谷謂其在揚州和《飲酒》詩只是如己所作，至惠州和《田園》詩乃與淵明無異。毖之之和唐已數百篇，今猶止於近體，他日必盡取古體和之，其為己作，與唐人無異。予固不能詩，有不能知也。毖之今大學士循吉先生之冢嗣也。先生之教於家，詩學其專門也。毖之過庭，幸更以是質之，優游而涵泳之，將由是而作為樂歌，被之管絃，奏之郊廟，以和鳴國家之盛，雖《三百篇》，亦無不可和矣，詎止於唐人哉？毖之勉焉。

（《續修四庫全書》第1329册，第490—490頁。）

童軒《和杜詩序》

……南京兵部侍郎萬公毖之少承今太子太傅吏部尚書謹身殿大學士竹坡先生家庭之訓，授以《三百篇》之詩，用登丁丑進士，拜户部主事，四轉而有今官。學博才敏，雅好吟事。當其酒酣興發，健筆縱横，雖一日數十韻而無難者。間於退食之暇，常取宋人周伯弜所選《唐詩三體》、元人楊士弘所選《唐詩正音》，歷次其韻而和之，業已梓行于世矣。兹復取伯生虞公所注杜律暨韋布士董益所注杜選排律、五七言絶句總若干首，不數月間盡和其韻，殆若出其時，履其地，親聆其謦欬而熟覩其眉宇者……

（黄宗羲輯：《明文海》卷二六一“序五二・詩集”，文淵閣《四庫全書》本。）

李石亨《樗軒集》卷下“詩”《早春，和三體詩韻呈仲章河緯地①字**》**

僧窗闃寂跫音斷，飽聽階前敫石湍。無事白雲歸碧岫，多情黄鳥語朱闌。庭中草色微微見，野外春光細細看。爲報閑遊同舍客，

① 河緯地　底本作“何緯地”，據史實改。

誰將清興入詩壇。

(《(影印標點)韓國文集叢刊》第 9 册,第 418—419 頁。)

李石亨《樗軒集》卷下"詩"《三體詩和白樂天早春韻》

雲淡風輕日漸和,山南山北聽樵歌。嚶嚶求友鳥聲切,裊裊含情柳眼多。庭雪已消餘谷雪,溪波方急勝潮波。就中清景無人識,不有知音可若何。

(《(影印標點)韓國文集叢刊》第 9 册,第 419 頁。)

權好文《松巖先生文集》卷一"詩"《爛柯臺次三體詩韻》

躋攀層翠趁春闌,花滿空臺緑樹間。逃世宛然遊閬苑,藏身何必卧香山。棋爭半日聊忘去,柯爛千秋擬一還。仙興豈徒同四皓,坐中相對盡童顏。

(《(影印標點)韓國文集叢刊》第 41 册,第 124 頁。)

高士奇《續唐三體詩》序

汶陽周伯弜詮釋唐人律詩、斷句,各準其格之相近者,依類而録之,名《唐三體詩》。余嘗重訂而鋟之矣。然是三體,篇短節促,穩順聲勢,凡佻才淺學,涉其藩籬者,皆可鉤摘規倣以為之。獨五、七言古詩以及五言排律,非深沈讀書探討於古,不能工也……余自幼及長,無日廢詩。比年蒙恩歸田,閒居無事,經史之暇,杜門吟詠。嘗徧蒐三唐諸集,淘汰練漉,續兹三體,以補伯弜之闕,大旨以氣格為本,參之以音節,濟之以色采……於有唐一代之詩,僅登若干篇,凡數易稿始定。李太白、杜少陵為詩家宗匠,置不録者,仍伯弜前選例也。若夫由是以窮樂府、《離騷》之旨,而上接乎《三百篇》之遺,是在學詩者自得之。康熙三十二年癸酉秋七月既望江村高士奇序。

（高士奇編:《續唐三體詩》卷首,清康熙朗潤堂刊本。）

紀昀等《欽定四庫全書總目》卷一九四"集部四十七·總集類存目四"

《續三體唐詩》八卷。内府藏本。

國朝高士奇編。士奇有《春秋地名考略》,已著録。士奇嘗校注周弼《三體唐詩》,因復輯此編。弼書以七言絶句、七言律詩、五言律詩為三體。故此以五言古詩、七言古詩、五言排律為續三體,以補其闕。惟弼書每體分數格,而此書則每體以人為序,各有小傳、詩話,為例小異耳。獨是士奇既以弼書為未備,則當補完諸體,乃亦襲三體之目,仍不録五言絶句,將謂非詩之一體乎?

（第 2727 頁。）

晁瑮《晁氏寶文堂書目》

《新選唐三體詩》。大字刻。

（《中國著名藏書家書目匯刊·明清卷》第 7 册,第 94 頁。）

謝海林《三體宋詩》提要

【三體宋詩】

劉鍾英編。劉鍾英(? ～1930),字芷衫,號紫山,河北大城縣人,光緒乙酉科(1885)拔貢生,長年坐館于安次縣得勝口馬家,撰有《大城縣志稿》《三餘漫堂詩文集》《全唐詩補遺》《七家詩注》《東萊博議注[①]》

① 博議注　底本作"情議",吕祖謙著有《東萊博議》,李印剛《清末學者劉鍾英及其作品》云劉氏撰有"《東萊博議注》四卷"(中國人民政治協商會議河北省大城縣委員會編:《大城文史資料》第 2 輯,1990 年内部資料,第 69 頁),據改。

等。抄本,未分卷,國圖藏。收宋代詩歌 86 首,全據顧貞觀《積書岩宋詩删》殘本選輯而得,故僅有五律、五排、絶句三體。半頁九行,行二十字,紅格,四周雙欄,板心有"榮寶齋"三字,單魚尾。卷首題云:"大城劉鍾英芷衫編,受業馬鍾琇①手校",並有馬鍾琇光緒三十年所撰序:"客秋游海王村肆,見顧梁汾氏手編《積書岩宋詩删》二册,閲之,只餘五律、五排、絶句,亦無卷數,蓋非完書也。以其不經見,遂購之,置諸書篋。今夏歸里,爰出斯編,亟請劉芷衫先生為選其尤者,作為讀本。計得八十六首,秋杪攜之入都,公餘之暇,手鈔成册。既畢,因敘其緣起,並題卷端曰《宋三體詩》云。閼逢執徐歲鞠月,馬鍾琇識于師寓齋。"

(謝海林:《清代宋詩選本研究》,上海古籍出版社 2011 年版,第 370 頁。)

張詡《東所先生文集》卷二《東坡三體詩集序》

夫為政莫先於教化,教化莫先於尊禮名德、表章先賢,以為其民趨嚮之導……東坡先生蘇文忠公,有宋一代之名賢也……以惠視之,則公又惠過化之先賢也。弘治壬戌,予同年友新昌吕君中原,以南京刑部郎中遷知惠郡事,首謁公祠,復能師公遺德以治其民,而民悦之。公餘因翻閲郡舊刻公詩集,脱落殆過半矣。因重録其五、七言律詩、絶句為《三體集》,蓋倣唐人《三體》之選也。而其意則是欲因公之流芳遺烈而表章之,以風其人民,端其士習,以施其教化云爾……

(《四庫全書存目叢書・集部》第 43 册,第 369—370 頁。)

趙宏恩等《(乾隆)江南通志》卷一九四"藝文志・集部二"

《石巖三體詩》。江浦嚴絃。

(文淵閣《四庫全書》本。)

---

① 鍾琇 底本作"鍾秀",據史實改。下文同,徑改。

胡學彦《浙江歷代版刻書目》三“明代書目·集部”

《還山三體詩》4卷,明吴興茅維撰,崇禎九年(1636)茅維凌霞閣刊本。

(浙江人民出版社2008年版,第158頁。)

金農《冬心先生三體詩·自序》

乾隆壬申初春,春雪盈尺,濕突失炊。予抱孑影,坐昔邪之廬,檢理三體詩九十九首。三體乃五、六、七絶句作一題者,唐宋諸賢有之。予摇筆不休,可謂陵轢古人矣……

(曹惠民、陳伉主編:《揚州八怪全書》第2卷《金農高翔詩文書畫全集》,中國言實出版社2008年版,第361頁。)

費宏等《明實録·明武宗毅皇帝實録》卷四八“正德四年四月庚申”

……賜魯府輔國將軍當澴、當沕《四書集注》《唐三體詩》各一部,從其請也。

(江蘇國學圖書館傳抄本。)

陸雲龍《翠娱閣詩草小引》

予小少貧甚,無書可閲,僅《三體唐詩》、于鱗選詩,借為導師。

(陸雲龍:《翠娱閣近言》卷末,《續修四庫全書》第1389册,第154頁。)

徐樹敏、錢岳編《衆香詞·射集》“玉田”

張引元,字文姝,華亭人。宜春令張孟端長女。容止婉孌,天姿穎拔。六歲能誦《唐詩三體》,皆得母王文如之訓。《左》《國》《騷》《選》諸書示之,一一了悟,似有夙契,即歐陽侍女口中有法華香者……

(大東書局1933年影印本。)

屈大均《西屈族祖姑韓安人遺詩序》

……歲丙午，予至關中詢諸蒲城、華陰宗人，始得族祖姑為參議韓公邦靖之夫人者遺詩一卷……纏綿悱惻，温厚而多風……夫人之父都御史公諱直，歷事四朝，以文章經術顯著，休沐輒課諸子經史。夫人年十餘，公令為三體唐詩，精采焕然，多合矩度，是雖得之庭訓，然非資性過人，不及此……

（歐初、王貴忱主編：《屈大均全集》第 3 册，人民文學出版社 1996 年版，第 83 頁。）

江藩《國朝漢學師承記》卷四《王蘭泉先生》

先生諱昶，字德甫，號述菴，一字蘭泉，又字琴德……先生生而開敏，四五歲時，能背誦周伯弜《三體唐詩》，為人演説楊用修《廿一史彈詞》，娓娓不倦。

（鍾哲整理：《國朝漢學師承記》，中華書局 1983 年版，第 53 頁。）

劉咸炘《校讎叢録·俗書》

南宋以後，俗童習周氏《三體唐詩》及劉氏《千家詩》，至近世始為《三百首》所代。葉焕彬《讀書志》言之。

（劉咸炘：《推十書（增補全本）》丁輯第 2 册，上海科學技術文獻出版社 2009 年版，第 441 頁。）

郁達夫《雲裏一鱗》①

唐詩選種類頗多，最知名者為王堯衢注之《古唐詩合解》、蘅塘退士之《唐詩三百首》、某氏（忘其名）之《續唐詩三百首》、某氏（忘其

① 原書注："《雲裏一鱗》是郁達夫 1917 年 8 月寫給孫荃的一封長信，書於富陽特産玄書紙上，並裝訂成册，封面上有郁達夫本人所題之'雲裏一鱗'。"

姓氏)之《三體詩選》、李于鱗之《唐詩選》等。首列二書，家各藏之；後列各書，富陽不多見也。能熟讀前二書，一生已足受用，不必抛手裏之孤禽，求林中之兩鳥也。

(吴秀明主編:《郁達夫全集》第 6 卷，浙江大學出版社 2007 年版，第 19—20 頁。)

郁達夫一九二〇年二月二十四日在日本致孫荃信

文來此間海岸静養，去東京可二百餘里，距離猶杭州之去上海也。日夜濤聲喧耳，無市井之塵雜……今日去訪友歸，購得《唐詩選三體詩合刻》一册。讀之，覺曩時詩興復油然而作，成五古一首。詩雖惡劣，然頗足以窺文近日心身之變狀，因録之如左。

(此信《郁達夫全集》未收；這裏録自周艾文、于聽編:《郁達夫詩詞抄・讀唐詩偶成》之"編者按"，浙江人民出版社 1981 年版，第 99 頁。)

義堂周信《空華老師日用工夫略集》

卷一應安二年九月二日

為二三子講《三體詩法》。因告曰:"凡吾徒學詩，則不為俗子及弟等。蓋七佛以來，皆以一偈見意。一偈之格，假俗子詩而作耳。諸子勉之。又詩有補於吾宗，不翅唫詠矣。"

卷三康曆二年十二月十三日

與三人同飯，飯後為伸首座求講《三體集序》。

卷三康曆三年九月廿五日

過二條准后，謝以昨日不赴會之意。准后引入御榻閣對談。及古今倭漢詩文，曰《倭漢朗詠》者，藤公任所撰云云。問曰:"《三體詩》可學否?"曰:"可也。""《千家詩格》可學否?"曰:"可也。""杜、李可學否?"曰:"可不可矣。"曰:"如何?"曰:"才器大則可，小則不可。”

（近藤瓶城編：《續史籍集覽》第 3 册，［日本］近藤出版部 1930 年版。）

義堂周信《空華集》卷一三《義天古律詩序》

……予乃疑而請益，山於是重告曰：詩之作也，《風》《雅》《頌》變而爲《離騷》，《騷》變爲河梁，爲柏梁。逮于李唐，律詩作焉，有古律也，有今律也。今律也者，八句而有頷聯、頸聯、端句、結句之製。古律也者，有十句乃至一百句、二三百句。而通篇押一韻者，少陵、香山諸公之集中所載是也。然古律則牽於强韻，失乎布置，故近世詩人能焉者，鮮之又鮮矣。汶陽周先生撰乎《唐賢三體家法詩》，獨采今律，而不收古律，良有以也。今子如不已，則姑學今律足矣……

（上村觀光編：《五山文學全集》第 2 卷，［日本］思文閣 1973 年版，第 1645—1646 頁。）

義堂周信《空華集》卷一三《大慈八景詩歌集敘》

……會前豫州史君源公，以方伯連帥之任，莅鎮是邦，謂之九州探題公。下車未幾，邦人靡然服之，政以日理，民以日安。公餘愛山水，以大慈其愛最……而恨其有景無題詠。有道人名宗久，號瞬菴，善歌詞者，邦人重之，與探題公殊厚。今歲以公所囑，來輦下，告諸禪林耆宿英衲，洎公卿大夫能詩歌者，各賦八景，一人一景，其詩則有七言絶句者，有七言、五言皆八句者，蓋倣《唐三體》也。歌則所謂和歌，必三十一字，爲一章，作者多上公鉅卿也……

（《五山文學全集》第 2 卷，第 1709—1710 頁。）

中原康富《康富記》文安四年五月廿八日

己未，晴，於浄南院，了藏（越雪叟）主被讀《三體詩》（絶句），予行向之聽之。

（笹川種郎編:《史料大成》第 30 册,[日本]内外書籍株式會社 1937 年版,第 128 頁。）

《大日本史料》

文明十年

〔兼顯卿記〕○岩崎文庫所藏。十二月三日,庚寅,晴。○中略。八時分參内,為《三體詩》御談義聽聞也。南禪寺仙館西堂蘭坡講尺[①]也,廊[②]計也。

……

〔晴富宿禰記〕十二月十七日,甲辰。晴,晚時時細雨洒,抑蘭坡和尚於禁裏有《三體詩》之談義……

（《大日本史料》第 8 編之 10,[日本]東京大學出版會 1985 年版,第 883 頁。）

文明十一年

〔十輪院内府記〕六月五日,參内之次,向勸修寺大納言第參内云云。○中略。參内之處,《三體詩》御談儀丁聞,七言八句七八首也……

（《大日本史料》第 8 編之 11,[日本]東京大學出版會 1985 年版,第 520 頁。）

元和二年

〔土御門泰重卿記〕八月十七日,晴天。御講尺《三體詩》也。建仁寺古磵講之。御聽衆八條殿、近衛殿、青蓮院殿,諸家衆多也,不及注之。序二則相果申候。

---

① 尺　疑為“釈(釋)”之形訛。

② 廊　底本校作“序”。

廿三日，晴天。禁中《三體詩》御講尺。

……

十一月……八日，晴。禁中《三體詩》之御講尺也，予不參也。

十二月……六日，晴天。禁中《三體詩》之御講尺……

（《大日本史料》第12編之24，［日本］東京大學出版會1968年版，第903—904頁。）

三條西實隆《實隆公記》

文明十一年五月

廿日，丙子，雨降。頭中將贈一樽，晝間蘭坡《三體詩》八句初度講談云云，為聽聞參内。至《咸陽懷古》十首被講之，頗驚耳者也……

（《實隆公記》卷一，［日本］續群書類從完成會太洋社1958年版，第322頁。）

永正三年二月

十四日，甲子，晴……民部卿入來，於伏見殿萬松軒主被講《三體詩》，頭中將參入聽聞，及晚歸。今日兩序計云云。

（《實隆公記》卷四，［日本］續群書類從完成會太洋社1961年版，第528頁。）

享禄三年九月

廿五日，壬子，晴。月舟（壽桂）《三體詩》講尺參内，先被來此亭……

（《實隆公記》卷八，［日本］續群書類從完成會太洋社1958年版，第141頁。）

鷲尾隆康《二水記》享禄三年十月

十四日，午前參内，月舟（壽桂）《三體詩》講尺有之，至寒日之條，今日許可申入云云。大才當時舉世無雙之仁也云云。辨舌又無比類,每首添滋味,聽聞拭感淚耳。

(鷲尾隆康:《二水記》第3册,東京大學史料編纂所編:《大日本古記録》第19,[日本]岩波書店1994年版,第258頁。)

策彦周良《策彦和尚入明記初渡集》卷中

二月初,余手自誊《三體詩》,學而時習之。每日以十首為課,翌之昧早,向師面前暗記誦,恰如屋上建瓴水,半字靡有停澀。

(佛教刊行會編:《大日本佛教全書》第116册,大日本佛教全書發行所1922年版,第31頁。)

林羅山《羅山林先生文集》卷二六《〈三體詩〉〈古文真寶〉辯》

本朝之泥于文字者,學詩則專以《三體唐詩》,學文則專以《古文真寶》,皆以為周伯弜、林以正有益于世也。寔二集之詩文精審明暢,習之則亦有益于文字乎?曰:俞。雖然,失于隘矣。念哉!

(京都史蹟會編:《林羅山文集》,[日本]ぺりかん社1979年版,第301頁。)

鹽瀨宗和《三體詩絶句鈔》解説

始講此集者,妙喜庵之祖中岩(圓月)和尚入唐以後事也。其後相國普光院之祖觀中(中諦)和尚入唐,盛行於日本。慈氏院義堂(周信)和尚師承中岩講此詩,心田(清播)和尚師承觀中也。靈泉院江西(龍派)和尚師承觀中與義堂二人,擇其善而從,主義堂之説。惟肖(得岩)亦聽講於義堂也。瑞岩(龍惺)、九淵(龍琛)、希世(靈彦)三人師承江西之説,而希世得傳正宗,以是為此集之正脈。歸雲院之岱仰之(仰之令岱)有抄,殊惡。又本地庵之月心(慶圓)入唐,講此集。龜山(天龍寺)有中恕侍者(中恕如心),萬年(相國寺)有絶海(中津)、沅南江(南江宗沅),東福有東漸(健易)、桃源(瑞仙)專本諸漸公,皆有抄,亦不佳。又有嵩中山(中山中嵩)之抄,梅庵(萬里集九)之《曉風集》撰之。大明有嚴子安《和三體詩》,又有張楷《和三體詩》,又有《續三體詩》,吴彦真、張仲舉等詩載之。

增注 宋理宗淳祐十年庚戌秋八月周弼成此集。其後五十五年元第六主成宗大德九年己巳天隱注成,方回序焉。又其後四年元第七主武宗至大二年己酉季昌增注成,昌[①]自序焉。故今此板,就天隱本注而加季昌新注為增注也。小板古本,亦就季昌新注而加天隱本注為增注也。

(鹽瀨宗和:《三體詩絶句鈔》卷首,[日本]元和六年[1620]古活字刊本,第22—23頁。原文為日文,劉芳亮譯,括注為譯者所加。)

後光明天皇十七歲時日課

辰讀書,巳筆道,午、未《論語》二枚,復一日,《三體詩》二枚,酉遊戲,戌、亥詩一首。

(轉録自陳弘昌:《朱子學對日本的影響》,[臺灣]花木蘭文化出版社2011年版,第80頁。)

林鵝峰《鵝峰先生林學士文集》

卷九八《跋春泰〈白氏文集〉後》

《白氏文集》行於本朝久矣……頃間,春泰得板本而借懿本,寫朱改點,全部一覽,以終其功。近歲初學習詩文者,多是以《三體》《真寶》為足。泰乎大部周覽,可謂勤也。乃跋其卷尾勵前程,泰其勿懈(戊申之冬)。

卷三七《畀尾退》

詩無盛於唐,唐多才子,以子美為最。杜詩多解,然千家、分類《箋注》《集注》皆堆,而不易讀也。近年邵傅《杜律集解》簡而不繁,

---

① 昌 底本作"旦",據上文改。

人人讀之。方今尾退吟弄加朱，乃是學詩之初步，與誦《三體詩》者比之，則有徑庭。勉哉！要覩其效（己酉之冬）。

卷一〇〇《題姪憲所藏〈文選〉後》

……近歲少年叢偶學詩文者，狹而《三體》《真寶》，廣而蘇、黄集而已，至如《文選》，則束閣而不讀焉。先考常為之嘆息，此余所以使汝習誦頭尾通徹也……（庚戌七月二十八日）。

卷七八《西風淚露中》

近世初學習作詩者，先教《三體》絶句，其中卷七言律、下卷五言律者，雖習之，記憶①者少。靖少年，三卷俱諳誦之，既而厭其淺近而不顧之，而博覽唐宋百家。

（[日本]國立公文書館藏元禄二年[1689]刊本。）

江村北海《授業編》

余童子以前，素讀唯四書五經、《古文》《三體詩》，故無一家不有之。厥後世人曰《古文》《三體詩》等非善選，近時教者、學者皆無。其説當否姑且置而不論。如上所云，斯類書家藏户有，然則讀之亦可。其中膾炙人口之詩文甚多，曩者廣行于世，故多見於屏風掛軸，則兒童誦記頗便也。

（岸上操編，内藤耻叟校訂：《少年必讀日本文庫》第3編，[日本]博文館明治二十四年[1891]版，第208頁。原文為日文，劉芳亮譯。）

勝部青魚《剪燈隨筆》卷三《詩論文論》

國朝文運開，士人專作詩，其時大阪有鳥山生，取《三體詩》，止

① 憶　底本作"臆"，據文意改。

用《錦繡段》等。

（[日本]國立國會圖書館藏抄本。原文為日文，劉芳亮譯。）

釋大典《詩語解題引》

兹編所引詩句，多出《品彙》《詩删》及李、杜、滄溟之集，其外此者，記其名，使看者知之。《三體》《鼓吹》所載，不復標人者，厭煩也。然初念不至是，自後附之。故恐有脱誤，覽者幸更檢之。

（釋大典：《詩語解》卷首，[日本]寶曆十三年[1763]京都田原勘兵衛等刊本。）

菊池五山《五山堂詩話》卷四

詩錯一字，意味索然，遂使作者地下銜寃。余自幼讀《三體詩》熊孺登《祗役遇風》云："水生風熟布帆新，只見公程不見春。應被百花撩亂笑，比來天地一閒人。"漫然讀過，殊不覺佳。頃閲《讀書樂趣》作"比來天地少閒人"，方覺精神全出，風旨動人。凡古人詩此類極多，舉以洗寃，不亦一大功德乎？

（《日本漢詩話集成》第4册，第1790頁。）

東條琴臺《先哲叢談續編》

卷三

芝軒自少壯好歌詩，刻意唐人，專以作詩教授生徒，常講説《三體唐詩》《杜律集解》《唐詩訓解》等，以此作門户，自稱為詩人。案：先是，石川丈山、平巖仙桂、僧元政等雖目以詩人，皆講經史，教授子弟，未曾有以講説唐詩為專業者。元禄、寶永之間，芝軒始首唱之。

卷五

土肥默翁……延寶中僑居下谷廣德寺門前街，講説《三體唐詩》《古文真寶》《文章軌範》等書。每上其筵，聽受者數十百人。雖少時，不下五六十人。每人至月盡日，以錢二百文為謝儀，世之所謂賣講者也。

卷一一

芸閣長於談論，最善講説。蓋當時之所習業者，《蒙求》《世説新語》《十八史略》《三體唐詩》《唐詩選》《嘉隆七子詩集》等，皆所户誦家讀也，故能從時情，循環反覆，不廢講習，與衆俯仰。上其筵者，不下六七十人。

（［日本］明治十七年［1884］千鍾房刊本。）

細川十洲《梧園詩話》卷上

《歷朝詩風》

本邦古詩，如《懷風藻》所載，氣象敦樸，有西土漢、魏、六朝之風。及白詩傳于我，則上下靡然以此爲宗，不獨菅家也。北條氏時，禪僧與西土人相往來，而五山之僧好誦《聯珠詩格》《律髓》《三體詩》，是以其詩有宋元人風。迨德川氏之世，名儒輩出，模倣唐詩，不無可觀。而蘐園諸子又尚李、王之風，陳陳相因，人漸厭之，宋詩之風漸盛，新奇可喜，其弊近俗。近日又好清詩，變爲綺靡，要非大雅。洵可嘆也。

《三體詩》

《三體詩》講説授受之序，見於《三體詩絶句抄》者如左。蓋講此集者，以中巖圓月爲嚆矢。圓月傳之於義堂周信，周信傳之於惟肖得岩、江西龍派二人。得岩之後無聞，而龍派則傳之於瑞岩龍惺、九淵龍睬、村菴靈彦三人。龍惺、龍睬二人之後無聞，而靈彦則傳之於正宗龍統及月舟二人。宇都宫遯菴《三體詩詳解》所載，與之略同而較詳。謂中巖入唐而歸，始講此集。觀中亦尋入唐而歸，又講此集。中巖傳之於義堂，觀中傳之於心田。而江西則於觀中、義堂二人之説,擇其善者而從之,蓋得諸義堂者爲多。惟肖亦得義堂之説者也。瑞岩、九淵、希世三人傳江西之説,而希世傳之於正宗,此爲正派。本地庵月心亦講此集,歸雲岱仰之作之抄。此外龜山之恕侍者、萬年之絶海阮南江、東福之東漸、桃源之專漸公,亦作之抄。又有嵩中山之抄梅菴之《曉風集》。按應仁中,後土御門天皇召壽桂、月舟二人,於禁中講《三體詩》。當時此集之盛行可知也。

(《日本漢詩話集成》第 11 册,第 4947—4948、4969 頁。)

文部省總務局編《日本教育史資料》第 3 册卷八"西海道・舊小城藩・學校・興讓館・教則"

第一,學生年别及教科書等。十五年以内素讀與訓讀,四書五經。自十六年讀史,《蒙求》《左傳》《國語》《史記》《前漢書》《小學》内外篇…… 自十七年讀史、詩文,《三國志》、《文章軌范》正續、《三體詩》……

([日本]富山房明治廿三年[1890]版,第 161 頁。原文為日文,劉芳亮譯。)

永井荷風《十六七歲的時候》

……漢詩的作法最初是跟父親學的。其後拿著父親的信進入岩溪裳川先生之門,每個星期日聽講《三體詩》。

(陳德文譯:《永井荷風散文選》,百花文藝出版社 1997 年版,第 131 頁。)

《世祖惠莊大王實録》卷三二"十年正月壬戌"

日本國對馬州太守宗成職遣使求《論語》《三體詩》,賜之。

(國史編纂委員會編:《朝鮮王朝實録》第 7 册,[韓國]東國文化社 1956 年版,第 600 頁。)

《燕山君日記》卷五八“十一年五月癸卯”

傳曰:“《唐詩鼓吹》《續鼓吹》《三體詩》《唐音詩》《詩林廣記》《唐賢詩》《宋賢詩》《瀛奎律髓》《元詩體要》,令校書館印進。”

(《朝鮮王朝實録》第14册,第3頁。)

附録二　周選唐賢絶句拾遺[①]

東奥　大槻崇士廣編選　北越　朝妻清参閲

南總　加藤房校録

實　接

華清宫[②]　崔櫓

草遮回磴絶鳴鑾，雲樹深深碧殿寒。明月自來還自去，更無人倚玉闌[③]干。

通首以清麗之辭寫荒涼之狀，無限風趣。比之杜常，更高幾層，所以冠乎此選也。

天津橋春望[④]　雍陶

津橋春水浸紅霞，煙柳風絲拂岸斜。翠輦不來金殿閉，宫鶯銜出上陽花。

猶是正始之音。

---

① 這裏輯録此書，以日本萬延元年(1860)仙臺大槻氏寧静閣刊本為底本，取《全唐詩》(中華書局 1960 年點校本)對校。

② 全唐詩為《華清宫三首》之一。

③ 闌　全唐詩作“欄”。

④ 春望　全唐詩作“望春”。

寄懷崔雍[1] 李商隱

竹塢無塵水檻清，相思迢遞隔重城。秋陰不散霜飛晚，留得枯荷聽雨聲。

韻稍下而情愈切，是中、晚諸家所以見長。

蘇溪亭 戴叔倫

蘇溪亭上草漫漫，誰倚東風十二欄[2]。燕子不歸春事晚，一汀煙雨杏花寒。

後來方秋崖一派。

題臨瀧寺 韓愈字退之，中唐。

不覺離家已五千，仍將衰病入瀧船。潮陽[3]未到人先[4]説，海氣昏昏浪[5]拍天。

一片浩氣，不以遠謫少挫，所以為韓公。詩諸選不收，余拾以為滄海遺珠。

以上共五首

從軍行[6] 王昌齡

大漠風塵日色昏，紅旗半捲出轅門。前軍夜戰洮河北，已報生擒吐谷渾。

語健而氣完，五首中李選獨遺此詩者何耶？

弔邊人 沈彬字子文，晚唐。

殺聲沈後野風悲，漢月高時望不歸。白骨已枯沙上草，家人猶自寄寒衣。

---

① 全唐詩題作《宿駱氏亭寄懷崔雍崔衮》。

② 欄 全唐詩作"闌"。

③ 陽 全唐詩校"一作州"。

④ 人先 全唐詩作"吾能(一作人先)"。

⑤ 浪 全唐詩作"水"。

⑥ 全唐詩為《從軍行七首》之五。

比之"春閨夢裹"句,風趣不及,而淒慘之語自能動人。

勸行樂　雍陶

老去風光不屬身,黄金莫惜買青春。白頭縱作花園主,醉折花枝是別人。

與原選"留與他人樂少年"句同一感慨,但白頭看花,猶賢乎為沙上白骨歟?為之悵然。

嫦娥[①]　李商隱

雲母屏風燭影深,長河漸落曉星沈。嫦娥[②]應悔偷靈藥,碧海青天夜夜心。

有長生之福,無夫婦之樂,畢竟天上亦缺陷世界矣。

以上共四首

華清宫[③]　張祜

風樹離離月正[④]明,九天龍氣在[⑤]華清。宫門深鎖無人覺,半夜雲中羯鼓聲。

與崔櫓之詩同敘荒涼之狀,而别弄機軸,亦不可多得。

客有卜居不遂薄游汧隴因題　許渾

海燕西飛白日斜,天門遥望五侯家。樓臺深鎖無人到,落盡春風第一花。

言大厦之不足恃,以慰客也。

---

① 嫦娥　全唐詩作"常娥"。

② 嫦娥　全唐詩作"常娥"。

③ 全唐詩為《華清宫四首》之一。

④ 正　全唐詩作"稍"。

⑤ 在　全唐詩校"一作有"。

襄陽寒食寄宇文藉 竇鞏①

烟水初消見萬家,東風吹柳萬條斜。大堤欲上誰相伴,馬踏春泥半是花。

如此好時節,何暇問食之寒熱?

寒食日② 方千字雄飛,晚唐。

百花香氣傍行人,花底垂鞭日易曛③。野火④不知寒食節,穿林轉壑自燒雲。

人煙可禁,野火不可禁,寫得好笑。

又⑤ 孟雲卿字無考,盛唐。

二月江南花滿枝,他鄉寒食遠堪悲。貧居往往無煙火,不獨明朝為子推。

此則不必待禁者,亦為之憫然。

以上共五首

題稚川山水 戴叔倫

松下茅亭五月涼,汀沙雲樹晚⑥蒼蒼。行人無限秋風思,隔水青山似故鄉。

---

① 竇鞏 底本作"戎昱"。按,此詩全唐詩重出,卷二七一(P. 3052)屬竇鞏,題作《襄陽寒食寄宇文籍》;卷三一〇(P. 3510)屬于鵠,題作《襄陽寒食》。佟培基《全唐詩重出誤收考》(P. 221—222)云,竇鞏曾在江陵尹、荆南節度使袁滋幕下掌管記,集中另有《漢陰驛與宇文十相遇旋歸西川因以贈别》《早春送宇文十歸吴》等詩,岑仲勉《唐人行第録》疑"宇文十"即宇文籍。此詩當為竇鞏作,據改。

② 全唐詩題作《東陽道中作(一作〈寒食日〉)》。

③ 曛 全唐詩作"醺"。

④ 火 全唐詩作"父"。

⑤ 全唐詩題作《寒食》。

⑥ 晚 全唐詩校"一作暗"。

暮春滻水送别[①]　韓琮字成封，晚唐。

緑暗紅稀出鳳城，暮雲宫闕[②]古今情。行人莫聽宫前水，流盡年光是此聲。

宋氏林亭　薛能

地濕莎青雨後天，桃花紅近竹枝[③]邊。行人本是農桑客，記得春深欲種田。

板橋曉别　李商隱

回望高城落曉河，長亭窗户壓微波。水仙欲上鯉魚去，一夜芙蓉紅淚多。

醉著　韓偓

萬里清江萬里天，一村桑柘[④]一村煙。漁翁醉著無人唤，過午醒來雪滿船。

以上共五首

楊柳枝詞[⑤]　劉禹錫

城外春風吹酒旗，行人揮袂日西時。長安陌上無窮樹，唯有垂楊管别離。

送李明府赴睦州覲[⑥]太[⑦]夫人　岑參

手把銅章望海雲，夫人堂[⑧]上絳[⑨]羅裙。嚴灘一點舟中月，萬里煙波也夢君。

---

① 全唐詩題下校“一作《暮春送客》”。
② 宫闕　全唐詩作“樓閣(一作宫闕)”。
③ 枝　全唐詩作“林”。
④ 桑柘　全唐詩校“一作花柳”。
⑤ 全唐詩為《楊柳枝詞九首》之八。
⑥ 全唐詩“覲”前有“便拜”二字。
⑦ 太　底本作“大”，據全唐詩改。
⑧ 堂　全唐詩作“江”。
⑨ 絳　全唐詩作“泣”。

蘭溪棹歌　戴叔倫

涼月如眉掛柳灣，越中山色鏡中看。蘭溪三日桃花雨，半夜鯉魚來上灘。

以上共三首

別湖上亭[1]　戎昱

好是[2]春風湖上亭，柳條藤蔓繫離情。黄鶯住久[3]渾相識，欲別頻啼四[4]五聲。

是為別一營妓而作者。

柏林寺南望　郎士元字君胄，中唐。

溪上遥聞精舍鐘，泊舟微徑度深松。青山霽後雲猶在，畫出東[5]南四五峰。

尋盛禪師蘭若　劉長卿

秋草黄花覆古阡，隔林何處起人煙。山僧獨在山中老，唯有寒松見少年。

題靈徹上人舊房　張祜

寂寞空門支道林，滿堂詩板舊知音。秋風吹葉古廊下，一半繩床燈影深。

閑淡一派，既開金元人法門。

以上共四首

---

① 全唐詩題首多"移家"二字。
② 是　全唐詩校"一作去"。
③ 住久　全唐詩作"久住"。
④ 四　全唐詩校"一作三"。
⑤ 東　全唐詩校"一作西"。

早入皇城贈王留守僕射　白居易字樂天，中唐。

津橋殘月曉沈沈，風露凄凄[①]禁署深。城柳宫槐漫[②]摇落，悲愁不到貴人心。

香山絶句，非俗即薄，求其超脱洵難，宜原選之不載也。余就集中特録此一首，不知中選乎否？

街西晚歸　鄭谷

御溝春水繞閑坊，信馬歸來傍短墻。幽榭名園臨紫陌，晚風時帶牡丹香。

念昔遊[③]　杜牧

十載飄然繩檢外，罇前自獻自為酬。秋山春雨閑吟處，倚遍江南寺寺樓。

以上共三首

過華清宫[④]

長安回望繡成堆，山頂千門次第開。一騎紅塵妃子笑，無人知是[⑤]荔枝來。

烽火舉而褒姒笑，妃子笑而荔枝來。飛禍入宫，今古同歎。

淮上與友人别　鄭谷

楊子[⑥]江頭楊柳春，楊花愁殺渡江人。數聲風笛離亭晚，君向瀟湘我向秦。

辭盡而意不盡，神韻杳然。○按，明謝茂秦嘗以此落句為太直，顛倒其文，改作一首，殊為可笑。今録其詩，使讀者知靈頑之辨，曰："君向瀟湘我向秦，楊

---

① 凄　全唐詩作"清"。
② 漫　全唐詩作"謾"。
③ 全唐詩為《念昔游三首》之一。
④ 全唐詩為《過華清宫絶句三首》之一。
⑤ 是　全唐詩校"一作道"。
⑥ 楊子　全唐詩作"揚子"。

花愁殺渡江人。樽前行笛離聲慘，落日空江不見春。”

江雨[①]　陸龜蒙

半陂[②]飛[③]雨半陂[④]晴，漁曲飄秋野調清。各様蓮船逗村去，笠檐蓑袂有殘[⑤]聲。

真是有聲之畫。

以上共三首

元和甲午歲，詔書盡徵江湘逐客。余自武陵赴京，宿於都亭，有懷續來諸君子　劉禹錫

雷雨江山起卧龍，武陵樵客躡仙蹤。十年楚水楓林下，今夜初聞長樂鐘。

十年在貶所，忽聞長樂鐘聲，其欣幸何如也。

遣懷　杜牧[⑥]

落魄[⑦]江湖[⑧]載酒行，楚腰纖細[⑨]掌中輕。十年一覺楊州[⑩]夢，贏[⑪]得青樓薄倖名。

是詩之傷風教者，特以其詩雄渾，故録之。

春游鬱然有懷賦[⑫]　羅鄴

芳草和烟暖更青，閑門要路一時生。年年點檢人間事，唯有春風不

---

① 全唐詩題作《晚渡》。
② 陂　全唐詩作“波”。
③ 飛　全唐詩作“風(一作飛)”。
④ 陂　全唐詩作“波”。
⑤ 殘　全唐詩校“一作餘”。
⑥ 底本題目、作者脱，據全唐詩補。
⑦ 魄　全唐詩校“一作托”。
⑧ 湖　全唐詩作“南(一作湖)”。
⑨ 纖細　全唐詩作“腸斷(一作纖細)”。
⑩ 楊州　全唐詩作“揚州”。
⑪ 贏　全唐詩校“一作占”。
⑫ 全唐詩題作《賞春(一作〈芳草〉，一作〈春游鬱然有懷賦〉)》。

世情。

嘆人事之不然也。

以上共三首

上汝州郡樓　李益

黄昏鼓角似邊州，三十年前上此樓。今日山川①對垂淚，傷心不獨為悲秋。

情韻兼臻，使人欲泣。

經蘇秦墓　賈島

沙埋古篆折碑文，六國興亡事繫②君。今日凄涼無處説，亂山秋盡有寒雲。

有案無斷，其實把蘇生六國事業，付之一片寒雲耳。

奉使薊門　竇鞏

自從身屬富人侯，蟬噪槐花已四秋。今日一莖新白髮，懶騎官馬到幽州。

送客入蜀　楊凝

劍閣迢迢夢想間，行人歸路繞梁山。明朝驛③馬摇鞭去，秋雨槐花子午關。

想見客路險惡。

發渝州却寄韋判官　司空曙

紅燭津亭夜見君，繁弦急管兩紛紛。平明分④手空江遠⑤，唯有猿聲滿⑥水雲。

---

① 川　全唐詩作“城(一作川)”。

② 繫　全唐詩校“一作計”。

③ 驛　全唐詩作“騎”。

④ 分　全唐詩校“一作攜”。

⑤ 遠　全唐詩作“轉”。

⑥ 滿　全唐詩校“一作嘯”。

黯然消魂。

以上共五首

謝亭送别[①]　許渾

勞歌一曲解行舟，紅葉[②]青山水急流。日暮酒醒人已遠，滿天風雨下西樓。

別後之恨，甚於別時，寫得更黯然。

江陵使至汝州　王建

回看巴路在雲間，寒食離家麥熟還。日暮數峰青似染，商人説是汝州山。

亦是馬頭米囊矣[③]。

南游感興　竇鞏

傷心欲問前朝事，唯[④]見江流去不回。日暮東風春草緑，鷓鴣飛上越王臺。

金谷園　杜牧

繁華事散逐香塵，流水無情草自春。日暮東風怨啼鳥，落花猶似墜[⑤]樓人。

巧甚，然在小杜要非其至者。

齊安郡後池[⑥]

菱透浮萍緑錦池，夏鶯千囀弄薔薇。盡日無人看微雨，鴛鴦相對浴紅衣。

野步　鄭谷

---

① 别　全唐詩校"一作客"。

② 葉　全唐詩校"一作樹"。

③ 馬頭米囊　《唐詩三體家法》卷一所選雍陶《西歸出斜谷》："行過險棧出褒斜，出盡平川似到家。無限客愁今日散，馬頭初見米囊花。"

④ 唯　全唐詩作"惟"。

⑤ 墜　全唐詩作"墮"。

⑥ 全唐詩題後多"絶句"二字。

翠嵐迎步興何長，笑領漁翁入醉鄉。日暮渚田微雨後，鷺鷥閑暇稻花香。

二首風調相似，亦各有其妙。

以上共六首

咏酒[①]　汪遵字無考，晚唐。

萬事消[②]沈向一杯，竹門啞軋為風開。秋宵睡足芭蕉雨，又是江湖入夢來。

寄鄰莊道侶　韓偓

聞説經旬不啓關，藥窗誰伴醉開顔。夜來雪壓前村[③]竹，剩[④]見溪南幾尺山。

雪曉真景，寫得如畫。

秋霽　崔道融字無考，晚唐。

雨霽長空蕩滌清，遠山初出未知名。夜來江上如鉤月，時有驚魚擲浪聲。

纖巧，亦妙。

以上共三首

席上贈[⑤]歌者　鄭谷

花月樓臺近九衢，清歌一曲倒金壺。坐[⑥]中亦有[⑦]江南客，莫向春風[⑧]唱鷓鴣。

---

① 全唐詩為《詠酒二首》之二。
② 消　全唐詩作“銷”。
③ 前村　全唐詩作“村前”。
④ 剩　全唐詩作“賸”。
⑤ 贈　全唐詩作“貽”。
⑥ 坐　全唐詩作“座”。
⑦ 亦有　全唐詩校“一作半是”。
⑧ 春風　全唐詩校“一作尊前”。

草堂村尋人[1]不遇　岑參

數株垂[2]柳欲[3]依依，深巷斜陽暮鳥飛。門前雪滿無行[4]迹，應是先生出未歸。

比之後二首，風格更高，所以為盛唐之詩。

霽雪[5]　戎昱

風捲寒雲[6]暮雪晴，江煙洗盡柳條[7]輕。檐前數片無人掃，又得書窗一夜明。

漁者　張喬

首戴圓荷髮不梳，葉舟為宅水為居。沙頭聚看人如市，釣得澄江一丈魚。

二首宋代范、楊諸家所喜，録此備一體。

以上共四首

寒食寄京師諸弟　韋應物

雨中禁火空齋冷，江上流鶯獨坐聽。把酒看花想諸弟，杜陵寒食草青青。

過襄陽上于司空頔　李涉

方城漢水舊城池，陵谷依然世自移。駐[8]馬獨來尋故事，逢人唯説峴山碑。

借羊叔子遺愛，以諷于公也。

---

① 人　全唐詩作“羅生”。
② 垂　全唐詩作“谿”。
③ 欲　全唐詩作“色”。
④ 行　全唐詩作“人”。
⑤ 全唐詩題下校“一作《韓舍人書窗殘雪》”。
⑥ 寒雲　全唐詩作“寒(一作黄)雲(一作長空)”。
⑦ 條　全唐詩校“一作枝”。
⑧ 駐　全唐詩作“歇”。

漫書[①]　司空圖[②]

長擬求閑未得閑，又勞行役出秦關。逢人漸覺鄉音異，却恨鶯聲似故山。

須知"恨"字是"喜"字。

題真上人院[③]　杜牧

清羸已近百年身，古寺風煙又一春。寰海自成戎馬地，惟[④]師曾是太平人。

語涉治亂，無限感慨。諸選皆不收者何耶？

縱游淮南　張祜

十里長街市井連，月明橋上見[⑤]神仙。人生只合楊州[⑥]死，禪智山光[⑦]好墓田。

贈少年　温庭筠

江海相逢客恨多，秋風葉落[⑧]洞庭波。酒酣夜别淮陰市，月照高樓一曲歌。

以上共六首

① 全唐詩為《漫書五首》之一。

② 司空圖　底本作"司空曙"，據全唐詩改。按，此為司空圖詩。祖保泉、陶禮天《司空表圣詩文集箋校》(P. 80)云，此組詩為圖乾符四年(877)隨假禮部尚書王凝按察宣、歙、池三郡，由陝西至皖南途中所記見聞雜感。

③ 全唐詩題首多"早春"二字，題下注"生天寶初"。

④ 惟　全唐詩作"唯"。

⑤ 見　全唐詩作"看"。

⑥ 楊州　全唐詩作"揚州"。

⑦ 光　全唐詩校"一作邊"。

⑧ 落　全唐詩作"下"。

寄人 張泌

別夢依依到謝家，小廊回合曲欄[①]斜。多情唯[②]有春庭月，猶為情[③]人照落花。

過金陵[④] 韋莊字端己，晚唐。

江雨霏霏江草齊，六朝如夢鳥空啼。無情最是臺城柳，依舊煙籠十里堤。

白蓮[⑤] 陸龜蒙

素蘤多蒙别艷欺，此花端[⑥]合在瑶池。無情[⑦]有恨何[⑧]人覺，月曉風清欲墮時。

螢[⑨] 羅鄴

水殿清風玉户開，飛光千點去還來。無風無月長門夜，偏到階前點緑苔。

二首極寫動、植之神，不得以其小品故遺之。

望夫詞 施肩吾字希聖，中唐。

手爇寒燈向影頻，迴文機上暗生塵。自家夫壻無消息，却恨橋頭賣卜人。

柳 羅隱

灞岸晴來送别頻，相偎相倚不勝春。自家飛絮猶無定，争把長條絆

① 欄 全唐詩作"闌"。
② 唯 全唐詩作"只"。
③ 情 全唐詩作"離"。
④ 全唐詩題作《臺城》。
⑤ 全唐詩為《和襲美木蘭後池三詠》之三《白蓮》。
⑥ 端 全唐詩作"真(一作端)"。
⑦ 無情 全唐詩作"還應(一作無情)"。
⑧ 何 全唐詩作"無(一作何)"。
⑨ 全唐詩為《螢二首》之一。

得人[①]。

唐人詠柳者，每家有之。是首出一機軸，殊覺警跋。

以上共六首

虚　接

回鄉偶書[②]　賀知章字季真，盛唐。

離别家鄉歲月多，近來人事半消[③]磨。唯有門前鏡湖水，春風不改舊時波。

賀監《回鄉》二首，余舍前詩取後首，此意少人知。

和練秀才楊柳[④]　楊巨源字景山，中唐。

水邊楊柳緑煙[⑤]絲，立馬煩君折一枝。唯[⑥]有春風最相惜，慇懃[⑦]更[⑧]向手中吹。

情思纏綿。

暮春歸故山草堂[⑨]　錢起

谷口春殘[⑩]黄鳥稀，辛夷花盡杏花飛。始憐幽竹山窗下，不改清陰待

① 争把長條絆得人　全唐詩作“争解垂絲絆路人(一作争把長條絆得人)”。

② 全唐詩為《回鄉偶書二首》之二。

③ 消　全唐詩作“銷”。

④ 全唐詩題作《折楊柳(一作〈和練秀才楊柳〉，一作戴叔倫詩)》。

⑤ 緑煙　全唐詩作“麴塵(一作煙)”。

⑥ 唯　全唐詩作“惟”。

⑦ 慇懃　全唐詩作“殷勤”。

⑧ 更　全唐詩校“一作肯”。

⑨ 全唐詩題下校“一作劉長卿詩，題云《晚春歸山居題窗前竹》”。按，此詩全唐詩重出，卷一五〇(P. 1561)屬劉長卿，題作《晚春歸山居題窗前竹(一作錢起，〈暮春歸故山草堂詩〉)》；卷二三九(P. 2687)屬錢起。佟培基《全唐詩重出誤收考》(P. 120—121)云，《文苑英華》卷三二五作劉，但《劉隨州集》不載，季振宜《全唐詩稿本》剪《文苑英華》補入劉集卷八後。明銅活字本《錢考功集》收録，《唐音統籤》卷二四九錢起集亦收，題下注“《文苑英華》作劉長卿題竹，誤”。作者待考。

⑩ 春殘　全唐詩校“一作殘春”。

我歸。

喜色溢紙。

隴西行[①] 陳陶字嵩伯，中唐。

誓掃匈奴不顧身，五千貂錦喪胡塵。可憐無定河邊骨，猶是春閨夢裏人。

苦語不堪讀。○按，唐仲言云："是詩晚唐中堪泣鬼神。于鱗莫之選，直為首句欠渾厚耳，然徑尺之璧[②]，正不當以纖瑕棄之。"

和令狐相公牡丹[③] 劉禹錫

平章宅里一欄花，臨到開時不在家。莫道兩京非遠別，春明門外即天涯。

西京道中聞蛙 吴融

雨餘林外夕煙沈，忽有蛙聲伴客吟。莫怪[④]聞時倍[⑤]惆悵，稚圭蓬蓽在山陰。

春日偶題城南韋曲 羅鄴[⑥]

韋曲城南錦綉堆，千金不惜買花栽。誰知豪貴多羈束，落盡春紅不見來。

廬江途中遇雪寄李侍御[⑦] 朱慶餘字可久，中唐。

蘆葦聲多雁滿陂，濕雲連野見山稀。遥知將吏相逢處，半是春城賀雪歸。

首二句伏"雪"字，末句纔點"雪"字，唐人多有此法。

---

① 全唐詩為《隴西行四首》之二。

② 璧 底本作"壁"，據《唐詩解》卷三〇改。

③ 全唐詩"牡丹"前多一"别"字。

④ 莫怪 全唐詩校"一作耳畔"。

⑤ 倍 全唐詩校"一作却"。

⑥ 羅鄴 底本作"韋莊"，據全唐詩改。按，此為羅鄴詩。

⑦ 全唐詩題首多"早發"二字，題中"途"作"塗"。

漢江[①]　胡曾

漢江一帶碧流長，兩岸春風起緑楊。借問膠船何處没，欲停蘭棹祀昭王。

長信宫[②]　孟遲

君恩已盡欲何歸，猶有殘香在舞衣。自恨身輕不如燕，春來還繞御簾飛。

自"玉顔不及寒鴉色"句來。

同李十一醉憶元九　白居易

花時同醉破春愁，醉折花枝當酒籌。忽憶故人天際去，計程今日到梁州[③]。

再閱諸選，又得此一首。淺而不俚，方是妙境。

以上共十一首

郵亭殘花[④]　張祜

雲暗山横日欲斜，郵亭下馬對殘花。自從身逐征西府，每到花時不在家。

寫盡宦境，使人慨嘆。

---

① 全唐詩為《詠史詩》之十五《漢江》。

② 全唐詩題下校"一作趙嘏詩"。按，此詩全唐詩重出，卷五五〇(P. 6368)屬趙嘏，題下校"一作孟遲詩"；卷五五七(P. 6459)屬孟遲。佟培基《全唐詩重出誤收考》(P. 424)云，《萬首唐人絶句》重出，卷三七作趙，而卷二二作孟。《唐詩品彙》卷五四作孟。作者待考。

③ 梁州　全唐詩作"涼(一作梁)州"。

④ 全唐詩題下校"一作《平原路上題郵亭殘花》"。按，此詩全唐詩重出，卷二四二(P. 2725)屬張繼，題作《郵亭》；卷五一一(P. 5842)屬張祜。周義敢《張繼詩注》(P. 47)附録一《考定僞詩》云："此詩實為張祜所作。其理由如次：一、南宋初蜀刻大字本《張承吉(張祜字)文集》卷四録有此詩。二、南宋末蔡振孫《詩林廣記・前集》卷九認為此乃張祜詩，并引謝疊山的評語云：'此詩與張季鷹秋風思蓴鱸同一意思，有道者聞之，必不以山林之樂易鐘鼎之奉矣。'三、明《唐詩品彙》《唐百家詩》《萬首唐人絶句》，均以為此乃張祜詩。四、張祜曾多次受辟于節度使，羈旅西塞，寫有不少反映軍旅生活和久戍思鄉的詩歌。而張繼並未為征西幕府之僚佐，其詩集和史書中並無類此記載。"

旅次寄湖南張郎中　戴叔倫

閉門茅底偶為鄰，北阮那憐南阮貧。却是梅花無世態，隔牆分送一枝春。

亦"東風不世情"之意①。

寄弟　張喬

故里行人戰後疎，青崖萍寄白雲居。那堪又是傷春日，把得長安落第書。

第二青崖白雲，如畫家設色。

村笛　韋莊

簫韶九奏韻凄鏘，曲度雖高調不傷。却見孤村明月夜，一聲牛笛斷人腸。

落想自天外來。

蕉葉　徐夤字昭夢，晚唐。

緑綺新裁②織女機，擺風摇日影離披。只應青帝行春罷，閑倚東風③卓翠旗。

與前首同一奇想。

以上共五首

早入諫院④　鄭谷

紫雲重疊抱春城，廊下人稀唱漏聲。偷得微吟斜倚柱，滿衣花露聽宫鶯。

富麗典雅，宛然正始之音。

---

① 按，羅鄴《賞春》："芳草和煙暖更青，閑門要路一時生。年年點檢人間事，唯有春風不世情。"

② 裁　底本作"栽"，據全唐詩改。

③ 風　全唐詩作"牆"。

④ 全唐詩為《早入諫院二首》之二。

長門怨　崔道融

長門花泣一枝春，争奈君恩別處新。錯把黄金買詞賦，相如自是薄情人。

稍露筋骨。

七里瀨送嚴維①　劉長卿

秋江渺渺水空波，越客孤舟欲榜歌。手折衰楊悲老大，故人零落已無多。

江上别李秀才　韋莊

前年相送灞陵春，今日天涯各避秦。莫向尊前惜沈醉，與君俱是異鄉人。

重别曾主簿時諸妓同餞，余亦明日歸姑孰②　許渾

淚沿紅粉濕羅巾，重繫蘭舟勸酒頻。留却一枝河畔柳，明朝猶有遠行人。

山居喜友人見訪　李洞

入雲時③斸茯苓還，日暮逢迎水雲④間。看待詩人無别物，半潭秋水⑤一房山。

以上共六首

洛中即事　竇鞏

高梧葉盡鳥巢空，洛水潺湲夕照中。寂寂天橋車馬絶，寒鴉飛入上

---

① 全唐詩題作《七里灘重送》。按，此詩全唐詩重出，卷一五〇(P. 1556)屬劉長卿；卷二六三(P. 2925)屬嚴維，題作《重送新安劉員外》。佟培基《全唐詩重出誤收考》(P. 120)云，此乃劉長卿送嚴維之作。第二句："越客孤舟欲榜歌。""越客"即指嚴維，越州人。《劉隨州集》卷八載此詩，後附嚴維《重别》酬答詩。《唐詩紀事》卷四七載長卿此詩并維和詩，同韻；而外編下又將嚴維和詩補作劉長卿，更誤。

② 全唐詩題作《重别(時諸妓同餞，一作〈重别曾主簿〉)》。

③ 時　全唐詩作"晴"。

④ 水雲　全唐詩作"木石"。

⑤ 水　全唐詩校"一作燒"。

陽宫。

鄠杜郊居 温庭筠

槿籬芳楥①近樵家，隴麥青青一徑斜。寂寞遊人寒食後，夜來風雨送梨花。

春怨 劉方平

紗窗日落漸黄昏，金屋無人見淚痕。寂寞空庭春欲②晚，梨花滿地不開門。

貧居春怨 雍陶

貧居盡日冷風煙，獨向檐牀看雨眠。寂寞③春風花落盡，滿庭榆莢似秋天。

以上共四首

醉後 劉商

春月④秋風老此身，一瓢長醉任家貧。醉⑤來還愛浮萍草，漂寄官河不屬人。

溪興 杜荀鶴

山雨溪風捲釣絲，瓦甌篷底獨斟時。醉來睡着無人唤，流下前灘⑥也不知。

和襲美春夕酒醒 陸龜蒙

幾年無事傍江湖，醉倒黄公舊酒壚。覺後不知明月上，滿身花影倩人扶。

清麗無比。

---

① 楥 全唐詩作“援(一作杜)”。

② 欲 全唐詩校“一作又”。

③ 寞 底本作“莫”，據全唐詩改。

④ 月 全唐詩作“草(一作月)”。

⑤ 醉 全唐詩作“醒”。

⑥ 灘 全唐詩作“溪(一作灘)”。

和襲美釣侣①

雨後沙虚古岸崩，魚梁移入亂雲層。歸時月落②汀洲暗，認得妻兒結網燈。

漁家實際。

以上共四首

用　事

題楚昭王廟③　韓愈

丘墳④滿目衣冠盡，城闕連雲草樹荒。獨⑤有國人懷舊德，一間茅屋祭昭王。

過鴻溝

龍疲虎困割川原，億萬蒼生性命存。誰勸君王迴馬首，真成一擲賭乾坤。

韓公之詩，每以氣魄勝，所以李杜外别成一家。

楚懷王　崔道融

宫花一朵掌中開，緩頰⑥翻為敵國媒。六里青⑦山天下笑，張儀容易去還來。

欲置懷王於何地。

始皇陵　羅隱

荒堆無草樹無枝，懶向行人問昔時。六國英雄漫多事，到頭徐福是

① 全唐詩為《和襲美釣侣二章》之二。

② 落　全唐詩作"墮"。

③ 全唐詩題下注："襄州宜城縣驛東北有井，傳是昭王井，井東北數十步，有昭王廟。"

④ 墳　全唐詩校"一作園"。

⑤ 獨　全唐詩作"猶"。

⑥ 頰　全唐詩作"急"。

⑦ 青　全唐詩作"江"。

男兒。

箇老亦好男子。

經秦始皇墓[①] 許渾

龍盤虎踞樹層層，勢入浮雲亦是崩。一種青山秋草裏，路人唯[②]拜漢文[③]陵。

三、四何其辭優柔而有味也。

長城[④] 汪遵

秦築長城比鐵牢，蕃戎不敢過臨洮。雖然萬里連雲際，争及堯階三尺高。

筆力扛鼎。

登樂游原 杜牧

長空澹澹孤鳥没，萬古銷沈向此中。看取漢家何事[⑤]業，五陵無樹起秋風。

渭上題[⑥] 温庭筠

吕公榮達子陵歸，萬古煙波遶釣磯。橋上一通名利迹，至今江鳥背人飛。

竟乏温厚之旨。

---

① 全唐詩題首多"途"字。

② 唯 全唐詩校"一作誰"。

③ 文 全唐詩校"一作元"。

④ 按，此詩全唐詩重出，卷六〇二(P. 6961)屬汪遵，卷六九四(P. 7991)屬褚載。佟培基《全唐詩重出誤收考》(P. 466)云，《鑒誡録》卷九《卓絶篇》云："陳羽秀才題吴王夫差廟，汪遵先輩詠萬里長城……得名時人。"《唐詩紀事》卷五九亦作汪。《萬首唐人絶句》卷二八作褚。《唐音統籤》卷六四四、卷七四〇雙載二人下，于汪集中此詩下注："遵此詩得名于時，何光遠以為集中無以加。"作者待考。

⑤ 事 全唐詩校"一作似"。

⑥ 全唐詩為《渭上題三首》之一。

劉郎浦口號　呂温字化光，中唐。

吴蜀成婚此水潯，明珠步障屋[①]黄金。誰將一女輕天下，欲换劉郎鼎峙心。

沈叟《别裁》獨取此詩[②]，亦有見。

石頭城[③]　劉禹錫

山圍故國周遭在，潮打空城寂寞回。淮水東邊舊時月，夜深還過女牆來。

不着一箇議論，而六朝興亡，宛然在眼。樂天云："後之詩人，不復措辭。"非虚譽也。

煬帝陵　羅隱

入郭登樓[④]出郭船，紅樓日日柳年年。君王忍把平陳業，只换[⑤]雷塘數頃[⑥]田。

一、二造語之妙，三、四議論之平。

蔡中郎墓[⑦]　温庭筠

古墳零落野花春，聞説中郎有後身。今日愛才非昔日，無[⑧]抛身[⑨]力作詞人。

雜興[⑩]　陳陶

一顧成周力有餘，白雲閑釣五溪魚。中原莫道無麟鳳，自是皇家結網疎。

---

① 屋　全唐詩作"幄"。
② 按，沈德潛《唐詩别裁集》卷二〇吕温下録此詩。
③ 全唐詩為《金陵五題(并序)》之一《石頭城》。
④ 樓　全唐詩作"橋"。
⑤ 换　全唐詩作"博(一作换)"。
⑥ 頃　全唐詩作"畝"。
⑦ 墓　全唐詩作"墳"。
⑧ 無　全唐詩作"莫"。
⑨ 身　全唐詩作"心"。
⑩ 全唐詩為《閑居雜興五首》之二。

以上共一十三首

前　對

雪中偶題　鄭谷

亂飄僧舍茶煙濕，密灑歌①樓酒力微。江上晚來堪畫處，漁人披得一簑歸。

下第後上高侍郎②　高蟾

天上碧桃和露種，日邊紅杏倚雲栽。芙蓉生在秋江上，不向東風怨未開。

悲憤之情，以和平之語出之，妙！

雨　杜牧

連雲接塞添迢遞，洒幕侵燈送寂寥。一夜不眠孤客耳，主人窗外有芭蕉。

白牡丹　韋莊

閨中莫妬新粧婦，陌上須慚傅粉郎。昨夜月明渾似水，入門唯覺一庭香。

極力托出"白"字。

以上共四首

後　對

苑中遇雪③　宋之問字延清，初唐。

紫禁仙輿詰旦來，青旆④遥倚望春臺。不知庭霰今朝落，疑是林花昨夜開。

---

① 歌　全唐詩校"一作高"。

② 全唐詩"高侍郎"前多"永崇"二字。

③ 全唐詩題末多"應制"二字。

④ 旆　全唐詩作"旂"。

昭陽曲　劉長卿

昨夜承恩宿未央，羅衣猶帶御爐[①]香。芙蓉帳小雲屏暗，楊柳風多水殿凉。

臨海所居[②]　顧况[③]

家在雙峰蘭若邊，一聲秋磬發孤烟。山連極浦鳥飛盡，月上青林人未眠。

題友人山居　戴叔倫

四郭青山處處同，客懷無計答秋風。數家茅屋清溪上，千樹蟬聲落日中。

凉州曲[④]　柳淡[⑤]字無考，中唐。

關山萬里遠征人，一望關山淚滿巾。青海城[⑥]頭空有月，黄沙磧裏本無春。

以上共五首

---

① 爐　全唐詩作“衣(一作爐)”。

② 全唐詩為《臨海所居三首》之三，詩末校“此首題一作《江上故居》”。

③ 顧況　底本脱，據全唐詩補。按，此為顧况詩。王啓興、張虹《顧况詩注》(P. 227)云，《臨海所居三首》疑為作者晚年歸隱茅山後重返海鹽横山故居所作。作者早年未仕時，曾居海鹽横山禪寂寺側，海鹽唐時屬蘇州吴郡，東濱東海，故云“臨海所居”。《海鹽縣志》卷五“輿地考・山水”：“横山是唐顧况故居，劉長卿攝縣過訪處。顧詩‘家近雙峰’，正指硤石兩山與横山近爾。”按，劉長卿于至德三年春攝海鹽令，其《過横山顧山人草堂》詩當作於此時，詩云：“只見山相掩，誰言路尚通。”可見至德中顧况已離開此地。

④ 全唐詩為《凉州曲二首》之一。

⑤ 柳淡　底本作“柳談”，全唐詩署“柳中庸”，中庸名淡，據改。

⑥ 城　全唐詩作“戍”。

拗　體

驛樓　韓偓

流雲溶溶水悠悠，故鄉千里空回頭。三更獨倚①闌干月，淚滿關山故②驛樓。

富春　吴融

天下有水亦有山，富春山水非人寰。長川不是春來緑，千峰倒影落其間。

秋山　張籍

秋山無雲復無風，溪頭看月出深松。草堂不閉石牀静，葉間墜露聲重重。

以上共三首

側　體

路傍墓　耿湋字洪源，中唐。

石馬雙雙當古樹，不知何代公侯墓。墓前靡靡③春草深，唯有行人看碑路。

洞宫夕④　陸龜蒙

月午山空桂花⑤落，華陽道士雲衣薄。石壇香⑥散步虚聲，杉露⑦清泠⑧滴棲鶴。

---

① 獨倚　全唐詩作"猶（一作獨）憑"。
② 故　全唐詩作"孤"。
③ 靡靡　全唐詩校"一作菲菲"。
④ 全唐詩題下校"一作《華陽觀》"。
⑤ 月午山空桂花　全唐詩校"一作中天月冷霜華"。
⑥ 香　全唐詩校"一作風"。
⑦ 露　全唐詩作"雲（一作露）"。
⑧ 清泠　全唐詩作"清泠（一作泠泠）"。

春夢　岑參

洞房①昨夜春風起，遥憶美人②湘江水。枕上片時春夢中，行盡江南數十③里。

僧房聽雨　盧士衡字無考，晚唐。

古寺松軒雨聲別，寒窗聽久詩魔發。記得前年④在赤城，石樓夢覺三更雪。

江上晚泊　左偃字無考，晚唐。

寒雲澹澹⑤天無際，片帆落處沙鷗起。水闊風高日復斜，扁舟獨宿蘆花裏。

渡浙江　盧綸

前船後船不⑥相及，五兩頭平北風急。飛沙卷地日色昏，一半征帆浪花⑦濕。

以上共六首

通計一百二十六首

① 房　全唐詩校"一作庭"。

② 遥憶美人　全唐詩作"故人尚隔(一作遥憶美人)"。

③ 十　全唐詩作"千"。

④ 前年　全唐詩作"年前"。

⑤ 澹澹　全唐詩作"淡淡"。

⑥ 不　全唐詩作"未"。

⑦ 浪花　全唐詩校"一作潮浪"。

附録三　數字化時代詩歌注釋存在的問題及對策[①]

——以《唐詩三體家法彙注彙評》補注過程中發現的諸家疏誤為例

陳　斐

注釋之事，在我國源遠流長，尤以經書注疏和詩歌注釋最為顯著；在長期發展過程中，逐漸形成了一套獨特的理念、方法和形式，以故有人將其看作一門專門的學問——注釋學[②]。就工作程序而言，注家一般通過查閲辭書、韻書、類書等文獻，從前人或時人的語用實踐中尋找佐證，對某些字詞、語句等進行注解、闡釋。這帶有一定的信息處理性質。而近二三十年來，隨着電子技術的飛速發展，人類已進入"數字化時代"。這場信息革命對政府管理、商業營銷乃至人們的生活方式都施與了重大影響，反映在學術界，主要體現為各種數據庫的不斷問世與普及。現在，與注釋相關者不僅有"瀚堂典藏""中國基本古籍庫""文淵閣四庫全書""中國方志庫"等古籍庫，也有"漢語大詞典電子版""中國工具書網絡出版總庫"等工具書庫，還有"中國知網""讀秀"等彙集現當代學術研究成果的論著庫。

① 本文承北京大學中文系蔣紹愚先生審讀賜教，謹此致謝！

② 參見汪耀楠：《注釋學》，外語教學與研究出版社 2010 年版；陳永正：《詩注要義》，上海古籍出版社 2017 年版。為避繁瑣，本文所引論著，僅在第一次徵引時注全版本信息，以後只隨文括注頁碼或卷次；常見古籍一般不注。

它們確實為帶有信息處理性質的注釋工作帶來極大便利：過去學者為尋訪一部書，可能跋山涉水、四處乞借，現在則可以對着電腦屏幕查閱到研究需要的絶大多數書籍；過去學者為查找一條書證，可能積年累月，現在則可以任意設定範圍進行任意詞的檢索，瞬間即得……

然而，正像有些史學研究者指出的："借助先進的電腦網絡手段，我們可以快速、便捷地檢索到大量史料，而受到知識結構、學術積累和理論修為的局限，我們却無法確保自己能够準確分析鑒别和合理地運用史料。"①同樣，數字化儘管為注釋之學提供了檢索的便利，但並没有像想象的那樣插上騰飛的翅膀。相反，數字化也會誘使人們不讀書②，依賴于檢索，從而使其眼界更加狹小、素養愈加淺薄、識見越發底下。如果不加以反思、調整，可能會使注釋工作乃至整個古典研究陷入困境而難以自拔。因為在某種程度上，注釋水平折射的是學界整體的文本解讀水平。一切研究，不管研究什麽、用什麽理論或方法，都應以對文本正確、可靠的解讀為基礎，否則只能是沙灘上的樓閣。這是特别令人憂慮的。

筆者近年在為《唐詩三體家法彙注彙評》做補注的過程中，就深切體會到了數字化的兩面性。1946年，劉永濟曾在演講中指摘當時學界易犯之過失，開頭説："今所舉之過失，亦只就其犖犖大者言，不能備，亦不能詳……惟今所論及者，乃為何種過失而非何人過失，論事論理而非論人。所重在事理者，事理明，則吾人治學不致再蹈此失，是積極的而非消極的，是補救的而非指責的。故但舉事例，而不

① 陳爽：《回歸傳統：淺談數字化時代的史料處理與運用》，《史學月刊》2015年第1期。

② 四庫館臣批評帶有一定"數字化"特徵的類書時即言："此體一興，而操觚者易於檢尋，注書者利於剽竊，輾轉稗販，實學頗荒。"（《欽定四庫全書總目》卷一三五"子部・類書類"序）可謂有先見之明。

出人名，此點務須瞭解。”①筆者猶豫了好久，最後決定抱着“可憐身是眼中人”（王國維《浣溪沙·山寺微茫背夕曛》）的態度，踵武先賢，將發現的問題坦誠地撰文表達出來，懇請方家斧正，並期望引起進一步的討論、反思。

《唐詩三體家法》是南宋周弼編輯的一部專選五律、七律、七絶三體的唐詩選本，選詩以中、晚唐為主，共選了 167 位詩人的 494 首詩作。此書在我國元、明時期及日本非常流行。筆者在輯録完圓至、裴庾、盛傳敏、王謙、高士奇、何焯等人的注評後，為使整理本成為一個較為完善的注本，又做了補注。補注時，首先參考今人所著學術性較强的唐詩别集、選本之箋注本，若其已注明，則徑直採用；其有疏誤，亦時或糾辨，並抒己見。下文即臚列、分析筆者補注過程中發現的有代表性的疏誤。需要特别說明的是，筆者僅僅查閱了相關注本中為《唐詩三體家法》所選詩作（一般為三四首）的注釋，其他部分未及細察，故本文所舉不足以說明這些注本的整體質量。

漏注典故

所謂“典故”，一般指詩文等作品中引用的故事或有來歷的語詞。典故能被人一再引用，其重要性不言而喻；人們使用典故，往往會進行提煉、壓縮。從這個角度看，典故是中華傳統文化的濃縮。古代詩文，特别是“詩歌，力求簡練，用最少的文字表現最豐富的内容”（《詩注要義》，P. 112），故最宜用典。用典“是詩法的核心”（《詩

① 劉永濟：《今日治學易犯之過失（1946 年 2 月 18 日在總理紀念周上的演講）》，《國立武漢大學周刊》第 357 期。

注要義》,P. 111),“為達意抒情最經濟而巧妙之方法”(繆鉞《論宋詩》)①,可以雅化言辭、豐富内涵、委曲抒情、深化意蘊。而注出詩人所用典故,則是“注家首要的工作”(《詩注要義》,P. 114)。由于古人和今人知識結構、生活經驗、書寫語體等存在較大差異,今人對于古人所用典故及其用典方式已有隔膜,注釋典故時往往會發生漏注、誤注和誤釋現象。先説漏注。

古人用典,崇尚如“水中着鹽”(蔡絛《西清詩話》),講究“合機,不啻自其口出”(《文心雕龍・事類》)。職是之故,詩中的不少語詞,往往既可就字面解,又是用典,有深層的意蘊。若當作尋常語詞一覽而過,便會漏注。“注家作注,必先假定詩中‘無一字無來處’,窮搜群籍,纔有可能避免失注。”(《詩注要義》,P. 115)如錢起五律《哭空寂寺玄上人》首聯:“悽然雙樹下,垂淚遠公房。”②“雙樹”看似尋常,實有典故。按,娑羅雙樹,也稱雙林,為釋迦牟尼入滅之處。《大般涅槃經》卷一:“一時佛在拘尸那城,力士生地,阿利羅跋提河邊,娑羅雙樹間……二月十五日臨涅槃。”詩人用來寫僧人圓寂,可謂恰切。可惜,大陸和臺灣兩種《錢起詩集校注》③(P. 108、P. 278)皆未注出。

貫休五律《春山行》尾聯:“因思石橋月,曾與道人期。”④此詩《天台集》卷下題作《春日行天台山》,結合詩人行蹤,知“石橋”即石橋山,在今浙江天台縣北。《(嘉定)赤城志》卷二一:“石橋,在縣北五十里。即五百應真之境,相傳為方廣寺。有石梁架兩崖間,龍形龜

① 繆鉞:《古典文學論叢》,浙江大學出版社 2009 年版,第 106 頁。

② 為便于讀者查閲,本文所引唐詩,除特別説明者外,皆據彭定求等編《全唐詩》(中華書局 1960 年版)。

③ 錢起著,王定璋校注:《錢起詩集校注》,浙江古籍出版社 1992 年版;錢起著,阮廷瑜校注:《錢起詩集校注》,(臺灣)新文豐出版股份有限公司 1996 年版。

④ “道”,《全唐詩》作“故(一作道)”,此從本集。

背,廣不盈咫,其上雙澗合流,泄為瀑布,西流出剡中。梁既峭危,且多莓苔,甚滑,下臨絶澗,過者目眩心悸。""道人",道士、和尚等修道之高人、逸士。天台山為佛教勝地,故云。光就字面注出這些還不够,因為此聯同時暗用張良在下邳圯上與黄石公期,後黄石公贈其《太公兵法》典,事見《史記·留侯世家》。"圯",司馬貞索隱:"李奇云:'下邳人謂橋為圯。'……應劭云:'沂水之上也。'"《貫休歌詩繫年箋注》[①](P. 354)未注。

典故按性質可以分為事典和語典。事典除了一些特殊情况外,一般來説有特定的時、地、人、事等要素出現,相對容易引起警覺。語典則因為引用的是古代典籍中的某個語詞,且經過了壓縮,如果對相關典籍不熟悉的話,往往會被遺漏。如羊士諤五律《林館避暑》頸聯:"静勝朝還暮,幽觀白已玄。"《全唐詩廣選新注集評》[②]第 6 卷(P. 106)謂:"静勝","安謐寧静之美景勝地"。"白已玄","從白天到天黑"。《增訂注釋全唐詩》[③]第 2 册(P. 1285)注釋略同。二書皆僅從字面着眼,未究典源。按,"静勝",謂以静取勝。《老子》第四十五章:"躁勝寒,静勝熱,清静為天下正。"又第六十一章:"牝常以静勝牡,以静為下。"《尉繚子·攻權》:"兵以静勝,國以專勝。"後引申指静閑之勝地。這裹既言心態,又指物境。"幽觀",細察、深思。柳宗元《東明張先生墓誌》:"幽觀其形,與化相冥。""白已玄",《漢書·揚雄傳下》:"哀帝時丁、傅、董賢用事,諸附離之者或起家至二千石。時雄方草《太玄》,有以自守,泊如也。或嘲雄以玄尚白,而雄解之,號曰《解嘲》。"顔師古注:"玄,黑色也。言雄作之不成,其色猶白,故無禄位也。"《老子》第二十八章:"知其白,守其黑,為天下式。為天

① 貫休著,胡大浚箋注:《貫休歌詩繫年箋注》,中華書局 2011 年版。

② 周蒙、馮宇主編:《全唐詩廣選新注集評》,遼寧人民出版社 1994 年版。

③ 陳貽焮主編:《增訂注釋全唐詩》,文化藝術出版社 2001 年版。

下式，常德不忒，復歸於無極。知其榮，守其辱，為天下谷。為天下谷，常德乃足，復歸於樸。”此聯謂林館從早到晚都非常幽静，自己流連其中，不覺天色已晚；亦暗含觀山水而悟道，領會以静取勝、知白守黑、榮辱進退之理，喚起尾聯“家林正如此，何事賦歸田”。

詠物詩在描繪所詠物象的同時，往往隨寓感興、别入外意。注家若僅從物象着眼，常常會忽略詩人藉典故表達的重要外意。如孫欣五律《奉試冷井詩》頸聯：“銅瓶向影落，玉甃抱虚圓。”這是一首詠物詩。按，“玉甃”，井壁的美稱。“甃”，以磚瓦等砌的井壁。“虚”，既指井内空間，又指思想上無欲無為。《老子》第十六章：“致虚極。”《韓非子·解老》：“所以貴無為無思為虚者，謂其意無所制也。”“抱虚”，庾闡《遊衡山詩》：“寂坐挹虚恬，運目情四豁。”“圓”，既指井壁之形，也指周到通達的境界。《文子·微明》：“老子曰：凡人之道：心欲小，志欲大；智欲圓，行欲方。”《增訂注釋全唐詩》第1册(P. 1682)忽略了“抱虚圓”三字蘊含的哲思，漏注。

古人作詩，有“偷意”“奪胎换骨”之説①，大體指某個詩句在詩意上與前代典籍中的某句話或某件事存在或同義、或引申、或推衍、或翻案等關係，但却另外措辭，重新組織表達。這是對注家綜合功力的最大考驗，稍有不慎，就會漏注。如石召五律《送人歸山》首聯：“相逢唯道在，誰不共知貧。”意本《論語·衛靈公》：“子曰：‘君子謀道不謀食。耕也，餒在其中矣；學也，禄在其中矣。君子憂道不憂貧。’”《增訂注釋全唐詩》第5册(P. 179)未注。這個例子還不算太難，因為詩句中提到了“道”“貧”二字，畢竟留下一點綫索。最難的是“用其事而隱其語”(《詩人玉屑》卷七)——詩句與典源在字面上

① 皎然《詩式》卷一“三不同：語、意、勢”：“偷語最為鈍賊……其次偷意……其次偷勢，才巧意精，若無朕迹。”惠洪《冷齋夜話》卷一：“山谷云：‘詩意無窮，而人之才有限……然不易其意而造其語，謂之换骨法；窺入其意而形容之，謂之奪胎法。’”

没有任何聯繫。如于武陵五律《南游有感》首聯："杜陵無厚業，不得駐車輪。""杜陵"，在今陝西西安東南，係武陵家鄉。"厚業"，殷實的家業。此聯謂因貧而宦遊，意本《孟子・萬章下》："仕非為貧也，而有時乎為貧。"正與詩題"南游"和尾聯"又渡湘江去，湘江水復春"相呼應。《增訂注釋全唐詩》第4冊(P. 327)未注。

詩人有時會將多個典故組織在一起並用。遇到這種情況，注家要探河窮源、剥蕉至心，細緻尋繹，以免遺漏。概括而言，大致有三種情況。第一，"融兩典或數典為一"[①]而用之。如杜甫"《客居》詩'壯士斂精魂'，既效謝客'幽人秘精魂'句法，又用江淹賦'拱木斂魂'，不僅《古蒿里歌》也"(李詳《杜詩證選序》)。第二，某個典故，經過歷代詩人的輾轉襲用，形成了如祖、父、孫般的傳承關係。須將相關的祖典、父典等悉數注出，詩意纔能洞白。如孟浩然《望洞庭湖贈張丞相》："欲濟無舟楫。"祖典為《尚書・説命上》："若濟巨川，用汝作舟楫。"父典為《後漢書・張衡傳》所載《應間》："學非所用，術有所仰，故臨川將濟，而舟楫不存焉。"後者是孟詩直接所從出。以上兩種情況，《詩注要義》(P. 127—129、175—176)、《用典研究》[②](P. 226—241)論之已詳。此外，筆者發現還有第三種情況：詩中某個語詞，像岩層一樣，層層累積了多層典故，只有將其全部注出，纔能洞曉詩意。如王維七絶《寒食汜上作》首聯："廣武城邊逢暮春，汶陽歸客淚沾巾。""廣武城"，《王右丞集箋注》卷一四注引《通典》，云為"河南府汜水縣"，並列舉歷代沿革。此可謂第一層典故。《王維集校注》[③](P. 67)認為，此詩為王維開元十四年(726)任濟州司倉參軍秩滿，西歸途中作，注云："廣武城：古城名，有東、

① 沈曾植著，錢仲聯校注：《沈曾植集校注・發凡》，中華書局2001年版，第10頁。

② 羅積勇：《用典研究》，武漢大學出版社2005年版。

③ 王維著，陳鐵民校注：《王維集校注》，中華書局1997年版。

西二城，在唐鄭州滎澤縣西二十里（見《元和郡縣志》卷八），今河南滎陽東北廣武山上。楚、漢相争時，項羽、劉邦曾分别屯兵於東、西城，隔澗對峙。"兼注第一、第二層典故。至此，仍令人難以理解為什麽王維途經此地，會"淚沾巾"。其實，與"廣武城"相關的阮籍嘆典，與此詩關係更為密切，可謂第三層典故。《三國志·魏書·阮籍傳》"官至步兵校尉"裴松之注引晉孫盛《魏氏春秋》："（阮籍）嘗登廣武，觀楚、漢戰處，乃嘆曰：'時無英才，使豎子成名乎！'"當時王維被貶為濟州司倉參軍已滿四年，官卑品低，故暮春離任，途經廣武城，想起阮籍的慨歎，難禁感時傷逝、懷才不遇之情，不由得淚濕佩巾。只有弄清了與廣武城相關的這三層典故，纔能全面、透徹地理解詩人的情感。

有些漏注，係因該典過于冷僻。遇此，注家亦應如《詩注要義》（P. 174）所云："標出'未詳''待考'等闕疑之辭，以俟高明指教。"這樣，既能顯示注家"知之為知之，不知為不知"的誠實態度，也便于後來者集中精力解決疑難。一些僻典，今天利用數據庫檢索就可以解决。如嚴維五律《贈别至弘上人》首聯："最稱弘偃少，早歲草茅居。""弘偃"為何人？《增訂注釋全唐詩》第2册（P. 641）未注。筆者查閲與唐代人名有關的辭書甚至檢索"中國工具書網絡出版總庫"，都没有結果。後來通過檢索"讀秀"等數據庫，輾轉搜尋，終于查到了出處。原來"弘偃"乃公孫弘、主父偃的簡稱。二人皆漢武帝時人，且都出身貧寒，後公孫弘官至丞相，封平津侯；主父偃官至中大夫，被拜為齊相。《漢書·公孫弘傳》："公孫弘……少時為獄吏，有罪，免。家貧，牧豕海上。年四十餘，乃學《春秋》雜説。"同書《主父偃傳》："主父偃，齊國臨菑人也。學長短縱横術，晚乃學《易》《春秋》，百家之言。游齊諸子間，諸儒生相與排儐，不容於齊。家貧，假貸無所得，北游燕、趙、中山，皆莫能厚，客甚困。"謝靈運《撰征賦》："相端、非之兩驕,遭弘、偃之雙歷。"這樣解釋"弘偃",就與下句"早歲草茅居"相貫通了。原來,作者乃用"弘偃"美稱至弘上人。

誤注典故

質言之,用典乃原有的典故文本和現在所欲説寫的文本之間的相遇融合。同一個典故,因為説寫語境、表達重心和對仗、押韻、平仄、字數等文體規範的不同,可以衍生出不同的典面。"所謂典面,是指典故的短語化的表達形式……典面的形成既與典源及它的原初的語言表達和原初的典義有關,也與歷來的用典過程中各種語言内和語言外的因素對它的影響有關。"(《用典研究》,P. 288—289)作注即是結合詩意對典面進行"破譯""解碼",以尋其典源。這要求注家對相關典故的使用範圍、意涵及典面形成的規律等有充分的瞭解,一有不慎,便會張冠李戴、發生誤注。一般來説,誤注通常發生在兩個典面、意思相近的典故之間,《詩注要義》(P. 189)稱為"鄰典"。下面略舉數例。

劉禹錫七律《松滋渡望峽中》前半首:"渡頭輕雨灑寒梅,雲際溶溶雪水來。夢渚草長迷楚望,夷陵土黑有秦灰。"何焯評云:"起用黄梅雨。"(《唐三體詩》[①]卷四)《劉禹錫全集編年校注》[②](P. 210—211)亦注曰:"寒梅:指梅雨。《太平御覽》卷九七〇引《風俗通》:'五月有落梅風,江淮以為信風,又有霖霪,號為梅雨。'""詩云'輕雨灑寒梅',當元和十年夏自京赴連州道中作。"按,黄梅雨,指初夏時節,江淮流域持續較長的陰雨天氣。因時值梅子黄熟,故稱。此季節空氣

① 周弼編,高士奇補正,何焯批校:《唐三體詩》,清光緒十二年(1886)瀘州鹽局朱墨套印本。

② 劉禹錫著,陶敏、陶紅雨校注:《劉禹錫全集編年校注》,岳麓書社 2003 年版。

長期潮濕，器物易黴，故又稱黴雨。將“寒梅”釋為黄梅雨，不妥：其一，與詩中所寫“雪水”“草長”等冬末春初之景扞格；其二，不符合“黄梅雨”一典之用典習慣。梅雨季節，天氣炎熱，罕見詩人用“寒”形容，更不用説以“寒梅”代稱梅雨。詩中的“寒梅”，應指梅花，因其凌寒開放，故稱。

馬戴五律《集宿姚侍御宅懷永樂宰殷侍御》：“石田虞芮接，種樹白雲深。穴閉神蹤古，河流禹鑿深。樵人應滿郭，仙鳥幾巢林。此會偏相語，曾供雪夜吟。”《馬戴詩注》①(P. 109)注云：“白雲，古用以寓親友之思。”《大唐新語・舉賢》：“(狄仁傑)登太行，南望白雲孤飛，謂左右曰：‘吾親所居，近此雲下！’”按，此典乃思親專用，罕見用于友朋之間者(參見《漢語典故大辭典》②，P. 21)。詩人所懷“殷侍御”，指殷堯藩。此人“為性簡静，眉目如畫。工詩文，耽丘壑之趣。嘗曰：‘吾一日不見山水，與俗人談，便覺胸次塵土堆積，急呼濁醪澆之，聊解穢耳！’”(《唐才子傳》卷六)故詩人用了不少與仙人、隱士有關的語詞、典故，以美其雖出仕為官，然葆有高逸情懷。詩中的“白雲”，喻歸隱。左思《招隱詩二首》之一：“白雲停陰岡，丹葩曜陽林。”又，馬詩末句暗用子猷訪戴典，而子猷所吟者恰為左思《招隱詩》。《世説新語・任誕》：“王子猷居山陰。夜大雪……詠左思《招隱詩》。忽憶戴安道……即便夜乘小船就之。經宿方至，造門不前而返。人問其故，王曰：‘吾本乘興而行，興盡而返，何必見戴？’”

韋莊七律《咸陽懷古》尾聯：“莫怪楚吟偏斷骨，野煙蹤迹似東周。”《韋莊集箋注》③(P. 365—366)：“楚吟偏斷骨：蓋指李斯臨刑懷念故土。斯為楚之上蔡人，《史記》卷八七《李斯列傳》載斯為趙高所

① 馬戴著，楊軍、戈春源注：《馬戴詩注》，上海古籍出版社 1987 年版。

② 趙應鐸主編：《漢語典故大辭典》，上海辭書出版社 2010 年版。

③ 韋莊著，聶安福箋注：《韋莊集箋注》，上海古籍出版社 2002 年版。

陷害,'二世二年七月,具斯五刑,論腰斬咸陽市。斯出獄,與其中子俱執,顧謂其中子曰:吾欲與若復牽黄犬俱出上蔡東門逐狡兔,豈可得乎! 遂父子相哭,而夷三族。'《左傳·成公九年》載楚國樂師鍾儀囚于晉國,操琴作楚聲,范文子曰:'樂操土風,不忘舊也。'"此注與全詩意脈、主旨相悖,且其所引李斯、鍾儀事罕見用"楚吟"稱之者(參見《漢語典故大辭典》,P. 885—886、641)。按,"楚吟",指《楚辭》哀怨的歌吟。謝靈運《登池上樓詩》:"祁祁傷豳歌,萋萋感楚吟。"《楚辭》中的《哀郢》等篇章,抒發了楚國都城被秦國攻陷的沉痛之情。這裏乃詩人自謂其謳吟。此詩乃登樓遠眺、懷古傷今之作,首聯"城邊人倚夕陽樓,城上雲凝萬古愁"破題,中二聯寫秦漢興廢事,尾聯呼應首聯,以傷今收束,意謂:不要驚訝我的謳吟為何如此悲傷,是因為看到秦苑漢宫淪没于野煙荒草之中,聯想到飄飄欲墜的國勢,我的心情也像周大夫行役、看到故宗廟宫室盡為禾黍一樣啊。

有些字詞,看似平常,但實際上隨着社會生活的變遷,在語用實踐中已發展為一個新的典故,而詩人往往喜歡"以本朝故實用入詩句"(毛奇齡《西河合集·詩話》卷八)。注家若還按原先、通常的理解作注,便會出現疏誤。如王周五律《道院》首聯:"白日人稀到,簾垂道院深。""道院",《增訂注釋全唐詩》第 5 册(P. 100)未注;《漢語大詞典》[①]第 10 卷(P. 1074)、《辭海》[②](P. 805)、《宗教大辭典》[③](P. 171)、《中國古代名物大典》[④](P. 844)皆解作道士所居之廟宇,規模稍小於宫、觀,書證皆首列此詩。按,以上諸權威辭書的解釋皆為此詞本義,並不符合此詩語境,因為此詩末聯明明云:"誰知是官府,煙

① 羅竹風主編:《漢語大詞典》,漢語大詞典出版社 2001 年版。

② 夏征農、陳至立主編:《辭海(第 6 版典藏本)》,上海辭書出版社 2011 年版。

③ 任繼愈主編:《宗教大辭典》,上海辭書出版社 1998 年版。

④ 華夫主編:《中國古代名物大典》,濟南出版社 1993 年版。

縷滿爐沈。”實際上，詩中的“道院”，隱含着這樣一個典故：五代、宋、元時期，士大夫往往用“道院”借指公事稀少的地方官署。如宋代江陰軍位置偏僻，北拒長江，過客不多，公事稀少；通州南阻長江，東北瀕海，士大夫少至此處，民俗淳厚，訟稀事簡。在二州仕宦極為優逸，故士大夫稱江陰軍為“兩浙道院”，通州為“淮南道院”。又吴淵有《江東道院賦》，云：“于是有厭承明之入直，乞銅虎以典州。凡中朝之人士，多出守而來侯，皆得以逃其瘝曠而遂其優游……爾乃夜已既而更殺，日將晡而鼓撤。雖兩衙其不廢，縱數刻而已休。蓋賦税輸官而絡繹，靡煩程督；訐訟造庭而希簡，無可應酬。故治事之時每短，而退食之暇常遒。雖謂之邦伯郡守，實偶乎黄冠羽流。”

釋典不確

古人用典的根本目的，是為了藉典故抒寫當下情事。注家不但要尋源究本，注明某個典故的來源，還要闡明其表達的“今情”“今意”。有時，注家雖注出了典源，但在闡發“今情”“今意”時却不够準確、全面甚至犯錯。

注家應全面、細緻地審視典源，將與所注詩句有“互文”關係的内容悉數注出，在此基礎上進行闡發。如果僅按該典通常的用法作注，有時會遺漏一些關鍵信息。如張籍七絶《感春》首聯：“遠客悠悠任病身，謝家池上又逢春。”按，謝靈運《登池上樓》：“狥禄反窮海，卧痾對空林。衾枕昧節候，褰開暫窺臨……池塘生春草，園柳變鳴禽。”鍾嶸《詩品》卷中“宋法曹參軍謝惠連詩”條引《謝氏家録》：“康樂每對惠連，輒得佳語。後在永嘉西堂，思詩竟日不就，寤寐間，忽見惠連，即成‘池塘生春草’。故嘗云：‘此語有神助，非我語也。’”《張籍集繫年校注》[①](P. 694)亦注明了此典，但引謝詩，僅引了膾炙人口的"池塘"二句，忽略了謝詩"徇禄反窮海，卧痾對空林"與張詩"遠客悠悠任病身"之間的互文關係。

再如李紳七律《欲到西陵寄王行周》："西陵沙岸回流急，船底黏沙去岸遥。驛吏遞呼催下纜，棹郎閑立道齊橈。猶瞻伍相青山廟，未見雙童白鶴橋。欲責舟人無次第，自知貪酒過春潮。"頸聯"伍相青山廟"，《李紳集校注》[②](P. 9—11)注引明吴鳳翔等《無錫縣志》釋之，不妥有三：其一，引書非典故的最早出處；其二，首聯所云"西陵"在今浙江蕭山市西北十里西興鎮，則廟當在不遠處，却注在無錫縣者，位置不對；其三，未闡明該典隱含的"胥潮"義，這就難以解釋詩人頻繁瞻望伍子胥廟的緣由。按，《史記·伍子胥列傳》："吴以伍子胥、孫武之謀，西破彊楚，北威齊晉，南服越人。"後子胥因受讒，開罪吴王。"乃自剄死。吴王聞之大怒，乃取子胥尸盛以鴟夷革，浮之江中。吴人憐之，為立祠於江上，因命曰胥山"。青山，即胥山，江南胥山不止一處，這裏指今浙江杭州南之吴山。相傳伍子胥死後化為潮神。《吴越春秋·夫差内傳》："吴王聞子胥之怨恨也，乃使人賜屬鏤之劍……子胥……遂伏劍而死。吴王乃取子胥尸，盛以鴟夷之器，投之於江中……子胥因隨流揚波，依潮來往，蕩激崩岸。"《太平廣記》卷二九一引《錢唐志》："伍子胥累諫吴王，賜屬鏤劍而死。臨終，戒其子曰：'懸吾首於南門，以觀越兵來。以鮧魚皮裹吾尸，投於江中，吾當朝暮乘潮，以觀吴之敗。'自是自海門山，潮頭洶高數百尺，越錢塘漁浦，方漸低小。朝暮再來，其聲震怒，雷奔電走百餘里。時有見子胥乘素車白馬在潮頭之中，因立廟以祠焉。""猶瞻"句既言船隻擱淺耽誤行程，又含盼潮得渡之意。

---

① 張籍著，徐禮節、余恕誠校注：《張籍集繫年校注》，中華書局 2011 年版。

② 李紳著，盧燕平校注：《李紳集校注》，中華書局 2009 年版。

闡釋典故，應緊扣典源、參照相關用例，不能額外生發。雍陶七絶《宿嘉陵驛》："離思茫茫正值秋，每因風景却生愁。今宵難作刀州夢，月色江聲共一樓。"按，"刀州夢"，《晉書・王濬傳》："濬夜夢懸三刀於卧屋梁上，須臾又益一刀。濬驚覺，意甚惡之。主簿李毅再拜賀曰：'三刀為州字，又益一者，明府其臨益州乎？'及賊張弘殺益州刺史皇甫晏，果遷濬為益州刺史。"《雍陶詩注》[①]（P. 63）釋云："陶為益州（成都）人，故以刀州夢言鄉夢。"不確。此詩抒發羈旅思鄉之情，詩人期望到故鄉為官（這樣就不用辭親遠遊了），故欲作"刀州夢"，然月色惱人、江聲聒耳，輾轉反側，愁不堪言。且古無用此典指"鄉夢"之例，而是多用來指官吏的調遷升職或到益州一帶任職（參見《漢語典故大辭典》，P. 783）。這裏應指後者。岑參《送嚴黄門拜御史大夫再鎮蜀川兼覲省》："刀州重入夢，劍閣再題詞。"同此。

同一個典故，在後世使用中可能會産生多種不同的意義。詩中所言究竟為何，要結合全詩語境和典面細緻分析，不能僅從自己熟悉的意義出發臆解。如祖詠五律《江南旅情》頸聯："劍留南斗近，書寄北風遥。"此詩入選《千家詩》，流傳頗廣。"南斗"，星名。即斗宿，有星六顆。在北斗星以南，形似斗，故稱。古人將星宿的位置和地上州、國的位置相對應。南斗和南方一帶對應，故亦泛指南方。"劍留南斗近"用何典？《全唐詩廣選新注集評》第 2 卷（P. 574）及大多數《千家詩》注本未注。按，這裏用"劍"借代"佩劍之人"，乃詩人自指。同時，亦用劍氣衝斗、牛典。《晉書・張華傳》謂吴滅晉興之際，天空斗、牛二宿之間常有紫氣。張華聞雷煥妙達緯象，乃邀與共觀天文。煥曰："斗、牛之間頗有異氣"，是"寶劍之精，上徹於天耳"，並謂劍在豫章豐城。華即補煥為豐城令，"煥到縣，掘獄屋基，入地四

① 雍陶著，周嘯天、張效民注：《雍陶詩注》，上海古籍出版社 1988 年版。

丈餘，得一石函，光氣非常，中有雙劍，並刻題，一曰龍泉，一曰太阿。其夕，斗、牛間氣不復見焉”。煥得劍，遣使送一劍與華，留一自佩。“華誅，失劍所在。煥卒，子華為州從事，持劍行經延平津，劍忽於腰間躍出墮水。”但見兩龍各長數丈，光彩照水，波浪驚沸，于是失劍。《增訂注釋全唐詩》第1冊(P. 962)雖注明了此典，但謂“用雙劍分合事……詩文中常以雙劍喻夫妻。此句意謂自己與妻别離，獨留南方”，可謂失之交臂。按，此典雖可用來抒寫友朋、夫婦之間的離合，但典面通常會表明有兩把劍，一般還會出現“雙”“合”“會”等字樣，如“劍合雙龍”“延津劍會(合)”等(參見《漢語典故大辭典》，P. 240—244)。此詩云“劍留南斗近”，從典面看，並没有提及雙劍分合，只在暗示劍光直衝斗、牛，以喻傑出人才有待識者發現。宋之問《送杜審言》：“可惜龍泉劍，流落在豐城。”意思略同。“南斗”句既寫詩人滯留南方，又暗含懷才不遇之意，與尾聯“無媒”(亦暗謂進身無路)呼應。

一些典故，有特殊的適用範圍或對象，闡釋要與此切合，不能隨意發揮。如李嘉祐五律《送王牧往吉州謁王使君叔》：“細草緑汀洲，王孫耐薄遊。年華初冠帶，文體舊弓裘。野渡花争發，春塘水亂流。使君憐小阮，應念倚門愁。”尾聯“倚門”，出自《戰國策・齊策六》：“王孫賈年十五，事閔王。王出走，失王之處。其母曰：‘女朝出而晚來，則吾倚門而望；女暮出而不還，則吾倚閭而望。’”後因以“倚門”或“倚閭”謂父母望子歸來之心殷切。《唐人律詩箋注集評》[①](P. 477)雖注明了此典，但闡釋有誤：“‘倚門’則從對方(使君叔)着筆”，“二句説，料想此刻，使君叔定倚門而望，盼念侄子到來”。這樣解釋既不符合用典習慣，也不符合詩意。按，“倚門”多指父母(特别是母

① 陳增傑編著：《唐人律詩箋注集評》，浙江古籍出版社2003年版。

親)盼子歸來,罕見用在叔侄之間(參見《漢語典故大辭典》,P. 609—610)。王牧此行當是干謁求仕,首聯"薄遊"即點明了這種目的。頷聯美其年輕有文彩,能承家學。尾聯寬慰其心,謂叔父看在其父母倚門懸盼的份上,也會憐愛侄兒、遂其所願。

詁詞未切

孔穎達云:"詁者,古也。古今異言,通之使人知也。"(《毛詩正義·關雎詁訓傳》)對于那些在現代漢語中已經不常用或用法有所變更的生詞僻字,注釋應加以訓詁。對此,大多數注家會參閱《漢語大詞典》《辭源》《辭海》等權威辭書。然而,權威辭書也不能迷信、照搬,因為:一方面,有時語詞在詩句中的特定意涵可能是辭書某個義項的引申或細化①,甚或越出其所列義項,需要注家另外闡釋②;另一方面,辭書成于衆人之手,難免會出現詁詞不當或書證未引原始出處、斷章取義、張冠李戴等疏漏。而"有一字非其的解,則於所言之意必差"(戴震《與某書》)。下面略舉數則詁詞未切的例子。

戴叔倫五律《江上別張歡》尾聯:"今日扁舟別,俱為滄海人。""滄海人",《戴叔倫詩集校注》③(P. 7)注云:"喻懷抱大志而未榮達之人。《抱朴子·窮達》:'小年之不知大年,井蛙之不曉滄海,自有來矣。'"此解或是受李白名句"長風破浪會有時,直挂雲帆濟滄海"

① 注釋屬於隨文釋義,具有具體性和單一性,而詞典義項則具有概括性和多義性。參見汪耀楠:《注釋學》,第359—364頁。

② 如劉商《春日卧病》尾聯"不能憂歲計,無限故山薇"之"不能",據詩意,當解作"不用"。王績《題酒店樓壁絶句八首》之五:"飲時含救藥,醉罷不能愁。"高適《宋中遇劉書記有別》:"末路終離別,不能强悲哀。男兒争富貴,勸爾莫遲迴。"此義項現有辭書皆未闡釋。

③ 戴叔倫著,蔣寅校注:《戴叔倫詩集校注》,上海古籍出版社2010年版。

(《行路難三首》之一)的影響,與全詩倦于行役之悲涼、凄苦情調不協。按,"滄海人",指在滄海中浪迹之人,一般指隱逸之士。傳説"滄海"為仙人居所。《海内十洲記》:"滄海島在北海中,地方三千里,去岸二十一萬里,海四面繞島,各廣五千里。水皆蒼色,仙人謂之滄海也。"孔子亦有"道不行,乘桴浮于海"(《論語・公冶長》)之志。唐張賁《酬襲美先見寄倒來韻》:"尋疑天意喪斯文,故選茅峰寄白雲。酒後只留滄海客,香前唯見紫陽君。"宋周鍔《望春山》:"緬彼滄海人,偕我蓬萊宫。采芝當永年,還丹有玄功。朗誦招隱篇,飛空快埃風。"明張羽《立秋日早泛舟入郭》:"好爵豈不懷,衛生乃其要。寄謝滄海人,予亦堪同調。"(《佩文齋詠物詩選》卷二九)皇甫涍《春日之海上答伯兄叔弟二首》之一:"不逐春潮返,長為滄海人。"康海《丁丑歲十月一日得伯循書將以是月見訪得五首》之三:"俱是滄海人,安計塵俗事。"以上諸詩中的"滄海客"或"滄海人",皆明確指隱逸、高蹈之士。又"滄海人"亦指居無常所、四處漂泊之人,猶東西南北之人也。韓翃《送王光輔歸青州兼寄儲侍郎》:"遠憶故人滄海别。"李益《喜見外弟又言别》:"别來滄海事。"叔倫仕途坎坷,頗多不遇之感,故有此歎。李頻《送友人下第歸宛陵》:"共泣東風别,同為滄海人。"亦同此意。

曹松五律《秋日送方干游上元》尾聯:"後夜分遥念,諸峰霜露生。"《漢語大詞典》第10卷(P.1143)"遥念"條第一個義項云:"謂想得很遠。"書證列此詩。這個解釋與動詞"分"無法貫通。這裏的"遥念",猶遠念,因與思念對象相距遥遠,故稱。黄生《唐詩摘鈔》卷一釋此聯云:"'後夜'略斷,以下五字續之,'分遥念'三字另讀,云:後夜諸峰霜露生時,幸分遥念及我。"甚是。宋謝翱《二月十日》:"野色生遥念,空江滯此身。"

唐彦謙《韋曲》:"欲寫愁腸愧不才,多情練漉已低摧。窮郊二月初離別，獨傍寒村嗅野梅。”“練漉”，《漢語大詞典》等辭書未收；《全唐詩廣選新注集評》第 10 卷（P. 106）注云：“謂月亮。練，白色。漉，瑩潤。”月亮不能言“低摧”，此注誤。按，“練”，煮熟生絲或生絲織品，使之柔軟潔白。《周禮・冢宰・染人》：“凡染，春暴練，夏纁玄。”鄭玄注：“暴練，練其素而暴之。”“漉”，過濾。白居易《黑潭龍》：“家家養豚漉清酒，朝祈暮賽依巫口。”“練漉”為同義複詞，指淘汰、篩選。高士奇《續唐三體詩序》：“淘汰練漉，續茲三體。”引申為煎熬、磨煉。《古今圖書集成・博物彙編・藝術典》卷六八一“選擇部彙考一・吉凶時日善惡宿曜經・二十七宿所為吉凶曆”：“調習象馬，練漉鷹犬。”這裏用引申義。又“多情”，富于感情，這裏謂心。“多情”句謂，多情之心經過種種煎熬、磨煉，已有點憔悴了。何焯評末句即云：“梅最先發，偏犯寒威。自比有才而遭‘練漉’耳。”（《唐三體詩》卷一）齊己《謝王秀才見示詩卷》：“誰見少年心，低摧向苦吟。”《日本詩話二十種・竹田莊詩話》①（P. 271）引松岡信好《送別》：“我心練漉爾知否？悲莫悲兮生別離。”

褚載七律《贈道士》首聯：“簪星曳月下蓬壺，曾見東皋種白榆。”“簪星曳月”為何意？《增訂注釋全唐詩》第 4 册（P. 1251）未注。《漢語大詞典》第 8 卷（P. 1242）釋為“形容佩帶光彩耀眼”，書證首列《唐才子傳》卷八：“時京師諸宫宇女郎，皆清俊濟楚，簪星曳月，唯以吟詠自遣，玄機傑出，多見酬酢云。”次列此詩。按，《漢語大詞典》釋義未考慮魚玄機等“諸宫女郎”及褚載所贈對象的道士身份，不確。“簪星”，道士所戴星冠上鑲有星宿圖像，故稱。李頎《王母歌》：“頭上復戴九星冠，總領玉童坐南面。”“曳月”，謂腰間帶有圓形玉佩。“蓬壺”，即蓬萊，傳説中的海中仙山。詩人暗譬道士為神仙，自天界

① 馬歌東編選、校點：《日本詩話二十種》，暨南大學出版社 2014 年版。

下凡。

某個語詞，詩人可能有意“雙關”，在原義之外通過同音或多義關係指涉另外一個意思，注家應將其全部注出，不能遺漏。如杜牧七絶《題禪院》首聯：“觥船一棹百分空，十歲青春不負公。”《杜牧集繫年校注》[①](P. 451)云：“百分空，意為忘却一切世俗之事。”没有點明原義。按，“觥船”，指容量大的飲酒器。“百分”，猶滿杯。陸弘休《和訾家洲宴游》：“酒滿百分殊不怕，人添一歲更堪愁。”則“百分空”首先指將滿杯的酒一飲而盡。如此注解，纔能使人領會詩語的雙關之妙。

白居易《尋郭道士不遇》：“郡中乞假來相訪，洞裏朝元去不逢。”《白居易詩集校注》[②](P. 1355)：“朝元，朝見元君。《抱朴子内篇・金丹》：‘元君者，老子之師也。’李益《登天壇夜見海》：‘八鑾五鳳紛在御，王母欲上朝元君。’吕岩《七言》：‘玉京殿裏朝元始，金闕宫中拜老君。’”此注書證中的“元君”與“元始”非同一尊神，元始乃元始天尊，故“朝元”並不能看作“朝元君”或“朝元始”的簡稱。按，道家言“朝元”，一般有二義：一指朝拜老子。唐皇室姓李，故高宗追號老子李耳為“太上玄元皇帝”，並在華清宫建朝元閣以祠之。二為内丹術語，説法不一，多指五臟之氣彙聚于天元(臍)，參見《太上老君説常清静經注》《鍾吕傳道集・朝元》《性命圭旨》等。道教認為：“内丹煉到極致，元神可以自由出入身體，超脱後，如果厭居仙境，尚可返回‘傳道’，積行于人間，然後受天書返歸仙境。”[③]吕岩《别詩二首》之一：“朝朝煉液歸瓊壠，夜夜朝元養玉英。”白詩二義皆通。類似者還有姚鵠《玉真觀尋趙尊師不遇》：“羽客朝元晝掩扉，林中一徑雪中

---

① 杜牧著，吴在慶校注：《杜牧集繫年校注》，中華書局 2008 年版。

② 白居易著，謝思煒校注：《白居易詩集校注》，中華書局 2006 年版。

③ 丁培仁：《北宋内丹道述略》，《上海道教》1991 年第 3 期。

微。”吕岩《宿州天慶觀殿門留贈符離道士》:“雲迷鶴駕何方去,仙洞朝元失我期。”

錯解地名

名物亦是注釋的重點和難點。“在各類的名物中,以人名、地名、職官、方言俗語、天文曆法、方術、釋道等尤易致誤。”(《詩注要義》,P. 70)這裏僅説“注家最易舛訛”(惠棟《漁洋山人精華録訓纂·凡例》)的地名。

有些地名用詞,既可按泛稱解,又可按專名解,注家應結合詩意、地理地貌、詩人行實等綜合分析。如賈島七律《早秋寄題天竺靈隱寺》頸聯:“山鐘夜渡空江水,汀月寒生古石樓。”《賈島集校注》[①](P. 483)注云:“江,指錢唐江,即古之浙江……石樓,山名,位於今浙江鄞縣南四明山中。”按,天竺、靈隱二寺,分别在今浙江杭州西十餘里天竺山麓和靈隱山麓,距離錢塘江約十多公里,距離鄞縣四明山甚遠。此注釋“江”甚是,謂“石樓”為山名,誤。此聯烘托寺廟形勝,氣勢恢弘,景象開闊,堪與宋之問《靈隱寺》名句“樓觀滄海日,門對浙江潮”相媲美:上句由近及遠,從聽覺入手,較實;下句由遠及近,從視覺和觸覺入手,較虚。據詩意,“石樓”當在寺内。又山、川等自然景觀罕見用“古”“今”等時間詞形容之例,詩人懷古悼今,往往感慨自然風景不殊,宫殿、人事等有興廢、變遷。詩中既云“汀月”“古”,則“石樓”非山,當泛指石築的樓臺。如齊己《匡山寓居棲公》:“樹影殘陽寺,茶香古石樓。”

① 賈島著,齊文榜校注:《賈島集校注》,人民文學出版社 2001 年版。

再如劉禹錫七律《松滋渡望峽中》。“峽中”,《唐詩選》[①]下(P. 121—122)釋為“在秭歸縣東”,《劉禹錫選集》[②](P. 174)注為“唐峽州地”,顯然皆當作唐代峽州理解。按,峽州,又作硤州。唐代貞觀九年移治步闡壘(今宜昌市)。轄境相當今湖北宜昌市市區及枝江、長陽、遠安等縣地。詩的題目和正文往往互相呼應,此詩正文涉及景、地十分開闊,特别是尾聯所寫“十二碧峰何處所,永安宫外是荒臺”,遠在峽州之西。而松滋渡在今湖北松滋市西,乃長江上的重要渡口,由此不遠即入三峽,故詩人由此眺望。可見,此詩詩題中的“峽中”,應泛指三峽之中。

詩人作詩時,有時會出于對仗、韻腳、平仄等方面的考慮,對某些地名加以調整,如增删一二字或改為一個泛稱。注家如能考出此地,自應確切注出。如皇甫曾五律《晚至華陰》頷聯:“雲霞仙掌出,松柏古祠深。”按,“仙掌”,指華山東峰仙人掌峰。《文選》卷二張衡《西京賦》:“綴以二華,巨靈贔屓,高掌遠蹠,以流河曲,厥迹猶存。”薛綜注:“華,山名也。巨靈,河神也。巨,大也。古語云:此本一山,當河水過之而曲行,河之神以手擘開其上,足蹋離其下,中分為二,以通河流。手足之迹,于今尚在。”“古祠”何指,《大曆詩略箋釋輯評》[③](P. 451)、《增訂注釋全唐詩》第1册(P. 1724)等皆未加注。從詩人將其與“仙掌”對舉看,當亦為特指,並有聯繫。而且,此祠年代久遠且被松柏掩映,可見非一般的小廟。華陰縣正好有巨靈祠,為漢武帝始建。《西岳華山志》:“《遁甲開山圖》云:巨靈,得玄元之道,與元氣一時而生,混沌之師九元祖也。漢武帝觀仙掌於縣内,特立巨靈神祠焉。”崔顥《行經華陰》:“武帝祠前雲欲散,仙人掌上雨初

---

① 中國社會科學院文學研究所選注:《唐詩選》,人民文學出版社1978年版。
② 劉禹錫著,吴汝煜選注:《劉禹錫選集》,齊魯書社1989年版。
③ 喬億選編,雷恩海箋注:《大曆詩略箋釋輯評》,天津古籍出版社2008年版。

晴。"正將巨靈祠和仙掌峰對舉。故皇甫曾詩中的"古祠"當即巨靈祠,詩人或是為了對仗的需要對其名稱做了改寫。

有些地名,詩中往往用借指、虛指或簡稱,注家應結合詩意、詩人行履及時人語用習慣等綜合判斷,不能臆解。"借指"謂詩人喜用古名代今名,注家應對歷代政區沿革有所瞭解。"虛指"如"古人詩中的燕然、龍沙、樓蘭以及揚雄宅、庾公樓等名詞,或實或虛,必須具體分析"。柳永《法曲第二》詞"香徑偷期"之"香徑",猶花徑,不能膠柱鼓瑟,指實為吴王采香徑(《詩注要義》,P. 70)。"簡稱"如姚合五律《送殷堯藩侍御游山南》。《姚合詩集校注》[①](P. 50)云:"山南:長安之南的終南山。"若殷氏真是到長安郊外的終南山游覽,用不了幾天就回來了,斷無寫詩相送之理。而且,罕見唐人乃至古人以"山南"稱終南山。按,唐人詩文中提到的"山南",一般指山南道,如孫逖《送魏騎曹充宇文侍御判官分按山南》、盧綸《送暢當赴山南幕》、白居易《洛下閑居寄山南令狐相公》等。如果不是指山南道,則會在"南"前面加山名,以相區别,如張九齡《奉使自藍田玉山南行》、李益《華山南廟》、皮日休《題支山南峰僧》等。山南為全國十道之一,唐貞觀元年置。轄境相當今四川嘉陵江流域以東,陝西秦嶺、甘肅嶓冢山以南,河南伏牛山西南,湖北涢水以西,自重慶市至湖南岳陽市之間的長江以北地區。開元二十一年分為山南東道、山南西道。東道治所在襄州(今湖北襄陽市),西道治所在梁州(後改興元府,今陝西漢中市)。殷堯藩曾游山南,並客居二十年,作有《襄口阻風》《游山南寺二首》等詩,其《暮春述懷》云:"為客山南二十年,愁來怳近落花天。"又殷詩中紀年,例以中舉離家為准。據此推測,姚合詩當作于大和五年秋,時合在京任刑部郎中。殷氏履歷詳參吴企明撰《唐

① 姚合著,吴河清校注:《姚合詩集校注》,上海古籍出版社 2012 年版。

才子傳校箋》[①]第 3 册(P. 68)“殷堯藩”條。

有些地名,若查資料,會發現一名多地或一地多名,究竟何指,亦應綜合分析。如崔塗七律《過繡嶺宫》。按,“繡嶺宫”有二:其一舊址在今河南省陝縣,唐高宗顯慶三年建;其二即華清宫,因建于今陝西西安驪山西繡嶺之上,故稱繡嶺宫。《唐代長安詞典》[②](P. 474):“繡嶺,驪山的兩個主要山峰總稱。因山上廣植松柏花卉,狀如錦繡,故名繡嶺。在唐代,東繡嶺主要有石甕寺、紅樓緑閣等建築,旁臨驪山瀑布,包納了芝蘭谷、玉蕊峰等觀賞區。西繡嶺有三峰:第一峰上有周代遺址烽火臺;第二峰上有王母殿,唐華清宫繚牆羅城南門即在該處;第三峰上有朝元閣,上有羯鼓樓,下有長生殿。華清宫的山上建築,多在西繡嶺上。”《增訂注釋全唐詩》第 4 册(P. 1089)、《全唐詩精華》[③](P. 2068)等沿襲何焯等人的舊説,認為乃在河南陝縣者。《陝縣志》[④](P. 436)、《三門峽名勝詩選》[⑤](P. 83)等陝縣或三門峽市地方文史書籍亦收録了是詩。其實,若仔細分析詩中“一曲鈴”“香輦”“繚垣”“東流”“下翠岑”等語詞,知當指與楊貴妃、温泉相關之華清宫。此詩為《唐詩三體家法》所選,何焯批注云:“《唐・地理志》:‘陜州峽石縣本崤,有繡嶺宫,顯慶三年置。’與華清兩地,詩意却作一事説。”(《唐三體詩》卷四)可見,何焯已察覺到了詩人所言當指華清宫,只是他不知華清宫别稱繡嶺宫,故當面錯過。

有些地名或與其相關的名詞,看似尋常,實有特定所指,若按常識理解,往往會出現疏誤。如温庭筠七律《開聖寺》:“……出寺馬嘶秋色裏,向陵鴉亂夕陽中……猶有南朝舊碑在,恥將興廢問休公。”

① 辛文房撰,傅璇琮主編:《唐才子傳校箋》,中華書局 1987 年版。

② 張永禄主編:《唐代長安詞典》,陝西人民出版社 1990 年版。

③ 佟培基主編:《全唐詩精華》,太白文藝出版社 2000 年版。

④ 陝縣地方史志編纂委員會編:《陝縣志》,河南人民出版社 1988 年版。

⑤ 舒紹昌、馬自立主編:《三門峽名勝詩選》,中州古籍出版社 1992 年版。

一般人看到“南朝”,往往會聯想到以建業(今南京)為基業的宋、齊、梁、陳。《温庭筠全集校注》[①](P. 279—280)即引張祜同題詩,注云:“寺在潤州丹陽。温此詩寫景與張詩有相似處(張詩‘蕭帝壞陵’,温詩‘向陵’,又曰‘南朝舊碑’),當同指潤州丹陽之開聖寺。或謂指荆州四望山之開聖寺,疑非。荆州不可能有南朝帝陵。”“此詩疑會昌元年秋歸吴中舊鄉途中所作。”注者云“寺在潤州丹陽”,未引任何史料,僅在注“陵”時,引《元和郡縣圖志》卷二五“江南道一・潤州”:丹陽縣有南齊宣帝、高帝及梁文帝、武帝諸陵,可見乃推測之辭。筆者多方查找,亦未找到潤州丹陽有開聖寺的記載。丹陽自是南朝諸帝陵墓較為集中的地方,故注者首先想到並推測寺亦在此地,然而真相有時在常識之外。按,《輿地紀勝》卷六四“荆湖北路・江陵府上・景物下”:“開寶寺,在江陵界,有後梁宣、明二帝陵。”卷六五“荆湖北路・江陵府下・古迹”又曰:“梁宣、明二帝陵,在府西北六十里紀山,即宣帝陵,西即明帝陵。”《(光緒)荆州府志》卷二八“寺觀”:“開聖寺,在紀山。梁建,久廢。《江陵志餘》:梁宣、明帝百八寺之一也。”紀山,原名四望山,唐時改名為紀山,在今湖北沙洋縣紀山鎮。《續高僧傳》卷二七“感通篇中”有《隋初荆州四望山開聖寺釋智曠傳》。後梁(555—587),又稱北梁,南北朝時期蕭氏在江陵建立的政權,乃西魏、北周之附庸。宣、明二帝,指後梁宣帝蕭詧及其子明帝蕭巋,事見《北史・僭偽附庸傳》。宋人劉摯五排《梁宣明二帝陵》自注概括二帝事蹟頗為精到,因録于下:“宣、明二帝,蕭詧、蕭巋也。初,湘東王繹平侯景之亂,即位江陵,改元承聖。三年,兄之子岳陽王詧引西魏兵攻繹,害之。尋臣於魏而稱帝於江陵。傳子巋,巋傳子琮。通三十年,為隋所滅。”唐人關于開聖寺和宣、明二帝陵、碑的詩,尚

① 温庭筠著,劉學鍇校注:《温庭筠全集校注》,中華書局 2007 年版。

有李涉《題開聖寺》、劉禹錫《後梁宣明二帝碑堂下作》:"千行宰樹荆州道,暮雨蕭蕭聞子規。"元稹《楚歌十首(江陵時作)》之七:"梁業雄圖盡,遺孫世運消。宣明徒有號,江漢不相朝。碑碣高臨路,松枝半作樵。唯餘開聖寺,猶學武皇妖。"以上諸人皆曾路過荆州或在荆州任職。可見,温庭筠詩中的"開聖寺",亦在荆州,詩當為其咸通二年(861)至三年間在荆南節度使蕭鄴幕下任從事時所作。

一些比較冷僻的地名,前人限于條件,常常失注。今日借助"讀秀""中國基本古籍庫"等數據庫檢索,時有拾遺、補闕之喜。如錢起五律《哭空寂寺玄上人》。"空寂寺",大陸和臺灣兩種《錢起詩集校注》(P. 108、P. 278)皆未加注。據《明清西安詞典》[①](P. 577)和《秦嶺碑刻經眼録》[②](P. 217—218),知舊址位于今陝西藍田縣東北四十五里厚鎮鄉東嘴村。唐初敕建。寶應二年曾立《大唐空寂寺故大福和尚之碑》,陸海撰,惟嵩書。此寺曾于宋元祐二年與清康熙四十五年重修。現寺毁,碑存于藍田縣水陸庵。再如鄭巢五律《瀑布寺貞上人院》。"瀑布寺",《增訂注釋全唐詩》第3册(P. 1036)未注。按,此寺舊址在今浙江天台縣之天台山。司空曙《寄天台秀師》:"天台瀑布寺,傳有白頭師。"《桐柏仙域志》[③](P. 239)云,南朝宋文帝元嘉二年,僧法順創建。"在天台之西約一里處。左後有長達百丈狀如垂蜺蔽崖而下的飛瀑,因名。寺院南對九壟山(後名九峰山)。可引靈溪水入香積厨。寺西北數百米處是百丈岩。"

---

① 張永禄主編:《明清西安詞典》,陝西人民出版社1999年版。

② 吴敏霞、黨斌、高葉青、袁憲:《秦嶺碑刻經眼録》,三秦出版社2014年版。

③ 趙子廉:《桐柏仙域志》,中央編譯出版社2012年版。

抉擇失當

段玉裁《與諸同志書論校書之難》曰："校書之難，非照本改字不訛不漏之難，定其是非之難。"其實不止校書，注釋很大程度上亦是如此。特别是在辭書編纂得愈來愈完善、細密的數字化時代，只要肯用心，要檢索到某個語詞、典故，並非難事，難就難在從辭書所列的衆多義項中進行正確的抉擇，選取最切合詩意的那個義項進行闡釋，有時一字之差會導致全句或全詩錯解。這是對注家感悟力、詩學修養、學術功底、眼光識力等"才學識"的綜合考驗。

注家面臨的第一個抉擇，在文字校勘方面。一個字詞，或有多個異文，注家應結合詩意、版本和平仄、押韻、對仗等詩律知識，擇善而從。姚合五律《游春十二首》之二頸聯："樹枝風掉軟，菜甲土浮輕。""掉"，《姚合詩集校考》[①](P. 77)、《姚合詩集校注》(P. 300)皆作"棹"，後者注云："風棹：風中行駛的船。"然《全唐詩》、元刊本《唐三體詩説》[②]皆作"掉"。《姚合詩集校考》和《姚合詩集校注》皆云参校了《全唐詩》，但又未出任何校勘記，當是整理者認為"棹"是，而按目前古籍整理的慣例："凡底本不誤而他本誤者，一般不出校記。"[③]然根據律詩的對仗原則，"掉"所在位置應該是一個動詞，如此纔能和"浮"對得上，而"棹"為名詞，對不上。或許整理者亦想到了此點，但又覺得"掉"講不通，所以兩相權衡，選擇了"棹"。事實上，此詩用的是"掉"的"擺動、摇動"義。《文選》卷九揚雄《長楊賦》："拮隔鳴球，掉八列之舞。"李善注引賈逵《國語注》曰："掉，摇也。"此義現代漢語中

① 姚合著，劉衍整理：《姚合詩集校考》，岳麓書社1997年版。

② 周弼編，圓至注：《唐三體詩説》卷一六，(臺灣)"國家圖書館"藏元刊本。

③ 程毅中：《古籍校勘釋例》，許逸民：《古籍整理釋例》，中華書局2011年版，第40頁。

還有保留，如“尾大不掉”“掉臂而行”，只不過不太常用。“樹枝風掉軟”，謂樹枝在春風的頻繁吹動下變得柔軟起來，描繪萬物復蘇景象，頗為精細、形象。

注釋過程中，更要細讀全詩，通盤考慮。對某個字詞義項的抉擇、闡釋，不僅要能放置在全句、全篇講得通，還要能在聯繫詩人的生平、行蹤及其態度、主張甚至同時代的相關詩作及中國詩學的傳統時也講得通。這是因為，所有的文本、語詞，都和歷史上、同時代的其他文本、語詞有着或近或遠、或多或少的“互文”關係，我們應將其放置在特定的文本、語詞網絡中進行闡釋。如司空曙七律《酬張芬有赦後見贈》：“紫鳳朝銜五色書，陽春忽布網羅除。已將心變寒灰後，豈料光生腐草餘。建水風煙收客淚，杜陵花竹夢郊居。勞君故有詩相贈，欲報瓊瑶恨不如。”《司空曙詩集校注》[①](P. 126—127)：“杜陵：指杜甫。戴復古《答杜子野主簿》‘杜陵之後有孫子，自守詩家法度嚴。’此感慨經亂漂泊的杜甫，以借指詩人自己。花竹：指杜甫漂泊在外居處的花竹，代指杜甫在成都郊外的家。郊居：郊外的居所。杜甫因安史之亂避難蜀中，客居成都郊外。此以杜甫的境遇喻指自己在長林的經歷。”按，此詩為司空曙貶建水流域的長林縣時所作。上注不妥有三：其一，罕見唐人稱杜甫為“杜陵”，《漢語大詞典》第 4 卷(P. 751)、《辭源》(P. 819)此義項下，所舉皆為宋代書證。其二，“杜陵”與“建水”相對，後者為地名，前者當亦如是。其三，若“杜陵”句喻指詩人在貶所的經歷，則“夢”字没有着落。“夢”者，日思夢想之謂也，詩人已在貶所，為何還要“夢”在貶所的生活？而且，詩人顯然不會期待這種生活，故聞赦後萬分驚喜。詩中的“杜陵”，應按其本義解作地名。其地在今陝西西安市東南，古為杜伯國，秦

① 司空曙著，文航生校注：《司空曙詩集校注》，人民文學出版社 2011 年版。

置杜縣，漢宣帝築陵于東原上，因名杜陵，並改杜縣為杜陵縣。唐時不少詩人居于此地。“建水”聯謂：得聞大赦消息，長期以來在貶所建水流域因望鄉思君而流的眼淚可以收住了，已經迫不及待地做回杜陵賞花觀竹過悠閑生活的好夢了。

戴叔倫七絶《湘南即事》首聯：“盧橘花開楓葉衰，出門何處望京師。”“盧橘”，《戴叔倫詩文集箋注》[①](P. 311)、《戴叔倫詩集校注》(P. 42)皆注為金橘。後者比較謹慎，注末云：“關于盧橘究為何物，古人曾辯説紛紜，參看《藝苑雌黄》、陶宗儀《南村輟耕録》、吴景旭《歷代詩話》、李時珍《本草綱目》。”結合《漢語大詞典》等辭書可知，“盧橘”有兩個義項：一指金橘，一指枇杷。金橘夏季開花，秋、冬實熟；而枇杷則在秋天或初冬開花，夏天果熟。戴詩云“盧橘花開楓葉衰”，由“楓葉衰”知時令當秋，此時始花者應是枇杷。宋之問《登粤王臺》：“冬花採盧橘，夏果摘楊梅。”劉禹錫《晚歲登武陵城顧望水陸悵然有作》：“霜輕菊秀晚，石淺水紋斜……清風稍改葉，盧橘始含葩。”許渾《別表兄軍倅》：“盧橘花香拂釣磯，佳人猶舞越羅衣。三洲水淺魚來少，五嶺山高雁到稀。客路晚依紅樹宿，鄉關朝望白雲歸。”許渾《病間寄郡中文士》：“盧橘含花處處香，老人依舊卧清漳。心同客舍驚秋早，迹似僧齋厭夜長。”樊珣《狀江南（仲夏）》：“盧橘垂金彈，甘蕉吐白蓮。”李商隱《九成宫》：“十二層城閬苑西，平時避暑拂虹霓……荔枝盧橘沾恩幸，鸞鵲天書濕紫泥。”以上諸詩中的“盧橘”，據所寫物候推斷，亦為枇杷。《沈佺期宋之問集校注》[②](P. 571)、《丁卯集箋證》[③](P. 458、504)、《李商隱詩歌集解》[④](P. 1660)等皆注為金橘，《劉禹錫

① 戴叔倫著，戴文進箋注：《戴叔倫詩文集箋注》，南京師範大學出版社 2013 年版。

② 沈佺期、宋之問著，陶敏、易淑瓊校注：《沈佺期宋之問集校注》，中華書局 2001 年版。

③ 許渾著，羅時進箋證：《丁卯集箋證》，中華書局 2012 年版。

④ 李商隱著，劉學鍇、余恕誠集解：《李商隱詩歌集解》，中華書局 2004 年版。

全集編年校注》(P. 179)謂指“枇杷,或云金橘之别名”,不確。

鄭谷七律《中年》頷聯:“情多最恨花無語,愁破方知酒有權。”《鄭谷詩集箋注》[①](P. 348)注“愁破”句云:“酒有權,謂酒量無定,因心情而易,句即以酒澆愁之意。”此注有以下疏誤:其一,將“酒”解為“酒量”,犯了“增字為訓”的忌諱。其二,將“有權”解作“無定”,乃據“權”之“權宜,變通”義引申而來;實際上,“權”在這個意義上常和“經”或“常”對言,一般説“行權”,但不能和“有”一起組詞。這裏的“權”,當解作權柄、威勢。“愁破”句乃設想之辭,從反面説:只有愁破了纔知澆愁之酒的權柄、威勢,則實際上愁難澆破,酒亦“無權”,句意與李白《宣州謝朓樓餞别校書叔雲》“舉杯銷愁愁更愁”、唐彦謙《無題十首》之八“酒兵無計敵愁腸”略同。

李嘉祐《送王牧往吉州謁王使君叔》首聯:“細草緑汀洲,王孫耐薄遊。”按,“耐”,同“奈”,無奈、奈何。杜甫《七月三日亭午已後較熱退晚加小凉穩睡有詩因論壯年樂事戲呈元二十一曹長》:“亭午減汗流,北鄰耐人聒。”此聯意本《楚辭·招隱士》:“王孫遊兮不歸,春草生兮萋萋。”姚鼐《今體詩鈔》五言卷七釋此聯云:“詩言此細草初緑時,一少年遽堪遠游乎?”甚是。又此聯與尾聯“使君憐小阮,應念倚門愁”呼應,知王牧此游明顯有干謁求仕之動機。故這裏的“薄游”,意指為薄禄而宦游于外。夏侯湛《東方朔畫贊并序》:“以為濁世不可以富貴也,故薄游以取位。”《漢語大詞典》第9卷(P. 577)將此詩列為“薄游”條“漫游,隨意游覽”義項之首條書證,誤。

司空曙五律《過慶寶寺》尾聯:“禪宫亦銷歇,塵世轉堪哀。”“轉”,文航生《司空曙詩集校注》(P. 40)釋為“反而;反倒”,誤。此聯上下句之間句意没有轉折,而是遞進關係,意謂:塵世之外的寺廟都

---

① 鄭谷著,嚴壽澄、黄明、趙昌平箋注:《鄭谷詩集箋注》,上海古籍出版社2009年版。

破敗了,塵世之可悲就更不用説了。"轉",應解為"更加,愈"。杜甫《送李校書二十六韻》:"小來習性懶,晚節慵轉劇。"何焯評曙詩云:"此假廢寺以寓天寶亂後兩都禾黍、萬姓蟲沙,觸目可悲,不徒作也。文明大曆才子,當論其世。"(《唐三體詩》卷五)

古漢語中,單音節詞占了很大比重,一個字往往兼具兩個以上的詞性。詩中所用究竟為何種詞性,須結合詩意和古漢語的語法、搭配等整體抉擇。如賈島五律《送耿處士》尾聯:"迢遞不歸客,人傳虚隱名。"《賈島集校注》(P. 149)注云:"虚,深山。"既不符合語法,也與詩意扞格。這裏的"虚",乃副詞,當解作"虚假、不真實"。《史記·孟嘗君列傳》:"世之傳孟嘗君好客自喜,名不虚矣。"所謂"虚隱",指隱居養望、走終南捷徑。如南朝齊周彦倫隱于鍾山,後應詔為令,欲過此山,孔稚圭作《北山移文》以譏之。古人言"歸",一般指返回家鄉或常住地。此聯勸耿處士早歸,意謂:那些遠遊不歸的人,人們會譏笑説他們的隱居是虚假的。

有時注家可能會面臨詩句的語法結構該如何劃分的問題,這亦要聯繫全篇的詩意和意脈綜合判斷。李白五絶《見京兆韋參軍量移東陽二首》之一:"潮水還歸海,流人却到吴。相逢問愁苦,淚盡日南珠。"有人認為:"這裏'却到'與'還歸'對文,'却'就是回、還之意。"[①]結合題目細察詩意可知:流放的友人僅僅量移東陽,並没有被赦歸,故詩人面對落潮即景生情,發為怨辭。詩中的"還"(尚且)與"却"皆為虚詞,對舉成文,與上、下聯之間詩意的對比、轉折緊密呼應。若將"却到"與"還歸"看作同義複詞,則此聯意脈不暢。詩意謂:潮水尚且能够在漲上來之後回歸大海,流人却未被赦歸,又流放到吴地

① 郭在貽:《也談"嬌兒不離膝,畏我復却去"——兼與蕭滌非先生商榷"却"字的義訓問題》,《郭在貽文集》第1卷,中華書局2002年版,第266頁。李白此詩,《唐詩三體家法》未選,這裏為了説明問題,亦一併言之。

(即東陽)去了。類似用法詩中常見,如王維《早秋山中作》:"豈厭尚平婚嫁早,却嫌陶令去官遲。"丘為《竹下殘雪》:"還對讀書牖,且關乘興心。"宋戴復古《無策》:"夢蕉還得鹿,緣木可求魚?"以上諸詩中的"還"與"却"皆為虛詞,且與"豈""且"等虛詞對舉,將上、下聯綰合為一個完整、連貫的表達。

王夫之《夕堂永日緒論内編》:"作詩亦須識字。如'思''應''教''令''吹''燒'之類,有平仄二聲,音别則義亦異。"注詩亦然。遇到多音字時,要格外謹慎,須結合詩意、平仄等整體分析,不能沿着思維慣性按該字常見的讀音曲説歪解。如李咸用五律《春日》:"浩蕩東風裏,裴回無所親。危城三面水,古樹一邊春。衰世難修道,花時不稱貧。滔滔天下者,何處問通津。"《唐詩三百首續編》[①](P. 188)釋"花時"句云:"春日花開滿院,怡然自樂,也不算貧寒了。"《唐人律詩箋注集評》(P. 1099)亦謂:"春時花開滿庭,可相慰藉,也就不覺得貧寒了。"二人皆將"稱"當平聲(chēng)解。所謂"算""覺得",皆據"稱"在平聲時的"叫做、稱做"義引申。這樣解釋,不僅不合平仄,也與全詩情調、意脈相悖。這裏的"稱",當按去聲(chèn)解作"相稱、符合",如此纔符合平仄、意脈等。詩意謂:春暖花開時節,恰好適宜靚裝出遊;面對豔麗的花朵和權貴豪奢的裝束,愈加覺得自己寒磣窘迫、格格不入。

誤會詩意

錢鍾書曰:"乾嘉'樸學'教人,必知字之詁,而後識句之意,識句之意,而後通全篇之義,進而窺全書之指。雖然,是特一邊耳,亦祇

① 吴戰壘選注:《唐詩三百首續編》,安徽文藝出版社 1990 年版。

初桄耳。復須解全篇之義乃至全書之指('志'),庶得以定某句之意('詞'),解全句之意,庶得以定某字之詁('文');或並須曉會作者立言之宗尚、當時流行之文風、以及修詞異宜之著述體裁,方概知全篇或全書之指歸。積小以明大,而又舉大以貫小;推末以至本,而又探本以窮末;交互往復,庶幾乎義解圓足而免於偏枯,所謂'闡釋之循環'(der hermeneutische Zirkel)者是矣。"①此言精闢地道出了注釋之學的闡釋原則:微觀層面的典故、字詞、名物等的訓詁,實與宏觀層面的詩意闡發互為表裏、交相促進。任何一方出了問題,都會影響到另一方。上文所論側重于微觀層面的疏誤,這裏再舉幾例宏觀詩意闡發有誤或意脈把握不當的例子。

暢當《軍中醉飲寄沈八劉叟》:"酒渴愛江清,餘酣漱晚汀。軟莎欹坐穩,冷石醉眠醒。野膳隨行帳,華音發從伶。數杯君不見,都已遣沈冥。"此詩一作杜甫詩。據吴企明考證,作者當為暢當②。關于詩的意脈,歷來解説紛紜。《杜詩詳注》卷一三:"此詩不樂居幕府而作也。上四言草堂醉後,有倘佯自得之興。下四言軍中陪宴,非豪飲暢意之時。沈、劉蓋草堂同飲者,故寄詩以見意。《杜臆》以此章為倒敘,從既醉已後,遡軍中初飲之事。但飲只數杯,何至酒渴而漱,坐眠方醒乎?首尾不相合矣。又盧注謂座中不見兩君,故數杯便覺沉冥,此説亦非,軍中設宴,原非幽人同席,何必以不見為悵耶?此須依《杜臆》作十字句,言數杯之後,君不見我沉冥乎?"其實此詩寫了兩次宴飲,一主一餘,主飲為背景,僅用"酒渴"二字交代,餘飲為主腦,肆筆鋪陳。全篇從主飲寫起,因酒後口渴,故在水邊汲流(或許是烹茶)以漱,然餘酣難消,不覺醉眠,醒後復聚餐行樂。"晚汀"與"行帳"正相呼應,寫宴飲場所。因已進行過主飲,所以這次餘

① 錢鍾書:《管錐編》第1册,生活·讀書·新知三聯書店2001年版,第327—328頁。

② 吴企明:《杜甫詩辨僞札記》,《唐音質疑録》,上海古籍出版社1985年版,第30—31頁。

飲,大家不過數杯,便都酩酊大醉,進入沉冥之境。如此連續縱飲行樂,實在酣暢之極,可惜君不與會也(題既言“寄”,則沈、劉不與飲明矣)。開篇氣盛聲重,後面如話家常,寥寥數筆便使“酣”情“醉”態躍然紙上。

李益七絶《寫情》:“水紋珍簟思悠悠,千里佳期一夕休。從此無心愛良夜,任他明月下西樓。”《唐詩選》[①](P. 438)云:“一夕休:有約不來,空空等了一夜。”不確。若是僅“空空等了一夜”,則希望還没有破滅,以後還可以再約、再等,何來尾聯絶望之語? 按,“一夕休”,指某種情事、狀態、人物等在一夜之間突然終止或死亡。宋楊億《戊申年七夕五絶》之四:“神女歡娱一夕休,月娥孀獨已千秋。”元侯克中《止崔左丞入廣》:“喬松傲雪三冬好,蔓草經霜一夕休。”明胡儼《徐州十二詠·燕子樓》:“妙舞清歌一夕休,繁華銷盡綵雲收。”李詩首聯蓋謂:日日夜夜期盼的千里之約、美好之會,就在這一夜之間化為泡影;應是收到了絶交的音訊。俞陛雲《詩境淺説·續編二》:“詩題曰‘寫情’,實即崔國輔怨詞之意,因此生已休,雖有餘情,不抵深怨也。首二句言,冰簟夜涼,悠悠凝思,相思千里,正在掄指佳期,乃方期鸞鏡之開,遽斷鵲橋之望。故後二句寫其怨意,謂璧月團圞,本期雙照,而此後良宵,已成獨旦,則無情明月,一任其西下樓頭耳。”

鄭谷七絶《曲江春草》:“花落江堤蔟暖煙,雨餘草色遠相連。香輪莫輾青青破,留與愁人一醉眠。”《鄭谷詩集箋注》(P. 212)題注云:“曲江:見卷一曲江注。按唐李綽(淖)《歲時記》:‘上巳錫宴曲江,都人於江頭禊飲,踐踏青草。’詩似即此感發。”此注忽視了詩中藴含的落第之悲。按,“曲江”,即曲江池,在今陝西西安東南。唐時為遊賞勝地,“花卉環周,煙水明媚。都人遊玩,盛於中和、上巳之節”(《劇

① 馬茂元選注:《唐詩選》,上海古籍出版社 1999 年版。

談録》卷下《曲江》)。進士及第,例題名雁塔,並由皇帝賜宴曲江杏園。劉滄《及第後宴曲江》:“及第新春選勝遊,杏園初宴曲江頭。”鄭詩末聯“香輪”,當是登第赴杏園宴或踏青賞玩之得意人所乘,“愁人”乃詩人自稱,下第失意之悲見于言外。杜牧《杏園》:“夜來微雨洗芳塵,公子驊騮步貼勻。莫怪杏園顦顇去,滿城多少插花人。”與此詩情調相似。

韋莊七律《咸陽懷古》頸聯:“李斯不向倉中悟,徐福應無物外遊。”《韋莊集箋注》(P. 365)注引《史記·李斯列傳》載斯少時因“厠中鼠”“倉中鼠”悟得“人之賢不肖譬如鼠矣,在所自處耳”及《秦始皇本紀》“遣徐市發童男女數千人入海求僊人”事,甚是;但又云此聯“蓋謂若非李斯佐秦併天下,則無徐福入海求仙之事”,不妥:其一,此詩主旨為感慨興亡、懷古傷今,此解與其不合;其二,此解與韋莊對李斯“倉中悟”的一貫態度相悖。韋莊《題李斯傳》:“蜀魄湘魂萬古悲,未悲秦相死秦時。臨刑莫恨倉中鼠,上蔡東門去自遲。”《同舊韻》:“安羨倉中鼠,危同幕上禽。期君調鼎鼐,他日俟羊斟。”細揣詩意,知此聯雖然用了“不向”“應無”等詞,但上、下聯之間並無因果關係,而是謂:李斯不悟倉中亦難常恃,徐福海外求仙也為虚妄,但人主偏偏寵信、重用這樣的小人,社稷能不亡乎?正如何焯評云:“李斯既貪,徐福更妄。貪者其欲無極,奉己而不顧國家;妄者分外鑿空,惑主以邀身利。二者相循而唐之為唐掃地無餘矣。”(《唐三體詩》卷四)

王貞白五律《雲居長老》後半首:“不説有為法,非傳無盡燈。了然方寸内,應祗見南能。”《王貞白詩集》①(P. 37)釋尾聯云:“詩寫雲居長老没有宣傳佛法普渡衆生的高志,只是一心一意想做個南能一

① 王貞白著,毛小東主編:《王貞白詩集》,江西人民出版社 2013 年版。

樣的和尚。正是這樣踏踏實實、點點滴滴修煉，最終成了雲居長老。”流于臆猜。按，“有為法”，與“無為法”相對。泛指一切處于相互聯繫、生滅變化中的現象，即“緣起法”。“有為法”以生、住、滅、異等四“有為相”為其特徵。小乘佛教用“有為”説明“無常”，大乘佛教則用“有為”説明諸法實相、唯識無境、一切唯心等。“無盡燈”，謂以一燈點燃千百盞燈，比喻以佛法度化無數衆生。“南能”，指慧能，由其開創的禪法，主張“不立文字”“教外别傳”“直指人心”“見性成佛”，將“頓悟”視為成佛的唯一途徑。頸聯謂雲居長老所修持的慧能禪法，和一般佛教宗派借助語言文字説法從而開導衆生不同。尾聯承此意，讚譽長老像慧能一樣明心見性、立地成佛。

該詳未詳

注釋的最高目標是洞明詩心、探得詩意。正如仇兆鰲所云：“注杜者必反覆沉潛，求其歸宿所在，又從而句櫛字比之，庶幾得作者苦心於千百年之上，恍然如身歷其世，面接其人，而慨乎有餘悲，悄乎有餘思也。”（《杜詩詳注·原序》）欲達此目的和境界，注家除了詁訓典故、語詞、名物等，還應對詩歌涉及的本事時事、民俗事象、禮儀風尚、詩法意脈、比興寄託等加以闡釋。然而，不少詩注往往在這些應該詳細闡發之處有所疏略甚至遺漏。

本事不能掛漏。崔塗七律《春夕》：“水流花謝兩無情，送盡東風過楚城。胡蝶夢中家萬里，子規枝上月三更。故園書動經年絶，華髮春唯滿鏡生。自是不歸歸便得，五湖煙景有誰爭？”按，《輿地紀勝》卷一六二“潼川府路·渠州·詩”録此詩，詩末注云：“冲相寺距州城四十里，乃定光佛道場。此詩古（故）老相傳，是唐相崔塗，僖宗時避亂至蜀所題。今無墨蹟存，惟定光岩間有題云：‘前進士崔塗，由此間(閒)眺，翌日北歸。’”《全蜀藝文志》卷六四載崔塗《渠州冲相寺題名》:“中原黃賊煽亂，前進士崔塗避地于渠州，春日獨遊冲相寺，由此登眺，翌日北歸。”唐時渠州治流江縣(今渠縣)，轄境相當今四川渠縣、大竹、鄰水、廣安等縣、市地。戰國時期，渠州一帶為楚之附屬小國賨國所在地，故首聯稱為“楚城”。《蜀水經》卷一四“渠江”:“渠縣，故賨國也，芈姓子爵，亦作宗。頃王四年，執宗子，圍巢，即此。”冲相寺，隋建，本名藥寺，為定光古佛道場，唐賜額曰“冲相”。在今四川廣安市廣安區肖溪鎮東北冲相村。唐宋時期為渠江流域著名梵剎，氣勢恢宏。寺後有定光岩摩岩造像及唐、宋題記三十餘處。

時事當發明之。“詩史互證”是中國古代詩歌注釋的優良傳統。注家應“因詩以考史，援史以證詩，一一疏通證明，使作者本指，顯然呈露”(趙翼《甌北詩話》卷九)。如趙嘏七絕《經汾陽舊宅》:“門前不改舊山河，破虜曾輕馬伏波。今日獨經歌舞地，古槐疏冷夕陽多。”《趙嘏詩注》[①](P. 129):“汾陽舊宅，唐代名將汾陽王郭子儀的舊宅。郭子儀(697—781)，華州鄭縣(今陝西華縣)人，以武舉累官至天德軍使兼九原太守，曾平定安史之亂，後進封汾陽郡王。代宗時，曾聯合回紇，共拒吐番入侵。新舊《唐書》有傳。”對時事背景的介紹到此為止，並没有點明郭子儀因重整山河之大功，被朝廷盟誓封爵，但死後不久，其後人陸續遭貶，田宅奴婢被人侵奪。而這，纔是詩人興感之緣由。按，《舊唐書・郭子儀傳》載:“子儀薨後，楊炎、盧杞相次秉政，奸諂用事，尤忌勳族。子儀之壻太僕卿趙縱、少府少監李洞清、光禄卿王宰，皆以家人告訐細過，相次貶黜，曜(子儀長子)家大恐，

① 趙嘏著，譚優學注:《趙嘏詩注》，上海古籍出版社 1985 年版。

賴宰相張鎰力為庇護。奸人幸其危懼，多論奪田宅奴婢，曜不敢訴。德宗微知之，詔曰：'尚父子儀，有大勳力，保乂皇家，嘗誓以山河，琢之金石，十世之宥，其可忘也！其家前時與人為市，以子儀身歿，或被誣構，欲論奪之，有司無得為理。'""山河"，暗用山河之誓典。《史記·高祖功臣侯者年表》："封爵之誓曰：'使河如帶，泰山若厲。國以永寧，爰及苗裔。'"意謂即使黄河隘如衣帶、泰山小如礪石，而功臣的封國永存、功勳永在、爵禄世代久傳。《唐詩别裁集》卷二〇評此詩曰："見山河如故，而恢復山河者已不堪憑弔矣。可感全在起句。"

詩中抒寫的情事，有時會在詩人本人或同時代其他作家的詩文（特别是酬唱詩、贈答詩）中多次出現，而且每次限于主題及表達形式，抒寫的視角、重點、範圍、措辭等或有不同。作注時要儘量全面地搜集相關資料，綜合分析，並取重要者以為互證。如劉滄七律《旅館書懷》前半首："秋看庭樹换風煙，兄弟飄零寄海邊。客計倦行分陝路，家貧休種汶陽田。"注可引其《懷汶陽兄弟》："回看雲嶺思茫茫，幾處關河隔汶陽。書信經年鄉國遠，弟兄無力海田荒。"祖詠五律《汝墳别業》首聯："失路農為業，移家到汝墳。"注可引其《歸汝墳山莊留别盧象》："淹留歲將晏，久廢南山期。舊業不見棄，還山從此辭。漚麻入南澗，刈麥向東菑。"再如崔塗七律《過繡嶺宫》頷聯："三城帳屬升平夢，一曲鈴關悵望心。"按，"三城"，指韓國公張仁願在河套的黄河北岸所築東、中、西三受降城（今屬内蒙古）。《舊唐書·張仁願傳》：神龍三年，仁願"於河北築三受降城，首尾相應……自是突厥不得度山放牧，朔方無復寇掠"。"屬"，音"zhǔ"，依託，寄託。詩意謂：玄宗以為三受降城早已築就，國有楨幹，朔方無事，升平可期，孰料不久即發生了安史之亂，車駕幸蜀，美人難保，歸來只能自製《雨霖鈴》曲聊寄思念之情耳。杜甫《諸將五首》之二："韓公本意築三城,擬絶天驕拔漢旌。豈謂盡煩回紇馬,翻然遠救朔方兵。胡來不覺潼關隘,龍起猶聞晉水清。獨使至尊憂社稷,諸君何以答升平。"

詩中涉及某個民俗事象,最好舉相關史料以證之。如章孝標《田家》:"田家無五行,水旱卜蛙聲。"[1]按,"五行",水、火、木、金、土。構成各種物質的五種元素,古人常以此説明宇宙萬物的起源和變化,也用于紀時或説明時節之更迭。"卜",占卜,引申為推斷、預測。《本草綱目》卷四二:"田雞、水雞、土鴨,形稱雖異,功用則一也……《考工記》云:'以脰鳴者,蛙黽之屬。'農人占其聲之早晚大小,以卜豐歉,故唐人章孝標詩云:'田家無五行,水旱卜蛙聲。'"《清嘉録》卷三"三月"《田雞報》:"三日,農民聽蛙聲於午前後,以卜豐稔,謂之'田雞報'。諺云:'田雞叫拉午時前(延先切),大(讀作度)年在高田。田雞叫拉午時後,低田弗要愁。'……案,范成大詩:'薄暮蛙聲連晚鬧,今年田稻十分秋。'褚人穫《堅瓠集》云:'吴中以上巳蛙鳴,則無水患。諺云:三月三個蝦蟇,禁口難開。'又九縣《志》皆載占諺云:'午前鳴,高田熟。午後鳴,低田熟。'并載唐人詩云:'田家無五行,水旱卜蛙聲。'"農業生産與水旱密切相關,故"卜水旱"即是"卜豐歉"。

詩中涉及某種特殊的禮儀、風尚,有時從字面看不是那麽顯豁,注釋要適當發明、闡釋。這裏以與佛、道相關者為例。如賈島五律《山中道士》頸聯:"白石通宵煮,寒泉盡日舂。""煮白石",舊傳神仙、方士燒煮白石為糧,後因借指道家修煉生活。《神仙傳》卷一《白石生》云其人乃"中黄丈人弟子也,至彭祖之時已年二千餘歲矣……常煮白石為糧,因就白石山居,時人號曰白石生"。《抱朴子内篇·雜應》:"引石散,以方寸匕投一斗白石子中,以水合煮之,亦立熟如芋

① 此詩《全唐詩》題作《長安秋夜》(一作《田家》),據内容看,應是《田家》。

子,可食以當穀也。”上句所寫既非尋常之事,則下句“寒泉盡日舂”亦當不是普通的舂米。按,唐代有些道教徒用水碓舂雲母等物服之或煉丹。白居易《尋郭道士不遇》云:“藥爐有火丹應伏,雲碓無人水自舂。”自注云:“廬山中雲母多,故以水碓擣錬,俗呼為雲碓。”李白《送内尋廬山女道士李騰空二首》之一:“水舂雲母碓,風掃石楠花。”再如王維《過乘如禪師蕭居士嵩丘蘭若》:“食隨鳴磬巢烏下,行踏空林落葉聲。”“磬”,寺院中召集衆僧用的雲板形鳴器或誦經用的鉢形打擊樂器。僧人過堂用齋時有鳴磬、念佛等儀式,今日尚然。

詩中涉及藝術史、學術史上的某個現象、事件,應予點明。如李群玉五排《三月五日陪裴大夫泛長沙東湖》尾聯:“從今留勝會,誰看畫蘭亭。”“勝會”,猶盛會。“蘭亭”,在今浙江紹興西南之蘭渚山上。東晉永和九年王羲之、謝安等同游于此。羲之作《蘭亭集序》,略云:“暮春之初,會於會稽山陰之蘭亭,修褉事也。群賢畢至,少長咸集……引以為流觴曲水,列坐其次。雖無絲竹管絃之盛,一觴一詠,亦足以暢敘幽情。”此事後來成為畫家樂于表現之畫題。俞松《蘭亭續考》卷二引李心傳記云:“王右丞所畫《蘭亭圖》,祐陵標題,仍書何延之所作記于後。”李頻《府試觀蘭亭圖》:“往會人何處,遺蹤事可觀……筆想吟中駐,杯疑飲後乾。”今傳者有明文徵明《蘭亭修褉》卷([北京]故宫博物院藏)、清樊沂《蘭亭修褉圖》卷(美國黄君實舊藏)等。

有些詩句,就句法、詩意而言,乃化用自前人、時人乃至詩人自己的詩句,應儘量點明。如景池五律《秋夜宿淮口》頸聯:“樹静禽眠草,沙寒鹿過汀。”化自錢起《山中酬楊補闕見過》:“幽溪鹿過苔還静,深樹雲來鳥不知。”

詩中某些特殊的藝術手法,亦應適當分析。如喻鳧《龍翔寺居喜胡權見訪因宿》:“衝橋二水急,扣月一鐘殘。”按,下句謂鐘一敲動,其聲遠揚,連高空的月亮也仿佛被扣響了,以此映襯鐘聲之清越。喻鳧龍翔寺詩多次寫到鐘聲，如《夏日龍翔寺寄張侍御》："曉月僧汲井，殘陽鐘殷臺。""扣月""殷臺"，筆法相同，只是一虚一實罷了。又李賀《秦王飲酒》："羲和敲日玻璃聲。"錢鍾書《談藝録》①（P.133）言"長吉曲喻"，特意拈出，津津樂道，謂："長吉乃往往以一端相似，推而及之於初不相似之他端……日比瑠璃，皆光明故；而來長吉筆端，則日似玻瓈光，亦必具玻瓈聲矣。"准此，喻鳧言"扣月"，亦曲喻也。蓋擬月為玉盤，言其光色也，乃常人之意。詩人則進一步發想，謂月之光色既如玉盤，則其亦如玉盤之"磴磴"可"扣"矣，其思既在人意之中又越意表之外。長吉言"敲日"，尚借"玻璃聲"暗示；喻鳧言"扣月"，則僅以殘鐘比襯，其喻似更曲、更妙矣。

繁冗失裁

注釋應明暢貼切、詳略得當。對于何者須注、何者不注、何時須詳、何時要略，注家應充分考慮讀者的接受水平，心中有數。不少詩注，遇到淺近、習見的語詞、典故，每每連篇累牘地闡説、徵引，恨不得連"長江黄河""風雲月露"都加注，而對于那些深奥難懂、讀者真正期待有所解釋的典故或疑難，却付之闕如。這個傾向，古人已有所批評、反思。近年來，隨着電子檢索的愈來愈便捷，注釋中的繁冗失裁現象也越來越嚴重，浮詞、游詞舉不勝舉。如岑參七絶《逢入京使》首聯："故園東望路漫漫，雙袖龍鍾淚不乾。"《岑嘉州詩箋注》②（P.765—766）注云：

① 錢鍾書：《談藝録》，生活・讀書・新知三聯書店2007年版。
② 岑參著，廖立箋注：《岑嘉州詩箋注》，中華書局2004年版。

> 龍鍾:此字義釋甚多。一、謂竹名,字亦從竹,或作籦籠。馬融《長笛賦》:“惟籦籠之奇生兮,於終南之陰崖。”李善注引戴凱之《竹譜》曰:“籦籠,竹名。”《南越志》云,羅浮山有龍鍾竹。二、謂石名。《洞冥記》云:“陽關之外花牛津時時得異石,高三丈,立於望仙宫,因名龍鍾石。”三、或從足,作蹱踵,亦作蹱蹱。《集韻》引《埤蒼》:“蹱蹱,行不進貌。”《玉篇》云:“小兒行貌。”四、謂老病。明周祈《名義考》六:“龍鍾切癃字,潦倒切老字,欲言癃,欲言老,即以龍鍾潦倒言之。後有釋者皆不得其意而臆説也。”五、窮困失意。蕭穎士《為南陽尉六舅上鄧州趙王牋》:“累年以來,凶險薦至,兩兄一弟,殂謝連及,孀孤空室,苫蓋在庭……龍鍾荼苦,畢備於此。”李華《卧疾舟中相里范二侍御先行贈別序》:“華也潦倒龍鍾,百疾叢體,衣無完帛,器無兼蔬,以妻子為僮僕,以笠履為車服。”六、霑濕貌。《荀子·議兵》“隴種東籠而退”唐楊倞注:“東籠與涷瀧同,沾濕貌。”東籠亦作籠東。《北史·李穆傳》宇文泰芒山之敗,敵兵追及,李穆以馬鞭擊泰背罵曰:“籠東軍士,爾曹主何在? 爾獨在此!”泰因免於難。蓋以馬中矢墜地霑濕,故曰籠東,亦龍鍾也。《方言》:“瀧涿謂之霑漬。”此為龍鍾音轉。《論衡·自紀》:“筆瀧漉而雨集,言溶瀶而泉出。”瀧漉為瀧涿之音轉,亦龍鍾也。楚人則以淚濕為龍鍾。王褒《與周弘讓書》:“援筆攬紙,龍鍾横集。”此言下淚也。卞和《退怨歌》“空山歔欷涕龍鍾”,言鼻涕交流也。唐李匡乂《資暇集》則謂龍行雨時上下所踐,因而淋漓沾濺云云,此説實不可取。七、《蘇氏演義》曰:“龍鍾者,不昌熾、不翹舉貌,如藍鬖、拉搭、解縱之類。”此義甚奇,少見用者。岑詩此字,要以淚濕為義。

讓人仿佛是在讀專門彙集訓詁資料的《故訓匯纂》之類的辭書。姑且不論所列義項及書證頗為凌亂,有不少係對這個疊韻聯綿詞的穿鑿理解，僅就注釋工作的本分而言，亦遠遠地越界了，繁冗得很。一個詞可能有多個讀音、多個義項，注家只要注明詩中特定語境下的意涵即可，若有必要，頂多旁涉與該意涵有關的義項，以明其意之來源，無需獺祭。同一首詩同一個詞的注釋，問世較早的馬茂元《唐詩選》(P. 242)云："雙袖句：以袖拭淚，袖已濕而淚仍不止。龍鍾，涕淚流溢貌(見方以智《通雅》)。"《岑參集校注》①(P. 104)曰："龍鍾：沾濡濕潤貌。明方以智《通雅》謂，'龍鍾'轉為'瀧涷'，《廣韻・一東》：'涷，瀧涷，沾漬。'"可謂簡明扼要。

對策建議

1980年，郭在貽在《學術月刊》發表《漫談古書的注釋》一文，將古書注釋中的問題歸納為望文生訓、增字為釋、誤解俗語詞、以今例古、當注而不注五條，並舉了平日涉獵所及的一些選本中的疏誤作例子。如果將郭先生文章和本文對讀，會發現：本文所舉疏誤整體上説層次更低、類型更多；郭先生所舉多為有着高深學養的專門名家"智者千慮，或有一失"，或者本身為注釋、訓詁之疑難，而筆者所舉只有少數屬于這種情況，大多數是因為新生代注家對詩歌的整體感悟力和解讀力不高、詩學修養和國學根底薄弱造成的。而從郭先生文章發表到本文撰寫的三十多年，正是辭書編纂得越來越細密、數字化從濫觴到發展再到如火如荼、沾溉萬家的時期。所以，某種程度上説，本文所舉疏誤，可以看作數字化時代詩歌注釋的"時代症候"，也折射了這個時代古典研究賴以為根基的文本解讀狀況。作

① 岑參著，陳鐵民、侯忠義校注：《岑參集校注》，上海古籍出版社2004年版。

為個中人,我們必須清醒地意識到:數字化既為我們帶來了資料檢索的便利,同時也在潛移默化地改變着我們的習得方式、問題意識和研究模式,侵蝕着我們在"專業化"的教育下本來就先天不足的文本感悟力和解讀力、詩學修養和國學根底。而提高、夯實這些能力、修養和根底,是端正學風、進行必要的技能訓練之外,身處數字化時代的我們提升注釋乃至整個古典研究水平的關鍵所在和治本之方。筆者以為,可從以下兩個方面着手:

其一,重視經典,回歸文學。

不少學者對當下文學研究呈現出的"邊緣化"傾向和偏離文學本位的現象表示憂慮。這些傾向和現象與新生代學者的文本感悟力和解讀力不高、詩學修養和國學根底薄弱已形成互為因果的惡性循環關係。所謂"邊緣化",是目前人文學術的普遍"症狀",主要指學者的視野慢慢萎縮,越來越無力也不想回應學科核心問題和重大社會問題①。以文學研究而言,近二三十年,研究的範圍和廣度是大大地拓展了,以前很少注意的二三流作家及其作品都得到了挖掘,但與經典相關的核心問題却没有突破甚至罕見問津,研究中孤立、静止、片面看待問題的現象越來越嚴重,研究的整體水平並没有得到提升甚至説有所滑坡。這與目前"量化"考評體系的驅動也有關係:因為核心問題的探究往往耗費時力,在多出"成果"的壓力下,不少學者避難就輕、避主就次,傾向于選擇一些瑣碎、便于操作的選題不斷"重複"自己,才情、學識不但没有得到涵養、提升,反而被"稀釋"了。然而,從超越當下功利計較的歷史視角看,學術又是客觀、無情的奥林匹克競賽,站在領獎臺上的必然是高水平的勝出者,低層次的"成果"再多也没有用。而經典的細讀、核心問題的探究,正

① 陳斐:《透視人文學術研究的"邊緣化"》,《中華讀書報》2016年12月1日。

是提升文本感悟力和解讀力、夯實詩學修養和國學根底、提高識見乃至研究水平的不二法門。

二十世紀八九十年代以來,隨着"文化熱"的興起,不少學者從哲學、歷史學、宗教學、社會學等文化視角觀照文學。這對于本來就具有"大文學""雜文學"屬性的中國文學來説無可厚非,甚至是必要的。問題是,這種來自多維文化視角的觀照大多没有落實、聚焦于"文學"本位,並非結合對文學文本的細緻閱讀和感悟,探究一定時期的哲學、歷史、宗教等是如何影響了文學内在風貌及其規律的演變,而不過是把這些學科的理論、方法甚或結論拿來,尋找一些文學作品作為論據"演練"一番罷了。此類研究從根本上説消解了文學作品的審美性與文學性,偏離了文學研究的方向,稱為其他學科或文化史研究的分支或許更為恰當。正如布魯姆所諷刺的:"文學研究者變成了業餘的社會政治家、半吊子社會學家、不勝任的人類學家、平庸的哲學家以及武斷的文化史家。"①其中,尤以古代文學研究的"歷史化"傾向最為突出。特别是近年來,借助數據庫檢索帶來的便利,很多學者斤斤于作家生平和作品繫年的考據。錢鍾書早在1933年批評過的,自清代樸學以來"使文學研究和考據幾乎成為同義名詞,使考據和'科學方法'幾乎成為同義名詞"②的現象再次上演,其流弊正如程千帆所提醒的那樣:"企圖用考證學或歷史學的方法去解決屬于文藝學的問題……議論雖多,不免牛頭不對馬嘴。"③而這種偏離文學本位的研究之所以會流行成風,亦與新生代學者文本感悟力和解讀力不高有關。他們難以深入文本,所以大多這樣

① [美]哈羅德·布魯姆:《西方正典》,江寧康譯,譯林出版社2005年版,第412頁。

② 錢鍾書:《寫在人生邊上·人生邊上的邊上·石語》,生活·讀書·新知三聯書店2002年版,第179頁。

③ 程千帆:《相同的題材與不相同的主題、形象、風格——桃源詩的比較研究》,莫礪鋒編:《程千帆選集》,遼寧古籍出版社1996年版,第865頁。

“在文學的外圍打轉”，或者説使“文學為別的學科打工”①。不過話又説回來，如果不重視經典細讀、回歸文學本位，感悟力和解讀力就永遠無法得到提升。我們必須下狠心打破這種惡性循環。

其二，提倡學詩，重構詩學。

在中國古代，“創作”在整個文學活動中處于核心位置，不僅文學的評論者、研究者兼具作家身份，有着深切的創作體驗，而且，關于文學的評論、研究皆以提升創作能力為旨歸，創作、評論、研究三者之間呈現出良好的互動局面。近代以來，在“西學東漸”的大背景下，我們從西方引進了另外一套學術體制和教育制度，開啓了學術與教育的現代轉型。文學研究與教育不再以“創作”為中心。如龍榆生《今日學詞應取之途徑》即云：“詞學與學詞，原為二事。”大學中文系不以培養作家為使命，而以文學“知識”的生産與傳授為核心，教師、學生的考核、評價皆是如此。在“新文化運動”破舊立新的旗鼓聲中，舊文體的創作更是不具備合法性。這樣，創作、評論、研究三者應該具有的互動局面就被人為地打破了。老一輩學者因為生活在傳統文化氛圍還比較濃鬱的時代，大多具備詩詞等舊文體創作的個人體驗和扎實的國學根底（這與現代文學研究、教育體制無關，並不是其激勵、培養的結果），因此能在一定程度上彌補這種打破帶來的不足；而當學術傳承的接力棒傳遞到没有這些優勢的新生代學者手中時，其危害就比較明顯地呈現出來了。就其大端而言，主要是：這種經過現代轉型的文學研究，是在從西方引進的學制和學科體系的規範下，從西方引進的文學理論出發，擷取中國素材進行理論推衍，而非走研究應該走的從“作品細讀”到“現象考察”再到“理論提升”的理路。如此“生産”出來的文學“知識”及以這種“知識”為

① 張劍：《新世紀宋代文學研究的問題與思考》，《文學遺産》2014 年第 2 期。

中心的文學教育,很大程度上消解了文學的民族特色、審美屬性及“以文化人”功能,能否“觸摸”到中華數千年博大精深之文學的精華都是值得懷疑的,更不用説“接續”了。本文所舉近年唐詩注釋中的疏誤,某種程度上正展現了這樣一套文學研究與教育體制的“沙灘”一般的根基。職是之故,今天,越來越多的學者意識到重構中國學術話語及“中國文學的理論”①之必要,不過却又很難落實。筆者以為,主要是因為:當下文學創作與評論、研究處于斷裂狀態,人們對文本的感悟力和解讀力不高,因而也就無法深切地體會古代文學作品及評論之精妙、進而提煉與之切合的文學理論②。在此情勢下,我們的文學研究與教育應該有所調整,適當修復與創作的互動關係。儘管古今文體、語體已經發生了大的變革,没有必要人人都這麽做,但起碼從事古代文學研究的學者,應該瞭解、具備相關文體的創作技能和體驗,如此纔能味辨淄澠、言中肯綮,獲得較高的文本感悟力和解讀力。詩歌因為與母語聯係更為密切,更呼唤研究者具備創作體驗。只有這樣,重構中國學術話語、“中國文學的理論”纔不會淪為口頭上的空談,而且,還會啓發、引導人們從創作視角審視我們的文學傳統,進而為當下文學創作提供更為切實的啓示。

① 這裏套用程千帆的説法。程先生説:“從理論角度去研究古代文學,應當用兩條腿走路。一是研究‘古代的文學理論’,二是研究‘古代文學的理論’。前者是今人所着重從事的,其研究對象主要是古代理論家的研究成果;後者則是古人所着重從事的,主要是研究作品,從作品中抽象出文學規律和藝術方法來。”(程千帆:《古典詩歌描寫與結構中的一與多》,《程千帆選集》,第848—849頁)筆者所謂重構“中國文學的理論”,是指秉持歷史意識和國際視野,以西方文論為參照,從中國文學作品的細讀出發,結合歷代文論家的研究成果,進行理論提煉與建構。

② 主張“詞學與學詞,原為二事”的龍榆生,晚年觀點亦有改變。據錢鴻瑛回憶,20世紀60年代,她曾向龍先生求教,“龍先生告訴我,學詞不能只學理論,還應該有實踐,自己會寫,‘填詞’與‘詞學’二者兼顧纔是為學根本,才能體會個中甘苦”(鄧菀莛:《探尋詞的藝術世界——錢鴻瑛研究員訪談録》,《文藝研究》2019年第3期)。

參考文獻[1]

一、經書

陳士珂輯著,崔濤點校:《孔子家語疏證》,鳳凰出版社 2017 年版。

范甯集解,楊士勛疏:《春秋穀梁傳注疏》,阮元校刊:《十三經注疏》,清嘉慶刊本。

公羊壽傳,何休解詁,徐彦疏:《春秋公羊傳注疏》,《十三經注疏》。

顧野王撰,陳彭年等重修:《玉篇》,《四部叢刊初編》影建德周氏藏元刊本。

郭璞注,邢昺疏:《爾雅注疏》,《十三經注疏》。

韓嬰撰,許維遹校釋:《韓詩外傳集釋》,中華書局 1980 年版。

郝懿行:《爾雅義疏》,安作璋主編:《郝懿行集》第 4 册,齊魯書社 2010 年版。

何晏注,邢昺疏:《論語正義》,《十三經注疏》。

焦贛:《易林》,《四部備要》本。

孔安國傳,孔穎達疏:《尚書正義》,《十三經注疏》。

李隆基注,邢昺疏:《孝經注疏》,《十三經注疏》。

---

① 附録一涉及者和前言、附録三之今人論著已隨文注明,此處不贅。凡例、附録二交代者亦不贅。這裏僅録與正文相關者和前言、附録三之古籍。為便于查閲,特分為若干類,每類按著者姓名音序排列。

劉寶楠撰,高流水點校:《論語正義》,中華書局 1990 年版。

劉熙撰,愚若點校:《釋名》,中華書局 2020 年版。

陸佃撰,王敏紅校注:《埤雅》,浙江大學出版社 2008 年版。

羅願:《爾雅翼》,文淵閣《四庫全書》本。

馬瑞辰撰,陳金生點校:《毛詩傳箋通釋》,中華書局 1989 年版。

毛亨傳,鄭玄箋,孔穎達疏:《毛詩正義》,《十三經注疏》。

史游撰,顏師古注:《急就篇》,《四部叢刊續編》影海鹽張氏涉園藏明抄本。

王弼、韓康伯注,孔穎達疏:《周易正義》,《十三經注疏》。

王應麟撰,鄭振峰等點校:《周易鄭康成注》,《周易鄭康成注·六經天文編·通鑑答問》,《王應麟著作集成》,中華書局 2012 年版。

許慎撰,段玉裁注:《説文解字注》,清嘉慶二十年(1815)經韻樓刊本。

張揖撰,王念孫疏證,張其昀點校:《廣雅疏證》,中華書局 2019 年版。

趙岐注,孫奭疏:《孟子正義》,《十三經注疏》。

趙在翰輯,鍾肇鵬、蕭文鬱點校:《七緯(附論語讖)》,中華書局 2012 年版。

鄭玄注,賈公彦疏:《儀禮注疏》,《十三經注疏》。

鄭玄注,賈公彦疏:《周禮注疏》,《十三經注疏》。

鄭玄注,孔穎達疏:《禮記正義》,《十三經注疏》。

朱熹集撰,趙長征點校:《詩集傳》,中華書局 2017 年版。

左丘明傳,杜預注,孔穎達疏:《春秋左傳正義》,《十三經注疏》。

二、正史

班固撰,顏師古注,中華書局編輯部點校:《漢書》,中華書局

1962 年版。

陳壽撰,裴松之注,中華書局編輯部點校:《三國志》,中華書局 1982 年版。

范曄撰,李賢等注,中華書局編輯部點校:《後漢書》,中華書局 1965 年版。

房玄齡等撰,中華書局編輯部點校:《晉書》,中華書局 1974 年版。

李百藥撰,中華書局編輯部點校:《北齊書》,中華書局 1972 年版。

李延壽撰,中華書局編輯部點校:《北史》,中華書局 1974 年版。

李延壽撰,中華書局編輯部點校:《南史》,中華書局 1975 年版。

劉昫撰,中華書局編輯部點校:《舊唐書》,中華書局 1975 年版。

歐陽修、宋祁撰,中華書局編輯部點校:《新唐書》,中華書局 1975 年版。

歐陽修撰,徐無黨注,中華書局編輯部點校:《新五代史》,中華書局 1974 年版。

沈約撰,中華書局編輯部點校:《宋書》,中華書局 1974 年版。

司馬遷撰,裴駰集解,司馬貞索隱,張守節正義,中華書局編輯部點校:《史記》,中華書局 1982 年版。

脱脱等撰,中華書局編輯部點校:《宋史》,中華書局 1985 年版。

魏收撰,中華書局編輯部點校:《魏書》,中華書局 1974 年版。

魏徵、令狐德棻撰,中華書局編輯部點校:《隋書》,中華書局 1973 年版。

蕭子顯撰,中華書局編輯部點校:《南齊書》,中華書局 1972 年版。

姚思廉撰,中華書局編輯部點校:《陳書》,中華書局 1972 年版。

姚思廉撰,中華書局編輯部點校:《梁書》,中華書局 1973 年版。

張廷玉等撰,中華書局編輯部點校:《明史》,中華書局 1974 年版。

趙爾巽等撰,中華書局編輯部點校:《清史稿》,中華書局 1977 年版。

三、地理

曹學佺:《大明一統名勝志》,明崇禎三年(1630)刊本。

曹學佺:《蜀中廣記》,文淵閣《四庫全書》本。

曹學佺:《蜀中名勝記》,清道光光緒間南海伍氏刊《粵雅堂叢書》本。

常璩:《華陽國志》,《四部叢刊初編》影烏程劉氏嘉業堂藏明錢叔寶抄本。

陳洪謨:《(嘉靖)常德府志》,明嘉靖刊本。

陳耆卿:《(嘉定)赤城志》,中國文史出版社 2008 年版。

程大昌撰,黄永年點校:《雍録》,中華書局 2002 年版。

董弅修,陳公亮重修:《(淳熙)嚴州圖經》,清丁氏八千卷樓影宋抄本。

范成大:《吴郡志》,民國十五年(1926)吴興張氏《擇是居叢書》影宋刊本。

龔嘉儁等修,李榕等纂:《(光緒)杭州府志》,民國十一年(1922)鉛印本。

顧祖禹撰,賀次君、施和金點校:《讀史方輿紀要》,中華書局 2005 年版。

和珅等:《欽定大清一統志》,文淵閣《四庫全書》本。

嵇曾筠等修,沈翼機等纂:《(雍正)浙江通志》,文淵閣《四庫全書》本。

李燦箕:《仙巖志》,民國抄本。

李好文撰,辛德勇、郎潔點校:《長安志圖》,《長安志·長安志圖》,三秦出版社 2013 年版。

李吉甫撰,賀次君點校:《元和郡縣圖志》,中華書局 1983 年版。

李俊甫:《莆陽比事》,明萬曆三十三年(1605)周藎卿刊本。

李銘皖、譚鈞培修,馮桂芬纂:《(同治)蘇州府志》,清光緒九年(1883)江蘇書局刊本。

李元:《蜀水經》,清嘉慶五年(1800)傳經堂刊本。

酈道元撰,陳橋驛校證:《水經注校證》,中華書局 2007 年版。

林世遠修,王鏊纂:《(正德)姑蘇志》,明正德元年(1506)刊本。

劉名芳:《寶華山志》,清刊本。

劉於義等修,沈青崖纂:《(雍正)陝西通志》,清雍正十三年(1735)刊本。

陸廣微:《吴地記》,清嘉慶十年(1805)虞山張氏照曠閣刊《學津討原》本。

陸翽:《鄴中記》,文淵閣《四庫全書》本。

駱天驤撰,黄永年點校:《類編長安志》,中華書局 1990 年版。

穆彰阿等:《嘉慶重修一統志》,清史館進呈抄本。

倪文蔚、蔣銘勛修,顧嘉蘅、李廷鉽纂:《(光緒)荆州府志》,清光緒六年(1880)刊本。

潛説友:《(咸淳)臨安志》,清道光十年(1830)錢塘汪氏振綺堂刊本。

史能之:《(咸淳)重修毗陵志》,明初刊本。

疏筤修,陳殿階等纂:《(道光)武康縣志》,清道光九年(1829)刊本。

宋敏求撰，辛德勇、郎潔點校：《長安志》，《長安志・長安志圖》。

田汝成輯撰，尹曉寧點校：《西湖遊覽志》，上海古籍出版社 2017 年版。

脱因修，俞希魯纂：《(至順)鎮江志》，清道光二十二年(1842)丹徒包氏刊本。

王處一：《西岳華山志》，明正統《道藏》本。

王存：《(元豐)九域志》，文淵閣《四庫全書》本。

王象之撰，趙一生點校：《輿地紀勝》，浙江古籍出版社 2013 年版。

蕭良幹修，張元忭、孫鑛纂，李能成點校：《萬曆〈紹興府志〉點校本》，寧波出版社 2012 年版。

熊祖詒：《(光緒)滁州志》，清光緒二十三年(1897)木活字印本。

佚名撰，何清穀校注：《三輔黄圖校注》，三秦出版社 2006 年版。

俞錫綱修，曹鑅纂：《(光緒)獲鹿縣志》，清光緒七年(1881)刊本。

樂史撰，王文楚等點校：《太平寰宇記》，中華書局 2007 年版。

張聰賢修，董曾臣纂：《(嘉慶)長安縣志》，民國二十五年(1936)鉛印本。

張國維：《吴中水利全書》，明崇禎九年(1636)刊本。

張鉉：《(至正)金陵新志》，元至正四年(1344)刊本。

張揚：《仙巖山志》，民國二十二年(1933)鉛印本。

趙岐撰，摯虞注，張澍輯，陳曉捷今注：《三輔决録》，三秦出版社 2006 年版。

周應合：《(景定)建康志》，清嘉慶六年(1801)金陵孫忠愍祠刊本。

朱長文：《吴郡圖經續記》，民國十三年(1924)烏程蔣氏影宋刊本。

諸自穀修，李錫齡等纂:《(嘉慶)義烏縣志》，清嘉慶七年(1802)刊本。

祝穆撰，祝洙增訂，施和金點校:《方輿勝覽》，中華書局 2003 年版。

四、筆記小説

陳世崇撰，孔凡禮點校:《隨隱漫録》，中華書局 2010 年版。

陳耀文:《天中記》，文淵閣《四庫全書》本。

程大昌撰，許沛藻、劉宇整理:《演繁露》，上海師範大學古籍整理研究所編:《全宋筆記》第 4 編第 8、9 册，大象出版社 2008 年版。

崔豹撰，王根林點校:《古今注》，《漢魏六朝筆記小説大觀》，上海古籍出版社 1999 年版。

崔令欽撰，曹中孚點校:《教坊記》，《唐五代筆記小説大觀》，上海古籍出版社 2000 年版。

東方朔撰，王根林點校:《海内十洲記》，《漢魏六朝筆記小説大觀》。

東方朔撰，張華注，朱謀垏校，王根林點校:《神異經》，《漢魏六朝筆記小説大觀》。

杜臺卿:《玉燭寶典》，清光緒十年(1884)黎庶昌刊《古逸叢書》本。

段成式撰，許逸民校箋:《酉陽雜俎校箋》，中華書局 2015 年版。

范攄撰，唐雯校箋:《雲溪友議校箋》，中華書局 2017 年版。

干寶撰，李劍國輯校:《搜神記輯校》，《搜神記輯校・搜神後記輯校》，中華書局 2019 年版。

高承:《事物紀原》，文淵閣《四庫全書》本。

龔明之撰，張劍光整理:《中吴紀聞》，《全宋筆記》第 3 編第 7 册，大象出版社 2008 年版。

顧禄撰，來新夏點校：《清嘉録》，上海古籍出版社 1986 年版。

郭憲撰，王根林點校：《漢武帝别國洞冥記》，《漢魏六朝筆記小説大觀》。

韓鄂：《歲華紀麗》，明萬曆刊《秘册彙函》本。

洪邁撰，孔凡禮點校：《容齋隨筆》，中華書局 2005 年版。

皇甫枚撰，穆公點校：《三水小牘》，《唐五代筆記小説大觀》。

惠洪撰，李保民點校：《冷齋夜話》，《宋元筆記小説大觀》，上海古籍出版社 2001 年版。

嵇含撰，王根林點校：《南方草木狀》，《漢魏六朝筆記小説大觀》。

康駢撰，蕭逸點校：《劇談録》，《唐五代筆記小説大觀》。

李昉等編：《太平廣記》，中華書局 1961 年版。

李匡文：《資暇集》，吴企明點校：《蘇氏演義（外三種）》，中華書局 2012 年版。

李冗撰，蕭逸點校：《獨異志》，《唐五代筆記小説大觀》。

李元：《蠕範》，清同治十三年（1874）傳經堂刊本。

李肇撰，曹中孚點校：《唐國史補》，《唐五代筆記小説大觀》。

伶玄：《趙飛燕外傳》，明正德、嘉靖顧元慶夷白齋刊《陽山顧氏文房小説》本。

劉斧撰，李國强整理：《青瑣高議》，《全宋筆記》第 2 編第 2 册，大象出版社 2006 年版。

劉肅撰，許德楠、李鼎霞點校：《大唐新語》，中華書局 1984 年版。

劉向撰，向宗魯校證：《説苑校證》，中華書局 1987 年版。

劉歆撰，葛洪集，王根林點校：《西京雜記》，《漢魏六朝筆記小説大觀》。

劉塤：《隱居通議》，《叢書集成初編》本，中華書局 1985 年版。

陸游撰,李昌憲整理:《入蜀記》,《全宋筆記》第 5 編第 8 册,大象出版社 2012 年版。

羅大經撰,王瑞來點校:《鶴林玉露》,中華書局 1983 年版。

馬縞撰,吴企明點校:《中華古今注》,中華書局 2012 年版。

錢易撰,黄壽成點校:《南部新書》,中華書局 2002 年版。

邵博撰,李劍雄、劉德權點校:《邵氏聞見後録》,中華書局 1983 年版。

沈括撰,金良年點校:《夢溪筆談》,中華書局 2015 年版。

盛如梓:《庶齋老學叢談》,文淵閣《四庫全書》本。

宋敏求:《春明退朝録》,誠剛點校:《東齋記事・春明退朝録》,中華書局 1980 年版。

孫光憲撰,賈二强點校:《北夢瑣言》,中華書局 2002 年版。

陶潛撰,王根林點校:《搜神後記》,《漢魏六朝筆記小説大觀》。

陶宗儀輯:《説郛》,文淵閣《四庫全書》本。

王讜撰,周勛初校證:《唐語林校證》,中華書局 2008 年版。

王定保撰,陽羡生點校:《唐摭言》,《唐五代筆記小説大觀》。

王楙撰,王文錦點校:《野客叢書》,中華書局 1987 年版。

王仁裕撰,曾貽芬點校:《開元天寶遺事》,中華書局 2006 年版。

王士禛:《居易録》,文淵閣《四庫全書》本。

王士禛撰,湛之點校:《香祖筆記》,上海古籍出版社 1982 年版。

王應麟撰,翁元圻輯注,孫通海點校:《困學紀聞注》,《王應麟著作集成》,中華書局 2016 年版。

吴曾撰,劉宇整理:《能改齋漫録》,《全宋筆記》第 5 編第 3、4 册,大象出版社 2012 年版。

吴坰撰,黄寶華整理:《五總志》,《全宋筆記》第 5 編第 1 册,大象出版社 2012 年版。

吴任臣撰,欒保群點校:《山海經廣注》,中華書局2020年版。

謝肇淛:《五雜組》,明萬曆四十四年(1616)潘膺祉如韋館刊本。

佚名:《隋煬帝開河記》,李劍國輯校:《唐五代傳奇集》第5册,中華書局2015年版。

佚名撰,王根林點校:《漢武帝内傳》,《漢魏六朝筆記小説大觀》。

佚名撰,王根林點校:《漢武故事》,《漢魏六朝筆記小説大觀》。

應劭撰,王利器校注:《風俗通義校注》,中華書局1981年版。

俞文豹撰,許沛藻、劉宇整理:《吹劍録》,《全宋筆記》第7編第5册,大象出版社2015年版。

曾慥編纂,王汝濤等校注:《類説校注》,福建人民出版社1996年版。

張華撰,范寧校證:《博物志校證》,中華書局2014年版。

張舜民撰,湯勤福整理:《畫墁録》,《全宋筆記》第2編第1册,大象出版社2006年版。

張文成撰,李時人、詹緒左校注:《遊仙窟校注》,中華書局2010年版。

鄭處誨撰,丁如明點校:《明皇雜録》,《唐五代筆記小説大觀》。

周密撰,吴企明點校:《癸辛雜識》,中華書局1988年版。

朱輔撰,唐玲整理:《溪蠻叢笑》,《全宋筆記》第9編第8册,大象出版社2018年版。

宗懍撰,杜公瞻注,姜彦稚輯校:《荆楚歲時記》,中華書局2018年版。

五、編年雜史等

鮑彪校注,吴師道重校:《戰國策校注》,《四部叢刊初編》影江南圖書館藏元至正十五年(1355)刊本。

晁公武撰，孫猛校證：《郡齋讀書志校證》，上海古籍出版社 1990 年版。

陳振孫撰，徐小蠻、顧美華點校：《直齋書録解題》，上海古籍出版社 2015 年版。

何建章：《戰國策注釋》，中華書局 1990 年版。

李林甫等撰，陳仲夫點校：《唐六典》，中華書局 1992 年版。

劉俊文：《唐律疏議箋解》，中華書局 1996 年版。

劉向、劉歆撰，姚振宗輯：《七略別録佚文》，復旦大學圖書館藏稿本。

劉向撰，王照圓補注，虞思徵點校：《列女傳補注》，華東師範大學出版社 2012 年版。

劉珍等撰，吴樹平校注：《東觀漢記校注》，中華書局 2008 年版。

劉知幾撰，浦起龍通釋：《史通》，上海古籍出版社 2015 年版。

司馬光編著，胡三省音注，標點《資治通鑑》小組點校：《資治通鑑》，中華書局 1956 年版。

孫逢吉：《職官分紀》，文淵閣《四庫全書》本。

汪天錫：《官箴集要》，明嘉靖十四年(1535)刊本。

王溥：《唐會要》，中華書局 1960 年版。

辛文房撰，傅璇琮主編：《唐才子傳校箋》，中華書局 1995 年版。

徐松：《登科記考》，清光緒十四年(1888)刊《南菁書院叢書》本。

荀悦：《漢紀》，張烈點校：《兩漢紀》，中華書局 2002 年版。

佚名撰，王鍾翰點校：《清史列傳》，中華書局 1987 年版。

應劭撰，孫星衍等輯，周天游點校：《漢官儀》，《漢官六種》，中華書局 1990 年版。

永瑢等：《欽定四庫全書總目》，中華書局 1965 年版。

俞松：《蘭亭續考》，盧輔聖主編：《中國書畫全書》第 2 册，上海書畫出版社 1993 年版。

章學誠撰,葉瑛校注:《文史通義校注》,中華書局 1985 年版。

趙曄撰,周生春輯校彙考:《吴越春秋輯校彙考》,中華書局 2019 年版。

周復俊編:《全蜀藝文志》,文淵閣《四庫全書》本。

朱右曾:《周書集訓校釋》,清光緒三年(1877)湖北崇文書局刊本。

左丘明撰,徐元誥集解,王樹民、沈長雲點校:《國語集解》,中華書局 2002 年版。

六、子書

陳翥:《桐譜》,明末鍾人傑、張遂辰輯刊《唐宋叢書》本。

葛洪撰,王明校釋:《抱朴子内篇校釋》,中華書局 1985 年版。

葛洪撰,楊明照校箋:《抱朴子外篇校箋》,中華書局 1991 年版。

郭慶藩:《莊子集釋》,中華書局 2007 年版。

桓寬撰集,王利器校注:《鹽鐵論校注》,中華書局 1992 年版。

桓譚撰,朱謙之校輯:《新輯本桓譚新論》,中華書局 2009 年版。

賈思勰撰,石聲漢校釋:《齊民要術今釋》,中華書局 2009 年版。

黎翔鳳撰,梁運華整理:《管子校注》,中華書局 2004 年版。

李時珍:《本草綱目》,清順治十二年(1655)吴毓昌太和堂刊本。

劉安編,何寧集釋:《淮南子集釋》,中華書局 1998 年版。

劉義慶撰,徐震堮校箋:《世説新語校箋》,中華書局 1984 年版。

吕不韋編,陳奇猷校釋:《吕氏春秋新校釋》,上海古籍出版社 2002 年版。

吕不韋編,許維遹集釋,梁運華整理:《吕氏春秋集釋》,中華書局 2009 年版。

蘇易簡:《文房四譜》,文淵閣《四庫全書》本。

孫思邈:《千金翼方》,元大德梅溪書院刊本。

孫思邈撰,林億等校正:《備急千金要方》,文淵閣《四庫全書》本。

孫星衍、孫馮翼輯:《神農本草經》,清嘉慶四年(1799)陽湖孫氏刊《問經堂叢書》本。

孫詒讓撰,孫啓治點校:《墨子閒詁》,中華書局 2001 年版。

唐慎微撰,寇宗奭衍義,張存惠重修:《重修政和經史證類備用本草》,《四部叢刊初編》影上海涵芬樓藏金刊本。

汪灝等:《御製佩文齋廣群芳譜》,文淵閣《四庫全書》本。

王弼注,樓宇烈校釋:《老子道德經注校釋》,中華書局 2008 年版。

王充撰,黄暉撰:《論衡校釋》,中華書局 1990 年版。

王利器:《文子疏義》,中華書局 2009 年版。

王先謙撰,沈嘯寰、王星賢點校:《荀子集解》,中華書局 1988 年版。

王先謙撰,沈嘯寰點校:《莊子集解》,中華書局 1987 年版。

王先慎撰,鍾哲點校:《韓非子集解》,中華書局 1998 年版。

魏源撰,《魏源全集》編輯委員會編校:《老子本義》,《魏源全集》第 2 册《書古微・禹貢説・古微堂四書・老子本義・蒙雅》,岳麓書社 2004 年版。

徐幹撰,孫啓治解詁:《中論解詁》,中華書局 2014 年版。

顔之推撰,王利器集解:《顔氏家訓集解》,中華書局 1993 年版。

揚雄撰,司馬光集注,劉韶軍點校:《太玄集注》,中華書局 1998 年版。

揚雄撰,汪榮寶注疏,陳仲夫點校:《法言義疏》,中華書局 1987 年版。

楊伯峻:《列子集釋》,中華書局1979年版。

張純一校注,梁運華點校:《晏子春秋校注》,中華書局2014年版。

鍾兆華:《尉繚子校注》,中州書畫社1982年版。

朱師轍:《商君書解詁定本》,古籍出版社1956年版。

七、類書

白居易原本,孔傳續撰:《白孔六帖》,文淵閣《四庫全書》本。

陳夢雷等編:《古今圖書集成》,清雍正銅活字本。

李昉等編:《太平御覽》,(日本)静嘉堂文庫藏宋刊本。

歐陽詢等編:《藝文類聚》,文淵閣《四庫全書》本。

謝維新編:《古今合璧事類備要》,文淵閣《四庫全書》本。

徐堅等撰:《初學記》,中華書局2004年版。

祝穆編:《古今事文類聚》,文淵閣《四庫全書》本。

八、佛書

不空譯:《仁王護國般若波羅蜜多經》,高楠順次郎、渡邊海旭都監:《大正新修大藏經》第8册,(日本)大藏出版株式會社1988年版。

道誠撰,富世平校注:《釋氏要覽校注》,中華書局2014年版。

道世撰,周叔迦、蘇晉仁校注:《法苑珠林校注》,中華書局2003年版。

道宣:《净心誡觀法》,《大正新修大藏經》第45册。

道宣撰,郭紹林點校:《續高僧傳》,中華書局2014年版。

道原:《景德傳燈録》,瞿氏鐵琴銅劍樓舊藏宋刊本。

法顯撰,章巽校注:《法顯傳校注》,中華書局2008年版。

慧皎撰,湯用彤校注,湯一玄整理:《高僧傳》,中華書局1992

年版。

慧琳、希麟:《一切經音義》,日本元文三年至延亨三年(1738—1746)獅谷蓮社刊本。

畺良耶舍譯:《佛説觀無量壽佛經》,《大正新修大藏經》第10册。

鳩摩羅什等譯:《禪祕要法經》,《大正新修大藏經》第15册。

鳩摩羅什譯:《妙法蓮華經》,《大正新修大藏經》第9册。

鳩摩羅什譯:《維摩詰所説經》,石峻等編:《中國佛教思想資料選編·漢譯經論卷》,中華書局2014年版。

康僧鎧譯:《佛説無量壽經》,《大正新修大藏經》第12册。

靈泰:《成唯識論疏抄》,河村照孝編集:《卍新纂大日本續藏經》第50册,(日本)株式會社國書刊行會1975—1989年版。

普濟撰,蘇淵雷點校:《五燈會元》,中華書局1984年版。

求那跋陀羅譯:《勝鬘師子吼一乘大方便方廣經》,《大正新修大藏經》第12册。

釋光:《俱舍論記》,《大正新修大藏經》第41册。

曇無讖譯:《大般涅槃經》,《乾隆大藏經》第17册,中國書店2010年版。

吴之鯨撰,魏得良標點,顧志興審訂:《武林梵志》,趙一新總編:《杭州佛教文獻叢刊》,杭州出版社2006年版。

玄奘、辯機原著,季羨林等校注:《大唐西域記校注》,中華書局2000年版。

玄奘譯:《阿毘達磨大毘婆沙論》,《大正新修大藏經》第27册。

楊衒之撰,周祖謨校釋:《洛陽伽藍記校釋》,中華書局2010年版。

圓照集:《代宗朝贈司空大辨正廣智三藏和上表制集》,《大正新修大藏經》第52册。

贊寧撰,范祥雍點校:《宋高僧傳》,中華書局 1987 年版。

宗寶編:《六祖大師法寶壇經》,《大正新修大藏經》第 48 册。

九、道書

陳景元:《西昇經集注》,明正統《道藏》本。

葛洪撰,胡守爲校釋:《神仙傳校釋》,中華書局 2010 年版。

劉向撰,王叔岷校箋:《列仙傳校箋》,中華書局 2007 年版。

陶弘景撰,趙益點校:《真誥》,中華書局 2011 年版。

張君房編,李永晟點校:《雲笈七籤》,中華書局 2003 年版。

趙道一:《歷世真仙體道通鑑》,明正統《道藏》本。

一〇、别集

白居易著,謝思煒校注:《白居易詩集校注》,中華書局 2006 年版。

白居易著,朱金城箋校:《白居易集箋校》,上海古籍出版社 1988 年版。

曹植著,黄節箋注:《曹子建詩注》,中華書局 2008 年版。

岑參著,陳鐵民、侯忠義校注:《岑參集校注》,上海古籍出版社 2004 年版。

岑參著,廖立箋注:《岑嘉州詩箋注》,中華書局 2004 年版。

岑參著,劉開揚箋注:《岑參詩集編年箋注》,巴蜀書社 1995 年版。

崔顥著,萬竟君注:《崔顥詩注》,《崔顥詩注 · 崔國輔詩注》,上海古籍出版社 1982 年版。

戴叔倫著,戴文進箋注:《戴叔倫詩文集箋注》,南京師範大學出版社 2013 年版。

戴叔倫著，蔣寅校注：《戴叔倫詩集校注》，上海古籍出版社 2010 年版。

戴震著，張岱年主編：《戴震全書》，黄山書社 1995 年版。

杜甫著，仇兆鰲注：《杜詩詳注》，中華書局 1979 年版。

杜牧著，吴在慶校注：《杜牧集繫年校注》，中華書局 2008 年版。

杜審言著，徐定祥注：《杜審言詩注》，上海古籍出版社 1982 年版。

杜荀鶴著，葉森槐選注：《杜荀鶴詩選》，黄山書社 1988 年版。

段玉裁：《經韻樓集》，清嘉慶十九年(1814)刊本。

方成珪：《韓集箋正》，民國瑞安陳氏湫漻齋鉛印本。

方干著，胡才甫選注：《方干詩選》，浙江古籍出版社 1987 年版。

高適著，劉開揚箋注：《高適詩集編年箋注》，中華書局 1981 年版。

高適著，孫欽善校注：《高適集校注》，上海古籍出版社 1984 年版。

顧況著，王啓興、張虹注：《顧況詩注》，上海古籍出版社 1994 年版。

顧況著，趙昌平編校：《顧況詩集》，江西人民出版社 1983 年版。

貫休著，胡大浚箋注：《貫休歌詩繫年箋注》，中華書局 2011 年版。

韓偓著，陳繼龍注：《韓偓詩注》，學林出版社 2001 年版。

韓偓著，齊濤箋注：《韓偓詩集箋注》，山東教育出版社 2000 年版。

韓偓著，吴在慶校注：《韓偓集繫年校注》，中華書局 2015 年版。

韓愈著，方世舉箋注：《韓昌黎詩集編年箋注》，清乾隆二十三年(1758)盧見曾雅雨堂刊本。

韓愈著,廖瑩中輯注,朱熹考異,陳景雲點勘:《昌黎先生集》,《四部備要》本。

韓愈著,馬其昶校注,馬茂元整理:《韓昌黎文集校注》,上海古籍出版社 1986 年版。

韓愈著,錢仲聯集釋:《韓昌黎詩繫年集釋》,上海古籍出版社 1994 年版。

胡儼:《頤庵文選》,文淵閣《四庫全書》本。

皇甫涍:《皇甫少玄集》,文淵閣《四庫全書》本。

紀昀:《紀文達公遺集》,清嘉慶十七年(1812)紀樹馨刊本。

賈島著,黄鵬箋注:《賈島詩集箋注》,巴蜀書社 2002 年版。

賈島著,李建崑校注:《賈島詩集校注》,(臺灣)里仁書局 1992 年版。

賈島著,齊文榜校注:《賈島集校注》,人民文學出版社 2001 年版。

江盈科著,黄仁生點校:《江盈科集》,岳麓書社 2008 年版。

康海著,賈三强、余春柯點校:《康對山先生集》,三秦出版社 2015 年版。

李白著,瞿蜕園、朱金城校注:《李白集校注》,上海古籍出版社 1980 年版。

李德裕著,傅璇琮、周建國校箋:《李德裕文集校箋》,河北教育出版社 2000 年版。

李頻著,方韋箋注:《李頻詩集編年箋注》,中國文史出版社 2014 年版。

李頎著,劉寶和評注:《李頎詩評注》,山西教育出版社 1990 年版。

李頎著,鄭宏華校注:《李頎詩集校注》,電子科技大學出版社

1991 年版。

李群玉著,羊春秋輯注:《李群玉詩集》,岳麓書社 1987 年版。

李商隱著,劉學鍇、余恕誠集解:《李商隱詩歌集解》,中華書局 1998 年版。

李紳著,盧燕平校注:《李紳集校注》,中華書局 2009 年版。

李紳著,王旋伯注:《李紳詩注》,上海古籍出版社 1985 年版。

李益著,范之麟注:《李益詩注》,上海古籍出版社 1984 年版。

李益著,王勝明校注:《李尚書詩集編年校注》,社會科學文獻出版社 2013 年版。

李益著,王亦軍、裴豫敏編注:《李益集注》,甘肅人民出版社 1989 年版。

李遠著,李之亮注:《李遠詩注》,《秦韜玉詩注·李遠詩注》,上海古籍出版社 1989 年版。

劉長卿著,儲仲君箋注:《劉長卿詩編年箋注》,中華書局 1996 年版。

劉長卿著,楊世明校注:《劉長卿集編年校注》,人民文學出版社 1999 年版。

劉禹錫著,高志忠校注:《劉禹錫詩編年校注》,黑龍江人民出版社 2004 年版。

劉禹錫著,陶敏、陶紅雨校注:《劉禹錫全集編年校注》,岳麓書社 2003 年版。

劉禹錫著,吴汝煜選注:《劉禹錫選集》,齊魯書社 1989 年版。

劉摯著,裴汝誠、陳曉平點校:《劉忠肅集》,中華書局 2002 年版。

柳宗元著,蔣之翹輯注:《唐柳河東集》,《韓柳全集》,明崇禎六年(1633)蔣氏三徑草堂刊本。

柳宗元著,王國安箋釋:《柳宗元詩箋釋》,上海古籍出版社 1998

年版。

柳宗元著,尹占華、韓文奇校注:《柳宗元集校注》,中華書局2013年版。

盧綸著,劉初棠校注:《盧綸詩集校注》,上海古籍出版社1989年版。

陸龜蒙著,何錫光校注:《陸龜蒙全集校注》,鳳凰出版社2015年版。

羅鄴著,何慶善、楊應芹注:《羅鄴詩注》,上海古籍出版社1990年版。

羅隱著,李定廣校箋:《羅隱集繫年校箋》,人民文學出版社2013年版。

羅隱著,李之亮箋注:《羅隱詩集箋注》,岳麓書社2001年版。

羅隱著,潘慧惠校注:《羅隱集校注》,浙江古籍出版社1995年版。

馬戴著,楊軍、戈春源注:《馬戴詩注》,上海古籍出版社1987年版。

孟浩然著,佟培基箋注:《孟浩然詩集箋注》,上海古籍出版社2000年版。

孟浩然著,徐鵬校注:《孟浩然集校注》,人民文學出版社1989年版。

皮日休著,靳進校注:《皮日休詩文集校注》,湖北科學技術出版社2014年版。

錢起著,阮廷瑜校注:《錢起詩集校注》,(臺灣)新文豐出版股份有限公司1996年版。

錢起著,王定璋校注:《錢起詩集校注》,浙江古籍出版社1992年版。

全祖望著，朱鑄禹彙校集注：《全祖望集彙校集注》，上海古籍出版社 2018 年版。

戎昱著，臧維熙注：《戎昱詩注》，上海古籍出版社 1982 年版。

沈曾植著，錢仲聯校注：《沈曾植集校注》，中華書局 2001 年版。

沈佺期、宋之問著，陶敏、易淑瓊校注：《沈佺期宋之問集校注》，中華書局 2001 年版。

沈佺期著，連波、查洪德校注：《沈佺期詩集校注》，中州古籍出版社 1991 年版。

司空曙著，文航生校注：《司空曙詩集校注》，人民文學出版社 2011 年版。

司空圖著，王濟亨、高仲章選注：《司空圖選集注》，山西人民出版社 1989 年版。

司空圖著，祖保泉、陶禮天箋校：《司空表聖詩文集箋校》，安徽大學出版社 2002 年版。

蘇軾著，王文誥輯注，孔凡禮點校：《蘇軾詩集》，中華書局 1982 年版。

唐彦謙著，袁津琥箋釋：《唐彦謙詩箋釋》，巴蜀書社 2021 年版。

陶淵明著，龔斌校箋：《陶淵明集校箋》，上海古籍出版社 1996 年版。

陶淵明著，陶澍集注：《靖節先生集》，清道光二十年（1840）金陵惜陰書舍刊本。

王勃著，何林天校注：《重訂新校王子安集》，山西人民出版社 1990 年版。

王勃著，蔣清翊注：《王子安集注》，上海古籍出版社 1995 年版。

王勃著，聶文鬱選注：《王勃詩解》，青海人民出版社 1980 年版。

王昌齡著，胡問濤、羅琴編年校注：《王昌齡集編年校注》，巴蜀書社 2000 年版。

王昌齡著,李雲逸注:《王昌齡詩注》,上海古籍出版社 1984 年版。

王國維著,謝維揚、房鑫亮主編:《王國維全集》,浙江教育出版社、廣東教育出版社 2010 年版。

王建著,王宗堂校注:《王建詩集校注》,中州古籍出版社 2006 年版。

王建著,尹占華校注:《王建詩集校注》,巴蜀書社 2006 年版。

王士禛著,惠棟訓纂:《漁洋山人精華録訓纂》,《四部備要》本。

王維著,陳鐵民校注:《王維集校注》,中華書局 1997 年版。

王維著,趙殿成箋注:《王右丞集箋注》,上海古籍出版社 1984 年版。

王貞白著,毛小東主編:《王貞白詩集》,江西人民出版社 2013 年版。

韋應物著,孫望校箋:《韋應物詩集繫年校箋》,中華書局 2002 年版。

韋應物著,陶敏、王友勝校注:《韋應物集校注》,上海古籍出版社 2011 年版。

韋莊著,聶安福箋注:《韋莊集箋注》,上海古籍出版社 2002 年版。

韋莊著,齊濤箋注:《韋莊詩詞箋注》,山東教育出版社 2002 年版。

温庭筠著,劉學鍇校注:《温庭筠全集校注》,中華書局 2007 年版。

温庭筠著,劉學鍇選注:《温庭筠詩詞選》,中州古籍出版社 2011 年版。

吴澄:《吴文正集》,文淵閣《四庫全書》本。

項斯著,徐光大注:《項斯詩注》,浙江古籍出版社 2010 年版。

解縉:《文毅集》,文淵閣《四庫全書》本。

徐陵著,吴兆宜箋注,徐文炳撰備考:《徐孝穆集箋注》,《四部備要》本。

許渾著,羅時進箋證:《丁卯集箋證》,中華書局 2012 年版。

姚合著,吴河清校注:《姚合詩集校注》,上海古籍出版社 2012 年版。

姚合著,信應舉、郭嘉禎校注:《姚少監詩集》,(臺灣)强華文化事業有限公司 1995 年版。

雍陶著,周嘯天、張效民注:《雍陶詩注》,上海古籍出版社 1988 年版。

元稹著,楊軍箋注:《元稹集編年箋注》,三秦出版社 2008 年版。

元稹著,周相録校注:《元稹集校注》,上海古籍出版社 2011 年版。

張祜:《張承吉集》,宋刊本。

張祜著,尹占華校注:《張祜詩集校注》,巴蜀書社 2010 年版。

張籍著,徐禮節、余恕誠校注:《張籍集繫年校注》,中華書局 2011 年版。

張繼著,周義敢注:《張繼詩注》,上海古籍出版社 1987 年版。

張柬之、張子容、張繼著,甘忠銀校注:《張柬之張子容張繼詩文校注》,湖北科學技術出版社 2014 年版。

張謂著,陳文華注:《張謂詩注》,上海古籍出版社 1997 年版。

趙嘏著,譚優學注:《趙嘏詩注》,上海古籍出版社 1985 年版。

鄭谷著,傅義校注:《鄭谷詩集編年校注》,華東師範大學出版社 1993 年版。

鄭谷著,嚴壽澄、黄明、趙昌平箋注:《鄭谷詩集箋注》,上海古籍出版社2009年版。

一一、總集

敖英原編,凌雲補編:《唐詩絶句類選》,明末吴興凌氏刊三色套印本。

北京大學古文獻研究所編:《全宋詩》,北京大學出版社1991—1998年版。

曹庭棟編:《宋百家詩存》,文淵閣《四庫全書》本。

曹錫彤選注:《唐詩析類集訓》,清光緒八年(1882)刊本。

陳伯海主編:《唐詩彙評》,浙江教育出版社1995年版。

陳尚君輯校:《全唐詩補編》,中華書局1992年版。

陳尚君輯校:《全唐文補編》,中華書局2005年版。

陳思編:《兩宋名賢小集》,文淵閣《四庫全書》本。

陳貽焮主編:《增訂注釋全唐詩》,文化藝術出版社2001年版。

陳增傑編著:《唐人律詩箋注集評》,浙江古籍出版社2003年版。

程元初輯箋,陶望齡等參訂:《盛唐風緒箋》,明刊本。

董誥等編:《全唐文》,中華書局1983年版。

高棅編,桂天祥批點:《批點唐詩正聲》,明嘉靖三年(1524)刊本。

高棅編,汪宗尼校訂,葛景春、胡永傑點校:《唐詩品彙》,中華書局2015年版。

高步瀛選注:《(全本)唐宋詩舉要》,中國書店2011年版。

高士奇編:《續唐三體詩》,清康熙朗潤堂刊本。

高仲武編,傅璇琮點校:《中興間氣集》,《唐人選唐詩新編》,陝西人民教育出版社1996年版。

顧安選評:《唐律消夏録》,清乾隆二十七年(1762)何文焕刊本。

郭茂倩編撰:《樂府詩集》,中華書局 1979 年版。

蘅塘退士編,喻守真注析:《唐詩三百首詳析》,中華書局 2005 年版。

洪興祖撰,白化文等點校:《楚辭補注》,中華書局 1983 年版。

胡以梅選評:《唐詩貫珠》,清康熙五十四年(1715)素心堂刊本。

黄生選評,李霜琴點校,葉華審訂:《唐詩矩》,諸偉奇主編:《黄生全集》第 4 册,安徽大學出版社 2009 年版。

黄生選評,李媛點校,何慶善審訂:《唐詩摘鈔》,《黄生全集》第 3 册。

黄叔燦選注:《唐詩箋注》,清乾隆三十年(1765)松筠書屋刊本。

黄周星選評:《唐詩快》,清康熙二十六年(1687)書帶草堂刊本。

霍松林主編:《萬首唐人絶句校注集評》,山西人民出版社 1991 年版。

紀昀:《唐人試律説》,清乾隆二十七年(1762)嵩山書院刊《鏡煙堂十種》本。

金聖歎選評:《貫華堂選批唐才子詩甲集七言律》,陸林輯校整理:《金聖歎全集》第 1 册,鳳凰出版社 2016 年版。

靳極蒼:《長恨歌及同題材詩詳解》,中州古籍出版社 1989 年版。

孔延之編:《會稽掇英總集》,文淵閣《四庫全書》本。

李昉等編:《文苑英華》,明刊本。

李懷民輯評,張耕點校重訂:《重訂中晚唐詩主客圖》,中華書局 2018 年版。

李攀龍編:《古今詩删》,文淵閣《四庫全書》本。

李修生主編:《全元文》,江蘇古籍出版社 1999—2004 年版。

李因培選評,凌應曾編注:《唐詩觀瀾集》,清乾隆二十四年(1759)江蘇學使刊本。

厲鶚輯,胡道静、吴玉如等整理:《宋詩紀事》,上海古籍出版社1983年版。

林兆祥選注:《唐宋詠粤詩選注》,南方日報出版社2013年版。

劉永濟選評:《唐人絶句精華》,人民文學出版社1981年版。

盧弅、王溥選評:《聞鶴軒初盛唐近體讀本》,清乾隆三十五年(1770)刊本。

陸次雲選評:《唐詩善鳴集》,《五朝詩善鳴集》,清康熙蓉江懷古堂刊本。

陸次雲選評:《五代詩善鳴集》,《五朝詩善鳴集》。

陸時雍選評:《唐詩鏡》,文淵閣《四庫全書》本。

逯欽立輯校:《先秦漢魏晉南北朝詩》,中華書局1983年版。

馬茂元、趙昌平選注:《唐詩三百首新編》,岳麓書社1992年版。

馬茂元選注:《唐詩選》,上海古籍出版社1999年版。

毛奇齡論定,王錫、李庚星、周崧、裘巘生仝輯,盛唐、姜兆熊參訂:《唐七律選》,清康熙四十一年(1702)學正堂刊本。

毛張建選評:《唐體膚詮》,清康熙四十八年(1709)蘊真堂刊本。

繆鉞、張志烈主編:《唐詩精華》,巴蜀書社1995年版。

彭定求等編:《全唐詩》,中華書局1960年版。

彭叔夏:《文苑英華辨證》,清《武英殿聚珍版叢書》本。

喬億選評:《大曆詩略》,清乾隆三十七年(1772)居安樂玩之堂刊本。

屈復選評:《唐詩成法》,清乾隆八年(1743)弱水草堂刊本。

沈德潛選評:《唐詩别裁集》,上海古籍出版社1979年版。

宋宗元選注:《網師園唐詩箋》,清乾隆三十二年(1767)尚絅堂刊本。

孫琴安選評:《唐五律詩精評》,上海社會科學院出版社1991

年版。

譚宗公選評:《近體秋陽》,清刊本。

唐汝詢選評:《唐詩解》,明萬曆四十三年(1615)楊鶴刊本。

唐汝詢選釋,吴昌祺評定:《删訂唐詩解》,清康熙四十年(1701)誦懿堂刊本。

唐汝詢原輯,蔣漢紀增釋,王士禛重订:《彙編唐詩十集》,清刊本。

汪霦等編:《佩文齋詠物詩選》,文淵閣《四庫全書》本。

王安石編:《唐百家詩選》,清康熙四十三年(1704)丘迥刊雙清閣印本。

王夫之選評:《明詩評選》,《船山全書》第 14 册,岳麓書社 2011 年版。

王夫之選評:《唐詩評選》,《船山全書》第 14 册。

王闓運選評:《王闓運手批唐詩選》,上海古籍出版社 1989 年版。

王士禛選評,周興陸輯著:《唐賢三昧集彙評》,鳳凰出版社 2016 年版。

王新英輯校:《全金石刻文輯校》,吉林文史出版社 2012 年版。

王堯衢選注,黄熙年點校:《古唐詩合解》,岳麓書社 1989 年版。

王重民、王慶菽、向達、周一良、啓功、曾毅公編:《敦煌變文集》,人民文學出版社 1957 年版。

韋穀編,馮鈍吟、馮默庵評閲,殷元勳箋注,宋邦綏補注:《才調集補注》,清乾隆五十八年(1793)思補堂刊本。

吴修塢選評,何慶善點校:《唐詩續評》,《唐詩評三種》,黄山書社 1995 年版。

吴戰壘選注:《唐詩三百首續編》,安徽文藝出版社 1990 年版。

蕭統編,李善、吕延濟、劉良、張銑、吕向、李周翰注:《六臣注文選》,《四部叢刊初編》影上海涵芬樓藏宋刊本。

謝枋得選,王相續選注,吴紹烈、周藝點校:《新校千家詩》,安徽人民出版社 1983 年版。

邢昉選評:《唐風定》,民國二十三年(1934)貴陽邢氏思適齋刊本。

徐陵編,吴兆宜注,程琰删補,穆克宏點校:《玉臺新詠箋注》,中華書局 1985 年版。

徐照、徐璣、翁卷、趙師秀著,陳增傑點校:《永嘉四靈詩集》,浙江古籍出版社 1985 年版。

嚴可均編:《全上古三代秦漢三國六朝文》,中華書局 1958 年版。

閻簡弼選注:《唐詩選注》,遼寧人民出版社 1985 年版。

楊逢春選評:《唐詩繹》,清乾隆三十九年(1774)紉香書屋刊本。

楊鐮主編:《全元詩》,中華書局 2013 年版。

楊士弘編,張震輯注,顧璘評點,陶文鵬等點校:《唐音評注》,河北大學出版社 2010 年版。

姚鼐選評:《今體詩鈔》,《四部備要》本。

殷璠編,傅璇琮點校:《河岳英靈集》,《唐人選唐詩新編》。

余冠英選注:《三曹詩選》,人民文學出版社 1979 年版。

俞陛雲:《詩境淺説》,北京出版社 2011 年版。

元好問編,郝天挺注,廖文炳解,錢朝鼒、王俊臣校注,王清臣、陸貽典參解,朱三錫評:《東嵒草堂評訂唐詩鼓吹》,清康熙二十七年(1688)古講堂刊本。

元好問編,郝天挺注,廖文炳解,錢朝鼒、王俊臣校注,王清臣、陸貽典參解:《唐詩鼓吹注解》,清乾隆十一年(1746)懷德堂刊本。

岳端選評:《寒瘦集》,清康熙三十八年(1699)紅蘭室刊本。

曾棗莊、劉琳主編:《全宋文》,上海辭書出版社、安徽教育出版社 2006 年版。

章樵注:《古文苑》,宋刊本。

張錫麟選評:《唐詩近體》,清光緒六年(1880)溧陽富經堂刊本。

趙臣瑗選評:《山滿樓箋注唐詩七言律》,清康熙山滿樓刊本。

趙蕃、韓淲編,謝枋得注,胡次焱贅箋:《唐詩集注》,明正德十三年(1518)潘選刊本。

趙蕃、韓淲選,謝枋得注,黄屏點校:《謝注唐詩絶句》,浙江古籍出版社 1988 年版。

中國社會科學院文學研究所選注:《唐詩選》,人民文學出版社 1978 年版。

鍾惺、譚元春選評:《唐詩歸》,明萬曆四十五年(1617)刊本。

周敬選評,周珽删補箋釋:《删補唐詩選脉箋釋會通評林》,明崇禎八年(1635)刊本。

周蒙、馮宇主編:《全唐詩廣選新注集評》,遼寧人民出版社 1994 年版。

一二、詩文評

蔡絛:《西清詩話》,張伯偉編校:《稀見本宋人詩話四種》,江蘇古籍出版社 2002 年版。

陳應行編,王秀梅整理:《吟窗雜録》,中華書局 1997 年版。

范晞文:《對床夜語》,丁福保輯:《歷代詩話續編》,中華書局 2006 年版。

方東樹:《昭昧詹言》,清光緒十七年(1891)刊本。

葛立方:《韻語陽秋》,何文焕輯:《歷代詩話》,中華書局 1981 年版。

管世銘:《讀雪山房唐詩序例》,郭紹虞編選,富壽蓀校點:《清詩話續編》,上海古籍出版社 1983 年版。

郭麐:《靈芬館詩話》,清嘉慶二十一年(1816)孫均刊二十三年增修本。

何汶撰,常振國、絳雲點校:《竹莊詩話》,中華書局 1984 年版。

賀裳:《載酒園詩話》,《清詩話續編》。

胡應麟撰,王國安點校:《詩藪》,上海古籍出版社 1979 年版。

胡仔纂集,廖德明點校:《苕溪漁隱叢話》,人民文學出版社 1962 年版。

胡震亨撰,周本淳點校:《唐音癸籤》,上海古籍出版社 1981 年版。

計有功撰,王仲鏞校箋:《唐詩紀事校箋》,中華書局 2007 年版。

姜夔:《白石道人詩説》,《歷代詩話》。

皎然撰,李壯鷹校注:《詩式校注》,人民文學出版社 2003 年版。

李鍈:《詩法易簡録》,清李兆元十二筆舫刊本。

劉克莊撰,王秀梅點校:《後村詩話》,中華書局 1983 年版。

劉勰撰,黄叔琳注,李詳補注,楊明照校注拾遺:《增訂文心雕龍校注》,中華書局 2012 年版。

馬歌東編選、校點:《日本詩話二十種》,暨南大學出版社 2014 年版。

毛奇齡:《西河合集·詩話》,清康熙蕭山書留草堂刊本。

歐陽修:《六一詩話》,《歷代詩話》。

潘德輿撰,朱德慈輯校:《養一齋詩話》,中華書局 2010 年版。

錢鍾書:《管錐編》,生活·讀書·新知三聯書店 2001 年版。

錢鍾書:《談藝録》,生活·讀書·新知三聯書店 2007 年版。

阮閲輯撰,周本淳點校:《詩話總龜》,人民文學出版社 1987 年版。

沈德潛撰,王宏林箋注:《説詩晬語箋注》,人民文學出版社 2011 年版。

萬樹撰,徐本立拾遺,杜文瀾補遺:《詞律》,《四部備要》本。

王昌齡:《詩格》,張伯偉整理:《全唐五代詩格彙考》,江蘇古籍出版社 2002 年版。

王夫之撰,戴鴻森箋注:《薑齋詩話箋注》,人民文學出版社 1981 年版。

王世貞撰,羅仲鼎校注:《藝苑卮言校注》,人民文學出版社 2021 年版。

王士禛撰,張宗楠纂集,戴鴻森點校:《帶經堂詩話》,人民文學出版社 1963 年版。

魏慶之撰,王仲聞點校:《詩人玉屑》,中華書局 2007 年版。

魏泰:《臨漢隱居詩話》,《歷代詩話》。

吴景旭:《歷代詩話》,文淵閣《四庫全書》本。

吴可:《藏海詩話》,《歷代詩話續編》。

謝榛:《四溟詩話》,《歷代詩話續編》。

徐獻忠:《唐詩品》,周維德集校:《全明詩話》第 2 册,齊魯書社 2005 年版。

徐增:《而庵説唐詩》,清康熙九誥堂刊本。

許顗:《彦周詩話》,《歷代詩話》。

薛雪:《一瓢詩話》,丁福保輯:《清詩話》,上海古籍出版社 1978 年版。

嚴羽撰,郭少虞校釋:《滄浪詩話校釋》,人民文學出版社 1983 年版。

楊慎撰,王大厚箋證:《升庵詩話新箋證》,中華書局 2008 年版。

楊載:《詩法家數》,《歷代詩話》。

葉燮撰,霍松林校注:《原詩》,《原詩·一瓢詩話·説詩晬語》,人民文學出版社1979年版。

佚名:《詩法源流》,張健編著:《元代詩法校考》,北京大學出版社2001年版。

余成教:《石園詩話》,清嘉慶刊本。

袁枚:《隨園詩話》,王英志編纂點校:《袁枚全集新編》第4、5册,浙江古籍出版社2015年版。

曾季貍:《艇齋詩話》,《歷代詩話續編》。

張戒:《歲寒堂詩話》,《歷代詩話續編》。

張謙宜:《絸齋詩談》,清乾隆二十三年(1758)法輝祖刊《家學堂遺書二種》本。

趙季、葉言材、劉暢輯校:《日本漢詩話集成》,中華書局2019年版。

趙翼撰,霍松林、胡主佑點校:《甌北詩話》,人民文學出版社1963年版。

鍾嶸著,王叔岷箋證:《鍾嶸詩品箋證稿》,中華書局2007年版。

朱寶瑩選釋,錢得運整理:《詩式》,葉嘉瑩主編,陳斐執行主編:《民國詩學論著叢刊》,文化藝術出版社2018年版。

朱庭珍:《筱園詩話》,《清詩話續編》。

一三、今人研究論著

卞孝萱:《元稹年譜》,齊魯書社1980年版。

岑仲勉:《讀全唐詩札記》,《唐人行第録(外三種)》,中華書局2004年版。

陳斐:《南宋唐詩選本與詩學考論》,大象出版社2013年版。

陳先樞、金豫北:《長沙地名古迹攬勝》,中國文聯出版社2002

年版。

陳垣:《釋氏疑年録》,中華書局1988年版。

程毅中:《唐代小説史》,人民文學出版社2011年版。

傅璇琮:《唐代詩人叢考》,中華書局2003年版,第242頁。

傅璇琮:《唐宋文史論叢及其他》,大象出版社2004年版。

傅璇琮主編,傅璇琮、吴在慶著:《唐五代文學編年史·晚唐卷》,遼海出版社1998年版。

蔣禮鴻:《敦煌變文字義通釋》,浙江大學出版社2016年版。

李斌愷總編:《長沙市志》第13卷,湖南人民出版社1996年版。

李嘉言:《李嘉言古典文學論文集》,上海古籍出版社1987年版。

羅琴、胡嗣坤:《李頎及其詩歌研究》,巴蜀書社2009年版。

馬茂元:《馬茂元説唐詩》,上海古籍出版社1999年版。

繆鉞:《杜牧年譜》,《杜牧傳·杜牧年譜》,河北教育出版社1999年版。

甌海區文化廣電新聞出版局、甌海區文博館編:《遺珍:甌海區第三次全國文物普查成果選粹》,西泠印社出版社2011年版。

譚優學:《唐詩人行年考》,四川人民出版社1981年版。

陶敏:《全唐詩人名彙考》,遼海出版社2006年版。

陶敏:《唐代文學與文獻論集》,中華書局2010年版。

佟培基:《全唐詩重出誤收考》,陝西人民教育出版社1996年版。

吴敏霞、黨斌、高葉青、袁憲:《秦嶺碑刻經眼録》,三秦出版社2014年版。

吴企明:《唐音質疑録》,上海古籍出版社1985年版。

吴企明:《王建〈宫詞〉研究五稿》,蘇州大學出版社2018年版。

項楚:《柱馬屋存稿》,商務印書館2003年版。

尹占華:《唐宋文學與文獻叢稿》,天津古籍出版社2014年版。

郁賢皓:《唐刺史考全編》,安徽大學出版社 2000 年版。

趙林濤:《盧綸研究》,河北大學出版社 2010 年版。

趙子廉:《桐柏仙域志》,中央編譯出版社 2012 年版。

陳尚君:《〈全唐詩〉誤收詩考》,中華書局編輯部編:《文史》第 24 輯,中華書局 1985 年版。

李珍華、傅璇琮:《王昌齡事迹新探》,孫欽善主編:《古籍整理與研究》第 5 期,中華書局 1990 年版。

儲仲君:《李嘉祐詩疑年》,中國唐代文學學會等主編:《唐代文學研究》第 2 輯,廣西師範大學出版社 1990 年版。

鄭洪春:《香積寺考》,《人文雜志》1980 年第 6 期。

一四、工具書

方克立主編:《中國哲學大辭典》,中國社會科學出版社 1994 年版。

廣東廣西湖南河南《辭源》修訂組、商務印書館編輯部編:《辭源(修訂本)》,商務印書館 1981 年版。

華夫主編:《中國古代名物大典》,濟南出版社 1993 年版。

羅竹風主編:《漢語大詞典》,漢語大詞典出版社 2001 年版。

吕宗力主編:《中國歷代官制大辭典》,北京出版社 1994 年版。

任繼愈主編:《宗教大辭典》,上海辭書出版社 1998 年版。

史為樂主編:《中國歷史地名大辭典》,中國社會科學出版社 2005 年版。

夏征農、陳至立主編:《辭海(第 6 版典藏本)》,上海辭書出版社 2011 年版。

曾棗莊主編:《中國文學家大辭典·宋代卷》,中華書局 2004 年版。

張永禄主編:《明清西安詞典》,陝西人民出版社 1999 年版。

張永禄主編:《唐代長安詞典》,陝西人民出版社 1990 年版。

趙應鐸主編:《漢語典故大辭典》,上海辭書出版社 2010 年版。

鄭天挺等主編:《中國歷史大辭典》,上海辭書出版社 2000 年版。

中華書局編輯部編:《詩詞曲語辭辭典》,中華書局 2014 年版。

周祖譔主編:《中國文學家大辭典·唐五代卷》,中華書局 1992 年版。

後　記

終于在年底將這本書整理完了，我禁不住長長地舒了一口氣。没有料到，整理過程竟前後延續了十年。從 2008 年博士論文"南宋人選唐詩與南宋詩學"開題起，我便着手整理，後來因為工作、生活中的種種瑣事，不時有所耽擱，好在一直没有放棄。特别是在我感覺前途黯淡、情緒低落的時光里，缺乏集中的研究時間，只好抱着"能幹一分鐘是一分鐘"的態度，從事這項瑣碎的"蟲魚"之業。現在回首過去，真有"却顧所來徑，蒼蒼横翠微"（李白《下終南山過斛斯山人宿置酒》）之感！

當初之所以選擇學術，是因為覺得這個領域不像"立功"，是"無待"的，"種瓜得瓜，種豆得豆"，只要肯努力，就能儘量做到完美。現在看來，自己實在太幼稚了。學術並非處于真空之中，學人也要吃飯、穿衣。就像種莊稼一樣，有了好的空氣、土壤、肥料……纔能取得好的收成。這部書稿雖然暫時殺青了，我却不得不接受那諸多的遺憾。譬如，圓至注最好能用臺灣藏元刊二十一卷本作底本，但杜曉勤老師幫我弄到的複印件大部分看不清。在此情況下，我想到的最好補救之法是用（北京）故宮藏元刊二十卷本作底本，同時以增注本對校，遇有疑誤時請王兆鵬老师勞煩其在臺灣的高足梁雅英女史幫忙核校二十一卷本。這樣，雖然印象中没有解决不了的問題，但還是有點"耿耿于懷"！現在不少圖書館逐步將館藏善本數字化并在網上公開,這對于古籍整理者來説真是一大“福音”! 想當初,自己去中國國家圖書館查資料,每次往返都要在路上顛簸三個多小時,這要耗費多少時間和精力啊! 古籍整理是非常辛苦、繁雜的工作,在現行考評體系中甚至得不到充分認可,但又非常基礎、非常重要! 希望相關部門多為從事這項“投入”和“回報”遠遠不稱工作的學人提供點方便。

也許有人會認為,現在電子技術高速發展,“蟲魚”之學遲早要被機器所代替。我對此持保留態度。因為機器即使能精確發現諸種版本文字上的差異,但在“定是非”“斷句”方面恐怕永遠無法和人腦媲美,更不用説周絢隆先生提倡的“深度整理”了。我在整理此書“附録一”時,就遇到一個難題:吴春《唐詩三體序》開頭説:“春繩先薦紳武鄉徒事呫嗶為青紫計。”這句話究竟該如何理解、斷句呢? 我咨詢了不少師友,有人説“武鄉”是地名,當在這裏斷開;也有人説應斷為“春繩先薦紳,武鄉徒事呫嗶”……我參考這些意見查閲辭書,反復揣摩了半天,纔弄明白。原來,“繩……武”語本《詩經·大雅·下武》:“昭兹來許,繩其祖武。”朱熹集傳:“繩,繼。武,迹也。言武王之道昭明如此,來世能繼其迹,則久荷天禄而不替矣。”而“鄉”則意為“從前,往時”。故此句應斷為:“春繩先薦紳武,鄉徒事呫嗶,為青紫計。”意思是説,自己過去像前輩一樣忙于科舉。這樣理解,就和後面“至吟咏聲詩,竊疑其荒舉子業,輒棄去”相貫通了。由此可見,就是一個簡單的標點,也需要整理者具備廣博、深厚的國學素養,如此纔能保證産出高質量的精品。

整理過程中,我發現迫切需要一部高質量的異體字字典。古籍中的異體字太多,有時同一頁甚至同一行的用字都不統一。就整理而言,晚近一點且與文字學無涉的古籍,最好能做到用字統一、規範,但如何落實又是個難題。“囬回囘”等義項完全重合的還好辦,

“復複”等義項不完全重合、有細微差異的就不太好辦了。目前有些辭書雖然涉及了異體字的辨析,但不够全面、詳細。希望文字學家能够早日編出一部高質量的異體字字典,以便古籍整理者使用。這次整理,為了謹慎起見,僅就近對文字做了統一、規範。此亦一大遺憾!

古人云:“校書如掃落葉,旋掃旋生。”儘管我非常用心,或難免疏漏。我的電子郵箱是 chenfeimengbai@163. com,懇請方家郢政,以便重印、再版時修訂。

此書整理的最後階段,我的兒子浚畯降生,現在已兩歲半了。為了能讓我專心投入,媽媽、内子承擔了所有的家務,我没有盡到一個父親的責任,這使我非常愧疚!此時此刻,我謹將這部在我國元、明時期和日本非常盛行、童蒙能誦的唐詩選本獻給我兒浚畯,以表達我的愧疚之情,希望他和天下的孩子在詩的浸潤下健康成長。有人説,當下人人“互害”而不自覺,種菜的不吃自己種的菜,蒸饅頭的不吃自己蒸的饅頭……“特”字滿天飛却難覓一片净土。殊不知,“君子之澤,五世而斬”(《孟子·離婁下》),没有誰可以像魯濱遜那樣孤立地生活。“螢火能破暗,心花不待春”(拙作《秋日偶成》),我等起碼可以從自身做起,從自己幹的事做起,為世界變得更加美好略盡綿薄。捫心自問,此書雖有諸多遺憾,但可以教子矣!

願 2018 年的陽光照徹這個“詩的國度”!

夢白

2017 年 12 月 31 日于樂閒堂

本書研究獲中國藝術研究院基本科研業務費項目(編號:2016-2-7)資助,出版獲 2021 年度國家古籍整理出版資助,前輩程毅中、劉學鍇、蔣紹愚、陶文鵬、葛曉音、詹福瑞、謝思煒俯允題簽、推薦、審稿，師友劉玲、劉芳亮、劉波、徐樑、谷卿、劉光南等幫忙翻譯、識字、核校，編輯李相東費心編校，謹此致謝！

本書最後校對、加工，遭遇新冠疫情等變故，抽空抓紧打磨這部書，竟成了我"抗压"的最後"避難所"。"補注"部分的間接引文，皆核校了原書。"附録一"資料彙編篇幅增補了一倍多。現在，境况越來越好，疫情馬上要結束了，生機勃勃的春天就在眼前。

癸卯人日陳斐又記